1984

NINETEEN EIGHTY-FOUR
George Orwell

1984

조지 오웰 | **김승욱** 옮김

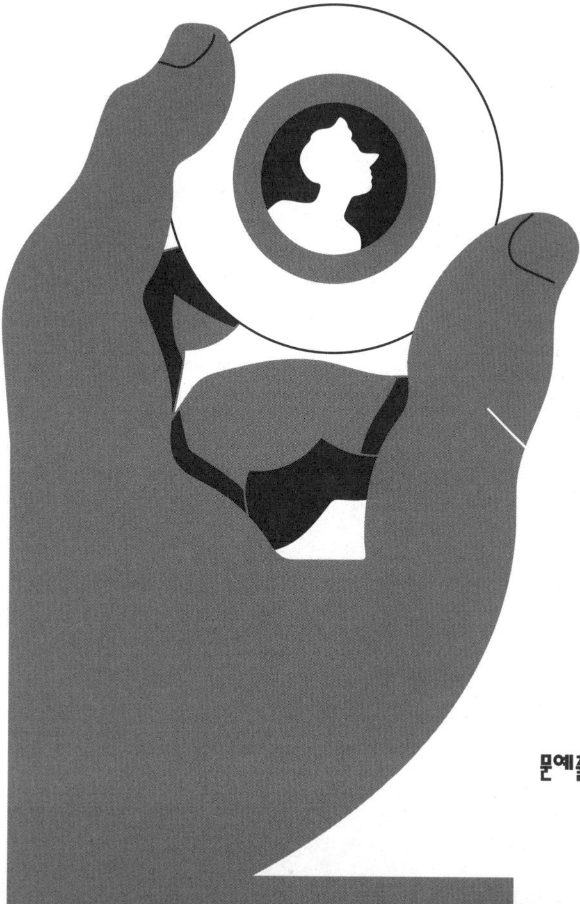

문예출판사

차례

일러두기

- 지은이(조지 오웰, 에리히 프롬)의 주석은 (원주), 편집자의 주석은 (편집자 주)로 표시했으며, 그 외의 주석은 옮긴이 주다.
- 원문에서 이탤릭체로 강조된 단어는 한글의 가독성을 고려해 볼드체로 표기했다.

들어가는 말　1944년 노엘 윌멧에게 보낸 편지•

노엘 윌멧에게

1944년 5월 18일

모티머 크레슨트 NW 6 10a

친애하는 윌멧 씨,

편지 주셔서 정말 감사합니다. 전체주의, 지도자 숭배

• 이 글은 조지 오웰이 《1984》를 집필하기 3년 전인 1944년에 노엘 윌멧에게 쓴 편지로 조지 오웰 연구의 권위자 피터 데이비슨이 수집 및 편집한 조지 오웰 서간집 *A Life in Letters*(2010)에 처음 수록되었다. '전체주의, 지도자 숭배 등이 정말로 점점 세를 얻고 있는지'를 질문한 윌멧에게 오웰은 '이 나라(영국)와 미국에서 그런 것들의 힘이 증가하고 있는 것 같다'고 답하면서 이후 그가 집필할 소설 《1984》의 주제이기도 한 전체주의적 경찰국가의 부상에 대해 경고한다. 하여 '조지 오웰이 《1984》를 집필한 이유가 담긴 글'로 평가받는 이 편지를 이 책의 '들어가는 말'로 수록했다(편집자 주).

등이 점점 세를 얻고 있느냐고 물으면서, 이 나라와 미국에서는 그런 추세가 보이지 않는다는 사실을 예로 들으셨죠.

저로서는 세계 전체를 볼 때 그런 것들의 힘이 점점 증가하고 있는 것 같다고, 그런 걱정이 든다고 말할 수밖에 없습니다. 히틀러는 분명히 곧 사라질 테지만, 그 대가로 (a) 스탈린, (b) 미국 앵글로계 백만장자, (c) 드골과 비슷한 형태의 온갖 시시한 총통 등의 힘이 강해질 겁니다. 전 세계 모든 나라에서 일어나는 애국적인 운동, 심지어 독일의 점령에 저항하기 위해 시작된 운동조차도 모종의 초인간적인 총통(히틀러, 스탈린, 살라자르, 프랑코, 간디, 데벌레라 등이 모두 다양한 예입니다)을 중심으로 모여서 목적이 수단을 정당화한다는 이론을 받아들이는 비민주적인 형태를 취하는 것 같습니다. 세계 어디서나 이런 운동은 경제적인 의미에서는 '효과'를 낼 수 있지만 민주적인 조직이 불가능하고 계급 체제를 확립하는 경향이 있는 중앙집권형 경제체제를 향해 나아가는 듯합니다. 이와 더불어, 절대 틀릴 리가 없는 총통의 말과 예언이 항상 현실과 일치해야 하기 때문에 객관적인 진실의 존재를 믿지 않는 듯한 경향과 감정적인 국가주의의 경악스러운 측면들이 나타납니다. 어떤 의미에서 역사는 이미 존재하지 않습니다. 다시 말해서, 보편적으로 받아들여질 수 있었던 우리 시대의 역사 같은 것이 이제 존재하지 않는다는 뜻입니다. 또한 군사적 필요로 인해 사람들의 지식이 어느 수준 이상으로 유지되는 지금의 상황이 달라진다면 정밀과학도 곧바로 위험에 처할 겁니다. 유대인이 전쟁을 시작했다고 히틀러가 주장하는 것은 가능합니다. 만약 그가 살아남는다면, 이 주장이 공식적인 역사가 될 겁니다. 그러나 그가 2 더하기 2는 5라고 주장하는 것은 불가능합니다. 예를 들어 탄도학 때문에라도 2 더하기 2는 4가 될 수밖에 없기 때문입니다. 그러나 내가 두려워하는 세상, 서로를 정복할 수 없는 거대 초국가 두세 개로만 이루어진 세상이 도래한다면, 총통이 원하는 대로 2 더하기 2가 5가 될 수 있을 겁니다. 적어도 내 관점에서는 우리가 지금 정말로 이 방향으로 나아가고 있습니다만, 물론 방향을 거꾸로 되돌리는 것도 가능합니다.

이제 영국과 미국이 이런 추세에서 비교적 자유롭다는 점을 살펴보겠습니다. 평화주의자 등등이 뭐라고 하든, 우리는 아직 전체주의로 변하지 않았습니다. 이것은 매우 희망적인 현상입니다. 《사자와 유니콘*The Lion and the Unicorn*》에서 설명했듯이, 나는 자유를 파괴하지 않고도 중앙집권형 경제체제를 구축할 수 있는 영국인의 능력을 마음 깊이 믿고 있습니다. 그러나 영국과 미국이 아직 진심으로 노력해본 적이 없다는 점, 패배나 심한 고통을 겪은 적이 없다는 점, 좋은 현상이 있는 만큼 나쁜 현상도 있다는 점을 반드시 명심해야 합니다. 우선 민주주의의 쇠퇴에 대한 전반적인 무관심을 들 수 있습니다. 현재 26세 미만의 영국인에게는 투표권이 없으므로 그 연령대의 수많은 사람들이 민주주의에 대해 신경도 쓰지 않는다는 점을 혹시 알고 계십니까? 그다음으로는 지식인들의 사고방식이 평범한 사람들에 비해 더 전체주의적이라는 점을 꼽을 수 있습니다. 영국의 지식 계층 전체는 히틀러에게 반대하지만, 그들은 그 대가로 스탈린을 받아들였습니다. 대부분의 영국 지식인들은 독재적인 방식, 비밀경찰, 역사의 체계적인 날조 등을 얼마든지 받아들일 준비가 되어 있습니다. 그런 짓을 하는 자들이 '우리' 편이라는 느낌이 들기만 한다면 말이죠. 사실 영국에 파시스트 운동이 없다는 말은 현재 우리 젊은이들이 다른 곳에서 자기들의 총통을 찾고 있다는 뜻입니다. 이런 상황이 변하지 않을 것이라고 확신할 수도 없고, 앞으로 10년이 흘러도 평범한 사람들이 지금의 지식인들과 같은 사고방식을 갖게 되지는 않을 것이라고 확신할 수도 없습니다. 나는 그들이 그렇게 되지 않기를 바랍니다. 아니, 그렇게 되지 않을 거라고 믿습니다. 만약 그렇게 된다면, 그 과정에 투쟁이 있을 겁니다. 그냥 단순히 좋은 게 좋은 거라면서 불길한 현상들을 지적하지 않는다면, 그것은 전체주의가 한층 더 가까워지는 데 도움이 되는 행동일 뿐입니다.

당신은 내게 세계적인 추세가 파시즘을 향하고 있다고 보는지, 전쟁을 지지하는 이유는 무엇인지도 물었습니다. 우리는 차악을 선택할 수밖에 없습니다. 내가 보기에는 거의 모든 전쟁이 그렇습니다. 나도 영국 제국주의를 잘 알기 때문에 좋아하지 않지만, 나치즘이나 일본 제국주의가 상대라면 영국 제국주의가 차악이기 때문에 지지할 겁니다. 독일에 맞서 소련을 지지하는 맥락도 비슷합니다. 나는 소련이 과거에서 완전히 벗어나지 못할 테니 혁명의 이상을 어느 정도 보존해서 나치 독일보다는 희망적인 모습을 보여줄 거라고 생각합니다. 1936년 무렵 전쟁이 시작된 후로 지금까지 줄곧 나는 우리의 대의가 더 훌륭하다고 생각했지만, 우리는 이 대의를 더 훌륭하게 가꿔나가야 합니다. 그러기 위해서는 지속적인 비판이 필요합니다.

이만 줄입니다.

조지 오웰.

제1부

1

화창하고 쌀쌀한 4월의 어느 날, 시계가 13시를 치고 있었다. 윈스턴 스미스는 지독한 바람을 피하려고 가슴에 턱을 묻은 채 빅토리 맨션의 유리문을 재빨리 통과했다. 그 바람에 흙먼지 섞인 바람 한 줄기가 소용돌이처럼 함께 안으로 들어왔다.

복도에서는 삶은 양배추 냄새와 낡아서 너덜너덜해진 깔개 냄새가 났다. 복도 한쪽 끝에는 실내에 걸어두기에는 너무 큰 컬러 포스터 한 장이 벽에 압정으로 고정돼 있었다. 그냥 거대한 얼굴 하나가 그려진 포스터였는데, 얼굴 폭이 1미터가 넘었다. 마흔다섯 살쯤 되어 보이는 포스터 속 남자는 검은색 콧수염을 굵게 길렀으며, 무뚝뚝한 미남처럼 보였다. 윈스턴은 계단으로 향했다. 승강기 쪽은 시도해볼 필요도 없었다. 모든 조건이 최고로 갖춰져 있을 때도 제대로 작동하는 경우가 거의 없는데, 지금은 낮에 아예 전기가 차단되는 시기였다. '증오주간Hate Week'을 준비하기 위한 절약 운동 때문이었다. 윈스턴의 아파트는 7층에 있었다. 서른아홉 살인 윈스턴은 오른쪽 발목 위쪽에 정맥류궤양이 있어서 도중에 몇 번이나 쉬어가며 천천히 계단을 올랐다. 층계참마다 승강기 맞은편 벽에서 포스터 속의 거대한 얼굴이 앞을 응시했다. 그 얼굴을 그린 방식이 독특해서, 사람이 움직이면 눈이 그 사람을 좇아 움직이는 것처럼 보였다. '빅 브라더Big Brother가 당신을 보고 있다.' 얼굴 아래에는 이런 글귀가 적혀 있었다.

아파트 안으로 들어오자, 무쇠 생산과 관련된 숫자들을 읽는 낭랑한 목소리가 들렸다. 직사각형 금속판에서 흘러나오는 목소리였다. 탁한 거울처럼 생긴 그 금속판은 오른쪽 벽의 일부였다. 윈스턴이 스위치를 돌리자 목소리가 조금 가라앉았지만, 그래도 여전히 말을 알아들을 수 있을 정도는 되었다. 그 장치('텔레스크린'이라고 불렸다)의 소리를 줄일 수는 있어도 완전히 끄는 것은 불가능했다. 윈스턴은 창가로 다가갔다. 위아래가 붙은 파란색 작업복; 당의 제복인 그 옷은 자그마하고 연약해 보이는 그의 빈약한 몸매를 더욱 강조해줄 뿐이었다. 머리카락은 금발이고, 얼굴은 선천적으로 혈색이 좋았다. 하지만 조악한 비누와 무딘 면도날, 그리고 바로 얼마 전에 물러간 겨울 추위 때문에 피부가 거칠어진 상태였다.

닫힌 유리창을 통해 내다본 세상은 추워 보였다. 길에서는 흙먼지와 종잇조각들이 바람에 휘말려 소용돌이쳤다. 해가 빛나고 하늘은 선명한 파란색인데도 사방에 붙어 있는 포스터를 제외하면 모든 것이 무채색인 것 같았다. 검은 콧수염을 기른 얼굴이 전망 좋은 곳을 모두 차지하고서 아래를 내려다보았다. 윈스턴의 아파트 바로 맞은편에 있는 주택 대문에도 포스터가 하나 있었다. '빅 브라더가 당신을 보고 있다.' 이 글귀처럼 그의 검은 눈이 윈스턴의 눈을 깊숙이 들여다보았다. 저 아래 길에서는 한쪽 귀퉁이가 찢어진 포스터 한 장이 바람에 간헐적으로 펄럭이며 '영사英社'•라는 글자가 가려졌다가 나타나기를 반복했다. 저 멀리서는 헬리콥터 한 대가 지붕들 사이를 스치듯 날다가 한순간 금파리처럼 공중에 떠 있더니 곡선을 그리며 휙 날아가버렸다. 창문으로 사람들을 염탐하는 순찰기였다. 하지만 중요한 것은 순찰기가 아니었다. 문제는 사상경찰이었다.

윈스턴의 등 뒤에서 텔레스크린의 목소리가 여전히 무쇠와 제9차 3개년 계획의 초과 달성에 대해 조잘거리고 있었다. 텔레스크린은 수신과 송신을 동시에 할 수 있었다. 윈스턴이 아주 낮게 속삭이는 소리보다 조금이라도 큰 소리를 내기만 하면, 텔레스크린이 그 소리를 포착했다. 게다가 그가 그 금속판의 시야 안에 있을 때는 소리뿐만 아니라 그의 모습까지도 저쪽 편으로 전달되었다. 물론 어느 특정한 순간에 자신이 감시당하는지 여부를 알아낼 방법은 없었다. 사상경찰이 어떤 개인을 얼마나 자주, 어떤 시스템으로 살펴보는지는 그저 추측만 할 수 있을 뿐이었다. 어쩌면 그들이 모든

• INGSOC, 조지 오웰이 이 작품에서 새로 만들어낸 '영국사회주의English Socialism'의 약어.

사람을 항상 감시할 가능성도 있었다. 어쨌든 그들이 언제든 사람들의 집에 설치된 시스템에 접속할 수 있는 것은 확실했다. 사람들은 자신이 내는 소리를 항상 누가 엿들을 수 있으며, 어두운 곳이 아니라면 자신의 움직임을 누가 샅샅이 살펴볼 수 있다는 가정하에 살아가야 했다. 아니, 그렇게 사는 것이 습관을 넘어 이미 본능이 되어 있었다.

윈스턴은 계속 텔레스크린을 등지고 있었다. 그 편이 안전했다. 그도 잘 알다시피, 때로는 등도 많은 것을 드러낼 수 있긴 하지만. 그의 직장인 진실부部가 1킬로미터 떨어진 곳에서 우중충한 풍경 위로 거대한 흰색 탑처럼 우뚝 솟아 있었다. 그는 일종의 혐오감을 어렴풋이 느끼면서 속으로 생각했다. 이것이, 이것이 런던이다. 에어스트립 원의 중심 도시이며, 오세아니아에서 세 번째로 인구가 많은 지역. 윈스턴은 런던이 항상 이런 모습이었는지 궁금해서 어린 시절의 기억을 쥐어짜보았다. 그때도 이렇게 쓰러져가는 19세기 주택들이 늘어서 있었을까? 목재로 테두리를 두른 벽, 마분지가 누덕누덕 붙어 있는 창문, 골함석 지붕, 사방이 주저앉은 담장이 있었나? 폭탄이 떨어졌던 자리에서 횟가루가 떠올라 소용돌이치고, 폐허에는 분홍바늘꽃이 어지럽게 퍼져 있었나? 폭탄이 싹 쓸어버린 자리에 지저분한 판자촌들이 닭장처럼 솟아 있었나? 기억을 뒤져봤자 소용이 없었다. 환하게 불이 켜진 일련의 정지 화면들을 빼면 어린 시절의 기억이 전혀 남아 있지 않았다. 어떤 배경도 없는 그 정지 화면들의 의미를 그는 대부분 이해할 수 없었다.

진실부 — 신어新語•로는 '진부' — 건물은 그의 시야 안에 있는 어떤 건물과도 전혀 닮지 않았다. 반짝이는 흰색 콘크리트로 지은 거대한 피라미드 모양의 건물이 공중을 향해 층층이 300미터나 솟아 있었다. 윈스턴이 서 있는 자리에서 바로 보이는 하얀 건물 표면에 우아한 글자로 새겨진 당의 3대 구호가 금방 눈에 들어왔다.

전쟁은 평화

자유는 예속

무지는 힘

진실부 건물에는 지상에 3천 개의 방이 있고, 지하에도 그에 상응하는 방들이 있다고 했다. 이 건물과 비슷한 모양, 비슷한 크기의 건물 세 개가 더 런던 시내에 흩어져 있었다. 이 건물들 주위의 다른 건물들은 완전히 난쟁이 같아서, 빅토리 맨션의 옥상에서 이 네 건물을 한눈에 볼 수 있었다. 이 네 건물에 들어 있는 네 개의 부가 정부의 모든 기능을 나눠서 수행했다. 진실부는 뉴스, 오락, 교육, 예술을, 평화부는 전쟁을, 사랑부는 법질서를, 풍요부는 경제문제를 담당했다. 그들의 이름은 신어로 각각 진부, 평부, 사부, 풍부였다.

• 오세아니아의 공용어다. 이 언어의 구조와 어원은 부록을 참조(원주).

정말로 무서운 곳은 사랑부였다. 그 건물에는 창문이 하나도 없었다. 윈스턴은 사랑부 안에 들어가본 적이 한 번도 없었다. 반경 500미터 안에도 들어가지 않았다. 그 건물은 공무가 없으면 절대 들어갈 수 없는 곳이었다. 공무가 있어도, 가시철망, 강철문, 숨어 있는 기관총 포대를 통과해야 했다. 심지어 이 건물의 외부 차단벽까지 이어진 길에도 접이식 경찰봉으로 무장한 검은 제복의 경비대원들이 고릴라 같은 얼굴로 돌아다녔다.

윈스턴은 갑자기 휙 돌아섰다. 얼굴은 미리 조용하고 낙관적인 표정을 짓고 있었다. 텔레스크린을 마주할 때는 이 표정을 짓는 것이 현명했다. 그는 방을 가로질러 자그마한 부엌으로 들어갔다. 이 시각에 청사에서 나온 탓에 그는 구내식당에서 점심 식사를 하지 못했다. 부엌에 있는 음식이라고는 내일 아침 식사를 위해 아껴둬야 하는 거무스름한 빵 한 덩이뿐이었다. 그는 선반에서 무색 술병을 꺼냈다. 아무런 무늬가 없는 하얀 라벨에는 '빅토리 진'이라는 이름이 적혀 있었다. 술에서는 쌀로 빚는 중국술처럼 역겹고 기름진 냄새가 났다. 윈스턴은 찻잔을 거의 다 채울 만큼 술을 따른 뒤, 충격에 단단히 대비하고서 약을 먹듯이 술을 꿀꺽 삼켰다.

금방 얼굴이 진홍빛으로 달아오르고, 눈에서 물이 흘러나왔다. 술이 아니라 질산 같았다. 게다가 그걸 삼키다 보면, 고무 곤봉으로 뒤통수를 한 대 맞은 것 같은 느낌이 들었다. 하지만 배 속이 타는 듯한 감각이 곧 가라앉고 세상이 더 유쾌해 보이기 시작했다. 윈스턴은 '빅토리 담배'라고 적혀 있는 구겨진 담뱃갑에서 담배 한 개비를 꺼내 조심성 없이 수직으로 들었다. 그 바람에 담배 종이 안의 내용물이 바닥으로 쏟아지고 말았다. 다른 담배를 새로 꺼냈을 때는 그런 실수를 하지 않았다. 윈스턴은 거실로 돌아가 텔레스크린 왼쪽에 있는 작은 탁자에 앉았다. 그리고 탁자 서랍을 열어 펜대, 잉크병, 4절지 크기의 두툼한 공책을 꺼냈다. 공책의 뒤표지는 빨간색, 앞표지는 대리석 무늬였다.

이유는 잘 모르겠지만 거실 텔레스크린의 위치가 특이했다. 거실 전체를 볼 수 있는 한쪽 끝의 벽에 설치하는 것이 일반적인데, 이 텔레스크린은 창문 맞은편의 긴 벽에 붙어 있었다. 그 옆에 살짝 오목하게 들어간 공간이 지금 윈스턴이 앉아 있는 곳이었다. 처음 이 아파트를 지을 때 책꽂이를 놓을 자리로 만든 공간인 듯싶었다. 이 공간에 앉아서 뒤로 몸을 물리면 텔레스크린의 시야에서 벗어날 수 있었다. 시야에서만. 당연히 소리는 텔레스크린에 포착되겠지만, 그가 지금과 같은 자세를 유지하기만 한다면 텔레스크린이 그를 볼 수 없었다. 애당초 그가 지금부터 하려는 일을 생각해낸 데에는 이렇게 이례적인 거실 구조가 어느 정도 영향을 미쳤다.

영향을 미친 또 다른 요소는 방금 서랍에서 꺼낸 공책이었다. 독특한 아름다움을 지닌 이 공책의 매끄러운 크림색 종이는 적어도 40년 전부터 만들어진 적이 없는 물건이었다. 따라서 종이가 세월 때문에 살짝 노랗게 변한 상태였다. 윈스턴은 이 공책의 나이가 마흔 살보다도 훨씬 더 많을 것이라고 추측했다. 그는 이 도시의 빈민 구역(정확히 어느 구역인지는 기억나지 않았다)의 퀴퀴한 중고품 가게 진열창에서 이 공책을 보고 그걸 꼭 갖고 싶다는 욕망에 곧장 압도당해 정신을 차리지 못했다. 원래 당원들은 일반 상점('자유시장거래'라고 불렸다)에 들어가면 안 되지만, 이 규칙을 엄격히 지키는 사람은 없었다. 다른 방법으로는 구두끈이나 면도날 등 다양한 물건을 도저히 구할 수 없기 때문이었다. 윈스턴은 길에 서서 이쪽 저쪽을 재빨리 살펴본 다음, 가게 안으로 들어가 2달러 50센트에 이 공책을 샀다. 당시에는 이것을 어디에 쓸지 뚜렷한 생각이 없었다. 그는 죄책감을 느끼면서 공책을 서류 가방에 넣어 집으로 가져왔다. 거기에 아무것도 적지 않았다 해도, 그것을 갖고 있다는 사실 자체가 이상하게 보일 수 있었다.

그가 지금부터 하려는 일은 바로 일기를 쓰는 것이었다. 불법은 아니지만(더 이상 법이 존재하지 않으니 불법도 존재하지 않았다), 만약 들킨다면 사형을 당하거나 최소한 강제노동 수용소 25년형을 선고받을 것이 거의 확실했다. 윈스턴은 펜대에 펜촉을 끼우고, 기름기를 빨아냈다. 펜은 서명을 할 때조차 거의 사용되는 법이 없는 구식 물건이었다. 그가 어느 정도 공을 들여 몰래 펜을 구한 것은 순전히 공책의 아름다운 크림색 종이에는 잉크연필보다 진짜 펜촉으로 글을 쓰는 것이 더 어울린다는 생각 때문이었다. 사실 그는 손으로 직접 글씨를 쓰는 일에 익숙하지 않았다. 아주 짧은 메모를 할 때를 빼면, 쓰고 싶은 글귀를 구술기에 불러주는 것이 보통이었다. 물론 지금 그가 하려는 일에 구술기를 사용할 수는 없었다. 그는 펜에 잉크를 찍은 다음, 딱 1초 동안 머뭇거렸다. 그동안 전율이 그의 배 속을 훑고 지나갔다. 이 종이에 자국을 남기는 것은 결정적인 행동이었다. 그는 작고 서투른 글씨로 다음과 같이 썼다.

1984년 4월 4일.

그는 뒤로 물러나 앉았다. 완전한 무력감이 그를 엄습했다. 우선 그는 지금이 1984년인지 확실히 알지 못했다. 틀림없이 그 무렵이긴 할 것이다. 자신의 나이가 서른아홉 살임이 거의 확실한데, 태어난 해는 1944년이나 1945년인 듯했다. 하지만 요즘은 1, 2년 이내의 어떤 날짜도 콕 집어서 알아내는 것이 불가능했다.

불현듯 이런 생각이 들었다. 나는 누구를 위해 이 일기를 쓰는 걸까? 미래를 위해, 아직 태어나지 않은 아이들을 위해. 그는 종이에 적은 의심스러운 날짜를 바라보며 잠시 머뭇거리다가 신어 단어인 '이중사고'에 쿵 하고 부딪혔다. 자신이 지금 얼마나 엄청난 일을 시작했는지 처음으로 실감이 났다. 미래와 어떻게 이야기를 나눌 수 있을까? 그것은 본질적으로 불가능한 일이었다. 만약 미래가 현재와 비슷하다면 그의 말에 귀를 기울이지 않을 것이고, 현재와 다르다면 그가 겪고 있는 어려움을 이해하지 못할 터였다.

그는 한동안 가만히 앉아서 종이만 멍청하게 응시했다. 텔레스크린에서는 이제 귀에 거슬리는 군대 음악이 흘러나오고 있었다. 그는 자신의 뜻을 표현하는 능력을 잃어버렸을 뿐만 아니라, 자신이 처음에 하려던 말이 무엇인지조차 잊어버린 것 같아서 신기했다. 지난 몇 주 동안 이 순간을 준비하면서 용기 이외에 다른 것이 필요하리라는 생각은 단 한 번도 한 적이 없었다. 실제로 글을 쓰는 일은 쉬울 줄 알았다. 그의 머릿속에서 문자 그대로 몇 년 전부터 끊임없이 불안하게 이어지던 독백을 종이에 옮기기만 하면 될 줄 알았다. 하지만 지금은 그 독백조차 말라붙었다. 게다가 정맥류궤양이 참을 수 없을 만큼 가려워졌다. 하지만 감히 긁지는 못했다. 긁으면 항상 그 자리에 감염이 발생하기 때문이었다. 똑딱똑딱 시간이 흘렀다. 앞에 놓인 백지, 발목 위쪽의 가려움, 쿵쾅거리는 음악, 아까 진을 마신 탓에 살짝 올라온 술기운 외에는 아무것도 느껴지지 않았다.

그러다 갑자기 순전히 당황해서 글을 쓰기 시작했다. 자신이 지금 뭘 적고 있는지도 온전히 의식하지 못했다. 작고 아이 같은 필체가 종이 위를 오르락내리락하면서 먼저 대문자로 시작해 마지막 마침표까지 차례대로 떨쳐놓았다.

1984년 4월 4일. 어젯밤 영화를 보러 갔다. 온통 전쟁 영화뿐. 피난민을 가득 태운 배가 지중해 어딘가에서 폭격을 당하는 내용의 아주 좋은 영화 하나. 헬리콥터가 뒤를 쫓는 가운데 엄청나게 뚱뚱한 남자가 헤엄쳐서 도망치려고 애쓰는 장면에 관객들이 크게 즐거워했다. 먼저 남자가 물속에서 돌고래처럼 허우적거리며 나아가는 장면, 그다음에는 헬리콥터의 조준기를 통해 본 그의 모습, 그다음에는 온몸이 벌집이 된 남자와 주위의 바닷물이 분홍색으로 변하는 장면과 총알구멍으로 물이 새어 들어오기라도 한 것처럼 남자가 갑자기 가라앉는 장면. 관객들은 그가 가라앉는 장면에서 소리를 지르며 웃어댔다. 그다음에는 아이들을 가득 태운 구명보트와 그 위에 떠 있는 헬리콥터. 어쩌면 유대인일 수도 있는 중년 여자가 세 살쯤 된 남자아이를 품에 안고 뱃머리에 앉아 있었다. 아이는 겁에 질려 비명을 지르며 여자의 몸속으로 파고들려는 것처럼 가슴에 머리를 숨기고 여자는 자기도 무서워서 파랗게 질렸으면서 양팔로 아이를 감싸 안고 달랬다. 자신의 양팔로 총알을 막아낼 수 있기라도 한 것처럼 내내 자신의 몸으로 최대한 아이를 감싸고 있었다. 그러다 헬리콥터가 사람들 사이로 20킬로그램짜리 폭탄을 떨어뜨리자 엄청난 섬광이 일면서 배가 성냥개비처럼 산산조각 났다. 그다음에는 어떤 아이가 위로 위로 위로 팔을 올리는 굉장한 장면인데 앞코에 카메라를 장착한 헬리콥터가 그 모습을 계속 따라가며 찍은 것 같았고 당원석에서 박수갈채가 일었지만 프롤레•석에서 어떤 여자가

• 프롤레타리아의 준말.

갑자기 마구 소란을 피우면서 애들 앞에서 이런 거를 보이주믄 어떠카냐고 고래고래 고함을 지르는데 결국 경찰이 그 여자를 돌려세워 그 여자를 돌려세워 밖으로 설마 그 여자한테 무슨 일이 생기진 않았겠지 프롤레 말에는 아무도 신경 안 써 전형적인 프롤레 반응 그들은 절대……

윈스턴은 글을 멈췄다. 쥐가 난 것이 이유 중 하나였다. 자기가 어쩌다가 이런 횡설수설을 줄줄 쏟아내게 된 건지 알 수 없었다. 하지만 글을 쓰는 동안 머릿속에서 완전히 다른 기억 하나가 저절로 선명해진 것이 신기했다. 그것을 거의 글로 쓰고 있는 것 같은 기분이었다. 그가 오늘 집으로 돌아와서 일기를 시작하기로 갑자기 결심한 것은 바로 그 기억 속의 사건 때문임을 이제야 알 수 있었다.

오늘 아침 진실부 청사에서 벌어진 일이었다. 그렇게 모호한 일에도 벌어졌다는 말을 쓸 수 있는지는 모르겠지만.

11시가 가까웠을 때, 윈스턴이 일하는 기록국 사람들은 각자 의자를 끌고 와 커다란 텔레스크린이 바라보이는 사무실 중앙에 모아놓았다. '2분 증오'를 위한 준비였다. 윈스턴이 가운뎃줄에 있는 자기 자리에 막 앉으려는데, 얼굴은 알지만 대화를 해본 적은 한 번도 없는 두 사람이 예고도 없이 사무실로 들어왔다. 한 명은 복도에서 자주 마주치는 여자였다. 윈스턴은 그녀의 이름을 몰랐지만, 그녀가 픽션국에서 일한다는 것은 알고 있었다. 가끔 기름 묻은 손에 스패너를 들고 있는 것으로 보아, 소설 작성기의 정비를 담당하고 있는 것 같았다. 인상이 대담해 보이고, 나이는 스물일곱 살쯤 된 것 같고, 어두운 색 머리카락이 풍성하고, 얼굴에는 주근깨가 있고, 움직임은 운동선수처럼 민첩한 여자였다. '청년 반反섹스 동맹'의 상징인 좁은 진홍색 띠를 작업복 허리에 여러 번 둘둘 감았는데, 그 덕분에 보기 좋은 엉덩이 선이 돋보였다. 윈스턴은 처음 그녀를 보았을 때부터 마음에 들지 않았다. 그 이유도 알고 있었다. 하키 경기장, 찬물 목욕, 단체 행군, 전체적으로 정신을 깨끗이 비운 사람의 분위기를 그녀가 한꺼번에 풍기기 때문이었다. 윈스턴은 거의 모든 여자를 싫어했는데, 젊고 예쁜 여자는 특히 더 싫었다. 가장 편협하게 당을 추종하는 사람은 항상 여자, 그것도 젊은 여자들이었다. 그들은 당의 구호를 곧이곧대로 받아들이고, 아마추어 첩자 노릇을 하며 이단의 낌새를 찾아냈다. 그중에서도 지금 들어온 저 여자는 특히 더 위험해 보였다. 언젠가 복도에서 마주쳤을 때, 비스듬히 그를 살피는 그녀의 재빠른 시선이 그의 속을 그대로 꿰뚫어버릴 것 같아서 그는 순간적으로 시커먼 공포에 사로잡혔다. 어쩌면 그녀가 사상경찰일지 모른다는 생각까지 들었다. 하지만 사실 그럴 가능성은 아주 희박했다. 그래도 그는 그녀가 가까운 곳에 나타날 때마다 적의와 두려움이 뒤섞인 불편한 감정을 계속 느꼈다.

갑자기 나타난 또 한 사람은 오브라이언이라는 남자로, 내부당원이었다. 윈스턴과는 아주 거리가 멀어서 막연히 짐작할 수밖에 없는 아주 중요한 직책을 맡은 사람이기도 했다. 의자에 앉은 사람들은 검은색 작업복을 입은 내부당원이 다가오는 것을 보고 순간적으로 숨을 죽였다. 오브라이언은 덩치가 큰 건장한 남자였다. 목도 두툼하고, 거친 얼굴에는 유머와 잔혹함이 공존했다. 이렇게 무서운 외모와 달리 그의 태도는 어느 정도 매력적이었다. 콧잔등의 안경을 추어올리는 특유의 동작을 보면 신기하게 마음의 빗장이 풀렸다. 정확히 설명할 수는 없지만 묘하게 교양 있는 사람처럼 보이기 때문이었다. 아직도 이런 식으로 생각하는 사람이 있는지는 모르겠지만, 18세기 귀족이 코담배를 권하며 담뱃갑을 내미는 모습이 떠오를 것 같은 동작이었다. 윈스턴은 거의 12년 동안 아마 열두 번쯤 오브라이언을 본 것 같았다. 그에게 아주 깊이 마음이 끌렸는데, 오브라이언의 도시적인 몸가짐과 격투기 선수 같은 체격이 대조적이라서 흥미를 느낀 때문만은 아니었다. 그보다는 오브라이언이 정치적으로 당의 정통을 완벽히 따르지 않을 것이라는 혼자만의 비밀스러운 믿음, 아니 어쩌면 믿음도 아니고 단순한 희망 사항이 훨씬 더 큰 영향을 미쳤다. 오브라이언의 얼굴을 보면 왠지 그런 생각이 떠오르는 것을 막을 수 없었다. 그의 얼굴에 드러난 것이 이단이 아니라 단순히 지성일 가능성도 있었지만, 어쨌든 그는 어떻게든 텔레스크린을 속이고 단둘이 있을 기회를 만들 수만 있다면 말을 걸어볼 수 있는 사람처럼 보였다. 윈스턴이 이러한 추측을 확인하기 위해 조금이라도 노력을 기울인 적은 한 번도 없었다. 사실 그럴 수 있는 방법이 없기도 했다. 바로 그 순간 오브라이언이 손목시계를 흘깃 보며 11시가 거의 다 된 시각임을 확인하고는 '2분 증오'가 끝날 때까지 그냥 기록국에 남아 있기로 결정을 내린 듯싶었다. 그는 윈스턴과 같은 줄에 있는 의자에 앉았다. 윈스턴에게서 두 자리쯤 떨어진 곳이었다. 윈스턴의 옆자리에서 일하는, 모래 빛깔 머리의 자그마한 여자가 두 사람 사이에 있었다. 바로 뒤에는 조금 전에 들어온 그 어두운 색 머리 여자가 앉았다.

곧 맷돌을 돌리는 것 같은 끔찍한 소리, 그러니까 기름을 바르지 않고 괴물 기계를 돌리는 것 같은 소리가 사무실 한쪽 끝의 커다란 텔레스크린에서 터져 나왔다. 그 소음을 듣는 순간 턱에 힘이 들어가고, 목덜미의 털이 곤두섰다. 증오의 시작이었다.

여느 때처럼, 인민의 적인 이매뉴얼 골드스틴의 얼굴이 화면에 번쩍 나타났다. 여기저기서 사람들이 씁 하고 공격적인 소리를 냈다. 모래 빛깔 머리의 자그마한 여자는 공포와 혐오가 섞인 새된 소리를 질렀다. 골드스틴은 타락한 배신자였다. 아주 오래전(얼마나 오래전인지는 누구도 기억하지 못했다) 한때는 당의 지도자 중 한 명으로서 빅 브라더와 거의 비슷한 지위에 있었으나 반혁명 활동에 가담한 죄로 사형선고를 받은 뒤 귀신처럼 탈옥해 사라져버렸다. 2분 증오의 프로그램은 매일 달라졌지만, 골드스틴이 주요 인물로 등장하지 않는 프로그램은 하나도 없었다. 그는 당의 순수성을 가장 먼저 더럽힌 최초의 역적이었다. 그 뒤에 당을 거역해 발생한 모든 범죄, 반역 행위, 파괴 행동, 이단, 일탈은 그의 가르침과 곧바로 이어져 있었으며, 그는 지금도 어딘가에서 음모를 꾸미고 있었다. 어쩌면 바다 건너 어딘가에서 외국인 주인의 보호를 받고 있을 수도 있고, 아니면 오세아니아 내의 은신처에 숨어 있을 수도 있었다(가끔 이런 소문이 돌았다).

윈스턴의 횡격막이 수축했다. 골드스틴의 얼굴을 볼 때마다 여러 감정이 고통스럽게 뒤섞여 느껴지는 것을 피할 수 없었다. 살집이 없는 유대인의 얼굴. 그 얼굴을 후광처럼 에워싼 솜털 같은 백발과 작은 염소수염. 영리한 얼굴이었지만 왠지 날 때부터 야비한 사람처럼 보였다. 길고 가는 코는 망령 난 노인처럼 어리석게 보이고, 그 코의 거의 끝부분에 안경이 걸쳐져 있었다. 양을 닮은 얼굴이었다. 목소리도 양과 비슷했다. 골드스틴은 여느 때처럼 당의 방침에 대해 독설을 퍼부었다. 워낙 과장되고 뒤틀린 독설이라서 어린아이도 꿰뚫어볼 수 있을 정도지만, 분별력이 떨어지는 사람은 저 말에 홀릴 수도 있겠다고 경각심을 느낄 정도의 논리는 갖추고 있었다. 골드스틴은 빅 브라더를 욕하고, 당의 독재를 비난하고, 유라시아와 당장 평화협정을 체결하라고 요구하고, 발언의 자유와 언론의 자유와 집회의 자유와 사상의 자유를 옹호하고, 혁명이 배반당했다고 소리치며 히스테리를 부렸다. 긴 단어를 빠르게 내뱉는 그의 말투는 당의 웅변가들이 습관적으로 사용하는 말투를 패러디한 것 같았다. 그는 심지어 신어 단어들도 사용했다. 당원들이 평소 말할 때보다 그가 더 많은 신어 단어를 쓰고 있었다. 골드스틴이 말하는 동안 내내 그의 그럴듯한 헛소리가 사실인지 혹시라도 흔들리는 사람이 있을까 봐, 텔레스크린 화면 속 그의 머리 뒤편으로 유라시아 군대가 끝없이 행진하는 모습이 보였다. 아시아인의 얼굴과 단단한 몸을 지닌 남자들이 무표정하게 줄줄이 지나갔다. 차례대로 화면에 나타났다 사라지는 그들의 모습은 하나같이 비슷했다. 일정한 리듬의 둔탁한 군홧발 소리가 양처럼 시끄럽게 외쳐대는 골드스틴의 목소리에 배경음처럼 깔렸다.

증오가 시작된 지 30초도 채 지나기 전에, 사무실 안의 사람들 중 절반이 걷잡을 수 없는 분노에 휩싸여 소리를 질러댔다. 흡족한 양 같은 골드스틴의 얼굴, 그 뒤를 지나가는 유라시아 군대의 무시무시한 힘을 견디기 힘들었다. 게다가 골드스틴을 보거나 생각하기만 해도 공포와 분노가 자동으로 생겨났다. 그는 유라시아나 이스트아시아보다 더 한결같은 증오의 대상이었다. 오세아니아가 이 두 강대국 중 한 곳과 전쟁 중일 때, 다른 한 곳과는 대체로 평화를 유지하기 때문이었다. 하지만 이상한 점이 하나 있었다. 모두가 골드스틴을 증오하고 경멸하는데도, 매일 하루에도 수천 번씩 연단에서, 텔레스크린에서, 신문에서, 책에서 그의 이론들을 반박하고 깨부수고 조롱해 얼마나 한심한 쓰레기 같은 이론인지 인민들에게 보여주는데도, 그런데도 그의 영향력이 결코 줄어들지 않는 것처럼 보인다는 점. 언제나 그에게 유혹당하는 얼간이들이 있었다. 그의 지시를 받아 활동하는 첩자와 파괴분자를 사상경찰이 매일 찾아냈다. 그는 거대한 그림자 군대, 국가를 전복하는 데 모든 것을 바친 음모꾼들의 지하 네트워크를 지휘하는 사령관이었다. 그 집단의 이름은 형제단이라고 했다. 또한 그의 이단적인 주장을 개략적으로 설명한 무시무시한 책이 있다는 소문도 은밀하게 돌아다녔다. 골드스틴이 직접 지었다는 이 책은 몰래 여기저기 유통되고 있다고 했다. 그 책에 제목은 없었다. 사람들은 그 책을 좀처럼 입에 담지 않았지만, 혹시라도 언급하는 경우 그냥 **그 책**이라고 불렀다. 하지만 이런 이야기는 막연한 소문으로만 돌아다닐 뿐이었다. 형제단도 **그 책**도 평범한 당원이라면 최대한 피하는 주제였다.

증오가 시작된 지 2분째, 광기의 수준으로 분위기가 고조되었다. 사람들은 제자리에서 펄쩍펄쩍 뛰면서 목청이 터져라 소리를 질러댔다. 화면에서 나오는 저 미칠 것 같은 목소리를 눌러버리기 위해서였다. 모래 빛깔 머리의 자그마한 여자는 얼굴이 발갛게 달아오른 채, 뭍에 떨어진 물고기처럼 입을 뻐끔거렸다. 심지어 오브라이언의 묵직한 얼굴조차 붉게 상기되어 있었다. 의자에 아주 꼿꼿하게 앉아 있는 그의 건장한 가슴이 파르르 떨리면서 부풀어 올랐다. 마치 그가 파도의 공격에 맞서 일어서려는 것처럼 보였다. 윈스턴 뒤편의 어두운 색 머리 여자는 "돼지! 돼지! 돼지!"라고 소리를 지르다가 갑자기 두꺼운 신어사전을 들어 화면으로 던졌다. 사전이 골드스틴의 코를 맞히고 튀어나왔지만, 그의 목소리는 계속 이어졌다. 잠시 정신이 맑아진 순간에 윈스턴은 자신이 다른 사람들과 마찬가지로 고함을 질러대며 의자 다리를 발꿈치로 격렬하게 차고 있음을 깨달았다. 2분 증오의 끔찍한 점은 사람이 반드시 주어진 역할을 해야 한다는 것이 아니라, 증오에 동참하지 않기가 불가능하다는 것이었다. 30초도 안 돼서 언제나 모든 가식이 불필요해졌다. 공포와 원한의 섬뜩한 황홀경, 살인 욕망, 누군가를 고문하고 망치로 얼굴을 뭉개버리고 싶다는 욕망이 전류처럼 모든 사람들을 통과하며 각자의 의지와 상관없이 그들을 일그러진 얼굴로 악을 써대는 미치광이로 만들어버리는 것 같았다. 하지만 이런 순간에 사람들이 느끼는 분노는 방향이 없는 추상적인 감정이라서, 용접기의 불꽃처럼 쉽사리 대상을 바꿀 수 있었다. 따라서 윈스턴의 증오는 어느 한순간 골드스틴이 아니라 빅 브라더와 당과 사상경찰을 향했다. 그럴 때는 화면에서 고독하게 조롱당하는 이단자가 안쓰러웠다. 그는 이 거짓 세상에서 홀로 진실과 맑은 정신을 지키는 수호자였다. 그러나 이런 순간은 잠깐이고, 윈스턴은 곧 주위의 다른 사람들과 똑같아졌다. 골드스틴에 대한 모든 주장들이 다시 진실처럼 들렸다. 이런 순간에는 빅 브라더에 대한 비밀스러운 혐오가 숭배로 바뀌어서, 무적의 용감한 보호자인 빅 브라더가 탑처럼 우뚝 서서 아시아인 무리에 굳건히 맞서는 것처럼 보였다.

그리고 골드스틴은 무력하게 고립된 상태고 애당초 정말로 존재하는지조차 의심스러운 사람인데도 순전히 목소리의 힘만으로 문명을 파괴해버릴 수 있는 사악한 마법사 같았다.

때로는 증오의 방향을 자발적으로 이리저리 바꾸는 것조차 가능했다. 윈스턴은 악몽에 시달리는 사람이 베개 위에서 고개를 휙휙 움직일 때처럼 격렬하게 힘을 써서 증오의 방향을 화면 속 얼굴에서 뒤에 앉은 여자에게로 돌리는 데 성공했다. 생생하고 아름다운 환상이 그의 머릿속을 스쳐 지나갔다. 그가 고무 곤봉으로 그 여자를 때려죽이는 환상. 그녀를 알몸으로 말뚝에 묶어놓고 성 세바스티아누스처럼 화살을 잔뜩 쏘아주는 환상. 그녀를 겁탈하다가 절정의 순간에 목을 그어버리는 환상. 그는 자신이 그녀를 왜 이토록 미워하는지 예전보다 더 분명히 깨달았다. 그가 그녀를 싫어하는 것은 그녀가 젊고 예쁘고 성에 냉담하기 때문이었다. 그녀와 함께 침대에 들고 싶은데 결코 그럴 수 없기 때문이었다. 팔로 안아달라고 손짓하는 듯한 그 사랑스럽고 나긋나긋한 허리에 정결함의 공격적인 상징인 가증스러운 진홍색 띠만 둘러져 있기 때문이었다.

증오가 절정에 이르렀다. 골드스틴의 목소리가 이제는 실제 양의 울음소리로 변했고, 그의 얼굴도 순간적으로 양의 얼굴이 되었다. 그러나 곧 그 얼굴이 녹듯이 변해서 유라시아 군인의 얼굴이 되었다. 거대하고 무시무시한 모습으로 진군하는 듯한 그의 기관단총이 포효하면서 화면에서 튀어나올 것처럼 보였다. 그래서 앞줄에 앉은 사람들 중 일부는 실제로 움찔 뒤로 몸을 물렸다. 하지만 바로 그 순간 그 적대적인 얼굴이 녹으면서 빅 브라더의 얼굴로 변하자 모두들 깊은 안도의 한숨을 내쉬었다. 검은 머리, 검은 콧수염, 신비로운 차분함과 힘. 화면을 거의 가득 채울 만큼 거대한 얼굴이었다. 빅 브라더의 말을 듣는 사람은 아무도 없었다. 그는 그저 간단한 격려의 말을 몇 마디 했다. 소란스러운 전장에서처럼 또박또박 알아들을 수는 없지만, 그냥 그가 그런 말을 했다는 사실만으로 자신감이 되살아났다. 그러고 나서 빅 브라더의 얼굴이 다시 서서히 사라져가고, 그 자리에 당의 3대 구호가 굵은 대문자로 나타났다.

전쟁은 평화

자유는 예속

무지는 힘

하지만 사람들의 눈에는 빅 브라더의 얼굴이 몇 초 동안 더 화면에 끈질기게 남아 있는 것처럼 보였다. 그 얼굴의 잔상이 너무나 생생해서 즉시 사라지지 않는 것 같았다. 모래빛깔 머리의 자그마한 여자가 자기 앞의 의자 등받이 위로 몸을 던지듯 기울였다. 그리고 떨리는 목소리로 "나의 구세주시여!"처럼 들리는 말을 중얼거리며 화면을 향해 양팔을 뻗었다가 두 손에 얼굴을 묻었다. 틀림없이 기도를 하고 있는 것 같았다.

그 순간 모든 사람이 묵직한 목소리로 느린 리듬에 맞춰 "빅-브! (…) 빅-브! (…) 빅-브!"라고 계속 구호를 외치기 시작했다. '빅'과 '브' 사이에 한참 간격이 있기 때문에 속도가 아주 느렸다. 왠지 묘하게 야만적으로 들리는, 이 묵직하게 웅성거리는 소리를 배경으로 맨발을 쿵쿵 구르는 소리와 큰 북을 둥둥 치는 소리가 들리는 듯했다. 이 구호가 무려 30초 동안이나 계속 이어졌던 것 같다. 이것은 감정에 압도당한 순간에 흔히 들을 수 있는 일종의 후렴구였다. 빅 브라더의 지혜와 위엄에 바치는 일종의 찬가였지만, 그보다는 규칙적인 소리를 이용해서 일부러 의식을 가라앉히는 자기최면 행동에 더 가까웠다. 윈스턴은 뱃속이 차가워지는 기분이었다. 2분 증오 때 그 역시 이 집단 망상에 휩쓸리는 것을 피하지 못하면서도, 야만인처럼 "빅-브! (…) 빅-브!"를 외쳐대는 모습은 항상 끔찍하기 짝이 없었다. 물론 그도 다른 사람들과 함께 이 구호를 외쳤다. 하지 않을 도리가 없었다. 자신의 감정을 숨기고, 표정을 관리하고, 다른 사람들의 행동을 똑같이 따라 하는 것은 본능적인 반응이었다. 그러나 약 2초 동안 그의 눈빛이 눈에 띄게 그를 배신한 것 같았다. 바로 그 순간에 의미심장한 일이 일어났다. 아니, 정말로 일어났나?

순간적으로 그와 오브라이언의 시선이 마주쳤다. 오브라이언은 일어서 있었다. 안경을 벗고 있다가 특유의 동작으로 다시 쓰는 중이었다. 하지만 1초도 안 되는 찰나에 두 사람의 시선이 마주쳤고, 그때 윈스턴은 깨달았다. 그래, **깨달았다!** 오브라이언도 자신과 같은 생각을 하고 있음을. 분명한 메시지가 전달되었다. 마치 두 사람의 마음이 열려, 서로의 생각이 눈을 통해 상대에게로 흘러가는 것 같았다. "나는 당신과 같아." 오브라이언이 그에게 이렇게 말하는 듯했다. "당신의 기분을 정확히 알지. 당신의 경멸, 증오, 혐오감을 잘 알아. 하지만 걱정 마. 난 당신 편이야!" 그러고는 그 섬광 같은 순간이 지나가 오브라이언의 얼굴도 다른 사람들의 얼굴처럼 읽어낼 수 없게 되었다.

그뿐이었다. 윈스턴은 그 일이 정말 일어났던 건지 벌써 의심스러웠다. 그런 일에는 결코 후속편이 없다. 자신 외의 다른 사람들도 당의 적이라는 믿음 또는 희망을 마음속에 간직할 뿐이었다. 어쩌면 지하에 거대한 음모가 존재한다는 소문이 사실인지도 모른다. 형제단이 정말로 존재하는지도 모른다! 끝도 없이 사람들을 잡아들여 자백을 받고 처형해도 형제단이 허구인지 아닌지 확실히 알 수가 없었다. 윈스턴은 어떤 날은 형제단이 있다고 믿고, 어떤 날은 믿지 않았다. 증거는 없었다. 의미가 있을 수도 있고 없을 수도 있는 순간들이 스쳐 지나갈 뿐이었다. 언뜻 귀에 들어온 남들의 대화, 화장실 벽의 희미한 낙서…… 심지어 처음 만난 사람들이 모종의 인식 신호처럼 보이는 손짓을 살짝 주고받던 것. 모두 추측일 뿐이었다. 모두 그의 상상일 가능성이 아주 높았다. 그는 오브라이언에게 다시 눈길을 주지 않고 자신의 자리로 돌아갔다. 그 순간적인 접촉을 계속 이어나갈 생각은 별로 들지 않았다. 설사 그와 접촉을 이어갈 방법을 안다 하더라도 상상조차 할 수 없을 만큼 위험할 것이다. 1초 동안, 2초 동안, 두 사람은 여러 가지로 해석할 수 있는 시선을 주고받았다. 그뿐이었다. 하지만 그것만으로도 고독한 독방에 갇힌 것 같은 이 삶에서 기억에 남을 사건이었다.

윈스턴은 정신을 차리고 허리를 곧추세웠다. 그리고 트림을 했다. 배 속에서 아까 마신 술이 올라오고 있었다.

그의 눈이 종이에 다시 초점을 맞췄다. 자신이 무력하게 앉아서 상념에 잠긴 동안 손으로는 글을 쓰고 있었음을 이제야 알 수 있었다. 손이 자동으로 움직인 것 같았다. 게다가 아까처럼 서툴고 읽기 힘든 필체도 아니었다. 그의 펜이 매끈한 종이 위에서 도발적으로 움직여 크고 깔끔한 대문자로 써 놓은 글귀는……

빅 브라더 타도

빅 브라더 타도

빅 브라더 타도

빅 브라더 타도

빅 브라더 타도

이것이 페이지 절반을 가득 채웠다.

두려움이 그를 아프게 찔러댔다. 애당초 일기장을 펼친

행위가 이 글귀를 쓴 행동만큼이나 위험했으므로, 이제 와 두려움을 느끼는 건 어리석었다. 하지만 순간적으로 이 종이를 찢어버리고 이 일을 아예 그만둘까 하는 생각이 들었다.

하지만 그는 그렇게 하지 않았다. 그래 봤자 소용없다는 것을 알기 때문이었다. 그가 '빅 브라더 타도'를 썼든, 쓰고 싶은 것을 참았든, 결과는 다르지 않았다. 그가 일기를 계속 쓰든 중단하든 달라질 것이 없었다. 어쨌든 사상경찰은 그를 잡아갈 것이다. 그는 다른 모든 범죄가 포함된 근본적인 범죄를 저질렀다. 설사 그가 이 종이에 펜을 대지 않았더라도 결국 그 범죄를 저지른 거나 마찬가지였다. 바로 **사상범죄**. 사상범죄를 영원히 감추는 것은 불가능했다. 한동안, 어쩌면 몇 년씩이나, 잘 피해 다닐 수는 있었다. 하지만 조만간 사상경찰에 잡힐 수밖에 없었다.

항상 밤에, 언제나 밤에 체포가 이루어졌다. 거친 손길이 자는 사람을 갑자기 흔들어 깨우고, 환한 불빛을 눈에 비춘다. 딱딱한 얼굴들이 침대를 에워싼 것이 보인다. 재판도, 체포 보도도 없는 경우가 절대다수였다. 사람들은 그냥 사라졌다. 언제나 밤에. 기록부에서 그 사람의 이름이 지워지고, 그 사람이 했던 모든 일의 기록도 사라진다. 그가 한때 존재했다는 사실이 부정되고 망각 속에 묻힌다. 소멸이다. 흔히 쓰는 말은 **증발**이었다.

순간적으로 일종의 히스테리가 그를 사로잡았다. 그는 지저분하게 갈겨쓰는 글씨로 서둘러 글을 쓰기 시작했다.

놈들이 날 쏠 거야 난 상관 안 해 놈들이 내 목덜미를 쏠 거야 난 상관 안 해 빅 브라더 타도 놈들은 항상 목덜미를 쏴 난 상관 안 해 빅 브라더 타도……

그는 조금 부끄러워져서 의자에 기대앉으며 펜을 놓았다. 하지만 곧 펄쩍 뛸 듯이 놀랐다. 누군가가 문을 두드렸다.

벌써! 그는 생쥐처럼 가만히 앉아 있었다. 누군지는 몰라도 저 사람이 한 번 문을 두드려보고 그냥 가버릴지도 모른다는 헛된 희망을 품고서. 하지만 다시 문 두드리는 소리가 들렸다. 여기서 머뭇거리면 최악의 행동이 될 것이다. 심장에서는 둥둥 북을 치는 것 같은 소리가 났지만, 얼굴은 오랜 습관 때문에 십중팔구 무표정할 터였다. 그는 일어서서 무거운 걸음으로 문을 향해 움직였다.

2

문고리를 잡으면서 윈스턴은 탁자 위에 일기장을 펼친 채로 두고 온 것을 보았다. '빅 브라더 타도'라는 말이 방 맞은편에서도 거의 읽을 수 있을 만큼 큰 글자로 잔뜩 적혀 있는데, 이건 상상조차 할 수 없을 만큼 멍청한 짓이었다. 하지만 그는 겁에 질린 와중에도, 아직 잉크가 마르지 않은 상태에서 일기장을 닫아 저 크림색 종이에 얼룩을 만들고 싶지 않았다.

그는 숨을 한 번 들이쉬고 문을 열었다. 곧바로 안도감이 따뜻한 파도처럼 그의 몸을 타고 흘렀다. 짜부라진 것처럼 생긴 창백한 여자가 문 앞에 서 있었다. 머리카락은 듬성듬성하고 얼굴에는 주름이 있었다.

"아, 동무." 여자가 처량하게 칭얼거리는 것 같은 목소리로 말했다. "동무가 들어오는 소리가 들린 것 같더라니. 와서 우리 집 부엌 싱크대를 좀 봐줄래요? 배수구가 막혀서……"

같은 층에 사는 이웃의 아내인 파슨스 부인이었다. ('부인'이라는 말은 당이 별로 좋아하지 않는 단어였다. 모두를 '동무'

라고 부르는 것이 원칙이었다. 하지만 어떤 여자들에게는 이 단어를 본능적으로 사용하게 되었다.) 나이는 서른 살 정도였지만 외모는 훨씬 늙어 보였다. 얼굴 주름살 속에 먼지가 껴 있을 것 같았다. 윈스턴은 그녀를 따라 복도를 걸어갔다. 전문가도 아닌 그가 거의 매일 이런 수리를 해야 하는 것이 귀찮았다. 빅토리 맨션은 1930년 무렵에 지어진 낡은 아파트라서 조금씩 부서지고 있었다. 천장과 벽에서는 석회 조각이 늘 떨어지고, 강추위 때는 항상 파이프가 터지고, 눈이 내리면 어김없이 천장에서 물이 새고, 난방 시스템은 경제적인 이유로 아예 꺼져 있거나 절반 수준으로만 돌아갔다. 스스로 할 수 없는 수리는 일상생활과 상관없는 각종 위원회들의 승인을 받아야 하는데, 그러다 보니 유리창 하나를 수리하는 데 2년이나 걸리기 일쑤였다.

"톰만 집에 있었으면 되는데." 파슨스 부인이 모호하게 말했다.

파슨스 부부의 아파트는 윈스턴의 것보다 더 크고, 윈스턴의 것과는 다른 의미에서 음침했다. 마치 덩치 크고 폭력적인 짐승이 방금 왔다 가기라도 한 것처럼 모든 것이 마구 짓밟혀서 엉망이 된 것 같았다. 하키 스틱, 권투 글러브, 터진 축구공, 땀 냄새를 풍기며 뒤집어져 있는 운동복 반바지 등 스포츠 장비들이 바닥에 어지럽게 놓여 있고, 식탁은 더러운 접시들과 낡은 연습장으로 지저분했다. 벽에는 청년동맹과 스파이단의 진홍색 깃발과 빅 브라더의 표준 사이즈 포스터가 붙어 있었다. 평소 이 건물 전체에 퍼져 있는 삶은 양배추 냄새가 여기에도 있었지만, 그보다 더 강력한 땀 냄새가 그 냄새를 관통했다. 그것은 지금 이 자리에 없는 누군가의 땀 냄새였다. 정확히 어떻게 아는 건지 말로 설명하기는 힘들어도, 처음 냄새를 맡는 순간 파악할 수 있는 사실이었다. 다른 방에서는 누군가가 화장지 한 장과 빗을 들고 텔레스크린에서 계속 흘러나오는 군대 음악에 박자를 맞추고 있었다.

"아이들이에요." 파슨스 부인이 그 방문을 향해 조금 걱정스러운 시선을 던지며 말했다. "애들이 오늘은 밖에 안 나갔거든요. 물론……"

그녀는 말을 하다가 중간에 끊는 버릇이 있었다. 부엌 싱크대에는 초록빛이 도는 더러운 물이 거의 찰랑찰랑하게 차 있었다. 거기서 어느 때보다 고약한 양배추 냄새가 났다. 윈스턴은 한쪽 무릎을 바닥에 대고 쪼그려 앉아서 파이프가 직각으로 연결된 부위를 살펴보았다. 손을 쓰는 것도 싫고 몸을 숙이는 것도 싫었다. 자칫하면 기침이 나오기 때문이었다. 파슨스 부인은 무력하게 바라보기만 했다.

"물론 톰이 있었다면 즉시 고쳤을 거예요." 그녀가 말했다. "이런 일을 워낙 좋아하는 사람이라. 손재주가 정말 좋거든요, 톰은."

파슨스는 윈스턴처럼 진실부에서 일했다. 몸은 조금 통통한 편이지만 행동은 활발하고 머리는 기가 막히게 멍청했다. 생전 의문 한 번 품는 법이 없는 아둔한 열성 덩어리. 힘든 일도 마다하지 않고 헌신하는 이런 사람들이 사상경찰보다도 더 당의 안정성을 지탱했다. 서른다섯 살인 그는 바로 얼마 전 청년동맹에서 쫓겨났다. 청년동맹 가입 자격을 얻기 전에는 법정 연령이 지난 뒤에도 1년 동안 스파이단에 남아 있었다. 진실부에서 그는 머리를 쓸 필요가 없는 하위직 직원이었지만, 스포츠 위원회를 비롯해서, 단체 행군, 자발적인 시위, 저축 캠페인 등 다양한 자발적 행동을 조직하는 모든 위원회에서는 선도적인 인물이었다. 그는 파이프담배로 연기를 뿜어내며, 자신이 지난 4년 동안 매일 저녁 커뮤니티 센터에 얼굴을 내밀었다고 조용하고 자랑스럽게 말하곤 했다. 모든 것을 압도하는 땀 냄새, 그가 얼마나 열심히 살고 있는지를 무의식적으로 증언해주는 그 냄새가 항상 그를 따라다녔다. 심지어 그가 자리를 뜬 뒤에도 그 냄새는 남았다.

"스패너 있어요?" 윈스턴이 파이프 연결 부위의 너트를 만지면서 말했다.

"스패너." 파슨스 부인은 그 말을 듣자마자 몸에서 뼈가 사라진 사람처럼 굴었다. "난 몰라요. 정말로. 어쩌면 애들이……"

쿵쿵 발소리가 나더니, 아이들이 거실로 돌격해 들어오면서 또 빗으로 큰 소리를 냈다. 파슨스 부인이 스패너를 가져왔다. 윈스턴은 물을 빼낸 뒤, 파이프를 막고 있던 머리카락 뭉치를 역겨운 얼굴로 빼냈다. 그는 차가운 수돗물로 최대한 깨끗하게 손을 씻고 거실로 돌아갔다.

"손 들어!" 누군가가 야만인처럼 소리쳤다.

성격이 강해 보이는 잘생긴 아홉 살 사내아이가 탁자 뒤에서 불쑥 튀어나와 장난감 자동권총으로 그를 위협하고 있었다. 그보다 두 살쯤 어린 여동생은 나뭇조각으로 오빠를 똑같이 흉내 냈다. 두 아이 모두 스파이단의 제복인 파란색 반바지, 회색 셔츠, 빨간색 스카프 차림이었다. 윈스턴은 양손을 머리 위로 들었지만 기분이 불편했다. 아이의 태도가 어찌나 사나운지, 이것이 장난만은 아닌 것 같았다.

"넌 반역자다!" 소년이 소리쳤다. "사상범이다! 유라시아 간첩이다! 널 쏘겠다, 널 증발시키겠다, 널 소금광산으로 보낼 테다!"

갑자기 두 아이가 모두 뛰어나와 펄쩍펄쩍 그의 주위를 돌면서 "반역자!", "사상범!"이라고 외쳐댔다. 여자아이는 오빠의 행동을 하나도 빠뜨리지 않고 따라 했다. 금방 자라서 사람을 잡아먹게 될 호랑이 새끼들이 깡충깡충 뛰는 것 같아서 조금 무서웠다. 소년의 눈에는 계산적인 잔인성 같은 것이 있었다. 윈스턴을 때리거나 발로 차고 싶다는 욕망이 상당히 분명하게 드러나고, 금방 자라서 그런 행동을 할 수 있게 될 것이라는 의식도 엿보였다. 아이가 들고 있는 것이 진짜 권총이 아니라서 다행이라는 생각이 들었다.

파슨스 부인은 불안한 얼굴로 윈스턴에게서 아이들에게로, 다시 윈스턴에게로 시선을 휙휙 움직였다. 거실이 좀 더 밝았기 때문에 그녀의 주름 속에 정말로 먼지가 끼어 있는 것이 눈에 들어왔다. 흥미로웠다.

"애들이 진짜 소란스럽죠." 그녀가 말했다. "교수형을 보러 가지 못해서 실망했거든요. 그래서 그래요. 나는 너무 바빠서 아이들을 데려갈 수 없고, 톰은 시간에 맞춰 퇴근할 수 없다고 하고."

"우린 왜 교수형 보러 못 가?" 사내아이가 엄청난 목소리로 고함쳤다.

"교수형 보고 싶어! 교수형 보고 싶어!" 여자아이가 계속 깡충거리면서 구호처럼 외쳐댔다.

윈스턴이 기억하기로, 전쟁범죄를 저지른 유라시아 포로 몇 명의 교수형이 이따가 저녁에 공원에서 집행될 예정이었다. 대략 한 달에 한 번씩 있는 이런 일은 인기 있는 구경거리였다. 아이들은 항상 거기에 데려가달라고 시끄럽게 졸라댔다. 윈스턴은 파슨스 부인에게 인사하고 문으로 향했다. 하지만 복도로 나가 채 여섯 걸음도 걷기 전에 뭔가가 목덜미를 지독히 아프게 때렸다. 빨갛게 달궈진 철사가 그를 푹 찌른 것 같았다. 뒤로 휙 돌아서니 마침 파슨스 부인이 아들을 문 안쪽으로 끌어당기는 모습이 보였다. 아이는 새총을 주머니에 넣고 있었다.

"골드스틴!" 문이 닫히는 순간 아이가 소리쳤다. 하지만 윈스턴에게 가장 충격적인 것은 파슨스 부인의 잿빛 얼굴에 떠오른 무력한 두려움이었다.

집으로 돌아온 윈스턴은 텔레스크린 앞을 재빨리 지나

계속 목을 문지르며 다시 탁자에 앉았다. 이제는 텔레스크린에서 음악이 나오지 않았다. 그 대신 딱딱 끊어지는 군인 목소리가 바로 얼마 전 아이슬란드와 페로제도 사이에 정박한 해상 요새의 무기들을 조금 잔혹한 느낌으로 설명하고 있었다.

저 아이들 때문에 저 가엾은 여자의 일상에 공포가 가득할 것이라는 생각이 들었다. 앞으로 1년, 2년이 흐르면 아이들이 밤낮으로 어머니를 감시하며 이단의 징후가 있는지 살필 것이다. 요즘은 거의 모든 아이들이 끔찍했다. 무엇보다 나쁜 것은 스파이단 같은 조직이 아이들을 통제 불가능한 어린 야만인으로 체계적으로 바꿔놓는다는 점이었다. 당의 규율에 반항하는 성향은 전혀 생겨나지 않았다. 오히려 아이들은 당뿐만 아니라 당과 관련된 모든 것을 숭배했다. 노래, 행진, 깃발, 단체 행군, 가짜 총으로 하는 훈련, 구호 외치기, 빅브라더 숭배, 이 모든 것이 아이들에게는 일종의 화려한 게임이었다. 아이들의 사나움은 모두 밖을 향했다. 국가의 적, 외국인, 반역자, 파괴분자, 사상범을 향했다. 서른 살이 넘은 사람들이 자기 자식을 무서워하는 것은 거의 일상이었다. 어느 어린 고자질쟁이가 의심스러운 말을 엿듣고 사상경찰에 부모를 고발했다(이런 아이들을 보통 '어린이 영웅'이라고 불렀다)는 기사가 〈타임스〉에 실리지 않는 주가 거의 없으니 그럴 만도 했다.

새총 총알에 쏘인 자리의 아픔은 이제 가라앉았다. 그는 일기에 더 쓸 말이 있을까 생각하면서 건성으로 펜을 들었다. 그러다 갑자기 다시 오브라이언을 생각하기 시작했다.

오래전, 정확히 언제지? 틀림없이 7년 전이었을 것이다. 그때 그는 칠흑같이 어두운 방을 걷는 꿈을 꾸었다. 한쪽에 앉은 사람이 지나가는 그에게 이렇게 말했다. "우리는 어둠이 없는 곳에서 만나게 될 겁니다." 아주 조용히, 거의 태평하게 들려온 말이었다. 명령은 아니었다. 윈스턴은 걸음을 멈추지 않고 그대로 계속 걸었다. 이상한 점은 당시 꿈속에서 그 말이 그의 머릿속에 그리 깊은 인상을 남기지 않았다는 점이었다. 나중에야 그 말이 점점 의미를 얻는 것처럼 보였다. 자신이 오브라이언을 처음으로 본 것이 그 꿈을 꾸기 전이었는지 꾼 다음이었는지는 이제 기억나지 않았다. 꿈속의 그 목소리가 오브라이언의 것임을 처음으로 깨달은 때가 언제였는지도 기억나지 않았다. 어쨌든 그 목소리의 정체를 가려낸 것은 사실이었다. 그때 어둠 속에서 그에게 말한 사람은 오브라이언이었다.

윈스턴은 오브라이언이 친구인지 적인지 결코 확신할 수 없었다. 오늘 아침에 순간적으로 눈이 마주쳤는데도 여전히 알 수 없었다. 게다가 그걸 확실히 알아내는 일이 크게 중요한 것 같지도 않았다. 두 사람은 애정이나 동지 의식보다 더 중요한 깨달음으로 연결되어 있었다. "우리는 어둠이 없는 곳에서 만나게 될 겁니다." 그는 이렇게 말했다. 윈스턴은 이 말의 뜻을 알지 못했다. 어떤 식으로든 이 말이 현실이 될 것이라고 확신할 뿐이었다.

텔레스크린의 목소리가 멈췄다. 선명하고 아름다운 트럼펫 소리가 갑갑한 공기 속으로 울려 나온 뒤 귀에 거슬리는 그 목소리가 다시 이어졌다.

"주목! 주목하시오! 이 순간 말라바르 전선에서 뉴스 속보가 도착했습니다. 인도 남부의 우리 군대가 영광스러운 승리를 거뒀습니다. 지금 보도하는 이 작전으로 전쟁의 끝이 가까워질 수 있다고 합니다. 승인을 받아 뉴스 속보로 전해 드립니다……"

나쁜 소식이 나오겠군. 윈스턴은 속으로 생각했다. 아니나 다를까, 유라시아 군대와의 전투에서 엄청난 수의 적군을 죽이고 포로로 잡아 적을 궤멸했다는 소식을 잔혹하고 생생하게 보도한 뒤 다음 주부터 초콜릿 배급량이 30그램에서 20그램으로 줄어들 것이라는 발표가 나왔다.

윈스턴은 또 트림했다. 술기운이 점차 사라지면서, 부풀었던 것이 푸시시 가라앉는 것 같은 느낌이 남았다. 텔레스크린에서는 승리를 축하하려는 건지, 초콜릿이 줄어들 거라는 소식을 묻어버리려는 건지 하여튼 〈오세아니아는 그대를 위해〉가 갑자기 쾅쾅 울려 나왔다. 이 노래가 나오면 차렷 자세로 일어서야 했지만, 윈스턴은 지금 텔레스크린이 볼 수 없는 위치에 있었다.

〈오세아니아는 그대를 위해〉가 더 가벼운 음악으로 바뀌었다. 윈스턴은 계속 텔레스크린을 등진 채 창가로 걸어갔다. 여전히 춥고 맑은 날씨였다. 저 멀리 어딘가에서 로켓탄 하나가 폭발하면서 둔탁한 폭음이 메아리처럼 퍼졌다. 요즘 매주 20~30개의 로켓탄이 런던에 떨어지고 있었다.

저 아래 길에서는 찢어진 포스터가 바람에 펄럭이면서 '영사'라는 글자가 나타났다 사라지기를 반복했다. 영사라. 영사의 신성한 원칙. 신어. 이중사고. 바뀌는 과거. 괴물 같은 세계에서 자신도 괴물이 되어 길을 잃고 해저의 숲속을 헤매는 기분이었다. 그는 혼자였다. 과거는 죽었고 미래는 상상할 수 없었다. 지금 살아 있는 인간들 중 단 한 명이라도 그의 편이라고 확신할 수 있을까? 당의 지배가 **영원**하지는 않을 것이라고 확신할 방법이 있을까? 이런 의문의 답처럼, 진실부 청사의 하얀 벽에 적혀 있는 3대 구호가 다시 눈에 들어왔다.

전쟁은 평화

자유는 예속

무지는 힘

그는 주머니에서 25센트 동전을 꺼냈다. 거기에도 아주 작지만 분명한 글자로 똑같은 구호가 새겨져 있고, 그 뒷면에는 빅 브라더의 머리가 있었다. 심지어 동전에서조차 빅 브라더의 눈이 사람들을 좇았다. 동전에서, 우표에서, 책표지에서, 깃발에서, 포스터에서, 담뱃갑 포장지에서…… 어디서나. 그 눈이 항상 사람들을 감시하고, 그 목소리가 사람들을 에워쌌다. 잘 때든 깨어 있을 때든, 일할 때든 식사할 때든, 실내든 실외든, 욕실이든 침실이든 도망칠 길이 없었다. 두개골 속의 몇 세제곱센티미터 외에는 자기만의 것이 하나도 없었다.

그새 태양의 위치가 바뀌어 진실부 청사의 수많은 창문들에 햇빛이 비치지 않게 되자, 창문이 요새의 총안銃眼처럼 섬뜩하게 보였다. 그 거대한 피라미드형 건물 앞에서 그의 심장이 움찔했다. 건물이 너무 강력했다. 돌격할 수 없었다. 로켓탄을 1천 개쯤 떨어뜨려도 그 건물은 무너지지 않을 것이다. 윈스턴은 자신이 누구를 위해 일기를 쓰는 건지 다시 궁금해졌다. 미래를 위해서, 과거를 위해서…… 어쩌면 상상 속에만 존재하는 시대를 위해서. 그의 앞에 놓인 것은 죽음이 아니라 소멸이었다. 일기는 재가 되고 그는 증기가 될 것이다. 그가 쓴 일기를 사상경찰만이 읽어보고, 그것의 존재와 기억을 말살해버릴 것이다. 자신의 흔적 하나도, 심지어 종이에 끼적인 익명의 단어 하나조차 물리적으로 살아남을 수 없는 상황에서 어떤 방법으로 미래를 향해 호소할 수 있을까?

텔레스크린이 14시를 쳤다. 10분 뒤에 그는 반드시 나가야 했다. 14시 30분까지는 직장에 복귀해야 했다.

묘하게도 시간을 알리는 종소리가 그에게 새로운 마음을 심어준 것 같았다. 그는 아무도 영원히 듣지 못할 진실을 말하는 고독한 유령이었다. 하지만 그가 그 말을 하는 한, 어떻게든 그 흐름은 깨어지지 않을 것이다. 인간적인 유산을 후대에 전달하는 방법은 남들이 들을 수 있게 목소리를 높이는 것이 아니라 제정신을 유지하는 것이었다. 그는 탁자로 돌아가 펜에 잉크를 찍어 다음과 같이 썼다.

미래 또는 과거에게, 생각이 자유롭고 사람들이 서로 다르며, 혼자서 살지 않는 시대에게, 진실이 존재하고 한 번 벌어진 일은 결코 지워지지 않는 시대에게.
획일성의 시대에서, 고독의 시대에서, 빅 브라더의 시대에서, 이중사고의 시대에서 인사를 보낸다. 안녕하십니까!

그는 이미 죽은 목숨이라고 생각했다. 이제야 비로소, 자신의 생각을 정리할 수 있게 된 지금에야, 자신이 결정적인 한 발을 내디딘 것 같았다. 모든 행동의 결과는 그 행동 안에 이미 포함되어 있다. 그는 다음과 같이 썼다.

사상범죄가 죽음을 수반하는 것이 아니다. 사상범죄가 곧 죽음이다.

자신이 죽은 목숨임을 인정하고 나니, 최대한 오랫동안 살아남는 것이 중요해졌다. 오른손 손가락 두 개에 잉크가 묻어 있었다. 바로 이런 사소한 점들 때문에 정체가 탄로 날 수 있었다. 청사에서 킁킁거리며 돌아다니는 어느 열성분자

(십중팔구 여자일 것이다. 모래 빛깔 머리의 자그마한 여자나 픽션국에서 나온 어두운 색 머리의 여자 같은 사람)가 점심시간에 그가 글을 쓴 이유가 무엇인지, 왜 구식 펜을 썼는지, **무슨 글**을 쓴 건지 의심하게 될지도 모른다. 그러다가 적절한 곳에 슬쩍 한마디를 던지는 것이다. 윈스턴은 욕실로 가서 꺼끌꺼끌한 암갈색 비누로 공들여 잉크 자국을 씻어냈다. 샌드 페이퍼처럼 피부를 긁어대는 비누라서 이런 목적에는 아주 잘 맞았다.

윈스턴은 일기장을 서랍에 넣었다. 숨기려고 애써봤자 소용없는 일이지만, 그래도 최소한 이 일기장의 존재가 발각되었는지 아닌지를 확인할 수는 있을 터였다. 종이 끝부분에 머리카락 한 올을 놓아두는 방법은 너무 뻔했다. 그는 희끄무레한 먼지를 손끝에 묻혀 표지 한 귀퉁이에 놓았다. 만약 누가 이 공책을 움직인다면, 그 먼지가 반드시 흔들려 떨어질 것이다.

3

윈스턴은 꿈에 어머니를 보았다.

어머니가 사라졌을 때 그의 나이가 틀림없이 열 살이나 열한 살이었을 것이다. 어머니는 키가 크고 기품이 있었으며, 비교적 말이 없는 편이었다. 움직임은 느릿느릿하고, 금발은 정말 근사했다. 아버지에 대한 기억은 이보다 모호했다. 가무잡잡하고 마른 사람, 항상 깔끔한 짙은 색 옷을 입고(아버지의 구두 밑창이 아주 얇았던 것이 특히 기억에 남아 있었다) 안경을 쓴 사람. 두 분은 1950년대의 1차 대숙청에 휘말렸음이 분명했다.

꿈속에서 어머니는 윈스턴보다 한참 아래의 어딘가에서 그의 여동생을 품에 안고 앉아 있었다. 윈스턴은 여동생을 전혀 기억하지 못했다. 아주 작고 연약한 아기였으며, 항상 조용했고, 커다란 눈으로 주위를 열심히 살폈다는 기억뿐이었다. 어머니와 여동생 둘 다 그를 올려다보고 있었다. 두 사람은 지하의 어떤 곳, 예를 들어 우물 바닥이나 아주 깊은 무덤 속 같은 곳에 있었다. 그가 있는 곳에 비해 이미 한참 아래에 있는데도 계속 더 아래로 가라앉는 중이었다. 두 사람은 가라앉는 배의 객실에 앉아 점점 어두워지는 물을 통해 그를 올려다보았다. 방 안에 아직 공기가 남아 있어서 두 사람이 그를 보는 것도 그가 두 사람을 보는 것도 가능했지만, 그동안에도 내내 두 사람은 초록색 물속으로 가라앉고 있었다. 조금만 더 있으면 그 물이 두 사람의 모습을 영원히 덮어버릴 터였다. 그는 공기가 있는 밝은 곳에 있는데, 두 사람은 죽음을 향해 빨려 들어갔다. **게다가** 두 사람이 그 아래에 있는 것은 그가 여기 위에 있기 때문이었다. 그도 그것을 알고, 두 사람도 그것을 알았다. 두 사람의 표정에서 그는 두 사람이 그것을 안다는 사실을 알았다. 두 사람의 표정에도 마음에도 그를 나무라는 기색은 없었다. 그가 살기 위해서는 자기들이 죽어야 하며, 이것이 피할 수 없는 세상 질서의 일부라는 깨달음만 있을 뿐이었다.

어쩌다 그렇게 된 건지 기억나지 않았지만, 꿈에서 그는 자신의 목숨을 위해 어머니와 여동생의 목숨이 희생되었음을 알고 있었다. 전형적인 꿈의 특징을 지니고 있으면서도, 꿈꾸는 사람의 지적인 능력이 계속 이어져 여러 사실과 생각을 인식하게 되는 그런 꿈이었다. 이때 알게 된 사실과 생각은 잠에서 깬 뒤에도 여전히 새롭고 가치 있게 보인다. 지금이 꿈속에서 윈스턴이 갑자기 깨달은 사실은, 거의 30년 전 어머니의 죽음은 슬픈 비극으로 느껴졌지만 지금은 그런 감정 자체가 불가능해졌다는 점이었다. 비극은 고대에나 가능한 것이었다. 사생활, 사랑, 우정이 아직 존재하고, 가족들이 굳이 이유를 몰라도 그냥 서로에게 의지가 되던 시대. 어머니의 기억이 그의 가슴을 찢어놓는 것은, 어머니가 그를 사랑하며 돌아가셨기 때문이었다. 그때 그는 너무 어리고 이기적이어서 그만큼 어머니를 사랑하지 못했다. 또한 그가 기억할 수는 없어도 어머니가 변하지 않는 개인의 신념인 고결함을 위해 자신을 희생했기 때문이었다. 지금은 불가능한 일이었다. 지금은 공포, 증오, 고통이 있을 뿐, 품위 있는 감정이나 깊고 복잡한 슬픔 같은 것은 존재하지 않았다. 깊이가 수백 길이나 되는 초록색 물속에서 계속 가라앉으면서 그를 올려다보는 어머니와 여동생의 커다란 눈에 이런 감정들이 보이는 것 같았다.

갑자기 그는 작고 폭신한 잔디밭에 서 있었다. 햇빛이 비스듬히 땅 위를 미끄러지는 여름날 저녁이었다. 꿈속에 워낙 자주 나오던 풍경이라서, 이것이 현실에서도 실제로 본 적이 있는 풍경인지 확실히 알 수 없었다. 깨어 있을 때 그는 꿈속의 이 장소를 '골든 컨트리'라고 불렀다. 토끼가 뜯어먹은 오래된 풀밭에 발길로 다져진 길 하나가 요리조리 나 있고, 두더지가 파놓은 구멍이 여기저기 보였다. 맞은편의 들쭉날쭉한 산울타리에서는 느릅나무 가지들이 산들바람에 아주 조금씩 흔들리고, 숱이 많은 여자의 머리카락 같은 이파리들도 살짝 살랑거렸다. 시야에 보이지는 않지만 가까운 곳 어딘가에 천천히 흐르는 맑은 개울이 있었다. 버드나무 아래 물속에서 황어가 헤엄치는 곳.

어두운 색 머리의 여자가 그를 향해 벌판을 가로질러 오고 있었다. 그녀는 단번에 옷을 찢듯이 벗어 만지기도 싫다는 듯 옆으로 던져버렸다. 그녀의 몸은 하얗고 매끄러웠으나, 그에게 아무런 욕망도 일으키지 못했다. 사실 그는 그 몸을 거의 보지도 못했다. 그 순간 그를 압도한 것은 옷을 던지는 그녀의 동작에 대한 감탄이었다. 우아함과 무심함으로 문화 전체를, 사상 체계 전체를 소멸시키는 듯한 동작이었다. 빅브라더와 당과 사상경찰이 그 단 한 번의 멋들어진 손짓으로 모두 쓸려나가 허공으로 사라져버릴 수 있을 것 같았다. 그것 역시 고대에나 가능한 동작이었다. 윈스턴은 '셰익스피어'라는 단어를 입술에 매단 채 잠에서 깨어났다.

텔레스크린에서 귀청을 찢어버릴 듯한 호각 소리가 30초 동안 계속 울려 나왔다. 07시 15분. 사무직 노동자들의 기상 시간이었다. 윈스턴은 침대에서 억지로 몸을 일으켰다. 알몸이었다. 외부당원에게 매년 지급되는 의복 쿠폰이 고작 3천 개인데, 잠옷 한 벌에 쿠폰 600개가 필요하기 때문이었다. 그는 의자에 걸쳐져 있던 더러운 속셔츠와 팬티를 집어 들었다. 3분 뒤 체조가 시작될 터였다. 하지만 그는 곧 격렬한 기침 때문에 몸을 반으로 접었다. 거의 매일 아침 일어난 직후에 겪는 일이었다. 이렇게 기침을 하고 나면 허파가 완전히 텅 비어서 그는 똑바로 누워 연달아 몇 번 다급히 숨을 크게 들이쉰 뒤에야 다시 숨을 쉴 수 있었다. 기침 때문에 힘들어서 혈관이 툭툭 튀어나왔고, 정맥류궤양이 있는 부위가 가려웠다.

"30대 그룹!" 날카로운 여자 목소리가 시끄럽게 튀어나왔다. "30대 그룹! 자리를 잡아요. 30대 그룹!"

윈스턴은 곧바로 텔레스크린 앞으로 튀어가 차렷 자세를 취했다. 화면에는 말랐지만 근육질인 몸매에 튜닉과 운동화 차림인 앳된 여자가 이미 나와 있었다.

"팔을 굽혔다 펴기!" 그녀가 구령을 시작했다. "내 구령에 따라 **하나**, 둘, 셋, 넷! **하나**, 둘, 셋, 넷! 자, 동무들, 더 기운차게! **하나**, 둘, 셋, 넷! **하나**, 둘, 셋, 넷!……"

기침으로 인한 통증도 윈스턴의 마음에 남은 꿈의 흔적을 모두 몰아내지 못했기 때문에, 규칙적인 구령에 맞춰 운동을 하다 보니 꿈의 기억이 조금 되살아났다. 윈스턴은 기계적으로 팔을 앞뒤로 움직이며 얼굴에는 체조 때의 적절한 표정인, 무뚝뚝하게 즐기는 표정을 지었다. 그러면서 속으로는 기억이 흐릿한 어린 시절을 애써 더듬어보았다. 몹시 힘들었다. 50년대 말에서 더 거슬러 올라가면 모든 것이 희미해졌다. 참고할 수 있는 외부 기록이 없으니, 심지어 자신이 살아온 인생의 윤곽조차 흐릿해졌다. 자신이 기억하는 큰 사건들은 실제로 일어나지 않았을 가능성이 높고, 세세하게 기억나는 사건이 있어도 당시의 분위기까지는 생각나지 않았다. 또한 무엇도 떠오르지 않는 공백기들이 길게 자리했다.

그때는 모든 것이 지금과 달랐다. 심지어 나라들의 이름도 지도에 그려진 국경선의 모양도 달랐다. 예를 들어 그때는 에어스트립 원이라는 이름이 없었다. 대신 잉글랜드나 브리튼이라는 이름이 있었다. 하지만 런던은 옛날부터 항상 런던이었다. 거의 확실했다.

윈스턴은 이 나라가 전쟁 중이지 않은 적이 있었는지 확실히 기억나지 않았다. 하지만 어렸을 때 상당히 긴 평화기가 있었음이 분명했다. 아주 어렸을 때 갑작스러운 공습에 사람들이 전부 깜짝 놀랐던 기억이 있기 때문이었다. 어쩌면 콜체스터에 원자탄이 떨어진 게 그 무렵인 것 같기도 했다. 공습 자체는 그의 기억에 없었지만, 아버지가 그의 손을 꼭 잡고 나선형 계단을 빙글빙글 뛰듯이 내려가 깊은 땅속 어딘가로 향하던 기억은 분명했다. 밟을 때마다 소리가 울리는 계단을 내려가다 보니 나중에는 다리가 너무 아파서 그가 칭얼거리는 바람에, 아버지는 걸음을 멈추고 휴식을 취했다. 어머니는 언제나 그렇듯이 몽롱하고 느릿느릿하게 한참 뒤에서 따라오고 있었다. 품에는 아직 아기인 여동생을 안고 있었다. 아니, 어쩌면 아기가 아니라 끈으로 묶은 담요인 것 같기도 했다. 그때가 여동생이 태어난 뒤인지 확실치 않았다. 마침내 그들이 도착한 곳은 사람들이 북적거리는 시끄러운 곳이었다. 그는 그곳이 지하철역임을 알아보았다.

돌로 포장된 바닥에 온통 사람들이 앉아 있었다. 금속 의자에 포개지듯 빽빽하게 앉은 사람들도 많았다. 윈스턴과 어머니와 아버지는 바닥에서 자리를 찾아 앉았다. 가까운 곳에서는 어떤 할아버지와 할머니가 의자에 나란히 앉아 있었다. 점잖은 짙은 색 정장을 입고 백발에 검은색 천 모자를 젖혀 쓴 할아버지의 얼굴은 진홍색이고 푸른 눈에는 눈물이 가득했다. 몸에서는 고약한 술 냄새가 났다. 땀구멍에서 땀 대신 술 냄새가 나오는 것 같았다. 눈에 고인 눈물도 순수한 술인 것 같았다. 하지만 살짝 술에 취하긴 했어도, 그 할아버지는 분명히 견딜 수 없는 슬픔에 잠겨 있었다. 윈스턴은 뭔가 아주 끔찍한 일이, 그러니까 용서할 수도 없고 돌이킬 수도 없는 일이 방금 일어났음을 아이 특유의 방식으로 이해했다. 그것이 무엇인지도 알 것 같았다. 그 할아버지가 사랑했던 누군가가 목숨을 잃었다고 했다. 어쩌면 어린 손녀일 수도 있었다. 할아버지는 몇 분마다 한 번씩 같은 말을 되풀이했다.

"놈들을 믿은 게 잘못이여. 내가 그랬잖어, 마. 글체? 놈들을 믿으면 이렇게 된다고. 처음부터 내가 계속 말했구만. 그 자식들을 믿은 게 잘못이여."

하지만 믿은 게 잘못이라는 그 '자식들'이 누구인지는 윈스턴의 기억에 남아 있지 않았다.

그 무렵부터 문자 그대로 끊임없이 전쟁이 이어졌다. 하지만 엄격히 말해서, 같은 전쟁이 계속 이어진 건 아니었다. 그가 어렸을 때 몇 달 동안 런던 거리에서 혼란스러운 전투가 벌어진 적도 있었다. 개중 일부는 그의 기억에 지금도 생생했다. 하지만 그 시대 전체의 역사를 더듬어보며 시기별로 누가 누구와 싸웠는지 구분하는 것은 완전히 불가능할 터였다. 지금 벌어지고 있는 전쟁 외에 다른 형태의 전쟁에 대해서는 문자로 된 기록도 말로 전해지는 것도 전혀 없기 때문이었다. 예를 들어, 1984년인 지금(지금이 정말로 1984년이라면), 오세아니아는 유라시아와 전쟁 중이고 이스트아시아와는 동맹이었다. 이 세 강대국이 언제든 지금과는 다른 형태의 관계를 맺고 있었다는 말은 공적인 자리에서도 개인적인 자리에서도 결코 들을 수 없었다. 사실 윈스턴도 잘 알다시피, 4년 전만 해도 오세아니아는 이스트아시아와 전쟁 중이고 유라시아와는 동맹이었다. 하지만 그것은 그의 기억이 충분히 통제되지 않아서 그가 우연히 소유하게 된 은밀한 지식일 뿐이었다. 공식적으로는 이 세 나라의 관계가 바뀐 적이 없었다. 오세아니아가 지금 유라시아와 전쟁 중이니, 옛날부터 오세아니아의 전쟁 상대는 항상 유라시아였다. 매번 그 순간의 적은 절대악으로 표현되었으므로, 과거에도 미래에도 그 절대악과 협정을 맺는 것은 당연히 불가능했다.

그는 어깨를 아플 정도로 뒤로 젖히며(양손으로 엉덩이를 짚고 허리를 중심으로 몸통을 돌리는 운동을 하는 중이었다. 이 동작이 등 근육에 좋다고 했다) 벌써 1만 번째 같은 생각을 했다. 그것이 전부 진실일지도 모른다는 점이 무섭다고. 만약 당이 과거로 불쑥 손을 뻗어 이런저런 사건이 **실제로 일어난 적이 없다**고 정해버릴 수 있다면, 그것은 확실히 고작 고문이나 죽음보다 더 무서운 일이었다.

당은 오세아니아가 유라시아와 동맹을 맺은 적이 없다고 말했다. 윈스턴 스미스는 오세아니아가 겨우 4년 전에 유라시아와 동맹 관계였음을 알고 있었다. 하지만 이 지식이 어디에 존재하는가? 그의 의식 속에만 존재할 뿐이었다. 게다가 그의 의식은 어쨌든 곧 반드시 소멸되어야 했다. 당이 강요하는 거짓말을 다른 사람들이 모두 받아들이고 기록에도 모두 같은 내용만 있다면, 그 거짓말이 역사가 되고 진실이 되었다. '과거를 통제하는 자가 미래를 통제한다. 현재를 통제하는 자가 과거를 통제한다.' 이것이 당의 구호였다. 하지만 과거는, 본질적으로 변할 수 있는데도, 결코 변하지 않았다. 지금의 진실이 영원히, 영원히 진실이었다. 아주 간단했다. 자신의 기억을 상대로 무한히 승리를 거두기만 하면 되었다. 사람들은 그것을 '현실 통제'라고 불렀다. 신어로는 '이중사고'였다.

"쉬어!" 화면 속 여자가 조금 전보다 살짝 친절하게 소리쳤다.

윈스턴은 양팔을 옆으로 내리고 천천히 허파에 다시 공기를 채웠다. 그의 머리는 이중사고라는 미로 속으로 빠져들어갔다. 알면서 모르는 것, 공들여 구축된 거짓을 말하면서 완전한 진실이라고 의식하는 것, 서로를 상쇄하는 두 의견을 동시에 갖는 것, 그 두 의견이 서로 모순이라는 사실을 알면서도 둘 다 믿는 것, 논리에 논리로 맞서는 것, 도덕을 주장하면서 도덕을 거부하는 것, 민주주의는 불가능하다면서 당이 민주주의의 수호자라고 믿는 것, 무엇이든 반드시 잊어야 하는 것을 잊는 것, 그러고 나서 필요할 때 그것을 다시 기억 속으로 끌어들였다가 즉시 다시 잊는 것, 그리고 무엇보다도 그 과정 자체에 그 과정을 적용하는 것. 최고로 정교한 작업이었다. 의식적으로 무의식을 유도한 다음, 자신이 방금 실행한 최면 행위를 다시 의식하지 못하게 되는 것. 심지어 '이중사고'라는 단어를 이해하는 데에도 이중사고를 사용해야 했다.

화면 속 여자가 다시 사람들에게 주목하라고 말했다. "이제 우리들 중 누가 자기 발가락을 만질 수 있는지 볼까요!" 그녀가 열정적으로 말했다. "바로 엉덩이부터 굽혀요, 동무들. **하낫**-둘! **하낫**-둘!……"

윈스턴은 이 운동이 진저리 나게 싫었다. 발꿈치부터 엉덩이까지 찌르는 듯이 아파오고, 마지막에 또 발작처럼 기침을 하게 될 때가 많았다. 생각에 잠기면서 조금 느끼고 있던 즐거움이 사라져버렸다. 그가 생각하기에 과거는 단순히 바뀌기만 한 것이 아니었다. 사실상 파괴되었다. 자신의 기억 외에는 아무런 기록도 존재하지 않는 상황에서는 아무리 뻔한 사실이라도 확인할 길이 없지 않은가. 그는 자신이 처음 빅 브라더라는 말을 들은 해가 언제인지 기억해보려고 했다. 틀림없이 1960년대의 언제쯤인 것 같지만, 확인은 불가능했다. 물론 당의 역사에서 빅 브라더는 아주 초창기부터 혁명의 지도자이자 수호자였던 것으로 그려졌다. 그의 활약은 점점 시간을 거슬러 올라가 이미 황당무계한 1940년대와 1930년대까지 연장되었다. 그때는 괴상한 원통형 모자를 쓴 자본가들이 크고 반짝이는 자동차나 측면에 유리를 붙인 마차를 타고 런던의 거리를 누비던 시대다. 빅 브라더에 관한 전설 중 어디까지가 사실이고 어디까지가 지어낸 이야기인지는 알 길이 없었다. 윈스턴은 당이 처음 만들어진 정확한 날짜조차 기억나지 않았다. 1960년 이전에는 '영사'라는 말을 들어본 적이 없는 것 같았지만, 같은 뜻의 구어舊語 표현, 즉 '영국사회주의'가 그보다 먼저 통용되었을 가능성이 있었다. 모든 것이 안개 속으로 흩어져버렸다. 가끔 확실한 거짓말을 콕 집어낼 수 있을 때가 있기는 했다. 예를 들어, 당의 역사책에 나오는, 당이 비행기를 발명했다는 주장은 사실이 아니었다. 윈스턴은 아주 어렸을 때 비행기를 본 기억이 있었다. 하지만 그것을 증명할 수는 없었다. 증거가 전혀 남아 있지 않았다. 평생 단 한 번, 그는 역사적 사실이 위조되었다는 확실한 증거 문서를 손에 쥔 적이 있었다. 그런데 그때……

"스미스!" 텔레스크린 속의 여자가 빽 소리를 지르며 잔소리를 늘어놓았다. "6079 스미스 W! 그래요, **당신**! 몸을 더 굽혀요! 그보다 더 잘할 수 있잖아요. 노력을 안 하는 거지. 더 굽혀요! 이제 좀 낫네요, 동무. 자, 여러분 모두 이제 편안히 서서 날 잘 보세요."

윈스턴의 온몸에 갑자기 뜨거운 땀이 가득 배어나왔다. 그의 얼굴은 완전한 무표정을 고수했다. 당혹감을 드러내면

안 된다! 화난 표정을 지으면 안 된다! 눈을 한 번 깜박이는 것만으로도 속내가 드러날 수 있었다. 그는 가만히 서서, 텔레스크린 속의 강사가 양팔을 머리 위로 올리는 모습을 지켜보았다. 우아하다고 할 수는 없지만, 놀라울 정도로 깔끔하고 효율적인 동작이기는 했다. 강사는 몸을 숙여 손가락 첫 번째 마디를 발가락 아래로 집어넣었다.

"**이거예요**, 동무들! 여러분도 **이렇게** 하는 겁니다. 다시 잘 보세요. 난 지금 서른아홉 살이고 아이가 넷이에요. 잘 봐요." 강사는 다시 몸을 숙였다. "여기 **내** 무릎이 구부러지지 않은 게 보이죠? 여러분도 마음만 먹으면 모두 할 수 있어요." 강사는 몸을 똑바로 펴면서 말을 이었다. "아직 마흔다섯 살이 안 된 사람은 누구나 자기 발가락을 손으로 만질 수 있어요. 우리 모두가 전선에서 싸우는 특권을 누리지는 못하지만, 적어도 자기 몸을 건강하게 관리할 수는 있습니다. 말라바르 전선에 나가 있는 우리 청년들을 생각해봐요! 해상 요새의 수병들도! **그들이** 지금 어떤 환경을 견디고 있는지 생각하세요. 자, 다시 해봅시다. 이제 좀 낫네요, 동무. 훨씬 나아졌어요." 마지막 말은 과격하게 몸을 숙여 무릎을 굽히지 않은 채 발가락을 만지는 데 성공한 윈스턴에게 던진 격려였다. 윈스턴이 그 동작에 성공한 것은 몇 년 만에 처음이었다.

4

윈스턴은 하루 일을 시작하면서, 가까이에 텔레스크린이 있는데도 미처 참지 못하고 무의식적으로 깊은 한숨을 내쉬었다. 그는 구술기를 앞으로 잡아당겨 마우스피스의 먼지를 입김으로 후후 불고 안경을 썼다. 그러고는 책상 오른편의 기송관氣送管이 이미 뱉어놓은 서류 두루마리 네 개를 펼쳐 클립으로 한데 묶었다.

그의 책상을 에워싼 칸막이에는 구멍이 세 개 나 있었다. 구술기 오른쪽에는 문서를 주고받는 작은 기송관, 왼쪽에는 신문을 주고받는 큰 기송관, 윈스턴이 팔을 뻗으면 쉽게 닿는 거리의 한쪽 벽에는 철망을 씌운 커다란 직사각형 구멍. 이 마지막 구멍은 못 쓰게 된 종이를 버리는 곳이었다. 이 건물 안의 모든 사무실 칸막이벽뿐만 아니라 모든 복도에도 일정한 간격으로 나 있는 비슷한 구멍들이 수천, 수만 개나 되었다. 이유는 잘 모르겠지만, 그들은 '기억구멍'이라는 별명으로 불렸다. 파기해야 하는 문서가 생기거나 다 쓴 종잇조각이 아무렇게나 놓여 있으면, 사람들은 자동적으로 가장 가까운 기억구멍의 뚜껑을 들고 종이를 집어넣었다. 그러면 종이가 따뜻한 기류에 실려 빙글빙글 돌면서 건물 안 깊숙한 곳 어딘가에 숨겨진 거대한 화덕을 향해 사라졌다.

윈스턴은 조금 전 펼친 종이 네 장을 살펴보았다. 종이마다 한두 줄의 전언이 청사 내부에서만 통용되는 약어로 작성되어 있었다. 딱히 신어라고 할 수는 없지만, 신어 단어의 비중이 높았다. 전언의 내용은 다음과 같았다.

타임스 17.3.84 빅브 연설 오보 아프리카 수정

타임스 19.12.83 예측 3개계 4분기 83 오자 확인 금일 호

타임스 14.2.84 풍부 오인용 초콜릿 수정

타임스 3.12.83 빅브 일일명령 보도 이중플러스안좋음 언급 안인간 전면수정 철 전 상제출

윈스턴은 어렴풋한 만족감을 느끼며 네 번째 전언을 한쪽으로 치워두었다. 복잡하고 책임이 따르는 일인 만큼 마지막으로 처리하는 편이 나았다. 나머지 세 개는 일상적인 업무였으나, 두 번째 전언을 처리하려면 십중팔구 숫자들을 지루하게 파헤쳐야 할 것 같았다.

윈스턴은 텔레스크린에서 '묵은 호' 다이얼을 돌려 필요한 날짜의 〈타임스〉를 호출했다. 그러자 겨우 몇 분 만에 기송관에서 신문이 튀어나왔다. 그가 받은 전언들은 이런저런

이유로 변경할 필요, 아니 공식적인 표현을 쓰자면 수정할 필요가 있는 기사나 뉴스 항목을 언급한 것이었다. 예를 들어, 3월 17일자 〈타임스〉가 빅 브라더의 그 전날 연설을 보도한 기사에 따르면, 빅 브라더는 남인도 전선은 조용하겠지만 북아프리카에서 곧 유라시아의 공세가 시작될 것이라고 예언했다. 하지만 실제로는 유라시아 최고사령부가 북아프리카는 가만히 내버려두고 남인도에서 공격을 시작했다. 따라서 빅 브라더의 연설을 보도한 문단을 고쳐 써서 그가 올바르게 예언한 것처럼 만들 필요가 있었다. 이번에는 〈타임스〉의 12월 19일자를 살펴보면, 1983년 4/4분기, 즉 제9차 3개년 계획 6차 분기의 다양한 소비재 생산량에 대한 공식적인 예측이 실려 있었다. 그러나 오늘자 신문에 실린 실제 생산량 기록을 보면, 모든 예측이 엄청나게 틀린 것 같았다. 윈스턴이 할 일은 원래 기사에 실린 숫자들을 수정해서 실제 생산량과 일치하게 만드는 것이었다. 세 번째 전언은 2분 정도면 바로잡을 수 있는 아주 간단한 실수에 관한 것이었다. 얼마 전인 2월에 풍요부가 1984년 중에는 초콜릿 배급량이 줄어들지 않을 것이라는 약속(공식 발표에서는 '절대적인 보증')을 내놓았다. 하지만 이제 윈스턴도 알고 있듯이, 초콜릿 배급량은 이번 주말에 30그램에서 20그램으로 줄어들 예정이었다. 그러니 처음의 약속을 4월 중에 배급량을 줄여야 할 것 같다는 예고로 바꾸기만 하면 되었다.

윈스턴은 이 전언들을 처리하자마자, 구술기로 작성한

수정본을 〈타임스〉 해당 호에 클립으로 붙여서 기송관으로 보냈다. 그러고는 거의 무의식적으로 원래 전언과 자신이 작성한 메모를 구겨서 기억구멍 속의 불꽃을 향해 던져 넣었다.

윈스턴은 문서가 기송관을 통과한 뒤 눈에 보이지 않는 미로에 도착하면 어떤 일이 벌어지는지 자세히 알지는 못해도, 대략적으로는 알고 있었다. 수정본을 한데 모아 〈타임스〉 해당 호와 대조해본 뒤, 원래 신문을 파기하고 새로 신문을 인쇄할 것이다. 그리고 이렇게 수정된 신문이 신문철 안의 해당 날짜 자리로 들어간다. 이런 지속적인 수정 절차는 신문뿐만 아니라 서적, 정기간행물, 소책자, 포스터, 전단, 영화, 녹음 자료, 만화, 사진 등 정치적으로나 이념적으로 의미를 지닐 수 있는 모든 종류의 문헌과 기록에 적용되었다. 매일매일 거의 분 단위로 과거가 업데이트되었다. 당의 예언이 언제나 옳았음을 이렇게 해서 문서로 증명할 수 있었다. 또한 순간마다 필요한 내용과 상충되는 그 어떤 뉴스 항목이나 의견 표명도 기록에 남아 있을 수 없었다. 모든 역사는 필요할 때마다 깨끗이 긁어내고 다시 쓰던 옛 양피지 문서와 같았다. 일단 이렇게 수정이 이루어진 뒤에는 위조가 이루어졌음을 증명할 길이 전혀 없었다. 기록국에서 가장 큰 부서, 지금 윈스턴이 일하는 부서보다 훨씬 더 큰 부서의 직원들은 오로지 폐기해야 하는 책과 신문 등 모든 기록을 추적해서 모아들이는 일만 수행했다. 정치적 동맹의 변화나 빅 브라더의 잘못된 예언 때문에 어쩌면 열 번 넘게 수정되었을 〈타임스〉 신문들이 지금도 처음 발행되었을 때의 날짜를 달고 신문철 속에 보관되어 있었다. 그 신문과 어긋나는 내용을 담은 신문은 어디에도 존재하지 않았다. 책도 몇 번이나 수거되어 수정되었다. 그리고 수정된 사실을 인정하는 말 한마디 없이 다시 배포되었다. 윈스턴이 문서로 받은 지시 사항들, 그가 처리를 마치자마자 폐기해버리는 그 전언들도 위조를 하라는 내용을 직접 언급하거나 암시하는 법이 없었다. 항상 정확성을 위해 과실, 실수, 오자, 오인용을 바로잡을 필요가 있다는 말이 있을 뿐이었다.

윈스턴은 풍요부의 숫자들을 고쳐 쓰면서 사실 이것은 위조라고 할 수도 없다고 생각했다. 이건 그저 헛소리를 또 다른 헛소리로 대체하는 작업일 뿐이었다. 그가 처리하는 자료는 대부분 현실과 아무런 상관이 없었다. 하다못해 노골적인 거짓말도 현실과 어느 정도 상관이 있는데, 이건 그것만도 못했다. 원래 통계나 수정된 통계나 똑같이 공상의 산물이었다. 그냥 머리로 숫자를 지어내야 할 때도 많았다. 예를 들어, 풍요부는 해당 분기의 부츠 생산량이 1억 4,500만 켤레일 것이라고 예측했다. 실제 생산량은 6,200만 켤레로 나와 있었다. 그러나 윈스턴은 예측치를 5,700만 켤레로 낮춰서 수정해, 여느 때처럼 초과 생산을 달성했다는 주장이 가능하게 했다. 어차피 6,200만 켤레나 5,700만 켤레나 1억 4,500만 켤레나 현실과 거리가 멀기는 마찬가지였다. 실제로는 부츠가 아예 한 켤레도 생산되지 않았을 가능성이 높았다. 또는 정확히 몇 켤레가 생산되었는지 아는 사람도 신경 쓰는 사람도 없을 가능성이 그보다 더 높았다. 사람들이 아는 것은 매분기 서류상으로는 천문학적인 숫자의 부츠가 생산되지만 오세아니아 인구 중에 아마 절반은 맨발로 다니는 것 같다는 현실뿐이었다. 크든 작든 모든 종류의 기록이 이런 식이었다. 모든 것이 그림자 세계 속으로 희미하게 사라져 나중에는 하루의 날짜조차 불확실해졌다.

윈스턴은 사무실 안을 흘깃 둘러보았다. 맞은편의 칸막이 안에서 턱이 가무잡잡하고 몸집이 작고 성격이 아주 꼼꼼해 보이는 틸롯슨이라는 남자가 성실하게 일하고 있었다. 무릎에는 신문을 접어서 올려놓고 입은 구술기에 가까이 댄 자세였다. 지금 자신이 하는 말을 자신과 텔레스크린만 아는 비밀로 묶어두려고 애쓰는 것 같은 분위기였다. 그가 시선을 들자 그의 안경에서 윈스턴 쪽을 향해 적대적인 불빛이 반사되었다.

윈스턴은 틸롯슨과 잘 아는 사이가 아니라서 그가 맡은 일이 무엇인지 전혀 몰랐다. 기록국 사람들은 자신의 일을 쉽게 입에 담지 않았다. 창문 하나 없는 길쭉한 사무실에 칸막이들이 두 줄로 늘어서 있고, 거기서 종이 뒤적이는 소리와 구술기에 대고 중얼거리는 목소리가 끊임없이 이어졌다. 복도에서 바삐 오가는 모습이나 2분 증오 때 난리를 피우는 모습을 매일 보는데도 윈스턴이 이름조차 모르는 사람이 10여 명은 되었다. 윈스턴의 바로 옆 칸막이에서 모래 빛깔 머리카락의 자그마한 여자가 증발해서 처음부터 존재한 적이 없다고 여겨지는 사람들의 이름을 출판물에서 추적해 지우는 일을 날이면 날마다 하고 있다는 사실은 그도 알고 있었다. 그녀의 남편 역시 2년쯤 전에 증발해버렸으므로, 웬지 그녀에게 잘 맞는 일 같았다. 몇 칸 떨어진 칸막이에서는 온화하고 무능한 몽상가 같은 앰플포스라는 사람이 이념적으로 거슬리는 작품이 되었지만 이런저런 이유로 선집 안에 남겨두어야 하는 시들을 수정하는 일(이런 수정본을 '결정판'이라고 불렀다)을 하고 있었다. 귀에 털이 아주 많은 그는 시의 운율을 다루는 재주가 놀라울 정도로 뛰어났다. 약 50명의 직원들이 일하고 있는 이 방은 거대한 기록국의 한 하위 부서, 말하자면 세포 하나에 불과했다. 위, 아래, 사방에서 수많은 직원들이 상상조차 할 수 없는 수많은 업무를 처리하고 있었다. 여러 개의 거대한 인쇄실에는 각각 편집 직원, 인쇄 전문가, 정교한 사진 위조 장비를 갖춘 스튜디오가 있었다. 텔레프로그램과에서는 엔지니어, 프로듀서, 성대모사 재능이 특히 뛰어나서 선발된 배우팀이 일했다. 수많은 문서 조회 담당자들은 회수해야 하는 서적과 정기간행물의 목록을 작성하는 일을 맡았다. 수정된 문서를 보관하는 거대한 저장소도 있고, 원본 문서가 파기되는 비밀 화덕도 있었다. 또한 익명의 존재로서, 이 모든 업무를 조정하고 지휘하는 두뇌도 있었다. 그들이 세운 정책 노선에 따라 과거의 조각들 중 보존할 것, 위조할 것, 지워버려야 할 것이 결정되었다.

하지만 이런 기록국도 진실부의 부서들 중 하나일 뿐이었다. 진실부의 가장 중요한 임무는 과거를 재구성하는 것이 아니라 조각상에서 구호에 이르기까지, 서정시에서 생물학 논문에 이르기까지, 어린이용 철자법 책에서 신어사전에 이르기까지 생각할 수 있는 모든 정보, 지시, 오락, 신문, 영화, 교과서, 텔레스크린 프로그램, 연극, 소설을 오세아니아 국민들에게 제공하는 것이었다. 또한 진실부는 당의 다양한 요구를 수행할 뿐만 아니라, 프롤레타리아를 위해 낮은 수준에서도 모든 업무를 똑같이 수행했다. 프롤레타리아 문학, 음악, 연극, 오락을 전반적으로 담당하는 별도의 부서들이 있었다. 그들은 스포츠, 범죄, 점성술 얘기만 가득한 쓰레기 같은 신문, 선정적인 5센트짜리 짧은 소설, 야한 영화, 순전히 특수한 형태의 만화경인 작시기作詩器라는 기계로만 지어낸 감상적인 노래 등을 생산했다. 그 밑의 하위 부서, 신어로 '포르노과'라고 불리는 부서는 가장 추잡한 종류의 포르노그래피를 생산했다. 밀봉 상태로 배포되는 이 작품들은 제작에 참여한 사람만 빼고 비당원에게는 시청이 허용되지 않았다.

윈스턴이 일하는 동안 기송관에서 전언 세 개가 또 빠져나왔다. 간단한 업무였으므로 그는 2분 증오로 일이 중단되기 전에 모두 처리했다. 2분 증오가 끝난 뒤에는 자기 자리로 돌아와 선반에서 신어사전을 꺼낸 뒤 구술기를 한쪽으로 밀어두고 안경을 닦으며 오전에 받은 전언 중 가장 중요한 업무를 수행할 준비를 했다.

윈스턴은 일에서 인생의 가장 큰 기쁨을 느꼈다. 지루하게 반복되는 일이 대부분이었지만, 아주 어렵고 복잡해서 수학 문제에 깊이 빠질 때처럼 넋을 잃고 몰두할 수 있는 일도 있었다. 영사의 원칙에 대한 지식과 당이 하고자 하는 말에 대한 자신의 추측 외에는 그 어떤 지침도 없이 수행해야 하는 섬세한 위조 작업. 윈스턴은 이런 일을 해내는 솜씨가 좋았다. 때로는 그에게 온전히 신어로만 작성된 〈타임스〉의 톱기사 수정이 맡겨질 정도였다. 그는 아까 옆으로 따로 빼두었던 전언을 펼쳤다.

타임스 3.12.83 빅브 일일명령 보도 이중플러스안좋음 언급 안인간 전면수정 철 전 상제출

구어(표준 영어)로 바꾸면 대략 다음과 같은 내용이었다.

1983년 12월 3일자 〈타임스〉에 실린 빅 브라더의 일일명령 보도가 지극히 불만스러우며, 존재하지 않는 인간이 거기 언급되어 있다. 전문을 다시 써서 초고를 상급자에게 제출한 뒤 신문철에 철하라.

윈스턴은 문제의 기사를 죽 읽어보았다. 빅 브라더의 일일명령은 주로 FFCC라는 조직의 성과를 칭찬하는 내용인 듯했다. FFCC는 해상 요새의 수병들에게 담배를 비롯한 편

의물품을 공급하는 곳이었다. 탁월한 내부당원인 위더스 동무라는 사람이 특별표창과 2급 특별공로훈장을 받았다는 내용도 있었다.

그런데 석 달 뒤 FFCC가 아무런 이유 없이 갑자기 해체되었다. 따라서 위더스와 그의 관련자들이 이제는 당의 총애를 잃었다고 볼 수 있었지만 신문에도 텔레스크린에도 관련 보도가 전혀 없었다. 정치범들이 재판에 부쳐지거나 공개적으로 비난을 받는 일은 이례적이니 그럴 만도 했다. 수천 명을 상대로 벌어지는 대숙청, 반역자들에 대한 공개재판이 열리고 사상범들이 비굴하게 범죄를 자백한 뒤 처형되는 그런 일은 2년에 한 번 일어날까 말까 한 특별한 쇼였다. 그보다는 당의 노여움을 산 사람이 그냥 사라져서 두 번 다시 소식을 알 수 없게 되는 경우가 흔했다. 그 사람들이 어떻게 됐는지 아주 작은 단서 하나도 얻을 수 없었다. 그들 모두가 반드시 죽었다고 할 수도 없었다. 윈스턴이 개인적으로 아는 사람들 중에 그의 부모를 빼고 아마도 서른 명쯤이 지금까지 그런 식으로 하나둘씩 사라졌다.

윈스턴은 종이 클립으로 코를 가볍게 문질렀다. 맞은편 칸막이의 틸롯슨 동무는 여전히 구술기를 향해 비밀스럽게 몸을 웅크리고 있었다. 그러다 그가 순간적으로 고개를 들자 또 안경에서 적대적인 빛이 번쩍였다. 윈스턴은 틸롯슨 동무가 혹시 자신과 같은 일을 하고 있는 건지 궁금해졌다. 그럴 가능성은 얼마든지 있었다. 아주 까다로운 작업이라면 결코 한 사람에게만 할당되는 법이 없었다. 하지만 그렇다고 해서 그 일을 위원회에 맡긴다면, 위조 작업이 이루어지고 있음을 공개적으로 인정하는 꼴이 될 것이다. 빅 브라더의 말을 여러 버전으로 바꾸는 작업을 지금 현재 무려 열두 명쯤 되는 사람들이 하고 있을 가능성이 아주 높았다. 곧 내부당의 어느 최고 두뇌가 그중에서 이런저런 버전을 골라 재편집한 뒤, 필요한 교차 대조 과정에 시동을 걸 것이다. 그렇게 해서 선택된 거짓 버전이 영구적인 기록에 편입되어 진실이 된다.

윈스턴은 위더스가 왜 당의 총애를 잃었는지 알지 못했다. 아마 부패나 무능 때문일 것이다. 빅 브라더가 단순히 너무 인기 좋은 부하를 제거한 것일 수도 있었다. 아니면 위더스나 그와 가까운 인물이 이단 성향을 지녔다는 의심을 받았을 수도 있었다. 그것도 아니면, 이것이 가장 가능성이 높은 일이긴 한데, 그냥 그런 일이 일어났을 수도 있었다. 숙청과 증발은 정부의 역학에 반드시 필요한 부분이기 때문이었다. 유일한 진짜 단서는 "언급 안인간"이라는 말 속에 있었다. 위더스가 이미 죽었음을 알려주는 표현이었다. 누군가가 체포되었을 때 항상 이렇게 된다고 볼 수는 없었다. 개중에는 석방돼서 무려 1~2년 동안 자유로이 살다가 처형되는 사람도 있었다. 아주 드물게는, 오래전에 죽은 줄 알았던 사람이 공개재판에 유령처럼 나타나 수백 명의 죄를 증언한 뒤 사라지는 경우도 있었다. 그러고는 두 번 다시 나타나지 않았다. 하지만 위더스는 이미 '안인간'이었다. 존재하지 않는 사람. 존재한 적이 없는 사람. 윈스턴은 빅 브라더의 발언 취지를 단순히 뒤집는 것만으로는 충분하지 않을 것이라는 결론을 내렸다. 원래 주제와는 아무런 관련이 없는 다른 내용으로 만드는 편이 나았다.

빅 브라더의 발언을 반역자와 사상범에 대한 평범한 비난으로 바꿀 수도 있겠지만, 그건 너무 뻔한 방법이었다. 반면 전투의 승리나 제9차 3개년 계획에서 생산량이 초과 달성되었다는 성과를 지어내는 방법을 쓰면 기록이 너무 복잡해질 우려가 있었다. 필요한 것은 순수한 공상의 산물이었다. 이미 준비되어 있었던 것처럼, 오길비 동무라는 사람의 모습이 갑자기 머리에 떠올랐다. 그는 최근에 전투에서 영웅적인 죽음을 맞은 사람이었다. 빅 브라더는 가끔 일일명령에서 지위가 낮은 일반 당원을 기리며 그들의 삶과 죽음을 모두가 따라야 할 모범으로 치켜세울 때가 있었다. 오늘 그는 오길비 동무를 기릴 것이다. 오길비 동무라는 사람은 사실 존재한 적이 없지만, 몇 줄의 글과 가짜 사진 두어 장이면 곧 그를 실존 인물로 만들 수 있었다.

윈스턴은 잠시 생각에 잠겼다가 구술기를 잡아당겨, 빅 브라더의 특유의 말투로 구술을 시작했다. 군인 같으면서 현학적인 말투였다. 또한 질문을 던진 뒤 곧바로 스스로 대답하는 버릇("이 사실에서 어떤 교훈을 배울 수 있습니까, 동무들? 교훈은, 영사의 기본 원칙 중 하나이기도 한 교훈은……" 등등) 때문에 흉내 내기 쉬운 말투이기도 했다.

오길비 동무는 세 살 때 북, 기관단총, 헬리콥터 모형을 제외한 모든 장난감을 거부했다. 여섯 살 때는 스파이단에 들어갔다. 특별히 규정이 느슨히 적용된 덕분에 남들보다 1년 일찍 들어간 것이다. 아홉 살 때는 분대장이 되었고, 열한 살 때는 범죄적인 성향이 드러난 듯한 대화를 엿듣고 사상경찰에 삼촌을 고발했다. 열일곱 살 때는 청년 반섹스 동맹의 지역 조직책으로 활동했고, 열아홉 살 때는 수류탄을 설계했다. 평화부가 이 수류탄을 채택했는데, 첫 번째 시험에서 한 번의 폭발로 유라시아 포로 서른한 명의 목숨이 날아갔다. 스물세 살 때 그는 작전 중 실종되었다. 중요한 공문서를 소지하고 인도양 상공을 날아가다가 적의 제트기가 나타나 추격해오자 일부러 무거운 기관총을 메고 헬리콥터에서 깊은 바닷속으로 뛰어내렸다. 공문서를 비롯한 모든 것이 그와 함께 사라졌다. 빅 브라더는 이 죽음을 생각할 때마다 부러움을 느끼지 않을 수 없다고 말했다. 그리고 오로지 하나의 목적만을 위해 매진한 오길비 동무의 순수한 인생에 대해 몇 마디 말을 덧붙였다. 그는 음주와 흡연을 철저히 멀리했으며, 매일 한 시간씩 운동하는 것 외에는 오락을 전혀 즐기지 않았고, 독신 서약을 했다. 결혼과 가정은 24시간 내내 임무에 헌신하는 삶과 양립할 수 없다고 생각했기 때문이었다. 그의 대화 주제는 오로지 영사의 원칙뿐이었으며, 인생의 목적은 적국인 유라시아를 물리치는 것과 간첩, 파괴분자, 사상범, 반역자를 잡아들이는 것밖에 없었다.

윈스턴은 오길비 동무에게 특별공로훈장을 수여할 것인지를 놓고 고민하다가, 수여하지 않기로 했다. 훈장을 수여하면 기록을 대조해서 수정하는 작업까지 이루어져야 하기 때문이었다.

윈스턴은 맞은편 칸막이의 라이벌 직원을 한 번 더 흘깃 바라보았다. 아무래도 틸롯슨이 지금 윈스턴과 똑같은 작업을 열심히 하고 있는 것 같다는 확신이 왔다. 최종적으로 누구의 버전이 채택될지는 알 길이 없지만, 윈스턴은 자신의 것이 선택되리라는 깊은 확신을 느꼈다. 한 시간 전만 해도 상상하지 못한 오길비 동무의 존재가 이제는 사실이 되었다. 자신이 죽은 사람을 만들어낼 수는 있어도 산 사람을 만들어내지는 못한다는 사실이 문득 신기해졌다. 현재에 존재한 적이 없는 오길비 동무가 지금은 과거 속에 존재했다. 지금의 이 위조 작업이 망각에 묻히고 나면, 그는 샤를마뉴나 율리우스 카이사르처럼 분명한 증거가 있는 진짜 인물이 될 것이다.

5

지하 깊숙한 곳, 천장이 낮은 구내식당에서 점심 식사를 위해 줄을 선 사람들이 천천히 움찔거리며 앞으로 나아갔다. 식당에는 이미 사람이 가득하고, 시끄러운 소음은 귀가 멀 정도였다. 카운터의 격자창에서는 스튜에서 솟아오른 김이 쏟아져 나왔지만, 그 시큼한 금속성 냄새로도 빅토리 진의 독한 냄새는 가려지지 않았다. 식당 저편 벽에 있는 누추하고 작은 바에서 큰 잔에 담긴 빅토리 진 한 잔을 10센트에 살 수 있었다.

"마침 찾고 있었는데 잘 됐군." 윈스턴의 등 뒤에서 누군가가 말했다.

뒤를 돌아보니 조사국에서 일하는 친구 사임이었다. 어쩌면 '친구'라는 말이 딱히 옳은 표현은 아닌지도 모르겠다. 요즘은 누구에게도 친구가 없었다. 동무가 있을 뿐이었다. 그래도 함께 있을 때 유난히 즐거운 동무가 몇 명쯤 있었다. 사임은 신어 전문 언어학자였다. 사실 그는 현재 신어사전 11판을 편찬 중인 대규모 전문가 팀에 속해 있었다. 그는 윈스턴보다 몸집이 작아서 아주 자그마했고, 머리는 짙은 색이었으며, 툭 튀어나온 눈은 슬픔과 경멸을 동시에 품고 있었다. 그는 상대에게 말을 하는 동안 그 눈으로 상대의 얼굴을 샅샅이 훑듯이 바라보았다.

"혹시 면도날이 있는지 물어보려고 했지." 그가 말했다.

"하나도 없어!" 윈스턴이 죄지은 사람처럼 서둘러 대답했다. "사방에 물어봤는데, 면도날은 어디에도 없어."

모든 사람이 면도날이 있느냐고 물으며 돌아다녔다. 사실 윈스턴은 새 면도날 두 개를 감춰두고 있었다. 면도날 기근 현상이 생긴 지 몇 달째였다. 당의 상점에는 언제나 이런저런 생필품이 공급되지 않았다. 단추가 없을 때도 있고, 실이 없을 때도 있고, 구두끈이 없을 때도 있었다. 지금은 면도날이었다. 혹시라도 면도날을 구하는 방법이 있다면, '자유' 시장을 그럭저럭 은밀하게 뒤지는 길뿐이었다.

"벌써 6주째 같은 면도날을 쓰고 있어." 그는 거짓말을 덧붙였다.

줄 선 사람들이 또 움찔거리며 앞으로 나아갔다. 사람들이 걸음을 멈춘 뒤, 윈스턴은 다시 사임을 향해 돌아섰다. 두 사람은 카운터 끝에 쌓여 있는 더러운 금속 식판을 하나씩 들었다.

"어제 교수형 보러 갔나?" 사임이 물었다.

"일했어." 윈스턴은 무심하게 말했다. "아마 영화로 보게 되겠지."

"영화로는 다 표현 못해."

사임이 놀리는 듯한 눈빛으로 윈스턴의 얼굴을 훑어보았다. "난 자네를 알아." 그 눈이 이렇게 말하는 것 같았다. "자네를 다 꿰뚫어본다고. 자네가 왜 교수형을 보러 가지 않았는지 내가 아주 잘 알지." 사임은 지식과 독설을 내뿜는 당의 정통파였다. 적지의 마을을 헬리콥터가 공습한 이야기, 사상범 재판과 그들의 자백, 사랑부 지하에서 시행되는 처형에 대해 이야기하면서 기분이 나쁠 만큼 고소하고 흡족한 표정을 짓곤 했다. 그와 대화하는 것은 주로 그런 주제에서 다른 곳으로 그의 관심을 돌리는 작업이었다. 가능하다면, 신어에 관한 전문적인 이야기로 그를 끌어들이는 편이 좋았다. 그러면 그는 지적인 권위가 있고 흥미로운 사람이 되었다. 윈스턴은 크고 검은 눈으로 훑어보는 사임의 시선을 피하기 위해 고개를 한쪽으로 살짝 돌렸다.

"근사한 교수형이었어." 사임이 그 광경을 되새기는 표정으로 말했다. "발을 하나로 묶으면 재미가 좀 떨어지는 것 같아. 놈들이 발을 차대는 걸 보고 싶거든. 특히 맨 마지막에 혀가 쑥 나오는 거, 퍼렇게…… 아주 밝은 파란색이야. 그런 세세한 부분이 내 마음에 닿는다고."

"다음 분!" 하얀 앞치마를 입고 국자를 든 프롤레가 소리쳤다.

윈스턴과 사임은 격자창 아래로 식판을 밀었다. 정해진

점심 메뉴가 거기에 신속히 담겼다. 살짝 분홍색을 띤 회색 스튜를 담은 작은 금속 그릇, 빵 한 덩이, 정육면체로 자른 치즈 하나, 우유를 타지 않은 빅토리 커피 한 잔, 사카린 한 알.

"저쪽 텔레스크린 아래에 자리가 있네." 사임이 말했다. "가는 길에 술도 한 잔 사자."

술은 손잡이가 없는 도자기 잔에 담겨 나왔다. 두 사람은 북적이는 사람들 사이로 이동해서 금속 상판 식탁 위에 식판을 내려놓았다. 식탁 한 귀퉁이에는 누군가가 흘리고 간 스튜가 고여 있었다. 더럽고 지저분한 액체가 토사물처럼 보였다. 윈스턴은 술이 담긴 잔을 들어 올린 뒤 잠시 마음의 준비를 하고는 기름 맛이 나는 술을 꿀꺽 삼켰다. 눈을 깜박여서 눈물을 털어내고 나니, 갑자기 배가 고팠다. 그는 스튜를 숟가락으로 퍼서 마구 먹기 시작했다. 대체로 맛이 없는 액체 속에 분홍색이 도는 정육면체 스펀지 같은 것들이 들어 있었다. 십중팔구 고기인 듯했다. 두 사람 모두 스튜를 다 비울 때까지 말을 하지 않았다. 윈스턴의 왼쪽 뒤로 조금 떨어진 식탁에서 누군가가 빠른 속도로 계속 떠들어댔다. 거의 오리가 꽥꽥거리는 소리처럼 거슬리는 말소리가 소란스러운 식당의 소음을 뚫고 들려왔다.

"사전 일은 잘 돼?" 윈스턴이 소음 때문에 목소리를 높여 물었다.

"느릿느릿 하고 있어. 나는 형용사 담당인데, 진짜 재미있어."

신어에 대한 이야기가 나오자마자 얼굴이 밝아진 그는 스튜 그릇을 옆으로 밀고, 섬세한 한 손으로는 빵 덩이를, 다른 손으로는 치즈를 들었다. 그러고는 소리를 지르지 않아도 말이 들리게 식탁 위로 몸을 기울였다.

"11판이 결정판이야." 그가 말했다. "우리가 그 언어를 최종적으로 다듬고 있어. 모두 다른 언어를 일절 쓰지 않고, 지금 우리가 다듬는 그 언어를 쓰게 될 거야. 우리 작업이 끝나면, 자네 같은 사람들은 처음부터 다시 배워야 될걸. 내가 감히 말하지만, 자네는 새로운 단어를 지어내는 것이 우리의 주요 업무인 줄 알지? 천만에! 우린 단어를 파괴하고 있어. 매일 수십 개, 수백 개씩. 언어를 뼈만 남기고 잘라내는 중이라고. 11판에 실릴 단어들 중 2050년 이전에 폐물이 될 단어는 하나도 없을 거야."

사임은 게걸스레 빵을 베어 물어서 삼키기를 두 번 하고 난 뒤 다시 말을 이었다. 현학자처럼 열정적인 태도였다. 조붓하고 가무잡잡한 얼굴이 활기를 띠고, 상대를 조롱하는 것처럼 보이던 눈빛은 거의 몽롱하게 변했다.

"정말 아름다운 일이야. 단어를 파괴하는 건. 물론 폐물은 동사와 형용사에 많지. 하지만 제거할 수 있는 명사도 수백 개나 돼. 동어의만 말하는 게 아니야. 반대말도 있어. 사실 다른 단어의 반대 의미일 뿐인 단어를 정당화할 구실이 어디 있어? 단어 자체에 그 반대 의미가 들어 있는데 말이지. '좋다'를 예로 들어볼까? '좋다'라는 단어가 있는데, '나쁘다'라는 단어가 왜 필요하지? '안좋다'로도 충분한데. 아니, 더 낫지. 정확히 반대의 뜻이니까. '나쁘다'는 아니고. 그리고 '좋다'를 더 강하게 표현하고 싶을 때도, '뛰어나다'라든가 '훌륭하다' 같은 모호하고 쓸모없는 단어들을 줄줄이 갖는 게 무슨 의미가 있지? '플러스좋다'로 그 의미를 전달할 수 있잖아. 더 센 단어를 원한다면, '이중플러스좋다'로 쓰면 되고. 물론 이런 단어들이 이미 쓰이고 있어. 나중에 신어의 최종본이 만들어지면 이런 단어들만 남을 거야. '좋다'와 '나쁘다'라는 개념이 단 여섯 개의 단어로 표현되는 거지. 아니, 실제로는 한 단어뿐이야. 아름답지 않나, 윈스턴? 이건 원래 빅브의 생각이었어, 당연히." 사임은 마지막 말을 뒤늦게 떠오른 생각처럼 덧붙였다.

빅 브라더가 언급되는 순간 윈스턴의 얼굴에 맥 빠진 열기 같은 것이 언뜻 나타났다 사라졌다. 그런데도 사임은 그에게 열정이 부족하다는 사실을 즉시 알아차렸다.

"신어를 제대로 이해하지 못하는군, 윈스턴." 사임이 거의 슬퍼 보이는 얼굴로 말했다. "신어로 글을 쓰면서도 생각은 구어로 하고 있어. 자네가 가끔 〈타임스〉에 쓰는 글을 몇 번 읽어봤는데, 좋은 글이지만 번역본 같아. 속으로는 구어를 더 좋아하거든. 쓸모없이 섬세한 의미 차이와 모호함이 있는 언어 말이야. 단어의 파괴가 얼마나 아름다운 일인지 이해하지 못해서 그래. 전 세계 언어 중에 어휘가 매년 줄어드는 건 신어밖에 없다는 거 아나?"

윈스턴도 물론 아는 사실이었다. 그는 미소를 지으면서, 공감하는 표정처럼 보이기를 바랐다. 자신을 믿을 수 없어 말을 하지는 않았다. 사임은 거무스름한 빵을 한 입 더 베어 물고 잠시 씹다가 말을 이었다.

"사고의 폭을 줄이는 게 신어의 목적이라는 걸 모르겠어? 나중에는 사상범죄가 문자 그대로 불가능해질 거야. 그걸 표현할 단어가 없을 테니까. 모든 개념이 정확히 **한** 단어로 표현될 텐데, 그건 부수적인 의미가 모두 지워지고 사라져 아주 엄격하게 정의되는 단어일 거야. 11판에서 이미 그 수준에 접근했어. 하지만 이 과정은 자네와 내가 죽은 뒤에도 오랫동안 계속될 거야. 매년 단어가 계속 줄어들고, 의식의 폭도 항상 조금씩 작아지는 거지. 물론 지금도 사상범죄를 저지를 이유나 핑계가 없지만. 그건 단순히 자기 절제, 현실 통제의 문제야. 하지만 나중에는 그런 것조차 필요하지 않을 거야. 언어가 완벽해질 때가 혁명의 완성. 신어는 영사고, 영사는 신어다." 사임은 원인을 알 수 없는 만족감을 표시하며 말을 덧붙였다. "혹시 이런 생각 해본 적 있나, 윈스턴? 아무리 늦어도 2050년 무렵이면 지금 우리의 대화를 이해할 수 있는 인간이 한 명도 남지 않을 거라는 생각."

"하지만……" 윈스턴은 머뭇거리며 입을 열었다가 말을 그만두었다.

'하지만 프롤레는 예외일 것'이라는 말이 계속 혀끝에 걸려 있었지만 그는 말을 참았다. 이 말이 혹시 이단으로 들리지 않을지 완벽히 확신할 수 없기 때문이었다. 하지만 사임은 그가 하려던 말이 무엇인지 알아차렸다.

"프롤레는 인간이 아니야." 그가 무심하게 말했다. "2050년이면, 아니 십중팔구 그 전에, 구어에 대한 진정한 지식은 모두 사라질 거야. 과거의 문학작품도 모두 파괴될 거고. 초서, 셰익스피어, 밀턴, 바이런…… 이런 사람들의 작품은 오로지 신어 버전으로만 존재할 거야. 단순히 다른 형태로 바뀌는 데서 그치지 않고, 예전의 작품과는 사실상 모순되는 것으로 변해 있겠지. 심지어 당의 문헌조차 바뀔 테니. 구호도 바뀔 거야. 자유라는 개념이 사라진 뒤에 '자유는 예속'이라는 구호를 유지할 수는 없잖아. 생각의 환경 자체가 지금과는 다를 거야. 아니, 사실 생각이 **존재하지** 않겠지. 지금 우리가 아는 그 생각은. 당의 정통을 따르는 것은 생각하지 않는 것, 생각할 필요가 없는 걸 뜻해. 당의 정통은 무의식이야."

사임이 조만간 증발되겠군. 윈스턴은 갑자기 이런 확신이 들었다. 사임은 너무 머리가 좋아. 모든 걸 너무 명확히 보고, 너무 쉽게 말해. 당은 이런 사람들을 좋아하지 않지. 어느 날 사임은 사라질 거야. 얼굴에 벌써 쓰여 있어.

윈스턴은 빵과 치즈를 다 먹고, 의자에 앉은 채 몸을 살짝 옆으로 돌린 자세로 커피를 마셨다. 왼쪽 식탁에서 그 거슬리는 목소리의 남자가 여전히 거리낌 없이 마구 떠들어대고 있었다. 아마도 그의 비서인 듯싶은 젊은 여자가 윈스턴에게 등을 돌리고 앉아 그의 말에 귀를 기울이며, 그가 무슨 말을 하든 열렬히 맞장구를 쳐주는 것 같았다. 가끔 "**정말** 맞는 말씀이세요. 저도 **정말** 같은 생각이에요" 같은 말이 윈스턴의 귀에 들어왔다. 여자의 목소리는 젊고 조금 어리석게 들렸다. 하지만 남자의 목소리는 단 한 순간도 멈추지 않았다. 심지어 여자가 말하는 순간에도 마찬가지였다. 윈스턴은 그 남자의 얼굴을 본 적이 있지만, 그가 픽션국에서 중요한 자리에 있다는 사실 외에는 그에 대해 아는 것이 전혀 없었다. 그는 나이가 서른 살쯤 되어 보이고, 목이 근육질이었으며, 잘도 움직이는 입은 큰 편이었다. 그는 고개를 살짝 뒤로 젖히고 있었는데, 그가 앉아 있는 자리의 각도 때문에 안경에 빛이 반사되어 윈스턴에게는 눈 대신 아무 무늬 없는 원반 두 개가 그 자리에 있는 것처럼 보였다. 그의 입에서 쉴 새 없이 쏟아져 나오는 소리 중에 단 한 단어라도 알아듣기가 거의 불가능하다는 사실이 조금 오싹했다. 윈스턴은 딱 한 번 한 구절을 포착했다. "골드스틴주의의 완전하고 최종적인 제거"라는 말이 그의 입에서 엄청 빠르게 쏟아져 나왔다. 마치 단단하게 박힌 활자 한 줄처럼 한꺼번에 입에서 튀어나온 것 같았다. 나머지 말은 그저 꽥꽥거리는 소음이었다. 하지만 그 남자의 말을 제대로 들을 수 없다 해도 그 말의 전체적인 분위기에 대해서는 조금도 의심의 여지가 없었다. 그가 골드스틴을 비난하며 사상범과 파괴분자에 대해 더 엄격한 조치가 필요하다고 말하는 것일 수도 있었다. 유라시아 군대의 만행을 맹렬히 비난할 수도 있었다. 말라바르 전선의 영웅들이나 빅 브라더에게 찬사를 보낼 수도 있었다. 하지만 이 셋 중의 어떤 말이든 다를 것이 없었다. 그가 하는 말은 단어 하나 빠짐없이 순수한 당의 정통, 순수한 영사를 담고 있을 터였다. 틀림없었다. 윈스턴은 눈 대신 원반이 있는 얼굴에서 턱이 위아래로 신속히 움직이는 모습을 지켜보다가, 저 사람이 진짜 인간이 아니라 모종의 인형인 것 같다는 이상한 생각이 들었다. 저 사람은 지금 머리가 아니라 성대로만 말하고 있었다. 그의 입에서 나오는 소리가 단어로 구성되어 있기는 해도, 그것은 진정한 의미의 말이 아니었다. 오리가 꽥꽥거릴 때처럼, 무의식 속에서 튀어나오는 소음일 뿐이었다.

사임은 잠시 침묵하면서 숟가락 손잡이로 스튜 웅덩이에 그림을 그리고 있었다. 옆 식탁에서 빠르게 꽥꽥거리는 소리는 식당 안의 소음 속에서도 금방 귀에 들어왔다.

"신어에 이런 단어가 있어." 사임이 말했다. "자네도 아는지 모르겠는데, '오리말'이라는 단어야. 오리처럼 꽥꽥거린다는 뜻이지. 서로 모순되는 두 개의 뜻을 지닌 흥미로운 단어 중 하나야. 반대편 사람한테 쓰면 욕이 되고, 우리 편 사람한테 쓰면 칭찬이 되거든."

사임은 틀림없이 증발되겠어. 윈스턴은 다시 생각했다. 조금 슬픈 생각이었다. 사임이 윈스턴을 경멸하고, 조금은 싫어하고 있으며, 무엇이든 이유를 발견하면 그를 얼마든지 사상범으로 고발할 수 있는 사람이라는 사실을 아는데도 그런 기분이 들었다. 사임에게는 묘한 문제가 하나 있었다. 신중함과 무심함이 부족하다는 것. 그에게는 목숨을 구해주는 어리석음이 없었다. 그가 이단이라고 말할 수는 없었다. 그는 영사의 원칙을 신봉하고, 빅 브라더를 우러러보고, 승리를 기뻐하고, 이단을 증오했다. 그의 이런 태도에서는 진지함뿐만 아니라 일종의 들뜬 열의도 드러났다. 평범한 당원들은 접근하지 않는 최신 정보를 아는 기색도 있었다. 하지만 평판이 나쁜 것 같은 분위기가 항상 희미하게 그에게 들러붙어 있었다. 그는 말하지 않는 편이 더 나은 말을 하고, 책을 너무 많이 읽고, 화가와 음악가의 단골집인 밤나무 카페에 자주 드나들었다. 밤나무 카페에 드나들면 안 된다고 규정한 법은 없었다. 심지어 불문법도 존재하지 않았다. 하지만 그 카페는 왠지 불길했다. 지금은 명예를 잃은, 당의 옛 지도자들이 숙청되기 전에 그 카페에서 모이곤 했다. 골드스틴도 수년, 수십 년 전 그곳에서 가끔 눈에 띄었다고 했다. 사임의 운명을 예측하기는 어렵지 않았다. 하지만 사임은 만약 윈스턴의 비밀스러운 생각을 단 3초만이라도 이해하게 된다면, 즉시 사상경찰에 고자질할 사람이었다. 확실했다. 사실 따지고 보면 누구라도 그럴 테지만, 사임은 특히 더했다. 열성이라는 말로는 부족했다. 당의 정통은 무의식이었다.

사임이 시선을 들었다. "파슨스가 오네."

'저 망할 바보 자식'이라는 말이 뒤에 붙어 있는 것 같은 어조였다. 윈스턴과 마찬가지로 빅토리 맨션의 세입자인 파슨스가 정말로 사람들 사이를 헤치며 다가오고 있었다. 땅딸막한 몸집에 중키, 금발, 개구리 같은 얼굴. 서른다섯 살에 벌써 목과 허리에 기름이 끼고 있었지만, 몸놀림은 소년처럼 팔팔했다. 그의 외모 전체가 몸집만 커진 소년 같았다. 이곳의 규정에 따라 위아래가 붙은 작업복 차림인데도, 스파이단의 제복인 파란 반바지, 회색 셔츠, 빨간 스카프 차림의 그가 거의 저절로 머리에 떠오를 정도였다. 이런 상상 속에서 그는 항상 통통한 무릎을 드러내고, 짤막한 팔 위로 소매를 걷어 올린 모습이었다. 실제로도 파슨스는 단체 행군처럼 핑계를 댈 수 있는 신체 활동 때 항상 반바지로 갈아입었다. 그가 윈스턴과 사임에게 쾌활하게 "안녕하신가!" 하고 인사하더니 강한 땀 냄새를 풍기며 식탁에 앉았다. 그의 분홍색 얼굴에 온통 수분 방울이 솟아 있었다. 땀을 흘리는 능력이 대단했다. 커뮤니티 센터에서 그가 탁구를 친 날은 항상 탁구채 손잡이가 축축했다. 사임은 많은 단어가 길게 한 줄로 적힌 종이를 꺼내, 손가락에 잉크연필을 끼운 채 열심히 들여다보고 있었다.

"점심시간에도 저렇게 일을 하다니." 파슨스가 윈스턴의 옆구리를 쿡쿡 찌르며 말했다. "정말 열심인걸, 그렇지? 뭘 보는 거지, 친구? 아마 나한테는 너무 어려운 내용일 것 같은데. 스미스, 내가 왜 자네를 찾아왔는지 아나? 자네, 나한테 줄 기부금을 잊어버렸어."

"무슨 기부금?" 윈스턴은 자동적으로 돈이 있는지 손으로 더듬어보면서 말했다. 봉급의 약 4분의 1은 자발적인 기부금으로 반드시 떼어놓아야 했다. 기부 항목이 워낙 많아서 전부 기억하기가 힘들었다.

"증오주간 기부금. 그거 있잖아. 집집마다 내는 기금. 내가 우리 블록의 회계 담당이고. 우리는 지금 전력을 기울이고 있어. 엄청난 성과를 한 번 보이려고 말이지. 분명히 말하지만, 만약 우리 빅토리 맨션이 우리 거리 전체에서 가장 많은 깃발 장식을 내걸지 못하더라도 그건 내 잘못이 아니야. 자네는 나한테 2달러를 약속했네."

윈스턴은 구깃구깃하고 더러운 지폐 두 장을 찾아 파슨스에게 건넸다. 파슨스는 작은 수첩에 무식한 사람 특유의 깔끔한 필체로 그 사실을 기록했다.

"그건 그렇고……" 그가 말했다. "우리 집 꼬맹이가 어제 자네한테 새총을 쐈다면서? 내가 제대로 혼을 내줬어. 한 번만 더 그런 짓을 하면 새총을 빼앗겠다고 했지."

"녀석이 처형을 구경하러 가지 못해서 좀 화가 났던 모양이야." 윈스턴이 말했다.

"아, 뭐…… 그러니까, 정신은 올바르다는 얘기지, 그렇지? 말썽꾸러기 꼬맹이들이지만, 둘 다, 얼마나 열심인지 몰라! 생각하는 건 언제나 스파이단이랑 전쟁뿐이지, 당연히. 지난 토요일에 우리 딸내미가 뭘 했는지 아나? 그 녀석 분대가 버크햄프스테드 쪽으로 행군을 나갔을 때 말이야. 다른 여자애 두 명을 꾀어서 행렬에서 슬쩍 빠져나와 가지고 오후 내내 이상한 남자를 미행했어. 두 시간 동안 쫓아다니면서 숲을 곧바로 통과했지. 그러고는 애머샴에 도착했을 때 그 자를 순찰대에 넘겼네."

"그런 행동을 한 이유가 뭔가?" 윈스턴은 조금 놀란 상태였다. 파슨스는 의기양양하게 말을 이었다.

"우리 애는 그 남자가 적의 첩자가 아닌가 확인한 거야. 예를 들어, 낙하산으로 떨어진 사람이나, 뭐 그런 거. 하지만 중요한 건 이거야, 친구. 애당초 우리 애가 그 남자를 뒤쫓은 이유가 무엇인 줄 아나? 그 남자가 이상한 신발을 신고 있었거든. 생전 처음 보는 신발이었다네. 그러니 외국인일 가능성이 높다고 본 거지. 일곱 살짜리 애치고 상당히 똑똑하지 않나, 응?"

"그 남자는 어떻게 됐어?" 윈스턴이 말했다.

"아, 그거야 나는 모르지, 당연히. 하지만 아마도……" 파슨스는 손으로 총을 겨누는 시늉을 하면서 혀로 방아쇠 당기는 소리를 흉내 냈다.

"잘했네." 사임이 종이에서 시선을 들지 않은 채 건성으로 말했다.

"물론 작은 의심도 그냥 두면 안 되지." 윈스턴은 의무적으로 맞장구를 쳤다.

"내 말이. 지금 전쟁 중이잖나." 파슨스가 말했다.

마치 이 말이 옳다고 확인해주듯이, 바로 머리 위의 텔레스크린에서 트럼펫 소리가 울려 나왔다. 하지만 이번에는 군사적인 승리를 선언하는 소리가 아니라, 단순히 풍요부의 발표를 알리는 소리였다.

"동무들!" 젊고 열성적인 목소리가 크게 외쳤다. "주목하세요, 동무들! 영광스러운 소식이 있습니다. 생산 전투에서 승리를 거뒀습니다! 모든 종류의 소비재 생산량에 대해 방금 완료된 보고 결과에 따르면, 지난 한 해 동안 생활수준이 무려 20퍼센트나 상승했습니다. 오늘 오전 오세아니아 전역에서는 노동자들이 공장과 사무실에서 자발적으로 걸어 나와, 빅 브라더의 현명한 지도력 덕분에 새롭고 행복한 삶을 살게 되었다며 감사를 표시한 플래카드를 들고 거리를 행진하는 시위가 벌어졌습니다. 완성된 통계를 일부 알려드리겠습니다. 식량……"

'새롭고 행복한 삶'이라는 말이 여러 번 등장했다. 최근 풍요부가 즐겨 쓰는 표현이었다. 트럼펫이 울렸을 때부터 주의를 화면에 빼앗긴 파슨스는 입을 살짝 벌린 엄숙한 표정, 지루함이 교화된 표정으로 가만히 앉아서 귀를 기울이고 있었다. 그는 통계 숫자를 다 이해하지 못했지만, 그것이 어떤 식으로든 사람들에게 만족감을 준다는 사실은 인식하고 있었다. 그는 꺼멓게 탄 담배가 이미 반쯤 차 있는 더럽고 거대한 파이프를 꺼내서 들고 있었다. 담배 배급량이 일주일에 100그램이기 때문에, 파이프를 끝까지 가득 채우는 것은 대체로 불가능한 일이었다. 윈스턴은 피우던 빅토리 담배를 조심스럽게 수평으로 들고 있었다. 새로 배급을 받으려면 내일까지 기다려야 하는데, 그에게 남은 담배는 네 개비뿐이었다. 지금 그는 멀리서 들려오는 소음에 귀를 닫고, 텔레스크린에서 쏟아져 나오는 소리에 귀를 기울이고 있었다. 심지어 빅 브라더가 초콜릿 배급량을 일주일에 20그램으로 올려주셔서 감사하다며 시위를 벌인 사람들도 있는 모양이었다. 배급량이 일주일에 20그램으로 **줄어들** 것이라는 발표가 나온 것이 겨우 어제였다. 그런데 고작 24시간 만에 그 발표를 저렇게 받아들였다고? 그렇다, 받아들였다. 파슨스도 쉽게 받아들였다. 어리석은 동물처럼. 눈 대신 두 개의 원반이 있는 옆 식탁 남자는 그 발표를 광신적으로, 열정적으로 받아들였다. 지난주 배급량이 30그램이었다고 말하는 사람이 있다면 누구든 맹렬히 찾아내서 고발하고 증발시킬 기세였다. 사임 역시, 복잡하게 이중사고를 동원하기는 했지만, 사임 역시 그것을 받아들였다. 그렇다면 기억력이라는 것을 갖고 있는 사람이 윈스턴**뿐**인 건가?

환상적인 통계 수치가 텔레스크린에서 계속 쏟아져 나왔다. 작년 수치와 비교하면, 식량, 의류, 주택, 가구, 냄비, 연료, 배, 헬리콥터, 책, 아기가 모두 늘어났다. 늘어나지 않은 것은 질병, 범죄, 정신병뿐이었다. 매년 시시각각 사람과 물건이 모두 높은 곳을 향해 휙휙 올라가고 있었다. 아까 사임이 그랬던 것처럼, 윈스턴도 숟가락을 들어 식탁 위에 똑똑 떨어진 연한 색 국물을 찍어 거기서부터 선을 하나 길게 빼서 무늬를 만들었다. 그러면서 삶의 물리적인 질감에 대해

분개했다. 항상 이런 식이었던가? 음식의 맛이 항상 이랬나? 그는 식당 안을 둘러보았다. 천장이 낮고 사람들이 북적이는 곳. 수많은 사람들의 몸이 닿았던 벽에는 때가 끼었고, 낡은 금속 식탁과 의자는 너무 다닥다닥 놓여 있어서 거기에 앉으면 옆 사람과 팔꿈치가 닿았다. 구부러진 숟가락, 우그러진 식판, 조악한 흰색 머그잔. 모든 표면에는 기름기가 묻어 있고, 모든 틈새에는 꺼멓게 때가 끼어 있었다. 형편없는 술과 형편없는 커피와 금속 냄새를 풍기는 스튜와 더러운 옷가지 냄새가 뒤섞여서 시큼한 냄새가 되었다. 배 속과 살갗에서 항상 모종의 시위가 벌어졌다. 속아서 권리를 빼앗겼다는 느낌. 무엇이든 지금과 크게 달랐던 기억이 그에게 없는 것은 사실이었다. 그가 기억하는 한 시기를 막론하고 항상 먹을 것이 충분하지 않았으며, 양말과 속옷에는 항상 구멍이 숭숭 뚫려 있었고, 가구는 항상 낡아빠져서 흔들거렸다. 방에는 난방도 제대로 들어오지 않고, 지하철은 항상 만원이고, 주택이 부스스 부서져 내리고, 빵은 거무스름하고, 차는 귀한 물건이고, 커피 맛은 지독하고, 담배는 부족했다. 값싸고 풍족한 것은 화학물질을 합성해서 만든 술뿐이었다. 물론 몸이 나이를 먹으면 살기가 힘들어지기 마련이지만, 이것은 지금의 삶이 자연스럽지 않다는 신호가 아닌가? 이런 불편함과 더러움과 물자 부족에, 끝나지 않는 겨울에, 끈적거리는 양말에, 제대로 작동하는 법이 없는 승강기에, 차가운 물에, 꺼끌꺼끌한 비누에, 부스러지는 담배에, 이상하고 불쾌한 맛이

나는 음식에 심장에서부터 역겨움이 치민다면? 예전에는 이렇지 않았다는 조상의 기억 같은 것이 있는 게 아니라면, 왜 이 삶을 견딜 수 없다는 생각이 드는가?

그는 다시 식당 안을 둘러보았다. 거의 모든 사람이 보기 흉했다. 설사 제복인 파란색 작업복이 아니라 다른 옷을 입었어도 여전히 흉하게 보일 것 같았다. 식당 저편의 식탁에 이상하게 딱정벌레를 닮은 자그마한 남자가 혼자 앉아서 커피를 마시고 있었다. 그의 눈이 수상쩍게 좌우를 힐끔거렸다. 주위를 둘러보지 않는다면, 당이 이상형으로 내세운 모습, 즉 키가 큰 근육질 청년과 젖가슴이 큰 처녀, 금발, 활기, 햇볕에 그을린 피부, 근심 걱정 없는 태도가 실제로 존재하며 심지어 인구 중에 커다란 비중을 차지한다고 믿어버리기가 얼마나 쉬운가. 하지만 윈스턴이 보기에 실제로는 에어스트립 원의 주민 대다수가 작고, 가무잡잡하고, 못생겼다. 딱정벌레를 닮은 저런 유형이 정부 부처들에서 이토록 증식한 것이 신기했다. 어렸을 때부터 통통해진 땅딸막한 사람들, 짧은 다리, 빠르게 후다닥 움직이는 모습, 눈이 아주 작고 표정을 읽을 수 없는 살찐 얼굴. 당의 지배하에서 이런 유형이 가장 번성하는 것 같았다.

또 트럼펫 소리가 울리며 풍요부의 발표가 끝나고 음질이 나빠서 귀에 거슬리는 음악이 시작되었다. 숫자의 폭격에 흥분해서 살짝 열기를 띤 파슨스가 입에서 파이프를 뗐다.

"풍요부가 올해 일을 진짜 잘했네." 그가 '그러면 그렇지'

라고 말하는 듯이 고개를 흔들며 말했다. "그건 그렇고, 스미스, 나한테 빌려줄 남는 면도날 같은 건 없지?"

"전혀 없어." 윈스턴이 말했다. "나도 6주째 같은 면도날을 쓰는 중이야."

"아, 뭐…… 그냥 한번 물어봤어, 친구."

"유감이야." 윈스턴이 말했다.

풍요부의 발표가 나오는 동안 일시적으로 조용해졌던 옆 식탁의 꽥꽥 소리가 또 시끄럽게 들려왔다. 왠지 윈스턴은 문득 파슨스 부인을 떠올렸다. 가느다란 머리카락과 얼굴의 주름 속에 끼어 있던 먼지. 앞으로 2년 안에 그 집 아이들이 사상경찰에 그녀를 고발할 것이고, 그녀는 증발당할 것이다. 사임도 증발당할 것이다. 윈스턴도 증발당할 것이다. 오브라이언도 증발당할 것이다. 반면 파슨스는 결코 증발당하지 않을 것이다. 눈 대신 두 개의 원반이 있고 오리처럼 꽥꽥거리는 목소리를 지닌 남자도 결코 증발당하지 않을 것이다. 딱정벌레를 닮은 모습으로 청사의 미로 같은 복도를 민첩하게 빨빨거리며 돌아다니는 자그마한 남자들, 그들도 결코 증발당하지 않을 것이다. 어두운 색 머리카락의 여자, 픽션국에서 일하는 그 여자도 결코 증발당하지 않을 것이다. 누가 살아남고 누가 사라질지 본능적으로 알 수 있을 것 같았다. 하지만 생존에 필요한 것이 무엇인지는 쉽게 알 수 없었다.

그 순간 그는 격렬하게 화들짝 놀라면서 상념에서 끌려나왔다. 옆 식탁의 여자가 고개를 조금 돌려서 그를 보고 있었다. 어두운 색 머리카락의 그 여자였다. 그녀가 곁눈질을 하듯이, 하지만 묘하게 강렬한 시선으로 그를 보고 있었다. 그러다 그와 눈이 마주치는 순간 다시 그를 외면하며 시선을 돌렸다.

윈스턴의 등골에 식은땀이 솟아났다. 무시무시한 공포가 아플 정도로 그의 몸을 훑고 지나갔다. 그 아픔은 순식간에 사라졌지만, 거슬리는 불편함 같은 것이 뒤에 남았다. 저 여자가 왜 그를 지켜보았을까? 왜 계속 그를 따라다니는 거지? 그가 이 자리에 앉았을 때 저 여자가 이미 옆 식탁에 있었는지, 아니면 나중에 왔는지 안타깝게도 기억나지 않았다. 하지만 어제 2분 증오 때 그녀가 굳이 그럴 필요가 없는데도 그의 바로 뒷자리에 앉은 것은 사실이었다. 그가 무슨 말을 하는지, 그리고 확실히 목소리를 높여 외치는지 확인하는 것이 그녀의 진짜 목적이었을 가능성이 아주 높았다.

전에 하던 생각이 다시 떠올랐다. 그녀는 십중팔구 사상경찰 소속이 아니겠지만, 사실 무엇보다 위험한 것이 바로 아마추어 스파이였다. 그녀가 그를 언제부터 보고 있었는지는 알 수 없으나, 그 시간이 길면 5분쯤일 수도 있었다. 그 동안 그의 표정이 완전하게 통제되지 않았을 가능성도 얼마든지 있었다. 공공장소나 텔레스크린의 시야 안에서 허튼 생각에 빠지는 것은 엄청나게 위험한 일이었다. 아주 작은 일에서 속내가 드러날 수 있었다. 불안하게 얼굴이 움찔거리는 것, 무의식적으로 드러난 불안한 표정, 혼자 중얼거리는 버릇…… 숨겨야 할 비정상적인 부분이 있다고 암시하는 것이라면 무엇이든. 어쨌든 얼굴에 부적절한 표정을 짓는 것(예를 들어 승리 발표를 듣고 믿을 수 없다는 표정을 짓는 것) 자체가 처벌받을 수 있는 죄였다. 심지어 신어에 이것을 가리키는 '얼굴범죄'라는 단어가 있을 정도였다.

여자는 다시 그에게 등을 돌리고 앉아 있었다. 어쩌면 그녀가 일부러 그의 뒤를 따라다니는 것이 아닐 수도 있었다. 그녀가 이틀 연속 그와 이렇게 가까이 앉아 있는 것이 우연일 수도 있었다. 피우던 담배가 꺼져서 그는 식탁 가장자리에 조심스럽게 놓았다. 이따가 일을 마친 뒤 그 담배를 마저 피울 생각이었다. 꽁초 안의 담배가 빠지지 않게 잘 보관할 수만 있다면. 옆 식탁에 앉은 사람이 사상경찰의 스파이일 가능성이 아주 높았다. 그가 사흘 안에 사랑부의 지하실로 끌려갈 가능성도 아주 높았다. 하지만 담배꽁초를 낭비하는 것은 있을 수 없는 일이었다. 사임은 계속 보고 있던 종이를 접어 주머니에 넣은 뒤였다. 파슨스가 다시 떠들어대고 있었다.

"내가 이거 말한 적이 있나, 친구?" 그가 파이프를 문 채로 쿡쿡 웃으며 말했다. "우리 집 두 꼬맹이가 늙은 시장 여자의 치마에 불을 붙인 적이 있다는 얘기 말이야. 그 여자가 빅브의 포스터로 소시지를 싸는 걸 녀석들이 봤거든. 그래서 그 여자 뒤로 살금살금 다가가서 성냥 한 갑으로 불을 붙였지. 그 여자 상당히 심하게 다쳤을걸. 진짜 맹랑한 놈들이지? 그래도 끝내주게 열심이잖아! 요즘 스파이단의 훈련은 일급이니까. 나 때보다도 훨씬 좋다고. 가장 최근에 스파이단이 뭘 나눠줬을 것 같은가? 열쇠 구멍으로 엿들을 수 있는 나팔귀야! 우리 딸이 며칠 전 밤에 그걸 집으로 가져와서 거실 문에 대고 시험해보더니, 그냥 귀로 들을 때보다 두 배나 더 잘 들린다고 했어. 물론 그래 봤자 장난감일 뿐이지만. 그래도 가르칠 것을 제대로 가르쳐주지, 응?"

그때 텔레스크린에서 날카로운 호루라기 소리가 튀어나왔다. 다시 일하러 가라는 신호였다. 세 남자 모두 벌떡 일어나, 승강기에 먼저 타려고 서로 밀쳐대는 사람들 무리에 합류했다. 윈스턴의 꽁초에서 남아 있던 담배가 빠져 아래로 떨어졌다.

6

윈스턴은 일기를 쓰는 중이었다.

> 3년 전 일이다. 어두운 밤, 큰 철도역 근처의 좁은 골목에서 여자가 어느 문간 근처에 서 있었다. 그녀의 머리 위 가로등에서는 거의 빛이 나오지 않았다. 젊은 얼굴에는 화장이 아주 짙었다. 내 눈을 끈 것은 사실 그 화장이었다. 가면처럼 하얀 얼굴과 빨간 입술. 당의 여자들은 얼굴에 화장을 하는 법이 없다. 길에는 그 여자 말고 아무도 없었다. 텔레스크린도 없었다. 여자가 2달러라고 말했다. 나는……

계속 쓰기가 너무 힘들어서 그는 눈을 감고 손가락으로 눈을 눌렀다. 자꾸만 떠오르는 광경을 그렇게 짜내려는 듯했다. 상스러운 말을 목청껏 연달아 외치고 싶은 유혹이 그를 압도하기 직전이었다. 아니면 머리를 벽에 쾅쾅 찧거나, 탁자를 발로 차서 엎어버리고 잉크병을 창밖으로 던지고 싶었다.

무엇이든 지금 그를 괴롭히는 기억을 까맣게 지워버릴 수 있는 폭력이나 소음이나 고통스러운 일을 저지르고 싶었다.

최악의 적은 나 자신의 신경계지. 그는 속으로 생각했다. 언제든 내 안의 긴장이 눈에 띄는 증상으로 변환되어 나타날 수 있어. 그는 몇 주 전 길에서 지나쳐 간 남자를 생각했다. 상당히 평범하게 생긴 남자로 당원이었으며, 나이는 서른다섯이나 마흔 살쯤, 키는 조금 큰 편이고 몸은 마른 편, 손에는 서류 가방을 들고 있었다. 두 사람 사이의 거리가 몇 미터쯤 되었을 때, 그 남자의 얼굴 왼편이 갑자기 일종의 발작을 일으킨 것처럼 일그러졌다. 두 사람이 서로를 스치는 순간에도 또 같은 일이 일어났다. 그냥 순간적인 움찔거림, 가벼운 떨림, 카메라 셔터를 누를 때처럼 순식간에 지나간 일이었지만 그에게는 습관적인 일임이 분명했다. 윈스턴은 그때 자신이 무슨 생각을 했는지 기억했다. 저 딱한 놈은 이제 끝났네. 무서운 것은 그 남자의 그 얼굴 변화가 무의식적인 일일 가능성이 높다는 점이었다. 무엇보다도 치명적이고 위험한 것은 잠꼬대였다. 잠꼬대를 조심할 길은 없었다. 그가 아는 한은 그랬다.

그는 숨을 한 번 들이쉬고 다시 일기를 적기 시작했다.

> 나는 그 여자와 함께 문간을 지나고 뒤뜰을 가로질러 지하의 부엌으로 들어갔다. 한쪽 벽 앞에 침대가 있고, 탁자에는 빛을 아주 어둡게 맞춰둔 램프가 있었다. 그녀는……

꽉 다물린 치아에 힘이 들어갔다. 침을 뱉고 싶었다. 지하의 부엌에 그 여자와 함께 있던 그 순간에 그는 아내 캐서린을 떠올렸다. 윈스턴은 결혼한 사람이었다. 어쨌든 결혼한 적이 있었다. 십중팔구 지금도 결혼한 상태일 것이다. 그가 아는 한 아내는 죽은 사람이 아니었다. 지하에 있던 그 부엌의 따뜻하고 갑갑한 공기가 다시 콧속으로 들어오는 것 같았다. 벌레와 더러운 옷가지와 싸구려 향수의 지독한 냄새가 거기 섞여 있었다. 그래도 유혹적이었다. 당의 여자들은 향수를 쓰는 법이 없기 때문이었다. 그들이 향수를 쓸 거라고는 상상도 할 수 없었다. 프롤레만 향수를 썼다. 그의 머릿속에서 그 냄새는 간음이라는 단어와 떼려야 뗄 수 없이 뒤섞여 있었다.

그렇게 그 여자를 따라간 것은 그가 대략 2년 만에 처음으로 저지른 실책이었다. 매춘부와 어울리는 것은 당연히 금지된 일이었지만, 가끔 용기를 내서 그 규칙을 깨뜨릴 수 있었다. 위험하긴 해도 목숨이 오가는 일은 아니었다. 매춘부와 함께 있다가 잡히면 강제노동 수용소 5년형을 받을 수 있었다. 다른 범죄를 저지르지 않았다면 그것이 최대 형량이었다. 또한 현행범으로 잡히는 것을 피할 수만 있다면, 저지르기 쉬운 일이기도 했다. 빈민 구역에는 쉽게 몸을 파는 여자들이 우글거렸다. 심지어 진 한 병에 몸을 파는 사람도 있었다. 진은 원래 프롤레들이 마시면 안 되는 술이다. 당은 완전히 억압하기가 불가능한 본능의 분출구로 성매매를 조장하는 경향마저 보였다. 단순한 방탕은 크게 문제가 되지 않았다. 깊이 가라앉아 천시당하는 계급의 여자들만을 상대로 은밀하게, 즐거움 없이 그 일을 저지른다면. 그러나 당원들 사이의 문란함은 용서할 수 없는 범죄였다. 대숙청 때 고발당한 사람들이 하나같이 자백하는 죄에도 이것이 포함되었다. 하지만 당원들이 실제로 그런 짓을 저지를 것이라고는 상상하기 힘들었다.

당의 목적은 남자와 여자 사이에 당이 제어할 수 없는 신의가 생기는 것을 막는 데서 그치지 않았다. 당이 분명히 밝히지 않은 진짜 목적은 성적인 행위에서 즐거움을 모두 제거하는 것이었다. 사랑보다는 에로티시즘이 적이었다. 부부관계든 혼외 관계든 상관없었다. 당원 간의 결혼은 반드시 이 목적을 위해 만들어진 위원회의 승인을 받아야 했다. 비록 원칙이 명확히 발표된 적은 없지만, 허가를 신청한 커플이 서로에게 육체적인 매력을 느끼는 듯한 인상을 주면 위원회는 언제나 승인을 거부했다. 유일하게 인정된 결혼의 목적은 당에 봉사할 아이를 낳는 것이었다. 성행위는 관장과 비슷한, 좀 진저리 나는 가벼운 시술로 생각해야 했다. 이것 역시 말로 분명하게 표현된 적은 없지만, 간접적인 방법으로 모든 당원의 머릿속에 어렸을 때부터 주입되었다. 심지어 남녀 모두의 완전한 금욕을 주장하는 청년 반섹스 동맹 같은 조직도 있었다. 모든 아이는 인공수정(신어로 '인수')으로 태어나 공공시설에서 양육되어야 했다. 당이 정말 진심으로 이 정책을 실행할 생각이 아니라는 점은 윈스턴도 알고 있었지만, 어쨌든 당의 전반적인 이념과는 잘 맞아떨어지는 정책이었다. 당은 성적인 본능을 죽여버리려 했다. 만약 죽일 수 없다면, 뒤틀고 더럽히기라도 하려고 했다. 왜 이렇게 된 건지는 모르겠지만, 반드시 이렇게 되는 것이 자연스러워 보였다. 게다가 여자들에 관한 한 당의 노력은 대체로 성공을 거뒀다.

윈스턴은 다시 캐서린을 생각했다. 그녀와 헤어진 지 틀림없이 9년, 10년…… 거의 11년이 되었다. 캐서린을 생각할 때가 별로 없다는 사실이 신기했다. 자신이 결혼했다는 사실조차 잊어버린 채 며칠을 보내기도 했다. 그와 캐서린이 함께한 기간은 고작 15개월 정도였다. 당은 이혼을 허락하지 않고, 자식이 없는 부부들에게 별거를 권장하는 편이었다.

캐서린은 키가 크고 곧은 몸매의 금발 여성으로, 몸을 움직일 때의 모습이 근사했다. 대담하고 독수리 같은 얼굴은 귀족적으로 보이기도 했으나, 그녀가 가진 것이 거의 그 얼굴뿐이라는 사실을 알게 되면 생각이 달라졌다. 결혼 생활 초에 그는 그녀만큼 멍청하고 천박하고 머리가 텅 빈 사람은 본 적이 없다는 결론을 내렸다. 아마 대부분의 사람들보다 그녀와 더 친밀한 관계라서 그런 걸 알게 되었을 것이다. 캐서린의 머릿속에는 당의 구호 외에는 생각이라는 것이 없었고, 당이 건네는 것이라면 아무리 어리석은 소리라도 그녀가 받아들이지 못할 것이 하나도 없었다. 그는 속으로 그녀를 '인간 녹음테이프'라는 별명으로 불렀다. 그래도 딱 한 가지 문제, 즉 섹스 문제만 아니라면 그녀와 사는 것을 참을 수 있었을 것이다.

그가 건드리기만 해도 그녀는 움찔하면서 딱딱하게 굳었다. 그녀를 포옹하면 마치 관절이 있는 나무 인형을 안은 것 같았다. 그녀가 그를 꼭 끌어안을 때조차 마치 그녀가 온 힘을 다해 그를 밀어내는 듯한 기분이 드는 것이 이상했다. 그녀의 근육이 딱딱하게 굳어 있어서 그런 느낌이 들었다. 그녀는 눈을 감고 가만히 누워서 반항도 협조도 하지 않았다. 그냥 자기 몸을 내맡길 뿐이었다. 그건 엄청나게 당황스러운 일이었다. 어느 정도 시간이 흐른 뒤에는 끔찍해졌다. 하지만 그래도 그는 그녀와의 결혼 생활을 참고 살 수 있었을 것이다. 두 사람이 모두 금욕하자는 합의가 이루어졌다면. 하지만 이상하게도 이 합의를 거절한 것은 캐서린이었다. 그녀는 가능하면 아이를 낳아야 한다고 말했다. 그래서 일주일에 한 번씩 상당히 규칙적으로, 불가능할 때만 빼고, 그 일이 계속 시행되었다. 심지어 아침에 그녀가 그 일을 그에게 일깨워줄 정도였다. 저녁에 할 일을 잊으면 안 된다고 일깨워주는 것 같았다. 그녀가 그 일을 일컫는 이름은 두 개였다. '아기 만들기'와 '당에 대한 의무'(그래, 정말로 이렇게 말했다). 오래지 않아 그는 정해진 그날이 돌아오면 점차 강한 두려움을 느끼게 되었다. 하지만 다행히 아이는 생기지 않았고, 결국은 그녀도 노력을 그만두자는 말에 동의했다. 그리고 얼마 되지 않아 두 사람은 헤어졌다.

윈스턴은 소리 없는 한숨을 내쉬고는 다시 펜을 들어 글을 썼다.

그녀는 침대에 몸을 던졌다. 그리고 곧바로, 어떤 종류의 예비 행위도 없이, 상상할 수 있는 가장 상스럽고 끔찍한 방법으로 치맛자락을 위로 올렸다. 나는……

그는 어둑한 램프 불빛을 받으며 그곳에 서 있던 자신의 모습이 보이는 듯했다. 벌레와 싸구려 향수 냄새가 콧구멍으로 들어오고, 가슴에는 패배감과 분노가 생겨났다. 그런 순간에도 캐서린의 하얀 몸, 당의 최면에 걸려 언제나 딱딱하게 굳어 있는 그 몸이 함께 떠올랐다. 왜 항상 이런 식이어야 할까? 몇 년에 한 번씩 이 추잡한 드잡이질을 하는 대신 자기만의 여자와 사는 것이 왜 불가능할까? 하지만 진정한 연애는 거의 생각할 수도 없는 일이었다. 당의 여자들은 모두 똑같았다. 순결 의식이 당에 대한 충성심만큼이나 깊이 그들의 머리에 박혀 있었다. 어렸을 때부터 게임과 냉수를 통해서, 학교와 스파이단과 청년동맹에서 시끄럽게 주입하는 쓰레기 같은 가르침을 통해서, 강연, 퍼레이드, 노래, 구호, 군대 음악을 통해서 공들여 진행되는 세뇌 때문에 그들에게서는 자연스러운 감정이 사라져버렸다. 윈스턴의 머리는 틀림없이 예외적인 존재가 있을 거라고 말하지만, 그의 가슴은 그 말을 믿지 않았다. 모든 여자가 임신할 수는 있었다. 그것이 당의 의도였으니까. 하지만 그가 사랑보다 더 원하는 것은 그 순결의 벽을 무너뜨리는 것이었다. 평생 딱 한 번만이라도 좋았다. 성적인 행동을 성공적으로 수행하는 것은 반동이었다. 욕망을 품는 것은 사상범죄였다. 캐서린은 그의 아내였는데도, 그녀를 일깨우는 것은, 정말로 그녀를 일깨울 수 있었을지는 모르겠지만, 어쨌든 그것은 유혹으로 인식되었을 것이다.

이제 일기를 마저 적어야 했다.

나는 램프의 불빛을 키웠다. 빛 속에서 그녀를 보니……

그동안 방이 어두웠기 때문에 파라핀 램프의 약한 불빛조차 아주 밝게 보였다. 그는 그녀의 모습을 비로소 제대로 볼 수 있었다. 그는 그녀를 향해 한 걸음 다가갔다가 멈춰 섰다. 욕망과 두려움이 마음에 가득했다. 여기에 온 것이 얼마나 위험한 일인지 그는 아플 정도로 의식하고 있었다. 여기서 나가는 길에 순찰대에 잡힐 가능성은 얼마든지 있었다. 아니, 지금 이 순간 바로 저 문밖에서 그들이 기다리고 있을지도 모를 일이었다. 그가 하려던 일을 하지 않고 그냥 나간다면……!

일기를 쓸 거라면 고백이 되어야 했다. 그가 갑자기 밝아진 램프 불빛 속에서 본 것은 그 여자의 **나이가 많다**는 사실이었다. 화장이 어찌나 두꺼운지, 마분지 가면의 접힌 자국처럼 여기저기가 갈라질 것 같이 보였다. 머리카락도 희끗희끗했다. 하지만 가장 끔찍한 것은 살짝 벌어진 입속이 아무것도 없는 검은 동굴이라는 점이었다. 치아가 하나도 없었다.

그는 글자를 갈겨쓰듯이 서둘러 글을 적었다.

빛 속에서 그녀를 보니 상당히 나이가 많았다. 적어도 쉰 살은 되어 보였다. 그래도 나는 그냥 그 일을 했다.

그는 손가락으로 또 눈꺼풀을 눌렀다. 마침내 다 적었지만 달라진 것이 없었다. 이 치료법은 실패했다. 상스러운 말을 목청껏 외치고 싶은 충동이 여전히 강했다.

7

만약 희망이 있다면, 프롤레에게 있다[윈스턴의 글].

희망이 있다면, 프롤레에게 있음이 **분명하다**. 무시당하며 몰려다니는 그들에게서만, 오세아니아 인구의 85퍼센트를 차지하는 그 대중에게서만 당을 부술 힘이 생길 수 있기 때문이다. 안에서부터 당을 타도하는 것은 불가능했다. 당의 적들은, 설사 적이 있더라도, 한데 모일 수가 없었다. 심지어 서로를 알아볼 길도 없었다. 전설 같은 형제단이 혹시 존재한다 해도, 그 구성원들이 두세 명 이상 한자리에 모이는 것은 생각도 할 수 없는 일이었다. 시선 하나, 목소리의 변화 하나로도 반동이 되었다. 가끔 주고받는 속삭임도 역시. 하지만 프롤레는, 어떻게든 자신의 힘을 인식할 수만 있다면, 굳이 음모를 꾸밀 필요가 없었다. 그대로 몸을 일으켜, 파리를 떨쳐내려는 말처럼 몸을 흔들어대기만 하면 되었다. 원한다면 그들은 내일 아침이라도 당을 산산이 부숴버릴 수 있었다.

틀림없이 조만간 이런 생각이 그들의 머리에 떠오를 것이다. 하지만……!

예전에 그가 붐비는 거리를 걷고 있는데, 수백 명의 여자들이 엄청나게 크게 외쳐대는 소리가 조금 앞쪽의 골목에서 터져 나온 적이 있었다. 분노와 절망에서 우러난 무서운 외침이었다. 묵직하고 커다란 "우우우우!" 소리가 종소리의 메아리처럼 계속 울려 나왔다. 그의 심장이 펄쩍 뛰었다. 시작되었다! 그는 속으로 이렇게 생각했다. 폭동이야! 프롤레들이 마침내 떨쳐 일어나고 있어! 그가 그 장소에 도착했을 때 본 것은, 200~300명의 여자들이 노점상들을 에워싸고 있는 광경이었다. 가라앉는 배의 승객들처럼 모두 비극적인 표정을 하고 있었다. 바로 그때 군중의 절망이 쪼개져 개인 사이의 수많은 싸움이 되었다. 노점 중에 소스 냄비를 파는 곳이 있었던 것 같았다. 품질이 형편없는 물건이었지만, 냄비는 종류를 막론하고 항상 구하기 힘들었다. 그런데 뜻밖에 물건이 시장에 나온 것이다. 소스 냄비를 사는 데 성공한 여자들이 다른 여자들에게 이리저리 밀쳐지면서 그 자리를 벗어나려고 애쓰는 중이었다. 문제의 노점상을 에워싸고 공정하지 못하게 특혜를 줬느니, 숨겨둔 소스 냄비가 더 있을 것이라느니 하면서 고래고래 소리를 지르는 여자들도 수십 명쯤 되었다. 또 다른 고함 소리가 갑자기 터져 나왔다. 뚱뚱한 여자 두 명이 소스 냄비 하나를 붙잡고 서로 상대에게서 빼앗으려고 옥신각신하는 중이었다. 둘 중 한 명은 머리가 헝

클어진 상태였다. 두 사람이 동시에 소스 냄비를 잡아당기는 순간, 손잡이가 빠져버렸다. 윈스턴은 진저리를 치며 두 사람을 지켜보았다. 그래도 단 한순간, 겨우 수백 명의 목구멍에서 얼마나 무시무시한 함성이 터져 나왔던가! 왜 그들은 중요한 일에 대해 이렇게 소리치지 못하는가?

> 의식이 생기기 전에는 그들이 봉기하지 않을 것이다. 그리고 봉기하기 전에는 의식이 생기지 않을 것이다.

이건 마치 당의 교과서에 나오는 문장 같다는 생각이 들었다. 물론 당은 프롤레를 예속에서 해방시켰다고 주장했다. 혁명 이전 그들은 자본가에게 무시무시한 억압을 받으며 굶주림과 채찍질에 시달렸다. 여자들은 탄광에서 강제노동을 했고(사실 지금도 여자들은 탄광에서 일했다), 아이들은 여섯 살 때 공장으로 팔려나갔다. 그러나 이와 동시에 당은 이중사고의 원칙을 충실히 지켜, 프롤레가 원래 열등하게 태어난 자들이니 몇 가지 간단한 규칙을 적용해 동물처럼 계속 복종시켜야 한다고 가르쳤다. 현실적으로 프롤레에 대해 알려진 것은 거의 없었다. 많이 알아둘 필요가 없었다. 그들이 계속 노동하고 번식하기만 한다면, 그들의 다른 활동은 전혀 중요하지 않았다. 아르헨티나의 초원에 풀어놓은 소처럼 그냥 내버려두었더니 그들은 아무래도 자연스럽게 타고난 듯한 생활 방식, 조상들의 패턴과 비슷한 방식으로 회귀했다. 그들은 빈민굴에서 나고 자라 열두 살 때부터 일을 시작했고, 잠깐 아름다움과 성욕이 꽃피는 시기를 거치며 스무 살 때 결혼했다. 서른 살이면 중년이 되고, 대부분 예순 살에 세상을 떠났다. 힘든 육체노동, 가정과 자식들을 건사하는 일, 이웃들과의 좀스러운 다툼, 영화, 축구, 맥주, 그리고 무엇보다 도박이 그들의 머리를 가득 채웠다. 그들을 통제하는 것은 어려운 일이 아니었다. 사상경찰 몇 명이 항상 그들 사이를 돌아다니며 거짓 소문을 퍼뜨리고, 위험할 것 같다고 판단되는 소수의 인물을 찾아내 제거했다. 그러나 그들에게 당의 이념을 주입하려는 시도는 전혀 없었다. 프롤레가 강한 정치적 감정을 갖는 것은 바람직하지 않았다. 그들에게는 노동 시간을 늘리거나 배급량을 줄일 때마다 그들의 반발을 잠재우기 위해 들먹일 수 있는 원시적인 애국심만 있으면 되었다. 그들이 가끔 불만을 품기는 했지만, 그래 봤자 어떤 결과도 낳지 못했다. 전체를 아우르는 사상이 없으니, 사소하고 구체적인 불만에만 초점을 맞출 뿐이었다. 거악은 언제나 그들의 시선을 벗어났다. 대다수 프롤레의 집에는 심지어 텔레스크린조차 없었다. 일반 경찰도 그들의 일에 거의 개입하지 않았다. 런던에는 범죄가 아주 많았다. 하나의 세상 안에 도둑, 강도, 매춘부, 마약상, 온갖 종류의 조직폭력배로 이루어진 세계가 하나 더 있는 것 같았다. 그러나 범죄는 모두 프롤레들 사이에서 일어나는 일이니 전혀 중요하지 않았다. 도덕과 관련된 모든 문제에서, 프롤레는 대대로 이어져온 자기들만의 규칙을 따르는 것이 허용되었다. 당의 성적인 순결주의는 그들에게 강요되지 않았다. 문란한 생활을 해도 처벌받지 않고, 이혼도 허용되었다. 만약 프롤레에게 종교가 필요하거나 그들이 종교를 원한다는 징조가 나타났다면, 심지어 종교도 허용되었을 것이다. 그들은 의심의 대상도 되지 못했다. '프롤레와 동물은 자유다'라는 당의 구호 그대로였다.

윈스턴은 손을 아래로 뻗어 정맥류궤양을 조심스레 긁었다. 그 자리가 또 가려웠다. 언제나 마지막에 드는 생각은, 혁명 이전의 생활이 정말로 어땠는지 알 길이 없다는 것이었다. 윈스턴은 파슨스 부인에게서 빌려온 어린이용 역사책을 서랍에서 꺼내 한 문단을 일기장에 베껴 적기 시작했다.

> 옛날 영광스러운 혁명 이전에 런던은 지금처럼 아름다운 도시가 아니었습니다. 어둡고 더럽고 비참한 곳이었으며, 거의 모든 사람이 먹을 것을 충분히 구하지 못했어요. 수백, 수천 명의 빈민들은 신발도 없고, 집도 없었죠. 고작해야 지금 여러분 나이 정도의 아이들은 하루에 12시간씩 잔인한 주인 밑에서 일해야 했습니다. 아이들이 일을 너무 느릿느릿하게 하면 주인은 아이들을 때렸어요. 주인이 나눠주는 음식은 곰팡내 나는 빵 껍질과 물밖에 없었고요. 하지만 이렇게 끔찍한 가난 속에서도 부자들은 몇 채 되지도 않는 크고 아름다운 집에 살았습니다. 무려 서른 명이나 되는 하인들의 시중을 받으면서요. 이 부자들을 자본가라고 불렀습니다. 사악한 얼굴의 뚱

뚱하고 추한 사람들이었습니다. 이 맞은편 그림 속의 사람을 보세요. 프록코트라고 불리던 길고 검은 코트를 입고, 연통처럼 생긴 이상한 모양의 반짝이는 모자를 쓴 것이 보이죠? 그 모자의 이름은 실크해트입니다. 이런 옷차림이 자본가의 제복이었어요. 다른 사람들은 이런 옷을 절대 입을 수 없었습니다. 세상의 모든 것이 자본가의 소유였고, 다른 사람들은 모두 자본가의 노예였습니다. 땅도, 집도, 공장도, 돈도 모두 자본가의 소유였어요. 누구든 자본가에게 복종하지 않으면, 자본가들은 그를 감옥에 처넣거나 일자리를 빼앗아 굶겨 죽일 수 있었습니다. 평범한 사람이 자본가와 말할 때는 모자를 벗고 굽실굽실 절을 하면서 그들을 '나리'라고 불러야 했습니다. 자본가들 중에서도 가장 높은 사람은 왕이라고 불렸는데……

이다음 내용은 그도 알고 있었다. 주교의 옷을 입은 주교들, 법복을 입은 법관들, 죄인의 목에 씌우던 칼, 죄수의 발목에 채우던 차꼬, 트레드밀•, 아홉 가닥 채찍, 시장님의 연회, 교황의 발가락에 입을 맞추던 관습에 대한 이야기가 나올 터였다. 초야권이라는 것도 있었는데, 어린이용 교과서에는 언급되지 않았을 가능성이 높았다. 초야권이란, 모든 자본가가 자기 공장에서 일하는 여자 중 아무하고나 잘 권리가 있다는 규정이었다.

• 옛날 감옥에서 죄수에게 벌을 주기 위해 밟아서 돌리게 한 바퀴.

이런 이야기들 중에 거짓말이 얼마나 섞여 있는지 어떻게 알겠는가? 평균적인 인간의 삶이 혁명 이전보다 나아졌다는 말이 **어쩌면** 사실일 수도 있었다. 이 말에 반대되는 증거라고는 뼛속에 소리 없이 숨어 있는 항변, 지금의 생활 여건이 인간으로서 참을 수 없는 수준이며 지금과는 다른 시대가 분명히 있었을 것이라는 본능적인 느낌뿐이었다. 현대의 진정한 특징은 잔혹성과 불안이 아니라 살풍경과 더러움, 무심함이라는 생각이 문득 들었다. 주위를 둘러보면, 사람들은 텔레스크린에서 쏟아져 나오는 거짓말과 조금도 닮지 않은 생활을 하고 있었다. 심지어 당이 이루려고 애쓰는 이상과도 전혀 닮은 곳이 없었다. 당원들의 삶에서도 중립적이고 비정치적인 일들이 아주 큰 부분을 차지했다. 지루한 일을 꾸역꾸역 이어가고, 지하철에서 자리를 다투고, 해진 양말을 깁고, 사카린 한 알을 구걸하듯 얻어내고, 담배꽁초를 아껴두는 삶. 당이 설정한 이상은 거대하고 굉장하고 반짝거렸다. 강철과 콘크리트, 거대한 기계와 무시무시한 무기로 이루어진 세상이었다. 전사와 광신도들이 완벽하게 일치된 동작으로 행진하며 모두 똑같은 생각을 하고 똑같은 구호를 외치는 나라였다. 사람들은 항상 일하고, 싸우고, 승리하고, 비난했다. 3억 명의 얼굴이 모두 똑같았다. 그러나 현실은 제대로 먹지 못한 사람들이 물이 새는 신발을 신고 오가는, 더러운 도시였다. 누덕누덕 보수한 19세기 주택에서는 항상 양배추와 더러운 화장실 냄새가 났다. 광대하고 황폐한 도시 런던,

100만 개의 쓰레기통이 있는 도시의 모습이 보이는 듯했다. 거기에 주름진 얼굴과 가느다란 머리칼의 파슨스 부인, 막힌 하수도관을 무력하게 만지작거리던 그녀의 모습이 섞여 있었다.

그는 손을 아래로 뻗어 또 발목을 긁었다. 밤이나 낮이나 텔레스크린은 오늘날 사람들이 더 많은 음식, 더 많은 옷, 더 좋은 집, 더 좋은 오락을 즐기게 되었다고 증명하는 통계 수치들로 사람들의 귀를 두드려댔다. 50년 전에 비해 수명이 늘어나고, 노동 시간은 짧아지고, 몸은 더 크고 건강하고 강해지고, 생활은 더 행복해지고, 지능과 교육 수준이 높아졌다는 내용이었다. 이런 주장 중 어느 것도 증명하거나 반박할 길이 없었다. 예를 들어, 당은 오늘날 성인 프롤레의 40퍼센트가 글을 익혔다고 주장했다. 혁명 전에는 이 비율이 고작 15퍼센트였다고 했다. 유아사망률이 혁명 전에는 인구 1천 명당 300명이었던 반면 지금은 160명밖에 되지 않는다는 주장도 있었다. 이런 주장이 계속 이어졌다. 마치 미지수가 두 개인 하나의 방정식 같았다. 역사책의 모든 내용이, 심지어 사람들이 의심의 여지없이 받아들이는 내용조차 문자 그대로 공상의 산물일 가능성이 있었다. 잘은 모르지만, 초야권이라는 규정이나 자본가라는 생물이나 실크해트라는 모자가 아예 존재한 적이 없을 수도 있었다.

모든 것이 안개 속으로 희미하게 사라졌다. 과거가 지워지고, 지웠다는 사실이 망각에 묻히고, 거짓이 진실이 되었다. 윈스턴은 평생 딱 한 번, 그러니까 이미 역사의 위조가 이루어진 **이후에**(이 점이 중요했다), 구체적이고 확실한 위조의 증거를 손에 쥔 적이 있었다. 그것을 무려 30초 동안 정말로 손가락으로 잡고 있었다. 틀림없이 1973년이었을 것이다. 어쨌든 그가 캐서린과 헤어진 그 무렵이었다. 하지만 정말로 중요한 시기는 그보다 7~8년 전이었다.

그 일의 진정한 시발점은 1960년대 중반, 혁명의 원래 지도자들이 완전히 쓸려나간 대숙청 때였다. 1970년에는 빅 브라더를 제외하면 그들 중 누구도 남아 있지 않았다. 다른 지도자들은 모두 반동 반역자로 밝혀졌다. 골드스틴은 도망쳐서 누구도 모르는 곳에 숨어 있었고, 몇 명은 그냥 사라졌다. 그러나 대다수는 요란한 공개재판에서 죄를 자백한 뒤 처형당했다. 마지막까지 살아남은 사람 중에 존스, 아론슨, 러더퍼드, 이렇게 세 남자가 있었다. 이 세 명이 체포된 때가 틀림없이 1965년이었을 것이다. 흔히 그렇듯이 그들은 살았는지 죽었는지 아무도 모르는 상태로 1년쯤 종적이 사라졌다가 갑자기 끌려나와 다른 사람들처럼 스스로 죄를 고백했다. 적에게 정보를 넘기고(그때도 적은 유라시아였다), 공공기금을 횡령하고, 신뢰받는 당원 여러 명을 살해하고, 혁명 훨씬 전부터 빅 브라더에게 반대하는 음모를 꾸미고, 파괴 행동을 일으켜 수십만 명의 죽음을 초래했다는 내용이었다. 이런 죄를 자백한 뒤 그들은 사면을 받아 당원 신분을 회복했으며, 사실은 한직이지만 이름만 들으면 중요한 것 같은 자리에 배치되었다. 그리고 세 사람 모두 자신의 변절 이유를 분석하고 과오를 씻기 위해 열심히 노력하겠다고 약속하는 길고 비굴한 글을 〈타임스〉에 기고했다.

그들이 석방되고 얼마 뒤 윈스턴은 밤나무 카페에서 그들 셋을 모두 실제로 본 적이 있었다. 당시 자신이 무서우면서도 홀린 듯이 그들을 곁눈질했던 기억이 남아 있었다. 그들은 윈스턴보다 나이가 훨씬 많은 고대의 유물이자, 영웅적이었던 당의 초창기 역사에서 거의 마지막으로 남은 위대한 인물들이었다. 지하투쟁과 내전의 황홀한 매력이 아직 그들에게 흐릿하게 남아 있었다. 당시에 이미 역사적 사실과 날짜가 점점 흐릿해지고 있었는데도, 윈스턴은 빅 브라더의 이름보다 그들의 이름을 자신이 훨씬 먼저 알았던 것 같은 느낌이 들었다. 하지만 그들은 또한 법의 보호를 박탈당한 사람, 사회의 적, 접촉하면 안 되는 존재로서 1~2년 안에 확실히 지상에서 사라질 운명이었다. 사상경찰의 손에 한번 떨어졌던 사람이 그 손에서 끝내 벗어난 적은 단 한 번도 없었다. 그들은 무덤으로 다시 운반되기를 기다리는 시체나 마찬가지였다.

그들과 가장 가까운 테이블에는 아무도 앉지 않았다. 남들이 보는 곳에서 그런 사람들의 근처에 있는 것조차 현명하지 못한 일이었다. 그들은 밤나무 카페에서만 마실 수 있는, 정향을 넣은 진이 담긴 잔을 앞에 두고 아무 말 없이 앉아 있었다. 셋 중에 외모로 윈스턴에게 가장 깊은 인상을 남긴 사람은 러더퍼드였다. 한때 유명한 캐리커처 작가였던 러더퍼드는 혁명 이전과 혁명 중에 가차 없는 만평으로 여론에 불을 붙이는 데 일조했다. 지금도 아주 가끔 한 번씩 그의 만평이 〈타임스〉에 실렸다. 단순히 과거의 그림을 흉내 낸 작품으로, 묘하게 생기가 없고 설득력도 없는 그림이었다. 그림의 주제도 옛날 옛적에 다뤘던 것의 재탕이었다. 빈민가의 임대주택, 굶주리는 아이들, 거리 싸움, 실크해트를 쓴 자본가들(싸움터에서도 자본가들은 여전히 실크해트를 고집하는 것 같았다)…… 과거로 돌아가려고 무한히 시도하는 절망적인 노력이었다. 그의 생김새는 괴물 같았다. 갈기 같은 흰머리는 기름지고, 늘어진 얼굴은 주름투성이고, 입술은 툭 튀어나왔다. 한때는 틀림없이 엄청나게 힘이 셌을 것이다. 하지만 이제 그의 커다란 몸은 흐르듯이 늘어지고 울룩불룩해져서 사방으로 무너져 내리고 있었다. 산이 무너지듯이 그가 사람들의 눈앞에서 부서지고 있는 것 같았다.

사람이 드문 때인 15시였다. 윈스턴은 자신이 그런 시각에 어쩌다 그 카페에 들어가게 됐는지 기억나지 않았다. 카페에는 손님이 거의 없었다. 텔레스크린에서 귀에 거슬리는 음악이 찔끔찔끔 흘러나왔다. 세 남자는 구석 자리에 거의 꼼짝도 않고 앉아서 한마디도 하지 않았다. 주문이 없었는데도 웨이터가 술을 새로 가져다주었다. 그들 옆의 테이블에는 말을 늘어놓은 체스판이 있었지만, 게임이 진행 중이지는 않았다. 그러다가, 아마도 다 합해봤자 30초 동안, 텔레스크린에서 뭔가 변화가 일어났다. 음악이 바뀌더니, 음조도 변했다. 그 음은 뭐랄까…… 설명하기가 힘들었다. 갈라진 목소리로 시끄럽게 야유하는 듯한 별난 음이었다. 윈스턴은 속으로 그 음에 '옐로노트'라는 이름을 붙였다. 곧이어 텔레스크린에서 사람의 노랫소리가 흘러나왔다.

가지를 펼친 밤나무 아래에서
나는 너를 팔고 너는 나를 팔았지
그들은 저기에, 우리는 여기에
가지를 펼친 밤나무 아래에서.

세 남자는 조금도 움직이지 않았다. 하지만 윈스턴이 러더퍼드의 폐허 같은 얼굴을 다시 흘깃 보았을 때, 그의 눈에 눈물이 가득했다. 그리고 그는 처음으로 알아차렸다. 아론슨과 러더퍼드의 코가 모두 부러진 적이 있다는 것을. 남몰래 속으로 부르르 떨었지만, 자신이 **무엇에** 떠는지는 알지 못했다.

얼마 뒤 세 사람 모두 다시 체포되었다. 그들이 석방된 순간부터 새로운 음모를 꾸민 모양이었다. 두 번째 재판에서 그들은 새로운 범죄와 더불어 과거의 범죄도 모두 다시 자백했다. 그리고 처형되었다. 그들의 이야기는 후손들을 위한 경고로 당의 역사에 기록되었다. 그로부터 약 5년 뒤인 1973년에 윈스턴은 기송관에서 튀어나온 서류를 펼치다가, 실수로 거기 끼어 들어갔음이 분명한 종잇조각을 발견했다. 그 종이를 펼치자마자 그는 그것의 의미를 알아차렸다. 약 10년 전에 나온 〈타임스〉의 한 면 중 날짜가 적힌 윗부분 절반을 찢어낸 것인데, 뉴욕을 방문한 당의 무슨 대표단 사진이 실려 있었다. 대표단 중앙의 잘 보이는 자리에 있는 사람이 바로 존스, 아론슨, 러더퍼드. 틀림없었다. 사진 아래 설명에도 그들의 이름이 적혀 있었다.

중요한 것은, 세 사람 모두 두 번의 재판에서 그 날짜에 자신들이 유라시아 땅에 있었다고 자백했다는 점이었다. 그들은 캐나다의 비밀 비행장에서 시베리아 어딘가의 접선 지점으로 날아갔으며, 거기서 유라시아 군사참모들과 협의하며 중요한 군사정보를 누설했다고 말했다. 그 날짜가 마침 성 요한 축제일이라서 윈스턴은 똑똑히 기억하고 있었다. 그들의 이야기는 수많은 다른 기록에도 분명히 적혀 있을 터였다. 그렇다면 그가 내릴 수 있는 결론은 하나뿐이었다. 그들의 자백이 거짓이라는 것.

물론 이것 자체가 대단한 발견은 아니었다. 그때도 윈스턴은 숙청으로 쓸려나간 사람들이 고발된 죄를 실제로 저질렀을 것이라고는 상상도 하지 않았다. 하지만 이것은 구체적인 증거였다. 사라진 과거의 조각이었다. 알려진 것과는 다른 지층에서 발견되어 지질학 이론을 파괴해버리는 화석과 같았다. 어떻게든 이것을 발표해서 그 의미를 세상에 알릴 수만 있다면, 이것만으로도 당을 산산이 부술 수 있었다.

그는 곧장 작업을 시작했다. 사진의 정체와 의미를 파악하자마자, 그는 다른 종이로 그것을 가렸다. 그가 서류를 펼칠 때, 텔레스크린 쪽에서 보기에는 위아래가 뒤집혀 있었던 것이 다행이었다.

그는 수첩을 무릎 위에 놓고 의자를 뒤로 밀었다. 텔레스크린에서 최대한 멀어지기 위해서였다. 무표정을 유지하는 것은 어렵지 않았다. 노력을 기울이면 심지어 호흡도 조절할 수 있었다. 하지만 심장박동을 조절할 수는 없었다. 그리고 텔레스크린은 사람들의 맥박을 상당히 섬세하게 잡아내는 편이었다. 윈스턴은 대략 10분을 흘려보내면서, 혹시 우연하게라도, 그러니까 갑자기 책상 위로 바람이 불어온다든가 하는 일이 일어나서 이 비밀이 드러날까 봐 마음을 졸였다. 10분이 흐른 뒤 그는 사진을 여전히 종이로 덮은 채로 버리는 종이 몇 장과 함께 기억구멍에 넣었다. 아마 1분도 안 돼서 사진이 재가 되어버렸을 것이다.

그것이 10년, 아니 11년 전의 일이었다. 지금이라면 십중팔구 사진을 보관했을 것이다. 그 사진과 그 안에 기록된 일이 지금은 기억에만 남아 있는데도, 그 사진을 손에 쥔 적이 있다는 사실이 여전히 영향을 미치는 것 같아서 기분이 묘했다. 지금은 존재하지 않는 증거가 과거에 존재한 적이 **있다**는 사실을 알기 때문에, 과거에 대한 당의 장악력이 약해진 것인가?

그러나 이제는 설사 그 사진이 재 속에서 되살아난다

해도 아마 증거조차 되지 못할 터였다. 그가 그 사진을 발견했을 때, 오세아니아는 이미 유라시아와 전쟁 중이 아니었다. 하지만 그 세 사람이 조국을 배신하고 정보를 넘긴 상대는 분명히 유라시아 측 첩보원이었다. 그때 이후로 바뀐 것은 그것만이 아니었다. 두 가지, 세 가지, 아니 그가 다 기억할 수도 없을 정도로 많았다. 그들의 자백은 고쳐 쓰고 또 고쳐 쓰다가 결국 처음 자백 때의 사실들과 날짜가 아무런 의미도 없는 지경에 이르렀을 가능성이 높았다. 과거는 한 번만 변하지 않고, 계속 바뀌었다. 악몽처럼 윈스턴을 가장 괴롭히는 것은, **왜** 이런 거대한 사기극이 벌어지고 있는지 자신이 한 번도 명확히 이해한 적이 없다는 점이었다. 과거를 위조함으로써 즉각적으로 얻는 이득이 무엇인지는 분명했다. 하지만 궁극적인 의도는 오리무중이었다. 윈스턴은 다시 펜을 들어 글을 적었다.

'방법'은 알지만, '이유'는 모르겠다.

이미 몇 번이나 그랬던 것처럼, 그는 혹시 자신이 미친 것이 아닌지 고민했다. 어쩌면 미치광이란 그저 단 한 명뿐인 소수를 가리키는 말인지도 모른다. 한때는 지구가 태양 주위를 돈다고 믿는 사람이 미치광이 취급을 받았다. 지금은 과거가 고정불변이라고 믿는 사람이 그런 취급을 받는다. 어쩌면 이렇게 믿는 사람이 윈스턴 **혼자**뿐인지도 모른다. 그렇다면 그는 미치광이다. 하지만 자신이 미치광이라고 생각해도 크게 걱정스럽지 않았다. 무서운 것은 자신의 생각이 틀릴 수도 있다는 점이었다.

그는 어린이용 역사책을 들어, 속표지에 그려진 빅 브라더의 얼굴을 보았다. 최면을 거는 듯한 눈이 윈스턴의 눈을 응시했다. 어떤 거대한 힘이 그를 짓누르고 있는 것 같았다. 그 힘이 두개골 안으로 침투해 들어와 뇌를 두드려 패고 겁을 줘서 믿음을 버리게 만들고, 자신의 감각이 전해주는 증거를 부정하라고 설득하는 데 거의 성공하고 있는 것 같았다. 언젠가 당이 2 더하기 2는 5라고 발표하면, 사람들은 그것을 믿어야 할 것이다. 당이 필연적으로 조만간 그런 주장을 할 것 같았다. 당이 차지하고 있는 위치상 논리적으로 그럴 수밖에 없었다. 당의 철학은 경험의 정당성뿐만 아니라 외적인 현실의 존재마저 암묵적으로 부정했다. 상식이야말로 이단 중의 이단이었다. 두려운 것은, 당과 다른 생각을 하는 사람을 당이 죽일 것이라는 점이 아니라 당이 옳을 수도 있다는 점이었다. 사실 2 더하기 2가 4라는 건 확실한가? 중력이 작용하는 것도 맞나? 과거가 불변이라고 어떻게 확신하나? 과거와 외부 세계가 오로지 머릿속에만 존재하는 거라면, 그리고 머릿속의 생각 자체를 통제할 수 있다면, 그러면 어떻게 되지?

아냐! 그의 용기가 갑자기 저절로 굳건해지는 것 같았다. 딱히 떠올릴 이유가 없는데도 생각난 오브라이언의 얼굴이 그의 생각 속으로 들어왔다. 오브라이언이 그와 같은 편이라고 그 어느 때보다 강하게 확신할 수 있었다. 그가 쓰는 이 일기는 오브라이언을 위한 것이었다. 오브라이언 **앞으로** 쓰는 글이었다. 아무도 읽지 않을, 하지만 특정한 사람을 염두에 두었기 때문에 거기서 특유의 색채를 얻은 길고 긴 편지와 비슷했다.

당은 눈과 귀로 보고 듣는 증거를 거부하라고 말했다. 그것이 당의 최종적이고 가장 근본적인 명령이었다. 당의 엄청난 힘, 당의 지식인이라면 누구라도 쉽게 토론에서 그를 무너뜨릴 것이라는 사실, 대답하기는커녕 이해조차 할 수 없을 그들의 난해한 주장을 생각하자 윈스턴은 가슴이 덜컥 내려앉았다. 그래도 그가 옳았다! 그들이 틀렸고 그가 옳았다. 누구나 훤히 알 수 있는 것, 어리석은 것, 진실한 것을 반드시 옹호해야 했다. 자명한 이치는 진실이다, 그것을 잊지 마라! 진짜 세상은 존재하며, 그 세상의 법칙은 변하지 않는다. 돌은 단단하고, 물은 축축하고, 지지대가 없는 물체는 지구의 중심을 향해 떨어진다. 윈스턴은 오브라이언에게 말한다는 심정으로, 그리고 중요한 이치를 하나 세운다는 심정으로 다음과 같이 썼다.

> 자유는 2 더하기 2가 4라고 말할 자유를 말한다. 이것이 허용되면, 다른 모든 것은 저절로 따라온다.

8

통로 끝 어디선가 커피를 볶는 냄새가 났다. 빅토리 커피가 아닌 진짜 커피 냄새가 거리로 흘러나오고 있었다. 윈스턴은 자기도 모르게 걸음을 멈췄다. 아마도 약 2초쯤, 반쯤 잊고 있던 어린 시절로 돌아간 것 같았다. 그러다 어디선가 문이 쾅 닫히면서, 소리가 뚝 끊기듯이 냄새가 사라졌다.

윈스턴은 몇 킬로미터나 되는 길을 걸어온 참이라, 정맥류궤양 자리가 욱신거렸다. 커뮤니티 센터의 저녁 모임에 빠진 것은 3주 만에 두 번째였다. 출석 횟수가 틀림없이 꼼꼼하게 확인되고 있을 테니 이건 분별없는 짓이었다. 원칙적으로 당원에게는 한가한 시간이 없었다. 잠자리에 들 때를 제외하면 혼자 있을 때도 없었다. 일하는 시간, 식사 시간, 수면 시간을 제외한 나머지 시간에는 이런저런 공동체 여가 활동에 참여하는 것으로 되어 있었다. 혼자 있는 것을 좋아하는 듯이 보이는 행동, 심지어 혼자 걷는 행동마저 항상 조금 위험했다. 신어로 이것을 '혼자생'이라고 하는데, 개인주의와 괴

파함을 의미했다. 하지만 오늘 저녁 그는 청사를 나서면서 4월의 향기로운 공기에 유혹당했다. 하늘은 올해 들어 가장 따뜻한 파란색이고, 커뮤니티 센터에서 지루하고 지치는 게임을 하거나 강연을 듣거나 술의 힘을 빌려 삐걱거리는 동료애를 다지며 소란스럽게 보내야 하는 긴 저녁 시간을 갑자기 참을 수 없을 것 같았다. 그래서 충동적으로 버스 정류장을 등지고 런던의 미로 속에 발을 디뎠다. 처음에는 남쪽으로, 그다음에는 동쪽으로, 그다음에는 북쪽으로 낯선 거리를 홀린 듯이 걸으며 그 길이 어디로 향하는지 굳이 신경 쓰지 않았다.

"만약 희망이 있다면, 프롤레에게 있다." 그는 일기에 이렇게 썼다. 이 말이 신비스러운 진리와 생생한 어리석음의 선언처럼 자꾸만 머리에 떠올랐다. 그가 지금 있는 곳은 예전에 세인트 팬크라스 역이 있던 자리에서 북동쪽에 있는 갈색의 흐릿한 빈민가 어디쯤이었다. 그는 바닥이 자갈로 포장되고 양편에 자그마한 2층 주택들이 늘어선 길을 걷고 있었다. 곧바로 거리를 향해 나 있는 낡아빠진 문간은 묘하게 쥐구멍을 연상시켰다. 자갈들 사이 여기저기에 더러운 물이 고여 있었다. 어두운 문간 안팎, 양편으로 가지처럼 뻗은 좁은 골목길에서 엄청나게 많은 사람들이 떼를 지어 오갔다. 조잡하게 립스틱을 칠한 한창 나이의 여자들, 그 여자들을 쫓아다니는 젊은이들, 저 젊은 여자들의 10년 뒤 모습을 보여주는 뚱뚱한 몸으로 어기적거리는 또 다른 여자들, 평발을 질질 끌며 걷는 꼬부랑 노인들, 누더기에 맨발로 바닥에 고인 웅덩이에 들어가 놀다가 엄마의 고함 소리에 흩어지는 아이들. 유리가 깨져서 판자로 막아놓은 창문이 아마도 거리 전체의 4분의 1은 되는 것 같았다. 대부분의 사람들은 윈스턴에게 눈길을 주지 않았다. 몇 명만이 경계심과 호기심이 깃든 눈빛으로 그를 바라보았다. 덩치가 엄청나게 크고, 벽돌처럼 빨간 팔뚝을 앞치마 앞에서 팔짱 낀 여자 두 명이 어느 집 문간 앞에서 이야기를 하고 있었다. 그쪽으로 걸어가는 윈스턴의 귀에 그들의 대화가 언뜻언뜻 들렸다.

"내가 걔한테 말했지. '그건 다 좋은디, 니도 내 입장이라면 나랑 똑같이 했을걸. 남을 욕하기야 쉽겄지만 니 문제랑 내 문제는 다르잖어.'"•

"아." 상대 여자가 말했다. "그렇제. 그런 거여."

두 사람의 거슬리는 목소리가 뚝 끊어졌다. 두 여자는 적대감을 품은 얼굴로 입을 다문 채, 옆을 지나가는 윈스턴을 유심히 살펴보았다. 아니, 정확히 말해서 적대감은 아니

• 이 책에서 당원의 말은 표준어로, 프롤레(타리아)의 말은 사투리로 옮겼다. 이 작품에서 지식인입네 자부하는 당원들이 받은 교육은 온통 거짓투성이고, 인간의 기본적인 감정과 욕구의 표현조차 억제된 채 당의 눈치를 보며 살아가는 그들이야말로 실제로는 정신적으로 가장 억압받는 사람들이다. 오웰이 당원에게 표준어를, 프롤레에게 사투리를 부여한 것은 이러한 아이러니를 표현한 것이다. 다만 의도적으로 프롤레의 말은 여러 지역의 사투리를 섞은 정체불명의 사투리를 사용함으로써 지역을 특정하지 않도록 했다.

었다. 그저 일종의 경계심, 낯선 동물이 옆을 지나갈 때처럼 순간적으로 몸이 굳어진 것에 불과했다. 이런 거리에서 당의 파란색 작업복을 보는 것은 흔한 일이 아니었다. 사실 확실한 볼일이 있는 게 아니라면, 이런 옷차림으로 이런 곳에 오는 것은 현명하지 못했다. 어쩌다 순찰대와 마주치기라도 하면 불심검문을 당할 수도 있었다. "신분증 좀 보여주시죠, 동무. 여기엔 어쩐 일입니까? 직장에서는 몇 시에 퇴근했죠? 보통 집에 갈 때 이 길을 지납니까?" 이런 질문이 이어질 것이다. 평소와는 다른 길로 집까지 걸어가면 안 된다는 규칙이 있는 것은 아니지만, 사상경찰의 귀에 이런 이야기가 들어가면 충분히 주의를 끌 수 있었다.

갑자기 거리 전체가 소란해졌다. 사방에서 경고의 고함소리가 들렸다. 사람들이 토끼처럼 문 안쪽으로 내달려 들어갔다. 윈스턴이 있는 곳에서 조금 앞쪽의 문간에서 어떤 젊은 여자가 튀어나와 웅덩이에서 놀던 작은 아이를 냉큼 안아들더니 앞치마로 아이의 몸을 감싸서 곧바로 다시 뛰어 들어갔다. 그와 동시에 아코디언처럼 주름이 있는 검은 옷을 입은 남자가 골목에서 나와 윈스턴을 향해 뛰어오며 정신없이 하늘을 가리켰다.

"기선이여!" 남자가 소리쳤다. "조심혀, 아저씨! 저 우에서 쾅 헌다고! 빨리 숙여!"

'기선'은 무슨 이유에서인지 프롤레가 로켓탄을 부르는 별명이었다. 윈스턴은 즉시 바닥에 몸을 던지듯 엎드렸다. 프롤레들이 이런 경고를 할 때는 틀리는 법이 거의 없었다. 그들은 로켓이 다가오는 것을 몇 초 전에 미리 알아차리는 본능 같은 것을 지니고 있는 모양이었다. 로켓은 소리보다 빨리 움직인다는데 희한한 일이었다. 윈스턴은 팔로 머리를 단단히 감쌌다. 우르릉거리는 소리에 길바닥이 들썩이는 것 같더니, 가벼운 물체들이 그의 등에 소나기처럼 후두두 떨어졌다. 다시 일어서서 보니, 가장 가까운 창문이 깨지면서 날아온 유리 조각들이 몸 여기저기에 가득했다.

그는 계속 걸었다. 폭탄은 200미터쯤 떨어진 주택들을 파괴했다. 검은 연기가 하늘에 걸려 있고, 그 아래에는 석회가루가 구름처럼 떠 있었다. 사람들이 벌써 폐허 주위로 몰려드는 중이었다. 윈스턴의 앞쪽 길바닥에 석회더미가 쌓여 있는데, 그 한가운데에 빨간색 줄이 하나 보였다. 가까이 다가가 보니, 손목에서 잘린 사람의 손이었다. 잘린 부위가 피투성이인 것을 제외하면, 손 전체가 어찌나 하얀지 석고로 만든 조각처럼 보였다.

그는 손을 길가의 하수도로 차 넣은 뒤, 사람들을 피해 오른쪽 골목으로 들어갔다. 3, 4분도 안 돼서 폭탄이 떨어진 지역을 벗어나자, 지저분하고 북적이는 거리 풍경이 아무 일도 없었던 것처럼 펼쳐졌다. 20시가 가까운 시각이었다. 프롤레들이 드나드는 술집들(그들이 '주점'이라고 부르는 곳)은 손님으로 미어터질 듯했다. 쉴 새 없이 열리고 닫히는 더러운 문을 통해 오줌 냄새, 톱밥 냄새, 시큼한 맥주 냄새가 새어

나왔다. 불쑥 튀어나온 주택의 한쪽 귀퉁이에서는 세 남자가 가까이 붙어 서서, 가운데 남자가 접어서 들고 있는 신문을 함께 읽고 있었다. 윈스턴은 표정이 보일 만큼 가까이 다가가기도 전에, 그들이 신문 기사에 몰두하고 있음을 그들의 온몸에서 볼 수 있었다. 매우 심각한 기사를 읽고 있음이 분명했다. 그가 몇 걸음 떨어진 곳에 이르렀을 때 갑자기 세 남자가 서로에게서 떨어지더니, 그중 둘이 격한 말다툼을 벌였다. 금방이라도 한 대 칠 것 같은 분위기였다.

"아, 젠장, 내 말 좀 들으라니께. 14개월 넘게 7로 끝나는 숫자가 뽑힌 적이 없다고!"

"아녀, 있어!"

"아녀, 없어! 집에 가면 내가 2년 넘게 그걸 다 적어놓은 종이가 있단 말이시. 내가 시계처럼 꼬박꼬박 적는구만. 그러니까 말하는 거여. 7로 끝나는 숫자는……"

"아녀, 7이 뽑혔어! 내가 그 망할 놈의 숫자를 지금 거의 말할 수도 있어. 407. 이게 끝 숫자여. 2월에…… 2월 둘째 주였어."

"2월 좋아허네! 내가 다 적어놨다니께. 절대로 7은……"

"아, 그만 좀 혀!" 나머지 한 명의 남자가 말했다.

그들이 말하는 건 복권 당첨 번호였다. 윈스턴은 30미터쯤 더 걸어간 뒤에 뒤를 돌아보았다. 남자들은 여전히 생생하고 열정적인 얼굴로 옥신각신하고 있었다. 매주 엄청난 당첨금이 걸려 있는 복권 추첨은 프롤레들이 진지하게 몰두하는 공개 행사였다. 수많은 프롤레에게 복권은 계속 목숨을 이어가는 유일한 이유까지는 아닐지라도 십중팔구 가장 중요한 이유일 것이다. 복권은 그들에게 기쁨이자 어리석음, 진통제이자 지적인 자극제였다. 복권에 관한 일이라면, 글자를 간신히 깨우친 사람들조차 복잡한 계산 능력과 놀라운 기억력을 발휘하는 것 같았다. 순전히 당첨 결과 예측과 행운의 부적 판매만으로 생계를 잇는 사람들도 많았다. 복권 운영은 풍요부 소관이므로 윈스턴과는 아무런 상관이 없었으나, 당첨금이 대체로 상상 속에만 존재한다는 사실은 알고 있었다(사실 당에 속한 사람이라면 누구나 알았다). 실제로 나눠주는 당첨금은 소액에 불과하고, 거액에 당첨된 사람들은 실존 인물이 아니었다. 오세아니아의 여러 지역이 서로 진짜 통신을 주고받을 방법이 없다 보니, 이런 일을 꾸미기가 어렵지 않았다.

하지만 만약 희망이 있다면, 프롤레에게 있다. 여기에 매달릴 수밖에 없었다. 이것을 말로 표현하면 합당하게 들렸다. 그리고 길에서 지나치는 사람들을 볼 때는 신념에서 우러나온 행동이 되었다. 그가 접어든 길은 내리막길이었다. 전에도 이 동네에 와본 적이 있는 것 같은 느낌이 들었다. 멀지 않은 곳에 대로가 하나 있을 것 같았다. 앞쪽 어딘가에서 사람들이 시끄럽게 고함을 질러대는 소리가 들렸다. 길이 급하게 꺾어지더니, 계단으로 끝났다. 계단 아래로 푹 꺼져 있는 골목에서 노점상 몇 명이 시들시들해 보이는 채소를 팔고 있었다. 그 순간 윈스턴은 여기가 어딘지 기억해냈다. 저 골목이 대로와 이어져 있고, 채 5분도 걸리지 않는 다음 길모퉁이에서 방향을 꺾어 걸어가면 그가 지금 일기장으로 쓰고 있는 공책을 구입한 중고품 가게가 나왔다. 역시 이 근처에 있는 문구점은 그가 펜대와 잉크를 산 곳이었다.

그는 계단 위에서 잠시 걸음을 멈췄다. 골목 저편에 작고 우중충한 주점이 하나 있는데, 창문에 먼지가 잔뜩 끼어서 언뜻 서리가 앉은 것처럼 보였다. 등은 굽었지만 움직임은 활발하고, 하얀 콧수염이 새우 수염처럼 빳빳하게 서 있는 노인이 주점 문을 밀어서 열고 안으로 들어갔다. 윈스턴은 가만히 서서 그 모습을 지켜보다가, 노인의 나이가 적어도 여든 살은 되어 보이니 혁명이 일어났을 때도 이미 중년의 나이였을 것이라는 생각이 문득 들었다. 이제 몇 명 남지 않은 저 노인 같은 사람들은 사라져버린 자본주의 세계와의 마지막 연결고리였다. 당에는 혁명 이전에 머리가 굳어진 사람이 많이 남지 않았다. 1950년대와 1960년대의 대숙청 때 구세대가 대부분 쓸려나갔고, 소수의 생존자들은 이미 오래전부터 겁에 질려 지적인 면에서 완전히 굴복해버렸다. 이번 세기 초의 상황에 대해 진실한 이야기를 들려줄 수 있는 사람이 혹시 살아 있다면, 그 사람은 프롤레일 수밖에 없었다. 윈스턴은 자신이 일기장에 베껴 쓴 역사책의 한 구절을 갑자기 떠올리고는, 미치광이 같은 충동에 사로잡혔다. 저 주점에 들어가서 저 노인과 어떻게든 친분을 만들어 질문을 던질 것이다. "어렸을 때 어떻게 사셨는지 말씀해주세요. 그때는 생활이 어땠습니까? 지금보다 나았나요, 아니면 더 나빴나요?"

시간을 끌면 겁에 질릴세라, 그는 서둘러 계단을 내려가 좁은 골목을 걸었다. 물론 이건 미친 짓이었다. 대개 그렇듯이, 프롤레에게 말을 걸고 그들의 주점에 드나들면 안 된다는 명확한 규정은 없었다. 하지만 이건 너무나 이례적인 행동이라 반드시 누군가의 눈에 띌 터였다. 만약 순찰대가 나타난다면, 그가 갑자기 현기증이 일어서 그랬다고 핑계를 대볼 수는 있을 것이다. 그러나 그들이 그 말을 믿어줄 것 같지는 않았다. 주점의 문을 밀어서 열자, 시큼한 맥주의 지독한 냄새가 정면으로 그를 후려쳤다. 그가 안으로 들어가는 순간 시끌시끌하던 대화 소리가 갑자기 절반으로 확 내려갔다. 등 뒤에서 모든 사람이 그의 파란색 작업복을 바라보는 것이 느껴졌다. 주점 한쪽 끝에서 다트 게임을 하던 사람들도 한 30초쯤 동작을 멈췄다. 그가 따라 들어온 노인은 바 앞에서서 바텐더와 말다툼 같은 것을 벌이는 중이었다. 바텐더는 덩치 큰 매부리코 청년으로 팔뚝의 굵기가 어마어마했다. 사람들이 손에 잔을 들고 그 주위에 잔뜩 몰려서서 그들을 구경하고 있었다.

"그니께 내가 점잖게 말했잖어, 엉?" 노인이 호전적으로 어깨를 똑바로 펴면서 말했다. "이 배라먹을 술집에 1파인트 잔이 없다는 말이여, 시방?"

"아니, 파인트가 도대체 **뭔데요**?" 바텐더가 손끝을 카운터에 대고 몸을 앞으로 기울이며 말했다.

"이눔 좀 보게! 명색이 바텐더라믄서 파인트를 몰러! 어이구야, 파인트는 반 쿼트여. 쿼트가 네 개면 1갤런이고. 인자 A, B, C부터 가르쳐야겄네."

"그런 건 처음 들어요." 바텐더가 곧바로 말했다. "1리터랑 반 리터, 우리가 파는 건 이것뿐이라고요. 그 앞의 선반에 있는 잔이 그거예요."

"난 파인트가 좋다고." 노인이 고집을 피웠다. "1파인트를 따라주는 게 뭐 그리 어렵다고 그랴. 내가 젊었을 때는 그 놈의 리터인지 뭔지는 없었어."

"할아버지가 젊었을 때는 우리 모두 나무 위에 집을 짓고 살았죠." 바텐더가 다른 손님들을 흘깃 보면서 말했다.

사람들이 왁자지껄 웃음을 터뜨렸다. 그러자 윈스턴이 들어오는 바람에 생겨난 불편한 분위기가 사라진 것처럼 보였다. 하얀 수염 자국이 있는 노인의 얼굴이 벌겋게 달아올랐다. 그는 혼자 투덜거리며 몸을 돌려 움직이다가 윈스턴과 쿵 부딪혔다. 윈스턴이 그의 팔을 부드럽게 잡았다.

"제가 술을 한잔 사드려도 될까요?" 그가 말했다.

"신사구먼." 노인이 다시 어깨를 똑바로 펴면서 말했다. 윈스턴의 파란색 작업복을 알아차리지 못한 것 같았다. "파인트!" 그가 바텐더를 향해 공격적으로 외쳤다. "맥주 1파인트."

바텐더는 카운터 아래의 양동이에 넣어 헹군 두꺼운 유리잔 두 개에 진한 갈색 맥주를 반 리터씩 부었다. 프롤레 주점에서 파는 술은 맥주밖에 없었다. 사실 구하려면 진도 쉽게 구할 수 있으나, 그들에게 진은 마시면 안 되는 술이었다. 다트 게임을 하던 사람들은 다시 게임에 몰두했고, 바 앞에 모여 있던 사람들은 이제 복권에 대해 이야기하고 있었다. 윈스턴의 존재는 잠시 잊혔다. 그와 노인은 누가 이야기를 엿들을 위험이 없는 창가의 송판 탁자로 갔다. 엄청나게 위험한 일이었으나, 적어도 주점 안에 텔레스크린은 없었다. 윈스턴이 이 안에 들어오자마자 확인한 사실이었다.

"저놈이 파인트를 따라줄 수 있었으믄서." 노인이 잔을 탁자에 두고 앉으면서 구시렁거렸다. "반 리터를 어따 쓰나. 택두 읎지. 1리터는 너무 많고. 오줌보에 난리가 나니께. 값이 비싼 거야 말해 뭐해."

"젊었을 때부터 큰 변화들을 직접 겪으셨겠어요." 윈스턴이 조심스럽게 말했다.

노인의 연한 파란색 눈이 다트판에서 바 쪽으로, 바에서 남자 화장실 문 쪽으로 빠르게 움직였다. 마치 이 술집 안에서도 그런 변화가 일어났다고 생각하는 사람 같았다.

"맥주가 더 맛있었어." 마침내 노인이 말했다. "더 싸고! 내가 젊었을 때는 순한 맥주, 우리가 왈롭이라고 부르던 맥주가 1파인트에 4펜스였으니께. 물론 전쟁 전의 얘기지."

"어떤 전쟁 말씀인가요?"

"죄다 전쟁이여." 노인은 모호하게 말하고 나서 잔을 들었다. 어깨가 다시 똑바로 펴졌다. "자네가 시상 누구보다 건강하기를 빌믄서 건배!"

그의 마른 목에서 뾰족한 울대뼈가 놀라울 정도로 빠르게 오르락내리락 움직였다. 잔에는 맥주가 전혀 남지 않았다. 윈스턴은 바로 가서 반 리터 두 잔을 또 가져왔다. 노인은 아까 1리터를 마시면 안 된다고 말한 것을 잊어버린 듯했다.

"어르신은 저보다 연세가 한참 많으시잖아요." 윈스턴이 말했다. "제가 태어나기도 전에 이미 어른이 되셨겠죠. 그럼 옛날에, 혁명 전에 어땠는지 기억하시죠? 제 또래 사람들은 그때에 대해서 정말로 아는 게 없거든요. 책으로 읽는 것뿐인데, 책에 있는 말이 사실이 아닐 수도 있잖아요. 그래서 어르신의 말씀을 듣고 싶어요. 역사책에는 혁명 전의 생활이 지금과 완전히 달랐다고 돼 있거든요. 끔찍하기 짝이 없는 억압, 부당함, 가난…… 상상을 초월하는 수준이었다고요. 여기 런던에서도 날 때부터 죽을 때까지 단 한 번도 음식을 충분히 먹지 못하는 사람이 수두룩했대요. 그 사람들 중 절반은 심지어 신발도 없었다죠. 하루에 열두 시간씩 일하고, 아이들은 아홉 살에 학교를 그만두고, 한 방에서 열 명씩 자고. 그런데 아주 소수의 사람들, 고작해야 몇 천 명밖에 안 되는 자본가라는 사람들은 돈도 많고 권력도 셌대요. 세상의 모든 걸 소유하고, 크고 호화로운 집에 살면서 하인을 서른 명이나 부리고, 자동차와 마차를 타고 다니고, 샴페인을 마시고, 실크해트를 쓰고……"

노인의 얼굴이 갑자기 확 밝아졌다.

"실크애트! 자네가 그걸 말하다니. 안 그래도 내가 어제 바로 그 생각을 했는디. 이유는 나도 몰러. 기냥 생각났어. 실크애트를 본 게 언제 적 일인지. 기냥 사라져부렀어. 내가 그걸 마지막으로 쓴 것이 우리 형수님 장례식이었는디, 고것이…… 내 정확히는 모르겄는디, 틀림없이 50년 전이었을 거여. 물론 빌려 쓴 거였어. 장례식 땜시."

"실크해트는 별로 중요하지 않아요." 윈스턴은 참을성 있게 말했다. "중요한 건, 그 자본가들, 그리고 소수의 변호사와 성직자처럼 자본가 덕분에 먹고살던 사람들이 이 땅에 군림했다는 거죠. 모든 게 그들을 위해서 존재했으니까요. 어르신 같은 평범한 사람들, 노동자들은 그들의 노예였고요. 그들은 일반 국민들에게 내키는 대로 함부로 굴 수 있었어요. 가축처럼 캐나다로 보내버릴 수도 있고, 원한다면 남의 집 딸을 데려다 잠자리를 할 수도 있고, 아홉 가닥 채찍이라는 걸로 매질하라고 명령할 수도 있고. 사람들은 자본가들 앞을 지나갈 때 모자를 벗어야 했죠. 모든 자본가는 하인들을 잔뜩 데리고 다니면서……"

노인의 얼굴이 또 밝아졌다.

"하인! 야, 그것도 진짜 오랜만에 듣는 말이네잉! 하인! 그걸 들으니 생각이 나, 진짜루. 내 기억에…… 아이구, 진짜 옛날 일이구먼…… 그 옛날에 내가 일요일 오후면 가끔 하이

드파크에 갔어. 연설을 들을라고. 구세군, 가톨릭, 유대인, 인도인, 온갖 사람들이 나왔제. 그러다 한 놈이 나왔는디…… 내 지금 이름은 기억이 안 나지만서도, 진짜 말을 잘하는 놈이었어. 장난이 아니었다니께! '하인들! 부르주아의 하인들! 지배계급의 종!' 아, 이랬단 말이시. 기생충이라는 말도 허고. 하이에나도…… 틀림없이 하이에나라는 말도 혔어. 물론 노동당한테 허는 말이었제."

윈스턴은 노인과 동문서답 놀이를 하는 것 같은 기분이었다.

"제가 정말로 알고 싶은 건 이겁니다." 그가 말했다. "옛날보다 지금이 더 자유로운 것 같습니까? 지금 더 인간 대접을 받으십니까? 옛날에는 부자들, 위에 있는 사람들이……"

"상원." 노인이 과거를 추억하듯이 끼어들었다.

"네, 원하신다면 상원이라고 하죠. 제가 묻고 싶은 건, 그 사람들이 자기는 부자고 어르신은 가난하다는 이유만으로 어르신을 열등한 존재로 취급할 수 있었느냐는 겁니다. 예를 들어, 그 사람들을 부를 때는 '나리'라고 해야 하고, 그 사람들 옆을 지나칠 때는 모자를 벗어야 했다는 게 사실인가요?"

노인은 깊이 생각에 잠긴 듯했다. 그는 맥주잔을 약 4분의 1쯤 비운 뒤에야 입을 열었다.

"맞어. 우리가 모자에 손을 대면 좋아했제. 존중을 보여준다나. 내 생각이랑은 달랐지만, 그래도 자주 그렇게 했어.

그럴 수밖에 없었다고 해도 되겠네."

"그럼…… 이건 어디까지나 역사책에서 읽은 말을 그대로 옮기는 겁니다…… 그 사람들이 하인들을 동원해서 사람들을 길가의 하수도로 밀어내는 것도 흔한 일이었습니까?"

"내가 한 번 밀린 적이 있기는 혀. 어제 일처럼 생생하구먼. 보트 경주가 열린 날 밤이었는데, 그날은 진짜 사방이 엄청 떠들썩했거덩. 그런데 그날 내가 섀프츠베리 애비뉴에서 어느 젊은 놈하고 부딪혔단 말이시. 상당히 신사였어. 와이샤츠에 실크애트에 검은 겉옷에. 그놈이 길에서 이리 비틀 저리 비틀 하는 통에 내가 그만 쾅 부딪힌 거여. 그랬더니 그놈이 하는 말이 '앞을 잘 보고 다니지 그래?' 이러더라고. 그래서 내가 말했지. '이 망할 길이 다 니 꺼냐?' 그랬더니 놈이 '버릇없이 굴면 네놈 대가리를 비틀어서 뜯어버릴 테다' 이러는 거여. 그래서 내가 '넌 지금 취했어. 경찰에 넘겨야겠다'고 했거덩. 그랬더니 말이여, 자네가 내 말을 믿을지 모르겠지만서도, 놈이 내 가슴에 손을 얹고 날 확 밀어부렀어. 하마터면 버스 바퀴에 깔릴 뻔했다니께. 뭐, 그땐 나도 젊었으니께 놈한테 한 방 먹이려고 했는디……"

윈스턴은 무력감에 사로잡혔다. 노인의 기억은 아무 쓸모도 없는 시시콜콜한 이야기일 뿐이었다. 하루 종일 질문을 던져도 진짜 정보는 하나도 얻을 수 없을 것 같았다. 당의 역사가 어느 정도는 여전히 사실일 수 있었다. 심지어 모두 사실일 수도 있었다. 윈스턴은 마지막으로 한 번 더 시도했다.

"아마 제가 똑똑하게 말씀드리지 못한 것 같은데요. 제가 하고 싶은 말은 이겁니다. 아주 오래 살아오셨잖아요. 생애의 절반을 혁명 전에 보내셨고요. 예를 들어 1925년에도 어르신은 이미 성인이셨을 겁니다. 그러니까 기억을 바탕으로, 1925년의 삶이 지금보다 나았는지 더 나빴는지 말씀해주시겠습니까? 지금과 그때 중에 하나를 선택할 수 있다면, 어느 편을 택하시겠어요?"

노인은 생각에 잠긴 얼굴로 다트판을 바라보았다. 그리고 조금 전에 비해 천천히 맥주를 비웠다. 다시 입을 열었을 때 그는 관용적인 철학자 같은 분위기를 띠었다. 마치 맥주가 그를 숙성시킨 것 같았다.

"나헌티서 무슨 말을 듣고 싶은 건지 아네. 다시 젊어지고 싶다는 말을 듣고 싶은 거겠지. 대부분의 사람들이 그렇게 말할 거여. 누가 물어보면. 젊었을 때는 건강하고 힘도 있으니께. 나이를 이만큼 먹으면 몸이 좋을 때가 없어. 발이 아주 못되게 속을 썩이고, 오줌보는 그냥 끔찍하지. 밤에 예닐곱 번씩 일어나야 혀. 하지만 노인이 돼서 엄청 좋은 점도 있어. 젊었을 때 하던 걱정을 안 해도 되거덩. 여자들을 상대하지 않는 거, 그거 진짜 굉장혀. 내가 여자 없이 산 게 거의 30년이여. 자네가 내 말을 믿을지 모르겄지만. 더 중요한 건, 여자 생각이 나지도 않는다는 거지."

윈스턴은 창턱에 등을 기댔다. 대화를 계속해봤자 아무 소용이 없었다. 그가 맥주를 좀 더 사오려는데 노인이 갑자기 벌떡 일어나더니 발을 질질 끌며 한쪽 옆의 지린내 나는 화장실로 쏙 들어가버렸다. 계획보다 더 마신 반 리터가 벌써 효과를 발휘하는 모양이었다. 윈스턴은 1, 2분 정도 가만히 앉아 자신의 빈 잔을 응시했다. 그리고 자기도 의식하지 못하는 사이 발을 움직여 다시 거리로 나왔다. 길게 잡아봤자 앞으로 20년도 안 돼서, '혁명 전의 삶이 지금보다 나았는가?'라는 거대하고 간단한 의문에 누구도 확실히 대답할 수 없게 될 터였다. 하기야 사실 지금도 그것은 대답할 수 없는 질문이었다. 그 옛날을 겪고 아직 여기저기 흩어져 살고 있는 소수의 사람들에게 두 시대를 비교할 능력이 없기 때문이었다. 그들은 쓸모없는 일만 잔뜩 기억하고 있었다. 직장 동료와의 다툼, 잃어버린 자전거펌프를 찾아 나섰던 일, 오래전에 죽은 누이의 표정, 70년 전 어느 바람 부는 아침에 소용돌이치던 흙먼지…… 중요한 사실들은 모두 그들의 시야 밖에 있었다. 그들은 개미와 같았다. 작은 것만 보고 큰 것은 보지 못한다는 점에서. 기억이 흐릿해지고 문자 기록은 위조되었으니, 그렇게 됐으니 당이 인류의 생활수준을 향상시켰다는 주장을 받아들일 수밖에 없었다. 그 주장을 시험해볼 수 있는 기준이 지금도 앞으로도 존재할 수 없기 때문이었다.

여기서 그의 생각이 뚝 끊겼다. 그는 걸음을 멈추고 시선을 들었다. 그가 있는 곳은 주택들 사이에 작고 어두운 가게 몇 개가 드문드문 섞여 있는 좁은 길이었다. 머리 바로 위에는 변색된 금속 구 세 개가 걸려 있었다. 옛날에는 아마 도금이 되어 있었을 것이다. 여기가 어딘지 알 것 같았다. 알 수 밖에! 그는 일기장을 산 그 중고품 가게 앞에 서 있었다.

격한 두려움이 그를 훑고 지나갔다. 애당초 그 공책을 산 것부터가 경솔한 행동이었다. 그래서 다시는 이 근처에도 오지 않겠다고 다짐했는데, 그가 무심코 생각에 잠기자마자 그의 발이 멋대로 움직여 여기에 이르렀다. 일기장을 펼치면서 그가 막으려 했던 것이 바로 이렇게 충동적인 자살 행위였다. 그와 동시에 거의 21시가 다 된 시각인데도 가게 문이 아직 열려 있는 것이 눈에 들어왔다. 길에 서 있느니 안으로 들어가는 편이 덜 눈에 띌 것 같아서 그는 문간을 넘어 안으로 들어갔다. 누가 물어보면, 면도날을 사러 왔다고 그럴듯하게 설명할 수 있을 것이다.

가게 주인이 방금 불을 켠 석유램프에서 깨끗하지는 않지만 정겨운 냄새가 흘러나왔다. 주인의 나이는 아마 예순 살쯤 된 것 같은데, 몸이 약하고 등이 굽었으며, 길게 뻗은 코는 선량하게 보였다. 온화한 눈은 두꺼운 안경 때문에 일그러져 있었다. 머리카락은 거의 하얗게 세었으나, 텁수룩한 눈썹은 아직 검은색이었다. 안경, 온화하고 부산스러운 움직임, 검은 벨벳으로 만든 낡은 재킷 등이 어렴풋이 지식인 같은 분위기를 풍겼다. 마치 그가 일종의 문인인 것 같았다. 아니면 혹시 음악가일 수도 있었다. 그의 목소리는 빛을 잃은 것처럼 나직했고, 말씨는 대다수의 프롤레에 비해 덜 천박했다.

"길에 서 있는 걸 알아보았습니다." 주인이 곧바로 말했다. "젊은 아가씨의 기념품이던 앨범을 사간 신사 분이죠. 종이가 아주 아름다운 물건이었습니다. 옛날에는 그런 종이를 크림색 필기용지라고 불렀어요. 그런 종이가 만들어진 지…… 아마 50년은 됐을 거예요." 주인은 안경 너머로 윈스턴을 바라보았다. "특별히 찾는 물건이라도 있습니까? 아니면 그냥 둘러보시려고요?"

"지나던 길이었습니다." 윈스턴이 모호하게 말했다. "그냥 들여다본 거예요. 딱히 찾는 물건은 없습니다."

"그것도 좋지요. 손님을 만족시킬 물건이 없을 것 같으니." 주인은 손바닥이 부드러워 보이는 손으로 미안하다는 시늉을 했다. "보다시피 이렇습니다. 가게가 비었다고 해도 될 정도예요. 손님한테만 하는 말입니다만, 골동품 상점은 이제 거의 끝난 거나 마찬가집니다. 물건을 찾는 사람도 없고, 물건도 없고. 가구, 도자기, 유리 제품…… 이런 건 모두 그동안 조금씩 깨졌습니다. 물론 금속 제품들은 대부분 용광로로 들어갔고. 놋쇠 촛대를 본 지 몇 년은 된 것 같습니다."

자그마한 가게 내부는 사실 불편할 정도로 가득 차 있었지만, 조금이라도 가치가 있는 물건은 거의 없었다. 먼지를 뒤집어 쓴 사진 액자들이 사방에 헤아릴 수 없이 쌓여 있어서 움직일 수 있는 공간이 아주 좁았다. 창가에는 너트와 볼트, 낡은 끌, 날이 망가진 주머니칼, 제대로 움직이는 시늉조차 할 수 없을 만큼 망가지고 변색된 손목시계 등 자잘하고 쓸모없는 물건들이 쟁반에 담겨 놓여 있었다. 그나마 흥미로운 구석이 있을 것 같은 잡동사니, 예를 들어 래커 칠을 한 코담뱃갑이나 마노 브로치 같은 물건들이 놓인 곳은 구석의 작은 탁자 하나뿐이었다. 윈스턴이 그 탁자로 한가로이 다가가는데, 램프 불빛을 받아 부드럽게 빛나는 둥글고 매끄러운 물건이 시선을 끌었다. 그는 그것을 집어 들었다.

묵직한 유리 조각이었다. 한 면은 곡선이고, 다른 면은 평평해서 전체적으로 거의 반구형이었다. 색깔과 질감에서 모두 마치 빗방울 같은 독특한 부드러움이 느껴졌다. 둥근 면이 확대경처럼 보여주는 안쪽 중심부에는 장미나 말미잘을 닮은 기묘한 분홍색 물체가 있었다.

"이게 뭡니까?" 윈스턴이 홀린 듯이 물었다.

"산호입니다. 틀림없이 인도양에서 온 물건일 겁니다. 옛날에는 유리에 그걸 집어넣곤 했죠. 만들어진 지 적어도 100년은 됐을 겁니다. 아니, 보아하니 그보다 더 됐겠네요."

"아름다운 물건이네요."

"아름답죠." 주인이 맞장구를 쳤다. "요새는 그렇게 말할 사람도 많지 않지만." 그는 헛기침을 했다. "혹시 그걸 사고 싶은 거라면, 값은 4달러입니다. 옛날 같으면 8파운드를 받았을 텐데. 8파운드라면…… 음, 계산이 잘 안 되지만 하여튼 아주 큰돈이었습니다. 하지만 요새 누가 진짜 골동품에 신경이나 씁니까? 아무리 남은 게 몇 개 안 된다 해도?"

윈스턴은 즉시 4달러를 지불하고, 그 물건을 주머니에

넣었다. 그의 마음을 움직인 것은 그 물건의 아름다움보다는, 지금과 아주 다른 시대에 속한 것 같은 분위기였다. 부드러운 빗방울 같은 유리는 지금껏 그가 본 어떤 유리 제품과도 달랐다. 게다가 딱히 이렇다 할 용도가 없는 물건 같다는 점이 매력을 더했다. 하지만 옛날에는 문진으로 쓰였을 것 같다는 짐작이 들었다. 주머니가 묵직해졌지만, 심하게 불룩해지지는 않은 것이 다행이었다. 그것은 당원이 소지하기에 이상한 물건, 심지어 수상하기까지 한 물건이었다. 무엇이든 오래된 물건, 그리고 아름다운 물건은 항상 어렴풋한 의심의 대상이었다. 주인은 4달러를 받은 뒤 눈에 띄게 쾌활해졌다. 윈스턴은 3달러, 어쩌면 2달러를 준다고 해도 그가 받아들였을 것이라는 사실을 이제야 깨달았다.

"위층에도 물건이 좀 있는데 한번 보겠습니까?" 주인이 말했다. "많지는 않아요. 그냥 몇 가지뿐입니다. 보겠다면 불이 필요할 겁니다."

주인이 다른 램프를 켰다. 그리고 허리를 굽힌 채 가파르고 낡은 계단을 앞장서서 천천히 올라갔다. 좁은 통로를 지나 들어간 작은 방에서는 길이 아니라 자갈로 포장된 마당과 굴뚝 숲이 내다보였다. 이 방의 가구들이 아직도 사람이 사는 곳처럼 배열되어 있는 것이 윈스턴의 눈에 띄었다. 바닥에는 좁은 카펫이 깔려 있고, 벽에는 그림 한두 점이 걸려 있었으며, 벽난로 앞에는 그리 깔끔하지 않은 안락의자가 있었다. 벽난로 위에서 똑딱거리는 것은 12까지 숫자가 표시된 구식 유리 시계였다. 창문 아래에는 아직 매트리스가 깔려 있는 거대한 침대가 방을 거의 4분의 1이나 차지하고 있었다.

"아내가 죽을 때까지 여기서 살았습니다." 주인이 조금 변명하듯이 말했다. "요즘 이 방의 가구를 조금씩 팔고 있지요. 이건 아름다운 마호가니 침대입니다. 뭐, 여기 있는 벌레들을 제거할 수만 있다면 그렇게 될 겁니다. 하지만 그게 좀 귀찮은 작업이긴 할 거예요."

주인은 방 안 전체를 비추려고 램프를 높이 들고 있었다. 그 따스하고 희미한 불빛을 받은 방 안 풍경이 묘하게 마음을 끌었다. 감히 위험을 무릅쓸 생각만 있다면, 일주일에 몇 달러로 이 방을 쉽게 빌릴 수 있을 것 같다는 생각이 윈스턴의 머리를 스치고 지나갔다. 터무니없고 불가능한 생각이라서 떠올리자마자 포기해버렸지만, 이 방이 그에게 일종의 향수, 조상들의 기억을 일깨운 건 사실이었다. 이런 방에서 불을 피운 벽난로 안쪽 시렁에 주전자를 하나 얹어놓고, 불똥을 막아주는 받침대에 발을 올린 채 안락의자에 앉아 있는 기분이 어떨지 정확히 알 것 같았다. 감시하는 사람도 없고, 뒤를 따라다니는 목소리도 없고, 들리는 소리라고는 주전자의 노랫소리와 시계의 다정한 똑딱 소리밖에 없는 이 방에서 완전히 혼자, 완전히 안전하게 있는 기분.

"텔레스크린이 없군요!" 윈스턴은 참지 못하고 이렇게 중얼거렸다.

"아." 주인이 말했다. "난 그걸 들여놓은 적이 없어요. 너무 비싸니까. 왠지 그게 꼭 필요한가 싶기도 하고. 저기 구석에 있는 건 좋은 접이식 탁자입니다. 물론 탁자를 펼치려면 경첩을 새로 달아야 하겠지만."

다른 쪽 구석에는 작은 책꽂이가 하나 있었다. 윈스턴은 이미 끌리듯이 그 앞에 가 있었다. 책꽂이에는 죄다 쓰레기뿐이었다. 사냥하듯 책을 찾아내서 파괴하는 작업이 프롤레 구역에서도 다른 곳과 마찬가지로 철저히 이루어졌기 때문이었다. 1960년 이전에 인쇄된 책이 단 한 권이라도 오세아니아에 존재할 가능성은 희박했다. 여전히 램프를 들고 있는 주인은 벽난로 옆, 침대 맞은편 벽에 걸린 자단목 액자 앞에서 있었다.

"혹시 옛날 판화에 관심이 있다면……" 주인이 조심스레 입을 열었다.

윈스턴은 그쪽으로 가서 그림을 살펴보았다. 직사각형 창문이 있는 달걀형 건물과 그 앞의 작은 탑을 묘사한 강철 판화였다. 건물에는 난간이 빙 둘러져 있고, 뒤편에 조각상 같은 것이 하나 있었다. 윈스턴은 그것을 잠시 지그시 바라보았다. 어디선가 본 것 같긴 한데, 저 조각상이 뭔지 기억나지 않았다.

"액자가 벽에 고정되어 있습니다." 주인이 말했다. "하지만 원한다면 내가 나사를 풀어드릴 수 있어요."

"저 건물을 압니다." 마침내 윈스턴이 말했다. "지금은 폐허가 됐죠. 정의의 궁전 앞길 한복판이 그 자리입니다."

"맞아요. 법원 앞이죠. 이게 폭격을 맞은 게, 아이고, 오래전이네요. 옛날에는 이게 성당이었습니다. 세인트 클레멘트 데인이라는 이름이었죠." 주인은 이게 좀 우스꽝스러운 소리라는 사실을 자신도 안다는 듯이 웃어 보이고는 말을 이었다. "오렌지와 레몬, 세인트 클레멘트의 종소리가 말하네!"

"그게 뭡니까?"

"아, '오렌지와 레몬, 세인트 클레멘트의 종소리가 말하네.' 내가 어렸을 때 부르던 노래예요. 이다음 가사는 잊어버렸는데, 마지막 구절은 분명히 압니다. '너를 침대까지 밝혀줄 촛불이 오는구나, 네 머리를 뎅경 자를 큰 칼이 오는구나.' 춤을 추면서 부르는 노래인데, 팔을 뻗은 사람들 사이로 지나가는 춤입니다. 그러다가 '네 머리를 뎅경 자를 큰 칼이 오는구나'라는 구절이 나오면 사람들이 팔을 내려서 거길 지나던 사람을 붙잡는 거예요. 노래에 여러 성당의 이름이 나옵니다. 런던의 성당 이름이 죄다 나와요. 그러니까, 중요한 성당들 이름이."

윈스턴은 그 성당이 몇 세기의 것인지 조금 궁금했다. 런던 건물의 연대를 알아내기는 항상 어려웠다. 크고 웅장한 건물 중 상당히 새것처럼 보이는 건물에는 혁명 이후에 지어졌다는 주장이 자동적으로 따라붙었지만, 아무리 봐도 그 이전에 지어진 것처럼 보이는 건물은 중세라는 애매한 연대의 것으로 치부되었다. 수백 년에 걸친 자본주의 시대에는 가치 있는 물건이 전혀 생산되지 않았다고 했다. 책과 마찬가지로 건축에서도 역사를 배울 수 없었다. 조각상, 비문, 기념비, 거리 이름 등 과거에 대해 빛을 비춰줄 가능성이 있는 물건들은 모두 체계적으로 변형되었다.

"이게 전에 성당이었다는 말은 처음 들었습니다." 윈스턴이 말했다.

"사실 성당이 많이 남아 있어요." 주인이 말했다. "다른 용도로 쓰이고 있지만. 그 노래가 어떻게 이어지더라? 아! 생각났다!"

오렌지와 레몬, 세인트 클레멘트의 종소리가 말하네,
넌 내게 3파딩을 빚졌어, 세인트 마틴의 종소리가 말하네……

"생각나는 건 여기까지군요. 파딩은 작은 구리 동전인데, 지금의 센트와 비슷한 모양이었습니다."

"세인트 마틴은 어디 있었습니까?"

"세인트 마틴? 그건 아직 남아 있어요. 빅토리 광장 화랑 옆에. 삼각형 포치랑 기둥이 앞에 있고, 커다란 계단이 있는 건물입니다."

윈스턴이 잘 아는 건물이었다. 다양한 종류의 선전물, 즉 로켓탄과 해상 요새의 축소 모형, 적의 만행을 보여주는 밀랍 조각 등이 진열되어 있는 박물관이었다.

"옛날에는 벌판의 세인트 마틴이라고 불렀죠." 주인이 보충 설명을 했다. "그 일대에 벌판이 있었던 기억은 없는데."

윈스턴은 그 판화를 사지 않았다. 그가 소지하기에 유리 문진보다 더 어울리지 않는 물건일뿐더러, 판화를 액자에서 빼내지 않는 한 집으로 운반하기도 불가능했다. 하지만 그는 그 판화 앞에서 몇 분 동안 더 꾸물거리며 주인과 이야기를 나눴다. 이제 알고 보니 주인의 이름은 윅스(가게 창문에 적혀 있는 글귀를 보면 이런 이름일 것 같았다)가 아니라 채링턴이었다. 채링턴 씨는 아내와 사별했고, 나이는 예순세 살이며, 이 가게에서 30년 동안 살고 있다고 했다. 그 세월 내내 그는 창문에 적힌 글귀를 바꿀 생각이었지만, 그걸 실행하지는 않았다. 주인과 이야기를 하는 동안 어렴풋이 기억에 남은 아까 그 노래 가사가 자꾸만 윈스턴의 머리에 떠올랐다. '오렌지와 레몬, 세인트 클레멘트의 종소리가 말하네, 넌 내게 3파딩을 빚졌어, 세인트 마틴의 종소리가 말하네!' 이상한 말이지만, 이 가사를 혼자 중얼거리다 보면 정말로 종소리가 들리는 듯한 환상에 빠졌다. 사람들이 잃어버린 런던, 다른 모습으로 변하거나 망각에 묻힌 채 지금도 어딘가에 존재하는 그 런던의 종소리. 유령 같은 뾰족탑들에서 차례로 종이 울리는 것 같았다. 하지만 아무리 기억을 뒤져봐도, 그는 성당의 종소리를 실제로 들은 적이 한 번도 없었다.

그는 채링턴 씨에게서 벗어나 혼자 계단을 내려왔다. 자신이 밖으로 나서기 전에 주위를 정찰하듯 살피는 모습을 그에게 보이고 싶지 않아서였다. 그는 적절한 간격을 두고, 그러니까 이를테면 한 달쯤 뒤에 위험을 무릅쓰고 이 가게에 다시 오기로 이미 마음을 정한 상태였다. 아마 커뮤니티 센터의 모임을 하루 피하는 것보다 더 위험하지는 않을 터였다. 이 가게 주인을 믿어도 되는지 확신할 수 없는 상태에서 일기장을 산 뒤 이 가게를 다시 찾은 것이 애당초 심각한 미친 짓이었지만, 그래도……!

그래도 다시 와야겠다고 그는 다시 다짐했다. 여기서 아름다운 쓰레기를 더 구입할 것이다. 세인트 클레멘트 데인을 그린 판화를 사서 액자와 분리한 뒤 작업복 재킷 안에 숨겨 집으로 가져갈 것이다. 채링턴 씨의 기억 속에서 나머지 노래 가사를 이끌어낼 것이다. 심지어 위층의 방을 빌리자는 미친 생각까지 다시 그의 머리를 스치고 지나갔다. 마음이 들뜬 탓에 아마도 5초쯤 부주의해진 그는 창문을 통해 밖을 한 번 힐끔 살피지도 않고 무작정 거리로 나갔다. 심지어 즉흥적으로 만든 가락을 흥얼거리기까지 했다.

오렌지와 레몬, 세인트 클레멘트의 종소리가 말하네,
넌 내게 3파딩을 빚졌어, 세인트……

갑자기 그의 심장이 얼음으로 변하고, 내장은 물이 되었다. 파란색 작업복을 입은 사람이 채 10미터도 떨어지지 않은 곳에서 걸어오고 있었다. 픽션국의 그 여자, 어두운 색 머리카락의 그 여자였다. 점점 어두워지는 시간이었지만, 그녀를 알아보기는 어렵지 않았다. 그녀는 그의 얼굴을 똑바로 보더니, 그를 보지 못한 사람처럼 빠르게 지나쳐갔다.

윈스턴은 몇 초 동안 완전히 굳어서 움직이지 못하다가, 오른쪽으로 방향을 돌려 무거운 걸음으로 자리를 떠났다. 이것이 틀린 방향이라는 사실은 전혀 알아차리지 못했다. 어쨌든 한 가지 의문은 해결되었다. 저 여자가 그를 염탐하고 있다는 사실에는 이제 의심의 여지가 없었다. 그녀가 그를 미행해 여기까지 왔음이 분명했다. 그와 그녀가 당원들이 사는 동네와는 몇 킬로미터나 떨어진 이곳의 이름 모를 거리에서 마주친 것을 순전한 우연으로 생각할 수는 없었다. 우연의 일치라고 하기에는 지나쳤다. 그녀가 정말로 사상경찰의 정보원이든, 아니면 단순히 오지랖 넓은 아마추어 첩자든 별로 중요하지 않았다. 그녀가 그를 감시하고 있다는 사실만으로 충분했다. 어쩌면 그가 주점에 들어가는 모습을 그녀가 보았을 가능성도 높았다.

걷기가 힘들었다. 주머니에 든 커다란 유리 덩어리가 걸을 때마다 허벅지에 부딪혀서 그는 그걸 그냥 버릴까 하는 생각을 조금 해보았다. 그러나 가장 견디기 힘든 것은 복통이었다. 곧 화장실을 찾아내지 않으면 이대로 죽어버릴 것 같은 느낌이 2분쯤 지속되었다. 하지만 이런 동네에는 공중화장실이 없었다. 얼마 뒤 복통이 잦아들고, 흐릿한 통증만 남았다.

길은 막다른 골목이었다. 윈스턴은 걸음을 멈추고 몇 초 동안 가만히 서서 어떻게 할까 막연히 생각하다가 돌아서서 온 길을 되짚어 걷기 시작했다. 그런데 방향을 돌리는 순간,

아까 그 여자와 마주친 것이 고작 3분 전이니 뛰어가면 그녀를 따라잡을 수 있을 것 같다는 생각이 들었다. 그녀의 뒤를 따라가다가 어딘가 조용한 곳이 나오면 자갈을 들어 그녀의 머리를 후려칠 수도 있을 것이다. 주머니 속의 유리 덩어리도 무게가 있어서 그런 일에 적합했다. 하지만 그는 이 생각을 곧바로 포기했다. 물리적인 힘을 휘두르다니, 생각만 해도 견딜 수 없었다. 그는 뛰어가서 그녀를 따라잡을 수도, 그녀를 때릴 수도 없었다. 게다가 그녀는 젊고 튼튼하니 자기방어를 할 터였다. 윈스턴은 서둘러 커뮤니티 센터로 가서 거기 문이 닫힐 때까지 머무르며 오늘 저녁의 부분적인 알리바이를 만들어둘까 하는 생각도 해보았다. 하지만 그것 역시 불가능했다. 치명적인 피로가 그를 사로잡은 탓이었다. 빨리 집으로 돌아가 조용히 앉아 있고 싶다는 생각뿐이었다.

그는 22시가 넘어서야 아파트에 도착했다. 23시 30분이면 중앙 조명이 꺼질 것이다. 그는 부엌으로 들어가 빅토리 진을 찻잔에 거의 가득 채워서 꿀꺽 삼켰다. 그러고는 우묵한 공간으로 가서 의자에 앉아 서랍에서 일기장을 꺼냈다. 하지만 곧바로 일기장을 펼치지는 않았다. 텔레스크린에서 거슬리는 여자 목소리가 애국적인 노래를 고래고래 불러대고 있었다. 윈스턴은 일기장의 대리석 무늬 표지를 빤히 바라보며 그 목소리를 의식에서 밀어내려고 애썼지만 성공하지 못했다.

그들이 오는 것은 밤이었다. 언제나. 그들에게 잡히기 전에 자살하는 것이 맞았다. 그걸 실천하는 사람들도 분명히 있었다. 사람이 그냥 사라진 사건들 중 다수는 실제로 자살이었다. 하지만 총기도, 빠르고 확실한 독도 전혀 구할 수 없는 세상에서 자살을 감행하려면 절박한 용기가 필요했다. 그는 고통과 두려움의 생물학적 무용성, 특별한 움직임이 필요한 순간에 항상 얼어붙어 타성에 젖어버리는 육체의 배신을 생각하며 조금 기가 막혔다. 그가 재빨리 행동하기만 했다면 그 어두운 색 머리카락의 여자가 입을 열지 못하게 만들 수도 있었을 것이다. 하지만 그가 처한 위험이 워낙 극단적이라서, 바로 그 이유 때문에 그는 행동에 나설 힘을 잃어버렸다. 위기의 순간에 사람이 싸우는 대상은 언제나 외부의 적이 아니라 바로 자신의 몸이라는 생각이 퍼뜩 뇌리를 스쳤다. 지금도, 술을 마셨는데도, 희미한 복통 때문에 생각을 이어가기가 힘들었다. 겉으로 보기에 영웅적인 상황이든 비극적인 상황이든 다 똑같은 것 같았다. 전장에서든, 고문실에서든, 가라앉는 배에서든, 사람은 자신이 투쟁하는 명분을 항상 잊어버린다. 몸이 계속 부풀어 올라 나중에는 온 우주를 다 차지해버리기 때문이다. 또한 두려움에 몸이 마비되거나 고통에 겨워 비명을 지르지 않는 평범한 순간에도 인생은 항상 굶주림이나 추위나 불면증에 대한 투쟁, 위산과다나 치통에 대한 투쟁이다.

윈스턴은 일기장을 펼쳤다. 거기에 뭔가를 적는 것이 중요했다. 텔레스크린의 여자는 아까와 다른 노래를 부르고 있었다. 그녀의 목소리가 뾰족뾰족하게 깨진 유리 조각처럼 그의 뇌 속에 박히는 것 같았다. 그는 오브라이언을 생각하려고 했다. 이 일기는 그를 위해서, 또는 그를 향해서 쓰는 것이다. 하지만 윈스턴은 오브라이언 대신, 자신이 사상경찰에 잡혀가는 경우 당하게 될 일에 대해 생각하기 시작했다. 그들이 그를 곧바로 죽인다면 문제가 되지 않을 것이다. 죽임을 당하는 것은 당연했다. 하지만 죽기 전에(아무도 이런 말을 입에 담지 않지만 모르는 사람이 없었다) 자백이라는 과정을 반드시 거쳐야 했다. 바닥을 구르며 자비를 애걸하고, 뼈가 부러지고, 이가 부서지고, 머리카락에 피가 엉겨 붙는 과정. 결말은 언제나 똑같은데 왜 그런 과정을 견뎌야 하는가? 인생에서 며칠이나 몇 주를 그냥 잘라내는 것이 왜 불가능한가? 누구도 감시의 눈길을 피하지 못했고, 모두가 자백했다. 일단 사상범죄에 유혹당한 사람은 반드시 정해진 날짜 안에 죽게 되어 있었다. 그렇다면 아무것도 바꿔놓지 못할 그 끔찍한 일들이 왜 미래의 시간 속에 박혀 있어야 하는가?

그는 오브라이언의 얼굴을 방금 전보다 조금 더 생생히 떠올릴 수 있었다. "우리는 어둠이 없는 곳에서 만나게 될 겁니다." 오브라이언은 그에게 이렇게 말했다. 그는 이 말이 무슨 의미인지 알았다. 아니, 알 것 같았다. 어둠이 없는 곳이란 상상 속의 미래, 그들이 결코 볼 수는 없지만 통찰을 통해 불가사의하게 공유할 수는 있는 미래를 뜻했다. 그러나 텔레스크린에서 들려오는 목소리가 계속 귀를 괴롭히는 탓에 그는 이 생각을 더 이상 이어갈 수 없었다. 그는 입에 담배를 물었다. 담배 종이 속의 담배 절반이 곧바로 혀 위로 떨어졌다. 쓴맛이 나는 먼지 같은 그 담배를 뱉기가 쉽지 않았다. 빅 브라더의 얼굴이 그의 머릿속으로 둥둥 떠서 들어와 오브라이언의 얼굴을 몰아냈다. 며칠 전에 그랬던 것처럼, 윈스턴은 주머니에서 동전을 꺼내 바라보았다. 동전에 새겨진 얼굴이 그를 지긋이 올려다보았다. 묵직하고 차분한 보호자 같은 얼굴. 하지만 저 검은 콧수염 아래에 숨겨진 미소는 무엇인가? 무겁고 불길한 종소리처럼 당의 구호가 머릿속에서 되살아났다.

전쟁은 평화

자유는 예속

무지는 힘

제2부

1

오전 중반에 윈스턴은 사무실의 자기 자리에서 일어나 화장실로 향했다.

밝게 불이 켜진 긴 복도의 반대편 끝에서 누군가가 그를 향해 걸어오고 있었다. 어두운 색 머리카락의 그 여자였다. 그 중고품 상점 앞에서 그녀와 마주친 그날 저녁 이후로 나흘이 흘렀다. 그녀가 점점 가까워지자, 오른팔을 삼각건에 걸고 있는 것이 보였다. 작업복과 같은 색이라서 멀리서는 눈에 잘 띄지 않았다. 소설의 플롯을 '대충 짜 넣는' 커다란 만화경을 휘두르다가 손을 다친 모양이었다. 픽션국에서는 흔한 사고였다.

약 4미터 거리까지 다가온 그녀가 비틀거리더니 바닥에 납작 엎어지며 날카로운 비명을 질렀다. 다친 팔 위로 넘어진 듯했다. 윈스턴은 우뚝 멈춰 섰다. 여자는 무릎으로 일어난 상태였다. 안색이 희부연 누런색으로 변해서 입술이 유난히 빨갛게 도드라졌다. 그녀는 그에게 시선을 고정한 채, 아픔보다는 두려움에 더 가까운 표정으로 애원하듯 그를 보고 있었다.

윈스턴의 가슴속에서 기묘한 감정이 꿈틀거렸다. 그를 죽이려 하는 적이 앞에 있었다. 아픔을 느끼고 있으며 어쩌면 뼈가 부러졌을 수도 있는 인간이 앞에 있었다. 그는 이미 그녀를 도우려고 본능적으로 나아가고 있었다. 그녀가 붕대를 감은 팔 쪽으로 넘어지는 것을 본 순간 그는 자기 몸도 함께 아픈 것 같았다.

"다쳤습니까?" 그가 말했다.

"아무것도 아니에요. 팔 때문인데, 금방 괜찮아질 거예요."

심장이 벌렁거리는 사람 같은 말투였다. 얼굴은 확실히 몹시 창백했다.

"어디가 부러진 건 아니고요?"

"네, 괜찮아요. 잠깐 아팠을 뿐이에요."

그녀가 다치지 않은 손을 그에게 내밀었고, 그는 일어서는 그녀를 도와주었다. 안색도 조금 돌아와서 한결 나아 보였다.

"아무것도 아니에요." 그녀가 곧 다시 말했다. "손목을 좀 부딪혔을 뿐이에요. 고마워요, 동무!"

이 말을 끝으로 그녀는 가던 방향으로 계속 걸어갔다. 정말로 아무 일도 아닌 것처럼 씩씩한 걸음걸이였다. 이 모든 일이 벌어지는 데 걸린 시간은 아마 기껏해야 30초 정도

일 것이다. 얼굴에 감정을 드러내지 않는 것은 이제 거의 본능이 되어버린 습관이었고, 두 사람이 서서 이야기를 나눈 자리는 심지어 텔레스크린 바로 앞이었다. 그런데도 순간적으로 놀란 기색을 완전히 감추기가 힘들었다. 그가 그녀를 부축해서 일으켜주던 2, 3초 동안 그의 손바닥으로 뭔가가 슬쩍 들어왔기 때문이었다. 그것이 그녀의 의도적인 행동이라는 사실에는 의심의 여지가 없었다. 그의 손바닥에 들어온 물체는 작고 납작했다. 그는 화장실 문을 통과해 안으로 들어가면서 그것을 주머니에 넣은 다음, 손끝으로 만져보았다. 정사각형으로 접은 쪽지였다.

그는 소변기 앞에 서 있는 동안 손가락을 좀 더 움직여서 쪽지를 펼치는 데 성공했다. 거기에 모종의 메시지가 적혀 있음이 분명했다. 순간적으로 그는 화장실 칸 안으로 들어가 당장 읽어보고 싶다는 유혹을 느꼈으나, 그것이 어리석다 못해 넋 나간 짓이라는 사실을 아주 잘 알고 있었다. 텔레스크린의 지속적인 감시가 그곳만큼 확실하게 이루어지는 곳은 없었다.

윈스턴은 사무실의 자기 자리로 돌아와 의자에 앉아서 그 쪽지를 책상 위의 서류들 사이로 무심하게 던져 넣은 뒤 안경을 쓰고 구술기를 잡아당겼다. "5분." 그는 혼잣말을 했다. "최소한 5분!" 심장이 가슴에 부딪히는 소리가 너무 커서 겁이 날 정도였다. 그가 하고 있던 작업이 아주 일상적인 일이라서 다행이었다. 긴 숫자 목록을 수정하는 작업이라 열심히 주의를 기울일 필요가 없었다.

쪽지에 적힌 내용이 무엇이든, 틀림없이 정치적인 의미가 있을 터였다. 그가 떠올릴 수 있는 가능성은 두 가지였다. 둘 중에 훨씬 더 가능성이 높은 첫 번째 추측은 그가 걱정했던 것처럼 그 여자가 사상경찰의 정보원이라는 것이었다. 사상경찰이 왜 그런 방식으로 메시지를 전달했는지는 알 수 없지만, 아마 그들 나름의 이유가 있었을 것이다. 어쨌든 이 경우 쪽지에 적힌 말은 협박, 소환 명령, 자살 명령, 모종의 함정일 가능성이 있었다. 하지만 두 번째 추측, 정말 터무니없어서 그가 계속 묵살하려 해도 자꾸만 고개를 드는 또 하나의 추측이 있었다. 그 쪽지의 출처가 사상경찰이 아니라 모종의 지하조직일 수 있다는 것. 어쩌면 형제단이 정말로 존재할 수도 있었다! 어쩌면 그 여자가 그 조직의 일원일 수도 있었다! 두말할 필요도 없이 어리석은 생각이었지만, 그가 손에 들어온 쪽지를 감지하는 순간 떠올린 생각이기도 했다. 좀 더 가능성이 높은 추측, 즉 사상경찰의 쪽지라는 추측이 떠오른 것은 그보다 2분쯤 뒤였다. 그런데 지금도, 그 쪽지에 죽음을 알리는 메시지가 적혀 있을 가능성이 높다고 그의 머리가 말하고 있는 지금도, 그는 이 합리적인 추측을 믿지 않았다. 비합리적인 희망이 끈질기게 살아남아 심장이 쿵쿵 날뛰었기 때문에, 구술기를 향해 숫자를 부르는 목소리의 떨림을 막기가 힘들었다.

그는 완성된 문서를 둘둘 말아서 기송관에 밀어 넣었다.

그동안 8분이 흘렀다. 그는 콧잔등의 안경을 고쳐 쓰고 한숨을 내쉰 뒤, 다음 일거리를 잡아당겼다. 그 서류 맨 위에 그 쪽지가 있었다. 그는 쪽지를 매끈하게 펼쳤다. 거기에 문장 하나가 미숙한 필체로 크게 적혀 있었다.

사랑해요.

몇 초 동안 그는 너무 놀라서 이 범죄적인 쪽지를 기억구멍에 던져 넣지도 못했다. 기억구멍에 던져 넣을 때도, 지나치게 관심을 보이면 위험하다는 사실을 아주 잘 아는데도 다시 읽어보고 싶은 유혹에 저항하지 못했다. 거기에 정말로 그 문장이 적혀 있는지 확인하고 싶었다.

그 뒤로 오전 내내 일하기가 정말 힘들었다. 짜증스러운 일에 연달아 정신을 집중해야 한다는 사실보다 더 괴로운 것은, 동요한 기색을 텔레스크린이 알아차리지 못하게 감춰야 한다는 점이었다. 뱃속에서 불이 활활 타고 있는 것 같았다. 덥고 사람 많고 시끄러운 구내식당에서 하는 점심 식사는 고문과 같았다. 그는 점심시간에 잠시라도 혼자 있고 싶었지만, 운이 나빴는지 멍청이 파슨스가 그의 옆에 털썩 앉았다. 파슨스는 스튜에서 나는 금속성 냄새를 거의 눌러버릴 만큼 지독한 땀 냄새를 풍기면서 증오주간을 위한 준비 작업에 대해 줄줄 이야기를 늘어놓았다. 그는 특히 종이 찰흙으로 만드는 빅 브라더의 머리 모형에 열광했다. 폭이 2미터인 이 모형은 파슨스의 딸이 속한 스파이단이 제작 중이라고 했다. 사람들이 와글와글 떠들어대는 소리 때문에 파슨스의 말을 알아듣기가 힘들어서 그의 얼빠진 말을 계속 다시 물어보아야 한다는 사실이 윈스턴에게는 짜증스러웠다. 그러다 딱 한 번, 그 여자가 다른 여자 두 명과 함께 식당 저편 끝의 탁자에 앉아 있는 모습이 언뜻 눈에 띄었다. 그녀는 그를 보지 못한 것 같았다. 그도 그쪽으로 다시 시선을 돌리지 않았다.

오후는 비교적 참을 만했다. 점심 식사 직후 모든 일을 제쳐두고 몇 시간을 쏟아야 하는 섬세하고 힘든 일거리가 도착했다. 2년 전에 나온 일련의 생산량 보고서를 위조해서, 현재 의심을 받고 있는 어느 저명한 내부당원의 평판을 떨어뜨리는 일이었다. 윈스턴은 이런 일을 해내는 솜씨가 좋았으므로, 두 시간 넘게 그녀에 대한 생각을 마음속에서 완전히 몰아내는 데 성공했다. 하지만 그녀의 얼굴이 다시 떠오르면서, 혼자 있고 싶다는 생각이 참을 수 없을 만큼 날뛰기 시작했다. 혼자가 되기 전에는 이 새로운 사태를 곰곰이 생각해볼 수 없었다. 오늘은 밤에 커뮤니티 센터에 가야 하는 날이었다. 그는 구내식당에서 또 맛없는 음식을 게걸스레 먹어치우고 서둘러 커뮤니티 센터로 가서 '토론 그룹'이라는 엄숙한 바보짓에 참여한 뒤, 탁구도 두 판 치고, 진을 여러 잔 마시고, '영사와 체스의 관계'라는 30분짜리 강연도 끝까지 들었다. 그의 영혼은 지루함에 몸부림쳤지만, 오늘만은 커뮤니티 센터에서 보내는 이 저녁 시간을 빼먹고 싶다는 충동이 전혀 들지 않았다. **사랑해요**라는 문장을 본 순간, 계속 살고 싶다는 욕망이 속에서 차올랐기 때문에 사소한 위험을 무릅쓰는 행동이 갑자기 멍청해 보였다. 그는 집에 돌아와 침대에 든 23시가 되어서야, 소리만 내지 않으면 텔레스크린도 신경 쓸 필요가 없는 어둠 속에서 비로소 계속 생각을 이어갈 수 있었다.

먼저 그는 물리적인 문제를 해결해야 했다. 그 여자와 연락해서 약속을 잡을 방법을 찾아내야 한다는 것. 이것이 그를 잡으려는 함정일지도 모른다는 생각은 이제 하지 않았다. 그 쪽지를 건넬 때 그녀가 틀림없이 동요하고 있었기 때문에 이 점만은 확신할 수 있었다. 그녀는 머리가 제대로 돌아가지 않을 정도로 겁을 먹은 것 같았다. 그럴 만도 했다. 그는 그녀의 구애를 거절해야겠다는 생각 역시 전혀 하지 않았다. 겨우 닷새 전만 해도 그는 자갈로 그녀의 머리를 부술 생각을 했지만, 그건 중요하지 않았다. 그는 젊은 그녀의 알몸을 생각했다. 꿈에서 보았던 그 모습을. 그때 그는 그녀가 다른 사람들과 마찬가지로 머리에 거짓과 증오만 가득하고 배에는 얼음이 든 멍청이라고 상상했다. 하지만 지금은 그녀를 잃을지도 모른다고 생각하니, 그 하얗고 젊은 몸이 그의 손에서 빠져나갈지도 모른다고 생각하니 열이 올랐다! 자신이 빨리 연락하지 않으면 그녀가 간단히 마음을 바꿀지도 모른다는 생각이 무엇보다 두려웠다. 하지만 그녀와 만나기가 물리적으로 너무나 어려웠다. 이미 외통수에 몰린 체스판에서 말을 움직이려 하는 것과 비슷했다. 어디를 봐도 텔레스크린과 마주쳤다. 사실 쪽지를 읽은 지 5분도 안 돼서 그는 그녀와 연락할 수 있는 모든 방법을 이미 생각해보았다. 하지만 지금은 차분히 생각할 시간이 있었으므로, 탁자 위에 공구들을 한 줄로 늘어놓듯이 그 방법들을 하나하나 차례로 살펴보았다.

오늘 오전과 같은 만남을 다시 시도할 수는 없었다. 만약 그녀가 기록국 직원이라면 그런 만남이 비교적 쉬웠을 수도 있지만, 청사 내 픽션국의 위치에 대해서는 어렴풋이 짐작만 할 뿐이었다. 게다가 그가 픽션국에 찾아갈 구실도 없었다. 그녀가 사는 곳과 퇴근 시간을 안다면 퇴근길 어디선가 그녀를 만날 방법을 강구할 수 있겠으나, 집까지 그녀의 뒤를 밟는 것은 안전하지 않았다. 그녀가 나올 때까지 청사 앞에서 빈둥거리다 보면 반드시 눈에 띌 수밖에 없기 때문이었다. 우편으로 편지를 보내는 방법은 생각할 필요도 없었다. 배달 중에 모든 편지가 개봉된다는 사실은 이미 비밀도 아닌 일상이었다. 사실 편지를 쓰는 사람도 거의 없었다. 메시지를 보낼 일이 생기면, 다양한 구절이 이미 길게 인쇄돼 있는 엽서에서 필요 없는 구절들을 지워버리는 방법을 썼다. 게다가 어차피 그는 그 여자의 주소는커녕 이름도 몰랐다. 결국 그는 구내식당이 가장 안전한 장소라는 결론을 내렸다. 텔레스크린과 너무 가깝지 않은 식당 한복판 어딘가의 식탁에 그녀와 단둘이 앉을 수 있다면, 그리고 주위에서 사람들의 목소리가 적당히 시끄럽게 들려온다면, 이런 조건이 예를 들어 30초쯤 유지된다면, 그녀와 몇 마디 말을 나눌 수 있을 것 같았다.

그 뒤로 일주일은 들뜬 꿈처럼 시간이 흘러갔다. 그다음 날 그녀는 그가 점심시간 종료를 알리는 소리를 듣고 식당을 나설 때에야 비로소 식당에 나타났다. 아마 근무 교대 시간을 바꾼 모양이었다. 두 사람은 서로에게 시선 한 번 주지 않고 그냥 스쳐 지나갔다. 그다음 날에는 그녀가 평소와 같은 시각에 식당으로 나왔지만, 텔레스크린 바로 아래에 다른 여자 세 명과 함께 있었다. 그 뒤로 사흘 동안은 그녀가 아예 모습을 드러내지 않아 끔찍한 시간이 되었다. 그의 온 정신과 몸이 참을 수 없을 만큼 예민해진 듯해서, 모든 동작, 모든 소리, 모든 접촉, 그가 말하거나 들어야 하는 모든 말이 고통스러웠다. 잠이 들었을 때도 그는 그녀의 모습에서 완전히 벗어날 수 없었다. 그 기간 동안 그는 일기장에 손을 대지 않았다. 조금이라도 마음이 놓이는 순간이 찾아오는 것은 사무실에서 일할 때였다. 가끔 꼬박 10분 동안 자신을 잃고 일에 몰두할 때가 있기 때문이었다. 그녀에게 무슨 일이 있는 건지 그는 짐작조차 할 수 없었다. 그렇다고 누구에게 물어볼 수도 없었다. 어쩌면 그녀가 증발했을 수도 있고, 자살했을 수도 있고, 오세아니아 내에서 가장 먼 곳으로 발령받았을 수도 있었다. 하지만 최악의 가정이자 가장 가능성이 높은 것은, 그녀가 간단히 생각을 바꿔 그를 피하기로 마음먹었을지도 모른다는 추측이었다.

다음 날 그녀가 다시 모습을 드러냈다. 팔에서 삼각건이 사라지고, 손목에 반창고만 붙어 있었다. 윈스턴은 그녀를 보고 얼마나 마음이 놓였는지 자제하지 못하고 몇 초 동안 그녀를 똑바로 바라보았다. 다음 날 그는 그녀에게 말을 거는 데 거의 성공할 뻔했다. 그가 구내식당에 들어섰을 때, 그녀는 벽에서 한참 떨어진 식탁에 혼자 앉아 있었다. 아직 이른 시간이라서 식당은 북적이는 편이 아니었다. 줄이 조금씩 앞으로 나아가 거의 윈스턴의 차례가 되었을 때, 2분 동안 줄이 멈췄다. 앞쪽에서 누군가가 사카린 알약을 받지 못했다고 불만을 제기한 탓이었다. 윈스턴이 마침내 식판을 받고 그녀가 앉은 식탁 쪽으로 움직이기 시작했을 때도 그녀는 여전히 혼자였다. 그는 눈으로 그녀 너머의 식탁에 자리가 있는지 찾아보면서, 아무렇지도 않은 듯 그녀를 향해 걸어갔다. 그녀와 그의 거리는 이제 약 3미터. 아마 2초만 더 걸어가면 될 것 같았다. 그런데 그때 그의 등 뒤에서 누가 "스미스!" 하고 소리쳤다. 그는 듣지 못한 척했다. 그러자 그 목소리가 더 크게 "스미스!" 하고 외쳤다. 어쩔 수 없이 그는 돌아섰다. 멍청하게 생긴 금발 청년 윌셔가 그와 잘 알지도 못하는 사이인데도 자기 식탁에 빈자리가 있다며 웃는 얼굴로 그를 부르고 있었다. 여기서 거절하는 건 안전하지 않았다. 이렇게 시선을 끈 뒤에 혼자 앉아 있는 여자의 식탁에 가서 앉을 수는 없었다. 그건 너무 눈에 띄는 짓이었다. 그는 사람 좋은 미소를 지으며 자리에 앉았다. 멍청한 금발 청년이 그를 향해 환히 웃었다. 윈스턴은 자신이 곡괭이로 그 얼굴을 반으로 쪼개버리는 환상을 보았다. 몇 분 뒤 그녀의 식탁에 사람이 가득해졌다.

그래도 그가 다가오는 것을 그녀가 틀림없이 보았을 것이다. 어쩌면 거기서 눈치를 챘을 수도 있었다. 다음 날 그는 일부러 일찍 식당으로 나갔다. 아니나 다를까, 그녀가 비슷한 위치의 식탁에 또 혼자 앉아 있었다. 윈스턴의 바로 앞에 줄을 선 사람은 몸집이 작고 행동이 재빠른 딱정벌레 같은 남자였다. 얼굴에는 이렇다 할 특징이 없고, 자그마한 눈에는 의심이 가득했다. 윈스턴은 식판을 들고 배식대에서 돌아서면서 그 자그마한 남자가 그녀의 식탁으로 곧장 가는 것을 보았다. 그의 희망이 다시 가라앉았다. 더 멀리 떨어진 식탁에 빈자리가 하나 있었지만, 그 자그마한 남자의 생김새를 보아하니 어지간히 편안함에 신경을 쓰는 성격일 것 같아서 최대한 빈자리가 많은 식탁을 선택할 듯했다. 윈스턴은 가슴이 얼음처럼 차가워진 채 그 뒤를 따라갔다. 그녀와 단둘이 앉지 못한다면 아무 소용이 없었다. 그런데 그때 엄청난 소리가 났다. 자그마한 남자가 바닥에 쓰러지면서 식판이 허공을 날아가 떨어지는 소리였다. 수프와 커피가 두 개의 개울처럼 바닥을 흘렀다. 남자는 적의를 품은 눈으로 윈스턴을 흘깃 보면서 일어서려고 했다. 윈스턴이 자기 발을 걸어서 넘어뜨렸다고 의심하는 기색이 역력했다. 하지만 그런 건 상관없었다. 5초 뒤 윈스턴은 천둥처럼 쿵쾅거리는 심장을 안고 그녀의 식탁에 앉았다.

그는 그녀를 보지 않은 채, 식판을 놓고 곧장 식사를 시작했다. 다른 사람이 이 식탁으로 오기 전에 빨리 말을 건네는 것이 무엇보다 중요했지만, 막상 이렇게 앉고 보니 엄청난 두려움이 그를 사로잡았다. 그녀가 처음 그에게 접근한 것이 일주일 전이었다. 그동안 마음이 바뀌었을 가능성이 있었다. 틀림없이 바뀌었을 것이다! 이 일이 성공적으로 끝날 가능성은 없었다. 현실에서 그런 일은 일어나지 않았다. 만약 이 순간 귀에 털이 난 시인 앰플포스가 식판을 들고 절룩절룩 돌아다니며 자리를 찾는 모습이 눈에 들어오지 않았다면, 윈스턴은 아마 겁을 먹고 아무 말도 하지 않았을 것이다. 앰플포스는 윈스턴에게 막연한 호감을 품고 있었으므로, 만약 그를 발견한다면 틀림없이 이 식탁에 와서 앉을 터였다. 행동할 수 있는 시간은 약 1분 정도였다. 윈스턴과 그녀는 일정한 속도로 음식을 먹었다. 두 사람이 먹고 있는 것은 강낭콩으로 만든 묽은 스튜, 아니 사실은 수프에 가까운 음식이었다. 윈스턴이 작게 중얼거리듯이 말을 시작했다. 두 사람 모두 시선을 들지 않고, 일정한 속도로 묽은 수프를 떠서 입에 넣었다. 그렇게 한 숟가락씩 수프를 삼키는 사이사이에 아무런 감정이 없는 낮은 목소리로 꼭 필요한 말 몇 마디를 주고받았다.

"언제 퇴근합니까?"

"18시 30분요."

"어디서 만날까요?"

"빅토리 광장, 기념 동상 근처."

"텔레스크린 천지인데요."

"사람이 많으면 괜찮아요."

"신호는?"

"없어요. 제가 많은 사람들 사이에 있을 때 다가오세요. 저를 보지는 마시고, 그냥 가까이에 있으면 돼요."

"시간은?"

"19시."

"좋습니다."

앰플포스는 윈스턴을 발견하지 못하고 다른 식탁에 앉았다. 그녀는 재빨리 식사를 마치고 자리를 떴지만, 윈스턴은 그대로 남아 담배 한 개비를 피웠다. 두 사람은 조금 전의 대화 이후 다시 말을 나누지 않았다. 같은 식탁에서 마주보고 앉은 두 사람에게 가능한 한도 이상으로 서로를 바라보지도 않았다.

윈스턴은 약속 시간보다 먼저 빅토리 광장으로 나가서, 세로로 줄무늬가 있는 거대한 기둥 주위를 돌아다녔다. 기둥 꼭대기에서는 빅 브라더의 동상이 남쪽 하늘을 응시하고 있었다. 그가 에어스트립 원 전투에서 유라시아의 비행기들(몇 년 전에는 이스트아시아의 비행기들이었다)을 물리친 곳이었다. 동상 앞 거리에는 말에 탄 남자의 동상이 있었다. 올리버 크롬웰을 표현한 것이라고 했다. 약속 시간에서 5분이 지났는데도 그녀는 나타나지 않았다. 또 무시무시한 두려움이 윈스턴을 사로잡았다. 그녀는 오지 않을 것이다, 마음을 바꿨기 때문에! 그는 광장의 북쪽으로 천천히 걸어가며 세인트 마틴 성당을 알아보고 일종의 창백한 기쁨을 느꼈다. 이 성당의 종이, 그러니까 과거 이곳에 종이 있던 시절에, "넌 내게 3파딩을 빚졌어"라고 울렸다. 그 순간 그녀가 동상 옆에 서서 나선형으로 기둥을 덮은 포스터를 읽고 있는 것이 보였다. 아니, 그냥 읽는 척하는 것일 수도 있었다. 광장에 사람이 더 많아지지 않으면 그녀에게 다가가는 것이 안전하지 않았다. 사방의 벽에 텔레스크린이 있었다. 그런데 그때 시끄러운 고함소리와 함께, 왼쪽 어딘가에서 묵직한 차량이 달려오는 소리가 났다. 갑자기 모두들 광장을 가로질러 뛰어갔다. 그녀는 동상 발치의 사자상 뒤로 민첩하게 돌아가 사람들 틈에 끼었다. 윈스턴도 그 뒤를 따라 뛰었다. 그러면서 사람들이 크게 떠들어대는 소리를 통해 유라시아 포로를 호송하는 행렬이 지나갈 예정이라는 정보를 얻었다.

벌써 잔뜩 모인 사람들이 광장의 남쪽을 메우고 있었다. 윈스턴은 평소 사람들이 이렇게 밀치락달치락하는 곳에서 가장 바깥에 머무르는 성격이지만, 이번에는 온몸으로 사람들을 밀어내며 군중 한복판으로 뚫고 들어갔다. 곧 팔을 뻗으면 그녀에게 닿을 거리에 이르렀지만, 거대한 덩치의 프롤레 남자와 그에 못지않게 거대한 여자가 앞을 막고 있었다. 아마도 부부인 듯한 두 사람의 몸은 결코 뚫을 수 없는 벽 같았다. 윈스턴은 사람들 틈에서 꾸물꾸물 옆으로 몸을 돌렸다. 그러고는 어깨로 두 사람 사이를 세게 공격하는 데 성공했다. 두 사람의 근육질 엉덩이 사이에 끼고 나니 순간적으로 내장이 모두 곤죽이 된 것 같았다. 하지만 그는 그 사이를 뚫고 나아갔다. 땀이 조금 흘렀다. 이제 그녀가 옆에 있었다. 두 사람은 어깨를 맞댄 채로, 앞만 빤히 바라보았다.

무표정한 얼굴의 경비병들이 기관단총으로 무장하고 네 귀퉁이에 꼿꼿이 서 있는 트럭들이 긴 행렬을 이루어 천천히 지나가고 있었다. 트럭 안에는 초록색이 도는 추레한 군복 차림의 자그마한 황인종 남자들이 빽빽하게 쭈그리고 있었다. 그들은 슬픈 표정으로 트럭의 울타리 너머를 바라보았다. 호기심이라고는 눈곱만큼도 없는 얼굴이었다. 가끔 트럭이 덜컹거리면 금속이 챙챙 부딪히는 소리가 났다. 포로들이 모두 족쇄를 차고 있기 때문이었다. 슬픈 얼굴들을 가득 실은 트럭이 줄줄이 지나갔다. 하지만 윈스턴의 눈에는 그 트럭들이 간혹 한 번씩만 들어올 뿐이었다. 그녀의 오른쪽 어깨에서부터 팔꿈치까지가 그에게 딱 붙어 있었다. 뺨도 체온이 거의 느껴질 만큼 가까웠다. 그녀는 구내식당에서 그랬던 것처럼 이번에도 즉시 주도권을 쥐고, 예전과 똑같이 아무런 감정이 드러나지 않는 목소리로 말을 시작했다. 입술도 거의 움직이지 않았고, 목소리는 중얼거리는 소리에 불과해서 사람들의 시끄러운 목소리와 부르릉거리는 트럭 소리에 쉽게 묻혀버렸다.

"제 말 들려요?"

"네."

"일요일 오후에 쉴 수 있어요?"

"네."

"그럼 잘 들으세요. 잘 기억해야 돼요. 패딩턴 역으로 가서……"

그가 따라야 할 이동 경로를 알려주는 그녀의 설명이 군인처럼 정확해서 그는 깜짝 놀랐다. 기차를 타고 30분 동안 이동한 뒤 역 앞에서 좌회전. 도로를 따라 2킬로미터 걸으면 맨 위의 가로대가 없는 울타리 문이 나옴. 들판을 가로지르는 길, 풀이 자라는 길, 덤불 사이에 난 길, 이끼가 자라는 죽은 나무. 마치 그녀의 머릿속에 지도가 들어 있는 것 같았다. "다 기억하겠어요?" 그녀가 중얼거렸다.

"네."

"좌회전 다음에 우회전, 다시 좌회전. 그리고 맨 위의 가로대가 없는 문이에요."

"네. 시간은요?"

"15시쯤. 어쩌면 기다리게 될지도 몰라요. 저는 다른 길로 갈 거예요. 정말로 다 기억하겠어요?"

"네."

"그럼 최대한 빨리 제게서 멀어져요."

그녀가 굳이 그 말을 할 필요도 없었다. 하지만 군중 틈에서 곧바로 몸을 빼기가 힘들었다. 트럭들은 여전히 줄줄이 지나가고, 사람들은 아직도 호기심이 충족되지 않았다는 듯이 입을 벌린 채 바라보고 있었다. 처음에는 몇 명이 야유를 했다. 사람들 사이에 섞여 있는 당원들만이 내는 소리였지만 곧 멎었다. 사람들을 지배한 감정은 호기심뿐이었다. 유라시아인이든 이스트아시아인이든 외국인은 일종의 낯선 동물 같았다. 이런 포로의 모습 외에는 외국인을 볼 기회가 문자 그대로 전혀 없었고, 심지어 포로의 모습조차 순간적으로 언뜻 보는 것이 고작이었다. 전범으로 교수형을 당하는 소수를 제외하면, 저 포로들이 어떤 운명을 맞을지도 알 수 없었다. 포로들은 그냥 사라져버렸다. 아마도 강제노동 수용소로 사라지는 것 같았다. 둥그런 몽골인의 얼굴에 이어 유럽인에 좀 더 가까운 얼굴들이 나타났다. 수염이 나고 기진맥진한 기색이 드러난 더러운 얼굴들이었다. 보잘것없는 광대뼈 위에서 그들의 눈이 윈스턴의 눈을 똑바로 바라보다가 순식간에 사라져갔다. 간혹 눈빛이 기묘하게 강렬한 사람도 보였다. 행렬이 거의 끝나가고 있었다. 마지막 트럭에서 나이 많은 남자가 눈에 띄었다. 희끗희끗한 머리카락이 지저분하게 헝클어진 그는 손목이 묶여 있는 상태에 익숙한 사람처럼 몸 앞쪽에서 양 손목을 교차시킨 자세로 꼿꼿이 서 있었다. 이제 윈스턴과 그녀가 헤어질 때였다. 하지만 마지막 순간에, 아직도 사방에서 밀치락달치락하는 군중 속에서 그녀의 손이 그의 손을 찾아 꼭 쥐었다가 곧바로 떨어져나갔다.

기껏해야 10초 정도였겠지만, 두 사람이 손을 맞잡은 순간이 아주 길게 느껴졌다. 그동안 그는 그녀의 손에 대해 아주 상세히 알게 되었다. 그는 그녀의 긴 손가락, 모양 좋은 손톱, 일을 하느라 단단해진 굳은살이 한 줄로 늘어선 손바닥, 손목 아래의 부드러운 살을 탐구했다. 단순히 만져보는 것만으로도 눈으로 본 듯이 알 수 있었다. 바로 그 순간, 그녀의 눈이 무슨 색인지 모른다는 생각이 들었다. 십중팔구 갈색일 것 같긴 하지만, 머리카락이 짙은 색인데도 눈은 파란색인 사람이 가끔 있었다. 지금 고개를 돌려 그녀를 바라보는 것은 상상도 할 수 없을 만큼 어리석은 짓이었다. 사방에서 밀어대는 사람들 틈에서 보이지 않게 손을 잡은 채로 두 사람은 똑바로 앞만 바라보았다. 그녀의 눈 대신, 새 둥지 같은 머리카락에 둘러싸인 나이 많은 포로의 눈이 윈스턴을 슬프게 응시했다.

2

윈스턴은 얼룩덜룩 그림자가 진 길을 걸으며, 어디든 가지 사이 틈이 벌어진 곳이면 황금색으로 고여 있는 빛 속에 발을 담갔다. 왼편 나무들 아래의 땅에는 푸른색 종 모양의 꽃들이 안개처럼 피어 있었다. 공기가 살갗에 입을 맞추는 듯했다. 오늘 날짜는 5월 2일. 숲속 깊은 곳 어딘가에서 산비둘기의 단조로운 울음소리가 들려왔다.

그는 약속 시간보다 조금 일찍 왔다. 여기까지 오는 데 어려움은 전혀 없었다. 그녀가 이 길에 아주 익숙한 것 같아서, 그는 평소처럼 겁이 나지 않았다. 그녀가 안전한 장소를 찾아냈을 거라고 믿어도 될 것 같았다. 보통은 런던 시내보다 시골이 훨씬 더 안전할 거라고 가정할 수 없었다. 물론 여기에 텔레스크린은 없지만, 숨겨진 마이크에 목소리가 잡혀 정체가 밝혀질 위험은 항상 존재했다. 게다가 이렇게 혼자 움직이면 사람들의 주의를 끌기 쉬웠다. 반경 100킬로미터 이내의 거리에서는 통행증에 승인을 받을 필요가 없지만, 기차역 근처에 순찰대가 어른거리다가 당원이 눈에 띄는 대로 신분증을 검사하며 난처한 질문을 던져댈 때가 있었다. 하지만 오늘은 순찰대가 나타나지 않았고, 역에서 여기까지 걸어오는 동안 그는 조심스레 뒤를 힐끔거리며 미행하는 사람이 없는 것을 확인했다. 기차에는 여름처럼 화창한 날씨 때문에 휴일 기분에 들뜬 프롤레들이 가득했다. 그는 좌석이 나무로 된 칸에 타고 있었는데, 이가 다 빠진 증조할머니부터 태어난 지 한 달 된 아기에 이르기까지 일가족이 가득 타고 있어서 그 칸이 터질 듯했다. 그들은 시골에서 '사돈댁 식구들'과 오후 나들이를 즐기려고 가는 길이며, 암시장에서 파는 버터도 좀 구할 생각이라고 윈스턴에게 거리낌 없이 설명해주었다.

길이 넓어지더니, 1분 만에 윈스턴은 그녀가 말한 좁은 길에 이르렀다. 덤불 사이로 가축들이 다니는 길이었다. 손목시계가 없었지만, 벌써 15시가 되었을 리는 없었다. 발밑에 파란 종 모양의 꽃들이 하도 지천으로 피어 있어서 꽃을 밟지 않고 걷기가 불가능했다. 그는 바닥에 한쪽 무릎을 대고 앉아서 꽃을 몇 송이 꺾기 시작했다. 시간을 때우려는 생각도 있었지만, 그녀를 만났을 때 꽃다발을 내밀면 좋을 것 같다는 막연한 생각도 있었다. 그가 커다란 꽃다발을 만들어 희미한 향기를 맡고 있을 때, 뒤에서 들려온 소리가 그를 마비시켰다. 틀림없이 발로 잔가지를 밟는 소리였다. 그는 계속 꽃을 꺾었다. 그것이 최선이었다. 어쩌면 그녀일 수도 있고,

어쩌면 결국 그에게 미행이 붙었을 수도 있었다. 지금 사방을 두리번거리는 것은 죄를 자인하는 행동이었다. 그는 꽃을 차례로 꺾었다. 누군가의 손이 그의 어깨를 가볍게 짚었다.

그는 시선을 들었다. 그녀였다. 그녀가 고개를 저었다. 아무 말도 하지 말라는 경고였다. 그러고 나서 그녀는 덤불을 헤치며 재빨리 앞장서 걸어서 숲으로 들어갔다. 이미 이곳에 와본 적이 있는지, 수렁들을 피하는 솜씨가 능숙했다. 윈스턴은 여전히 꽃다발을 꽉 쥔 채로 그녀의 뒤를 따랐다. 처음에는 안도감을 느꼈지만, 엉덩이의 굴곡이 딱 알맞게 드러날 만큼 진홍색 허리띠를 맨 강하고 날씬한 몸이 앞에서 움직이는 모습을 계속 지켜보자니 열등감이 그를 무겁게 짓눌렀다. 지금이라도 그녀가 돌아서서 그를 보면 뒷걸음질을 칠 것 같았다. 향긋한 공기와 초록색 이파리들이 그를 압박했다. 역에서 여기까지 걸어오는 동안 5월의 햇볕을 받으면서 이미 그는 자신이 실내에서만 지내서 안색이 누렇게 뜨고, 모공에 런던의 검댕이 스며들어 더러워진 것 같다는 생각을 했다. 지금까지 그녀가 야외의 밝은 햇빛 속에서 그를 본 적이 없을 것이라는 생각이 문득 들었다. 그녀가 말했던 쓰러진 나무가 나타났다. 그녀는 그것을 펄쩍 뛰어넘어 틈이 없어 보이는 덤불을 양쪽으로 벌렸다. 그녀의 뒤를 따라 걸어가자, 자연스럽게 형성된 빈터가 나타났다. 풀이 자라는 작은 언덕이 훌쭉한 어린 나무에 에워싸여 완전히 시야에서 차단되어 있었다. 그녀가 걸음을 멈추고 돌아섰다.

"여기예요." 그녀가 말했다.

그는 몇 걸음 떨어진 곳에서 그녀를 마주보고 있었다. 아직은 감히 그 이상 다가갈 수 없었다.

"길에서는 아무 말도 하고 싶지 않았어요." 그녀가 말을 이었다. "혹시 마이크가 숨겨져 있을지도 모르니까요. 없을 것 같기는 한데, 그래도 혹시 모르잖아요. 그 돼지 새끼들이 우리 목소리를 알아차릴 가능성도 항상 있고요. 여기서는 괜찮아요."

그는 여전히 그녀에게 다가갈 용기가 나지 않았다. "여기서는 괜찮다고요?" 그는 멍청하게 그녀의 말을 되풀이했다.

"네. 저 나무들을 보세요." 작은 물푸레나무였다. 과거에 한 번 베어졌다가 다시 자라나서 울타리처럼 숲을 이룬 이 나무들의 굵기는 기껏해야 사람의 손목 정도였다. "마이크를 숨길 수 있을 만큼 큰 나무가 없어요. 게다가 내가 이미 와본 적이 있는 곳이에요."

두 사람은 그냥 대화만 나누는 중이었다. 그는 아까보다 좀 더 그녀에게 가까이 다가가는 데 성공했다. 그녀는 그의 앞에 아주 똑바로 서 있었다. 얼굴에 띤 미소가 어렴풋이 얄궂게 보이는 것이, 마치 그가 왜 이렇게 굼뜬지 모르겠다고 생각하는 것 같았다. 파란 꽃들이 바닥으로 폭포처럼 쏟아졌다. 꽃들이 저절로 떨어진 것 같았다. 그는 그녀의 손을 잡았다.

"말이 돼요?" 그가 말했다. "지금 이 순간까지 당신 눈이 무슨 색인지도 몰랐다는 게?" 그녀의 눈은 갈색이었다. 약간 밝은 갈색. 그리고 속눈썹은 진한 색.

"내가 어떻게 생겼는지 이제 제대로 봤는데, 그래도 여전히 싫다는 생각이 안 드나요?"

"그럼요."

"난 서른아홉 살이에요. 헤어질 수 없는 아내도 있고, 정맥류궤양도 있고, 치아 다섯 개는 의치예요."

"전혀 상관없어요."

그다음 순간, 누가 먼저 움직인 건지는 알 수 없지만, 하여튼 그녀가 그의 품에 안겨 있었다. 처음에 그는 도저히 믿을 수 없다는 심정 외에 아무 감정도 느끼지 못했다. 그녀의 젊은 몸이 긴장한 채 그의 몸에 닿아 있고, 풍성한 짙은 색 머리카락이 그의 얼굴에 닿았다. 그리고 세상에! 고개를 위로 든 그녀의 붉은 입술에 그가 키스하고 있었다. 그녀는 그의 목에 양팔을 걸고, 그에게 달링이라느니 귀한 사람이라느니 사랑한다느니 하는 말을 하고 있었다. 그가 그녀를 바닥으로 잡아당겨 눕히는데도 전혀 저항하지 않았다. 그가 그녀에게 하고 싶은 일을 다 할 수 있을 것 같았다. 하지만 사실 그는 단순히 몸이 닿아 있다는 느낌 외에는 육체적으로 아무런 감각이 없었다. 그냥 믿을 수 없다는 감정과 자부심이 느껴질 뿐이었다. 지금 이 순간이 기뻤지만, 육체적인 욕망은 전혀 없었다. 그러기에는 너무 일렀다. 그녀의 젊음과 아름다움에 그는 겁을 먹었다. 이유는 알 수 없지만, 여자가 없는 삶에 너무나 익숙해진 것도 있었다. 그녀는 일어나 앉아서 머리카락에 묻은 파란 꽃 한 송이를 떼어냈다. 그리고 그에게 몸을 기대며 그의 허리를 한 팔로 감았다.

"괜찮아요. 서두를 필요 없어요. 오후가 전부 우리 것이잖아요. 여긴 은신처로 정말 근사하지 않아요? 전에 단체 행군 때 길을 잃는 바람에 여길 발견했어요. 혹시 누가 다가오더라도 100미터쯤 떨어져 있을 때부터 소리를 들을 수 있어요."

"이름이 뭐예요?" 윈스턴이 물었다.

"줄리아. 당신 이름은 알아요. 윈스턴이죠. 윈스턴 스미스."

"어떻게 알았어요?"

"뭔가를 알아내는 재주가 당신보다 나을 거예요. 궁금한 게 있는데, 내가 그 쪽지를 주기 전에는 날 어떻게 생각했어요?"

그는 그녀에게 거짓말을 하고 싶은 생각이 전혀 없었다. 이것은 최악의 이야기를 털어놓는 데서부터 시작되는 사랑이었다.

"당신을 보는 것조차 싫었어요." 그가 말했다. "당신을 강간한 뒤 죽이고 싶을 정도였죠. 2주 전에는 자갈로 당신 머리를 후려칠까 하고 진지하게 생각하기도 했어요. 솔직히 당신이 사상경찰과 관계가 있다고 짐작했으니까."

그녀는 즐겁게 웃음을 터뜨렸다. 자신의 위장이 훌륭했다고 칭찬하는 말로 받아들인 기색이었다.

"사상경찰이라니요! 설마 정말로 그렇게 생각했어요?"

"뭐, 정확히 그건 아닐 수도 있지만, 그래도 당신의 외모를 생각할 때…… 순전히 젊고 생기 있고 건강하다는 것만으로도, 알잖아요…… 그래서 내 생각에는 십중팔구……"

"내가 훌륭한 당원이라고 생각했겠네요. 말과 행동 면에서 모두 순수한 당원. 깃발, 행진, 구호, 스포츠, 단체 행군 등등. 조금이라도 기회가 생기면 내가 당신을 사상범으로 고발해서 죽음으로 몰아넣을 줄 알았어요?"

"대충 그런 생각을 했죠. 젊은 여성들 중에 그런 사람이 아주 많으니까. 알잖아요."

"이 망할 물건이 원흉이에요." 그녀는 청년 반섹스 동맹의 진홍색 허리띠를 찢듯이 풀어내서 가지에 던지듯 걸쳐놓았다. 그러고는 허리에 손을 댄 김에 뭔가를 떠올린 사람처럼 작업복 주머니를 뒤져 작은 초콜릿 하나를 꺼냈다. 그녀는 그것을 반으로 부러뜨려 한쪽을 윈스턴에게 주었다. 그는 그것을 받기도 전에 냄새만으로도 그것이 아주 특별한 초콜릿임을 알 수 있었다. 은색 종이에 포장된, 아주 진한 색의 반짝이는 초콜릿. 보통 초콜릿은 탁한 갈색이고 잘 부스러졌다. 맛은 쓰레기를 모아 불을 피웠을 때 솟아오르는 연기 맛과 비슷하다고 말하는 것이 가장 근접한 표현 같았다. 하지만 방금 그녀가 준 것 같은 초콜릿을 먹어본 적이 몇 번 있기는 했다. 훅 풍겨온 초콜릿 향기에 어떤 기억이 꿈틀거렸지만, 정확히 무엇인지는 알 수 없었다. 강렬하고 괴로운 기억이라는 것만 느껴졌다.

"이런 걸 어디서 구했어요?" 그가 말했다.

"암시장에서요." 그녀가 무심하게 말했다. "사실 나는 겉으로 보이는 그런 사람이 맞아요. 스포츠도 잘하고, 옛날 스파이단에서는 분대장이었어요. 일주일에 세 번 저녁 시간에 청년 반섹스 동맹을 위한 자원봉사도 하죠. 그놈들의 허튼소리를 온 런던에 붙이고 다니는 데 쓴 시간이 얼마나 많은지 몰라요. 행렬 때는 항상 깃발의 한쪽을 잡는 역할을 해요. 언제나 명랑해 보이고, 무슨 일이든 회피하지 않죠. 항상 군중과 함께 소리를 질러요. 그게 안전하게 살 수 있는 유일한 방법이니까."

조금 쪼개서 입에 넣은 초콜릿이 혀 위에서 녹았다. 마음이 즐거워지는 맛이었다. 하지만 윈스턴의 의식 가장자리에서 아직도 언뜻 생각난 과거의 기억이 돌아다니고 있었다. 느낌은 강렬한데 정확한 형체가 잡히지 않았다. 마치 시야의 가장자리에 걸친 물체 같았다. 그는 그 기억을 밀어냈다. 되돌리고 싶지만 그럴 수 없는 어떤 행동과 관련된 기억이라는 사실만이 확실했다.

"당신은 아주 젊어요." 그가 말했다. "나보다 열 살이나 열다섯 살쯤 아래겠지. 나 같은 사람의 어디가 매력적이던가요?"

"당신의 표정에서 뭔가를 봤어요. 그래서 모험을 한번 해보자 싶었죠. 나는 사회와 어울리지 못하는 사람을 잘 찾아내거든요. 당신을 보자마자 당신이 **그들**에게 반대한다는 걸 알았어요."

그들이란 당을 의미하는 것 같았다. 특히 내부당에 대해 말할 때 그녀가 조롱과 증오를 대놓고 드러내서 윈스턴은 불안해졌다. 어디든 안전한 곳이 있다면 바로 여기라는 사실을 아는데도 어쩔 수 없었다. 그는 특히 그녀의 거친 말투에 놀랐다. 당원은 욕을 하면 안 되기 때문에 윈스턴 자신도 욕을 할 때가 거의 없었다. 어쨌든 소리 내서 하지는 않았다. 하지만 줄리아는 당을 언급할 때마다, 특히 내부당 이야기를 할 때마다, 물이 줄줄 새는 골목길의 분필 낙서에서 볼 수 있는 표현들을 참을 수 없는 것 같았다. 그것이 싫지 않았다. 당의 모든 것에 대한 반감에서 우러난 증상일 뿐인데, 왠지 자연스럽고 건전하게 보였다. 썩은 건초 냄새가 나는 말의 재채기와 비슷했다. 두 사람은 빈터를 나와서 얼룩덜룩한 그림자 속을 돌아다녔다. 두 사람이 나란히 걸어도 될 만큼 넓은 길이 나오면, 서로의 허리에 팔을 감았다. 허리띠를 벗은 그녀의 허리가 훨씬 더 부드러워진 것 같았다. 두 사람은 속삭이는 소리로만 말을 주고받았다. 빈터를 벗어나면 조용히 돌아다니는 편이 낫다고 줄리아가 말했다. 곧 작은 숲의 가장자리에 이르자 그녀가 그를 멈춰 세웠다.

"탁 트인 곳으로 나가면 안 돼요. 감시하는 사람이 있을

지도 몰라요. 가지들 뒤에 숨어 있기만 하면 안전해요."

두 사람은 개암나무 그늘 속에 서 있었다. 헤아릴 수 없이 많은 이파리 사이로 새어 들어와 얼굴에 닿는 햇빛이 여전히 뜨거웠다. 윈스턴은 숲 바깥의 벌판을 바라보며, 낯익은 것을 다시 발견한 신기한 기분에 서서히 충격을 받았다. 보기만 해도 알 수 있었다. 오래되고 잔뜩 짓밟힌 풀밭, 그 풀밭을 요리조리 가르는 좁은 길, 여기저기에 두더지가 두둑하게 파놓은 흙. 맞은편의 들쭉날쭉한 산울타리에서 느릅나무 가지들이 산들바람에 아주 살짝 흔들리자, 숱 많은 여자의 머리카락 같은 이파리들도 어렴풋이 살랑거렸다. 시야에 보이지는 않지만 틀림없이 어디 가까운 곳에 개울이 있을 것 같았다. 개울 여기저기에 초록색으로 고여 있는 웅덩이에서는 황어가 헤엄치고 있을 것이다.

"이 근처에 개울이 있지 않아요?" 그가 속삭이듯 물었다.

"맞아요. 개울이 있어요. 이다음 벌판 끝에. 물고기도 있는데, 아주 커요. 버드나무 아래의 웅덩이에서 물고기들이 꼬리를 살랑거리는 걸 볼 수 있어요."

"골든 컨트리네⋯⋯ 거의." 그가 중얼거렸다.

"골든 컨트리요?"

"아무것도 아니에요. 내가 가끔 꿈에서 보는 풍경이에요."

"보세요!" 줄리아가 속삭였다.

채 5미터도 떨어지지 않은 얼굴 높이의 가지에 개똥지빠귀 한 마리가 내려앉았다. 아마 두 사람을 보지 못한 듯했다. 녀석은 햇빛 속에 있고, 두 사람은 그늘 속에 있으니까. 녀석은 날개를 펼쳤다가 다시 공들여 접으면서 한순간 고개를 움츠렸다. 마치 해에게 인사를 하는 것 같았다. 그러고는 노래를 급류처럼 쏟아내기 시작했다. 오후의 적막 속에서 화들짝 놀랄 만큼 큰 소리였다. 윈스턴과 줄리아는 딱 붙어 서서 홀린 듯이 새소리를 들었다. 음악이 계속 이어지며 시시각각 놀라운 변주를 보여주었다. 단 한 번도 같은 곡조가 반복되지 않아서, 마치 새가 일부러 제 솜씨를 뽐내고 있는 것 같았다. 새는 가끔 몇 초 동안 노래를 멈추고 날개를 펼쳤다가 다시 접은 뒤, 작은 점들이 있는 가슴을 부풀리고 또 노래를 쏟아냈다. 윈스턴은 막연한 경의 같은 것을 느끼며 새를 지켜보았다. 누구를 위해, 무엇을 위해, 저 새는 노래하는 걸까? 새를 지켜보는 짝도, 경쟁자도 없었다. 녀석은 왜 고독한 숲의 가장자리에 앉아서 허공을 향해 음악을 쏟아내는 걸까? 그는 혹시 이 근처 어딘가에 정말로 마이크가 숨겨져 있는 게 아닌가 하는 생각이 들었다. 그와 줄리아는 작게 속삭이는 소리로만 대화를 나눴으므로 마이크가 잡아내지 못했겠지만, 개똥지빠귀의 노래는 잡아낼 것이다. 어쩌면 그 마이크의 선이 연결된 곳에서 작은 딱정벌레 같은 남자가 열심히 귀를 기울이고 있는지도 모를 일이었다. 바로 **저 소리에**. 하지만 홍수처럼 쏟아져 나오는 음악이 점차 모든 추측을 그의 머리에서 몰아냈다. 음악이 일종의 액체처럼 그의 몸에 흠뻑 쏟아져 이파리 사이로 새어 들어온 햇빛과 섞인 것 같았다.

그는 생각을 그만두고 그냥 느낌에 몸을 맡겼다. 그가 팔을 감은 줄리아의 허리는 부드럽고 따뜻했다. 그는 가슴과 가슴이 맞닿게 그녀를 돌려세우며 끌어당겼다. 그녀의 몸이 그의 몸속으로 녹아 들어오는 것 같았다. 그의 손이 어디로 움직이든, 그 몸은 물처럼 그 손을 받아들였다. 두 사람의 입술 또한 떨어질 줄을 몰랐다. 아까 두 사람이 나눴던 격렬한 키스와는 상당히 달랐다. 마침내 서로에게서 얼굴을 뒤로 물렸을 때, 두 사람은 깊은 한숨을 내쉬었다. 그 소리에 새가 겁을 먹고 날개를 파닥거리며 도망쳤다.

윈스턴이 그녀의 귓가에 입술을 댔다. "**지금 당장**." 그가 속삭였다.

"여기선 안 돼요." 그녀도 마주 속삭였다. "아까 그 은신처로 가요. 그게 안전해요."

가끔 딱딱 잔가지 밟히는 소리를 내면서 두 사람은 빈터로 이어진 길을 되짚어 갔다. 둥글게 늘어선 어린 나무들 안으로 들어온 뒤 그녀가 돌아서서 그를 마주보았다. 두 사람 모두 호흡이 가빴지만, 그녀의 입가에 다시 미소가 떠올라 있었다. 그녀는 잠시 가만히 서서 그를 바라보다가 작업복 지퍼를 손으로 더듬었다. 그렇지! 그가 꿈에서 보았던 것과 거의 똑같았다. 그의 상상과 비슷한 빠른 속도로 옷을 찢듯이 벗은 그녀가 온 문명을 소멸시킬 것 같은 위풍당당한 손짓으로 옷을 던졌다. 그녀의 몸이 햇빛을 받아 하얗게 빛났다. 하지만 한순간 그는 그녀의 몸을 보지 않았다. 그의 눈은 대담한 미소를 흐릿하게 짓고 있는 그 주근깨 난 얼굴에 고정돼 있었다. 그는 그녀 앞에 무릎을 꿇고 그녀의 손을 잡았다.

"전에도 이런 적이 있어요?"

"물론이죠. 수백 번이나…… 아니, 뭐, 어쨌든 수십 번은 돼요."

"당원들하고?"

"네. 항상 당원들하고."

"내부당원들?"

"그 돼지 새끼들은 아니에요, 절대. 하지만 조금이라도 기회가 생기면 **그럴** 놈들은 많죠. 겉으로만 경건한 척하는 놈들이니까."

그의 심장이 두근거렸다. 그녀는 이런 일을 수십 번 했다고 말했다. 수백 번이나 수천 번이면 좋을 텐데. 타락을 암시하는 아주 작은 일이라도 항상 그에게는 터무니없는 희망이 되었다. 누가 알겠는가? 어쩌면 당의 거죽 아래가 모두 썩었는지. 당이 열성적인 태도와 자기부정을 떠받드는 것은 순전히 부정을 숨기려는 사기극일 수도 있었다. 만약 그가 그들 모두에게 나병이나 매독을 퍼뜨릴 수 있다면, 정말 기꺼이 그 일을 해낼 텐데! 그들을 썩게 하고, 약하게 하고, 무너뜨리는 것이라면 무엇이든! 그는 그녀를 자신과 같은 높이로 잡아당겨 얼굴을 맞대게 했다.

"잘 들어요. 당신이 상대한 남자가 많을수록 나는 당신을 더 사랑해요. 알겠어요?"

"네. 물론이에요."

"난 순결을 증오해요. 선량함도 증오해요. 어디든 미덕 같은 건 존재하지 않았으면 좋겠어요. 모든 사람이 뼛속까지 썩었으면 좋겠어요."

"그럼 내가 당신한테 아주 잘 맞겠네요. 난 뼛속까지 썩었거든요."

"당신은 이런 일을 좋아하는 거예요? 내가 좋으냐는 게 아니라, 이 일 자체를 말하는 거예요."

"아주 좋아하죠."

그가 무엇보다 듣고 싶던 말이었다. 한 사람의 사랑뿐만 아니라 동물적인 본능, 분화되지 않은 그 단순한 욕망, 그것이야말로 당을 갈기갈기 찢어버릴 힘이었다. 그는 풀밭에 떨어진 파란 꽃들 사이로 그녀를 밀어붙였다. 이번에는 전혀 어려움이 없었다. 들썩거리던 두 사람의 가슴이 곧 평소의 상태로 돌아왔고, 두 사람은 기분 좋은 나른함 같은 것을 느끼며 서로에게서 떨어졌다. 햇볕이 더 뜨거워진 것 같았다. 졸음이 몰려왔다. 그는 한쪽에 내던져진 작업복을 끌어와서 그녀의 몸을 일부 덮어주었다. 그리고 나서 두 사람 모두 곧바로 잠들어 약 30분 뒤에 깨어났다.

먼저 깨어난 사람은 윈스턴이었다. 그는 일어나 앉아서 주근깨가 난 그녀의 얼굴을 바라보았다. 그녀는 손바닥을 베개 삼아 아직 평화롭게 잠들어 있었다. 입술을 제외하면 아름답다고 할 수 없는 얼굴이었다. 자세히 살펴보면 눈 주위에 주름살도 한두 개 있었다. 짧게 자른 짙은 색 머리카락은 아주 풍성하고 부드러웠다. 그때 문득 아직 그녀의 성도 사는 곳도 모른다는 생각이 들었다.

젊고 튼튼한 몸, 지금은 잠들어 무력한 그 몸이 그의 연민과 보호 본능을 일깨웠다. 하지만 아까 개똥지빠귀가 울던 개암나무 밑에서 느낀, 그 물불을 가리지 않는 애정은 딱히 되살아나지 않았다. 그는 작업복을 옆으로 치우고, 그녀의 매끈하고 하얀 옆구리를 유심히 살펴보았다. 과거에는 남자가 여자의 몸을 보고 욕망을 느낀다면 거기서 더 이상 이러쿵저러쿵할 필요가 없었을 것이다. 하지만 요즘은 순수한 사랑이나 순수한 욕망을 느낄 수 없었다. 어떤 감정도 순수하지 않았다. 모든 것에 두려움과 증오가 뒤섞여 있었다. 두 사람의 포옹은 전투, 절정에 도달한 것은 승리였다. 당을 향한 일격이었다. 정치적인 행위였다.

3

“여기에 한 번 다시 올 수 있어요.” 줄리아가 말했다. “어떤 은신처든 두 번까지는 대체로 안전하게 사용할 수 있거든요. 물론 앞으로 한두 달 동안은 안 되지만.”

잠에서 깨어나자마자 그녀는 다른 태도를 보였다. 기민하고 사무적인 태도로 옷을 입고, 진홍색 띠를 허리에 다시 묶은 뒤, 집으로 돌아가는 여정을 상세히 짜기 시작했다. 이 일을 그녀에게 맡기는 것이 자연스러워 보였다. 그녀에게는 확실히 윈스턴에게 없는 현실적인 잔꾀가 있었고, 헤아릴 수 없이 많은 단체 행군을 하면서 런던 주위 시골에 대한 방대한 지식을 저장한 것 같았다. 그녀가 그에게 제시한 길은 올 때 사용한 길과 아주 달랐다. 그가 사용하게 될 기차역도 다른 곳이었다. “나올 때 사용한 길로 집에 돌아가면 절대 안 돼요.” 그녀가 말했다. 아주 중요한 일반 원칙을 발표하는 사람 같았다. 그녀가 먼저 자리를 뜨고, 윈스턴은 30분 뒤에 나가기로 결정되었다.

그녀는 오늘부터 나흘 뒤 퇴근 후에 만날 수 있는 장소를 가르쳐주었다. 빈민가의 어느 거리였는데, 평소 사람이 북적거리고 시끄러운 시장이 있는 곳이었다. 그녀는 시장의 노점들 사이를 돌아다니며 구두끈이나 실을 찾는 척할 것이다. 그러다 안전하다는 판단이 들면, 그가 다가오는 것을 보고 코를 풀 것이다. 그녀가 코를 풀지 않으면 그는 모르는 척 그대로 지나쳐 걸어가야 했다. 하지만 운이 좋다면 북적거리는 사람들 사이에서 15분 정도 안전하게 이야기를 나누며 다시 만날 약속을 잡을 수도 있을 것이다.

"이젠 가야겠어요." 그가 집으로 돌아가는 길에 대한 지시 사항을 다 외우자마자 그녀가 말했다. "19시 30분까지 돌아가야 하거든요. 청년 반섹스 동맹 활동으로 두 시간 동안 전단이나 뭐 그런 걸 나눠줘야 해요. 진짜 엉터리 같지 않아요? 내 몸 좀 털어주세요. 머리카락에 잔가지가 묻지는 않았어요? 확실해요? 그럼 이제 갈게요. 안녕, 내 사랑!"

그녀는 그의 품에 뛰어들어 거의 폭력적으로 짧게 입을 맞췄다. 그러고는 어린 나무들을 밀치며 거의 소리 없이 숲으로 사라져버렸다. 그는 여전히 그녀의 성도 주소도 몰랐다. 하지만 그렇다고 달라질 것은 없었다. 어차피 두 사람이 실내에서 만나거나 어떤 식으로든 글로 연락을 주고받는 것은 상상도 할 수 없는 일이었다.

그 뒤로 두 사람은 사실 숲속의 그 빈터에 다시 가지 못했다. 그날을 제외하고 5월에 두 사람이 실제로 사랑을 나누는 데 성공한 것은 딱 한 번뿐이었다. 장소는 줄리아가 알고 있는 또 다른 은신처인 어느 성당의 종탑이었다. 30년 전 원자폭탄이 떨어지는 바람에 거의 인적이 끊어진 지역에서 성당 역시 폐허가 되어 있었다. 일단 도착한 뒤에는 좋은 은신처였지만, 거기까지 가는 길이 몹시 위험했다. 그때를 제외하면 두 사람은 매일 저녁 장소를 바꿔가며 길에서만 만났고, 만나는 시간은 단 한 번도 30분을 넘기지 않았다. 거리에서는 대개 그럭저럭 이야기를 나눌 수 있었다. 북적거리는 길에서 딱히 나란히 서지 않은 상태로 결코 서로에게 시선을 주지 않고 걸으면서 두 사람은 등대의 불빛처럼 꺼졌다 켜지기를 반복하는 기묘한 대화를 나눴다. 당의 제복을 입은 사람이 다가오거나 텔레스크린이 가까워지면 갑자기 조용해졌다가 몇 분 뒤 말이 끊겼던 지점부터 다시 대화를 이어나가고, 그러다 미리 정해둔 장소에 도달하면 갑자기 말을 끊고 헤어졌다가 다음 날 이렇다 할 서두도 거의 없이 대화를 이었다. 줄리아는 이런 대화에 상당히 익숙한지, 이것을 '할부 대화'라고 불렀다. 그녀는 또한 입술을 움직이지 않고 말하는 데에도 놀랄 정도로 능숙했다. 거의 한 달 동안 밤마다 만나면서도 두 사람이 어떻게든 키스를 나눈 것은 딱 한 번뿐이었다. 골목길에서 말없이 걷고 있을 때(줄리아는 대로가 아닌 곳에서는 결코 말을 하지 않았다) 귀가 먹먹해질 만큼 큰 굉음이 들려오면서 땅이 들썩거리고 사방이 어두워졌다. 정신을 차리고 보니 윈스턴은 곳곳에 멍이 들고 겁에 질린 채 옆으로 쓰러져 있었다. 아주 가까운 곳에 로켓탄이 떨어졌음이 분명했다. 그때 겨우 몇 센티미터 떨어진 곳에서 죽은 사람처럼, 분필처럼 하얗게 질린 줄리아의 얼굴이 갑자기 눈에 들어왔다. 심지어 입술도 하얀색이었다. 그녀가 죽었다! 그는 그녀를 꼭 끌어안고, 정신없이 입을 맞췄다. 따뜻하게 살아 있는 얼굴에. 하지만 어떤 가루 같은 것이 그의 입술을 방해했다. 두 사람 모두 횟가루가 얼굴에 두껍게 쌓여 있었다.

약속 장소에 도착했으나, 순찰대가 모퉁이를 돌아서 나타나거나 머리 위에 헬리콥터가 떠 있는 바람에 서로 모르는 척 계속 걸어가야 하는 날도 있었다. 설사 지금보다 덜 위험한 상황이었다 해도, 두 사람이 서로 만날 시간을 내기는 쉽지 않았을 것이다. 윈스턴은 일주일에 60시간을 일했고, 줄리아의 근무 시간은 그보다 길었다. 업무 강도에 따라 두 사람의 휴일도 달라졌기 때문에 일치할 때가 많지 않았다. 게다가 줄리아는 저녁에 완전히 한가할 때가 별로 없었다. 그녀는 강연과 시위 참가, 청년 반섹스 동맹의 문헌 배포, 증오주간을 위한 깃발 준비, 저축 캠페인을 위한 모금 등의 활동에 놀라울 정도로 많은 시간을 쏟았다. 그녀는 그럴 만한 가치가 있다고 말했다. 모두 위장을 위한 것이라고. 작은 규칙을 잘 지키면 큰 규칙을 어길 수 있었다. 윈스턴은 그녀의 설득에 넘어가서, 열성적인 당원들이 자발적으로 하는 파트타임 군수공장 노동에 등록해 일주일 중 하루의 저녁 시간을 또 저당잡히기까지 했다. 그래서 윈스턴은 매주 한 번씩 저녁에 망치 소리와 텔레스크린의 음악 소리가 음산하게 뒤섞이고 바람이 숭숭 들어오고 조명이 시원찮은 작업장에서 아마도 폭탄 신관의 일부일 작은 금속 조각들을 조립하며 온몸이 마비될 것처럼 지루한 네 시간을 보냈다.

성당 종탑에서 만났을 때 조각조각 이어지던 대화의 틈새가 모두 메워졌다. 이글거리는 오후였다. 종이 매달린 곳 위쪽의 작은 사각형 방은 덥고 갑갑했으며, 비둘기 똥 냄새가 모든 냄새를 압도했다. 두 사람은 먼지가 쌓이고 잔가지가 흩어진 바닥에 앉아 몇 시간 동안 이야기를 나눴다. 도중에 가끔 둘 중 한 사람이 일어나 좁은 틈새로 밖을 내다보며 누가 다가오지 않는지 확인했다.

줄리아는 스물여섯 살이었다. 서른 명의 여자들과 함께 기숙사에서 살고 있었으며("항상 여자들의 악취가 나요! 여자들은 진짜 싫어요!" 그녀는 곁가지로 이런 말을 덧붙였다), 그가 추측했던 것처럼 픽션국에서 소설작성기를 담당하고 있었다. 그녀는 강력하지만 다루기에 까다로운 전기모터를 정비하고 돌리는 일이 대부분인 자신의 일을 좋아했다. "영리하지는 않았"지만, 손을 놀리는 것을 좋아했기 때문에 기계를 대할 때면 집에 온 것처럼 편안했다. 그녀는 기획위원회가 내려보낸 일반 지령에서부터 가필반의 마지막 손질에 이르기까지 소설이 만들어지는 전 과정을 설명할 수 있었다. 하지만 완성품에는 관심이 없었다. 그녀는 "독서에 별로 취미가 없어요"라고 말했다. 책은 잼이나 구두끈처럼 그냥 반드시 생산되어야 하는 물품일 뿐이었다.

60년대 초 이전에 대해서는 아무 기억이 없고, 그녀가 아는 사람 중에서 혁명 이전 시대의 일을 자주 입에 담은 사람은 그녀가 여덟 살 때 사라진 할아버지뿐이었다. 학교에서는 하키팀 주장을 맡았고, 2년 연속 체조 트로피를 받았다. 스파이단에서는 분대장, 청년동맹에서는 지부 간사를 지내고 청년 반섹스 동맹에 들어갔다. 그녀에 대한 평가는 언제나 아주 좋았다. 심지어 픽션국에서도 프롤레들에게 배포할 싸구려 포르노를 만들어내는 부서인 포르노과에 배치되었다(평판이 좋다는 확실한 표시다). 그녀는 이 과에서 일하는 사람들이 그곳을 '쓰레기집'이라는 별명으로 부른다고 말해주었다. 그녀는 그곳에서 1년 동안 일하면서 쉽게 열어볼 수 없게 단단히 포장된 작은 책 제작에 참여했다. 프롤레타리아 청년들은 뭔가 불법적인 물건을 사는 줄 알고,《신나는 이야기》나《여학교의 하룻밤》 같은 제목이 붙은 이 책들을 은밀히 구입했다.

"어떤 책이었어?" 윈스턴이 궁금하다는 듯이 물었다.

"아, 불쾌한 쓰레기예요. 정말로 지루하고요. 겨우 여섯 개밖에 안 되는 플롯을 돌려가며 써요. 물론 내가 맡은 건 만화경뿐이었어요. 가필반에서는 일한 적이 없어요. 문학적인 재능이 없거든요. 심지어 그런 일도 못할 정도로."

그는 포르노과의 과장만 빼고 모든 직원이 여성이라는 말을 듣고 깜짝 놀랐다. 남자가 여자에 비해 성적 본능을 잘 통제하지 못하기 때문에 그 과에서 다루는 쓰레기로 인해 타락할 위험이 더 크다는 이유로 그렇게 되었다고 했다.

"심지어 결혼한 여자들도 거기에 배치하지 않으려고 해요." 줄리아가 말했다. "아가씨들은 항상 순결한 줄 알고 그러는 거죠. 어쨌든 여기 안 그런 아가씨가 하나 있는데 말이에요."

그녀가 처음으로 누군가를 사귄 것은 열여섯 살 때였다. 상대는 예순 살의 당원이었는데, 나중에 체포를 피하려고 자살해버렸다. "잘한 일이죠." 줄리아가 말했다. "안 그랬으면 그 사람이 자백할 때 내 이름도 꺼냈을 거예요." 그 이후로 그녀는 다양한 사람을 사귀었다. 그녀가 생각하는 인생은 아주 단순했다. 사람들은 즐거움을 원하지만 '그들,' 즉 당은 즐거움을 막으려 하니, 최선을 다해 규칙을 깨뜨려야 한다는 것. 그녀는 '그들'이 사람들에게서 즐거움을 빼앗으려 하는 것이 사람들이 체포를 피하고 싶어 하는 것만큼이나 자연스러운 일이라고 생각하는 듯했다. 그녀는 당을 증오했다. 가장 투박한 말투로 증오심을 드러내기도 했다. 하지만 당을 개략적으로 비판한 적은 없었다. 자신의 삶과 직결된 부분이 아니라면, 그녀는 당의 정책에 관심이 없었다. 그는 그녀가 일상생활에 완전히 스며든 단어들을 제외하면, 신어 단어를 전혀 사용하지 않는다는 사실을 눈치챘다. 그녀는 형제단에 대해서도 들어본 적이 없고, 그런 단체가 실제로 존재할 가능성을 믿지 않으려 했다. 종류를 막론하고 당에 조직적으로 항거하는 움직임은 실패할 수밖에 없으므로, 그녀가 보기에는 어리석은 짓이었다. 규칙을 깨뜨리면서도 계속 목숨을 부지하는 편이 영리했다. 그는 젊은 세대 중에 그녀와 같은 사람이 과연 몇 명이나 될지 막연히 궁금해졌다. 혁명 이후의 세상에서 자라 다른 세상을 전혀 모르는 그들은 당을 하늘처럼 결코 변하지 않는 것으로 받아들이고, 그 권위에 반항할 생각을 하지 못한 채 개를 피하는 토끼처럼 단순히 피하려고만 했다.

두 사람은 결혼의 가능성을 입에 담지 않았다. 결혼은 생각할 가치도 없을 만큼 요원한 일이었다. 윈스턴이 아내인 캐서린을 어떻게든 떼어낼 수 있다 하더라도, 이런 결혼을 승인해주는 위원회가 있을 거라고는 상상할 수 없었다. 심지어 백일몽 속에서도 가망이 없는 일이었다.

"어떤 사람이었어요, 당신 아내는?" 줄리아가 말했다.

"그 여자는…… 신어로 '사상좋다'라는 단어 알아? 나쁜 생각을 할 수 없는, 타고난 정통파라는 뜻인데."

"난모르는단어예요. 하지만그런사람은알아요. 아주잘."

윈스턴은 결혼 생활에 대해 이야기하기 시작했지만, 묘하게도 그녀가 이야기의 중요한 부분들을 이미 알고 있는 것 같았다. 그가 손을 대자마자 캐서린의 몸이 딱딱하게 굳던 것, 양팔로 그를 꽉 끌어안고 있으면서도 온 힘을 다해 그를 밀어내는 것처럼 보이던 모습을 그녀는 마치 직접 보거나 느낀 사람처럼 그에게 설명했다. 줄리아 앞에서는 그런 이야기를 입에 담는 데 아무런 어려움이 없었다. 게다가 캐서린 때문에 고통스럽던 시절은 이미 오래전에 지나갔고, 캐서린은 이제 단순히 싫은 기억으로만 남아 있을 뿐이었다.

"딱 한 가지만 아니면 그런 걸 다 참을 수도 있었을 거야." 그는 캐서린이 매주 같은 요일 밤 그에게 그 냉랭한 행위를 강요했다고 말해주었다. "그걸 싫어하면서도 한사코 고집을 피웠지. 그 여자가 그걸 뭐라고 불렀냐면…… 아마 너는 절대 짐작할 수 없을걸."

"당에 대한 우리의 의무." 줄리아가 곧바로 말했다.

"그걸 어떻게 알아?"

"나도 학교에 다녔으니까요. 열여섯 살이 넘으면 한 달에 한 번씩 섹스에 대해 이야기해요. 청년 운동에서도 마찬가지고. 몇 년에 걸쳐서 그걸 머릿속에 주입하는 거죠. 아마 많은 사람이 그 영향을 받고 있을걸요. 하지만 물론 진짜인지는 알 수 없어요. 사람들이 워낙 위선적이니까."

그녀는 그 주제에서 점점 넓게 뻗어나가기 시작했다. 줄리아와 이야기하다 보면, 모든 이야기가 그녀 자신의 성性으로 귀결되었다. 어떤 식으로든 그 주제가 나오기만 하면, 그녀는 대단한 혜안을 발휘했다. 윈스턴과 달리 그녀는 당의 성적인 순결주의에 담긴 의미를 파악하고 있었다. 성적인 본능이 당의 통제를 벗어난 자기만의 세상을 만들기 때문에 할 수만 있다면 그것을 파괴해버리자는 의미만 있는 것이 아니었다. 성적인 결핍이 히스테리를 야기한다는 점이 더 중요했다. 그리고 히스테리는 전쟁의 열기와 지도자 숭배로 변환될 수 있다는 점에서 바람직했다. 그녀는 이것을 다음과 같이 설명했다.

"사랑을 나눌 때 사람들은 에너지를 소진해요. 그리고 그게 끝나고 나면 행복한 마음에 그 어떤 일에도 신경을 쓰지 않죠. 그들은 사람들이 그런 감정을 느끼는 걸 참지 못해요. 사람들이 항상 에너지 때문에 터질 듯한 상태여야 한다는 게 그들의 바람이거든요. 그 모든 행진과 환호와 깃발 흔들기는 그저 변질된 섹스일 뿐이에요. 내면이 행복한 사람이라면 빅 브라더와 3개년 계획과 2분 증오 같은 망할 쓰레기에 왜 흥분하겠어요?"

윈스턴은 정말 맞는 말이라고 생각했다. 정결함과 당의 정치적 정통 사이에는 직접적이고 밀접한 연관성이 있었다. 강렬한 본능을 꾹꾹 눌러두었다가 추진력으로 사용하는 방법이 아니라면, 당이 당원들에게 원하는 두려움, 증오, 광신이 어떻게 항상 딱 알맞은 수준으로 유지될 수 있겠는가? 성적인 충동은 당에 위험한 것이지만, 당은 이 충동을 이용했다. 양육 본능에 대해서도 그들은 비슷한 술수를 사용했다. 가족을 아예 없애버릴 수는 없었다. 아니, 오히려 당은 사람들에게 거의 옛날처럼 자식을 사랑하라고 부추겼다. 하지만 아이들에게는 부모를 등지게 만드는 체계적인 교육을 시키며, 부모를 염탐해서 일탈 행위를 신고하라고 가르쳤다. 그렇게 가족은 사실상 사상경찰의 일부가 되었다. 모든 사람을 밤이나 낮이나 아주 친밀한 관계인 밀고자로 에워쌀 수 있는 장치였다.

그는 갑자기 캐서린을 다시 떠올렸다. 캐서린은 너무 멍청해서 그의 생각이 당론에 어긋난다는 사실을 알아차리지 못했지만, 만약 알아차렸다면 무조건 그를 사상경찰에 신고했을 것이다. 지금 이 순간 그녀를 그의 머릿속으로 불러낸 것은 숨이 막힐 것 같은 오후의 더위였다. 더워서 이마에 땀이 맺힌 채로, 그는 11년 전 지금처럼 무더웠던 어느 여름날 오후에 일어났던, 아니 일어나지 못했던 일에 대해 줄리아에게 이야기하기 시작했다.

결혼한 지 서너 달쯤 지났을 때였다. 윈스턴과 캐서린은 켄트 어딘가로 단체 행군을 나갔다가 길을 잃었다. 행렬에서 2분쯤 뒤처졌을 뿐인데 길을 잘못 드는 바람에 오래된 석회석 채석장이 나오자 우뚝 걸음을 멈췄다. 10~20미터 높이의 절벽 아래에 바위들이 보였다. 사람이 전혀 없어서 길을 물어볼 수도 없었다. 캐서린은 길을 잃었다는 사실을 깨닫자마자 몹시 불안해했다. 시끄럽게 떠들어대는 행렬에서 잠시라도 떨어졌다는 사실이 그녀에게는 무슨 범죄라도 되는 것 같았다. 그녀는 온 길을 서둘러 되돌아가며 다른 방향을 찾아보자고 말했다. 하지만 그때 발아래 절벽의 바위 틈 사이에서 작게 무리를 지어 자라는 부처꽃이 윈스턴의 눈에 띄었다. 그중 한 무리는 한 뿌리에서 자라난 것 같은데도 빨간색과 적갈색, 두 가지 색을 띠고 있었다. 그런 꽃을 처음 보았기 때문에 윈스턴은 캐서린에게 와서 보라고 소리쳤다.

"이것 좀 봐, 캐서린! 저 꽃을 보라고. 저기 바닥 근처 수풀. 색이 두 개인 거 보여?"

캐서린은 이미 자리를 뜨려고 방향을 돌린 뒤였지만, 조금 초조한 얼굴로 잠시 그의 곁으로 다가왔다. 심지어 절벽 너머로 몸을 기울여 그가 가리키는 곳을 보기까지 했다. 그는 그녀보다 조금 뒤에 서서 그녀가 떨어지지 않게 허리를 잡아주고 있었다. 그때 이곳에 다른 사람이 전혀 없다는 생각이 문득 들었다. 어디에도 사람은 한 명도 보이지 않았다. 이파리가 바스락거리지도 않고, 깨어 있는 새도 한 마리 없는 것 같았다. 이런 곳에 마이크가 숨겨져 있을 위험은 아주 낮았다. 설사 마이크가 있다 해도 거기에 잡히는 것은 소리뿐이었다. 오후 중에서도 가장 덥고 가장 졸린 시간이었다. 하늘에서는 해가 이글거리고, 그의 얼굴에서는 땀이 흘러내렸다. 그때 떠오른 생각은……

"그 여자를 그냥 밀어버리지 그랬어요." 줄리아가 말했다. "나라면 그랬을 텐데."

"맞아, 너라면 그랬겠지. 나도 그랬을 거야. 그때의 내가 지금의 나와 같았다면. 아니면 혹시…… 나도 잘 모르겠네."

"그래서 후회해요?"

"응. 후회하는 편이지."

두 사람은 먼지 쌓인 바닥에 나란히 앉아 있었다. 그는 그녀를 가까이 끌어당겼다. 그녀가 그의 어깨에 머리를 기대자, 그녀의 머리카락에서 나는 기분 좋은 냄새가 비둘기 똥 냄새를 눌렀다. 그는 속으로 생각했다. 줄리아는 정말 젊어. 아직도 인생에 기대를 갖고 있지. 내게 불편한 사람을 절벽 너머로 밀어버려도 해결되는 건 하나도 없다는 걸 몰라.

"사실 그래 봤자 달라지는 건 없었을 거야." 그가 말했다.

"그럼 왜 후회하는 건데요?"

"순전히 내가 부정적인 것보다는 긍정적인 걸 좋아하니까. 지금 이 게임에서 우리는 이길 수 없어. 그저, 패배를 하더라도 더 나은 패배가 있을 뿐이야."

그녀의 어깨가 동의할 수 없다는 듯이 꿈틀거리는 것이 느껴졌다. 그가 이런 말을 할 때면 그녀는 항상 반대했다. 개인이 항상 패배한다는 말을 자연의 법칙으로 받아들이지 않으려 했다. 어떤 의미에서 그녀는 자신의 운명 또한 암울하다는 사실을 알고 있었다. 조만간 사상경찰이 그녀를 잡아 죽일 것이다. 하지만 마음 한구석에는 마음대로 살 수 있는 비밀의 세계를 어떻게든 구축할 수 있을 것이라는 믿음이 있었다. 필요한 것은 행운과 잔꾀와 대담함뿐이었다. 그녀는 세상에 행복이라는 것은 존재하지 않는다는 사실, 유일한 승리는 우리가 죽은 뒤로도 한참 지난 먼 미래에 있다는 사실, 당을 향해 전쟁을 선포하는 순간부터 자신을 그냥 시체로 생각하는 편이 낫다는 사실을 이해하지 못했다.

"우린 죽었어." 그가 말했다.

"아직 안 죽었어요." 줄리아가 단조롭게 말했다.

"몸은 안 죽었지. 6개월, 1년…… 아마 5년까지도. 난 죽음이 무서워. 넌 젊으니까 나보다 더 무서울 것 같은데. 물론 우리는 죽음을 가능한 한 뒤로 미루려 하겠지. 하지만 그래봤자 달라질 건 거의 없어. 인간이 인간인 한, 생과 사는 같은 거야."

"아유, 헛소리! 당신은 누구랑 자고 싶어요? 나예요, 해골이에요? 살아 있는 게 즐겁지 않아요? 느낌이 있다는 게 좋지 않아요? 이건 나다, 이건 내 손이다, 이건 내 다리다, 나는 진짜다, 분명히 존재한다, 살아 있다! 이런 거 좋지 않아요?"

줄리아는 몸을 비틀어 그에게 가슴을 밀어붙였다. 그녀의 작업복 너머로 성숙하고 단단한 젖가슴이 느껴졌다. 그녀의 몸이 그의 몸속으로 자신의 젊음과 활기를 일부 쏟아붓고 있는 것 같았다.

"그래, 좋아하지." 그가 말했다.

"그럼 죽는다는 얘기는 그만해요. 그리고 잘 들어요. 다음에 어디서 어떻게 만날지 결정해야 돼요. 숲속의 그곳으로 다시 가도 괜찮을 거예요. 시간이 제법 흘렀으니까. 하지만 이번에는 다른 경로로 가야 돼요. 내가 계획을 전부 짜놨어요. 당신은 기차를 타고…… 아니지, 내가 약도를 그려줄게요."

줄리아는 실용적인 사람답게 바닥의 먼지를 작은 사각형 모양으로 모은 뒤, 비둘기 둥지에서 가져온 잔가지로 거기에 약도를 그리기 시작했다.

4

윈스턴은 채링턴 씨의 가게 위층에 있는 허름하고 작은 방을 둘러보았다. 창가의 거대한 침대에는 누덕누덕한 담요와 덮개를 씌우지 않은 덧베개가 깔끔하게 정리되어 있었다. 12까지 숫자가 적혀 있는 구식 시계가 벽난로 위에서 째깍거렸다. 어두운 구석의 접이식 탁자 위에서는 그가 지난번에 왔을 때 구입한 유리 문진이 부드럽게 빛나고 있었다.

벽난로의 울타리 안에는 낡아빠진 양철 석유스토브, 소스 냄비, 잔 두 개가 있었다. 채링턴 씨가 제공해준 물건이었다. 윈스턴은 스토브에 불을 붙인 뒤 냄비에 물을 담아 그 위에 올렸다. 그의 수중에는 빅토리 커피가 가득 담긴 봉투와 사카린 알약 몇 개가 있었다. 시곗바늘이 7시 20분을 가리켰다. 다시 말해, 19시 20분이었다. 그녀가 오기로 한 시각은 19시 30분이었다.

어리석다, 어리석어. 그의 가슴이 계속 이렇게 말했다. 멀쩡한 정신으로 쓸데없이 이런 자살행위를 저지르다니! 당원이 저지를 수 있는 모든 범죄 중에서 이것은 숨기기가 가장 어려웠다. 사실 그가 처음 이 아이디어를 떠올렸을 때 본 것은 접이식 탁자 상판에 유리 문진이 거울처럼 비치는 상상이었다. 채링턴 씨는 예상대로 이 방을 쉽게 빌려주었다. 그 대가로 받을 몇 달러의 돈이 확실히 반가운 모양이었다. 윈스턴이 연애를 위해 이 방을 빌린다는 점을 분명히 밝혔을 때도 채링턴 씨는 충격을 받거나 기분 나쁠 정도로 능글맞은 태도를 보이지 않았다. 그는 그리 멀지 않은 허공을 바라보며 일반적인 이야기만 했다. 그 태도가 하도 조심스러워서 마치 그가 얼마쯤 투명인간이 된 것 같았다. 그는 사생활이 아주 가치 있는 것이라고 말했다. 누구나 가끔 혼자 있을 수 있는 곳을 원한다고. 그러다 그런 장소가 정말로 생겼을 때, 그 장소에 대해 아는 사람들은 모두 입을 다물어주는 것이 일반적인 예의였다. 그는 거의 사라져버릴 것 같은 모습으로, 이 집의 출입구가 두 곳이며 그중 한 곳은 뒤뜰을 통해 골목으로 이어진다는 말까지 해주었다.

창밖에서 누군가가 노래를 부르고 있었다. 윈스턴은 모슬린 커튼 뒤에 안전하게 숨어서 밖을 내다보았다. 6월의 해가 아직 하늘에 높이 떠 있고, 그 햇빛을 듬뿍 받은 뜰에서 노르만식 건물의 기둥처럼 튼튼하고 괴물처럼 큰 덩치에 앞치마를 맨 여자가 빨래통과 빨랫줄 사이를 뚜벅뚜벅 오가며 억세고 빨간 팔로 하얀 사각형 물건들을 널고 있었다. 윈스턴은 그것이 아기 기저귀임을 알아보았다. 여자는 입에 빨래집게를 물고 있다가 빼낸 짧은 순간에 매번 힘찬 저음으로 노래를 불렀다.

그건 허망한 꿈이었을 뿐,
4월 하루마냥 지났어,
그래도 눈빛, 말, 꿈으로 마음을 흔들고
훔쳐가버렸어!

몇 주 전부터 계속 런던 거리에 출몰하던 곡조였다. 음악국의 한 부서에서 프롤레들을 위해 비슷비슷하게 내놓는 수많은 노래 중 하나로, 가사는 인간의 개입이 전혀 없이 작시기라는 기계가 만든 것이었다. 하지만 여자의 노래 솜씨가 워낙 좋아서 끔찍한 쓰레기 같은 노래가 거의 기분 좋게 들릴 정도였다. 여자의 노랫소리와 함께 그녀의 신발이 포석을 긁는 소리, 거리에서 아이들이 외치는 소리, 어디 멀리서 희미하게 들려오는 자동차 소리가 들렸다. 그런데도 이 방은 텔레스크린의 부재 덕분에 묘하게 고요했다.

어리석다, 어리석어, 어리석어! 또 이런 생각이 들었다. 몇 주 이상 이곳을 자주 드나든다면 반드시 들킬 터였다. 그러나 자기들만의 은신처, 가까운 곳에 있는 실내 공간을 갖고 싶다는 유혹이 너무 커서 두 사람은 참을 수 없었다. 성당 종탑에서 만난 뒤 한동안 두 사람은 약속을 잡을 수 없었다. 증오주간을 앞두고 근무 시간이 급격히 늘어난 탓이었다. 아직 한 달이 넘게 남았는데도, 증오주간 준비가 워낙 엄청나고 복잡한 일이라서 모두들 추가 근무를 하고 있었다. 그러다 비로소 두 사람은 같은 날 오후에 간신히 시간을 비울 수 있었다. 이미 숲속의 빈터에서 만나기로 약속을 해두었으므로, 그 전날 저녁에 두 사람은 거리에서 잠깐 만났다. 북적이는 사람들 사이에 섞여 서로를 향해 다가가는 동안 윈스턴은 여느 때처럼 줄리아에게 거의 시선을 주지 않았다. 하지만 아주 짧게 시선을 던졌을 때, 그녀가 평소보다 더 창백해 보이는 것 같았다.

"다 틀렸어요." 말해도 안전할 것 같은 순간이 오자마자 줄리아가 이렇게 말했다. "내일 말이에요."

"뭐?"

"내일 오후. 난 못 가요."

"왜?"

"뭐, 흔한 이유죠. 이번엔 그게 일찍 시작됐어요."

순간적으로 그는 격렬한 분노를 느꼈다. 그녀를 알게 된 지난 한 달 동안 그녀를 향한 욕망의 성격이 달라졌다. 처음에는 진정한 관능이 별로 없었다. 두 사람의 첫 정사는 단순히 의지의 발로였다. 하지만 두 번째 이후부터는 달랐다. 그녀의 머리카락 냄새, 입에서 느껴지는 맛, 피부를 만질 때의 느낌이 그의 마음속으로, 아니 그를 둘러싼 공기 속으로 들어온 것 같았다. 그녀는 이제 그에게 육체적으로 반드시 필요한 존재였다. 그가 원할 뿐만 아니라, 자신에게 권리가 있다고 느껴지는 존재. 그녀가 약속을 지킬 수 없다고 말했을 때, 그는 그녀에게 속은 기분이었다. 하지만 바로 그 순간 사람들이 갑자기 몰리면서 두 사람이 가까이 밀착되고 손이 우연히 맞닿았다. 그녀가 그의 손끝을 짧게 꼭 쥐는 것이 그에게는 욕망이 아니라 애정을 구하는 행동처럼 보였다. 한 여자와 살다 보면 몇 번이나 반복되는 이런 식의 실망감이 일상일 것이라는 생각이 문득 들었다. 그리고 그가 그녀에게 한 번도 느껴보지 못한 깊은 애정이 갑자기 그를 사로잡았다. 그녀와 자신이 결혼한 지 10년쯤 된 부부라면 좋을 텐데. 지금처럼 그녀와 함께 거리를 걸으면서도 들킬까 봐 두려워하지 않고 시시한 이야기를 나누거나 집에서 쓸 잡동사니를 살 수 있다면 좋을 텐데. 그가 무엇보다도 바라는 것은 만날 때마다 사랑을 나눠야 한다는 의무감 없이 단둘이 시간을 보낼 수 있는 장소였다. 하지만 채링턴 씨의 방을 빌려야겠다는 생각이 든 것은 바로 그 순간이 아니라 그다음 날이었다. 줄리아는 그의 제안을 듣고 뜻밖에도 쉽사리 동의했다. 두 사람 모두 그것이 미친 짓임을 알고 있었다. 그건 두 사람이 의도적으로 무덤을 향해 다가가는 듯한 행동이었다. 윈스턴은 침대에 걸터앉아 그녀를 기다리면서, 사랑부의 지하실을 다시 생각했다. 운명처럼 예정된 공포가 사람의 의식 속을 드나드는 것이 신기했다. 100 앞에 99가 오듯이, 죽음에 앞선 그 공포가 분명히 미래 어딘가에 고정되어 있었다. 그것을 피할 수는 없지만, 아마 미룰 수는 있을 것이다. 하지만 가끔 사람은 의지가 깃든 의식적인 행동으로 그때를 오히려 앞당기는 편을 택한다.

그때 계단을 빠르게 올라오는 발소리가 들리더니 줄리아가 방으로 불쑥 들어왔다. 거친 갈색 캔버스 천으로 된 공구 가방을 들고 있었다. 그녀가 청사에서 그 가방을 들고 오가는 것을 그가 몇 번 본 적이 있었다. 그는 그녀에게 다가가 포옹했지만, 그녀는 다소 급하게 그를 밀어냈다. 아직 가방을 들고 있다는 것도 이유 중 하나였다.

"잠깐만요." 그녀가 말했다. "내가 뭘 갖고 왔는지 먼저 보여줄게요. 그 지독한 빅토리 커피를 가져왔어요? 그럴 줄 알았어요. 하지만 이젠 필요하지 않을 테니 어디다 치워버려요. 이걸 좀 봐요."

그녀는 바닥에 무릎을 대고 앉아서 가방을 휙 열어, 맨 위를 차지하고 있던 스패너 몇 개와 드라이버를 내던졌다. 그러자 깔끔한 종이 봉지 여러 개가 모습을 드러냈다. 그녀가 가장 먼저 윈스턴에게 건넨 봉지는 낯설면서도 막연히 친숙한 느낌이 들었다. 그 안을 가득 채운 묵직한 모래 같은 물건은 손으로 누를 때마다 쉽게 푹푹 들어갔다.

"이거 설탕 아냐?" 그가 말했다.

"진짜 설탕이에요. 사카린 아니고 설탕. 여기 이건 빵이고요, 우리가 먹는 그 망할 물건 말고 진짜 흰 빵, 그리고 이건 잼이고, 이건 깡통 우유…… 봐요! 내가 진짜 자랑하고 싶은 건 이거예요. 일부러 마대 조각으로 쌌다고요. 그래야……"

하지만 그 이유를 그녀에게서 굳이 들을 필요가 없었다. 그 냄새가 이미 방 안에 가득했다. 아주 어린 시절의 기억에서 뿜어져 나오는 듯한 풍부하고 뜨거운 향기. 지금도 가끔 복도에서 어느 방 문이 쾅 닫히기 전에 훅 흘러나온다든가, 북적거리는 거리에서 한순간 코를 킁킁거리게 만들지만 신기하게 금방 허공으로 흩어져버리는 식으로 만날 수 있는 냄새이기도 했다.

"커피네." 그가 중얼거리듯이 말했다. "진짜 커피."

"내부당 커피예요. 무려 1킬로그램이나 돼요."

"이런 물건들을 다 어떻게 구했어?"

"전부 내부당 물건이에요. 거기 돼지 새끼들한테는 없는 물건이 없어요. 물론 웨이터나 하인이나 이런저런 사람들이 물건들을 슬쩍하죠…… 봐요, 차도 한 봉지 가져왔어요."

윈스턴은 그녀 옆에 쪼그리고 앉은 자세로 차 포장지의 한 귀퉁이를 찢어 열었다.

"진짜 차네. 블랙베리 이파리가 아냐."

"최근에 차가 아주 많이 들어왔어요. 인도인지 뭔지를 손에 넣었거든요." 줄리아가 모호하게 말했다. "그것보다도, 있잖아요, 3분만 나한테 등 돌리고 있을래요? 저기 침대 반대편에 가서 앉아 있어요. 창가에 너무 가까이 가지는 말고요. 내가 됐다고 할 때까지 돌아보면 안 돼요."

윈스턴은 모슬린 커튼을 통해 창밖을 멍하니 바라보았다. 마당에서는 팔이 벌겋게 익은 아까 그 여자가 여전히 빨래통과 빨랫줄 사이를 씩씩하게 오가고 있었다. 그녀는 입에 물고 있던 빨래집게 두 개를 빼낸 뒤, 진한 감정을 담아 노래를 불렀다.

세월이 약이라는데,
뭐든 잊을 수 있다는데,
세월 저편의 미소와 눈물에
지금도 가슴이 아파!

그녀는 이 어린애 헛소리 같은 노래를 완전히 외우고 있는 것 같았다. 그녀의 목소리가 향기로운 여름 공기를 타고 2층으로 올라왔다. 행복한 우울이라고 할 만한 것이 가득한, 아주 음악적인 소리였다. 6월 저녁이 한없이 이어지고 빨래거리도 영원히 끊이지 않아 한 1천 년쯤 계속 그 자리에 머물며 기저귀를 널고 쓰레기 같은 노래를 부를 수 있다면 그녀는 더할 나위 없이 만족할 것 같았다. 당원이 자발적으로 혼자 노래 부르는 소리를 들어본 적이 없다는 사실이 문득 생각나서 그는 기분이 묘해졌다. 당원이 이렇게 노래를 부른다면 혼잣말을 할 때와 마찬가지로 조금 정통에서 어긋난 행동, 위험한 기행으로 보일 것이다. 혹시 사람들은 굶어 죽기 직전이 되어서야 노래할 기분이 생기는 건가.

"이제 돌아봐도 돼요." 줄리아가 말했다.

그는 고개를 돌렸다. 그리고 1초 동안 거의 그녀를 알아보지 못했다. 사실 그가 기대한 것은 그녀의 알몸이었다. 하지만 그녀는 알몸이 아니었다. 그녀의 변신은 그보다 훨씬 더 놀라웠다. 얼굴에 화장을 했으니까.

프롤레타리아 구역의 가게에 들러 완전하게 갖춰진 화장품 세트를 사온 모양이었다. 입술은 진한 빨간색을 띠었고, 뺨도 불그스름했으며, 코에는 분이 발라져 있었다. 심지어 눈 밑에도 뭔가를 발라서 눈이 더 밝아 보였다. 화장 솜씨가 아주 뛰어나지는 않았지만, 어차피 이런 문제에서는 윈스턴의 눈도 그리 높지 않았다. 당에 속한 여자가 얼굴에 화장품을 바른 모습은 지금까지 본 적도 없고 상상한 적도 없었다. 그녀의 외모 변화는 놀라웠다. 알맞은 곳에 색을 조금 찍어 발랐을 뿐인데 훨씬 더 예뻐졌을 뿐만 아니라, 특히 훨씬 더 여성적으로 보였다. 짧은 머리와 남자 같은 작업복은 그 효과를 더 강조해줄 뿐이었다. 그녀를 품에 안자, 인공 제비꽃 향기가 콧속으로 밀려들어왔다. 어스름한 지하층 부엌과 여자의 동굴 같은 입이 생각났다. 그때 그 여자도 바로 이 향수를 썼다. 하지만 지금 그런 것은 별로 중요하지 않은 것 같았다.

"향수도!" 그가 말했다.

"맞아요. 향수도 뿌렸어요. 이제 내가 뭘 할 건지 알아요? 어딘가에서 진짜 여성복을 구해서 이 망할 바지 대신 입을 거예요. 비단 스타킹에 하이힐도 신을 거예요! 이 방에서 나는 당원 동무가 아니라 여자가 될 거예요."

두 사람은 옷을 벗어던지고 거대한 마호가니 침대로 올

라갔다. 그가 그녀 앞에서 스스로 알몸이 된 것은 이번이 처음이었다. 지금까지는 핏기 없고 빈약한 데다가 종아리에 정맥류궤양이 도드라지고 발목 일부가 변색된 몸이 너무 부끄러웠다. 침대보는 없었지만, 두 사람이 깔고 누워 있는 해진 담요가 부드러웠다. 커다란 침대의 스프링에서 느껴지는 탄력에 두 사람은 깜짝 놀랐다. "틀림없이 여기에 벌레가 우글거리겠지만, 그게 무슨 상관이에요?" 줄리아가 말했다. 요즘은 프롤레의 집이 아니면 더블 침대를 전혀 볼 수 없었다. 윈스턴은 어렸을 때 가끔 더블 침대에서 잔 적이 있지만, 줄리아는 적어도 그녀 자신이 기억하는 한 그런 침대를 사용한 적이 없었다.

이윽고 두 사람은 잠시 잠에 빠졌다. 윈스턴이 눈을 떴을 때 시곗바늘은 9자에 거의 다가가 있었다. 줄리아가 그의 팔을 베고 잠들어 있었기 때문에 그는 몸을 움직이지 않았다. 그녀의 화장은 대부분 그의 얼굴이나 덧베개로 자리를 옮긴 상태였지만, 연한 볼연지 자국이 광대뼈의 아름다움을 여전히 강조하고 있었다. 지는 해의 노란빛이 침대 발치로 떨어지면서 벽난로를 환히 비췄다. 소스 냄비 안의 물이 부글부글 끓고 있었다. 마당에서는 여자의 노랫소리가 들리지 않았지만, 거리에서는 아이들이 외치는 소리가 희미하게 들려왔다. 윈스턴은 사라진 과거에는 더위가 식은 여름날 저녁에 남자와 여자가 옷을 전혀 입지 않은 채 마음이 내킬 때 사랑을 나누고, 무엇이든 하고 싶은 이야기를 나누고, 일어나야 한다는 압박감 없이 가만히 누워 밖에서 들려오는 평화로운 소리에 귀를 기울이는 것이 평범한 일이었는지 어렴풋이 궁금해졌다. 이런 일이 평범해 보이던 시절은 틀림없이 결코 존재하지 않았을 것이다. 줄리아가 깨어나서 눈을 비비더니 팔꿈치로 몸을 지탱하며 석유스토브를 바라보았다.

"물이 절반은 졸아버렸네요." 그녀가 말했다. "내가 금방 일어나서 커피를 만들게요. 아직 한 시간 남았으니까. 당신 아파트에서는 언제 불이 꺼져요?"

"23시 30분."

"기숙사에서는 23시예요. 하지만 그보다 먼저 들어가 있어야 해요. 왜냐면…… 얘! 저리 꺼져, 이 더러운 자식아!"

그녀는 갑자기 몸을 비틀어 바닥에 떨어진 신발 한 짝을 들고는 남자처럼 팔을 세게 휘둘러 구석으로 던졌다. 지난번 오전의 2분 증오 때 골드스틴을 향해 사전을 던지던 모습 그대로였다.

"왜 그래?" 그가 놀라서 말했다.

"쥐예요. 저기 몰딩에서 더러운 코를 내밀잖아요. 저 아래에 쥐구멍이 있는 모양이에요. 어쨌든 나 때문에 아주 겁을 먹었을 거예요."

"쥐라니!" 윈스턴이 중얼거렸다. "이 방에!"

"쥐가 없는 데가 없어요." 줄리아는 다시 누우면서 무심하게 말했다. "기숙사에서는 부엌에도 나타나는걸요. 런던 일부 지역에는 쥐가 아주 우글거려요. 쥐 떼가 아이들을 공격하는 거 알아요? 정말이에요. 어떤 동네에서는 엄마가 아기를 2분 정도도 감히 혼자 놔둘 수 없어요. 그런 짓을 저지르는 건 커다란 갈색 쥐들인데, 진짜 고약한 건 그 짐승들이 항상……"

"**그만해**!" 윈스턴은 눈을 질끈 감았다.

"세상에! 얼굴이 하얗게 질렸잖아요. 왜 그래요? 쥐 때문에 속이 메스꺼워요?"

"세상의 끔찍한 것들 중에서도 하필…… 쥐라니!"

그녀는 그에게 몸을 바싹 붙이고 팔을 둘렀다. 자기 몸의 체온으로 그를 안심시키려는 것 같았다. 그는 금방 눈을 뜨지 못했다. 평생 동안 가끔 그를 찾아오던 악몽 속에 다시 빠져든 것 같은 기분이었다. 꿈은 항상 똑같았다. 그가 어두운 벽 앞에 서 있는데, 벽 뒤편에 차마 마주할 수 없을 만큼 무섭고 견딜 수 없는 것이 있었다. 꿈에서 그가 느끼는 가장 깊은 감정은 항상 자기기만이었다. 그 어둠의 벽 뒤에 무엇이 있는지 사실 그는 알기 때문이었다. 뇌에서 한 조각을 억지로 떼어내듯이 엄청난 노력을 기울인다면, 그것을 밝은 데로 끌어낼 수도 있을 것이다. 그는 항상 그것이 무엇인지 알아내지 못하고 눈을 떴지만, 자신이 말을 막았을 때 줄리아가 하고 있던 이야기와 관련된 것 같았다.

"미안." 그가 말했다. "아무것도 아냐. 내가 쥐를 싫어해서 그래. 그뿐이야."

"걱정 마요. 여기에 그 더러운 짐승이 못 오게 할 테니까.

내가 여기서 나가기 전에 마대 조각으로 구멍을 막을게요. 다음에 올 때는 회반죽을 가져와서 아예 막아버리죠, 뭐."

시커멓게 공포에 질렸던 순간은 이미 반쯤 잊혔다. 윈스턴은 조금 쑥스러워하면서 일어나 앉아 침대 머리판에 등을 기댔다. 줄리아는 침대에서 일어나 작업복을 입고 커피를 끓였다. 소스 냄비에서 올라오는 향기가 워낙 강렬하고 짜릿해서 두 사람은 다른 사람들이 알아차리고 궁금해하지 않게 창문을 닫았다. 커피 맛보다 더 좋은 것은 설탕이 들어가면서 생겨난 매끄러운 질감이었다. 윈스턴은 오랫동안 사카린을 먹으면서 그 느낌을 거의 잊어버리고 있었다. 줄리아는 한 손을 주머니에 넣고 다른 손에는 잼을 바른 빵 한 조각을 든 모습으로 방 안을 이리저리 돌아다니며 무심하게 책꽂이를 바라보고, 접이식 탁자를 수리하는 최고의 방법을 지적하고, 낡아빠진 안락의자가 편안한지 시험한다며 스스로 털썩 앉아보고, 숫자가 12까지만 있는 웃기는 시계를 재미있으니까 봐준다는 듯한 표정으로 살펴보았다. 그녀는 유리 문진을 침대로 가져와 밝은 빛 속에서 들여다보았다. 그는 언제나 그랬듯이, 부드러운 빗방울 같은 유리의 모양에 홀려서 그녀의 손에서 그것을 가져왔다.

"이게 무슨 물건일까요?" 줄리아가 말했다.

"딱히 어떤 물건일 것 같지는 않아…… 내 말은, 무슨 목적으로든 사용된 적이 없었을 거야. 나는 그 점이 마음에 드는 거고. 그들이 깜박 잊고 바꿔놓지 않은 과거의 조각이지.

이건 100년 전의 메시지야. 우리가 그걸 읽을 줄 모르는 게 문제지."

"저기 저 그림은……" 그녀가 맞은편 벽의 판화를 고갯짓으로 가리켰다. "저것도 100년 전의 것일까요?"

"더 됐지. 아마 200년쯤. 누가 알겠어? 요즘은 뭐가 됐든 연대를 알아내기가 불가능한데."

줄리아는 그쪽으로 다가가 판화를 살펴보았다. "그 짐승이 코를 내민 자리가 여기예요." 그녀는 판화 바로 아래의 몰딩을 발로 차면서 말했다. "여긴 어디예요? 전에 어디선가 본 적이 있는데."

"성당이야. 적어도 옛날에는 그랬어. 이름은 세인트 클레멘트 데인이었고." 채링턴 씨가 가르쳐준 노래의 한 구절이 다시 생각나서 그는 과거를 그리워하는 마음에 반쯤 젖어 말을 이었다. "오렌지와 레몬, 세인트 클레멘트의 종소리가 말하네!"

그러자 놀랍게도 줄리아가 그다음 구절을 이었다.

> 넌 내게 3파딩을 빚졌어, 세인트 마틴의 종소리가 말하네. 언제 갚을래? 올드 베일리의 종소리가 말하네……

"이다음 가사는 모르겠지만, 맨 마지막 가사는 알아요. '너를 침대까지 밝혀줄 촛불이 오는구나, 네 머리를 뎅겅 자를 큰 칼이 오는구나!'"

마치 서로 주고받는 암호 한 쌍 같았다. 하지만 '올드 베일리의 종소리' 구절 다음에 가사 한 줄이 틀림없이 더 있었다. 채링턴 씨의 기억을 적절히 자극한다면, 알아낼 수 있을 것도 같았다.

"그건 누가 가르쳐줬어?" 윈스턴이 말했다.

"할아버지요. 어렸을 때 할아버지가 이 구절을 나한테 자주 말해주셨어요. 내가 여덟 살 때 증발되셨지만…… 어쨌든 사라지신 건 맞아요. 그런데 레몬이 뭔지 궁금하네요." 그녀는 엉뚱한 말을 덧붙였다. "오렌지는 본 적이 있어요. 껍질이 두껍고 둥근 모양의 노란색 과일이에요."

"난 레몬이 기억나. 50년대에는 상당히 흔했거든. 맛이 어찌나 신지, 냄새만 맡아도 이가 시큰해질 정도였어."

"이 그림 뒤에도 틀림없이 벌레가 있을 거예요." 줄리아가 말했다. "내가 언제 이 그림을 내려서 깨끗이 닦아야겠어요. 이제 우리 나갈 때가 되지 않았어요? 화장부터 지워야겠어요. 아유, 귀찮아! 당신 얼굴에 묻은 립스틱은 이따가 지워 줄게요."

윈스턴은 몇 분 동안 더 누워 있었다. 방이 점점 어두워졌다. 그는 빛이 들어오는 쪽으로 돌아누워 유리 문진을 응시했다. 거기서 한없이 흥미를 자아내는 것은 그 안에 든 산호 조각이 아니라 유리의 내부 그 자체였다. 아주 깊이가 있어 보이는데도, 동시에 거의 공기처럼 투명했다. 유리의 표면은 둥글게 휜 하늘이고, 그 안에 대기까지 완전하게 갖춘 자그마한 세계가 들어 있는 것 같았다. 그가 그 안에 들어가려면 들어갈 수도 있을 것 같은, 아니 사실은 마호가니 침대와 접이식 탁자와 시계와 판화와 문진 그 자체와 함께 이미 그 안에 들어가 있는 것 같은 기분이 들었다. 문진은 지금 그가 있는 방이고, 산호는 크리스털의 한복판에 거의 영원히 고정된 줄리아와 그의 인생이었다.

5

사임이 사라졌다. 어느 날 아침 사무실에서 그의 모습을 볼 수 없었다. 생각 없는 몇몇 사람들이 그의 부재에 대해 이러쿵저러쿵 떠들어댔다. 그다음 날에는 아무도 그를 언급하지 않았다. 셋째 날 윈스턴은 기록국 현관으로 들어가서 게시판을 보았다. 거기 공고문 중 하나에 사임이 속했던 체스 위원회 위원 명단이 있었다. 예전 명단과 거의 똑같아 보였다. 가위표로 지워진 부분은 하나도 없었다. 하지만 이름 하나가 모자랐다. 그것으로 충분했다. 사임은 더 이상 존재하지 않을 뿐만 아니라, 처음부터 존재한 적도 없었다.

날씨가 찌는 듯이 더웠다. 미로 같은 청사 안의 사무실에는 창문이 없지만 에어컨 덕분에 평소와 같은 온도가 유지되었다. 그러나 밖에 나가 길을 밟으면 발이 델 것 같았고, 러시아워의 지하철 악취는 끔찍하기 짝이 없었다. 증오주간 준비가 한창 진행 중이라서 모든 부의 직원들이 추가 근무를 했다. 행렬, 회의, 군대 퍼레이드, 강연, 밀랍 작품 전시, 영화

상영, 텔레스크린 프로그램 등 모든 것을 준비해야 했다. 관람석도 세우고, 여러 인물의 상도 만들고, 새로운 구호를 생각해내고, 노래를 짓고, 소문을 퍼뜨리고, 사진도 위조해야 했다. 픽션국에서 줄리아가 일하는 부서는 소설 제작을 중단하고, 만행에 관한 팸플릿 시리즈를 쏟아내고 있었다. 윈스턴은 원래 하던 일 외에 〈타임스〉의 과거 파일들을 뒤져 연설 때 인용될 기사들을 수정하거나 윤색하는 데 매일 많은 시간을 들였다. 떠들썩한 프롤레들이 무리를 지어 거리를 배회하는 늦은 밤이면 시내 분위기가 묘하게 달아올랐다. 로켓탄이 그 어느 때보다 자주 떨어지고, 가끔은 아무도 이유를 알 수 없고 터무니없는 소문만 돌아다니는 엄청난 폭음이 아주 멀리서 들려왔다.

증오주간의 테마곡이 될 새 노래('증오 노래'라고 불렀다)가 이미 만들어져서 텔레스크린을 통해 한없이 흘러나왔다. 정확히 말해서 음악이라고 할 수 없는, 야만적으로 고함을 지르는 듯한 리듬이었지만 북을 두드리는 소리와 비슷하기는 했다. 수백 명이 쿵쿵 행진하면서 고래고래 이 노래를 부르면 무시무시했다. 프롤레들이 이 노래를 좋아했기 때문에, 한밤중 거리에서는 여전히 인기 있는 〈그건 허망한 꿈이었을 뿐〉과 이 노래가 경쟁을 벌였다. 파슨스의 아이들도 밤이고 낮이고 빗과 화장지로 이 노래를 연주해대는 통에 견딜 수가 없었다. 윈스턴은 저녁 시간을 어느 때보다 바쁘게 보냈다. 파슨스가 조직한 자원자 부대가 증오주간을 위해 거리를 꾸미는 일을 맡아, 천을 꿰매 깃발을 만들고, 포스터를 그리고, 지붕에 깃대를 세우고, 깃발 장식을 매달 줄을 공중에 위험하게 걸었다. 파슨스는 빅토리 맨션에만 무려 400미터나 되는 현수막이 걸릴 것이라고 자랑했다. 그는 적성에 딱 맞는 일을 하면서 몹시 즐거워했다. 더위와 힘든 노동을 핑계 삼아 저녁이면 반바지를 입고 셔츠 앞섶을 풀어헤쳤다. 사방에 번쩍번쩍 나타나 물건을 밀거나 잡아당기고, 톱질과 망치질을 하고, 임기응변을 발휘하고, 당원 동무다운 격려로 모두를 즐겁게 했다. 그의 온몸 구석구석에서는 독한 냄새가 나는 땀이 한없이 생겨나는 것 같았다.

새로운 포스터가 갑자기 런던 전역에 나타났다. 글자는 없고, 괴물 같은 유라시아 병사 한 명만 그려져 있었다. 키가 3~4미터쯤 되는 그는 무표정한 몽골인 얼굴로 거대한 군화를 움직여 척척 걷는 중이었다. 엉덩이에는 기관단총이 걸려 있었다. 어떤 각도에서 이 포스터를 보더라도, 원근법 때문에 크게 확대된 총구가 보는 사람을 정확히 겨냥한 것처럼 보였다. 이 포스터가 모든 벽의 빈 공간을 다 차지했기 때문에 심지어 빅 브라더의 초상화보다도 많았다. 평소 전쟁에 냉담한 프롤레들은 주기적으로 열광적인 애국심을 드러내는데, 이번에도 각종 자극에 몰려 그런 시기로 접어들고 있었다. 이런 전체적인 분위기와 화음을 맞추기라도 하려는 건지, 로켓탄으로 인한 사망자가 평소보다 더 많아졌다. 스테프니의 만원 영화관에 떨어진 로켓탄은 폐허 속에 수백 명을 묻어버렸다. 그 동네 주민 전원이 장례식에 참석해 몇 시간 동안 길게 행렬이 이어졌다. 장례식은 사실상 분노의 회합이었다. 운동장으로 쓰이는 공터에 로켓탄이 떨어졌을 때는, 수십 명의 아이들이 형체도 없이 날아가버렸다. 또 분노에 찬 시위가 벌어지고, 골드스틴 화형식이 벌어지고, 유라시아 병사가 그려진 포스터 수백 장이 벽에서 뜯겨 불길에 던져졌다. 그 소란 속에서 약탈당한 상점들도 많았다. 그 뒤를 이어 간첩들이 무선전파를 이용해서 로켓탄을 조종한다는 소문이 돌아다니더니, 외국 태생으로 의심받던 노부부의 집에 누가 불을 지르는 바람에 노부부가 질식해서 죽어버렸다.

간신히 시간을 내서 채링턴 씨의 가게 위층 방에서 만날 때면 줄리아와 윈스턴은 열어놓은 창문 아래의 헐벗은 침대에 나란히 누웠다. 더운 날씨 때문에 두 사람 모두 알몸이었다. 쥐는 두 번 다시 나타나지 않았지만, 더위 속에서 벌레들이 기가 질릴 정도로 늘어났다. 하지만 그런 건 별로 중요하지 않은 것 같았다. 더럽든 깨끗하든, 그 방은 낙원이었다. 두 사람은 이 방에 들어오자마자 암시장에서 사온 후추를 사방에 뿌리고, 찢듯이 옷을 벗어던진 뒤 땀을 뻘뻘 흘리며 사랑을 나눴다. 그러고 나서 잠들었다가 깨어보면, 벌레들이 반격을 위해 잔뜩 모여 있었다.

네 번, 다섯 번, 여섯 번…… 6월 중에 두 사람은 일곱 번 만났다. 윈스턴은 아무 때나 술을 마시던 버릇을 버렸다. 술이 필요하다는 생각이 전혀 들지 않았다. 몸에 살이 붙고, 정맥류궤양은 가라앉아 발목 위 피부에 갈색 얼룩만 남았다. 이른 아침에 건잡을 수 없이 기침을 하는 일도 없어졌다. 살아가는 걸 참을 수 없다는 생각도 사라지고, 텔레스크린을 향해 인상을 구기고 싶다거나 목청껏 욕을 해주고 싶다는 충동도 사라졌다. 이제 거의 집이나 마찬가지인 안전한 은신처가 생겼으므로, 자주 만나지도 못하고 만나 봤자 두어 시간만 함께 있다 헤어져야 하는 상황조차 그리 힘들지 않았다. 중요한 것은 중고품 가게 위층의 그 방이 존재한다는 사실이었다. 누구도 침범하지 못할 그 방이 있다는 사실을 아는 것만으로도 거의 그 방에 가 있는 기분이 들었다. 그 방은 하나의 세상이었다. 멸종된 동물들이 살아서 걸어 다닐 수 있는 과거의 일부였다. 윈스턴이 보기에는 채링턴 씨도 멸종된 동물 같았다. 그는 2층으로 올라가기 전에 채링턴 씨의 가게에 들러 몇 분 동안 대화를 나누곤 했다. 채링턴 씨는 문밖으로 나가는 일이 거의 또는 전혀 없는 것 같았다. 손님도 거의 없었다. 그는 아주 작고 어두운 가게와 그보다 더 작은 주방을 오가며 유령처럼 살고 있었다. 그가 식사를 만드는 주방에는 거대한 나팔이 달린, 믿을 수 없을 만큼 오래된 축음기가 있었다. 채링턴 씨는 대화할 기회가 생긴 것을 반기는 듯했다. 코가 긴 얼굴에 두꺼운 안경을 쓰고, 구부정한 어깨에 벨벳 재킷을 걸친 차림으로 별 가치 없는 가게 물건들 사이를 서성거리는 그는 항상 상인이라기보다 수집가 같은 분위기를 어렴풋이 풍겼다. 그가 이런저런 폐물 조각들을 만지작거릴 때는 빛바랜 열정 같은 것이 드러났다. 도자기 병마개, 부서진 코담뱃갑의 색칠한 뚜껑, 오래전에 죽은 아기의 머리카락이 들어 있는 합금 로켓 등을 만지작거리면서, 그는 윈스턴에게 그것을 사달라는 부탁을 한 번도 하지 않았다. 그저 감상해보라고 말할 뿐이었다. 그와 이야기를 나누는 것은 낡은 음악상자에서 딸랑딸랑 울려 나오는 소리를 듣는 것과 비슷했다. 그는 기억의 구석진 곳에서 그동안 잊고 있던 노래 조각들을 몇 개 더 끄집어냈다. 스물 하고 네 마리의 지빠귀에 대한 노래, 뿔이 찌부러진 암소에 대한 노래, 가여운 수컷 울새의 죽음에 대한 노래 등이었다. "문득 생각난 건데, 혹시 관심이 있을까 해서." 그는 새로운 노래 조각을 꺼내놓을 때마다 별것 아니라는 듯 작게 웃으며 이렇게 말했다. 어떤 노래든 그는 몇 구절 이상 기억해내지 못했다.

두 사람은 지금 이 상황이 오래갈 수 없다는 사실을 알고 있었다(어떤 의미에서는 한순간도 이 사실이 머리에서 떠난 적이 없었다). 죽음이 임박했다는 사실이 그들이 누워 있는 침대만큼이나 생생히 느껴질 때면, 두 사람은 마지막 5분 동안 최후의 쾌락에 집착하는 저주받은 영혼처럼 일종의 절망감에서 우러난 관능으로 서로에게 매달렸다. 하지만 이곳이 안전할 뿐만 아니라 영원할 것이라는 환상에 빠질 때도 있었다. 이 방에 실제로 들어와 있는 동안에는 두 사람에게 어떤 나쁜 일도 생기지 않을 것 같았다. 이 방까지 오는 과정이 힘들고 위험했지만, 이 방 자체는 성역이었다. 윈스턴이 유리 문진 내부를 물끄러미 바라보면서 자신이 그 유리 세계 안으로 들어가는 것이 가능할 것 같고, 일단 그 안에 들어가면 시간이 그대로 멈출 것 같다고 느꼈던 그때와 비슷했다. 두 사람은 현실에서 도피하는 백일몽에 자주 빠졌다. 영원히 이어지는 행운 덕분에 두 사람이 수명을 다하고 눈을 감을 때까지 바로 지금처럼 밀회를 이어가는 꿈. 아니면 캐서린이 죽고 윈스턴과 줄리아가 주도면밀하게 손을 써서 결혼에 성공하는 꿈. 아니면 둘이 함께 자살하는 꿈. 아니면 둘이 함께 사라져서 아무도 알아보지 못하게 모습을 바꾸고, 프롤레타리아의 말투를 배우고, 공장에 취직해 뒷골목에서 수명을 다하는 꿈. 모두 말도 안 되는 헛소리였다. 두 사람도 알았다. 이 현실에서 도망칠 길은 없었다. 실천이 가능한 단 하나의 계획, 즉 자살조차 두 사람은 실행할 생각이 없었다. 하루하루, 한 주 한 주 버티고 버티면서 미래가 없는 현재를 이어가는 것이 그냥 저항할 수 없는 본능 같았다. 주위에 공기가 있는 한 허파가 항상 다음 숨을 들이쉬는 것과 같았다.

두 사람은 당에 맞서 적극적인 반란을 일으키는 얘기도 가끔 나눴지만, 첫발을 어떻게 떼야 할지 아무 생각이 없었다. 황당무계한 형제단이 정말 존재한다고 해도, 거기에 들어갈 길을 찾기가 어려웠다. 윈스턴은 자신과 오브라이언 사이에 묘한 친밀감이 존재하는 것 같아서 가끔 그냥 그에게 다가가 자신이 당의 적임을 밝히고 도움을 요구하고 싶은 충동이 생긴다고 그녀에게 털어놓았다. 묘하게도 그녀는 이것을 상상도 할 수 없는 경솔한 짓으로 받아들이지 않았다. 그녀는 얼굴을 보고 사람을 판단하는 데 익숙했으므로, 윈스턴이 단 한 번 눈이 마주친 것만을 근거로 오브라이언을 믿을 만한 사람으로 판단한 것이 자연스러운 일 같았다. 게다가 그녀는 모두가, 아니 거의 모두가 남몰래 당을 증오하기 때문에 그래도 괜찮을 것 같다는 판단이 든다면 당의 규칙을 깨뜨릴 것이라고 당연한 듯이 믿고 있었다. 하지만 반체제 세력이 광범위하게 조직되어 있다는 말은 믿지 않으려 했다. 그런 조직이 존재할 수 있다는 가능성도 믿지 않았다. 그녀는 골드스틴이 이끄는 지하군軍에 대한 이야기는 당이 목적을 갖고 지어낸 쓰레기에 불과하며, 사람들은 그 이야기를 믿는 척할 수밖에 없다고 말했다. 당의 집회와 자발적인 시위에서 그녀는 이름조차 들어본 적 없고 그들이 저질렀다는 죄 역시 눈곱만큼도 믿지 않으면서 이러이러한 사람들을 처형하라고 목청껏 외친 적이 헤아릴 수도 없이 많았다. 공개재판이 열릴 때면, 청년동맹 조직원들과 함께 아침부터 밤까지 법원을 에워싸고 이따금 "반역자에게 죽음을!"이라고 외쳐댔다. 2분 증오 때는 골드스틴에게 욕설을 퍼붓는 솜씨가 항상 누구보다 뛰어났다. 하지만 골드스틴이 누구고 그가 어떤 주장을 펼쳤는지에 대해서는 아주 흐릿하게 알고 있을 뿐이었다. 그녀는 혁명 이후에 유년시절을 보냈기 때문에 50년대와 60년대의 이념 투쟁을 기억하지 못하는 젊은 세대에 속했다. 독립적인 정치 운동 같은 것은 그녀가 상상할 수 있는 범주 밖에 있었으며, 어차피 당은 천하무적이었다. 당은 언제나 지금과 똑같은 모습으로 존재할 것이다. 당에 반항하는 방법은 비밀스러운 불복종뿐이었다. 거기서 더 나아간다 해도 기껏해야 누군가를 죽이거나 어딘가를 폭파하는 일회성 폭력 행사밖에 없었다.

어떤 면에서 그녀는 윈스턴보다 훨씬 더 예리하고, 당의 선전에 대한 저항력이 훨씬 더 강했다. 그가 어쩌다 유라시아와의 전쟁을 언급했을 때, 그녀는 자기가 보기에는 전쟁이 실제로 벌어지는 것 같지 않다고 무심하게 말했다. 그는 화들짝 놀랐다. 그녀는 런던에 매일 떨어지는 로켓탄은 오세아니아 정부가 "사람들에게 계속 겁을 주려고" 직접 쏘는 것일 가능성이 높다고 말했다. 윈스턴은 이런 생각을 정말이지 한 번도 해본 적이 없었다. 그녀가 2분 증오 때 웃음을 터뜨리고 싶어서 참기가 아주 힘들다고 말했을 때는 일종의 시기심이 그의 마음속에서 꿈틀거렸다. 하지만 그녀는 당의 가르침이 자신의 삶에 직접 닿아 있을 때에만 의문을 제기했다. 그렇지 않을 때는 당의 공식적인 허위 주장을 쉽사리 받아들이곤 했다. 진실과 거짓의 차이가 그녀에게는 별로 중요해 보이지 않기 때문이었다. 예를 들어 그녀는 비행기를 당이 발명했다는 말을 학교에서 배웠다는 이유로 그냥 믿었다. (윈스턴이 기억하기로 그가 학교에 다니던 50년대 후반에는 당이 발명했다고 주장한 것이 헬리콥터뿐이었다. 그러나 10여 년이 흘러 줄리아가 학교에 다닐 때는 이미 비행기까지 거기에 포함되어 있었다. 한 세대가 더 흐른 뒤에는 증기기관도 당의 발명품이 될 것이다.) 그가 자신이 태어나기 전, 혁명이 일어나기 훨씬 전에 이미 비행기가 존재했다고 말해주었지만, 그녀는 이 사실에 아무런 관심을 보이지 않았다. 사실 비행기를 누가 발명했든 무슨 상관이냐는 것이었다. 우연히 스치듯 나온 말을 통해 알게 된 더 충격적인 사실은, 겨우 4년 전에는 오세아니아의 전쟁 상대가 이스트아시아이고 유라시아와는 평화로운 관계였다는 사실을 그녀가 기억하지 못한다는 점이었다. 그녀는 확실히 전쟁 자체를 일종의 사기극으로 보고 있었지만, 적의 이름이 바뀌었다는 사실은 아예 알아차리지도 못했다. "난 우리 전쟁 상대가 항상 유라시아인 줄 알았어요." 그녀가 막연하게 말했다. 그는 조금 무서워졌다. 비행기의 발명은 그녀가 태어나기도 훨씬 전의 일이지만, 전쟁에서 적이 바뀐 것은 겨우 4년 전의 일이었다. 그녀가 어른이 된 지 한참 뒤의 일. 그는 이 문제를 놓고 그녀와 아마 15분쯤 입씨름을 벌였다. 그래서 결국 그녀의 기억을 억지로 되살리는 데 성공해, 그녀도 한때 유라시아가 아니라 이스트아시아가 적이었다는 사실을 어렴풋이 떠올리게 되었다. 그래도 그녀는 이것을 중요한 문제로 보지 않았다. "무슨 상관이에요?" 그녀가 짜증스럽게 말했다. "어차피 항상 전쟁이 벌어지고 있는데. 게다가 뉴스가 전부 거짓말이라는 건 다들 알잖아요."

가끔 그는 기록국에서 자신이 저지르는 뻔뻔스러운 위조 행위에 대해 그녀에게 말해주었다. 그녀는 경악하지 않았다. 거짓이 진실로 둔갑한다는 말을 듣고도, 자기 발밑에서 입을 벌린 심연을 느끼지 못했다. 그는 존스, 아론슨, 러더퍼드의 이야기와 자신이 예전에 직접 두 손으로 쥐고 본 그 중요한 신문 조각에 대해서도 이야기해주었다. 그녀는 이렇다 할 반응을 보이지 않았다. 아니, 처음에는 이 이야기의 의미를 전혀 깨닫지 못했다.

"그 사람들이 당신 친구였어요?" 그녀가 말했다.

"아니. 생면부지 남이야. 그 사람들은 내부당원이었어. 게다가 나보다 나이도 훨씬 많고. 혁명 이전 과거에 속한 사람들이지. 나는 그 사람들 얼굴을 봐도 간신히 알아볼 정도야."

"그럼 당신이 걱정할 필요가 뭐 있어요? 사람들이 죽어 나가는 거야 항상 있는 일인데. 안 그래요?"

그는 그녀에게 애써 설명했다. "이건 예외적인 사례였어. 그냥 누군가가 죽임을 당한 일이 아니라고. 어제 이전의 과거가 사실상 폐기되는 걸 모르겠어? 그 과거가 어딘가에 살아 있다면, 아무런 설명도 없는 소수의 물체 속에만 있을 뿐이지. 저기 있는 저 유리 덩어리 같은 것. 이미 우리는 혁명과 그 이전 시기에 관해 문자 그대로 거의 아무것도 몰라. 모든 기록이 파괴되거나 위조되고, 모든 책이 다시 집필되고, 모든 그림이 다시 그려지고, 모든 조각상과 거리와 건물의 이름이 바뀌고, 모든 사건의 날짜가 바뀌었으니까. 이런 일이 지금도 매일 시시각각 계속되고 있어. 역사가 멈춰버렸다고. 당이 항상 옳은 현재만 한없이 존재할 뿐이야. 나는 과거가 위조됐다는 걸 물론 **알지만**, 그걸 증명하는 건 영원히 불가능할 거야. 위조 작업을 한 사람이 나 자신인데도. 작업이 끝나고 나면 증거가 전혀 남지 않거든. 유일한 증거는 내 머릿속에 있는데, 나랑 같은 기억을 지닌 사람이 또 있는지는 잘 모르겠어. 내 평생을 통틀어 딱 한 번 **그때** 어떤 사건이 일어났다는 구체적인 증거를 손에 쥐었을 뿐…… 그 사건이 있은 지 몇 년 뒤에."

"그게 무슨 소용인데요?"

"소용이 없었지. 내가 몇 분 뒤에 그걸 내버렸거든. 하지만 만약 같은 일이 오늘 일어난다면, 그걸 보관할 거야."

"나라면 안 해요!" 줄리아가 말했다. "나는 별로 몸을 사리는 편이 아니지만, 그거야 가치 있는 일일 때만 그러는 거죠. 옛날 신문 조각이 아니라. 설사 그때 그걸 보관했더라도, 당신이 뭘 할 수 있었겠어요?"

"별로 없었겠지. 그래도 증거잖아. 여기저기에 의심을 조금 심어줄 수는 있었을 거야. 내가 감히 그걸 누군가에게 보여주었다는 가정하에. 우리가 살아 있는 동안 뭔가를 바꿀 수 있을 거라는 생각은 안 해. 하지만 여기저기서 작은 저항의 몸짓이 튀어나오는 걸 상상할 수는 있지. 소수의 사람들이 한데 뭉쳐서 점점 수를 늘려가고, 심지어 몇 가지 기록도 남겨두는 거야. 다음 세대가 그 일을 계속 이어갈 수 있게."

"난 다음 세대에는 관심 없어요. 내가 관심 있는 건 **우리**예요."

"넌 허리 아래만 반체제로군."

그녀는 이 말을 눈부신 재치로 판단하고 즐거워하며 그를 끌어안았다.

당의 교조적 정책이 낳을 파생 효과에 대해 그녀는 눈곱만큼도 관심이 없었다. 그가 영사의 원칙, 이중사고, 과거 수정, 객관적 현실에 대한 부정에 대해 이야기하며 신어를 사용하기 시작하면 그녀는 항상 지루함과 혼란을 드러내며 자기는 그런 일에 전혀 관심이 없다고 말했다. 그런 것들이 모두 쓰레기라는 건 다 아는 사실인데 굳이 속을 끓일 필요가 어디 있느냐는 것이었다. 환호할 때와 야유할 때를 알고 있으니, 그것으로 충분하다는 것이 그녀의 주장이었다. 그래도 그가 고집스럽게 이야기를 이어가면 그녀는 매번 잠이 들어 사람을 어이없게 만들었다. 그녀는 언제든, 어떤 자세로든 잠들 수 있는 사람이었다. 그는 그녀와 이야기하면서, 당의 정통이 무엇을 의미하는지 전혀 모르는데도 겉으로만 정통파 행세를 하기가 얼마나 쉬운지 깨달았다. 어떤 의미에서 당이 강요하는 세계관을 가장 훌륭하게 받아들이는 사람은 그 세계관을 이해하지 못하는 사람들이었다. 당이 그들에게 도저히 말로 표현할 수 없을 만큼 현실과 어긋나는 주장을 주입할 수 있는 것은, 그것이 얼마나 엄청난 주장인지 그들이 결코 제대로 이해하지 못하는 데다가 주위에서 벌어지는 일들을 알아차릴 만큼 시사 문제에 관심도 없기 때문이었다. 이처럼 이해가 부족한 덕분에 그들은 제정신을 유지할 수 있었다. 그들은 무엇이든 그냥 받아들여 꿀꺽 삼켰고, 그로 인해 피해를 입지도 않았다. 곡식 한 알이 새의 몸속에서 전혀 소화되지 않은 채 소화관을 통과하듯이, 당이 강요한 주장이 그들에게 아무런 찌꺼기를 남기지 않기 때문이었다.

6

마침내 그 일이 일어났다. 기대하던 메시지가 왔다. 그는 마치 평생 동안 이 메시지를 기다리고 있었던 것 같은 기분이 들었다.

청사 내의 긴 복도를 걷다가 줄리아가 그의 손에 쪽지를 슬쩍 쥐어주었던 자리에 거의 다다랐을 때, 그는 자기보다 덩치 큰 누군가가 바로 뒤에서 걷고 있는 것을 알아차렸다. 누군지는 몰라도 그 사람은 말을 걸겠다고 미리 알리듯이 작게 기침 소리를 냈다. 윈스턴은 갑자기 걸음을 멈추고 뒤돌아섰다. 오브라이언이었다.

마침내 두 사람이 얼굴을 맞댔다. 하지만 그의 머릿속에는 도망치고 싶다는 충동만 가득한 것 같았다. 그의 심장이 격렬하게 날뛰었다. 아무 말도 할 수 없을 것 같았다. 그러나 오브라이언이 앞으로 다가와 윈스턴의 팔을 다정하게 잡고 나란히 걷게 만들었다. 그리고 대다수의 내부당원들과는 다르게 진중하고 예의 바른 독특한 태도로 입을 열었다.

"당신과 말할 기회를 노리고 있었습니다. 일전에 〈타임스〉에서 당신이 쓴 신어 기사 한 편을 읽었거든요. 신어에 학문적인 관심을 갖고 있는 거지요?"

윈스턴은 당황한 마음을 조금 가라앉힌 뒤였다. "학문적이라고 하기는 어렵습니다. 난 그냥 아마추어예요. 내가 잘 아는 주제도 아니고요. 그 언어의 구축 과정에 조금이라도 참여한 적이 없습니다."

"하지만 아주 우아한 신어를 구사하잖아요. 나만 그렇게 생각하는 게 아닙니다. 최근 확실한 전문가인 당신 친구와도 이야기를 해봤어요. 그분 이름이 언뜻 생각이 안 납니다만."

윈스턴의 심장이 또 아플 정도로 덜컹했다. 그가 말하는 사람은 틀림없이 사임이었다. 하지만 사임은 죽었을 뿐만 아니라, 아예 지워져서 '안인간'이 되었다. 조금이라도 그를 암시하는 듯한 발언은 목숨이 오락가락할 만큼 위험했다. 오브라이언의 말은 일종의 신호나 암호임이 분명했다. 작은 사상범죄를 하나 공유함으로써, 그는 자신과 윈스턴을 공범으로 만들었다. 계속해서 천천히 복도를 걸어가다가 이번에는 오브라이언이 걸음을 멈췄다. 그리고 언제나 그렇듯이 상대의 무장을 해제시키는 기묘하고 상냥한 몸짓으로 콧잔등의 안경을 고쳐 쓰고는, 말을 이었다.

"내가 정말로 하려던 말은, 당신의 기사에서 이제는 쓰이지 않는 단어 두 개를 발견했다는 겁니다. 뭐, 그 두 단어가 폐물이 된 건 최근의 일이긴 하죠. 신어사전 10판을 봤습니까?"

"아뇨." 윈스턴이 말했다. "아직 발행되지 않은 줄 알았는데요. 기록국에서는 아직 9판을 쓰고 있습니다."

"10판은 몇 달 더 있어야 나올 겁니다. 하지만 견본이 몇 부 배포되었어요. 나도 그걸 하나 갖고 있습니다. 혹시 당신도 흥미가 있을까요?"

"아주 많지요." 윈스턴은 그의 의도를 즉시 알아차리고 이렇게 대답했다.

"새로운 변화들 중 일부는 정말 독창적입니다. 동사의 개수 감소, 아마 이 점이 당신의 주의를 끌 것 같군요. 어디 보자, 내가 인편으로 사전을 전해드릴까요? 하지만 내가 그런 일은 항상 잘 잊어버리는 편이라서요. 언제 편한 시간에 내 아파트로 가지러 오겠습니까? 잠깐만요. 주소를 알려주겠습니다."

두 사람은 텔레스크린 앞에 서 있었다. 오브라이언은 다소 방심한 표정으로 자기 주머니 두 곳을 뒤져 가죽으로 제본된 작은 수첩 하나와 황금색 잉크연필을 꺼냈다. 텔레스크린 바로 아래에서, 그러니까 그 기계 안에서 감시하는 사람이 잘 볼 수 있는 위치에서 그는 자기 주소를 수첩에 갈겨쓴 다음 종이를 찢어 윈스턴에게 건넸다.

"저녁때는 보통 내가 집에 있습니다." 그가 말했다. "내가 없어도, 우리 하인이 당신에게 사전을 줄 겁니다."

그는 그 쪽지를 손에 쥔 윈스턴을 두고 가버렸다. 이번에는 쪽지를 숨길 필요가 없었다. 그런데도 그는 거기에 적힌 내용을 열심히 암기했다. 그리고 몇 시간 뒤 다른 서류 뭉치와 함께 그것을 기억구멍에 넣어버렸다.

두 사람이 이야기를 나눈 시간은 길어야 2분 정도였다. 그 대화의 의미는 하나뿐이었다. 윈스턴에게 오브라이언의 주소를 알려주기 위해 꾸민 일이라는 것. 직접 물어보지 않고서는 다른 사람의 주소를 알아내기가 불가능하기 때문에 이런 식으로 일을 꾸며야 했다. 주소록 같은 것은 전혀 존재하지 않았다. "언제든 날 만나고 싶어질 때 이리로 오면 됩니다." 오브라이언이 그에게 전하려던 말은 바로 이거였다. 어쩌면 사전 안에 모종의 메시지가 숨겨져 있을 수도 있었다. 어쨌든 한 가지는 확실했다. 그가 꿈꾸던 음모가 실제로 존재하고, 그 자신이 그 음모의 가장자리와 접촉했다는 것.

그는 자신이 조만간 오브라이언의 부름에 응할 것임을 확신했다. 어쩌면 내일일지, 어쩌면 한참 미룬 뒤일지는 알 수 없었다. 지금 벌어지는 일은 이미 오래전부터 시작된 변화의 결과였다. 첫 단계는 자기도 모르게 떠오른 비밀스러운 생각, 두 번째 단계는 일기장을 펼친 것. 그는 생각에서 글로 나아갔고, 이제는 글에서 행동으로 나아가려 했다. 마지막 단계는 사랑부 청사 안에서 이루어질 것이다. 그는 이 사실을 이미 받아들였다. 첫 시작에 이미 끝이 포함되어 있었다. 무서웠다. 아니, 좀 더 정확히 말하자면 죽음을 미리 맛보는 것 같았다. 조금 덜 살아 있게 된 것 같았다. 오브라이언과 대화하던 중 그가 하는 말의 의미를 알아차렸을 때, 오싹한 전율 같은 것이 그의 몸을 차지했다. 축축한 무덤에 발을 들여놓는 기분이었다. 그 무덤이 거기서 그를 기다린다는 사실을 옛날부터 항상 알고 있었다고 해서 기분이 크게 나아지지는 않았다.

7

윈스턴은 눈에 눈물이 가득 고인 채로 깨어났다. 줄리아가 잠에 취한 채 몸을 굴려 그에게 바싹 붙으면서 뭐라고 중얼거렸다. 아마 "왜 그래요?"라고 물은 것 같았다.

"꿈을……" 그는 말을 하려다가 곧바로 그만두었다. 너무 복잡해서 말로 설명할 수가 없었다. 꿈도 꿈이지만, 그 꿈과 연관된 기억이 깨어난 지 몇 초 만에 그의 머릿속으로 헤엄쳐 들어와 있었다.

그는 여전히 꿈의 분위기에 흠뻑 젖은 채 눈을 꾹 감고 다시 누웠다. 거대하고 밝은 꿈속에서 그가 살아온 인생 전체가 비가 내린 뒤의 여름날 저녁 풍경처럼 눈앞에 펼쳐지는 것 같았다. 그의 인생은 모두 유리 문진 안에서 일어난 일이었다. 유리의 표면은 둥근 하늘이고, 그 하늘 아래 모든 것이 깨끗하고 부드러운 빛을 듬뿍 받고 있어서 한없이 먼 곳까지 훤히 볼 수 있었다. 그 꿈을 이해할 수 있게 해준 것은 어머니의 팔이 보여준 몸짓이었다. 어떤 의미에서는 꿈이 그 몸짓

안에 있다고 할 수도 있었다. 윈스턴은 30년 뒤 뉴스영화에서 유대인 여자가 헬리콥터에서 쏜 총탄에 맞아 산산조각이 나기 전에 총탄으로부터 어린 사내아이를 보호하려고 애쓸 때 그 몸짓을 다시 보았다.

"그거 알아?" 그가 말했다. "난 지금까지 내가 어머니를 죽였다고 믿었어."

"왜 당신이 어머니를 죽여요?" 줄리아가 거의 잠꼬대처럼 말했다.

"난 죽이지 않았어. 물리적으로는."

꿈에서 그는 어머니를 마지막으로 본 순간을 기억했다. 그리고 깨어난 직후 그 순간을 중심으로 몰려 있던 작은 사건들의 기억이 모두 되살아났다. 그가 오래전 일부러 그 기억을 의식에서 몰아냈음이 분명했다. 시기를 확신할 수는 없지만, 그때 그의 나이가 적어도 열 살은 되었을 것이다. 어쩌면 열두 살이었을 수도 있었다.

아버지는 그 이전에 이미 사라진 상태였다. 하지만 얼마나 이전이었는지는 기억나지 않았다. 그 당시의 위태롭고 불안하던 분위기에 대해서는 비교적 기억이 또렷했다. 공습에 대한 주기적인 공포와 방공호로 쓰이던 지하철역, 사방에 널려 있는 폐허, 길모퉁이에 나붙은 이해할 수 없는 포고문, 모두 같은 색 셔츠를 입은 청년 무리, 빵집 앞에 엄청나게 늘어선 줄, 멀리서 간헐적으로 들려오던 기관총 소리, 그리고 무엇보다도 항상 먹을 것이 부족했다는 사실. 그는 긴 오후 내내 다른 소년들과 함께 쓰레기통과 쓰레기 더미를 뒤져 양배추 줄기, 감자 껍질 등을 찾아내 거기에 묻은 까만 재를 조심스럽게 긁어내던 것을 기억했다. 심지어 곰팡내 나는 빵 껍질 조각을 발견하는 날도 있었다. 가축의 먹이를 싣고 정해진 길을 달리는 트럭들을 기다리던 기억도 있었다. 길이 심하게 패인 곳을 덜컹 하고 지날 때 트럭에서 가끔 떨어지는 깻묵 조각 때문이었다.

아버지가 사라졌을 때 어머니는 놀란 기색도 격한 슬픔도 전혀 드러내지 않았지만, 갑작스럽게 변한 부분이 하나 있기는 했다. 완전히 넋을 잃은 사람처럼 보였다는 점. 어머니가 어떤 일이 틀림없이 일어날 것이라고 확신하고 그 일을 기다리고 있음이 윈스턴의 눈에도 분명히 보였다. 어머니는 요리, 빨래, 바느질, 침대 정리, 청소, 벽난로 닦기 등 필요한 일들을 모두 해내면서 항상 느릿느릿 움직였다. 게다가 이상할 정도로 쓸데없는 동작이 없어서 마치 저절로 움직이는 마네킹 같았다. 덩치가 크고 맵시가 좋은 어머니의 몸이 꼼짝도 하지 않는 적막한 상태로 빠져드는 모습이 자연스럽게 보였다. 어머니는 몇 시간씩이나 거의 꼼짝도 하지 않고 침대에 앉아서 윈스턴의 어린 여동생, 너무 말라서 얼굴이 원숭이처럼 변한 그 작고 아픈 두세 살짜리 아이를 보살폈다. 아주 가끔 아무 말 없이 한참 동안 윈스턴을 품에 꼭 안고 있을 때도 있었다. 윈스턴은 이기적인 어린아이였지만, 어머니의 이런 행동이 어머니가 한 번도 입에 담지는 않았지만 곧 일어날 그 일과 어떻게든 관련되어 있음을 알아차렸다.

그는 식구들이 함께 살던 방을 기억했다. 하얀 이불이 덮인 침대가 절반을 채운 것처럼 보이던 그 어두운 방에서는 갑갑한 냄새가 났다. 벽난로 안에는 가스 열판이 있고, 선반에는 음식이 보관되어 있었으며, 문밖의 층계참에는 여러 방의 주민들이 함께 쓰는 갈색 토기 개수대가 있었다. 그는 어머니가 균형 잡힌 몸을 가스 열판 위로 구부리고 소스 냄비 안의 뭔가를 젓던 모습을 기억했다. 하지만 무엇보다 생생하게 기억하는 것은 도무지 사라지지 않던 허기, 식사 때마다 격렬하고 치사하게 벌어지던 전투였다. 그는 어머니에게 왜 먹을 것이 더 없는 거냐고 몇 번이나 귀찮게 물어대고, 어머니에게 고함을 지르며 화를 냈다(그는 일찍 변성기가 찾아와 갈라지기 시작한 자신의 목소리가 가끔 독특하게 우렁찬 소리를 내던 것과 자신의 어조까지 기억했다). 때로는 자기 몫보다 더 많이 먹으려고 코를 훌쩍거리며 애처로운 모습을 꾸며내기도 했다. 그러면 어머니는 서슴없이 그에게 음식을 더 주었다. '사내아이'인 그가 음식을 가장 많이 먹는 것이 당연하다는 태도였다. 하지만 어머니가 음식을 아무리 많이 줘도, 그는 항상 더 달라고 요구했다. 끼니때마다 어머니는 이기적으로 굴지 말고 아픈 여동생에게도 음식이 필요하다는 사실을 잊지 말라고 간청했지만 아무 소용없었다. 어머니가 음식을 푸던 국자를 멈추면 그는 펄펄 뛰면서 소리를 질렀고, 어머니의 손에서 소스 냄비와 숟가락을 빼앗으려고 했으며, 동생의 접시에서 음식을 가져오기도 했다. 자기 때문에 어머니와 동생이 굶는다는 것을 알면서도 어쩔 수가 없었다. 심지어 자신에게 그럴 권리가 있다는 생각까지 들었다. 배 속에서 요동치는 허기가 그의 행동을 정당화해주는 것 같았다. 식사 시간이 아닐 때도 그는 어머니의 감시를 피해 선반 위의 보잘것없는 음식을 항상 훔쳐냈다.

어느 날 초콜릿이 배급되었다. 몇 주, 또는 몇 달 만에 처음이었다. 그는 그 작고 귀한 초콜릿 조각을 상당히 선명하게 기억했다. 2온스짜리 초콜릿(그때까지도 온스라는 단위를 썼다)을 셋이서 나눠 먹어야 했다. 분명히 초콜릿을 세 조각으로 똑같이 나눠야 했지만, 초콜릿 전부를 자신에게 달라고 크고 우렁차게 요구하는 윈스턴 자신의 목소리가 갑자기 마치 남의 목소리처럼 들려왔다. 어머니는 너무 욕심 부리면 안 된다고 말했다. 한참 동안 같은 말을 하고 또 하면서 고함, 우는 소리, 눈물, 타이름, 흥정 등을 동원하는 성가신 입씨름이 벌어졌다. 아기 원숭이와 똑같이 양손으로 어머니에게 딱 달라붙은 자그마한 여동생의 크고 슬픈 눈이 어머니의 어깨 너머로 그를 바라보았다. 결국 어머니가 초콜릿을 4분의 3으로 잘라서 윈스턴에게 주고, 나머지 4분의 1을 여동생에게 주었다. 아이는 그것을 잡고 멍하니 바라보았다. 아마 그것이 뭔지 모르는 모양이었다. 윈스턴은 가만히 서서 잠깐 동생을 지켜보다가 재빠르고 갑작스러운 동작으로 동생의 손에서 초콜릿 조각을 빼앗아 문으로 도망쳤다.

"윈스턴, 윈스턴." 뒤에서 어머니가 그를 불렀다. "이리 와! 동생한테 초콜릿 돌려줘!"

그는 걸음을 멈췄지만 어머니에게 돌아가지는 않았다. 어머니의 걱정스러운 시선이 그의 얼굴에서 떨어지지 않았다. 지금도 어머니는 곧 일어날 그 일, 그가 모르는 그 일을 생각하고 있었다. 동생은 뭔가를 빼앗겼다는 사실을 알아차리고 힘없이 우는 소리를 냈다. 어머니가 아이의 몸에 팔을 두르고 아이의 얼굴을 가슴에 꼭 끌어안았다. 그 몸짓에서 윈스턴은 왠지 동생이 죽어가고 있다는 느낌을 받았다. 그는 손 안에서 차츰 끈적끈적해지는 초콜릿을 들고 몸을 돌려 도망치듯 계단을 내려갔다.

그 뒤로 두 번 다시 어머니를 보지 못했다. 초콜릿을 다 먹어치운 뒤 조금 부끄러워진 그는 몇 시간 동안 거리를 어슬렁거리다가 결국 허기 때문에 집으로 향했다. 어머니가 이미 사라진 뒤였다. 사람이 사라지는 일이 점점 일상이 될 때였다. 방에서 사라진 것은 어머니와 여동생뿐이었다. 두 사람은 옷가지 하나 가져가지 않았다. 심지어 어머니의 외투도 그대로 있었다. 어머니가 죽었는지 살았는지 그는 지금도 알지 못했다. 어머니가 그냥 강제노동 수용소로 보내졌을 가능성도 얼마든지 있었다. 여동생은 윈스턴 자신과 마찬가지로 내전 때문에 생겨난 집 없는 아이들을 위한 정착지('교화 센터'라고 불렀다)로 옮겨졌을지 모른다. 아니면 어머니와 함께 강제노동 수용소로 갔거나 그냥 어딘가에 버려져 죽었을 수도 있었다.

꿈이 아직도 그의 머릿속에 생생했다. 특히 보호하듯이 감싸던 팔의 움직임에 그 꿈의 의미가 모두 들어 있는 것 같았다. 그는 두 달 전에 꾼 다른 꿈을 떠올렸다. 품에 딱 달라붙은 아이를 안고 더러운 흰색 퀼트 이불이 덮인 침대에 앉은 어머니의 모습이, 저 아래에서 시시각각 더 깊은 곳으로 가라앉는 배에 앉아서도 점점 짙어지는 물속에서 계속 그를 올려다보던 어머니의 모습과 똑같았다.

그는 어머니가 사라진 이야기를 줄리아에게 들려주었다. 그녀는 눈을 계속 감은 채 몸을 굴려 더 편안한 자세를 잡았다.

"그때 당신은 작은 돼지 새끼 같았겠네요." 그녀가 불분명한 발음으로 말했다. "애들은 다 돼지 새끼예요."

"맞아. 하지만 이 이야기의 진짜 의미는……"

숨소리를 들어보니, 그녀는 다시 잠들기 직전인 것 같았다. 그는 어머니에 대해 더 이야기하고 싶었다. 기억을 더듬어보면, 어머니가 남다른 사람이었던 것 같지는 않았다. 지적인 사람은 더욱 아니었다. 하지만 어머니는 일종의 고상함, 일종의 순수함을 지니고 있었다. 순전히 어머니가 자기만의 기준을 따르는 사람이었기 때문에. 어머니의 감정은 어머니만의 것이었으므로, 외부의 힘이 그것을 바꿀 수 없었다. 어떤 행동이 효과를 내지 못하면 의미도 사라진다는 생각을 어머니는 해보지 않았을 것이다. 우리가 누군가를 사랑할 때는 사랑하는 것이다. 줄 것이 전혀 남아 있지 않을 때도 우리는 그 사람에게 사랑을 준다. 초콜릿을 다 빼앗겼을 때, 어머니는 아이를 품에 꼭 안았다. 아무 소용없는 짓이었다. 그것으로는 아무것도 바뀌지 않았다. 초콜릿을 더 만들어내지도 못했고 아이의 죽음이나 자신의 죽음을 피하지도 못했다. 하지만 어머니에게는 그것이 자연스러운 행동 같았다. 배에 타고 있던 그 난민 여자도 아이를 팔로 감싸 안았지만, 그것은 총알을 종이 한 장으로 막으려는 것과 같은 행동이었다. 당은 단순한 충동, 단순한 감정은 중요하지 않다고 사람들을 설득하면서 동시에 사람들이 물질세계에 행사할 수 있는 힘을 모두 강탈해가는 끔찍한 짓을 저질렀다. 일단 당의 손아귀에 잡히고 나면, 사람들이 무엇을 느끼든 느끼지 않든, 무슨 일을 하든 하지 않든 문자 그대로 달라질 것이 전혀 없었다. 무슨 일 때문이든 사람이 사라지고 나면, 그 사람 자신에 대해서도 그가 한 행동에 대해서도 다시는 들을 수 없게 된다. 역사라는 흐름에서 깨끗하게 제거되기 때문이다. 하지만 고작 두 세대 전만 해도 이런 일이 그토록 중요하게 여겨지지 않았을 것이다. 그들은 역사를 바꾸려고 시도하지 않았으니까. 그들은 자기만의 기준을 따르며 거기에 의문을 품지 않았다. 중요한 것은 개인적인 관계였으므로, 죽어가는 사람에게는 전혀 도움이 되지 않는 몸짓, 포옹, 눈물, 말 한 마디도 그 자체로서 가치를 지닐 수 있었다. 프롤레가 바로 그런 상태로 남아 있다는 생각이 갑자기 들었다. 그들은 당이나 나라나

사상에 충성하지 않고, 서로에게 의리를 지켰다. 윈스턴은 생전 처음으로 프롤레를 경멸하지 않았다. 지금은 잠들어 있으나 언젠가 되살아나 세상을 재생시킬 세력으로만 생각하지도 않았다. 프롤레는 인간으로 남아 있었다. 그들의 내면은 단단하게 굳어지지 않았다. 윈스턴 자신이 의식적으로 노력을 기울여서 다시 배워야만 하는 원시적인 감정을 그들은 내내 꼭 붙들고 있었다. 이런 생각을 하다 보니, 딱히 관련된 일은 아니었는데도, 몇 주 전 길에서 잘린 손을 보고 양배추 줄기를 차듯이 배수로 안으로 차 넣은 일이 기억났다.

"프롤레는 인간이야." 그가 소리 내어 말했다. "우리는 인간이 아니야."

"왜요?" 다시 잠에서 깬 줄리아가 말했다.

그는 잠시 생각해보았다. "이런 생각, 해본 적 없어? 너무 늦기 전에 여기서 걸어 나가 다시는 만나지 않는 것이 우리에게 최선이라는 생각?"

"해봤죠, 여러 번. 그래도 난 그렇게 안 할 거예요."

"그동안 우린 운이 좋았어. 하지만 그 운이 길게 이어지진 않을 거야. 넌 젊어. 정상적이고 순수하게 보이지. 나 같은 사람을 멀리한다면, 앞으로 50년을 더 살 수 있을지도 몰라."

"아뇨. 나도 다 생각해봤어요. 당신이 하는 일은 나도 해요. 너무 낙심하지 마요. 난 살아남는 거 잘해요."

"우리가 앞으로 6개월을 더 만날 수 있을지, 아니면 1년일지, 알 길이 없어. 그래도 결국 확실히 헤어지긴 할 거야.

우리가 얼마나 완벽히 혼자가 될지 알아? 그들한테 잡힌 뒤에는 우리가 서로를 위해 해줄 수 있는 일이 하나도, 문자 그대로 하나도 없을 거야. 내가 자백하면 그들이 널 총살할 거고, 내가 자백을 거부해도 그들은 널 총살할 거야. 내가 무슨 짓을 해도, 무슨 말을 해도, 무슨 말을 참아도, 네 죽음을 단 5분도 지연시킬 수 없어. 우리 둘 다 상대가 살았는지 죽었는지조차 알 수 없겠지. 우리는 어떤 종류의 힘도 전혀 발휘하지 못할 거야. 딱 하나 중요한 건 우리가 서로를 배신하지 말아야 한다는 거야. 그래 봤자 달라질 것이 전혀 없다 하더라도."

"자백 말인데, 우리도 자백할 거예요. 확실히. 모두 항상 자백하니까요. 어쩔 수 없어요. 그들의 고문에는."

"난 자백을 하지 말라는 게 아니야. 자백은 배신이 아니지. 너의 행동이나 말은 중요하지 않아. 중요한 건 감정뿐이야. 만약 그들의 강요로 내가 널 더 이상 사랑하지 않게 된다면…… 그게 바로 진짜 배신이 될 거야."

줄리아는 잠시 생각해보다가 입을 열었다. "그들도 그건 할 수 없어요. 그건 그들이 할 수 없는 일이에요. 그들이 당신에게 무엇이든, **무엇이든** 자백하게 만들 수는 있어도, 당신이 그 자백을 스스로 믿게 만들 수는 없어요. 그들이 당신의 머릿속으로 들어올 수는 없으니까요."

"그렇지." 윈스턴은 조금 희망을 품은 목소리를 냈다. "그래. 맞는 말이야. 그들이 우리 머릿속에 들어올 수는 없지.

인간성을 유지하는 게 가치 있는 일이라고 **느낄** 수 있다면, 설사 그런 느낌으로 아무런 결과를 만들어낼 수 없다 해도, 그럴 수 있다면 우리가 그들을 이기는 거야."

그는 결코 잠들지 않는 귀를 지닌 텔레스크린을 생각했다. 그들은 밤이고 낮이고 사람들을 염탐할 수 있지만, 정신만 똑바로 차린다면 그들의 의표를 찌를 수 있었다. 온갖 독창적인 수단을 동원했어도 그들은 타인의 생각을 알아내는 비결은 끝내 터득하지 못했다. 실제로 그들 손에 잡혔을 때는 혹시 사정이 조금 달라질지도 모른다. 사랑부 청사 안에서 어떤 일들이 벌어지는지는 아무도 모르지만, 추측할 수는 있었다. 고문, 약물, 상대의 신경 반응을 섬세하게 잡아내는 기계, 수면 부족과 고립과 끈질긴 심문으로 사람이 점차 지쳐가는 과정. 어떻게 해도 사실을 계속 숨길 수는 없었다. 조사를 통해 사실을 알아낼 수도 있고, 고문으로 사실을 짜낼 수도 있었다. 하지만 목숨이 아니라 인간성의 유지가 목적이라면, 그런 과정을 거친들 궁극적으로 무엇이 달라질까? 그들이 사람의 감정을 바꿔놓을 수는 없었다. 사실 사람들 본인 역시 자신의 감정을 바꾸고 싶어도 바꾸지 못했다. 그들이 사람의 행동, 말, 생각을 하나도 빠짐없이 시시콜콜 밝혀낼 수는 있겠지만, 그 사람 본인도 잘 이해하지 못하는 내면의 감정은 난공불락이었다.

8

저질렀다. 결국 저질렀다!

그들은 부드러운 조명이 켜진 길쭉한 방에 서 있었다. 텔레스크린 소리는 나직하게 중얼거리는 수준이었고, 검푸른색 카펫은 호사스러워서 마치 벨벳 위를 걷는 것 같은 느낌이었다. 방의 한쪽 끝에서 초록색 갓을 씌운 램프가 있는 탁자에 오브라이언이 앉아 있었다. 그의 양편에는 서류가 잔뜩 쌓여 있었다. 하인이 줄리아와 윈스턴을 방 안으로 안내했을 때 그는 굳이 시선을 들지도 않았다.

윈스턴은 심장이 하도 벌렁거려서 자신이 과연 말이나 할 수 있을지 의심스러웠다. 저질렀다, 결국 저질렀다. 그의 머릿속에는 이 생각뿐이었다. 여기에 온 것 자체가 경솔한 행동인데, 둘이 함께 온 것은 어리석기 짝이 없었다. 비록 그들이 서로 다른 길로 와서 오브라이언의 집 앞에서야 합류했어도 마찬가지였다. 하지만 이런 장소에 걸어 들어오는 데만도 힘들게 마음을 다잡아야 했다. 내부당원의 거주지 안을 보기는커녕 그들이 사는 구역 안으로 들어가는 것 자체가 몹시 드문 일이었다. 아파트들이 늘어선 이 거대한 동네의 분위기, 온통 호사스럽고 널찍한 공간, 좋은 음식과 좋은 담배의 낯선 냄새, 믿을 수 없을 만큼 빠른 속도로 소리 없이 오르내리는 승강기, 하얀 재킷 차림으로 바삐 오가는 하인들, 이 모든 것이 위압적이었다. 여기에 올 좋은 핑계가 있는데도, 윈스턴은 걸음을 내디딜 때마다 검은 제복의 경비대원이 모퉁이 뒤에서 갑자기 나타나 그에게 신분증을 요구한 다음 나가라고 명령할 것이라는 두려움에 시달렸다. 하지만 오브라이언의 하인은 아무런 제지 없이 두 사람을 집 안으로 받아들였다. 그는 작은 몸집에 하얀 재킷을 입었고, 머리카락은 검은색이며, 어쩌면 중국인 같기도 한 다이아몬드 모양의 얼굴에는 표정이 전혀 없었다. 그가 그들을 이끌고 걸어가는 복도에는 부드러운 카펫이 깔려 있고, 벽지는 크림색, 장식 몰딩은 하얀색이었다. 모두 티끌 하나 없이 깨끗했다. 그것 역시 위압적이었다. 윈스턴은 벽에 사람들의 손때가 더럽게 묻어 있지 않은 복도를 본 적이 있는지 기억나지 않았다.

오브라이언은 손에 종이 한 장을 들고 열심히 들여다보는 것 같았다. 콧날이 보이게 수그린 그의 진지한 얼굴이 무서우면서도 지적으로 보였다. 아마 20초쯤 그는 앉은 채 꼼짝도 하지 않았다. 그러다 구술기를 앞으로 당겨 공무원들 사이에서 통용되는 잡다한 전문용어로 메시지를 크게 불렀다.

"항목 1 쉼표 5 쉼표 7 완전히 승인 마침표 항목 6 포함된 제안 이중플러스 어리석다 범죄사고 육박 취소 마침표 건설로 안진행 기계류 플러스 견적 앞서감 마침표 메시지 끝."

그는 의자에서 신중하게 일어나 소리가 나지 않는 카펫 위를 걸어 두 사람에게 다가왔다. 공식적인 분위기가 신어와 함께 그에게서 조금 떨어져나간 듯했지만, 그의 표정은 여느 때보다 어두워서 마치 일을 방해받아 기분이 상한 것 같았다. 그렇지 않아도 윈스턴이 이미 느끼고 있던 두려움에 평범한 당황스러움이 갑자기 섞여 들었다. 그가 정말로 멍청한 실수를 저지른 것 같았다. 도대체 무슨 근거로 오브라이언이 모종의 정치적 음모에 참여했다고 생각했을까? 단 한 번 마주친 시선과 모호한 말 한 마디가 전부였다. 그것을 제외하면 꿈을 기초로 한 윈스턴의 비밀스러운 상상밖에 없었다. 그는 심지어 사전을 빌리러 왔다는 핑계조차 꺼낼 수 없었다. 그랬다가는 줄리아가 함께 온 이유를 설명할 수 없기 때문이었다. 오브라이언은 텔레스크린 앞을 지나다가 문득 어떤 생각을 떠올렸는지 걸음을 멈추고 옆으로 돌아서서 벽의 스위치를 눌렀다. 날카롭게 딱 하는 소리가 들리더니 목소리가 사라졌다.

줄리아가 아주 작은 소리를 냈다. 꺅 하고 놀랄 때와 비슷한 소리였다. 윈스턴은 두려운 와중에도 너무 당황한 나머지 혀를 함부로 놀리고 말았다.

"그걸 끌 수 있군요!"

"그렇습니다." 오브라이언이 말했다. "우리는 끌 수 있어요. 우리에게는 그런 특권이 있습니다."

이제 그가 두 사람을 마주보며 서 있었다. 그의 탄탄한 몸이 탑처럼 두 사람을 내려다보고, 얼굴 표정은 여전히 읽을 수 없었다. 그는 윈스턴이 말하기를 다소 엄격하게 기다리고 있었다. 하지만 무슨 말을 한다지? 어쩌면 그는 윈스턴이 자신의 일을 왜 방해했는지 궁금해하며 짜증을 내는 바쁜 사람에 불과할 수도 있었다. 아무도 입을 열지 않았다. 텔레스크린이 멈춘 뒤 방은 무서울 정도로 조용해졌다. 째깍째깍 흘러가는 시간을 감당할 수 없었다. 윈스턴은 오브라이언에게서 시선을 떼지 않으려고 힘들게 노력을 기울였다. 그때 그 어두운 얼굴이 갑자기 어쩌면 미소인 듯싶기도 한 표정으로 허물어졌다. 오브라이언은 특유의 몸짓으로 콧잔등 위의 안경을 고쳐 썼다.

"내가 말할까요, 아니면 당신이 말하겠습니까?" 그가 말했다.

"내가 말하겠습니다." 윈스턴이 곧바로 말했다. "저 물건은 정말로 꺼진 겁니까?"

"네. 모든 게 꺼졌습니다. 여긴 우리뿐이에요."

"우리가 여기에 온 이유는……"

그는 자신의 의도가 모호하다는 사실을 처음으로 깨닫고 말을 멈췄다. 자신이 오브라이언에게 과연 어떤 종류의 도움을 기대하는지 그 자신도 몰랐으므로 이곳에 온 이유를 말하기가 쉽지 않았다. 그는 자신의 말이 틀림없이 빈약한 논리로 우쭐거리는 것처럼 들린다는 사실을 의식하며 말을 이었다.

“우리는 모종의 음모가 진행 중이라고 믿습니다. 당에 반대하는 비밀조직 같은 건데, 당신도 거기에 관련되어 있다고 봅니다. 우리도 거기에 들어가 일하고 싶습니다. 우리는 당의 적이에요. 우리는 영사의 원칙을 안 믿습니다. 우리는 사상범이에요. 간통범이기도 하고요. 내가 이런 말을 하는 것은 우리를 당신의 자비에 맡기고 싶기 때문입니다. 우리에게 어떤 식으로든 범죄를 지시하신다면, 우리는 각오가 돼 있습니다.”

그는 말을 멈추고 어깨 너머를 흘깃 보았다. 문이 열린 것 같은 느낌이 들어서였다. 아니나 다를까, 누르스름한 작은 얼굴의 하인이 노크도 하지 않고 방에 들어와 있었다. 그가 디캔터와 유리잔을 쟁반에 담아 들고 있는 것이 보였다.

“마틴은 우리와 같습니다.” 오브라이언이 무감하게 말했다. “술을 이리 가져와라, 마틴. 저기 원탁에 내려놔. 의자는 충분한가? 그럼 앉아서 편안히 이야기하면 되겠군. 네 의자도 가져와라, 마틴. 이건 일 이야기니까. 앞으로 10분 동안 너는 하인이 아니다.”

작은 남자는 상당히 편안하게 의자에 앉았지만, 그래도 하인 같은 분위기, 특권을 즐기는 시종 같은 분위기를 풍겼다. 윈스턴은 곁눈질로 그를 보았다. 그 남자가 평생 어떤 역할을 연기하듯 살아왔으며, 그 연기를 한순간이라도 그만두는 것을 위험하게 느끼는 것 같다는 생각이 문득 들었다. 오브라이언이 디캔터의 목을 잡고 잔에 검붉은 액체를 따랐다. 그것을 보니 윈스턴은 오래전 어딘가의 벽 또는 광고판에서 본 광경이 희미하게 기억났다…… 오르락내리락 움직이는 전구들로 만들어진 거대한 병이 잔에 내용물을 따르는 광경. 위에서 보면 액체가 거의 검은색이었지만, 디캔터 안에서는 루비처럼 반짝였다. 시큼하고 달콤한 냄새가 났다. 줄리아가 잔을 들어 호기심을 솔직하게 드러내며 킁킁 냄새를 맡는 것이 보였다.

"그건 포도주라는 겁니다." 오브라이언이 희미한 미소를 지으며 말했다. "두 분도 책에서 봤을 것 같은데요, 분명히. 외부당까지 흘러나가는 양은 많지 않은 것 같습니다만." 그의 표정이 다시 엄숙해지더니 그가 잔을 들어올렸다. "건배로 시작하는 것이 알맞을 것 같군요. 우리의 지도자, 이매뉴얼 골드스틴을 위하여."

윈스턴은 확실히 열성적으로 잔을 들었다. 포도주는 그가 책에서 읽고 꿈꾸던 물건이었다. 유리 문진이나 채링턴 씨가 드문드문 기억하는 노래처럼 포도주도 지금은 사라져버린 낭만적인 과거, 그가 혼자 비밀스러운 생각을 할 때 '그때 그 시절'이라고 부르는 그 과거에 속했다. 이유는 잘 모르겠지만, 그는 포도주가 블랙베리 잼처럼 강렬한 단맛을 지니고 있으며, 마시는 즉시 사람을 취하게 만들 것이라고 항상 생각했다. 그런데 막상 마시고 보니, 정말이지 실망스러웠다. 오랫동안 진을 마신 그에게 포도주는 거의 아무 맛도 나지 않았다. 그는 빈 잔을 내려놓았다.

"그럼 골드스틴이라는 사람이 정말 있는 겁니까?" 그가 말했다.

"네, 그런 사람이 있습니다. 살아 있고요. 어디에 있는지는 모릅니다만."

"그럼 그 음모…… 조직은요? 그것도 진짜입니까? 사상경찰이 그냥 만들어낸 것이 아니에요?"

"아닙니다. 진짜로 존재해요. 우린 그 조직을 형제단이라고 부릅니다. 그 단체에 소속된 사람도 그 단체가 정말로 존재한다는 사실과 자신이 단원이라는 사실 외에는 결코 많은 것을 알아내지 못합니다. 그 문제에 대해서는 곧 다시 이야기하지요." 오브라이언은 손목시계를 보았다. "아무리 내부당원이라도 텔레스크린을 30분 이상 꺼두는 것은 현명하지 못한 일입니다. 두 분이 여기 함께 오지 말았어야 하는데요. 나갈 때는 따로따로 나가야 할 겁니다. 동무." 그가 줄리아를 향해 고개를 살짝 숙이며 말했다. "동무가 먼저 나가세요. 우리가 쓸 수 있는 시간은 20분 정도입니다. 내가 두 분에게 먼저 몇 가지 물어봐야 한다는 사실을 이해할 겁니다. 두 분은 어떤 각오가 되어 있습니까?"

"우리가 할 수 있는 일이라면 무엇이든 할 겁니다." 윈스턴이 말했다.

오브라이언은 의자에서 살짝 몸을 돌려 윈스턴을 마주 보고 있었다. 그는 윈스턴이 줄리아의 몫까지 말하는 것이 당연하다는 듯 줄리아를 거의 무시하다시피 했다. 순간적으로 눈꺼풀이 내려와 그의 눈을 덮었다. 그는 나직하고 무감정한 목소리로 질문을 던지기 시작했다. 대부분의 답을 이미 알면서, 일상적인 교리문답처럼 질문을 던지는 듯했다.

"목숨까지 바칠 각오가 돼 있습니까?"

"네."

"살인을 저지를 각오가 돼 있습니까?"

"네."

"무고한 사람 수백 명의 목숨을 앗아갈 수도 있는 파괴 행동은?"

"네."

"조국을 배신하고 외세에 넘기는 것은?"

"네."

"속임수, 위조, 협박, 어린이들의 정신을 더럽히기, 습관성 약물 퍼뜨리기, 성매매 부추기기, 성병 퍼뜨리기…… 풍기문란을 초래하고 당의 힘을 약화할 가능성이 있는 일이라면 무엇이든 할 각오가 돼 있습니까?"

"네."

"예를 들어, 어린이의 얼굴에 황산을 뿌리는 것이 우리의 이익에 부합한다면…… 그것도 할 각오가 돼 있습니까?"

"네."

"지금의 신분을 잃고 평생 웨이터나 부두 노동자로 살아갈 각오가 돼 있습니까?"

"네."

"우리가 명령하면 자살할 각오가 돼 있습니까?"

"네."

"두 분이 서로 헤어져 두 번 다시 만나지 못할 각오도 돼 있습니까?"

"아니요!" 줄리아가 불쑥 끼어들었다.

윈스턴은 자신이 대답할 때까지 아주 오랜 시간이 흐른 것 같았다. 한순간 말하는 능력이 사라진 것처럼 보일 정도였다. 그의 혀가 소리 없이 움직여 한 단어의 첫 음절을 말하려 했다가, 다시 다른 단어의 첫 음절로 옮겨가기를 몇 번이나 반복했다. 직접 답을 내놓을 때까지 그 자신도 두 단어 중 어떤 단어를 말하게 될지 알지 못했다. "아닙니다." 그가 마침내 말했다.

"잘 말해주었습니다." 오브라이언이 말했다. "우리가 모든 것을 알고 있어야 하니까요."

그는 줄리아에게 몸을 돌려, 좀 더 감정이 들어간 목소리로 말했다.

"설사 이분이 살아남는다 해도 다른 사람이 되어 있을지 모른다는 점을 이해합니까? 어쩌면 우리가 이분에게 새로운 신분을 주어야 할지도 모릅니다. 얼굴, 몸짓, 손 모양, 머리카락 색깔…… 심지어 목소리까지 다를 겁니다. 당신 역시 다른 사람이 되어 있을지 모르고요. 우리 의사들은 사람을 알아볼 수 없을 만큼 바꿔놓을 수 있습니다. 때로 그런 일이 필요하거든요. 심지어 팔이나 다리를 하나 자르기도 합니다."

윈스턴은 참지 못하고 마틴의 몽골인 얼굴을 곁눈질로 훔쳐보았다. 눈에 띄는 흉터는 없었다. 줄리아의 얼굴이 한층 더 창백해져서 주근깨가 드러났지만, 그녀는 대담하게 오브라이언을 바라보았다. 그리고 동의처럼 들리는 말을 중얼거렸다.

"좋습니다. 이제 다 됐습니다."

탁자 위에 은색 담배 상자가 있었다. 오브라이언은 다소 방심한 듯한 태도로 다른 사람들에게 담배를 한 개비씩 밀어준 뒤, 자신도 한 개비를 들고 일어나서 천천히 서성거리기 시작했다. 서 있어야 생각이 더 잘 되는 것 같았다. 담배는 두툼하고 단단하게 잘 말린 고급품이었다. 비단처럼 매끄러운 담배 종이가 낯설었다. 오브라이언이 다시 손목시계를 보았다.

"넌 이만 네 일터인 식료품실로 가는 게 낫겠다." 그가 말했다. "15분 뒤에 내가 스위치를 켤 거야. 가기 전에 이 동무들의 얼굴을 잘 봐두고. 다시 만나게 될 테니. 난 못 만날 수도 있지만."

몸집이 작은 마틴의 검은 눈동자가 아까 현관문 앞에서 그랬던 것처럼 깜박거리며 두 사람의 얼굴을 훑어보았다. 그의 태도에 우호적인 느낌은 눈곱만큼도 없었다. 그는 두 사람의 외모를 기억에 새기면서도 두 사람에게 전혀 흥미를 보이지 않았다. 아니, 그런 것처럼 보였다. 어쩌면 인공적으로 만든 얼굴이라 표정을 바꾸지 못하는 건지도 모른다는 생각이 문득 윈스턴의 머리에 떠올랐다. 마틴은 말로든 몸짓으로든 인사 하나 없이 밖으로 나가 조용히 문을 닫았다. 오브라이언은 검은색 작업복 주머니에 한 손을 넣고, 다른 손에는 담배를 든 채로 서성거렸다.

"이해해야 합니다." 그가 말했다. "두 분이 암흑 속에서 싸우게 되리라는 걸. 항상 암흑을 벗어나지 못할 겁니다. 명령을 받으면 복종해야 합니다. 이유도 모른 채. 나중에 내가 책 한 권을 보내줄 테니, 우리가 살고 있는 이 사회의 진면목을 배우세요. 우리가 그 사회를 파괴하기 위해 사용하는 전략도 배우고요. 그 책을 다 읽고 나면 두 분도 형제단의 정식 단원이 될 겁니다. 그러나 우리가 지향하는 포괄적인 목적과 순간순간의 당면한 임무 사이에 무엇이 있는지 두 분은 아무것도 알지 못할 겁니다. 나는 형제단이 존재한다고 두 분에게 말해줄 수 있지만, 단원이 100명인지 1천만 명인지는 말해줄 수 없습니다. 두 분은 단원이 하다못해 10여 명 수준이라도 되는지조차 결코 알 수 없습니다. 서너 명과 접선하게 되겠지만, 그들이 사라지면 새 사람으로 바뀔 겁니다. 내가 두 분의 첫 번째 접선자이니 그대로 유지됩니다. 앞으로 두 분이 받는 명령은 내게서 내려가는 겁니다. 우리가 두 분과 연락할 일이 생기면 마틴을 통해 전달하겠습니다. 그러다 결국 두 분이 잡히면 자백하세요. 피할 수 없는 일이니까. 하지만 두 분 자신이 직접 한 일 외에는 자백할 것이 거의 없을 겁니다. 두 분이 이름을 댈 수 있는 사람은 별로 중요하지 않은 몇 명뿐일 테니. 두 분은 십중팔구 내 이름도 대겠지요. 그때쯤이면 나는 이미 죽었거나, 다른 얼굴을 지닌 다른 사람이 되어 있을 겁니다."

그는 부드러운 카펫 위에서 계속 오락가락 움직였다. 덩치가 아주 큰데도 그의 움직임은 놀라울 정도로 우아하게 보였다. 손을 주머니에 찔러 넣는 동작, 담배를 움직이는 동작에서도 우아함이 배어나왔다. 그에게서 강하다는 느낌보다도 더 강렬하게 느껴지는 것은 자신감, 냉소가 살짝 깃든 분별력이었다. 그가 얼마나 열정적인지는 몰라도, 광신도 특유의 맹목성은 전혀 보이지 않았다. 그가 살인, 자살, 성병, 신체 절단, 얼굴 성형 같은 것을 입에 담을 때에도 농담 같은 분위기가 희미하게 풍겼다. "이건 피할 수 없는 일입니다." 그의 목소리가 이렇게 말하는 듯했다. "우리가 해야 하는 일입니다. 굽히지 않고. 세상이 다시 살 만한 곳이 되면 그때는 우리도 이런 일을 하지는 않겠지요." 거의 숭배에 가까운 경탄의 파도가 윈스턴에게서 오브라이언에게로 흘러갔다. 그는 그림자 같은 인물인 골드스틴을 순간적으로 잊어버렸다. 오브라이언의 힘센 어깨와 못생겼는데도 무척 교양 있는 무뚝뚝한 얼굴을 보면, 그가 누군가에게 패한다는 것이 있을 수 없는 일 같았다. 어떤 책략도 그의 상대가 되지 않을 것이고, 어떤 위험도 그가 미리 내다볼 것 같았다. 심지어 줄리아도 감탄한 것 같았다. 그녀는 담뱃불이 꺼진 것도 모르고 열심히 귀를 기울이고 있었다. 오브라이언이 말을 이었다.

"형제단이 존재한다는 소문을 들었을 겁니다. 두 분 나름대로 형제단을 상상하기도 했겠죠. 아마 음모를 꾸미는 사람들이 지하에서 비밀리에 회합을 갖고, 벽에 메시지를 갈겨쓰고, 암호나 특별한 손짓으로 서로를 식별하는 거대한 지하세계를 상상했을 겁니다. 그런 건 존재하지 않습니다. 형제단의 단원들이 서로를 알아볼 방법은 없습니다. 어떤 단원이든 다른 단원의 신원을 몇 명 이상 아는 것은 불가능합니다. 골드스틴 자신도 혹시 사상경찰의 손에 떨어지는 경우 완전한 단원 명단을 제공할 수 없습니다. 결과적으로 완전한 명단을 작성할 수 있게 해주는 정보도 줄 수 없고요. 그런 명단은 존재하지 않습니다. 형제단은 평범한 형태의 조직이 아니기 때문에 그들이 한꺼번에 쓸어버릴 수 없어요. 누구도 파괴할 수 없는 신념만이 형제단을 하나로 유지해줍니다. 그 신념 외에는 우리를 지탱해주는 것이 전혀 없습니다. 형제단에서 동지애를 느끼거나 격려를 받을 수는 없을 겁니다. 체포되었을 때도 전혀 도움을 받을 수 없을 테고요. 우리는 결코 단원들을 돕지 않습니다. 누군가의 입을 절대적으로 막을 필요가 있을 때, 감방으로 면도날을 몰래 들여보내는 것이 우리가 할 수 있는 최대치입니다. 아무런 성과도 희망도 없이 사는 데 익숙해져야 합니다. 한동안 활동하다가 체포돼서 자백하고 죽는 게 전부입니다. 두 분이 앞으로 겪게 될 일은 그것뿐이에요. 우리가 살아 있는 동안 조금이라도 눈에 띄는 변화가 일어날 가능성은 없습니다. 우리는 이미 죽은 몸이에요. 우리의 진정한 삶은 오로지 미래에만 있습니다. 우리는 한 줌의 흙과 뼛조각이 되어 미래에 참여할 겁니다. 그 미래가 과연 언제쯤일지는 알 수 없습니다. 어쩌면 1천 년 뒤일 수도 있죠. 지금으로서는 정신이 건강한 사람들의 영역을 조금씩 넓혀가는 것 외에 가능한 일이 없습니다. 우리가 집단으로 행동할 수도 없어요. 개인 대 개인으로, 세대에서 세대로 우리의 지식을 퍼뜨릴 수 있을 뿐입니다. 사상경찰 앞에서는 다른 방법이 없습니다."

그는 말을 멈추고 세 번째로 손목시계를 보았다.

"이제 두 분이 여기서 나가야 하는 시간이 거의 다 됐습니다, 동무." 그가 줄리아에게 말했다. "잠깐, 디캔터에 아직 술이 반이나 남았군요."

그는 잔을 모두 채운 뒤 자기 잔의 기둥을 잡고 들어 올렸다.

"이번에는 뭐라고 건배할까요?" 그는 여전히 냉소가 희미하게 깃든 표정으로 말했다. "사상경찰의 혼란을 위하여? 빅 브라더의 죽음을 위하여? 인류를 위하여? 미래를 위하여?"

"과거를 위하여." 윈스턴이 말했다.

"과거가 더 중요하죠." 오브라이언이 진지하게 동의했

다. 모두 잔을 비운 뒤, 곧 줄리아가 일어섰다. 오브라이언은 캐비닛 위에서 작은 상자를 꺼내, 납작한 하얀색 알약을 줄리아에게 주며 혀 위에 놓으라고 말했다. 승강기 기사들의 관찰력이 매우 뛰어나기 때문에 포도주 냄새를 풍기며 밖으로 나가면 안 된다는 것이 그의 말이었다. 줄리아가 나가고 문이 닫히자마자 그는 그녀의 존재를 잊어버린 사람처럼 굴며 한두 걸음 또 서성거리다가 멈춰 섰다.

"정리해야 할 것들이 있습니다." 그가 말했다. "일종의 은신처 같은 곳이 있죠?"

윈스턴은 채링턴 씨의 가게 위층에 있는 방에 대해 설명했다.

"지금은 그 정도면 되겠군요. 나중에 우리가 다른 곳을 마련해주겠습니다. 은신처를 자주 바꾸는 것이 중요합니다. 그리고 내가 '그 책'을 한 부 보낼 테니……" 오브라이언조차 **그 책**이라는 말을 다른 단어와는 다르게 발음하는 것 같았다. "골드스틴의 책 말입니다. 최대한 빨리 보내드리죠. 내가 그 책을 구하는 데 며칠쯤 걸릴 겁니다. 짐작하겠지만, 남아 있는 책이 몇 권 되지 않아서요. 우리가 책을 제작하자마자 거의 즉시 사상경찰이 찾아내서 폐기하고 있습니다. 그래 봤자 달라질 것이 거의 없는데 말이죠. 그 책은 난공불락입니다. 마지막 한 권이 사라지더라도, 우리가 거의 똑같이 다시 만들 수 있으니까요. 출근할 때 서류 가방을 가져갑니까?"

"대체로 그렇습니다."

"어떻게 생겼습니까?"

"검은색이고 아주 허름합니다. 손잡이 끈이 두 개고요."

"검은색, 끈 두 개, 아주 허름…… 좋습니다. 상당히 가까운 시일 안에…… 정확한 날짜는 말할 수 없습니다만…… 오전에 당신이 받는 메시지들 중 하나에 잘못 적힌 단어가 있을 겁니다. 그러면 그걸 다시 보내달라고 요청하세요. 다음 날에는 서류 가방 없이 출근하시고요. 그날 중에 거리에서 어떤 남자가 당신의 팔을 건드리면서 이렇게 말할 겁니다. '서류 가방을 떨어뜨리신 것 같은데요.' 그 남자가 건네주는 서류 가방에 골드스틴의 책이 들어 있습니다. 그 책을 14일 이내에 반납하세요."

잠시 침묵이 흘렀다.

"당신은 2분 뒤에 나가야 합니다." 오브라이언이 말했다. "우리는 다시 만날 겁니다…… 다시 만난다면……"

윈스턴은 그를 올려다보았다. "어둠이 없는 곳일까요?" 그가 머뭇거리며 말했다.

오브라이언은 놀란 기색 없이 고개를 끄덕였다. "어둠이 없는 곳." 그는 그 말 속의 암시를 알아들은 것 같았다. "어쨌든, 나가기 전에 하고 싶은 말 있습니까? 무슨 메시지나 질문 같은 것?"

윈스턴은 생각해보았다. 더 묻고 싶은 것은 없는 듯했다. 구체적이지는 않지만 뭔가 웅장한 말을 하고 싶다는 충동은 더욱더 느껴지지 않았다. 오브라이언이나 형제단과 직접 연결된 의문 대신, 윈스턴의 머리에 떠오른 것은 어머니가 마지막 며칠을 보낸 어두운 침실과 채링턴 씨의 가게 위층에 있는 작은 방, 유리 문진과 자단목 액자 안의 판화가 모두 합쳐진 것 같은 광경이었다. 거의 아무 생각 없이 그가 말했다.

"이런 가사로 시작하는 노래 들어보신 적 있습니까? '오렌지와 레몬, 세인트 클레멘트의 종소리가 말하네'."

오브라이언은 또 고개를 끄덕였다. 그리고 엄숙하고 예의 바른 모습으로 그 연의 가사를 모두 읊었다.

오렌지와 레몬, 세인트 클레멘트의 종소리가 말하네,
넌 내게 3파딩을 빚졌어, 세인트 마틴의 종소리가 말하네,
언제 갚을래? 올드 베일리의 종소리가 말하네,
내가 부자가 되면, 쇼어디치의 종소리가 말하네.

"마지막 줄 가사를 아는군요!" 윈스턴이 말했다.

"네, 압니다. 자, 이제 가셔야 할 것 같습니다. 아뇨, 잠깐. 당신도 알약을 받아가야죠."

윈스턴이 일어서자 오브라이언이 한 손을 내밀었다. 그의 강한 악력이 윈스턴의 손뼈를 부러뜨릴 것 같았다. 문 앞에서 윈스턴이 뒤를 돌아보았지만, 오브라이언은 이미 그를 머리에서 밀어내는 중인 것 같았다. 그는 텔레스크린 스위치에 한 손을 올려놓고 기다리고 있었다. 그의 뒤쪽으로 초록색 램프와 구술기와 서류가 가득 든 철사 바구니가 있는 책

상이 보였다. 이 일은 종결되었다. 앞으로 30초 안에 오브라이언은 두 사람 때문에 중단했던 당의 중요한 일로 돌아갈 것이다. 윈스턴은 이렇게 생각했다.

9

윈스턴은 피곤해서 몸이 젤리가 된 것 같았다. 젤리라는 말이 딱 맞았다. 머리에 저절로 떠오른 표현이었다. 그의 몸은 젤리처럼 흐물흐물해졌을 뿐만 아니라, 젤리처럼 반투명해지기까지 한 것 같았다. 손을 들면 빛이 손바닥을 그냥 통과할 것 같은 기분이 들었다. 분별없이 너무 엄청난 양의 일을 해낸 탓에 피와 림프액이 몸에서 모두 빠져나가고 신경, 뼈, 피부만 연약해진 몸에 남은 것 같았다. 모든 감각이 크게 확대되었다. 작업복이 어깨에서 안절부절못하고, 길바닥이 발을 간질이고, 심지어 손을 폈다가 다시 쥐는 일마저 관절이 삐걱거릴 만큼 힘들었다.

지난 닷새 동안 그가 일한 시간은 90시간이 넘었다. 청사 내의 다른 사람들도 모두 마찬가지였다. 이제 일이 모두 끝났으므로, 그에게는 할 일이 하나도 없었다. 내일 아침까지는 종류를 막론하고 당의 일을 할 필요가 전혀 없었다. 은신처에서 여섯 시간을 보낸 뒤, 집으로 돌아가 침대에서 아흡 시간을 더 쉴 수 있을 것이다. 온화한 오후의 햇볕을 받으며 그는 더러운 거리를 천천히 걸어 채링턴 씨의 가게로 향하면서 순찰대가 나타나지 않는지 경계를 늦추지 않았다. 하지만 오늘 오후에는 누구도 그를 방해할 위험이 없다는 비합리적인 확신이 들었다. 한 걸음 걸을 때마다 묵직한 서류 가방이 무릎에 부딪히는 바람에, 다리의 피부를 타고 찌릿찌릿한 느낌이 위아래로 퍼져나갔다. 그 안에 **그 책**이 있었다. 받은 지 엿새가 지났지만 한 번 펼쳐보지도 못한 책이었다. 아예 꺼내보지도 못했다.

증오주간 엿새째 되던 날, 행렬, 연설, 함성, 노래, 깃발, 포스터, 영화, 밀랍 조각, 두두두 울리는 북소리와 끽끽거리는 트럼펫 소리, 쿵쿵 행진하는 소리, 탱크의 바퀴가 굴러가는 소리, 무리 지어 나는 비행기의 굉음, 총소리, 이 모든 것을 엿새 동안 겪은 뒤 엄청난 오르가슴이 가늘게 떨면서 절정으로 치닫고 유라시아에 대한 모두의 증오가 끓어올라 만약 군중이 행사 마지막 날 공개적으로 교수대에 오를 유라시아 전범 2천 명을 직접 처리할 수 있다면 묻지도 따지지도 않고 갈기갈기 찢어버릴 것이라는 망상에 이르렀을 때, 바로 그 순간에 오세아니아의 전쟁 상대가 사실은 유라시아가 아니라는 발표가 나왔다. 오세아니아는 이스트아시아와 전쟁 중이었고, 유라시아는 동맹이었다.

물론 뭔가가 바뀌었다고 인정하는 말은 한 마디도 없었다. 사방에서 동시에 지극히 갑작스럽게 그 사실이 알려졌을 뿐이다. 유라시아가 아니라 이스트아시아가 적이라고. 윈스턴은 그 발표가 나왔을 때 런던 중심부의 한 광장에서 시위에 참여하고 있었다. 밤이라서 사람들의 하얀 얼굴과 진홍색 깃발에 창백한 불빛이 비쳤다. 광장에는 스파이단의 제복을 입고 한데 모여 있는 아이들 약 1천 명을 포함해서 수천 명의 사람들이 빽빽이 모여 있었다. 진홍색 천이 드리워진 연단에서 내부당에서 나온 웅변가, 그러니까 작고 호리호리한 몸에 비해 팔이 이상할 정도로 길고 머리카락이 거의 다 벗어진 커다란 머리에 길고 가느다란 머리카락 몇 다발이 흩어져 있는 남자가 군중을 향해 열변을 토했다. 작은 악마 요정 같은 모습에 증오로 얼굴이 일그러진 그는 한 손으로 마이크를 움켜쥐고, 앙상한 팔 끝에 거대하게 달려 있는 다른 손으로는 머리 위의 허공을 위협적으로 할퀴어댔다. 앰프를 통과하며 금속성으로 변한 그의 목소리가 수많은 만행, 학살, 추방, 약탈, 강간, 포로 고문, 민간인 폭격, 거짓 선전, 부당한 침략, 깨어진 조약에 대한 이야기를 끝도 없이 줄줄 우렁차게 쏟아냈다. 그의 말을 듣다 보면 처음에는 확실히 믿게 되고 그다음에는 미친 듯이 화가 났다. 군중의 분노가 수시로 끓어올라 수천 명의 목에서 야생의 짐승 같은 함성이 걷잡을 수 없이 터져 나오는 바람에 연사의 목소리가 묻혔다. 누구보다도 사납게 고함을 질러대는 것은 아이들이었다. 연설을 시작한 지 한 20분쯤 지났을 때 누군가가 바삐 연단으로 올라가 연사의 손에 종이쪽지를 슬쩍 쥐어주었다. 연사는 돌돌 말린 쪽지를 펴서 읽으면서도 연설을 멈추지 않았다. 그의 목소리도, 태도도, 말하는 내용도 전혀 바뀌지 않았지만 갑자기 그가 열거하는 이름들이 달라졌다. 굳이 말하지 않아도 알겠다는 분위기가 파도처럼 군중 사이로 퍼져나갔다. 오세아니아는 이스트아시아와 전쟁 중이다! 그러고는 곧 엄청난 소란이 일었다. 광장에 장식된 깃발과 포스터가 모두 틀렸다! 엉뚱한 얼굴이 그려진 것이 족히 절반이나 된다! 이건 누군가의 공작이다! 골드스틴의 부하들이 저지른 짓이다! 군중이 폭동을 일으킬 것처럼 날뛰는 동안 벽에 붙어 있던 포스터가 찢겨나가고, 갈기갈기 찢긴 깃발이 사람들의 발에 짓밟혔다. 스파이단은 옥상으로 올라가 굴뚝에 묶은 깃발 장식 줄을 잘라내는 비범한 행동을 해냈다. 하지만 이런 막간극은 2, 3분 안에 끝나버렸다. 연단 위의 연사는 여전히 마이크를 움켜쥐고, 어깨를 앞으로 구부리고, 자유로운 손으로 허공을 할퀴어대며 중단 없이 연설을 계속하고 있었다. 1분이 더 지나자 군중 속에서 또 야생의 짐승 같은 분노의 함성이 터져 나왔다. 증오는 조금 전과 똑같이 이어졌다. 다만 그 대상이 달라졌을 뿐이었다.

윈스턴은 그때를 되돌아보며, 연사가 말하는 중간에 잠시 멈추지도 않고 말의 내용을 바꿨다는 사실에 감탄했다. 심지어 문장이 깨지지도 않았다. 하지만 그 당시에 윈스턴은 다른 일에 정신을 팔고 있었다. 포스터가 찢겨나가던 혼란 속에서 그가 얼굴을 볼 수 없는 위치에 선 어떤 남자가 그의 어깨를 두드리더니 이렇게 말했다. "실례합니다만, 서류 가방을 떨어뜨리신 것 같은데요." 윈스턴은 아무 말 없이 멍하니 서류 가방을 받았다. 그 안을 살펴볼 만큼 여유가 생기려면 며칠 더 있어야 한다는 것은 그때도 알고 있었다. 시위가 끝나자마자 그는 23시가 거의 다 된 시각이었는데도 곧장 진실부로 갔다. 진실부의 모든 직원이 그렇게 했다. 각자 자신의 자리로 돌아가라는 명령이 텔레스크린에서 나오고 있었지만, 사실 그것은 별로 필요 없는 명령이었다.

오세아니아는 이스트아시아와 전쟁 중이었다. 오세아니아는 처음부터 줄곧 이스트아시아와 전쟁했다. 5년치 정치 문헌 중 많은 부분이 이제 완전히 폐물이 되었다. 모든 종류의 보도와 기록, 신문, 책, 팸플릿, 영화, 녹음테이프, 사진, 이 모든 것을 번개처럼 수정해야 했다. 명령이 떨어진 것은 아니지만, 유라시아와의 전쟁이나 이스트아시아와의 동맹 관계를 언급한 모든 자료가 일주일 안에 모조리 사라져야 한다는 것이 상사들의 뜻임은 이미 알려져 있었다. 엄청난 작업이었다. 게다가 이 작업 과정을 사실대로 지칭할 수 없으니 더욱더 힘들었다. 기록국의 모든 직원이 24시간 동안 18시간을 일했다. 세 시간씩 두 번 쪽잠을 자며 쉰 것이 전부였다. 지하실에서 가져온 매트리스들이 온 복도에 깔리고, 구내식당 직원들은 끼니때마다 샌드위치와 빅토리 커피를 카트에 실어 가져왔다. 윈스턴은 쪽잠을 자러 갈 때마다 책상을 깨끗하게 치워두려고 애썼다. 잠을 자고 나서 뻑뻑한 눈과 아픈 몸을 이끌고 기신기신 자리로 돌아와 보면 둥근 통에 든 서류들이 또 소나기처럼 쏟아져 책상을 뒤덮고 있었다. 구술기를 반쯤 덮어버리고도 모자라 바닥으로 흘러넘칠 정도라서 서류들을 깔끔하게 정리해 일할 자리를 확보하는 일부터 해야 했다. 가장 견디기 힘든 것은 순전히 기계적인 작업만 하면 되는 것이 아니었다는 점이다. 이름만 바꿔 넣으면 되는 경우가 많기는 해도, 어떤 사건을 상세히 보도한 글이라면 세심한 주의와 상상력이 필요했다. 전쟁 지역을 다른 곳으로 바꾸기 위해 동원해야 하는 지리적인 지식도 상당했다.

사흘째가 되자 참을 수 없을 만큼 눈이 아파서 그는 몇 분마다 한 번씩 안경을 닦았다. 몸이 부서질 것처럼 힘든 육체노동과 씨름하는 것 같았다. 그 일을 거절할 권리가 있는데도 다 해내고 싶어서 신경증 환자처럼 안달하는 기분이었다. 기억할 시간만 있다면, 자신이 구술기를 향해 중얼거리는 말이나 잉크연필로 적는 글자들이 모두 고의로 지어낸 거짓말이라는 사실이 괴롭지 않았다. 기록국의 다른 직원들과 마찬가지로, 완벽한 위조를 해내야 한다고 안달할 뿐이었다. 엿새째 아침이 되자 원통이 쏟아지는 속도가 느려졌다. 무려 30분 동안 기송관에서 아무것도 튀어나오지 않다가 하나가 떨어지더니, 또 감감무소식이었다. 다른 직원들이 일하는 속도도 대략 비슷한 시기에 조금씩 느슨해졌다. 깊고 비밀스러운 한숨이 기록국에 퍼졌다. 결코 어디서도 입에 담을 수 없는 엄청난 작업이 완료되었다. 유라시아와 오세아니아가 전쟁한 적이 있었다는 사실을 이제는 어느 누구도 문서로 증명할 수 없었다. 12시에 진실부의 모든 직원은 내일 아침까지 쉬어도 된다는 뜻밖의 발표가 나왔다. 윈스턴은 일할 때는 두 발 사이에 두고 잘 때는 몸으로 깔고 잤던 그 서류 가방, **그 책**이 든 가방을 들고 집으로 돌아가 면도를 하고, 기껏해야 미지근한 정도인 물로 목욕을 하다가 하마터면 욕조에서 잠들 뻔했다.

관절이 삐걱거리는 것이 왠지 도발적이라는 생각을 하면서 그는 채링턴 씨의 가게 위의 그 방을 향해 계단을 올라갔다. 피곤했지만, 다시 잠이 올 것 같지는 않았다. 그는 창문을 열고, 더러운 석유스토브에 불을 붙인 뒤, 커피를 끓이려고 물을 올렸다. 줄리아가 곧 도착할 터였다. 그때까지는 **그 책**이 있었다. 그는 더러운 안락의자에 앉아 서류 가방의 끈을 풀었다.

아마추어의 솜씨로 제본된 검고 묵직한 책에는 저자의 이름도 제목도 없었다. 활자도 조금 고르지 못했다. 가장자리가 낡은 책장들이 쉽게 떨어져 나왔다. 지금까지 이 책이 많은 사람의 손을 거친 것 같았다. 속표지에는 다음과 같은 글귀가 찍혀 있었다.

과두정치적 집산주의의

이론과 실제

이매뉴얼 골드스틴

지음

윈스턴은 책을 읽기 시작했다.

1장

무지는 힘

유사 이래로, 십중팔구 신석기가 끝난 뒤부터 세상에는 세 종류의 사람이 존재했다. 상류층, 중류층, 하류층. 각각의 계층은 또 여러 갈래로 갈라져 헤아릴 수 없이 다양한 이름으로 불린다. 그들이 서로를 대하는 태도는 물론 상대적인 숫자 또한 시대마다 달랐으나, 사회의 기본 구조는 한 번도 변하지 않았다. 엄청난 격변으로 돌이킬 수 없을 것처럼 보이는 변화가 일어난 뒤에도 언제나 같은 패턴이 다시 자리를 잡았다. 자이로스코프를 아무리 세게 밀어도 항상 평형상태를 되찾는 것과 같다.

이 세 집단의 목표는 서로 완전히 조화될 수 없다……

윈스턴은 읽기를 멈췄다. 자신이 편안하고 안전한 곳에서 책을 읽고 있다는 사실을 음미하고 싶다는 마음이 가장 컸다. 그는 혼자였다. 텔레스크린도 없고, 열쇠 구멍에 귀를 대고 엿듣는 사람도 없고, 어깨 너머를 힐끔거리거나 손으로 책을 가려야 한다는 불안한 충동도 느껴지지 않았다. 향기로운 여름 공기가 그의 뺨을 간질였다. 어딘가 먼 곳에서 아이들이 외쳐대는 소리가 희미하게 들려왔다. 방 안에서는 벌레가 우는 것 같은 시계 소리 외에는 아무 소리도 들리지 않았다. 그는 안락의자에 더욱 깊숙이 몸을 묻고 벽난로의 울타리 위에 발을 얹었다. 최고의 행복이었다. 영원한 순간이었다. 그러다 갑자기, 결국 자신이 단어 하나하나를 읽고 또 읽게 될 것이라고 확신하는 책을 읽을 때 사람들이 가끔 그러듯이, 책을 아무렇게나 펼쳤다. 3장이 나왔다.

3장

전쟁은 평화

세계가 세 개의 초국가로 나뉠 것이라는 예상은 20세기 중반 이전부터 나왔다. 러시아가 유럽을 흡수하고 미국이 영국제국을 흡수하면서, 현존하는 세 개의 강대국 중 유라시아와 오세아니아가 그때 이미 사실상 존재하게 되었다. 세 번째 나라인 이스트아시아는 혼란스러운 싸움이 10년 동안 더 이어진 뒤에야 뚜렷이 모습을 드러냈다. 세 개의 초국가 사이의 국경선은 자의적으로 정해진 곳도 있고 전쟁의 향방에 따라 요동치는 곳도 있지만, 전체적으로는 지리적인 선을 따른다. 유라시아는 포르투갈에서 베링해협까지 유럽과 아시아 대륙의 북부를 모두 차지하고 있다. 오세아니아는 남북 아메리카 대륙, 영국제도를 포함한 대서양의 섬들, 오스트랄라시아•, 아프리카 남부로 구성되어 있다. 앞의 두 나라보다 작고 서쪽 국경이 덜 뚜렷한 이스트아시아에는 중국과 그 남쪽의 나라들, 일본열도, 만주와 몽골과 티베트의 상당 부분(크기에 변동이 있다)이 포함된다.

이 초국가들은 계속 상대를 바꿔가면서 지난 25년 동안 끊임없이 전쟁을 벌이고 있다. 그러나 이제 전쟁은 20세기 초의 전쟁처럼 서로를 쓸어버리는 무모한 투쟁이 아니다. 서로를 궤멸할 수도 없고, 싸워야 하는 실질적인 이유도 없고, 이념적으로 진정한 차이가 있지도 않은 전투원들이 한정된 목적을 위해 벌이는 전쟁이다. 전쟁 수행 방식이나 전쟁을 바라보는 전반적인 태도가 예전에 비해 덜 잔인하거나 더 점잖아졌다고 말하는 것이 아니다. 오히려 전쟁 히스테리는 모든 나라에서 지속적이고 보편적으로 나타나며, 사람들은 강간, 약탈, 어린이 학살, 전 인구의 노예화, 포로를 산 채로 삶거나 땅에 파묻는 지경에까지 이르는 보복 행위 등을 정상으로 인식한다. 적이 아니라 자기편이 이런 짓을 저질렀을 때는 공적으로 찬양할 정도다. 그러나 물리적인 의미에서 전쟁에 관여하는 인원의 수가 아주 적고, 그들 중 대부분이 고도로 훈련받은 전문가

• 오스트레일리아, 뉴질랜드 인근 여러 섬의 총칭.

들이라서, 인명 피해가 상대적으로 적게 발생한다. 싸움이 벌어지는 장소 또한 평범한 사람은 위치를 짐작만 할 뿐인 불분명한 변경 지대나 항로상의 전략적인 지점을 지키는 해상 요새 인근이다. 문명의 중심지에서 전쟁은 소비재의 지속적인 부족 현상과 간혹 수십 명의 목숨을 앗아가는 로켓탄 폭격을 의미할 뿐이다. 사실상 전쟁의 성격이 바뀐 것이다. 좀 더 정확히 말하자면, 전쟁이 벌어지는 여러 원인의 중요도 순서가 바뀌었다고 할 수 있다. 20세기 초의 세계대전 때에 이미 조금은 존재했던 전쟁 동기들이 지금은 지배적인 위치에 올라서서, 사람들은 이 동기들을 의식적으로 인지하고 행동에 나선다.

현재 전쟁의 본질(몇 년마다 한 번씩 전쟁 상대가 바뀌지만, 항상 똑같은 전쟁이다)을 이해하려면, 우선 결정적인 전쟁이 있을 수 없다는 점을 깨달아야 한다. 세 개의 초국가 중 두 곳이 힘을 합친다 해도 나머지 한 국가를 결정적으로 정복할 수 없다. 그들의 힘이 너무나 막상막하이고, 그들의 천연 방어막이 너무나 막강하다. 유라시아는 광대한 영토, 오세아니아는 넓은 대서양과 태평양, 이스트아시아는 근면하고 다산하는 국민들에 의해 각각 보호받고 있다. 둘째, 실질적인 의미에서 싸움의 원인이 될 만한 것이 이제는 존재하지 않는다. 자급자족 경제가 확립되어 생산과 소비가 맞물려 있기 때문에, 과거에 전쟁의 주요한 원인이었던 시장 쟁탈전에 종지부가 찍혔다. 원자재를 놓고 벌이는 경쟁도 이제는 생사를 건 문제가 아니다. 어쨌든 세 국가 모두 워낙 광대해서 필요한 원자재를 거의 모두 자기 영토 내에서 구할 수 있다. 만약 전쟁에 직접적인 경제적 목적이 있다면, 그것은 노동력이다. 세 국가의 국경선 사이에는 어느 누구도 확실히 소유하지 못한 땅이 있다. 탕헤르•, 브라자빌••, 다윈•••, 홍콩을 꼭짓점으로 대략 사각형 모양인 이 땅에는 세계 인구의 약 5분의 1이 살고 있다. 세 강대국이 항상 다투는 것은 인구가 조밀한 이 지역과 북극을 손에 넣기 위해서다. 현실적으로 이 분쟁 지역 전체를 어느 한 강대국이 온전히 장악한 적은 없다. 일부 지역의 주인이 계속 바뀔 뿐이다. 세 강대국의 동맹 관계가 끊임없이 바뀌는 것은, 동맹을 배신한 기습 공격으로 이 분쟁 지역의 일부를 점령할 기회를 노리기 위해서다.

분쟁 지역에는 귀한 광물도 매장되어 있으며, 고무 같은 중요한 식물 제품이 생산되는 곳도 있다. 추운 지역에서 고무를 인공적으로 합성하려면 비교적 비용이 많이 든다. 그러나 이들 지역에서 무엇보다 중요한 것은 역시 값싼 노동력이 무한히 존재한다는 점이다. 적도 아프리카나 중동 국가들이나 인도 남부나 인도네시아 군도를 장악하는 나라는 저임금으로 열심히 일하는 수억 명의 노동자를 마음대로 활용할 수 있다. 거의 노골적인 노예 신분으로 전락한 이 지역 주민들은 계속 이 정

• 아프리카 북서쪽 끝에 있는 모로코의 항구도시.

•• 아프리카 적도에 있는 콩고공화국의 수도.

••• 오스트레일리아의 북쪽 끝에 있는 도시.

복자에서 저 정복자의 손으로 옮겨지며, 더 많은 군비를 생산하고 더 많은 영토를 정복하고 더 많은 노동력을 장악해서 또 더 많은 군비를 생산하고 더 많은 영토를 정복하는 무한 경쟁 속에서 석탄이나 석유처럼 소모된다. 싸움이 결코 분쟁 지역의 경계를 벗어나지 않는다는 점에 주목해야 한다. 유라시아의 국경선은 콩고 분지와 지중해 북쪽 해안 사이를 왔다 갔다 하고, 인도양과 태평양의 섬들은 오세아니아와 이스트아시아가 끊임없이 탈환과 재탈환을 반복하고 있으며, 몽골 지역에서 유라시아와 이스트아시아의 국경선은 도무지 안정되는 법이 없고, 북극 주변에서는 세 나라가 모두 광대한 땅에 대한 권리를 주장하고 있다. 사실상 거의 주민이 살지 않고 탐험도 이루어지지 않은 땅이다. 이런 와중에도 세 나라가 항상 대략 비슷한 힘을 유지하고 있기 때문에 각 나라 영토 핵심부는 언제나 누구도 침범하지 못한다. 게다가 적도 주변에서 일어나는 노동 착취는 사실 세계경제에 꼭 필요한 요소가 아니다. 착취당하는 노동자가 생산하는 물품은 모두 전쟁에 사용되며, 전쟁을 수행하는 목적은 항상 또 다른 전쟁을 수행하기에 유리한 위치를 점하는 것이므로, 그들의 노동은 세계의 부를 불려주지 못한다. 이 노예 노동자들의 노동은 지속적인 전쟁의 속도를 더 올려줄 뿐이다. 그러나 그들이 존재하지 않는다 해도, 세계 사회의 구조와 사회가 스스로를 유지하는 과정이 기본적으로 달라지지는 않을 것이다.

현대 전쟁의 일차적인 목적('이중사고'의 원칙에 따라, 내부당을 이끄는 두뇌들은 이 목적을 인정하는 동시에 인정하지 않는다)은 기계의 생산품을 모두 소모하면서도 전체적인 생활수준이 올라가지 못하게 하는 것이다. 19세기 말 이후 잉여 소비재의 처리 문제는 산업사회에 줄곧 잠복해 있다. 지금은 먹을 것이 풍부한 사람이 거의 없는 상황이므로 이 문제는 확실히 시급하지 않으며, 인위적인 파괴 절차를 시행하지 않더라도 시급해지지 않을 듯하다. 오늘날의 세계는 1914년 이전의 세계와 비교했을 때 황량하고, 굶주리고, 황폐한 곳이다. 그 시대의 사람들이 상상하며 고대했던 미래와 비교하면 그런 점이 더욱 더 두드러진다. 20세기 초의 사람들이 꿈꾼 미래 사회는 믿을 수 없을 만큼 부유하고, 여유롭고, 질서 있고, 능률적이었다. 유리와 강철과 눈처럼 하얀 콘크리트로 지어져 반짝거리고 청결한 이 미래 사회에 대한 꿈은 학식이 있는 거의 모든 사람의 의식에서 일부를 차지하고 있었다. 과학과 기술이 범상치 않은 속도로 발전하고 있었으므로, 앞으로도 당연히 계속 발전할 것 같았다. 그러나 이런 미래가 오지 못한 이유 중 하나는 오랫동안 연달아 이어진 전쟁과 혁명으로 인한 빈곤이고, 다른 하나는 과학과 기술의 발전이 경험론적인 사고에 의존했다는 점이다. 엄격하게 통제되는 사회에서 이런 사고방식은 살아남을 수 없었다. 전체적으로 봤을 때 오늘날의 세계는 50년 전보다 더 원시적이다. 일부 낙후된 분야가 발전했고, 어떤 식으로든 전쟁이나 경찰의 사찰과 관련된 다양한 장치들이 개발되었으나, 실험과 발명은 대부분 중단되었다. 1950년대의 핵전쟁으로 파괴된 곳 또한 아직도 완전히 복구되지 못했다. 그런데도 기계 고유의 위험은 지금도 존재한다. 기계가 처음 등장한 순간부터, 생각할 줄 아는 사람이라면 누구나 이제 인간이 고된 일을 할 필요가 없어질 테니 사람들 사이에 불평등을 유지할 필요도 크게 사라질 것이라고 확신했다. 만약 의도적으로 그런 목적을 위해 기계를 사용한다면, 굶주림, 과도한 노동, 쓰레기, 문맹, 질병을 몇 세대 안에 없앨 수 있을 것이다. 사실 현실에서 기계를 일부러 그런 목적에 사용하지 않았는데도, 모종의 자동적인 과정에 의해 때로는 반드시 분배할 수밖에 없는 부가 기계에 의해 생산되면서 19세기 말과 20세기 초의 약 50년에 걸쳐 평균적인 생활수준이 정말로 크게 올라갔다.

그러나 사회 전반에 걸친 고른 부의 증가로 계급사회가 파괴될 위험이 있다는 점 또한 분명해졌다(어떤 의미에서는 정말 파괴였다). 모든 사람의 노동 시간이 짧고, 먹을 것이 풍부하고, 누구나 욕실과 냉장고가 갖춰진 집에 살며 자동차나 심지어 비행기까지 소유하는 세상에 가장 눈에 띄는 불평등이자 어쩌면 가장 중요한 불평등은 존재하지 않을 것이다. 부가 일반적인 것이 되고 나면, 차이가 생겨나지 않는다. 사유재산과 사치라는 의미의 **부**가 고르게 분배되고 **권력**은 소수의 특권층이 계속 쥐고 있는 사회를 확실히 상상해볼 수 있었다. 그러나 현실 속에서 그런 사회는 오랫동안 안정을 유지할 수 없었다. 모두가 똑같이 안정적인 생활과 여가를 즐기게 되면, 평소 빈곤 때문에 정신이 마비되었던 다수 대중이 학식을 익혀 스스로 생각할 수 있게 되기 때문이다. 이 단계에 이른 그들은 소수의 특권층이 하는 일이 없다는 사실을 조만간 깨닫고 그 계층을 쓸어버릴 것이다. 장기적으로 봤을 때, 계급사회는 빈곤과 무지라는 바탕 위에서만 존재할 수 있다. 20세기 초에 일부 사상가들이 꿈꿨던 과거 농경사회로의 회귀는 실용적인 해결책이 아니었다. 거의 전 세계에서 준準본능이 된 기계화 추세와 충돌했을 뿐만 아니라, 산업이 낙후된 나라는 모두 군사적인 의미에서 무력하기 때문에 발전된 나라들의 직간접적인 지배를 받을 수밖에 없었다.

그렇다고 해서 재화의 생산을 억제해서 대중을 계속 빈곤 상태에 묶어두는 방법 역시 만족스러운 해결책이 아니었다. 자본주의 말기, 대략 1920년에서 1940년 사이에 이런 일이 실제로 상당히 일어났다. 많은 나라가 경제 침체를 내버려두고, 농경지를 놀리고, 자본 설비를 보충하지 않고, 인구 중 다수의 노동을 막은 뒤 국가의 자선으로 근근이 살게 했다. 그러나 이 방법 역시 군사력 약화를 초래했다. 또한 쓸데없는 결핍을 불러온다는 점에서 필연적으로 반대의 목소리가 일었다. 문제는 산업의 바퀴를 계속 돌리면서도 세계의 부를 늘리지 않는 방법을 찾아내는 것이었다. 재화는 반드시 생산해야 했으나, 그것을 국민들 사이에 퍼뜨릴 필요는 없었다. 이런 목적을 달성하는 현실적인 방법은 지속적인 전쟁밖에 없었다.

기본적으로 전쟁은 파괴 행동이다. 반드시 인간의 생명을 앗아갈 필요는 없지만, 인간이 노동으로 생산한 것들을 파괴해야 한다. 대중에게 너무 편안한 삶을 제공해서 장기적으로 봤을 때 대중을 너무 똑똑하게 만들 수 있는 물건들을 산산조각내거나, 성층권으로 날려버리거나, 바다 깊숙이 가라앉히는 방법이 바로 전쟁이다. 전쟁 무기가 실제로 파괴되지 않는다 해도, 그 무기를 제조하는 과정 자체가 소비재를 전혀 생산하지 않으면서 노동력을 소모할 수 있는 편리한 방법이다. 예를 들어 해상 요새에는 수백 척의 화물선을 만들 수 있는 노동력이 들어간다. 해상 요새는 누구에게도 혜택을 주지 못한 채 결국 폐물이 되어 해체되고, 그다음에는 새로운 해상 요새를 만드는 데 또 엄청난 노동력이 들어간다. 원칙적으로 전쟁 계획은 항상 국민의 수요를 최소한으로 맞춰준 뒤 잉여 물자를 모두 소진하도록 작성된다. 그러나 실제로는 국민의 수요가 항상 실제보다 낮게 잡히기 때문에, 필수품 중 절반이 만성적으로 부족한 상태가 된다. 그런데도 이것은 이점으로 간주된다. 정부가 총애하는 집단마저 간신히 곤궁을 면할 수준에 붙잡아두는 정책을 일부러 시행하는 것은, 국민들 전체가 결핍 상태에 있을 때 작은 특권이 더 강조되어 여러 집단들 사이의 차이가 더 증폭되기 때문이다. 20세기 초의 기준으로 보면, 심지어 내부당원조차 간소하고 고된 생활을 하고 있다. 그런데도 내부당원이 누리는 작은 사치, 이를테면 설비가 잘 갖춰진 넓은 아파트와 감촉이 좋은 옷가지, 질 좋은 음식과 술과 담배, 하인 두세 명, 개인 자동차나 헬리콥터 같은 것들 덕분에 그는 외부당원과는 다른 세계의 사람이 되고, 외부당원 역시 '프롤레'라고 불리는 빈곤한 대중에 비하면 비슷한 특권을 누리고 있다. 사회는 마치 포위당한 도시 같은 분위기를 띤다. 말고기 한 덩이를 더 갖는 것만으로도 부자와 빈민이 갈린다는 점에서 그렇다. 그와 동시에 나라가 전쟁 중이므로 위험에 처해 있다는 의식 때문에 소수의 특권계층에게 모든 권력을 넘겨주는 것이 생존을 위해 피할 수 없는 자연스러운 일처럼 보이게 된다.

앞으로 보게 되겠지만, 전쟁은 반드시 필요한 파괴를 그냥 해내는 것이 아니라, 심리적으로 수용할 수 있는 방식으로 해낸다. 원칙적으로는 신전과 피라미드 건설, 구덩이를 팠다가 다시 메우기 등으로 간단히 잉여 노동력을 소모할 수 있다. 심지어 엄청난 양의 재화를 생산한 뒤 불을 질러 태워버리는 방법도 있다. 그러나 이런 방법은 계급사회의 경제적 토대를 제공해줄 뿐, 감정적 토대는 제공해주지 못한다. 여기서 중요한 것은 대중의 사기가 아니다. 그들이 꾸준히 노동을 해야 하는 상황이라면, 그들의 태도는 중요하지 않다. 중요한 것은 당의 사기다. 아무리 보잘것없는 당원이라도 유능하고 근면해야 하며, 좁은 범위 안에서 지성도 갖추고 있어야 한다. 그러나 그와 동시에 두려움, 증오, 과찬, 흥청망청한 승리감에 지배당하며 쉽게 속아 넘어가는 무지한 광신도의 면모도 반드시 있어야 한다. 다시 말해서, 전쟁 상태에 걸맞은 정신 상태여야 한다는 뜻이다. 실제로 전쟁이 벌어지고 있는지 여부는 중요하지 않다. 어차피 결정적인 승리가 불가능하므로, 전황이 좋은지 나쁜지도 중요하지 않다. 전쟁 상태가 존재하기만 하면 된다. 당이 당원들에게 요구하는 분열된 지성은 전쟁 분위기에서 쉽게 만들어질 수 있으며, 지금은 거의 보편적으로 퍼져 있다. 특히 계급이 높을수록 이런 현상이 더 눈에 띈다. 전쟁 히스테리와 적에 대한 증오가 가장 강한 곳이 바로 내부당이다. 내부당원은 행정가로서 전쟁 소식 중 일부가 진실이 아님을 자주 알 수밖에 없다. 어쩌면 전쟁 자체가 가짜라서 실제로는 존재하지 않거나, 설사 존재하더라도 그 목적이 정부가 선언한 것과는 상당히 다르다는 사실을 자주 알아차릴 수도 있다. 그러나 이런 지식은 '이중사고'라는 기법에 의해 쉽사리 중화된다. 그래서 내부당원은 전쟁이 **현실**이며 반드시 오세아니아가 승리해서 전 세계의 명실상부한 지배자가 될 것이라는 신화적인 믿음을 단 한순간도 의심하지 않는다.

모든 내부당원은 곧 실현될 세계 정복을 신봉한다. 점점 더 많은 영토를 차지해서 압도적인 힘의 우위를 달성하거나, 누구도 대적할 수 없는 새로운 무기를 발견하는 방식으로 세계 정복을 달성할 것이다. 새로운 무기를 찾으려는 탐색은 멈춤 없이 지속되고 있으며, 창의적이거나 사색적인 사람들이 조금이라도 능력을 발휘할 수 있는 소수의 분야 중 하나다. 현재의 오세아니아에 과거와 같은 의미의 과학은 거의 존재하지 않는다. 신어에는 '과학'을 뜻하는 단어가 없다. 과거 모든 과학적 성취의 기반이 되었던 경험론적인 사고는 영사의 가장 근본적인 원칙에 어긋난다. 기술적인 발전조차 그 생산품이 인간의 자유를 축소하는 데 어떤 식으로든 이용될 수 있을 때에만 가능하다. 유용한 기술과 관련해서 세상은 제자리에 머물러 있거나 퇴보하고 있다. 책은 기계로 인쇄되는데, 밭을 갈 때는 말이 끄는 쟁기가 사용된다. 그러나 대단히 중요한 부문, 즉 전쟁과 경찰 사찰 부문에서는 경험론적인 사고가 지금도 장려된다. 설사 그 정도까지는 아니더라도 최소한 묵인되고 있기는 하다. 당의 두 가지 목표는 지상을 모두 정복하는 것과 독립적인 사고의 가능성을 완전히 없애는 것이다. 따라서 당이 해결하고자 하는 커다란 문제가 두 개 있다. 하나는 사람이 원하지 않더라도 그의 생각을 알아내는 방법이고, 다른 하나는 아무런 사전 경고 없이 몇 초 만에 수억 명의 사람을 죽이는 방법이다. 아직 이어지는 과학 연구의 주제가 바로 이것이다. 오늘날의 과학자는 표정, 몸짓, 어조의 의미를 지극히 정밀하게 연구하고, 약물, 충격요법, 최면술, 고문으로 진실을 얼마나 뽑아낼 수 있는지 시험하는 심리학자 겸 이단 재판관이거나, 자신의 전공 중 생명을 빼앗는 일과 관련된 부문에만 관심이 있는 화학자, 물리학자, 생물학자다. 평화부의 광대한 실험실과 브라질의 숲이나 오스트레일리아의 사막이나 남극의 잊힌 섬에 숨겨진 실험 기지에서 여러 팀의 전문가들이 지칠 줄 모르고 연구에 몰두한다. 미래 전쟁의 병참 계획에만 관심이 있는 사람도 있고, 점점 더 큰 로켓탄과 점점 더 강력한 폭발물과 점점 더 강한 장갑판을 고안해내는 사람도 있고, 치명적인 독가스나 대륙 전체의 식물을 모두 죽일 수 있을 만큼 대량 생산이 가능한 용해성 독이나 모든 항체에 저항력을 지닌 병균을 연구하는 사람도 있고, 물속의 잠수함처럼 땅속으로 파고드는 차량이나 떠다니는 배처럼 기지가 필요 없는 비행기를 만들어내려고 애쓰는 사람도 있고, 수천 킬로미터 상공의 우주에 렌즈를 띄워 햇빛을 한곳에 모으거나 지구 깊숙한 곳의 지열을 이용해 지진과 해일을 인공적으로 일으키는 등 가능성이 훨씬 더 희박한 일을 연구하는 사람도 있다.

그러나 이런 프로젝트 중 어느 것도 성공 근처에는 가지도 못했다. 또한 세 개의 초국가 중 어느 곳도 다른 나라들에 대해 의미 있는 우위를 점하지 못했다. 이보다 더 놀라운 것은 세 강대국이 모두 현재의 과학자들이 발견할 수 있는 어떤 무기보다도 훨씬 강력한 원자탄이라는 무기를 이미 갖고 있다는 점이다. 당은 습성대로 원자탄을 자신이 발명했다고 주장하지만, 원자탄이 처음 나타난 것은 무려 1940년대이며 그로부터 약 10년 뒤 최초의 대규모 원자탄 사용이 이루어졌다. 당시 수백 개의 원자탄이 주로 러시아의 유럽 영토와 서유럽, 북아메리카의 산업 중심지에 떨어졌다. 그 효과를 본 각국의 지배 계층은 원자탄이 몇 개만 더 사용되면 조직화된 사회가 끝나고, 그와 더불어 자신들의 권력도 끝날 것이라는 확신을 얻었다. 그 뒤로 공식적인 협약이 맺어진 적이 없고 심지어 암시된 적조차 없는데도, 원자탄은 다시 사용되지 않았다. 세 강대국은 조만간 반드시 생길 것이라고 믿고 있는 결정적인 기회에 대비해서 원자탄을 생산해 저장해두고만 있다. 그리고 지난 30~40년 동안 전쟁 기술은 거의 답보 상태에 머물러 있었다. 예전에 비해 헬리콥터가 더 많이 사용되고, 폭격기는 대체로 자주포에 밀려났으며, 허약한 전함은 침몰이 거의 불가능한 해상 요새에 자리를 내주었다. 하지만 그 외에는 거의 발전이 없었다. 탱크, 잠수함, 어뢰, 기관총은 물론 심지어 라이플과 수류탄도 여전히 사용된다. 언론과 텔레스크린으로 한없는 살육 소식이 보도되고 있으나, 수십만, 수백만 명이 몇 주 만에 목숨을 잃기 일쑤이던 과거의 필사적인 전투는 단 한 번도 재현되지 않았다.

세 개의 초국가는 심각한 패배의 위험이 있는 작전을 결코 시도하지 않는다. 대규모 작전이라고 해봤자, 대개 동맹을 향한 기습 공격이다. 세 강대국이 따르는 전략, 아니 따르는 척 스스로를 속이고 있는 전략은 모두 똑같다. 전투, 흥정, 때를 잘 맞춘 배신행위를 조합해서 경쟁국을 완전히 에워싸는 기지를 확보한 다음 그 경쟁국과 우호조약을 맺고 상대의 의심이 잦아들 때까지 평화로운 관계를 유지하는 것이 그들의 계획이다. 이 평화 기간 동안 모든 전략적인 지점에 핵탄두를 탑재한 로켓을 배치할 수 있다. 그러다 마침내 그 로켓들을 한꺼번에 발사하면, 상대는 보복이 불가능할 만큼 초토화될 것이다. 그 다음에는 하나 더 남아 있는 강대국과 우호조약을 맺어 또 다른 공격을 준비한다. 이 계획이 실현 불가능한 백일몽에 불과하다는 말은 굳이 할 필요도 없을 것이다. 게다가 적도와 극

지방 주위의 분쟁 지역을 제외하면 어디서도 전투가 벌어지지 않는다. 적의 영토를 침략하는 일은 전혀 일어나지 않았다. 초국가들 사이의 국경선이 일부 지역에서 임의적으로 정해진 이유도 이것으로 설명할 수 있다. 예를 들어 유라시아는 지리적으로 유럽의 일부인 영국제도를 쉽사리 정복할 수 있다. 오세아니아 또한 라인 강은 물론 심지어 비슬라 강까지도 영토를 넓힐 수 있을 것이다. 그러나 이런 행위는 비록 공식적인 규정으로 정해진 적은 없으나 모두가 따르고 있는 문화 보전의 원칙에 어긋난다. 오세아니아가 예전에 프랑스와 독일로 불리던 땅을 정복하려면 그곳 주민들을 몰살할 필요가 있다. 이것은 물리적으로 대단히 힘든 작업이다. 아니면 약 1억 명에 달하는 그 지역 인구를 동화시켜야 하는데, 그들의 기술 발전 수준은 대략 오세아니아와 같은 수준이다. 다른 초강대국들도 상황은 똑같다. 전쟁 포로나 유색인종 노예와의 제한된 접촉을 제외하면, 모든 외국인과의 접촉을 금지하는 것이 그들의 구조 유지에 절대적으로 필요하다. 아무리 공식적인 동맹국이라도 항상 어둡기 그지없는 의심의 눈초리로 바라보아야 한다. 전쟁 포로를 제외하면, 오세아니아의 일반 시민은 유라시아나 이스트아시아의 국민을 눈으로 직접 볼 일이 전혀 없다. 외국어를 공부하는 것도 금지된 일이다. 만약 외국인과의 접촉을 허락받는다면, 그들 역시 자신과 비슷한 생명체임을 알게 될 것이고 따라서 정부가 외국인들에 대해 했던 말이 대부분 거짓임이 들통날 것이다. 일반 시민들이 살고 있는 폐쇄 사회의 봉인이 이렇게 풀리면, 시민들의 사기를 지탱해주던 두려움, 증오, 독선이 증발하듯 사라질지도 모른다. 따라서 페르시아, 이집트, 자바, 실론 지역의 주인이 아무리 자주 바뀌더라도 중요 국경선 너머로는 폭탄 외에 어떤 것도 보내지 말아야 한다는 점을 모두가 인정하고 있다.

이런 거짓 선전 아래에서 소리 내어 말하는 사람은 하나도 없지만, 사람들이 암묵적으로 이해하고 그에 맞춰 행동하는 사실이 하나 있다. 세 개의 초국가 모두의 생활환경이 거의 똑같다는 사실이다. 오세아니아를 지배하는 철학은 영사라고 불리고, 유라시아에서는 신볼셰비키주의라고 불리고, 이스트아시아에서는 대개 '죽음 숭배'라고 번역되는 중국식 이름으로 불린다. 그러나 '죽음 숭배'보다는 '자기 말살'이라는 번역이 더 어울릴 것이다. 오세아니아 국민들은 다른 두 나라의 철학에 대해 조금도 배울 수 없다. 다만 그 철학이 도덕과 상식을 야만적으로 유린한다고 사납게 욕하는 법을 배울 뿐이다. 그러나 사실 이 세 나라의 철학은 서로 구분하기가 거의 힘든 수준이고, 이 철학을 바탕으로 한 사회체제 역시 전혀 구분이 가지 않는다. 모든 나라에 똑같은 피라미드형 구조가 있고, 지도자를 반半신처럼 떠받드는 것도 같고, 지속적인 전쟁에 의해 그 전쟁을 위해 경제가 존재하는 것도 같다. 따라서 세 개의 초국가는 단순히 서로를 정복할 수 없는 것이 아니라, 정복해봤자 얻을 것이 전혀 없다. 오히려 계속 분쟁 상태를 유지하면서 서로를 지탱하고 있다. 곡식 다발 세 개를 서로 기대어 세워놓은 것과 같다. 세 강대국의 지배 집단은 대개 자신들이 무슨 짓을 하는지 알면서도 모르고 있다. 흔한 일이다. 그들은 세계 정복에 평생을 바치지만, 어느 쪽도 승리하는 일 없이 전쟁이 영원히 계속될 필요가 있다는 사실 또한 알고 있다. 한편 정복당할 위험이 **없다**는 사실 덕분에 영사를 포함한 세 철학의 특징인 현실 부정이 가능해진다. 이쯤에서 앞에서 한 말을 다시 반복할 필요가 있다. 전쟁이 지속적으로 이어지면서, 전쟁의 성격이 근본적으로 바뀌었다는 말이다.

과거 시대에 전쟁은 원래 조만간 끝나는 것이었다. 그리고 대부분의 경우 승리자와 패배자가 확실하게 판가름되었다. 과거에는 또한 인간 사회가 물리적 현실과 계속 접촉할 수 있게 해주는 중요한 도구 중 하나가 전쟁이었다. 모든 시대의 통치자들은 백성들에게 거짓 세계관을 심어주려고 했으나, 군사 능력을 손상시킬 수 있는 환상을 부추기지는 못했다. 패배가 보통 바람직하지 않다고 여겨지는 결과, 예를 들어 독립의 상실 같은 것으로 이어지는 한, 패배를 막기 위한 예방 조치에는 반드시 진심을 기울여야 했다. 물리적인 현실을 무시할 수는 없었다. 철학, 종교, 윤리학, 정치에서는 2 더하기 2가 5가 될 수 있을지 몰라도, 총이나 비행기를 설계할 때는 반드시 4여야 했다. 무능한 나라는 항상 조만간 정복당했으므로, 능력을 얻기 위한 몸부림은 환상과 상극이었다. 게다가 유능해지려면 과거의 교훈을 배울 수 있어야 하는데, 이것은 곧 과거에 일어난 일을 상당히 정확히 알게 된다는 뜻이었다. 물론 신문과 역사색은 항상 특정한 색채로 물들어 있었지만, 오늘날과 같은 위조 행위는 불가능했다. 전쟁은 건강한 정신을 확실히 지켜 주었으며, 특히 지배계급에게 무엇보다 중요한 영향을 미쳤을 가능성이 높다. 전쟁에서 승리하든 패배하든, 그 책임에서 전적으로 벗어날 수 있는 지배계급은 없기 때문이었다.

그러나 전쟁이 문자 그대로 끊임없이 이어지게 되면, 전쟁의 위험도 사라진다. 전쟁이 계속 이어지면 군사적 필수 요건이라는 것도 존재하지 않게 된다. 기술적 발전도 멈추고, 생생하기 그지없는 사실조차 부정이나 무시의 대상이 된다. 이미 보았듯이, '과학적'이라고 평가할 수 있는 연구들이 전쟁 목적을 위해 아직 수행되고 있으나, 기본적으로는 일종의 백일몽에 불과하다. 연구가 실패해도 중요하지 않다. 능력은 더 이상 필요하지 않다. 심지어 군사적 능력도 마찬가지다. 오세아니아에서 유능한 것은 사상경찰뿐이다. 각각의 초국가는 정복당할 위험이 없기 때문에, 거의 모든 종류의 도착적인 사상을 걱정 없이 실행할 수 있는 별도의 우주나 마찬가지다. 현실은 일상생활에 꼭 필요한 일들, 즉 먹고 마시는 일, 거처와 의복을 구하는 일, 독을 삼키거나 높은 창문에서 떨어지는 것을 피하는 일 등을 통해서만 압력을 행사한다. 삶과 죽음 사이, 육체적 쾌락과 육체적 고통 사이에는 아직 구분이 남아 있지만 그뿐이다. 외부 세계 및 과거와 단절된 오세아니아 국민들은 우주 공간에 떠 있는 것과 비슷하다. 거기서는 위가 어디고 아래가 어디인지 구분할 길이 없다. 이런 국가의 통치자는 절대적이다. 과거의 파라오나 카이사르도 그 정도까지는 도달하지 못했다. 현재의 통치자는 국민들이 지나치게 많이 굶어 죽어서 현실이 불편해지는 일을 막아야 하고, 경쟁자와 똑같이 낮은 수준의 군사기술을 유지해야 한다. 이 최소한의 조건들만 달성한다면, 현실을 자기 마음대로 비틀 수 있다.

과거 전쟁을 기준으로 판단해보면, 현재의 전쟁은 협잡일 뿐이다. 뿔의 각도 때문에 애당초 서로를 해칠 수 없는 동물들의 싸움과 같다. 그러나 전쟁이 비현실적이라고 해서 의미가 없는 것은 아니다. 전쟁은 잉여 소비재를 집어삼키고, 계급사회에 특별히 필요한 정신적 분위기를 보존해준다. 앞으로 보게 되겠지만, 지금의 전쟁은 순전히 국가 내부의 일이다. 과거에는 모든 나라의 지배 집단이 서로의 공동 이익을 인정하고 전쟁으로 인한 파괴에 제한을 두었을지언정 정말로 서로를 상대하며 싸웠다. 그리고 승리자는 항상 패배자를 약탈했다. 지금은 지배자들이 서로 싸우지 않는다. 지배 집단이 백성들을 상대로 전쟁을 수행할 뿐이며, 전쟁의 목적은 영토의 정복이나 적의 침범 저지가 아니라 사회구조를 보존하는 것이다. 따라서 '전쟁'이라는 단어 자체의 의미가 달라졌다. 전쟁이 지속적으로 이어지면서 전쟁이 사라졌다고 말하는 편이 아마 정확할 것이다. 신석기시대부터 20세기 초반까지 전쟁이 인간에게 행사한 독특한 압박은 완전히 사라지고, 아주 다른 것이 그 자리를 대신 차지했다. 세 초국가가 서로 싸우는 대신 서로를 절대 침범하지 않고 영원한 평화를 유지하기로 합의하더라도 그 효과는 거의 같을 것이다. 그런 경우에도 세 국가는 여전히 정신이 번쩍 들게 해주는 외부의 위험으로부터 영원히 벗어나 자급자족적인 우주를 이루어 살아갈 것이다. 정말로 영구적인 평화는 영구적인 전쟁과 똑같다. 대다수의 당원은 이것을 아주 얄팍하게만 이해하고 있지만, 이것이야말로 '전쟁은 평화'라는 당의 구호에 담긴 깊은 의미다.

윈스턴은 잠시 독서를 멈췄다. 어딘가 먼 곳에서 로켓탄 소리가 천둥처럼 울렸다. 텔레스크린이 없는 방에서 금지된 책을 들고 혼자 있다는 행복감은 사라지지 않았다. 그의 몸이 느끼는 피로, 의자의 부드러움, 미약한 산들바람이 창문으로 들어와 그의 뺨을 간질이는 감각에 안전한 곳에 혼자 있다는 느낌이 섞여서 물리적인 실체처럼 느껴졌다. 책은 매혹적이었다. 아니, 더 정확히 말하자면 그를 안심시켜주었다. 어떤 의미에서 책의 내용은 전혀 새롭지 않았으나, 그것이 바로 매력의 한 요인이었다. 그가 흩어진 생각을 정돈할 수만 있었다면, 이 책의 내용과 같은 말을 했을 것이다. 이 책은 그와 비슷한 생각을 하는 사람이 만든 것이었지만, 그 사람은 윈스턴 자신보다 훨씬 더 강하고 더 체계적이었으며 두려움에 덜 휘둘렸다. 독자가 이미 아는 것을 말해주는 책이 최고의 책이라는 생각이 들었다. 그가 막 1장을 다시 펼쳤을 때 계단을 올라오는 줄리아의 발소리가 들려서 그는 그녀를 맞이하려고 의자에서 일어섰다. 그녀는 갈색 도구 가방을 바닥에 던져버리고 그의 품에 뛰어들었다. 일주일여 만의 만남이었다.

"그 책을 가져왔어." 그가 그녀에게서 떨어지면서 말했다.

"어머, 가져왔어요? 잘 됐네요." 그녀는 심드렁한 표정으로 이렇게 말하고는 곧바로 석유스토브 옆에 주저앉아 커피를 끓일 준비를 했다.

두 사람은 침대에 들고 30분이 지난 뒤에야 책 이야기를 다시 꺼냈다. 저녁 기운이 서늘해서 이불을 덮는 보람이 느껴졌다. 친숙한 노랫소리와 포석을 걷는 신발 소리가 저 아래 길에서 들려왔다. 윈스턴이 처음 이곳에 온 날 보았던 벌건 팔뚝의 튼튼한 여자는 거의 마당의 붙박이였다. 낮에는 항상 그녀가 빨래통과 빨랫줄 사이를 오가며 빨래집게를 입에 물었다가 넉살 좋은 노래를 쏟아내기를 반복하는 것 같았다. 줄리아는 모로 누워서 벌써 잠들기 직전인 것 같았다. 그는 손을 뻗어 바닥의 책을 집어 들고, 침대 머리판에 등을 기대고 앉았다.

"우린 이걸 꼭 읽어야 돼." 그가 말했다. "너도. 형제단 회원은 다 읽어야 돼."

"당신이 읽어줘요." 줄리아가 눈을 감은 채 말했다. "소리 내서. 그게 제일 좋은 방법이에요. 읽으면서 당신이 나한테 설명해줄 수도 있고."

시곗바늘이 6을 가리켰다. 18시라는 뜻이었다. 앞으로 서너 시간 더 함께 있을 수 있었다. 윈스턴은 책을 무릎에 펼쳐놓고 읽기 시작했다.

1장

무지는 힘

유사 이래로, 십중팔구 신석기가 끝난 뒤부터 세상에는 세 종류의 사람이 존재했다. 상류층, 중류층, 하류층. 각각의 계층은 또 여러 갈래로 갈라져 헤아릴 수 없이 다양한 이름으로 불린다. 그들이 서로를 대하는 태도는 물론 상대적인 숫자 또한 시대마다 달랐으나, 사회의 기본 구조는 한 번도 변하지 않았다. 엄청난 격변으로 돌이킬 수 없을 것처럼 보이는 변화가 일어난 뒤에도 언제나 같은 패턴이 다시 자리를 잡았다. 자이로스코프를 아무리 세게 밀어도 항상 평형상태를 되찾는 것과 같다.

"줄리아, 자는 거 아니지?" 윈스턴이 말했다.

"그럼요, 내 사랑. 듣고 있어요. 계속하세요. 아주 놀랍네요."

윈스턴은 계속 읽었다.

이 세 집단의 목표는 서로 완전히 조화될 수 없다. 상류층의 목표는 그 자리에 계속 머무는 것이다. 중류층의 목표는 상류층의 자리를 차지하는 것이다. 하류층의 목표는, 그러니까 그들에게 목표가 있을 때의 이야기인데, 왜냐하면 고된 일에 너무 짓눌린 나머지 하루하루 살아가는 것 외에 다른 일을 인식하는 것은 아주 가끔 있는 일이라는 것이 그들에게 지속적으로 나타나는 특징이기 때문이다. 어쨌든 그들의 목표는 모든 차별을 철폐하고 모두가 동등한 사회를 만드는 것이다. 따라서 역사를 통틀어 주요 골격이 똑같은 투쟁이 자꾸만 발생한다. 상류층은 오랜 기간 동안 안정적으로 권력을 유지하는 듯이 보이지만, 그들이 스스로에 대한 믿음이나 자신의 유능한 통치 능력에 대한 믿음을 잃는 순간이 조만간 반드시 오게 되어 있다. 때로는 두 가지 믿음을 한꺼번에 잃기도 한다. 그러면 중류층이 마치 자유와 정의를 위해 싸우는 양 행세하며 하류층을 자기편으로 끌어들여 상류층을 무너뜨린다. 그러나 중류층은 목표를 달성하자마자 하류층을 다시 종속적인 위치로 밀어버리고 스스로 상류층이 된다. 곧 다른 두 집단 중 하나 또는 두 집단 모두에서 새로운 중류층이 갈라져 나오면 투쟁은 처음부터 다시 시작된다. 이 세 집단 중 단 한 번도 일시적으로라도 목표를 달성하지 못하는 계층은 하류층뿐이다. 역사를 통틀어 물질적인 진보가 없었다고 말한다면 과장일 것이다. 쇠퇴의 시기인 오늘날에도 사람들의 평균적인 생활수준은 몇 세기 전에 비해 물리적으로 유복하다. 그러나 부가 아무리 늘어나고, 사람들의 태도가 부드러워지고, 개혁이나 혁명이 이루어져도 사람들 사이의 평등에는 1밀리미터도 다가가지 못했다. 하류층의 관점에서 보면, 그 어떤 역사적 변화도 그저 주인의 이름이 바뀌는 것에 불과했다.

19세기 말쯤에는 이런 패턴을 많은 사람이 알아차렸다. 그러자 역사를 순환으로 해석하며, 불평등은 인간 사회에서 불변의 법칙임을 증명하겠다고 주장하는 학파들이 나타났다. 물론 이런 주장을 따르는 사람들은 언제나 있었지만, 이 학파들이 주장을 내놓는 양상이 예전과는 크게 달랐다. 과거에는 특히 상류층이 사회적 계층구조가 필요하다는 주장을 펼쳤다. 왕과 귀족, 그리고 사제와 법률가 등 그들에게 기생하는 자들이 이런 주장을 설파했으며, 대개 상상 속의 세계인 내세에서 보상받을 것이라는 약속을 곁들였다. 중류층은 권력을 향한 투쟁을 벌일 때는 항상 자유, 정의, 박애 같은 말을 내세웠다. 그러나 지금은 아직 지휘권을 손에 쥐지 못하고 오래지 않아 그렇게 되기만을 희망하는 사람들이 형제애라는 개념을 점차 공격하고 있다. 과거 중류층은 평등이라는 기치 아래에서 혁명에 나선 뒤, 구세력이 전복되자마자 새로운 전제정치를 시작했다. 그 뒤에 새로 나타난 중류층은 사실상 미리부터 전제정치를 하겠다고 선언했다. 고대 노예 반란까지 이어진 사상의 역사에서 마지막 연결고리이며 19세기 초에 등장한 사회주의는 여전히 과거 시대의 유토피아주의에 깊이 물들어 있었다. 그러나 1900년경부터 나타난 사회주의의 여러 변형들은 모두 자유와 평등을 확립하겠다는 목표를 점점 더 노골적으로 내팽개쳤다. 20세기 중반에 나타난 새로운 운동들, 즉 오세아니아의 영사, 유라시아의 신볼셰비키주의, 흔히 죽음 숭배라고 불리는 이스트아시아의 사상은 **부**자유와 **불**평등을 영속화하겠다는 의식적인 목적을 갖고 있었다. 물론 이 새로운 운동은 옛 운동에서 자라나온 것이므로, 과거의 이념과 같은 이름을 사용하며 입으로나마 경의를 표하는 경향을 보이기는 했다. 그러나 그들의 목적은 발전을 중단시켜 자기들이 원하는 순간에 역사를 동결시키는 것이었다. 역사의 진자가 한 번만 더 왕복한 뒤 멈춰야 한다는 얘기였다. 과거의 친숙한 패턴처럼, 상류층은 중류층에게 전복당하고, 중류층이 상류층이 될 터였다. 하지만 이번에는 새로운 상류층이 의식적인 전략을 실행해서 자신의 자리를 영원히 지킬 수 있을 것이다.

이런 새로운 주장들이 나타난 데에는 역사 지식의 축적과 19세기 이전에는 거의 존재하지 않았던 역사의식의 성장이 어느 정도 영향을 미쳤다. 역사의 순환을 이제는 이해할 수 있을 것 같았다. 그런데 뭔가를 이해할 수 있다면, 곧 그것을 바꿀 수도 있다는 뜻이었다. 그러나 그들의 주장을 지탱하는 가장 중요한 명분은 20세기 초에 이미 인류의 평등이 기술적으로 가능해졌다는 것이었다. 사람들이 타고난 재능이 평등하지 않으므로, 각자의 전문 기술에 따라 더 혜택을 받는 계층이 생길 수밖에 없는 현실은 여전했다. 하지만 계급 차별이나 커다란 빈부 격차가 반드시 있어야 할 이유는 이제 존재하지 않았다. 과거에는 계급 차별이 불가피할 뿐만 아니라 바람직하기까지 했다. 불평등은 문명의 대가였다. 그런데 기계가 생산되면서 상황이 바뀌었다. 여전히 인간이 다양한 노동을 해야 한다 하더라도, 굳이 사회적, 경제적인 생활수준마저 달라야 할 필요는 없었다. 따라서 권력을 잡기 직전이던 신흥 세력의 관점에서 볼 때, 인류의 평등은 이제 투쟁하며 추구해야 할 이상이 아니라 피해야 할 위험이 되었다. 정의롭고 평등한 사회가 사실상 불가능하던 과거에는 그런 사회를 이상으로 신봉하기가 상당히 쉬웠다. 모두가 형제처럼 함께 살고 법률도 고된 노동도 없는 지상낙원이라는 이상은 수천 년 동안 인류의 상상 속에 항상 등장했다. 심지어 역사적 변화로 실질적인 혜택을 입은 집단조차 이런 이상에 어느 정도 사로잡힐 정도였다. 프랑스, 영국, 미국에서 일어난 혁명의 정신을 물려받은 사람들은 인권이니 표현의 자유니 법 앞의 평등이니 하는 말을 어느 정도는 진심으로 믿었으며, 심지어 그런 이상의 영향으로 자신의 행동을 조금 바꾸기까지 했다. 그러나 1930년대쯤에는 정치사상의 주류가 모두 권위주의적이었다. 지상낙원의 이상은 실현이 가능해진 바로 그 순간에 평판을 잃었다. 이름과 상관없이 모든 정치 이론은 계층화와 통제로 되돌아갔다. 1930년 무렵부터 전체적인 사고방식이 가혹해지면서, 아주 오랫동안, 어떤 경우에는 수백 년 동안 폐기되었던 행위들, 즉 재판 없는 구금, 전쟁 포로의 노예화, 공개 처형, 자백을 끌어내기 위한 고문, 인질 이용, 집단 추방 등의 행위가 다시 흔해졌을 뿐만 아니라, 스스로 진보적이고 깨어 있다고 생각하는 사람들에 의해 묵인되고 심지어 옹호되기까지 했다.

국가 간의 전쟁, 내전, 혁명, 반혁명이 전 세계 모든 지역에서

10년 동안 이어진 뒤에야 영사를 비롯한 경쟁 이론들이 완전한 정치 이론의 모양을 갖추게 되었다. 20세기 초에 나타난 다양한 체제, 일반적으로 전체주의라고 불리는 체제가 이미 이런 이론을 예고했으므로, 전반적인 혼란 속에서 등장할 세상의 대략적인 윤곽은 오래전부터 분명히 드러나 있었다. 그 세계를 어떤 사람들이 지배할지도 역시 분명했다. 이 새로운 귀족계급은 대부분 관료, 과학자, 기술자, 노조 운동가, 홍보 전문가, 사회학자, 교사, 기자, 직업 정치인으로 구성되었다. 원래 중산층 월급쟁이와 노동계급 상층부 출신인 이들은 독점 산업과 중앙집권 정치라는 황량한 세계 속에서 한데 모여 다듬어졌다. 과거의 권력자들에 비해 이들은 덜 탐욕스럽고 사치의 유혹에 강했으나 순수한 권력을 더 갈망했다. 특히 자신이 하는 일을 더 많이 의식하고 반대 세력을 분쇄하려는 열망이 더 강했다. 이 마지막 차이점이 아주 중요하다. 오늘날의 전제정치와 비교하면, 과거의 모든 전제정치는 열의가 없고 무능했다. 지배 집단은 항상 자유주의 사상에 어느 정도 물들어 있었으며, 사방에 어설픈 구석을 남겨두고도 걱정하지 않았다. 겉으로 드러난 행동에만 시선을 주고, 신민들이 무슨 생각을 하는지에 대해서는 관심이 없었다. 심지어 중세의 가톨릭교회도 현대적인 기준에서 보면 관용적이었다. 이런 현상이 나타난 이유 중 하나는 과거 어떤 정부도 국민을 항상 감시할 능력이 없었다는 점이다. 그러나 인쇄술의 발명으로 여론 조작이 쉬워졌고, 영화와 라디오는 거기서 한층 더 앞으로 나아갔다. 텔레비전이 발전하고, 같은 장비로 동시 송수신이 가능해진 뒤에는 사생활에 종지부가 찍혔다. 모든 국민, 적어도 감시할 가치가 있는 국민을 24시간 내내 경찰이 감시하면서, 다른 통신 채널을 모두 닫은 채 공식적인 선전물만 들려줄 수 있게 된 것이다. 국가의 뜻에 대한 완전 복종뿐만 아니라 모든 문제에 대한 완전한 여론 통일을 실현하는 일이 사상 처음으로 가능해졌다.

1950년대와 1960년대의 혁명기 이후 사회는 언제나 그렇듯이, 상류층, 중류층, 하류층으로 다시 갈라졌다. 그러나 새로운 상류층은 그 이전의 모든 상류층과 달리 본능을 좇지 않았을 뿐만 아니라, 자신의 지위를 지키기 위해 필요한 일이 무엇인지도 알고 있었다. 오로지 집산주의만이 과두제의 안정적인 기초가 될 수 있다는 사실을 사람들은 이미 오래전부터 깨닫고 있었다. 부와 특권은 공동소유일 때 가장 쉽게 지킬 수 있다. 20세기 중반에 시행된 이른바 '사유재산제 폐지'는 사실상 예전보다 훨씬 적은 수의 사람들 손에 부가 집중되는 것을 의미했다. 다만, 새로이 부를 손에 넣은 이 새로운 사람들은 개인이 아니라 집단이라는 점이 달랐다. 당원 개개인은 누구도 사소한 개인 물건 외에 아무것도 소유하지 못한다. 그러나 당은 하나의 집단으로서 오세아니아의 모든 것을 소유한다. 당이 모든 것을 통제하며, 자신이 보기에 적절하다고 생각하는 방식으로 생산품을 처리한다. 혁명 이후 당이 거의 아무런 반대 없이 지금의 지위에 올라설 수 있었던 것은, 그 과정 전체가 집단화의 일환으로 묘사되었기 때문이다. 사람들은 자본가 계급의 재산을 모두 몰수하면 반드시 사회주의가 실현될 것이라고 항상 생각했다. 따라서 자본가의 재산 몰수에 아무도 의문을 제기하지 않았다. 공장, 광산, 토지, 주택, 운송 수단 등 모든 것이 몰수되어 더 이상 사유재산이 아니게 되었다. 그러므로 그것들은 당연히 공유재산이 되어야 했다. 초창기 사회주의 운동에서 자라나와 그 사회주의 운동의 어법을 물려받은 영사가 사실상 사회주의 프로그램의 가장 중요한 항목을 실행한 셈이었다. 그리고 그 결과는, 미리 예측하고 의도한 대로, 경제적 불평등의 영속화였다.

그러나 계급사회를 영속화하는 문제는 이보다 더 심오하다. 지배계급이 권좌에서 추락하는 길은 네 개뿐이다. 외부 세력에게 정복당하거나, 통치 능력이 워낙 형편없어서 대중이 봉기하거나, 지배계급이 강력하고 불만에 찬 중간계급의 등장을 허용하거나, 자신감과 통치 의지를 잃어버리는 것. 이런 요인들은 개별적으로 작용하지 않는다. 네 가지 요인이 모두 조금씩 작용하는 것이 보통이다. 지배계급이 이 요인들을 모두 막아낼 수 있다면 영원히 권력을 유지할 것이다. 궁극적으로 가장 결정적인 요인은 지배계급 자체의 정신적 태도다.

금세기 중반 이후 첫 번째 요인의 위험은 현실적으로 사라졌다. 세계를 나눠 가진 세 강대국은 모두 사실상 난공불락이다. 혹시 그들이 정복당한다면 순전히 서서히 진행되는 인구 변화 때문일 텐데, 광범위한 힘을 지닌 정부라면 그런 변화를 쉽사리 막을 수 있다. 두 번째 요인의 위험 또한 이론적으로만 존재할 뿐이다. 대중은 결코 스스로의 의지로 봉기하지 않으며, 오로지 억압당한다는 이유만으로 봉기하지도 않는다. 사실 누구와도 비교할 수 없게 그들을 통제한다면, 그들은 자신이 억압당하는 줄도 모를 것이다. 과거에 자주 발생하던 경제 위기는 전혀 쓸데없는 일이었으므로 지금은 그런 일이 허용되지 않는다. 그와 비슷한 규모의 다른 혼란은 아직도 발생하지만, 정치적인 결과는 없다. 사람들이 불만을 분명히 밝힐 길이 없기 때문이다. 기계를 만드는 기술이 개발된 이래로 우리 사회에 계속 잠복해 있는 과잉생산의 문제는 지속적인 전쟁이라는 장치로 해결된다(3장 참조). 지속적인 전쟁은 대중의 사기를 필요한 수준으로 끌어올리는 데에도 유용하다. 따라서 현 통치자들의 관점에서 볼 때 진정한 위험은 뛰어난 능력에 미치지 못하는 일을 하면서 권력에 굶주린 사람들이 새로운 집단으로 갈라져 나오는 것과 지배계급 내에서 자유주의와 회의주의가 성장하는 것밖에 없다. 다시 말해서, 교육이 문제라는 뜻이다. 지시를 내리는 집단과 바로 그 아래에 더 큰 규모로 자리 잡고 있는 실행 집단 모두의 의식이 항상 틀에서 벗어나지 않게 해야 한다. 대중의 의식에는 소극적인 영향을 미치는 것만으로 충분하다.

이런 배경을 감안해서 오세아니아 사회의 전반적인 구조를 추론할 수 있다. 물론 이미 알고 있는 사람도 있을 것이다. 피라미드의 꼭대기에는 빅 브라더가 있다. 빅 브라더는 무오류이며 전능하다. 모든 성공, 모든 업적, 모든 승리, 모든 과학적 발견, 모든 지식, 모든 지혜, 모든 행복, 모든 미덕은 빅 브라더의 지도력과 영향에서 나온다고 한다. 빅 브라더를 실제로 본 사람은 하나도 없다. 그는 광고판 위의 얼굴이자 텔레스크린에서 들려오는 목소리로만 존재한다. 그가 결코 죽지 않을 것이라고 가정해도 터무니없지는 않을 것이다. 그가 태어난 시기에 대해서도 이미 상당한 혼란이 있다. 빅 브라더는 당이 세상에 자신을 내보이기 위해 선택한 얼굴이다. 사랑, 두려움, 경의, 즉 조직보다는 개인을 향해 더 쉽게 느낄 수 있는 감정들을 자신에게로 집중시키는 것이 그의 역할이다. 빅 브라더 아래에는 내부당이 있는데, 당원 수가 600만 명으로 제한되어 있다. 오세아니아 인구 중 2퍼센트에 조금 못 미치는 숫자다. 내부당 아래에는 외부당이 있다. 내부당이 국가의 두뇌라면, 외부당은 손이라고 할 수 있을 것이다. 그 아래에 있는 것은 우리가 습관적으로 '프롤레'라고 부르는 무지한 대중이다. 아마도 인구 중 85퍼센트를 차지할 것으로 보인다. 과거의 계급 분류에 따르면, 프롤레는 하류층이다. 적도 지역에서 정복자들의 손에서 손으로 넘겨지며 노예처럼 살고 있는 사람들은 이 구조에 영구적으로 속하지도 않고, 꼭 필요하지도 않다.

원칙적으로, 이 세 집단의 지위는 세습되지 않는다. 내부당원 부모에게서 태어난 아이라도 이론적으로는 날 때부터 내부당원이 되지 않는다. 내부당이나 외부당에 들어가려면 열여섯 살 때 시험을 거쳐야 한다. 인종적인 차별도 존재하지 않으며,

한 지역이 유난히 세력을 떨치지도 않는다. 유태인, 흑인, 순수한 인디오 혈통의 남아메리카인도 당의 고위직을 차지하고 있으며, 모든 지역의 행정가들은 항상 그 지역 출신이다. 오세아니아의 어느 지역에도 멀리 있는 수도의 지배를 받는 식민지 백성 같다고 생각하는 주민은 없다. 오세아니아에는 수도가 없으며, 이름뿐인 수반의 행방은 아무도 모른다. 가장 널리 쓰이는 언어는 영어이고, 공용어는 신어라는 점만 제외하면, 어느 모로 봐도 중앙집권적인 특징이 없다. 지배자들은 혈연으로 연결된 것이 아니라, 같은 신조를 지지한다는 점에서 하나로 묶여 있다. 사회가 계층화된 것은 사실이다. 계층 구분이 엄격해서, 언뜻 보기에는 각자의 지위가 세습적인 것 같다. 자본주의 시대는 물론이고 심지어 산업화 이전 시대와 비교해 봐도 여러 집단 사이의 계층 이동은 크게 줄어들었다. 내부당과 외부당 사이에는 어느 정도 인력 교환이 이루어지지만, 그것도 약골들을 내부당에서 제외시키고 야망이 큰 외부당원들에게 승급을 허락해서 가시를 제거하는 수준으로만 제한되어 있다. 현실적으로 프롤레타리아에게는 당원 지위까지 차근차근 올라오는 것이 허용되지 않는다. 그들 중 가장 재능이 뛰어난 사람, 그래서 어쩌면 불만 세력의 핵심이 될 수 있는 사람은 사상경찰이 찍어서 제거해버릴 뿐이다. 그러나 이런 상황은 반드시 영구적이지도 않고, 원칙의 문제도 아니다. 당은 과거의 기준으로 따졌을 때 계급이 아니다. 우선 자녀에게 권력을 물려줄 생각이 없다. 가장 유능한 사람들을 계속 최고위직에 배치하기 위해서라면, 프롤레타리아 중에서 새로운 세대 전체를 영입할 각오도 되어 있다. 당이 세습적인 조직이 아니라는 사실은 중요한 시기에 반대 세력을 무력화하는 데 큰 힘을 발휘했다. 이른바 '계급 특권'에 맞서 싸우는 훈련을 받은 구식 사회주의자들은 세습적이지 않다면 영구하지도 않을 것이라고 생각했다. 과두정치의 지속성이 반드시 물리적인 형태를 띠지 않아도 된다는 점을 보지 못했고, 세습 귀족정치는 항상 수명이 짧았던 반면 가톨릭교회처럼 외부에서 사람을 받아들이는 조직은 때로 수백 년이나 수천 년 동안 지속되었다는 사실을 곰곰이 생각해보지도 않았다. 과두통치의 요체는 아버지에게서 아들로 이어지는 대물림에 있는 것이 아니라, 죽은 자들이 산 자에게 강요하는 특정한 세계관과 생활 방식의 지속에 있다. 지배 집단은 후계자를 지명할 수만 있다면 계속 그 지위를 유지한다. 당의 관심사는 혈연이 아니라 스스로를 영구히 이어가는 것이다. 계층구조가 항상 똑같이 유지되기만 한다면, 권력을 행사하는 자가 **누구**인지는 중요하지 않다.

우리 시대를 특징짓는 모든 신념, 습관, 취향, 감정, 정신 자세는 사실 당의 신화적인 위상을 유지하는 한편, 사람들이 현대 사회의 진정한 본질을 인식하지 못하게 하려고 고안된 것이다. 물리적 봉기, 또는 봉기를 예비하는 모든 움직임은 현재 불가능하다. 프롤레타리아는 전혀 무서운 존재가 아니다. 가만히 내버려두면, 그들은 일하고 자식을 기르고 죽는 삶을 세대에서 세대로, 이번 세기에서 다음 세기로 계속 이어갈 것이다. 반발하려는 충동을 느끼지 못할 뿐만 아니라, 세상이 지금과는 다른 모습이 될 수도 있다는 사실 또한 이해하지 못한 채로. 그들이 위험해지는 것은 산업 기술이 발전하면서 그들에게 어쩔 수 없이 고등한 교육이 실시될 때뿐이다. 그러나 군비 경쟁이나 상업적 경쟁이 이제는 중요하지 않으므로, 대중 교육의 수준은 사실 점점 낮아지고 있다. 대중이 어떤 의견을 갖고 있든, 모두 무심히 바라볼 뿐이다. 대중이 지적인 자유를 허락받을 수 있는 것은 그들에게 지성이 없기 때문이다. 반면 당원의 경우에는 아무리 하잘것없는 주제에 대한 의견이라도 아주 작은 어긋남조차 용납되지 않는다.

당원은 태어나서 죽을 때까지 사상경찰의 감시 속에 산다. 혼자 있을 때도 자신이 정말로 혼자인지 확신할 수 없다. 어디에 있든, 잠들어 있든 깨어 있든, 일할 때든 쉴 때든, 욕실에서든 침실에서든, 아무런 예고 없이 감찰을 당하면서도 정작 본인은 감찰당한다는 사실을 모를 수 있다. 그의 행동 중에 중요하지 않은 것은 하나도 없다. 친구 관계, 여가, 아내와 자식을 대하는 태도, 혼자 있을 때의 표정, 잠꼬대, 특징적인 몸짓 등 모든 것이 물샐틈없는 감시 대상이다. 실제 경범죄를 저질렀을 때뿐만 아니라, 아주 사소하기 짝이 없는 엉뚱한 행동, 습관의 변화, 내적인 갈등의 징후일 수 있는 불안한 기색 등도 확실히 탐지된다. 당원은 어느 방면에서든 선택의 자유가 전혀 없다. 하지만 그의 행동을 규제하는 법이나 명확한 행동 규정은 없다. 오세아니아에는 법이 전혀 없다. 들켰을 때 확실한 죽음을 불러올 생각이나 행동은 공식적으로 금지된 것이 아니다. 끊임없는 숙청, 체포, 고문, 감금, 증발은 실제로 저질러진 범죄에 대한 처벌이 아니라, 미래에 어쩌면 범죄를 저지를 수도 있는 사람을 쓸어버리는 것에 지나지 않는다. 당원은 의견뿐만 아니라 본능에도 어긋남이 없어야 한다. 당원이 가져야 하는 신념과 태도 중에는 결코 분명한 설명이 없는 경우가 많다. 영사에 내재된 모순을 적나라하게 드러내지 않고서는 설명할 수 없는 것들이다. 선천적으로 당의 정통에 충실한 사람이라면(신어로 '사상좋은사람'), 어떤 상황에서든 굳이 깊이 생각하지 않아도 진정한 신념 또는 바람직한 감정이 무엇인지 알아차릴 수 있다. 어쨌든 어렸을 때부터 '범죄멈춤', '흑백', '이중사고' 같은 신어 단어들을 중심으로 받는 정교한 정신 훈련 덕분에 당원들은 어떤 주제에 대해서든 깊이 생각해볼 의지도 능력도 잃어버린다.

당원은 개인적인 감정을 가지면 안 되며, 당을 향한 열성에 휴지기가 있어도 안 된다. 그는 적국과 내부의 반역자에 대해 항상 광적인 증오를 품고, 승리에 기뻐하고, 당의 힘과 지혜 앞에서 자신을 낮추며 살아야 한다. 만족이 없는 황량한 삶에서 유래한 불만은 2분 증오 같은 장치를 통해 고의적으로 외부를 향해 발산된다. 혹시 회의적이거나 반항적인 태도를 유도할 수도 있는 생각들은 그가 일찌감치 터득한 자기 절제로 미리 죽여버린다. 이런 자기 절제 확립의 첫 단계이자 아주 어린 아이들에게도 가르칠 수 있을 만큼 간단한 단계를 신어로 '범죄멈춤'이라고 한다. '범죄멈춤'은 위험한 생각의 문턱에서 거의 본능처럼 딱 멈추는 능력을 뜻한다. 여기에는 비유를 이해하지 못하는 능력, 논리적 오류를 인식하지 못하는 능력, 영사에 불리한 것이라면 아무리 간단한 주장이라도 잘못 알아듣는 능력, 이단적인 방향으로 이어질 수 있는 모든 생각에 지루함이나 반감을 느끼는 능력이 포함된다. 간단히 말해서 '범죄멈춤'은 보호를 위한 어리석음이다. 그러나 어리석음만으로는 충분하지 않다. 온전한 당의 정통은 오히려 당원에게 사고과정에 대한 통제 능력을 요구한다. 몸을 완전히 통제해서 자유자재로 비틀고 구부리는 곡예사처럼, 자신의 생각을 완전히 통제해야 한다. 오세아니아 사회는 빅 브라더가 전능하며 당은 무오류라는 믿음에 궁극적으로 기대고 있다. 그러나 실제 빅 브라더는 전능하지 않고 당 또한 무오류가 아니라서, 사실을 취급할 때 매 순간 지치지 않는 유연성이 필요하다. 여기서 핵심이 되는 단어가 '흑백'이다. 많은 신어 단어들이 그렇듯이, 이 단어에도 상호 모순적인 두 개의 의미가 있다. 적에게 사용할 때는, 눈에 뻔히 보이는 사실을 두고 뻔뻔하게 검은 것을 흰 것이라고 우기는 습관을 뜻한다. 당원에게 사용할 때는, 당의 기율이 요구할 때는 검은 것도 기꺼이 흰 것이라고 말할 수 있는 충성심을 뜻한다. 이 단어는 또한 검은 것을 흰 것으로 **믿는** 능력, 검은 것을 흰 것으로 **확신**하는 능력, 자신이 그것과 반대되는 믿음을 가진 적이 있음을 잊는 능력을 뜻하기도 한다. 이를 위해서는 과거를 계속 바꿔야 하는데, 다른 것을 모두 포용하는 사고 체계, 신어로 '이중사고'라고 불리는 사고 체계가 이것을 가능하게 해준다.

과거의 변경이 필요한 이유는 두 가지다. 하나는 보조적이며, 말하자면 예방을 위한 것이다. 당원 역시 비교할 대상이 없다는 점이 프롤레타리아처럼 지금의 상황을 참는 이유 중 하나라는 것. 자신이 조상들보다 유복하게 살고 있으며, 물질적인 안락함의 평균 수준이 계속 상승하고 있다고 믿어야 하기 때문에, 그는 외국과 차단되어 있듯이 반드시 과거와도 차단되어 있어야 한다. 그러나 과거를 재조정하는 가장 중요한 이유는 당의 무오류성을 지켜야 한다는 점이다. 모든 종류의 연설, 통계, 기록을 반드시 항상 수정해서 당의 예언이 매번 옳았음을 보여주어야 한다. 당의 강령이나 동맹 관계가 바뀐 적이 있다는 사실을 결코 인정할 수 없다는 점도 있다. 사람이 마음이나 방침을 바꾸는 것은 곧 자신이 약하다고 자백하는 것과 같다. 예를 들어, 유라시아나 이스트아시아(둘 중 어느 쪽이든 상관없다)가 오늘의 적이라면, 그 나라는 반드시 처음부터 줄곧 적이었어야 한다. 그런데 이것과 다른 사실이 존재한다면, 그 사실을 바꿔야 한다. 이런 식으로 역사가 계속 수정된다. 진실부가 매일 수행하는 이런 역사 위조는 사랑부가 수행하는 억압과 사찰 활동만큼 정권의 안정에 필수적이다.

역사의 가변성은 영사의 핵심 강령이다. 과거 사건들은 객관적으로 존재할 수 없으며, 문자 기록과 인간의 기억 속에서만 살아남을 수 있다는 것이 영사의 주장이다. 무엇이 됐든, 기록과 기억이 일치하는 것이 바로 과거라는 것이다. 당이 모든 기록을 완전히 통제하고 있고, 당원들의 정신 또한 그에 못지않게 통제하고 있으므로, 무엇이 됐든 당이 선택하는 것이 바로 과거라고 할 수 있다. 또한 과거를 수정할 수 있는 것이라 해도, 단 한 번도 구체적으로 수정된 적은 없다고 해야 한다. 지금 이 순간에 필요한 형태로 재창조된 과거가 유일한 과거이며, 다른 과거는 결코 존재할 수 없기 때문이다. 흔히 그렇듯이, 똑같은 사건을 1년 동안 몇 번이나 알아볼 수 없을 만큼 바꿔놓을 때조차 이런 주장이 적용된다. 언제든 당은 절대적인 진실을 알고 있으며, 이 절대적인 진실이 지금과 달랐던 적은 단 한 번도 없었다. 과거에 대한 통제가 무엇보다도 기억 훈련에 달려 있음을 알 수 있을 것이다. 모든 문서 기록이 그 순간 당이 주장하는 정통과 일치하게 만드는 것은 단순한 기계적 작업이다. 하지만 해당 사건이 당이 원하는 방식 그대로 벌어졌다고 **기억**하는 것 또한 필요하다. 사람의 기억을 재편하거나 문서 기록에 손을 대는 것이 반드시 필요한 일이라면, 이런 변경이 있었다는 사실을 **잊는** 것도 반드시 필요하다. 이런 망각의 요령은 다른 정신적 기법과 마찬가지로 터득할 수 있다. 대다수의 당원은 물론, 머리가 좋으면서 동시에 당의 정통을 따르는 모든 사람 역시 실제로 이 요령을 터득한다. 구어에서는 이것을 가리켜서 상당히 솔직하게 '현실 통제'라고 불렀다. 신어에서는 '이중사고'라고 하는데, 이 단어에는 다른 것도 많이 포함되어 있다.

'이중사고'는 서로 모순적인 두 개의 믿음을 동시에 마음에 품고 둘 다 받아들이는 능력을 뜻한다. 당의 지식인들은 자신의 기억이 어떤 방향으로 변경되어야 하는지 알기 때문에, 자신이 현실에 장난을 치고 있다는 사실 또한 안다. 그러나 그들은 '이중사고'를 실천함으로써 현실이 어지러워지지 않았다고 생각하며 스스로 만족스러워한다. 이 과정은 반드시 의식적이어야 한다. 그렇지 않으면 이 과정을 정밀하게 수행할 수 없다. 하지만 이 과정은 또한 반드시 무의식적이어야 한다. 그렇지 않으면 거짓말을 했다는 느낌과 더불어 죄책감이 찾아올 것이다. '이중사고'는 영사의 한가운데에 자리 잡고 있다. 완전한 정직성에 어울리는 확고한 목적의식을 유지하면서 동시에 의식적인 기만을 사용하는 것이 당의 기본적인 행동이기 때문이다. 고의로 거짓을 말하면서 진심으로 그 거짓말을 믿는 것, 불편해진 사실은 모두 잊어버리는 것, 그리고 다시 필요해지면 망각 속에서 그 기억을 다시 꺼내 와서 딱 필요한 만큼만 사용하는 것, 객관적인 현실의 존재를 부정하면서도 자신이 부정한 현실을 염두에 두는 것, 이 모든 것이 반드시 있어야 한다. '이중사고'라는 단어를 사용할 때조차 '이중사고'를 실천할 필요가 있다. 이 단어를 사용하는 것은 곧 자신이 현실에 손을 대고 있다는 인정이기 때문이다. 그래서 새로운 '이중사고'로 그 사실을 지워버린다. 이 과정이 무한히 계속되면서 거짓은 항상 진실보다 한 걸음 앞에 오게 된다. 궁극적으로는 이 '이중사고'를 통해서 당이 역사의 흐름을 정지시킬 수 있었다. 어쩌면 앞으로 수천 년쯤 계속 이렇게 흐름을 막아버릴 수도 있을 것이다.

과거의 모든 과두체제가 몰락한 이유는 둘 중 하나였다. 체제가 너무 굳어졌거나 너무 물러졌다는 것. 지배자들이 어리석고 오만해져서 변하는 환경에 제대로 적응하지 못하고 타도당했거나, 아니면 비겁한 자유주의자로 변해서 무력을 사용해야 하는 순간에 양보하는 바람에 타도당했다. 다시 말해서, 의식과 무의식 둘 중 하나 때문에 몰락했다는 뜻이다. 두 가지 상태가 동시에 존재할 수 있는 사고 체계를 만들어낸 것은 당의 업적이다. 이것을 제외한 다른 지적인 기반 위에서는 당의 지배가 결코 영원할 수 없다. 지배자의 자리에 계속 머무르고 싶다면, 현실감각을 어지럽힐 수 있어야 한다. 통치의 비결은 통치자 본인의 무오류성에 대한 믿음과 과거의 실수에서 교훈을 얻는 능력을 결합시키는 것이다.

'이중사고'를 직접 발명했기 때문에 이것이 광대한 정신적 속임수 체계라는 사실을 아는 사람들이 '이중사고'를 가장 교묘하게 실천한다는 사실은 굳이 말할 필요도 없을 것이다. 우리 사회에서 현실을 가장 잘 아는 사람은 또한 세상을 있는 그대로 보는 시각에서 가장 멀리 있는 사람이기도 하다. 일반적으로 이해도가 높을수록 망상도 깊다. 머리가 좋을수록 정신이 멀쩡하지 않다. 이 사실을 선명히 보여주는 사례는, 사회적 지위가 높아질수록 전쟁 히스테리가 강렬해진다는 사실이다. 전쟁에 대해 가장 합리적인 태도를 보이는 사람들은 노예처럼 예속된 분쟁 지역 주민들이다. 그들에게 전쟁은 해일처럼 자신의 몸을 쓸고 지나갔다가 다시 밀려오기를 반복하는 재앙일 뿐이다. 어느 쪽이 이기고 있는지는 그들에게 전혀 중요하지 않다. 주인이 바뀐다 해도 그들이 하는 일은 달라지지 않으며, 새로운 주인이 그들을 대하는 태도 역시 옛 주인과 똑같을 것이라는 사실을 그들은 알고 있다. 그들보다 아주 조금 형편이 나은 노동자들, 우리가 '프롤레'라고 부르는 노동자들은 간혹 전쟁을 의식할 뿐이다. 필요할 때는 그들을 자극해서 광적인 두려움과 증오에 빠지게 만들 수 있지만, 가만히 내버려두면 그들은 전쟁이 벌어지고 있다는 사실을 오랫동안 잊어버리고 지낼 능력이 있다. 전쟁에 대해 진심으로 열성적인 사람들은 당원 중에서, 특히 내부당원 중에서 찾을 수 있다. 세계 정복이 불가능하다는 사실을 잘 아는 사람들이 누구보다 굳건히 세계 정복을 신봉한다. 이처럼 서로 반대되는 것들(지식과 무지, 냉소주의와 광신)을 독특하게 하나로 묶는 것은 오세아니아 사회에서 가장 두드러지는 특징 중 하나다. 공식적인 이데올로기에는 현실적으로 그럴 이유가 없을 때조차 모순이 가득하다. 당도 사회주의 운동이 원래 상징하던 모든 원칙을 거부하고 헐뜯으면서 그 명분으로 사회주의를 내세운다. 당이 설파하는 노동계급에 대한 경멸은 지난 수백 년 동안 유례를 찾아볼 수 없다. 그런데도 당이 당원들에게 입히는 제복은 한때 육체노동자들 특유의 것이었다는 이유로 채택되었다. 당은 가족의 유대를 체계적으로 무너뜨리면서, 가족의 정에 직접적으로 호소하는 이름으로 지도자를 부른다. 우리를 다스리는 정부 부처 네 곳의 이름조차 고의로 사실을 뒤집어놓았다는 점에서 일종의 몰염치를 드러낸다. 평화부는 전쟁을 담당하고, 진실부는 거짓을 담당하고, 사랑부는 고문을 담당하고, 풍요부는 굶주림을 담당한다. 이런 모순은 우연의 산물이 아니다. 평범한 위선의 산물도 아니다. '이중사고'를 일부러 실천한 결과다. 모순을 서로 조화시켜야만 권력을 영원히 유지할 수 있기 때문이다. 다른 방식으로는 고대의 권력 사이클을 도저히 깨뜨릴 수 없다. 인간 사회의 평등을 영원히 저지하려면, 즉 우리가 상류층이라고 부르는 사람들이 영원히 자리를 지키려면, 반드시 통제된 광기가 사회 전반을 지배하는 정신 상태가 되어야 한다.

하지만 지금 이 순간까지 우리가 거의 무시하다시피 한 의문이 하나 있다. 인간 사회의 평등을 **왜** 저지해야 하는가? 지금까지의 설명이 옳았다고 가정한다면, 역사를 어느 특정한 시점에 동결시키기 위해 이토록 정밀하게 계획된 엄청난 노력을 기울이는 동기가 무엇인가?

여기서 우리는 핵심적인 비밀에 도달한다. 앞에서 보았듯이, 당의 신화적인 위상, 특히 내부당의 그러한 위상은 '이중사고'에 의존한다. 그러나 이보다 더 깊숙한 곳에 원래의 동기가 있다. 단 한 번도 의문이 제기된 적 없는 이 본능이 애당초 권력의 장악으로 이어진 덕분에, 이중사고, 사상경찰, 지속적인 전쟁 등 그 뒤에 나타난 모든 필수적인 부속 장치가 만들어졌다.

이 동기를 구성하는 것은……

윈스턴은 갑자기 침묵에 신경이 쓰였다. 새로운 소리가 들렸을 때 신경이 쓰이는 것과 비슷했다. 한동안 줄리아가 지나치게 꼼짝도 하지 않는 것 같았다. 줄리아는 상반신에 아무것도 걸치지 않은 채로 모로 누워 있었다. 한 손으로 뺨을 받친 그녀의 눈 위로 검은 머리카락이 흘러내렸다. 그녀의 가슴이 천천히 규칙적으로 부풀었다 가라앉기를 반복했다.

"줄리아."

아무 대답이 없었다.

"줄리아, 자는 거야?"

역시 대답이 없었다. 그녀는 잠든 상태였다. 윈스턴은 책을 덮어 조심스레 바닥에 내려놓은 다음, 침대에 누워 자신과 줄리아의 몸 위로 이불을 당겼다.

그는 아직 그 궁극의 비밀을 알지 못했다. **방법**은 이해했지만, **이유**는 알지 못했다. 3장과 마찬가지로 1장에도 사실상 그가 모르는 이야기는 없었다. 다만 그가 이미 갖고 있는 지식이 체계적으로 정리되어 있을 뿐이었다. 하지만 1장을 읽고 나니, 자신이 미치지 않았음을 더욱 확신하게 되었다. 소수집단에 속한다고 해서, 설사 그 소수집단의 구성원이 단 한 명뿐이라 해도, 그것만으로 미친 사람이 되지는 않았다. 세상에는 진실과 거짓이 있는데, 온 세상에 맞서서 진실을 고수하는 사람은 미친 것이 아니었다. 지는 해의 노란색

햇살이 창문을 통해 비스듬히 들어와서 베개 위에 떨어졌다. 그는 눈을 감았다. 자신의 몸에 닿은 여자의 매끈한 몸과 자신의 얼굴에 떨어지는 햇살에서 그는 강렬하고 몽롱한 자신감을 얻었다. 그는 안전했다. 문제가 될 것은 전혀 없었다. 그는 "건강한 정신은 통계가 아니야"라고 중얼거리면서 잠에 빠져들었다. 이 말 속에 심오한 지혜가 들어 있는 것 같았다.

10

그는 아주 오랫동안 잔 것 같은 느낌과 함께 깨어났다. 하지만 구식 시계를 흘깃 바라보니, 고작 20시 30분이었다. 비몽사몽 상태로 조금 더 누워 있는데, 배 속 깊은 곳에서 우러나오는 노랫소리가 여느 때처럼 저 아래 마당에서 들려왔다.

그건 허망한 꿈이었을 뿐,
4월 하루마냥 지났어,
그래도 눈빛, 말, 꿈으로 마음을 흔들고
훔쳐가버렸어!

이 어리석은 노래가 아직도 인기가 있는 모양인지, 사방에서 이 노래를 들을 수 있었다. 〈증오의 노래〉보다도 수명이 길었다. 줄리아가 그 소리를 듣고 깨어나 나른하게 기지개를 켜더니 침대를 벗어났다.

"배고파요." 그녀가 말했다. "커피를 좀 더 끓여 마셔요.

쳇! 스토브가 꺼져서 물도 식어버렸네요.” 줄리아는 스토브를 들어 흔들어보았다. “기름이 없어요.”

“채링턴 영감한테 기름이 좀 있을 것 같은데.”

“아니, 이게 꽉 차 있는 걸 내가 확인했단 말이에요. 옷을 입어야겠어요. 방 온도가 내려간 것 같아요.”

윈스턴도 일어나서 옷을 입었다. 노랫소리는 지칠 줄 모르고 계속 이어졌다.

세월이 약이라는데,
뭐든 잊을 수 있다는데,
세월 저편의 미소와 눈물에
지금도 가슴이 아파!

그는 작업복 허리띠를 고정하면서 창가로 걸어갔다. 지붕들 뒤로 해가 이미 넘어가버렸는지, 이제는 마당에 햇빛이 들지 않았다. 포석은 물청소를 한 것처럼 젖어 있었다. 그러고 보니 하늘도 물청소를 한 것 같다는 느낌이 들었다. 굴뚝들 사이로 보이는 하늘이 아주 깨끗하고 연한 파란색이었다. 마당의 여자는 지칠 줄 모르고 계속 움직이면서 입에 빨래집게를 물었다가 빼낼 때마다 침묵했다가 다시 노래하기를 반복했다. 널어야 하는 기저귀가 빨래통에서 끊임없이 나왔다. 그 여자가 빨래로 먹고사는 사람인지, 아니면 스무 명이나 서른 명쯤 되는 손주들을 위해 노예처럼 일하는 건지 궁금했다. 줄리아가 그의 옆에 와 있었다. 두 사람은 마당의 튼튼한 여자를 조금은 홀린 듯이 함께 내려다보았다. 그녀 특유의 자세, 빨랫줄을 향해 뻗는 굵은 팔, 힘센 암말 같은 엉덩이를 계속 바라보다가, 그는 문득 그녀가 아름답다는 생각이 처음으로 들었다. 임신으로 거대하게 부풀었다가 그대로 굳어지고, 노동으로 거칠어지다 못해 지나치게 익은 순무처럼 변해버린 쉰 살 여자의 몸이 아름다울 수 있다는 생각을 한 번도 해본 적이 없었지만, 그녀는 아름다웠다. 따지고 보면 아름답지 말라는 법도 없었다. 화강암 덩어리처럼 이렇다 할 윤곽도 없이 튼튼하기만 한 몸, 보기 싫은 빨간 피부도 젊었을 때는 달랐을 것이다. 장미꽃과 장미 열매가 다르듯이. 꽃보다 열매를 더 열등하게 볼 이유가 없지 않은가?

"아름답네." 그가 중얼거렸다.

"엉덩이 폭이 1미터는 되겠는데요." 줄리아가 말했다.

"그게 저 아주머니 나름의 아름다움이야." 윈스턴이 말했다.

그는 줄리아의 나긋나긋한 허리를 쉽게 한 팔로 안았다. 엉덩이부터 무릎까지 그녀의 몸이 그에게 닿아 있었다. 두 사람의 몸에서 아이가 태어나는 일은 없을 것이다. 그것은 그들이 결코 할 수 없는 일이었다. 비밀은 입에서 입으로, 마음에서 마음으로만 전달되었다. 저 아래 마당의 여자에게는 머리가 없었다. 있는 것은 오로지 튼튼한 팔, 따뜻한 가슴, 아이를 잘 낳는 배뿐. 그녀가 아이를 몇 명이나 낳았는지 궁금했다. 족히 열다섯 명은 될 것 같았다. 그녀는 들장미처럼 아름답게 꽃피는 시기를 아주 짧게, 아마 한 1년쯤 겪은 뒤 갑자기 수정된 열매처럼 부풀어 올랐다가 단단하고 빨갛고 거칠게 변했을 것이다. 그다음부터 그녀의 삶은 빨래, 청소, 바느질, 요리, 빗자루질, 광내기, 수선, 청소, 빨래의 연속이었다. 처음에는 자식들을 위해, 그다음에는 손주들을 위해, 30년이 넘도록 쉴 새 없이. 그런 세월을 보내고도 그녀는 여전히 노래를 불렀다. 그가 그녀에게 느끼는 신비로운 경의에 구름 한 점 없이 굴뚝들 뒤편에서 무한히 먼 곳까지 뻗어 있는 창백한 하늘의 풍경이 섞였다. 하늘이 유라시아든 이스트아시아든 이곳이든 누구에게나 똑같이 보인다고 생각하니 기분이 묘했다. 그 하늘 아래에서 살아가는 사람들 또한 대체로 똑같았다. 전 세계 모든 곳에, 수억, 수십억의 똑같은 사람들이 살았다. 서로의 존재를 까맣게 모른 채로, 증오와 거짓이라는 장벽으로 서로 갈라져 있지만 그들은 거의 똑같았다. 생각하는 법을 한 번도 배우지 못했으면서도 가슴과 배와 근육 속에 언젠가 세상을 뒤집을 힘을 차곡차곡 쌓고 있는 사람들. 희망이 있다면, 프롤레에게 있었다! **그 책**을 끝까지 읽지 않았는데도, 그는 이것이야말로 골드스틴의 최종적인 메시지일 것이라고 확신했다. 미래는 프롤레의 것이었다. 그들의 시대가 왔을 때 그들이 건설하는 세상이 당의 세계처럼 윈스턴 스미스 자신에게 낯설게 느껴지지 않을 것이라고 확신해도 될까? 확신할 수 있었다. 적어도 그곳은 정신이 건강한 세계일 테니. 평등이 있는 곳에 건강한 정신이 있을 수 있다. 조만간 그 일이 일어날 것이다. 힘이 모여 의식으로 변하는 일. 프롤레는 불멸이었다. 마당의 저 씩씩한 사람을 보면 분명히 그렇다는 생각이 들었다. 결국 그들이 각성하는 때가 올 것이다. 그때가 설사 1천 년 뒤일지라도, 그때까지 그들은 온갖 고난 속에서도 새들처럼 살아남을 것이다. 당에게는 없는 활기, 당이 죽일 수 없는 활기를 몸에서 몸으로 계속 전해주면서.

“기억나?” 그가 말했다. “처음 숲에서 만난 그날 우리한테 노래를 불러준 개똥지빠귀.”

“우리한테 노래를 불러준 게 아니에요. 녀석 혼자 좋아서 부른 거지. 아니, 그것도 아니죠. 그냥 노래를 불렀을 뿐이에요.”

새들도 노래하고, 프롤레도 노래하지만, 당은 노래하지 않았다. 세계 어디에나, 런던과 뉴욕, 아프리카와 브라질, 그리고 변경 너머 금지된 땅, 파리와 베를린의 거리, 한없이 펼쳐진 러시아 평원의 마을들, 중국과 일본의 시장, 어디에나 누구에게도 정복당하지 않는 튼튼한 사람이 서 있었다. 노동과 출산으로 몸이 엄청나게 커지고 날 때부터 죽을 때까지 땀 흘려 일하면서도 여전히 노래하는 사람. 그 튼튼한 배에서 언젠가 의식 있는 일족이 반드시 나올 것이다. 윈스턴은 이미 죽은 사람이지만, 그들 일족은 미래였다. 그들이 그 몸의 활기를 유지하듯이 그도 정신의 활기를 지켜 2 더하기 2가

4라는 비밀스러운 강령을 후세에 전해준다면, 그도 그들의 미래를 함께 누릴 수 있을 터였다.

"우린 이미 죽었어." 그가 말했다.

"우린 이미 죽었어요." 줄리아가 충실히 말을 받았다.

"너희는 이미 죽었다." 두 사람 뒤에서 강철 같이 냉혹한 목소리가 말했다.

두 사람은 화들짝 놀라서 서로에게서 떨어졌다. 윈스턴의 뱃속이 얼음으로 변해버린 것 같았다. 줄리아의 눈동자를 에워싼 흰자위가 보였다. 그녀의 안색이 누렇게 변해 있었다. 양쪽 광대뼈에 아직도 묻어 있는 볼연지가 선명하게 도드라져서, 마치 피부와 동떨어져 있는 것 같았다.

"너희는 이미 죽었다." 강철 목소리가 다시 말했다.

"저 그림 뒤에 있었어요." 줄리아가 말했다.

"그림 뒤에 있었다." 강철 목소리가 말했다. "그 자리에서 꼼짝 마라. 지시가 있을 때까지 움직이지 마."

시작이었다. 마침내 시작이었다! 두 사람은 가만히 서서 서로의 눈만 응시할 뿐, 아무것도 할 수 없었다. 죽어라 뛰어서 이 집을 벗어나자는 생각 같은 것은 떠오르지도 않았다. 벽에서 들려오는 냉혹한 목소리의 명령을 어기는 것은 생각도 할 수 없는 일이었다. 고리를 뒤로 잡아당길 때처럼 딱 하는 소리가 나더니 유리가 와장창 깨졌다. 그림이 바닥으로 떨어지자 그 뒤에 있던 텔레스크린이 나타났다.

"이제 저들이 우리를 볼 수 있겠네요." 줄리아가 말했다.

"이제 우리는 너희를 볼 수 있다." 목소리가 말했다. "방 한복판에 서라. 둘이 등을 돌리고. 머리 뒤에서 양손을 맞잡아. 서로 몸이 닿으면 안 된다."

몸이 떨어져 있는데도 윈스턴은 줄리아의 몸이 떨리는 것이 느껴지는 것 같았다. 아니, 어쩌면 그의 몸이 떨리는 것일 수도 있었다. 그는 이가 딱딱 맞부딪히지 못하게 하는 것이 고작이었다. 무릎은 그도 어쩔 수 없었다. 아래층과 집 밖에서 척척 걸어오는 발소리가 들렸다. 마당에 사람이 가득한 것 같았다. 뭔가가 돌바닥 위로 질질 끌렸다. 여자의 노랫소리는 이미 갑작스럽게 그친 뒤였다. 뭔가가 한참 동안 우당탕 굴러가는 소리가 났다. 누가 빨래통을 마당 저편으로 던진 모양이었다. 그러고는 성난 고함 소리가 혼란스럽게 들리다가 고통스러운 비명으로 끝났다.

"집이 포위되었네." 윈스턴이 말했다.

"집이 포위되었다." 목소리가 말했다.

줄리아의 이가 딱 맞부딪히는 소리가 들렸다. "이제 작별 인사를 해야 할 것 같아요." 그녀가 말했다.

"이제 작별 인사를 해야 할 거다." 목소리가 말했다. 그러고는 상당히 다른 목소리, 윈스턴이 어디선가 들어본 것 같은 가늘고 교양 있는 목소리가 끼어들었다. "그건 그렇고, 말이 나온 김에, '너를 침대까지 밝혀줄 촛불이 오는구나, 네 머리를 뎅겅 자를 큰 칼이 오는구나!'"

윈스턴 뒤쪽의 침대 위로 뭔가가 소란스럽게 떨어졌다.

사다리 꼭대기가 창문을 뚫고 불쑥 들어와 있었다. 누군가가 그 사다리를 타고 창문을 넘어왔다. 계단을 쿵쿵 올라오는 소리도 들렸다. 검은 제복을 입고, 쇠굽 부츠를 신고, 곤봉을 든 남자들이 방 안에 가득했다.

윈스턴은 이제 떨지 않았다. 눈동자를 움직이는 것조차 힘들었다. 중요한 것은 하나뿐이었다. 꼼짝도 하지 않는 것. 그래서 저들에게 자신을 때릴 빌미를 주지 않는 것! 프로 격투가처럼 생긴 매끄러운 턱에 가늘게 째진 틈 같은 입이 있는 남자가 생각에 잠긴 표정으로 엄지와 집게손가락으로 곤봉을 잡고 그의 맞은편에 섰다. 윈스턴은 그의 시선을 맞받았다. 양손을 머리 뒤에서 맞잡고 얼굴과 몸을 모두 드러낸 채 알몸으로 서 있는 것 같은 기분을 견디기 힘들었다. 남자가 하얀 혀끝을 내밀어 원래 입술이 있어야 할 자리를 핥더니 다시 걸음을 옮겼다. 또 시끄러운 소리가 났다. 누군가가 탁자에서 유리 문진을 들어 벽난로에 던져서 산산이 깨버리는 소리였다.

케이크 위에 장식으로 올린 설탕 장미꽃처럼 작게 주름이 진 분홍색 산호 조각이 깔개 위를 굴렀다. 정말 작구나. 윈스턴은 속으로 생각했다. 처음부터 저렇게 작았어! 그의 뒤쪽에서 헉 하는 소리와 쿵 하는 소리가 차례로 나더니, 누가 그의 발목을 세게 차는 바람에 그는 하마터면 균형을 잃을 뻔했다. 남자들 중 한 명이 줄리아의 명치에 주먹을 꽂아 넣자 그녀의 몸이 접자처럼 반으로 접혔다. 그녀는 바닥에 쓰러져 뒹굴면서 숨이 막혀 헉헉거렸다. 윈스턴은 감히 단 1밀리미터도 고개를 움직일 수 없었지만, 숨을 쉬지 못해 흙빛으로 변한 그녀의 얼굴이 가끔 시야에 들어왔다. 공포 속에서도 그의 몸이 함께 아파오는 것 같았다. 그러나 그 무시무시한 통증도 다시 공기를 들이마시려는 그녀의 몸부림만큼 다급하지는 않았다. 지금 그녀가 어떤 상태인지 그는 알고 있었다. 무시무시한 고통이 분명히 존재하는데도 아직은 느껴지지 않을 것이다. 다른 무엇보다도 먼저 숨을 쉴 수 있어야 하니까. 남자 두 명이 무릎과 어깨를 잡고 그녀를 자루처럼 들어 올려 밖으로 데리고 나갔다. 윈스턴은 거꾸로 뒤집힌 그녀의 얼굴을 언뜻 보았다. 누렇게 변해서 일그러진 얼굴의 양 뺨에는 여전히 볼연지가 묻어 있고, 눈은 꾹 감겨 있었다. 그것이 그가 본 그녀의 마지막 모습이었다.

그는 죽은 사람처럼 가만히 서 있었다. 아직 아무도 그를 때리지 않았다. 전혀 흥미롭지 않은데도 저절로 떠오르는 생각들이 그의 머릿속을 스쳤다. 저들이 채링턴 씨를 잡았는지 궁금했다. 마당의 여자를 어떻게 했는지도 궁금했다. 오줌이 마려워서 미칠 것 같다는 사실을 깨닫고 살짝 놀라기도 했다. 겨우 두세 시간 전에 오줌을 쌌는데. 벽난로 위의 시계가 9시를 가리키고 있는 것이 보였다. 21시라는 뜻이었다. 하지만 빛이 너무 강했다. 8월 저녁 21시면 날이 좀 어둑해지는 것 아닌가? 그와 줄리아가 시간을 착각한 것일 수도 있었다. 시계가 한 바퀴를 다 돌 때까지 잠을 자는 바람에, 사실은 다음 날 아침 8시 30분인데 20시 30분으로 착각한 건가 하는 생각이 들었다. 하지만 이 생각을 계속 이어가지는 않았다. 이건 흥미롭지 않았다.

복도에서 가벼운 발소리가 들리더니 채링턴 씨가 들어왔다. 검은 제복을 입은 남자들의 태도가 갑자기 조금 누그러졌다. 채링턴 씨의 걸모습도 조금 다르게 보였다. 그의 눈길이 유리 문진 조각에 닿았다.

"저 조각들을 치워라." 그가 날카롭게 말했다.

한 남자가 그 명령에 따르려고 허리를 숙였다. 런던 사투리는 사라졌다. 윈스턴은 조금 전 텔레스크린에서 들려온 목소리가 누구 것인지 불현듯 깨달았다. 채링턴 씨는 여전히 낡은 벨벳 재킷 차림이었지만, 거의 하얀색이던 머리가 검게 변해 있었다. 안경도 쓰지 않았다. 그가 자신의 신분을 확인해주듯이 날카로운 시선으로 윈스턴을 한 번 흘깃 보고는, 더 이상 그에게 관심을 보이지 않았다. 아직 익숙한 얼굴이었지만, 이제는 그가 알던 그 사람이 아니었다. 몸이 꼿꼿해지고, 덩치도 더 커진 것 같았다. 얼굴의 변화는 미미한 수준인데도 완벽한 변신을 만들어냈다. 검은 눈썹은 덜 덥수룩하고, 주름살이 사라지고, 얼굴의 선 전체가 변한 것 같았다. 심지어 코도 더 짧은 것 같았다. 서른하고 다섯 살쯤 된 남자의 기민하고 차가운 얼굴이었다. 윈스턴은 사상경찰관을 그 정체를 알고서 직접 보는 것은 생전 처음이라고 문득 생각했다.

제3부

1

여기가 어디인지 알 수 없었다. 아마도 사랑부 청사인 것 같지만, 확인할 길이 없었다.

천장이 높고 창문이 없는 감방의 벽은 반짝거리는 하얀색 타일이었다. 감춰진 전등들이 차가운 빛으로 감방을 가득 채웠고, 나직하게 계속 웅웅거리는 소리는 아마도 통풍구에서 나는 것 같았다. 긴 의자인지 선반인지, 하여튼 앉으면 딱 맞는 폭의 뭔가가 벽을 빙 둘러 이어지다가 문 옆에서 끊어졌다. 문 옆에는 변좌가 없는 변기가 하나 있었다. 텔레스크린은 벽마다 한 대씩, 도합 네 대였다.

배가 은근히 아팠다. 그들이 그를 승합차에 싣고 출발했을 때부터 계속 그랬다. 동시에 배도 고팠다. 배 속을 갉아먹는 것 같은, 좋지 않은 허기였다. 음식을 먹은 지 24시간은 되었을 것이다. 어쩌면 36시간일 수도 있었다. 그들에게 체포당한 때가 아침인지 저녁인지는 아직도 알지 못했다. 십중팔구 영원히 알 수 없을 터였다. 체포된 뒤로 그는 아무것도 먹지 못했다.

좁은 의자에 가만히 앉아 무릎 위에서 양손을 포갰다. 꼼짝도 않고 앉아 있어야 한다는 것을 이미 배운 뒤였다. 갑자기 움직이면 텔레스크린에서 고함이 터져 나왔다. 하지만 먹을 것을 향한 갈망이 점점 커졌다. 무엇보다도 빵 한 조각이 간절했다. 작업복 주머니에 빵 부스러기 몇 개가 있을 것 같았다. 어쩌면 그중에 크기가 제법 되는 부스러기가 있을 수도 있었다. 그가 이런 생각을 떠올린 것은 뭔가가 가끔 다리를 간질이는 것 같아서였다. 결국 사실을 확인해보고 싶다는 유혹이 두려움을 이겼다. 그는 주머니에 슬그머니 손을 집어넣었다.

"스미스!" 텔레스크린에서 누군가가 소리쳤다. "6079 스미스 W! 감방에서는 주머니에 손 넣지 마라!"

그는 다시 무릎 위에 양손을 포개고 앉아서 꼼짝도 하지 않았다. 이곳으로 오기 전에 그들은 그를 평범한 감옥이나 순찰대가 사용하는 유치장 같은 곳으로 데려갔다. 그곳에 얼마나 있었는지는 알 수 없었다. 어쨌든 몇 시간은 된 것 같지만, 시계도 없고 햇빛도 들어오지 않아서 시간을 짐작하기가 힘들었다. 시끄럽고 고약한 냄새가 나는 곳이었다. 그들이 그를 집어넣은 감방은 지금 이곳과 비슷했으나, 더럽기가 이루 말할 수 없었고 항상 10~15명이 북적거렸다. 대다수는 흔한 범죄자였지만, 정치범도 몇 명 섞여 있었다. 그는 더러운 몸뚱이들에 이리저리 치이며 벽에 등을 기대고 조용히 앉아 있었다. 두려움과 복통에 압도된 나머지 주위에 별로 신경을 쓸 수 없었다. 그래도 당원 죄수들과 다른 사람들 사이의 놀라운 차이가 저절로 눈에 들어왔다. 당원 죄수들은 항상 겁에 질려 침묵을 지키는 반면, 평범한 범죄자들은 상대가 누구든 전혀 거침이 없는 것 같았다. 그들은 경비대원에게 고래고래 욕설을 퍼붓고, 소지품을 몰수당할 때는 사납게 반항하고, 바닥에 외설적인 말을 쓰고, 몰래 들여온 음식을 옷 속의 알 수 없는 곳에 숨겨두었다가 꺼내 먹었다. 심지어 정숙을 요구하는 텔레스크린을 향해 고함을 질러대기도 했다. 하지만 그들 중 몇 명은 경비대원들과 사이가 좋은지 별명으로 경비대원을 부르면서, 문의 염탐 구멍을 통해 담배를 넣어달라고 감언이설로 구워삶으려 했다. 경비대원들도 일반 범죄자에게는 어느 정도 관용을 베풀었다. 어쩔 수 없이 그들을 거칠게 다뤄야 할 때도 그런 기색이 있었다. 대부분의 죄수들이 강제노동 수용소에 보내질 것으로 짐작되는 만큼, 그곳에 대한 이야기가 많이 오갔다. 잘 들어보니, 좋은 연줄이 있고 요령 있게 굴기만 하면 수용소 생활도 '괜찮다'는 것 같았다. 뇌물, 편애, 온갖 종류의 공갈 협박이 있다고 했다. 동성애와 성매매도 있다고 했다. 심지어 감자에서 증류한 밀주도 있다고 했다. 신임 받는 자리는 일반 범죄자들, 특히 조폭과 살인범에게만 주어지기 때문에 그들이 일종의 귀족계급을 형성했다. 더럽고 힘든 일은 죄다 정치범 차지였다.

온갖 종류의 죄수들이 계속 감방을 드나들었다. 마약상,

도둑, 노상강도, 암시장 상인, 주정뱅이, 매춘부. 어떤 주정뱅이들은 워낙 폭력적이어서 다른 죄수들이 힘을 합쳐야 저지할 수 있었다. 나이는 예순 살쯤이고, 가슴이 거대하게 늘어지고, 몸부림치며 반항하느라 빠져나온 굵은 하얀 머리카락 다발이 꼬불꼬불 말려 있는 거대한 덩치의 여자가 발길질을 하고 고래고래 소리를 질러대며 경비대원 네 명의 손에 들려 들어왔다. 경비대원들은 발길질을 하려고 버둥거리는 그녀의 부츠를 피해 몸을 비틀면서, 윈스턴의 무릎 위에 그녀를 던지듯 내려놓았다. 그 바람에 하마터면 그의 넓적다리뼈가 부러질 뻔했다. 여자는 똑바로 일어나 앉아서 경비대원들의 뒤통수를 향해 "이 XXXX 새끼들아!"라고 소리를 질렀다. 그러다 자신이 울퉁불퉁한 곳에 앉아 있음을 깨닫고, 윈스턴의 무릎에서 긴 의자 위로 슬그머니 내려갔다.

"미안하이, 귀염둥이." 여자가 말했다. "내가 거기 앉았겄어? 저놈의 새끼들이 거기 내려놓은 거지. 숙녀를 대할 줄도 모르는 놈들. 그치?" 그녀는 잠시 말을 멈추고 가슴을 두드리다가 트림을 했다. "미안. 내가 지금 제정신이 아녀."

그녀는 앞으로 몸을 기울이고 바닥에 푸짐하게 속을 게워놓았다.

"으, 살겄다." 그녀는 이렇게 말하면서, 눈을 감고 뒤로 등을 기댔다. "그냥 담고 있으면 안 되야. 배 속에 들어간 지 얼마 안 됐을 때 올려야제. 이렇게."

그녀는 기운이 살아나서 고개를 돌려 윈스턴을 한 번 더 살펴보고는 즉시 그가 마음에 든 것처럼 굴었다. 그 거대한 팔을 그의 어깨에 둘러 그를 가까이 끌어당기더니, 그의 얼굴을 향해 맥주 냄새와 토사물 냄새를 뿜어댔다.

"이름이 뭐여, 귀염둥이?" 여자가 말했다.

"스미스." 윈스턴이 말했다.

"스미스? 희한하네. 내 이름도 스미스여. 이런." 그녀는 감상적인 표정을 지었다. "내가 자네 엄마일 수도 있겄어!"

어쩌면 어머니일 수도 있겠다는 생각이 들었다. 나이와 체형이 비슷했다. 20년 동안 강제노동 수용소에 있다 보면 사람이 어느 정도는 변할 수도 있는 법이었다.

다른 사람은 누구도 그에게 말을 걸지 않았다. 일반 범죄자가 당원 죄수를 무시하는 모습은 놀랄 정도였다. 무심한 경멸 같은 것을 드러내면서, "정치 **뭐시기**"라고 불렀다. 당원 죄수들은 누구에게든 말을 거는 것을 무서워하는 듯했다. 특히 서로 이야기하는 것을 가장 두려워했다. 딱 한 번, 여성 당원 두 명이 긴 의자에 딱 붙어 앉아서 급히 속삭이듯 몇 마디 말을 나눈 적이 있었다. 시끄럽게 와글거리는 사람들 속에서 그는 그들의 말을 언뜻 들었다. 특히 "101호실"이라는 말이 귀에 들어왔는데, 그는 무슨 말인지 알 수 없었다.

그들이 그를 이곳으로 데려온 지 아마 두세 시간은 되었을 것이다. 묵직한 복통은 도통 사라지지 않았다. 가끔 좀 나아지기도 하고, 심해지기도 할 뿐이었다. 그에 따라 그의 생각도 확장되었다가 쪼그라들기를 반복했다. 통증이 심해질 때면 머릿속에는 온통 아프다는 생각과 음식을 먹고 싶다는 생각뿐이었다. 통증이 좀 나아질 때면 공포가 그를 사로잡았다. 앞으로 당할 일들이 너무나 생생히 눈에 보이는 듯해서 심장이 마구 날뛰고 숨이 멈출 때도 있었다. 곤봉이 팔꿈치를 후려치는 감각, 쇠굽 부츠가 정강이를 차는 감각이 느껴지고, 바닥에 엎드려 부러진 치아 사이로 자비를 구걸하며 비명을 지르는 자신의 모습이 보였다. 줄리아 생각은 거의 나지 않았다. 그녀에게 생각을 고정할 수가 없었다. 그녀를 사랑하니까 배신하지는 않겠지만, 이런 생각 자체가 그냥 산수의 규칙 같았다. 그녀를 사랑하는 마음이 느껴지지도 않고, 지금 그녀가 무슨 일을 겪고 있을지 궁금하지도 않았다. 그녀보다는 오브라이언을 생각하며 깜박거리는 희망을 느낄 때가 더 많았다. 그가 체포됐다는 사실을 오브라이언은 틀림없이 알고 있을 터였다. 그는 형제단이 결코 회원들을 구하려 하지 않는다고 말했다. 하지만 면도날 이야기도 있었다. 할 수만 있다면, 면도날을 감방에 보내준다는 이야기. 경비대원들이 감방으로 달려 들어올 때까지 아마 5초쯤 여유가 있을 것이다. 면도날은 차갑고도 뜨거운 감각으로 그의 살을 파고들 것이고, 그것을 잡은 손가락도 뼈가 드러날 만큼 베일 것이다. 결국은 그의 병든 몸이 문제였다. 아주 작은 고통에도 덜덜 떨면서 움츠리는 몸. 설사 기회가 생기더라도 자신이 면도날을 사용할 수 있을지 자신이 없었다. 끝에는 고문이 기다린다는 사실을 분명히 알면서도 삶이 10분 더 허락되었음을 받아들이며 순간순간 살아가는 편이 더 자연스러웠다.

가끔 그는 감방 벽의 타일 수를 세어보려고 했다. 별로 어려운 일이 아닌데도, 그는 항상 도중에 어디까지 셌는지 잊어버렸다. 여기가 어디인지, 지금 몇 시인지 궁금해질 때가 더 많았다. 지금 바깥은 환한 대낮일 것이라는 확신이 들다가도, 금방 칠흑같이 어두운 밤일 것이라는 확신으로 바뀌었다. 이곳의 불은 결코 꺼지지 않을 것임을 그는 본능적으로 알아차렸다. 여기는 어둠이 없는 곳이었다. 오브라이언이 그 비유를 알아들은 것처럼 보인 이유를 이제 알 수 있었다. 사랑부에는 창문이 없었다. 이 감방의 위치는 사랑부 청사 중심부일 수도 있고, 외벽 쪽일 수도 있었다. 지하 10층일 수도 있고, 지상 30층일 수도 있었다. 그는 머릿속으로 이곳저곳을 옮겨 다니며, 자신이 허공 높은 곳에 있는지 땅속 깊은 곳에 묻혀 있는지를 몸의 감각만으로 알아보려고 했다.

행진하듯 척척 걸어오는 발소리가 들렸다. 강철 문이 쾅 하고 열렸다. 깔끔한 검은 제복을 입은 젊은 경찰관이 날렵하게 안으로 들어왔다. 광을 낸 가죽 장식 때문에 온몸이 반짝거리는 것 같고, 이목구비가 가지런한 하얀 얼굴은 밀랍 마스크 같았다. 그가 밖에 있는 경비대원들에게 끌고 온 죄수를 데리고 들어오라고 손짓했다. 시인 앰플포스가 비틀비틀 걸어 들어왔다. 문이 다시 쾅 닫혔다.

앰플포스는 좌우로 불안하게 한두 번 움직였다. 여기

서 나갈 수 있는 문이 하나 더 있다고 생각하는 것 같았다. 그는 곧 감방 안을 서성거리기 시작했다. 윈스턴의 존재는 아직 알아차리지 못한 듯했다. 그는 당혹스러운 시선으로 윈스턴의 머리 위 1미터쯤 되는 지점을 응시하고 있었다. 신발을 신지 않은 발에서 크고 더러운 발가락이 양말에 난 구멍으로 삐죽 튀어나와 있었다. 면도를 한 지도 며칠은 된 것 같았다. 까끌까끌한 수염이 광대뼈까지 얼굴을 덮고 있어서 왠지 악당 같은 분위기를 풍겼는데, 그것이 덩치만 클 뿐 힘이 약한 몸과 불안한 몸짓에 묘하게 잘 어울렸다.

윈스턴은 무기력한 상태에서 조금 빠져나왔다. 텔레스크린에서 고함이 터져 나올지라도, 앰플포스에게 말을 걸어 보아야 했다. 어쩌면 앰플포스가 면도날을 들고 온 사람일 수도 있었다.

"앰플포스." 그가 말했다.

텔레스크린은 고함을 지르지 않았다. 앰플포스는 조금 놀란 기색으로 걸음을 멈췄다. 그의 눈이 서서히 윈스턴에게 초점을 맞췄다.

"아, 스미스! 당신도!"

"무슨 일로 들어왔어요?"

"솔직히 말하자면……" 앰플포스는 윈스턴 맞은편의 긴 의자에 어색하게 앉았다. "죄는 하나밖에 없죠. 안 그래요?"

"그걸 저질렀어요?"

"그런 모양이에요."

그는 한 손을 이마에 얹고 잠시 관자놀이를 눌렀다. 뭔가 기억해내려고 하는 것 같았다.

"이런 일이 있는 법이죠." 그가 모호하게 말했다. "한 가지 생각나는 것이 있는데…… 어쩌면 그것 때문인지도 몰라요. 확실히 경솔한 짓이었어요. 우리가 키플링의 시집 결정판을 만들 때, 내가 한 행의 맨 끝에 나온 'God(하느님)'이라는 단어를 안 지웠거든요. 어쩔 수가 없었어요!" 그는 거의 분노한 목소리로 이렇게 말하면서 얼굴을 들어 윈스턴을 바라보았다. "그 행을 바꿀 수가 없었다고요. 'rod'랑 운을 맞춰야 하는데, 우리 언어를 통틀어서 거기에 운이 맞는 단어가 열두 개밖에 안 된다는 거 압니까? 며칠 동안 머릿속을 아무리 헤집어봐도, 다른 단어가 **없었**다고요."

그의 표정이 바뀌었다. 화난 기색이 사라지고, 순간적으로 거의 흡족해 보이는 표정이 되었다. 일종의 지적인 따스함, 어느 쓸모없는 사실을 알아낸 현학자의 기쁨이 지저분한 얼굴과 덥수룩한 머리카락 사이에서 반짝였다.

"혹시 이런 생각 해봤습니까?" 그가 말했다. "영어에 운을 맞출 단어가 부족하다는 사실이 영시英詩의 역사 전체를 결정했다는 생각."

아니, 윈스턴은 그런 생각을 구체적으로 해본 적이 없었다. 또한 지금 상황에서 그것이 몹시 중요하거나 흥미로운 주제 같지도 않았다.

"지금 몇 시인지 아세요?" 그가 말했다.

앰플포스는 다시 화들짝 놀란 표정을 지었다. "난 그건 거의 생각해보지 않았는데. 그들이 날 체포한 게, 아마 이틀 전, 어쩌면 사흘 전일 겁니다." 그의 눈이 벽들을 스치듯이 훑었다. 어딘가에 창문이 하나 있을 거라고 반쯤은 기대하는 사람 같았다. "여기서는 낮과 밤의 차이가 없어요. 시간을 계산할 방법이 있을지 모르겠습니다."

두 사람은 몇 분 동안 산만하게 이런저런 이야기를 나눴다. 그랬더니 이렇다 할 이유가 없는데도, 텔레스크린에서 조용히 하라는 고함이 터져 나왔다. 윈스턴은 양손을 포개고 조용히 앉아 있었다. 앰플포스는 좁은 선반 같은 의자에 편안히 앉기에는 몸집이 너무 커서 좌우로 불안하게 몸을 움직이며 처음에는 홀쭉한 두 손으로 한쪽 무릎을 감싸 잡았다가 다른 쪽 무릎으로 손을 옮겼다. 텔레스크린이 그에게 움직이지 말라고 소리를 질렀다. 시간이 흘렀다. 20분인지 한 시간인지 판단하기 힘들었다. 또 밖에서 발소리가 들렸다. 윈스턴의 뱃속이 쪼그라들었다. 곧, 아주 곧, 어쩌면 5분 뒤에, 어쩌면 지금, 부츠를 신고 걸어오는 저 발소리가 이제 그의 차례가 되었음을 알릴 것이다.

문이 열렸다. 차가운 얼굴의 그 젊은 경찰관이 감방 안으로 들어왔다. 그리고 손을 살짝 움직여 앰플포스를 가리켰다.

"101호실." 그가 말했다.

앰플포스는 경비대원 두 명 사이에서 어색하게 걸어갔

다. 막연한 혼란을 느끼면서 뭐가 뭔지 모르겠다는 얼굴이었다.

아주 길게 느껴지는 시간이 흘렀다. 윈스턴의 복통이 되살아났다. 그의 생각은 같은 길을 따라 돌고 또 돌았다. 매번 똑같은 구멍으로 떨어지는 공 같았다. 그가 생각하는 것은 여섯 가지뿐이었다. 복통, 빵 한 조각, 피와 비명, 오브라이언, 줄리아, 면도날. 내장이 또 경련하듯 뒤틀렸다. 묵직한 부츠 소리가 다가오고 있었다. 문이 열리면서 일어난 바람에 강렬한 식은땀 냄새가 실려 들어왔다. 파슨스가 감방 안으로 들어왔다. 카키색 반바지와 스포츠 셔츠 차림이었다.

이번에는 윈스턴이 지금 상황을 잊어버릴 만큼 깜짝 놀랐다.

"**자네**가 여기에!" 그가 말했다.

파슨스는 윈스턴을 흘깃 보았다. 흥미도 놀라움도 없고, 비참함만 있는 시선이었다. 그는 도저히 가만히 있을 수 없는지, 움찔거리며 서성거리기 시작했다. 그가 통통한 무릎을 곧게 뻗을 때마다 무릎이 덜덜 떨리는 것이 분명히 보였다. 휘둥그렇게 뜬 눈은 허공을 빤히 바라보았다. 중간쯤 되는 거리에 있는 어떤 것에서 도저히 시선을 뗄 수 없는 사람 같았다.

"여기엔 왜 들어왔어?" 윈스턴이 말했다.

"사상범죄!" 파슨스가 거의 엉엉 우는 목소리로 말했다. 자신의 죄를 완전히 인정함과 동시에, 그런 단어가 자신에게 적용될 수 있다는 사실을 믿을 수 없어 경악하는 느낌이 배어 있는 어조였다. 그는 윈스턴 맞은편에서 걸음을 멈추고, 그를 향해 열심히 호소하기 시작했다. "설마 날 총살하진 않겠지, 응, 친구? 실제로 행동한 게 없으면 총살하지는 않을 거야. 그냥 생각만 했어. 그건 어쩔 수 없잖아. 틀림없이 내 말을 공정하게 들어줄 거야. 물론, 틀림없어! 내 기록을 알 테니까, 그렇지? 내가 어떤 놈인지 **자네**는 알잖아. 내 나름대로 나쁜 놈은 아니라고. 물론 머리가 좋지는 않지만, 빠릿빠릿하지. 나는 당을 위해 최선을 다했어, 안 그래? 5년형으로 끝날 거야, 그렇지? 아니면 혹시 10년일까? 나 같은 놈은 노동 수용소에서도 상당히 쓸모가 있어. 딱 한 번 탈선했다고 날 총살하지는 않겠지?"

"자네 유죄야?" 윈스턴이 말했다.

"당연히 유죄지!" 파슨스가 비굴하게 텔레스크린을 힐끔거리며 소리쳤다. "당이 무고한 사람을 체포할 것 같은가, 응?" 개구리를 닮은 그의 얼굴이 점점 차분해지더니, 심지어 조금 경건해 보이기까지 하는 표정을 지었다. "사상범죄는 무서운 거야, 친구." 그가 점잔을 빼며 말했다. "음험하거든. 나도 모르는 사이에 나를 사로잡는다고. 그것이 날 어떻게 붙잡았는지 아나? 잠잘 때야! 그래, 진짜야. 그런 줄도 모르고 나는 내 몫을 다하려고 열심히 일했지. 내 마음에 나쁜 것이 있는 줄은 꿈에도 모르고. 그러다 잠꼬대를 시작한 거야. 그때 내가 무슨 말을 한 줄 아나?"

그는 의학적인 이유로 외설적인 말을 할 수밖에 없는 사람처럼 목소리를 푹 낮췄다.

"'빅 브라더 타도!' 그래, 내가 그렇게 말했어! 그것도 몇 번이나, 몇 번이나 한 모양이야. 우리끼리니까 하는 말인데, 친구, 거기서 더 심해지기 전에 내가 붙잡힌 게 차라리 다행이야. 내가 재판정에서 무슨 말을 할 생각인지 아나? 이렇게 말할 거야. '감사합니다. 너무 늦기 전에 저를 구해주셔서 감사합니다'."

"누가 자네를 고발했어?" 윈스턴이 말했다.

"우리 딸이라네." 파슨스가 쓸쓸하지만 자랑스럽다는 듯이 말했다. "열쇠 구멍으로 귀를 기울이고 있다가 내 말을 들은 거지. 그리고 바로 다음 날 서둘러 순찰대를 찾아갔어. 일곱 살짜리 꼬맹이치고는 아주 똑똑하지 않나? 난 그 애를 전혀 원망하지 않네. 오히려 자랑스러워. 내가 어쨌든 그 애를 올바르게 키웠다는 증거니까."

그는 또 움찔움찔 서성거리며, 뭔가를 몹시 바라는 시선으로 변기를 여러 차례 힐끔거렸다. 그러다 갑자기 반바지를 홱 아래로 내렸다.

"미안하네, 친구." 그가 말했다. "어쩔 수가 없어. 이렇게 기다리다 보니."

그는 커다란 궁둥이로 변기에 털썩 앉았다. 윈스턴은 손으로 얼굴을 가렸다.

"스미스!" 텔레스크린에서 고함 소리가 터져 나왔다.

"6079 스미스 W! 얼굴 가리지 마라. 감방에서는 얼굴을 가릴 수 없다."

윈스턴은 손을 내렸다. 파슨스는 시끄러운 소리를 내며 푸짐하게 변기를 이용했다. 그러고 나서야 물 내리는 장치가 고장 난 것을 알았다. 그 뒤로 몇 시간 동안 감방에서는 지독한 악취가 났다.

파슨스는 다른 곳으로 옮겨졌다. 또 다른 죄수들이 들어왔다가 알 수 없는 이유로 사라졌다. 그중에 어떤 여자는 '101호실'로 보내졌다. 윈스턴은 그 말을 들은 그녀의 안색이 확 바뀌면서 얼굴의 맥이 탁 풀리는 것을 보았다. 만약 그가 이곳으로 끌려온 때가 오전이라면, 오후라고 짐작되는 때가 왔다. 만약 그가 끌려온 때가 오후라면, 자정쯤 되었을 것이다. 감방에는 남녀 합쳐서 죄수 여섯 명이 있었다. 모두 가만히 앉아 꼼짝도 하지 않았다. 윈스턴 맞은편에 앉은 남자는 턱이 없고 이가 많이 드러나 있어서, 꼭 덩치 크고 무해한 설치류처럼 보였다. 통통하고 얼룩덜룩한 뺨 아래쪽 살이 어찌나 늘어졌는지, 그 안에 먹을 것을 조금 저장해둔 것만 같았다. 그는 연한 회색 눈으로 소심하게 이 사람 저 사람 얼굴을 힐끔거리다가 누군가와 눈이 마주치면 재빨리 시선을 돌려버렸다.

문이 열리고 또 다른 죄수가 들어왔다. 그를 보고 윈스턴은 순간적으로 오싹해졌다. 어디서나 흔히 볼 수 있는 비열한 생김새의 남자였다. 일종의 엔지니어나 기술자 같았는데, 윈스턴을 놀라게 한 것은 초췌하기 짝이 없는 그의 얼굴이었다. 마치 해골 같았다. 얼굴이 워낙 마른 탓에 입과 눈이 유난히 커 보였다. 눈에는 어떤 사람이나 사물에 대한 달랠 수 없는 증오와 살기가 가득한 것 같았다.

그 남자는 윈스턴과 조금 거리를 두고 긴 의자에 앉았다. 윈스턴은 다시 그에게 시선을 주지 않았는데도, 고통이 가득한 해골 같은 그 얼굴이 머릿속에 너무나 생생히 남아서 마치 바로 눈앞에 있는 것 같았다. 그러다 문득 그는 왜 이런 기분이 드는지 깨달았다. 그 남자는 굶다 못해 죽어가고 있었다. 감방 안의 모든 사람이 거의 동시에 같은 생각을 떠올린 듯싶었다. 긴 의자에 앉은 모든 사람들 사이에서 아주 희미한 동요가 일었다. 턱이 없는 남자는 해골 같은 남자를 자꾸 힐끔거리다가 죄지은 사람처럼 시선을 돌리더니, 저항할 수 없는 유혹에 이끌리듯 또 그쪽을 바라보았다. 곧 그가 앉은 채 안절부절못하기 시작했다. 그러다 결국 일어서서 비틀비틀 감방을 가로질러 가서 작업복 주머니를 뒤져 때가 꼬질꼬질한 빵 조각 하나를 해골 남자에게 내밀었다. 겸연쩍은 기색이었다.

텔레스크린에서 분노에 찬 호통이 귀가 멀 것처럼 터져 나왔다. 턱 없는 남자는 선 채로 펄쩍 뛰었다. 해골 남자는 자신이 그의 선물을 거절했음을 온 세상에 증명하려는 듯 재빨리 양손을 등 뒤로 돌렸다.

"범스테드!" 텔레스크린이 호통쳤다. "2713 범스테드 J!

그 빵 조각을 버려!"

턱 없는 남자는 빵 조각을 바닥에 떨어뜨렸다.

"그 자리에 서 있어라." 텔레스크린이 말했다. "문을 마주보고. 움직이지 마."

턱 없는 남자는 명령에 따랐다. 살이 늘어진 커다란 뺨이 걷잡을 수 없이 푸들거리고 있었다. 문이 쾅 열렸다. 젊은 경찰관이 들어와 한쪽으로 비켜서자, 그 뒤에서 땅딸막한 경비대원이 나타났다. 팔과 어깨가 거대했다. 그는 턱 없는 남자를 마주보고 자리를 잡은 뒤, 경찰관이 신호하자 자신의 체중을 전부 실은 무시무시한 주먹을 턱 없는 남자의 입에 정면으로 날렸다. 그 서슬에 남자의 몸이 거의 공중으로 떠오르다시피 했다. 바닥으로 내동댕이쳐진 남자의 몸이 쭉 미끄러지다가 변기 아래쪽에 부딪혔다. 잠시 멍하니 누워 있는 그의 입과 코에서 검붉은 피가 흘러나왔다. 울먹이는 소리인지 꺽꺽거리는 소리인지 알 수 없는 소리가 아주 희미하게 들려왔다. 무의식적으로 내는 소리 같았다. 그는 곧 몸을 돌려 비틀거리며 손과 무릎으로 바닥을 짚었다. 둘로 쪼개진 틀니가 흘러내리는 피와 침에 섞여 그의 입에서 떨어졌다.

죄수들은 무릎에 양손을 포갠 채 꼼짝도 않고 앉아 있었다. 턱 없는 남자가 원래 자리로 돌아가 앉았다. 얼굴 한쪽의 살이 점점 짙은 색으로 변하고 있었다. 입술은 형태를 잃고 시뻘겋게 퉁퉁 부어서, 한가운데에 검은 구멍이 뚫린 덩어리처럼 보였다. 가끔 핏방울이 그의 작업복 가슴으로 떨어졌다.

회색 눈은 더욱더 죄스러운 기색을 띠고 아까처럼 사람들의 얼굴을 힐끔거렸다. 굴욕을 당한 자신을 다른 사람들이 얼마나 경멸하는지 알아보려는 것 같았다.

문이 열렸다. 경찰관이 작은 몸짓으로 해골 남자를 가리켰다.

"101호실." 그가 말했다.

윈스턴의 옆에서 헉 하는 소리와 함께 동요가 일었다. 남자는 바닥으로 몸을 던져 무릎을 꿇고 양손을 꽉 맞잡고 있었다.

"동무! 경관님!" 그가 소리쳤다. "꼭 그 방으로 데려가지 않아도 되잖습니까! 이미 전부 말했어요. 또 무엇을 알고 싶으신 겁니까? 뭐든지 자백하겠습니다, 뭐든지! 그냥 원하는 걸 말씀하시면 제가 당장 자백하겠습니다. 진술서를 쓰고 서명하겠습니다. 무슨 내용이든! 101호실만은 제발!"

"101호실." 경찰관이 말했다.

그렇지 않아도 창백하던 남자의 안색이 또 변했다. 윈스턴으로서는 상상도 해보지 못한 색이었다. 어떻게 봐도 분명히 시퍼렇게 질린 색이었다.

"무슨 짓을 해도 좋습니다!" 그가 소리쳤다. "저를 몇 주 동안 굶기셨죠. 이제 그만 죽이십쇼. 총으로 쏴요. 목을 매달든지. 징역 25년을 선고해도 됩니다. 내가 또 누구의 이름을 불면 되겠습니까? 누군지 말만 하세요. 원하는 이야기를 모두 해드릴 테니. 그게 누구든, 동무가 그 사람한테 무슨 짓을 하든 내 알 바 아닙니다. 난 아내와 자식 셋이 있어요. 제일 큰 놈이 아직 여섯 살도 안 됐습니다. 우리 식구들을 전부 데려와서 내 눈앞에서 목을 베셔도 난 가만히 서서 지켜볼 겁니다. 그러니 101호실만은 제발!"

"101호실." 경찰관이 말했다.

남자는 다른 죄수들을 미친 듯이 둘러보았다. 자기 대신 다른 사람을 그 자리에 밀어 넣을 수 있다고 생각하는 것 같았다. 그의 눈이 턱 없는 남자의 망가진 얼굴에 고정되었다. 그가 여윈 팔을 휙 뻗었다.

"저놈을 데려가셔야 합니다. 내가 아니라!" 그가 소리쳤다. "아까 얼굴을 맞은 뒤에 저놈이 하는 말을 못 들으셨죠? 나한테 기회만 주면 죄다 말하겠습니다. 당에 반대하는 건 **저놈**이에요. 내가 아니라." 경비대원들이 앞으로 나섰다. 남자의 목소리가 비명처럼 날카로워졌다. "저놈의 말을 못 들으셨잖아요! 텔레스크린이 고장 났어요. **저놈**이 그놈입니다. 저놈을 데려가요. 내가 아니라!"

건장한 경비대원 두 명이 허리를 굽혀 그의 양팔을 잡으려 했다. 바로 그 순간 그는 감방 바닥에 몸을 던져 긴 의자의 강철 다리 하나를 붙잡았다. 그리고 짐승처럼 알아들을 수 없는 소리로 울부짖었다. 경비대원들이 그를 붙잡고 의자 다리에서 떼어내려고 했지만, 그는 놀라운 힘으로 버텼다. 경비대원들이 그를 붙잡고 씨름한 시간이 20초는 되었을 것이다. 죄수들은 무릎에 양손을 포개고 조용히 앉아서 똑바로 앞만 바라보았다. 울부짖는 소리가 그쳤다. 남자는 이제 죽어라 매달리는 것 외에는 소리를 낼 기운도 없었다. 하지만 곧 다른 종류의 비명이 들렸다. 경비대원 한 명이 부츠로 남자의 손을 차서 손가락을 부러뜨린 탓이었다. 그들이 그를 일으켜 세웠다.

"101호실." 경찰관이 말했다.

남자는 고개를 푹 수그리고 부서진 손을 어루만지며 휘청휘청 끌려 나갔다. 투지가 모두 사라진 모습이었다.

오랜 시간이 흘렀다. 해골 남자가 끌려간 때가 자정이었다면 지금은 아침일 것이고, 그때가 아침이었다면 지금은 오후일 것이다. 윈스턴은 혼자였다. 몇 시간 전부터 혼자였다. 좁은 의자에 계속 앉아 있자니 너무 힘들어서 자주 일어나 이리저리 돌아다녔지만 텔레스크린에서는 꾸짖는 말이 나오지 않았다. 턱 없는 남자가 떨어뜨린 빵 조각은 그 자리에 그대로 있었다. 처음에는 그쪽에 시선을 주지 않으려고 힘들게 노력해야 했지만, 곧 허기보다는 갈증이 더 심해졌다. 입안이 끈적거리고 고약한 맛이 났다. 웅웅거리는 소리와 끊임없이 쏟아지는 하얀 불빛 때문에 일종의 현기증이 일었다. 머릿속이 텅 빈 것 같았다. 그는 뼈가 견딜 수 없을 만큼 아파와서 일어섰다가, 너무 어지러워서 곧바로 다시 앉곤 했다. 몸의 감각을 어느 정도 통제할 수 있게 되면 항상 공포가 되살아났다. 오브라이언과 면도날을 생각하며 점점 흐릿해지는 희망을 느낄 때도 있었다. 면도날이 음식 속에 숨겨져 들어올 수도 있을 것이다. 음식이 나오기만 한다면. 줄리아에 대한 생각은 더 흐릿했다. 그녀도 어딘가에서 고통받고 있었다. 어쩌면 그보다 더 심한 일을 당하는 중인지도 모른다. 지금 이 순간에도 그녀가 고통으로 비명을 지르고 있을 수도 있었다. 그는 생각해보았다. '내 고통을 배가시켜서 줄리아를 구할 수 있다면 나는 그렇게 할까? 그래, 그럴 거야.' 하지만 그것은 머리로 내린 결정에 불과했다. 마땅히 그런 결정을 내려야 한다는 생각 때문에 내린 결정. 마음으로는 아무런 느낌이 없었다. 여기서는 아무것도 느낄 수 없었다. 오로지 고통, 그리고 앞으로 고통을 겪게 될 것이라는 확신뿐이었다. 게다가 실제로 고통을 겪고 있는 사람이 무슨 이유로든 그 고통이 더 심해지기를 바라는 것이 가능한 일인가? 하지만 이 질문에는 아직 대답할 수 없었다.

다시 발소리가 다가왔다. 문이 열리고 오브라이언이 들어왔다.

윈스턴은 엉거주춤 일어섰다. 그를 보고 받은 충격이 너무 커서 조심해야 한다는 생각은 전부 날아가버렸다. 아주 오랜만에 처음으로 그는 텔레스크린의 존재를 잊었다.

"당신도 잡혔군요!" 그가 소리쳤다.

"오래전에 잡혔습니다." 오브라이언이 거의 후회처럼 보이는 부드러운 조소를 띠며 말했다. 그가 옆으로 비켜서자 그의 뒤에서 길고 검은 곤봉을 든 건장한 경비대원이 나타났다.

"당신도 알고 있었습니다, 윈스턴." 오브라이언이 말했다. "스스로를 속이지 마세요. 당신도 알고 있었습니다. 처음부터 줄곧."

그래, 이제 알 수 있었다. 자신이 처음부터 알고 있었다는 것을. 하지만 그런 걸 생각할 시간이 없었다. 그의 눈은 온통 경비대원이 들고 있는 곤봉에 집중되었다. 저것이 어디를 때릴지 짐작할 수 없었다. 정수리일까, 귀 끝일까, 팔일까, 팔꿈치일까……

팔꿈치야! 그는 곤봉에 맞은 팔꿈치를 반대편 손으로 감싸고 털썩 무릎을 꿇었다. 몸이 거의 마비된 것 같았다. 모든 것이 노란색 빛으로 폭발했다. 단 한 번의 타격이 이렇게 아플 수 있다니 상상도, 상상도 하지 못했다! 노란빛이 사라지자 두 사람이 그를 내려다보는 것이 보였다. 경비대원은 몸이 비틀어진 그를 비웃고 있었다. 어쨌든 한 가지 의문은 답을 찾았다. 세상의 그 어떤 이유로도 고통이 심해지기를 바랄 수는 없다는 것. 고통에 대해 사람이 바랄 수 있는 것은 고통이 멈추는 것 하나뿐이었다. 세상의 그 무엇도 몸이 느끼는 고통만큼 지독하지 않았다. 고통 앞에는 영웅도, 영웅도 없어. 그는 쓸 수 없게 된 왼팔을 쓸데없이 부여잡고 바닥에서 몸부림치며 몇 번이고, 몇 번이고 생각했다.

2

그는 야전침대처럼 느껴지는 곳에 누워 있었다. 다만 침대의 높이가 높고, 그의 몸이 고정되어 있어 움직일 수 없다는 점이 달랐다. 평소보다 더 강한 듯한 빛이 그의 얼굴로 쏟아졌다. 오브라이언이 옆에 서서 그를 강렬한 눈으로 내려다보고 있었다. 반대편에는 하얀 가운을 입은 남자가 주사기를 들고 서 있었다.

눈을 뜬 뒤에도 그는 주위를 아주 천천히 인식했다. 아주 다른 세상에서, 그러니까 여기보다 한참 아래에 있는 심해 세계에서 여기까지 헤엄쳐 올라온 것 같은 느낌이 들었다. 그 심해 세계에 얼마나 있었는지는 알 수 없었다. 체포된 순간부터 그는 어둠도 햇빛도 보지 못했다. 게다가 기억도 군데군데 끊겨 있었다. 잠을 자는 상태와 비슷한 의식마저 완전히 끊어졌다가 어느 정도 공백이 흐른 뒤 다시 이어진 적이 몇 번 있었다. 하지만 그 공백이 며칠이었는지, 몇 주였는지, 아니면 겨우 몇 초였는지, 도무지 알 길이 없었다.

곤봉으로 팔꿈치를 처음 맞은 그때부터 악몽이 시작되었다. 나중에 그는 그때 일어난 모든 일이 단순히 예비 절차에 불과했음을 깨달았다. 그것은 거의 모든 죄수들이 거치는 일상적인 심문이었다. 모두가 당연한 듯 자백해야 하는 범죄는 많고 많았다. 간첩 활동, 파괴 행위 등등. 자백은 형식이지만 고문은 현실이었다. 몇 대나 얻어맞았는지, 구타가 얼마나 오랫동안 계속되었는지 그는 기억하지 못했다. 항상 검은 제복을 입은 남자 대여섯 명이 동시에 그에게 달라붙어 있었다. 어떤 때는 주먹으로, 어떤 때는 곤봉으로, 어떤 때는 쇠파이프로, 어떤 때는 부츠 신은 발로. 그가 짐승처럼 부끄러운 줄도 모르고 바닥을 이리저리 구르며, 어떻게든 발길질을 피해보려고 몸부림치다가 오히려 더 많이 발길질을 당한 적도 있었다. 갈비뼈에, 배에, 팔꿈치에, 정강이에, 사타구니에, 고환에, 허리뼈에. 어떤 때는 너무 얻어맞다 보니, 경비대원들이 계속 그를 때리는 것보다는 그 자신이 억지로라도 의식을 잃을 수 없다는 사실이 가장 잔인하고 사악하고 용서할 수 없는 일처럼 보이기도 했다. 때로는 상대가 때리기도 전에 체면이고 뭐고 없이 살려달라고 비명을 질러댔다. 그럴 때면 그는 상대가 주먹을 들기만 해도 진짜 범죄와 상상 속의 범죄를 모조리 털어놓았다. 어떤 때는 처음부터 절대 고백하지 않겠다고 마음을 굳게 먹고서 고통스럽게 숨을 몰아쉬는 수준이 되어서야 억지로 말을 꺼내기도 했다. 나약하게 협상을 시도한 적도 있었다. 그럴 때는 속으로 이렇게 다짐했다. '자백은 하겠지만 아직은 아니야. 고통을 더 이상 참을 수 없을 때까지 버텨야 해. 발길질을 세 번만 더 맞으면, 두 번만 더 맞으면, 그러면 저들이 원하는 걸 말해줘야지.' 어떤 때는 일어설 수도 없을 만큼 얻어맞은 뒤 감방의 돌바닥에 감자 포대처럼 내던져져 몇 시간 동안 몸을 추스르다가 다시 끌려나가 맞기도 했다. 회복 시간이 그보다 더 길었던 적도 있었다. 하지만 주로 잠을 자거나 혼미한 상태로 그 시간을 보냈기 때문에 기억이 희미했다. 벽에서 널빤지 침상이 선반처럼 튀어나와 있던 감방이 기억 속에 있었다. 양철 세면대, 끼니 때 뜨거운 수프와 빵이 나오던 것, 때로는 커피도 나오던 것 역시 기억했다. 퉁명스러운 이발사가 와서 그의 수염을 깎고 머리를 깎아주던 기억, 하얀 가운 차림의 냉담한 남자들이 사무적으로 그의 맥박을 재고, 반사작용을 확인하고, 눈꺼풀을 뒤집어보고, 부러진 뼈가 있는지 거친 손길로 몸을 훑고, 팔에 주삿바늘을 찔러 그를 잠재우던 기억도 있었다.

구타의 빈도가 점점 줄어들더니, 나중에는 주로 협박에 이용되었다. 그의 답변이 마음에 안 들면 언제든 다시 그때로 돌아갈 수 있다는 공포를 안겨주는 방식이었다. 그를 심문하는 사람들은 이제 검은 제복 차림의 악당이 아니라 머리 좋은 당원들이었다. 조금 토실토실한 그들은 동작이 빨랐으며, 안경이 반짝거렸다. 그들은 서로 교대해가며 그를 심문했는데, 한 번 시작하면 아마 열 시간이나 열두 시간쯤 계속하는 것 같았다. 그는 시간을 짐작만 할 뿐 확신하지는 못했다.

이 새로운 심문관들은 반드시 그가 항상 약간의 고통을 느끼게 했지만, 그들이 주로 기대는 것은 고통이 아니었다. 그들은 그의 뺨을 때리고, 귀를 비틀고, 머리카락을 잡아당기고, 한 다리로 서게 하고, 오줌 싸러 가지 못하게 하고, 눈에서 눈물이 흐를 때까지 얼굴에 이글거리는 빛을 비췄다. 그러나 이런 행동의 목적은 오로지 그에게 굴욕을 주고 논리적인 사고력을 파괴해버리는 것뿐이었다. 그들의 진짜 무기는 몇 시간이고 계속되는 무자비한 질문이었다. 그것으로 그들은 그의 실수를 유도하고, 덫을 놓고, 그의 말을 모두 비틀어버리고, 매번 그에게 앞뒤가 다른 말을 한다며 거짓말쟁이라고 다그쳤다. 그러다 보면 그는 정신적인 피로와 수치심 때문에 훌쩍훌쩍 울게 되었다. 어떤 때는 한 번 심문하는 동안 여섯 번이나 울기도 했다. 대부분의 경우 그들은 그에게 고래고래 욕을 퍼부으면서, 그가 머뭇거릴 때마다 다시 경비대원들에게 넘겨버리겠다고 협박했다. 그러다 때로는 갑자기 태도를 바꿔 그를 동무라고 부르며 영사와 빅 브라더의 이름으로 호소하기도 했다. 그들은 그에게 아직 당에 대한 충성심이 조금은 남아 있을 테니 저지른 죄를 되돌리고 싶다는 생각이 들지 않느냐고 슬픈 얼굴로 물었다. 몇 시간 동안 이어진 심문으로 신경이 너덜너덜해졌을 때는, 이런 호소만으로도 훌쩍훌쩍 눈물이 났다. 결국 다그치는 목소리들은 경비대원의 발길질과 주먹보다 더 완전히 그를 무너뜨렸다. 그는 그저 말하는 입, 저들이 요구하는 것이라면 어디에든 서명하는 손이 되었다. 그의 유일한 관심사는 그들이 자신에게서 어떤 자백을 원하는지 알아내서, 다그침이 다시 시작되기 전에 빨리 자백해버리는 것뿐이었다. 그는 저명한 당원의 암살, 선동적인 소책자 배포, 공공기금 횡령, 군사기밀 판매, 온갖 종류의 파괴 행위를 자백했다. 자신이 무려 1968년부터 이스트아시아 정부의 돈을 받는 간첩이었다고 자백했다. 종교의 신자, 자본주의 찬양자, 성적인 변태라고 자백했다. 아내를 살해했다고 자백했다. 아내가 아직 살아 있다는 사실은 그도 알고, 심문관들 역시 분명히 알고 있을 텐데도. 그는 4년 전부터 골드스틴과 직접 연락하고 있었으며, 자신이 소속된 지하조직에는 지금까지 알고 지낸 거의 모든 사람이 속해 있다고 자백했다. 모든 것을 자백하고, 모두의 이름을 부는 편이 더 편안했다. 게다가 어떤 의미에서 이 자백들은 모두 진실이었다. 그가 당의 적이었던 건 사실이니까. 당의 눈으로 볼 때, 생각과 행동은 다를 것이 없었다.

또 다른 종류의 기억도 있었다. 암흑 속에 떠 있는 사진처럼 다른 모든 것과 동떨어진 채 그의 머릿속에서 유난히 관심이 가는 기억이었다.

그는 어두운지 밝은지 확실히 알 수 없는 감방에 있었다. 그의 눈에 보이는 것이라고는 한 쌍의 눈뿐이었다. 손과 가까운 곳에서 어떤 장치가 천천히 규칙적으로 똑딱거렸다. 눈이 점점 커지면서 더욱 빛을 냈다. 갑자기 그는 의자에서 둥둥 떠올라 그 눈으로 뛰어들었고, 눈은 그를 삼켜버렸다.

그는 여러 다이얼에 에워싸인 의자에 묶여 눈부신 불빛을 받고 있었다. 하얀 가운을 입은 남자가 다이얼을 읽었다. 무거운 부츠를 신고 걸어오는 소리가 밖에서 났다. 문이 쾅 열렸다. 밀랍 얼굴의 경찰관이 기운차게 걸어 들어오고, 경비대원 두 명이 그 뒤를 따랐다.

"101호실." 경찰관이 말했다.

하얀 가운의 남자는 돌아서지 않았다. 그렇다고 윈스턴을 보지도 않았다. 다이얼만 볼 뿐이었다.

그는 거대한 복도를 굴러가고 있었다. 폭이 1킬로미터나 되는 복도에 찬란한 황금색 빛이 가득하고, 그는 우렁차게 웃어대며 목청껏 큰 소리로 자백하고 있었다. 모든 것을 자백했다. 심지어 고문을 받을 때도 말하지 않고 잘 참았던 이야기까지도. 자신이 살아온 인생 전체를 이미 다 아는 사람에게 다시 들려주고 있었다. 그와 함께 있는 사람은 경비대원, 심문관, 하얀 가운의 남자, 오브라이언, 줄리아, 채링턴 씨였다. 모두 함께 복도를 굴러가며 소리를 지르고 웃어댔다. 미래에 예비되어 있던 무서운 일을 어떻게든 건너뛰어 겪지 않았다. 이제 아무 문제도 없었다. 고통도 없고, 그의 인생이 작은 것 하나 남김없이 까발려져 모두의 이해와 용서를 받았다.

왠지 오브라이언의 목소리가 들린 것 같아서 그는 널빤지 침대에서 몸을 일으켰다. 심문 내내 그를 한 번도 보지 못했지만, 오브라이언이 바로 그의 옆에, 시선을 살짝 벗어난 곳에 있는 것 같았다. 모든 것을 지휘하는 사람이 오브라이언이었다. 윈스턴에게 경비대원들을 붙인 사람도, 그들이 그를 죽이지 못하게 막은 사람도 오브라이언이었다. 윈스턴이 언제 고통에 겨워 비명을 질러야 하는지, 언제 휴식해야 하는지, 언제 식사를 해야 하는지, 언제 자야 하는지, 언제 그의 팔에 주사를 놓아야 하는지 결정하는 사람도 오브라이언이었다. 그에게 질문을 던지고 대답을 암시하는 사람도 오브라이언이었다. 그를 괴롭히는 사람도, 그를 보호하는 사람도, 그의 심문관도, 그의 친구도 모두 오브라이언이었다. 그러다 한 번, 윈스턴은 자신이 약에 취해 잠들었을 때인지, 평범하게 잠들었을 때인지, 아니면 아예 깨어 있을 때인지 기억나지 않았지만, 하여튼 한 번 귓가에서 속삭이는 누군가의 목소리가 들렸다. "걱정 말아요, 윈스턴. 내가 보살피고 있으니. 7년 동안 나는 당신을 지켜보았습니다. 이제 전환점이 왔어요. 내가 당신을 구해드리겠습니다. 당신을 완벽하게 만들어줄 겁니다." 그것이 오브라이언의 목소리인지는 확실히 알 수 없었지만, 7년 전 다른 꿈에서 그에게 "우리는 어둠이 없는 곳에서 만나게 될 겁니다"라고 말한 바로 그 목소리였다.

심문이 끝난 기억이 없었다. 모든 것이 암흑에 잠기는 순간이 지나고 정신을 차리니 감방인지 뭔지 알 수 없는 어떤 방이 주위에서 점차 형체를 갖췄다. 그는 거의 똑바로 누워 있었으며, 몸을 움직일 수 없었다. 중요한 부위가 모두 묶여 있었다. 심지어 뒤통수도 뭔가에 붙잡혀 있었다. 오브라이언이 진지하고 다소 슬픈 표정으로 그를 내려다보았다. 아래에서 올려다본 그의 얼굴은 거칠고 지쳐 보였다. 눈 아래가 불룩하게 늘어지고, 피곤해서 생긴 주름살이 코에서부터 턱까지 이어져 있었다. 그는 윈스턴이 생각했던 것보다 나이가 많았다. 아마 마흔여덟 살이나 쉰 살쯤인 것 같았다. 그의 손 아래에는 레버가 달리고 숫자들이 둥글게 새겨진 다이얼이 있었다.

"말했잖습니까." 오브라이언이 말했다. "우리가 다시 만난다면 이곳일 거라고."

"네." 윈스턴이 말했다.

아무런 예고도 없이 오브라이언의 손이 살짝 움직이자, 고통이 파도처럼 그의 몸을 휩쓸었다. 뭐가 어떻게 된 건지 눈으로 볼 수 없어서 겁이 나는 고통이었다. 자신이 뭔가 치명적인 부상을 당하고 있다는 느낌도 들었다. 실제로 일어나는 일인지 전기충격의 효과인지는 알 수 없지만, 그의 몸이 형태를 잃고 비틀리고 있었다. 관절이 서서히 찢어져 분리되었다. 고통 때문에 이마에 땀이 맺히기는 했어도, 가장 견디기 힘든 것은 척추가 부러질 것 같다는 두려움이었다. 그는 이를 악물고 코로 훅훅 숨을 쉬며, 최대한 소리를 내지 않으려고 애썼다.

"겁을 내는군요." 오브라이언이 그의 얼굴을 지켜보며 말했다. "곧 뭔가가 부러질까 봐. 특히 두려운 건 척추가 부러지는 것. 척추가 똑 부러지고 척수액이 뚝뚝 새어 나오는 모습을 머릿속으로 생생히 그리고 있어요. 그런 생각을 하고 있지요? 아닙니까, 윈스턴?"

윈스턴은 대답하지 않았다. 오브라이언이 레버를 다시 뒤로 당기자 고통이 찾아왔을 때처럼 재빨리 가라앉았다.

"그게 40이었습니다." 오브라이언이 말했다. "여기 다이얼의 숫자가 100까지 있는 게 보이죠? 우리가 대화하는 동안 계속 기억해주겠습니까? 내가 언제든 원하는 강도만큼 당신에게 고통을 줄 수 있다는 걸. 만약 당신이 내게 거짓말을 하거나, 어떤 식으로든 얼버무리고 넘어가려 하거나, 하다못해 평소보다 멍청하게 굴기만 해도, 즉시 고통에 울부짖게 될 겁니다. 이해했습니까?"

"네." 윈스턴이 말했다.

오브라이언의 태도가 조금 누그러졌다. 그는 생각에 잠긴 표정으로 안경을 고쳐 쓰고는, 한두 걸음 서성거렸다. 다시 입을 열었을 때 그의 목소리는 부드럽고 참을성이 있었다. 벌을 내리기보다는 설명하고 설득하는 데 더 열심인 의사나 교사, 심지어 사제 같은 분위기였다.

"난 당신에게 공을 들이고 있습니다, 윈스턴." 그가 말했다. "당신은 그럴 가치가 있거든요. 당신의 문제가 뭔지 당신도 아주 잘 알고 있습니다. 오래전부터 알고 있었어요. 비록 그 지식에 맞서 싸웠지만. 당신은 정신적인 착란 상태입니다. 기억에도 결함이 있죠. 실제 사건을 기억하지 못하고, 실제로 일어난 적이 없는 사건들을 기억한다고 스스로를 설득해요. 다행히 치료가 가능합니다. 당신이 스스로를 치료하지 못한 건 치료를 원하지 않았기 때문이에요. 작은 노력이 필요한데 당신은 그 노력을 기울일 준비가 되어 있지 않았거든요. 심지어 지금도 당신이 그 병을 단단히 붙드는 게 미덕인 줄 알고 버틴다는 걸 잘 알고 있습니다. 예를 하나 들어볼까요? 지금 이 순간, 오세아니아와 전쟁 중인 강대국은 어디입니까?"

"내가 체포되었을 때, 오세아니아는 이스트아시아와 전쟁 중이었습니다."

"이스트아시아라. 좋습니다. 오세아니아는 항상 이스트아시아와 전쟁 중이었지요?"

윈스턴은 숨을 들이쉬었다. 그러고는 말을 하려고 입을 열었지만 아무 말도 하지 않았다. 다이얼에서 시선을 뗄 수가 없었다.

"진실을 말해주세요, 윈스턴. **당신의** 진실. 당신이 믿는 당신의 기억을 말해봐요."

"내 기억에, 체포되기 일주일 전까지만 해도 우리는 이스트아시아와 전쟁 중이 아니었습니다. 그 나라와 동맹이었어요. 전쟁 상대는 유라시아였습니다. 그 전쟁은 4년 동안 계속되었고, 그전에는……"

오브라이언이 손짓으로 그의 말을 막았다.

"예를 하나 더 들어보죠." 그가 말했다. "몇 년 전 당신은 정말로 심각한 망상에 시달렸습니다. 세 사람, 한때 당원이었던 존스, 아론슨, 러더퍼드, 반역과 파괴 행위 혐의에 대해 모든 것을 완전히 자백한 뒤 처형당한 이 세 사람이 무고하다고 믿었죠. 당신은 그들의 자백이 거짓임을 증명하는 확실한 문서를 본 적이 있다고 믿었습니다. 어떤 사진에 대한 환각이었는데, 당신은 그 사진을 실제로 두 손에 쥐었던 적이 있다고 믿었습니다. 이런 사진이었을 겁니다."

길쭉한 신문 조각이 오브라이언의 손가락 사이에 잡혀 있었다. 그것이 윈스턴의 시야 안에 들어온 시간은 아마 5초 정도였을 것이다. 그 사진의 정체에 대해서는 의문의 여지가 없었다. 바로 **그** 사진이었다. 존스, 아론슨, 러더퍼드가 당의 일로 뉴욕에 갔을 때 찍은 사진의 또 다른 사본. 그가 11년 전 우연히 발견하고 즉시 파기한 바로 그 사진이었다. 그 사진은 그의 눈앞에 아주 잠시 머무르다가 금방 사라져버렸다. 하지만 그는 그 사진을 보았다. 틀림없이 보았다! 그는 상반신을 자유롭게 움직여 보려고 고통을 무시한 채 필사적으로 몸을 비틀었다. 하지만 어느 방향으로든 단 1센티미터도 움직일 수 없었다. 그 순간에는 다이얼의 존재도 생각나지 않았다. 그가 원하는 것은 오로지 그 사진을 다시 손에 쥐는 것, 그게 아니라면 최소한 눈으로 보기라도 하는 것이었다.

"사진이 정말 있어!" 그가 외쳤다.

"아뇨." 오브라이언이 말했다.

그는 맞은편 벽으로 걸어갔다. 거기에 기억구멍이 있었다. 오브라이언은 구멍의 격자 모양 덮개를 열었다. 윈스턴이 볼 수 없는 곳에서 그 연약한 종잇조각이 따뜻한 바람에 실려 빙글빙글 멀어지다가 화르르 타오르는 불꽃에 휘말려 사라져버렸다. 오브라이언이 벽에서 돌아섰다.

"재뿐입니다." 그가 말했다. "아니, 재라고 할 수도 없는 먼지일 뿐이죠. 그건 존재하지 않습니다. 한 번도 존재한 적이 없습니다."

"아냐, 존재했어요! 지금도 존재해요! 기억 속에 존재해요. 내가 기억합니다. 당신도 기억하고요."

"난 기억하지 않습니다." 오브라이언이 말했다.

윈스턴은 가슴이 덜컹 내려앉았다. 저건 이중사고였다. 그는 무서울 정도로 무기력해졌다. 만약 오브라이언이 거짓말을 하고 있다고 그가 확신할 수 있었다 해도, 그건 별로 중요하지 않을 것 같았다. 그러나 오브라이언이 그 사진을 정말로 잊어버렸을 가능성도 얼마든지 있었다. 그렇다면, 그는 자신이 그 사진을 기억하지 못한다고 말한 사실조차 이미 잊었을 것이고, 그것을 잊는 행위를 했다는 것도 잊었을 것이다. 그것이 속임수에 불과하다고 어떻게 확신할 수 있을까? 어쩌면 그의 머릿속에서 광증에 의한 혼란이 정말로 있었던 것인지도 모른다. 이 생각이 그에게 패배감을 안겨주었다.

오브라이언은 생각에 잠긴 얼굴로 그를 내려다보았다. 지금은 말썽을 부리고 있지만 장래가 유망한 아이에게 공을 들이는 교사 같은 분위기가 그 어느 때보다 강했다.

"과거의 통제에 대한 당의 구호가 있습니다." 그가 말했다. "한번 말해보겠습니까?"

"'과거를 통제하는 자가 미래를 통제한다. 현재를 통제하는 자가 과거를 통제한다.'" 윈스턴이 순순히 말했다.

"'현재를 통제하는 자가 과거를 통제한다.'" 오브라이언이 잘했다는 듯이 느릿느릿 고개를 끄덕이며 말했다. "과거가 정말로 존재한다고 생각합니까, 윈스턴?"

또 무력감이 윈스턴을 덮쳤다. 그의 시선이 재빨리 다이얼 쪽을 향했다. '예'와 '아니요' 중 어느 쪽이 자신을 고통에서 구해줄지도 알 수 없고, 자신이 둘 중 어느 쪽을 진실이라고 믿는지도 알 수 없었다.

오브라이언이 희미한 미소를 지었다. "당신은 형이상학자가 아닙니다, 윈스턴. 지금 이 순간까지 당신은 존재라는 말의 의미를 생각한 적이 없어요. 내가 좀 더 정확히 표현해보죠. 과거가 공간 속에 실체로서 존재합니까? 과거가 지금도 진행되고 있는 장소, 단단한 물리적 세계가 어딘가에 있습니까?"

"없습니다."

"그럼 과거는 도대체 어디에 존재합니까?"

"기록 속에 적혀 있습니다."

"기록 속이라. 그리고……?"

"머릿속에. 사람의 기억 속에 있습니다."

"기억 속이라. 뭐, 좋습니다. 우리가, 즉 당이 모든 기록을 통제합니다. 우리가 모든 기억을 통제합니다. 그렇다면 우리가 과거를 통제하는 것이죠. 그렇지 않습니까?"

"하지만 사람들의 기억을 어떻게 막을 겁니까?" 윈스턴이 또 순간적으로 다이얼의 존재를 잊어버리고 이렇게 소리쳤다. "그건 자신도 어쩔 수 없는 겁니다. 사람들이 어떻게 할 수 없어요. 기억을 어떻게 통제할 겁니까? 내 기억도 통제하지 못했으면서!"

오브라이언의 태도가 다시 엄격해졌다. 그가 다이얼에 손을 얹었다.

"반대입니다." 그가 말했다. "**당신**이 그걸 통제하지 못한 거예요. 그래서 여기까지 온 겁니다. 겸허함과 자기 절제 면에서 실패했기 때문에 지금 여기에 있어요. 당신은 건강한 정신을 위해 복종이라는 대가를 치르려 하지 않았습니다. 차라리 광인, 당신 혼자뿐인 소수가 되었죠. 규율이 잘 잡힌 사람만이 현실을 볼 수 있습니다, 윈스턴. 당신은 현실이 객관적이고 외부적인 것으로서 스스로 존재한다고 믿죠. 현실의 본질이 자명하게 드러난다는 믿음도 갖고 있고요. 자신이 뭔가를 봤다는 망상 속으로 빠져들면서 당신은 다른 사람들도 모두 당신과 같은 것을 본다고 생각해버립니다. 하지만 말입니다, 윈스턴, 현실은 외부적인 것이 아닙니다. 현실은 인류의 머릿속에만 존재해요. 개인의 머릿속이 아닙니다. 개인의 정신이라는 건 실수를 저지를 수도 있고, 어차피 금방 사라지니까요. 오로지 집합적이고 영원한 당의 머릿속에만 존재합니다. 무엇이든 당이 진실이라고 주장하는 것이 진실입니다. 당의 눈을 통하지 않고는 현실을 볼 수 없습니다. 당신은 바로 이 사실을 다시 배워야 해요, 윈스턴. 그러려면 자기 파괴 행동, 의지를 기울인 노력이 필요합니다. 스스로를 겸허히 낮춰야 건강한 정신을 가질 수 있습니다."

그는 잠시 말을 멈췄다. 자신의 말을 상대가 잘 받아들이게 여유를 주는 것 같았다.

"일기에 이런 말을 쓴 걸 기억합니까?" 그가 다시 입을 열었다. "'자유는 2 더하기 2가 4라고 말할 자유를 말한다.'"

"네." 윈스턴이 말했다.

오브라이언이 윈스턴에게 손등이 향하게 왼손을 들어 엄지를 접고 네 손가락을 펼쳤다.

"내가 손가락 몇 개를 펼치고 있습니까, 윈스턴?"

"네 개입니다."

"만약 당이 네 개가 아니라 다섯 개라고 한다면…… 그러면 몇 개입니까?"

"네 개입니다."

이 말의 끝은 고통에 겨워 급히 숨을 들이쉬는 소리로 이어졌다. 다이얼의 바늘이 55까지 올라가 있었다. 윈스턴의 전신에서 땀방울이 솟았다. 공기가 허파를 찢듯이 들어왔다가 깊은 신음이 되어 나갔다. 이를 악물어도 신음을 참을 수 없었다. 오브라이언은 네 손가락을 여전히 펼친 채로 그를 지켜보다가 레버를 내렸다. 이번에는 고통이 아주 조금만 누그러졌다.

"손가락이 몇 개입니까, 윈스턴?"

"네 개."

바늘이 60까지 올라갔다.

"손가락이 몇 개입니까, 윈스턴?"

"네 개! 네 개! 나더러 무슨 말을 하라는 거야? 네 개!"

틀림없이 바늘이 또 올라갔겠지만, 그는 그쪽을 보지 않았다. 심각하고 엄격한 얼굴과 네 손가락이 그의 시야를 가득 채웠다. 그의 눈앞에 서 있는 손가락들이 거대하고 흐릿한 기둥이 되어 흔들리는 것처럼 보였다. 그래도 틀림없이 네 개였다.

"손가락이 몇 개입니까, 윈스턴?"

"네 개! 그만해, 그만! 어떻게 계속할 수 있어? 네 개야! 네 개!"

"손가락이 몇 개입니까, 윈스턴?"

"다섯 개! 다섯 개! 다섯 개!"

"아뇨, 윈스턴, 소용없습니다. 거짓말을 하고 있어요. 아직도 네 개라고 생각하면서. 손가락이 몇 개입니까?"

"네 개! 다섯 개! 네 개! 뭐든 당신 마음대로 해. 그러니까 제발 멈춰줘!"

갑자기 어깨에 오브라이언의 팔이 둘러진 상태로 그가 일어나 앉아 있었다. 아마 몇 초 동안 의식을 잃은 모양이었다. 그의 몸을 묶었던 끈이 헐거웠다. 몹시 추워서 몸이 걷잡을 수 없이 떨렸다. 이가 딱딱 맞부딪히고, 눈물이 뺨을 타고 흘러내렸다. 순간적으로 그는 아기처럼 오브라이언에게 매달렸다. 어깨를 감싼 그의 튼튼한 팔이 묘하게 위안이 되었다. 오브라이언이 자신의 보호자이며, 고통의 원인은 저 바깥의 다른 곳에 있고, 오브라이언이야말로 자신을 그 고통에서 구해줄 사람인 것 같았다.

"배우는 속도가 느리군요, 윈스턴." 오브라이언이 부드럽게 말했다.

"내가 어떻게 할까요?" 그는 엉엉 울면서 말했다. "눈앞에 보이는 걸 어떻게 할까요? 2 더하기 2는 4인데요."

"가끔은 말입니다, 윈스턴, 가끔은 다섯이에요. 가끔은 셋이기도 하고, 또 가끔은 그 모든 것이 답이기도 합니다. 더 열심히 노력하세요. 건강한 정신을 갖는 건 쉬운 일이 아닙니다."

그는 윈스턴을 침상에 눕혔다. 윈스턴의 팔다리가 다시 단단히 고정되었지만, 고통은 다 가라앉아서 몸도 떨리지 않았다. 그저 몸에 힘이 없고 춥기만 할 뿐이었다. 오브라이언이 하얀 가운을 입고 내내 미동도 없이 서 있던 남자에게 고갯짓을 했다. 남자는 허리를 숙여 윈스턴의 눈을 자세히 들여다보고, 맥박을 재고, 가슴에 귀를 댄 채 여기저기 두들겨 본 뒤 오브라이언에게 고개를 끄덕했다.

"다시." 오브라이언이 말했다.

고통이 윈스턴의 몸속으로 흘러들어왔다. 바늘이 틀림없이 70이나 75에 가 있을 것 같았다. 윈스턴은 이번에는 눈을 감았다. 손가락이 눈앞에 있다는 것, 여전히 네 개라는 것을 그는 알고 있었다. 중요한 것은 경련이 끝날 때까지 어떻게든 목숨을 부지하는 것뿐이었다. 그는 자신이 소리를 지르고 있는지 아닌지 더 이상 알 수 없었다. 다시 고통이 줄어들었다. 그는 눈을 떴다. 오브라이언이 레버를 뒤로 당긴 뒤였다.

"손가락이 몇 개입니까, 윈스턴?"

"네 개입니다. 네 개인 것 같아요. 할 수만 있다면 다섯 개를 볼 겁니다. 다섯 개를 보려고 애쓰고 있습니다."

"어느 쪽을 원합니까? 당신이 다섯 개를 본다고 날 설득하는 쪽? 아니면 정말로 다섯 개를 보는 쪽?"

"정말로 다섯 개를 보는 쪽입니다."

"다시." 오브라이언이 말했다.

바늘이 80, 90에 가 있는 것 같았다. 윈스턴은 이런 고통이 밀려오는 이유를 아주 가끔씩만 기억했다. 엉망이 된 눈꺼풀 뒤에서 손가락의 숲이 마치 춤을 추듯 움직이며 서로의 뒤에 숨었다가 다시 나타나기를 반복하는 것 같았다. 그는 손가락을 헤아리려고 애쓰면서도 그 이유를 기억하지 못했다. 손가락을 헤아리기가 불가능하다는 것, 그리고 그것은 5와 4 사이의 어떤 신비로운 존재 때문인 듯하다는 것을 알 뿐이었다. 고통이 다시 잦아들었다. 눈을 뜨자 똑같은 광경이 보였다. 나무처럼 움직이는 수많은 손가락들이 양방향으로 흐르듯 움직이며 서로 엇갈리기를 반복했다. 그는 다시 눈을 감았다.

"내가 손가락 몇 개를 들고 있습니까, 윈스턴?"

"모릅니다. 몰라요. 한 번만 더 그러면 난 죽을 겁니다. 네 개, 다섯 개, 여섯 개…… 정말로 모르겠어요."

"좀 낫군요." 오브라이언이 말했다.

윈스턴의 팔에 바늘이 들어왔다. 거의 동시에 몸을 치유해주는 듯한 반가운 온기가 온몸에 퍼졌다. 고통은 이미 반쯤 잊어버렸다. 그는 눈을 뜨고 감사의 마음을 담아 오브라이언을 바라보았다. 진지하고 주름진 얼굴, 아주 못생겼으면서 또한 아주 똑똑해 보이는 얼굴을 보자 그의 심장이 돌아서는 것 같았다. 움직일 수만 있었다면 한 손을 뻗어 오브라이언의 팔에 갖다 댔을 것이다. 지금 이 순간만큼 그를 깊이 사랑한 적이 없었다. 단순히 그가 고통을 멈춰줬기 때문이 아니었다. 과거의 감정, 즉 사실은 오브라이언이 친구든 적이든 중요하지 않다는 감정이 되살아났다. 오브라이언은 이야기를 나눌 수 있는 사람이었다. 어쩌면 사람은 사랑받기보다 이해받기를 원하는 건지도 모른다. 오브라이언은 그를 고문해 광기의 문턱에 이르게 했다. 조금 뒤에는 확실히 그를 죽음의 세계로 보내버릴 것이다. 그래 봤자 달라질 것은 없었다. 우정보다 더 깊은 모종의 의미로 그들은 막역한 사이였다. 실제로 말을 입에 담는 일은 아마 결코 없겠지만, 그들이 만나서 이야기를 나눌 수 있는 장소가 어딘가에 있을 터였다. 오브라이언은 어쩌면 윈스턴과 같은 생각을 하는 것 같기도 한 표정으로 그를 내려다보았다. 그러다가 편안하게 대화를 나누는 듯한 어조로 입을 열었다.

"여기가 어딘지 압니까, 윈스턴?"

"모릅니다. 짐작은 할 수 있어요. 사랑부일 겁니다."

"여기에 얼마나 있었는지 압니까?"

"모릅니다. 며칠, 몇 주, 몇 달…… 몇 달 같은데요."

"우리가 왜 사람들을 이곳으로 데려오는 것 같습니까?"

"자백을 받으려고요."

"아뇨. 그런 이유가 아닙니다. 다시 말해봐요."

"처벌하려고요."

"아냐!" 오브라이언이 소리쳤다. 그의 목소리가 크게 변하고, 얼굴이 갑자기 엄격해지면서 동시에 생기를 띠었다. "아냐! 고작 네놈한테서 자백을 뽑아내거나 벌을 주려는 게 아냐. 우리가 널 왜 이리로 데려왔는지 말해줄까? 널 치료하기 위해서야. 널 제정신으로 만들어주려고! 알겠나, 윈스턴? 우리가 이곳으로 데려온 사람은 모두 치료된 상태로 우리 손을 떠났어. 네놈이 저지른 멍청한 범죄에는 관심 없다. 당은 겉으로 드러난 행동에는 관심 없어. 우리가 신경 쓰는 건 오로지 생각이지. 우리는 적을 단순히 죽이는 게 아니다. 적을 변화시키지. 내 말이 무슨 뜻인지 알겠나?"

그는 윈스턴을 향해 허리를 숙이고 있었다. 얼굴이 너무 가까워서 거대하게 보이고, 아래에서 올려보는 탓에 끔찍할 만큼 못생겨 보였다. 게다가 그 얼굴에 일종의 흥분, 광적인 열성이 가득했다. 윈스턴의 심장이 또 쪼그라들었다. 그럴 수만 있었다면, 침상 속으로 더 깊이 움츠러들었을 것이다. 오브라이언이 순전한 변덕으로 다이얼을 홱 돌릴 것만 같았다. 그러나 바로 그 순간 오브라이언이 돌아섰다. 한두 걸음 서성거리다가, 조금 전보다는 가라앉은 기색으로 말을 이었다.

"네가 가장 먼저 이해해야 할 것은, 여기에 순교자는 없다는 사실이다. 과거의 종교 박해에 대한 글을 읽어봤겠지. 중세에는 종교재판이 있었다. 그건 실패작이었어. 이단을 뿌리 뽑겠다고 나섰는데, 오히려 이단을 영속화하는 결과로 끝났으니까. 화형대에서 이단을 한 명 불태우면, 수천 명이 들고 일어났다. 왜 그랬을까? 종교재판이 적을 공개적으로 죽였기 때문이야. 그것도 아직 회개하지 않은 적을 죽였지. 아니, 그들이 회개하지 않았기 때문에 죽였다. 진정한 믿음을 버리지 않은 사람들이 죽어갔어. 그러니 모든 영광은 자연스레 희생자의 차지가 되고, 모든 수치는 그들을 불태운 종교재판관 몫이 될 수밖에. 세월이 흘러 20세기에 전체주의라고 불리던 체제가 있었다. 독일의 나치와 소련의 공산당이 있었지. 소련 공산당은 과거의 종교재판보다 더 잔혹하게 이단을 박해했다. 그러면서 자기들이 과거의 실수에서 교훈을 배웠다고 생각했어. 어쨌든 그들이 아는 것이 하나 있기는 했다. 절대로 순교자를 만들면 안 된다는 것. 그들은 희생자를 공개재판에 데리고 나오기 전에, 계획적으로 그들의 인간적 존엄성을 파괴해버렸다. 고문과 고립에 지친 그들이 비열하게 굽실거리는 꼴로 무엇이든 시킨 대로 자백을 하고, 자기들끼리 욕설을 퍼붓고, 서로를 비난하며 방패로 삼고, 자비를 구걸하며 울먹이게 만들었어. 그런데도 겨우 몇 년 만에 똑같은 일이 또 일어났다. 죽은 사람들은 순교자가 되고, 그들의 무너진 모습은 잊힌 거야. 왜 또 그렇게 되었을까? 우선, 그들의 자백이 억지로 강요된 것이며 사실이 아니라는 점이 분명히 보였다. 우리는 그런 실수를 하지 않아. 여기서 하는 자백은 모두 진실이다. 우리가 그걸 진실로 만드니까. 그리고 무엇보다도 우리는 죽은 자가 우리에게 맞서 일어서는 걸 허락하지 않지. 후세가 너의 정당함을 알아줄 거라는 상상은 그만해라, 윈스턴. 후세는 네 이름조차 모를 거야. 역사의 흐름에서 너는 깨끗이 사라질 거다. 우리가 널 기체로 만들어서 성층권에 쏟아버릴 거야. 아무것도 남지 않게. 등록부에 이름도 없고, 살아 있는 사람들의 머릿속에 기억도 없는 존재로. 너는 미래는 물론이고 과거에서도 소멸될 것이다. 한 번도 존재하지 않은 사람이 될 거야."

그럼 왜 굳이 나를 고문하는 거지? 윈스턴은 이런 생각을 하며 순간적으로 불끈 화가 났다. 그런데 마치 윈스턴이 이 생각을 소리 내어 말하기라도 한 것처럼 오브라이언이 걸음을 멈췄다. 그의 크고 못생긴 얼굴이 가까이 다가왔다. 눈이 조금 가늘어져 있었다.

"넌 이런 생각을 하고 있겠지. 어차피 널 완전히 없애버릴 생각이라면, 그래서 너의 말이나 행동이 아무런 영향도 미치지 못하게 할 거라면, 왜 수고스럽게 널 심문하는 거냐고. 그런 생각을 하고 있었을 거다. 그렇지?"

"네." 윈스턴이 말했다.

오브라이언은 살짝 미소를 지었다. "너는 패턴에 생긴 결함이다, 윈스턴. 반드시 지워야 할 얼룩이야. 우리가 과거의 박해자들과는 다르다고 방금 말하지 않았나. 우리는 소극적인 복종으로 만족하지 않아. 더할 나위 없이 비굴한 굴복으로도 안 되지. 네가 마침내 우리에게 굴복할 때는 반드시 너의 자유의지에서 우러나온 행동이어야 한다. 우리가 이단을 없애는 건, 그자가 우리에게 반항하기 때문이 아니야. 그자가 우리에게 반항하는 한 우리는 그자를 없애지 않는다. 먼저 놈을 전향시키고, 놈의 내면을 포착하고, 놈을 새롭게 바꿔놓지. 그에게서 사악한 것과 환상을 모두 태워 없애버리는 거야. 놈을 우리 편으로 만드는 거다. 겉으로만 그런 것이 아니라, 마음과 영혼을 다해 진심으로 우리 편이 되게. 우리는 놈을 우리와 같게 만든 뒤에야 죽인다. 아무리 비밀스럽고 무력한 생각이라도, 잘못된 생각이 이 세상 어딘가에 존재한다는 것을 우리는 참을 수 없다. 죽음의 순간에조차 조금의 일탈도 허용할 수 없어. 과거의 이단들은 여전히 이단인 채로 화형대를 향해 걸어가며, 자신이 이단임을 크게 외쳤지. 의기양양하게. 소련에서 숙청된 사람들도 총살대를 향해 걸어갈 때 여전히 그 머릿속에 반항적인 생각을 품고 있었다. 하지만 우리는 그 머리를 날려버리기 전에 반드시 완벽하게 만들어야 해. 과거의 독재자들은 '이러이러한 것을 하지 말라'고 명령했다. 전체주의는 '이러이러한 것을 하라'고 명령했고. 우리의 명령은 **이러이러해야 한다**다. 우리가 이곳으로 데려오는 사람들은 누구도 우리에게 맞서지 못한다. 모두 깨끗하게 정화되거든. 네가 한때 무고하다고 믿었던 그 한심한 반역자 세 명, 존스, 아론슨, 러더퍼드도 결국 우리 손에 무너졌다. 나도 그들의 심문에 직접 참여했다. 놈들이 점점 무너져서 울먹이며 비굴하게 엎드리고, 훌쩍거리는 걸 직접 봤어. 마지막에 그들은 고통이나 두려움 때문이 아니라 오로지 참회의 마음으로 울었다. 우리의 작업이 끝났을 때, 놈들에게는 인간의 껍데기만 남아 있었지. 그 껍데기 안에는 자기들이 저지른 짓에 대한 슬픔과 빅 브라더에 대한 사랑뿐이었다. 놈들이 빅 브라더를 얼마나 사랑하는지 감동적이었어. 놈들은 이렇게 깨끗한 마음으로 죽고 싶다며 빨리 총을 쏴달라고 애걸하더군."

거의 꿈을 꾸는 것 같은 목소리였다. 흥분과 광적인 열성이 여전히 그의 얼굴에 남아 있었다. 저 사람은 지금 저런 척하는 게 아니야. 윈스턴은 속으로 생각했다. 위선을 떠는 게 아니라, 자기가 하는 말을 전부 그대로 믿고 있어. 그를 가장 짓누르는 것은 자신이 지적으로 열등하다는 의식이었다. 그는 묵직하지만 우아한 몸이 오락가락 서성거리면서 자신의 시야를 들락날락하는 모습을 지켜보았다. 오브라이언은 어느 모로 보나 그보다 더 큰 인물이었다. 그가 했던 생각, 또는 어쩌면 했을지도 모르는 생각을 오브라이언은 이미 오래 전부터 알고 있었을 뿐만 아니라, 잘 살펴본 뒤 등을 돌렸을 것이다. 그의 정신은 윈스턴의 정신을 모두 **덮어버릴** 정도였다. 그렇다면 어떻게 오브라이언이 미친 사람일 수 있을까? 미친 사람은 윈스턴 자신임이 분명했다. 오브라이언이 걸음을 멈추고 그를 내려다보았다. 그리고 다시 엄격해진 목소리로 말했다.

"네가 스스로를 구할 수 있을 거라고는 생각하지 마라, 윈스턴. 네가 아무리 완벽하게 우리한테 굴복해도 소용없어. 한번 어긋났던 사람에게는 결코 자비가 허락되지 않는다. 설사 우리가 네게 타고난 수명대로 살 수 있게 허락해준다 하더라도, 넌 결코 우리에게서 도망칠 수 없어. 여기서 네가 겪은 일은 영원하다. 그걸 미리 알아둬. 우리는 널 완전히 부숴서 다시는 돌이킬 수 없게 만들 거다. 네가 1천 년을 산다 해도 회복할 수 없는 일들을 겪게 될 거야. 두 번 다시 평범한 인간의 감정을 느낄 수 없게 될 거다. 네 안의 모든 것이 죽어버릴 테니. 두 번 다시 사랑, 우정, 삶의 기쁨, 웃음, 호기심, 용기, 인간적인 성실성을 경험하지 못할 거다. 텅 빈 껍데기가 되는 거야. 우리가 널 완전히 쥐어짜서 텅 비게 만든 다음, 우리를 가득 채워 넣을 거거든."

그는 잠시 말을 멈추고 하얀 가운의 남자에게 신호를 보냈다. 윈스턴은 자신의 머리 뒤로 묵직한 장치 같은 것이 밀려들어오는 것을 느꼈다. 오브라이언이 침대 옆에 앉아 윈스턴과 눈높이를 거의 비슷하게 맞췄다.

"3천." 그가 윈스턴의 머리 너머로 하얀 가운의 남자에게 말했다.

살짝 습기가 느껴지는 부드러운 패드 두 개가 윈스턴의 관자놀이에 철썩 달라붙었다. 윈스턴은 주춤했다. 고통이 오고 있었다. 새로운 종류의 고통이었다. 오브라이언이 거의 상냥하게 느껴지는 손길로 안심하라는 듯 그의 손을 덮었다.

"이번에는 아프지 않을 거야." 그가 말했다. "내 눈을 계속 봐."

그 순간 파괴적인 폭발이 일어났다. 아니, 폭발 같았다. 하지만 폭음이 있었는지는 확실치 않았다. 눈이 멀 것 같은 섬광이 인 것만은 분명했다. 윈스턴은 다치지 않았다. 쓰러졌을 뿐이었다. 그 일이 일어났을 때 그는 이미 침상에 누워 있었지만, 충격파를 맞고 그 자세로 쓰러진 것 같은 묘한 느낌이 들었다. 고통은 없지만 엄청난 타격이 그를 납작하게 만들었다. 그의 머릿속에서도 모종의 일이 벌어졌다. 눈에 초점이 다시 잡히면서 그는 자신이 누구고 여기가 어디인지 기억해냈다. 자신을 응시하는 사람의 얼굴도 알아보았다. 하지만 그의 뇌에서 한 조각이 제거되기라도 한 것처럼, 어딘가 커다란 공간이 텅 비어 있었다.

"그게 계속되진 않을 거다." 오브라이언이 말했다. "내 눈을 봐. 오세아니아와 전쟁 중인 나라가 어디지?"

윈스턴은 생각에 잠겼다. 오세아니아가 무슨 뜻인지는

알고 있었다. 자신이 오세아니아 국민이라는 사실도 알았다. 유라시아와 이스트아시아도 기억났다. 하지만 누가 누구와 전쟁 중인지는 알 수 없었다. 사실 전쟁이 벌어지고 있는 줄도 알지 못했다.

"기억 안 나요."

"오세아니아는 이스트아시아와 전쟁 중이다. 이제 기억나나?"

"네."

"오세아니아는 항상 이스트아시아와 전쟁 중이었어. 네가 태어났을 때부터, 당이 처음 생겼을 때부터, 역사가 시작되었을 때부터, 전쟁은 단 한 번도 중단되지 않았다. 항상 같은 전쟁이었지. 기억나나?"

"네."

"11년 전 너는 반역 혐의로 사형선고를 받은 세 남자에 대한 전설을 만들어냈다. 그들의 무고함을 증명하는 종잇조각을 본 적이 있는 것처럼 굴었어. 그런 종잇조각은 존재한 적이 없다. 네가 이야기를 지어낸 거야. 그러고는 나중에 점점 그걸 믿게 됐지. 네가 그걸 처음으로 지어낸 순간을 기억할 거다. 기억나나?"

"네."

"방금 내가 손가락을 들어 보였다. 넌 손가락 다섯 개를 봤지. 기억나나?"

"네."

오브라이언이 엄지를 감춘 채 왼손을 들어올렸다.

"여기 다섯 손가락이 있다. 다섯 개가 보이나?"

"네."

정말로 보였다. 그의 마음속 풍경이 바뀌기 전, 순간적으로. 다섯 손가락이 보였다. 기형적인 부분은 전혀 없었다. 그러고는 모든 것이 다시 정상으로 돌아왔다. 과거의 두려움, 증오, 당혹감이 우르르 되돌아왔다. 하지만 한순간, 확신할 수는 없지만 아마 30초쯤 되는 짧은 시간 동안, 빛나는 확신이 있었다. 오브라이언이 하는 모든 말이 텅 비어버린 공간을 채워 절대적인 진리가 되었다는 확신이었다. 필요하다면, 2 더하기 2가 5는 물론이고 3도 얼마든지 될 수 있을 것 같았다. 오브라이언이 손을 내리기도 전에 그 확신은 희미하게 사라졌다. 비록 그것을 다시 포착할 수는 없었지만 그는 분명히 기억했다. 자신이 사실상 지금과는 다른 사람이었던 먼 과거의 어떤 경험을 생생히 기억하는 것과 비슷했다.

"이제 알겠지?" 오브라이언이 말했다. "어쨌든 그것이 가능하다는 걸."

"네." 윈스턴이 말했다.

오브라이언은 만족스러운 표정으로 일어섰다. 그의 왼편에서 하얀 가운의 남자가 앰풀 입구를 깬 뒤, 주사기 피스톤을 뒤로 쭉 잡아당기는 모습이 보였다. 오브라이언이 웃는 얼굴로 윈스턴을 돌아보았다. 그리고 과거와 거의 똑같은 몸짓으로 콧잔등 위의 안경을 고쳐 썼다.

"네가 일기에 이런 말을 쓴 걸 기억하나? 내가 최소한 너를 이해하고 너와 대화를 나눌 수 있는 사람인 만큼 내가 친구든 적이든 중요하지 않다고 썼지. 그 말이 맞다. 난 너와 이야기를 나누는 게 즐거워. 네 정신이 내게 매력적이거든. 공교롭게도 네가 제정신이 아니라는 점만 빼면, 내 정신과 닮았다. 심문을 끝내기 전에 묻고 싶은 것이 있으면 물어도 좋다."

"무슨 질문이든 괜찮아요?"

"무슨 질문이든." 그는 윈스턴의 시선이 다이얼에 닿아 있는 것을 보았다. "전원을 껐다. 첫 번째 질문이 뭐지?"

"줄리아는 어떻게 됐어요?"

오브라이언이 다시 미소를 지었다. "그 여자는 너를 배신했다, 윈스턴. 즉시, 거리낌 없이. 그렇게 즉각적으로 우리 쪽으로 넘어오는 사람은 별로 없어. 지금 그 여자를 만나도 알아보기 힘들 거다. 반항적인 태도, 교활함, 어리석음, 상스러움, 이 모든 것이 불에 타서 사라져버렸거든. 완벽한 전향이었다. 교과서적인 사례야."

"그녀를 고문했군요."

오브라이언은 대답하지 않았다. "다음 질문."

"빅 브라더는 존재합니까?"

"당연히 존재하지. 당이 존재하고, 빅 브라더는 당의 화신이다."

"내가 존재하는 것처럼 존재합니까?"

"너는 존재하지 않는다." 오브라이언이 말했다.

무력감이 또 그를 엄습했다. 그가 존재하지 않음을 증명하는 논리를 알 수 있었다. 아니, 상상할 수 있었다. 하지만 그런 논리는 오로지 말장난일 뿐, 헛소리였다. '너는 존재하지 않는다'라는 말 자체에 논리적 부조리가 들어 있지 않는가. 하지만 이런 말을 해봤자 무슨 소용이 있을까? 오브라이언이 미친 논리로 자신을 부숴버릴 것이며 자신은 거기에 답변할 말이 없을 것이라는 생각을 하면서 그의 정신은 쪼그라들었다.

"나는 존재한다고 생각하는데요." 그가 지친 목소리로 말했다. "나 자신의 정체성을 의식하고 있습니다. 나는 태어났고, 죽을 겁니다. 팔과 다리를 갖고 있고, 공간의 특정한 지점을 차지하고 있죠. 그 지점을 다른 물체가 동시에 차지할 수는 없어요. 빅 브라더가 그런 의미로 존재합니까?"

"그런 건 중요하지 않다. 그는 존재한다."

"빅 브라더가 언젠가 죽기는 합니까?"

"그럴 리가 있나. 그가 어떻게 죽지? 다음 질문."

"형제단이 존재합니까?"

"그건 윈스턴 네가 결코 알 수 없을 거다. 우리가 작업을 끝낸 뒤 너를 석방하기로 결정하고, 네가 아흔 살까지 산다 해도, 방금 그 질문의 답이 '예'인지 '아니요'인지 너는 결코 알 수 없을 거야. 네가 살아 있는 한, 그건 네 머릿속에 풀리지 않는 수수께끼로 남을 거다."

윈스턴은 조용히 누워 있었다. 그의 가슴이 오르락내리

락하는 속도가 조금 빨라졌다. 그는 처음 머리에 떠올랐던 질문을 아직 꺼내지 않았다. 꼭 물어봐야 할 것 같은데, 마치 혀가 그 말을 거부하는 것 같았다. 오브라이언의 얼굴에 즐거운 기색이 아주 조금 남아 있었다. 심지어 그의 안경조차 얄궂다는 듯이 빛나는 것 같았다. 알고 있어. 윈스턴은 불현듯 깨달았다. 내가 뭘 물어볼지 알고 있어! 이 생각과 동시에 그의 입에서 불쑥 말이 튀어나갔다.

"101호실에 뭐가 있습니까?"

오브라이언의 표정은 변하지 않았다. 그가 건조한 목소리로 대답했다.

"101호실에 뭐가 있는지 알지 않나, 윈스턴. 101호실에 뭐가 있는지는 모두 알고 있다."

그가 하얀 가운의 남자에게 손가락을 하나 들어 보였다. 심문이 끝났음이 분명했다. 바늘이 윈스턴의 팔 속으로 불쑥 들어왔다. 거의 동시에 그는 깊은 잠 속으로 가라앉았다.

3

"너의 복원에는 세 단계가 있다." 오브라이언이 말했다. "학습, 이해, 수용. 이제 넌 2단계로 들어갈 때가 됐어."

언제나 그렇듯이 윈스턴은 반듯이 누워 있었다. 하지만 최근에는 몸을 묶은 끈이 느슨했다. 침상에 묶인 것은 여전했으나, 무릎을 조금 움직일 수도 있고, 고개를 좌우로 돌릴 수도 있고, 팔꿈치 아래의 팔을 들어 올릴 수도 있었다. 다이얼도 예전만큼 두렵지 않았다. 머리를 빨리 굴리기만 하면 그 고통을 피할 수 있게 된 덕분이었다. 오브라이언이 레버를 움직이는 것은 주로 그가 멍청하게 굴 때였다. 때로는 다이얼을 사용하지 않은 채 심문이 끝나기도 했다. 지금까지 심문을 몇 번이나 받았는지는 기억나지 않았다. 그동안의 모든 일이 길고 무한한 시간에 걸쳐(아마 몇 주쯤 되는 것 같았다) 이어져 있는 것 같았다. 심문과 심문 사이의 간격은 경우에 따라 며칠이기도 하고, 겨우 한두 시간인 것 같기도 했다.

"거기 누워서 자주 궁금했을 거야." 오브라이언이 말했다. "나한테 실제로 물어본 적도 있으니. 사랑부가 왜 너한테 이렇게 많은 시간과 수고를 들이느냐고. 자유의 몸이었을 때도 너는 기본적으로 같은 의문을 품었지. 네가 살고 있는 사회의 역학은 이해했지만, 그 저변의 동기는 깨닫지 못했거든. 일기에 이렇게 쓴 것 기억나나? **방법**은 알지만 **이유**는 모르겠다. 네가 스스로 건강한 정신인지 의심한 건 바로 '이유'에 대해 생각할 때였지. 넌 **그 책**을 읽었다. 골드스틴의 책. 적어도 일부는 읽었어. 거기에 네가 모르는 이야기가 있던가?"

"당신도 읽었습니까?" 윈스턴이 말했다.

"내가 썼어. 말하자면, 그걸 쓰는 일에 참여했지. 어느 책도 개인이 혼자서 만들지는 않는다, 알다시피."

"거기 적힌 내용이 사실인가요?"

"설명은 사실이야. 그 책이 제시한 프로그램은 헛소리고. 지식의 비밀스러운 축적 – 계몽의 점진적인 전파 – 궁극적인 프롤레타리아의 봉기 – 당 타도. 그 책에 그런 내용이 적혀 있을 거라고 너도 직접 예상했잖아. 전부 헛소리지. 프롤레타리아는 결코 봉기하지 않을 거다. 1천 년이 지나든, 1백만 년이 지나든. 불가능해. 내가 그 이유를 말해줄 필요는 없겠지. 너도 이미 알고 있으니. 혹시 폭력적인 봉기를 한 번이라도 꿈꾼 적이 있다면, 그런 꿈은 버려라. 당을 타도할 수 있는 방법은 없어. 당의 통치는 영원하다. 그걸 네 생각의 출발점으로 삼아."

그가 침상으로 더 가까이 다가왔다. "영원하다!" 그는 다시 말을 이었다. "이제 '방법'과 '이유'라는 문제로 돌아가볼까. 당이 **어떻게** 권좌를 계속 유지하는지는 너도 충분히 잘 알고 있으니, 우리가 **왜** 권력을 계속 쥐려 하는지 말해봐. 우리의 동기가 무엇인가? 우리가 왜 권력을 원하지? 어서, 말해봐." 윈스턴이 침묵을 지키자 그가 재촉했다.

그래도 윈스턴은 잠시 더 침묵을 지켰다. 피로감이 그를 압도했다. 광기 어린 열성이 희미하게 되살아나 오브라이언의 얼굴에서 번들거렸다. 오브라이언이 무슨 말을 할지 벌써 알 것 같았다. 그는 당이 당 자신을 위해서가 아니라 오로지 다수의 행복을 위해 권력을 추구한다고 말할 것이다. 대중 속의 인간은 자유를 견디거나 진실을 정면으로 바라볼 수 없는 연약하고 비겁한 생물이라서 반드시 그들보다 더 강한 누군가가 그들을 다스리며 체계적으로 속여야 하기 때문에 당이 권력을 추구한다고 말할 것이다. 인류는 자유와 행복 중 하나를 선택할 수 있는데 대다수의 인류에게는 행복이 더 낫다고 말할 것이다. 당은 약자의 영원한 수호자로서 타인의 행복을 위해 당 자신의 행복을 희생하며 어쩌면 선한 결과가 나올 수도 있는 악을 행하는 헌신적인 일파라고 말할 것이다. 윈스턴은 속으로 생각했다. 오브라이언이 이런 말을 하면 자신이 그 말을 믿을 것이라는 점이 무섭고 끔찍하다고. 그의 얼굴을 보면 알 수 있었다. 오브라이언은 모르는 것이 없었다. 윈스턴보다 1천 배쯤 더 훌륭한 사람인 오브라이언은 세상이 실제로 어떤 곳인지, 인간 대중의 삶이 얼마나 뒷걸음

쳤는지, 당이 어떤 거짓말과 만행으로 인류를 그 자리에 묶어두는지 알고 있었다. 그는 그것을 모두 알고 가늠해보았으나 달라진 것이 없었다. 궁극의 목적이 모든 것을 정당화했다. 나보다 머리가 좋고, 내 말을 공정하게 들어준 다음에 그냥 자신의 미친 논리를 고집하는 미친놈 앞에서 무엇을 할 수 있을까? 윈스턴은 속으로 생각했다.

"당은 우리를 위해 우리를 다스립니다." 그가 희미한 목소리로 말했다. "당은 인간들이 스스로를 다스리기에 적합하지 않다고 믿고……"

그는 흠칫하면서 하마터면 소리를 지를 뻔했다. 고통이 그의 몸을 꿰뚫고 지나갔다. 오브라이언이 레버를 움직여 다이얼이 35에 가 있었다.

"멍청했어, 윈스턴, 멍청했어!" 그가 말했다. "고작 그런 소리나 늘어놓다니."

그는 레버를 제자리로 돌려놓고 말을 이었다.

"내 질문의 대답을 내가 알려주지. 이런 거야. 당은 순전히 당 자신을 위해 권력을 추구한다. 우리는 타인의 행복에는 관심이 없고, 오로지 권력에만 관심이 있다. 재산도 사치도 긴 수명도 행복도 아니야. 오로지 권력, 순수한 권력뿐이다. 순수한 권력이 무슨 뜻인지는 너도 곧 이해하게 될 거다. 우리는 모든 것을 알고 이런 행동을 한다는 점에서 과거의 모든 과두체제와 다르다. 다른 모든 과두 통치자들, 심지어 우리를 닮은 통치자들조차도 비겁한 위선자였다. 독일의 나치와 소련의 공산당이 우리와 아주 흡사한 방법을 사용하기는 했으나, 자신의 동기를 인정할 용기를 끝내 내지 못했다. 그들은 마지못해 한정된 기간 동안 권력을 잡은 척, 인류가 자유롭고 평등하게 살아갈 낙원이 바로 가까이에 있는 척했지. 어쩌면 실제로 그렇다고 믿었는지도 모른다. 우리는 그렇지 않아. 권력을 손에서 놓을 의도로 권력을 잡는 사람은 없다는 걸 우리는 안다. 권력은 수단이 아니라 목적이야. 혁명을 지키기 위해 독재체제를 확립하는 사람은 없다. 독재체제를 세우려고 혁명을 하는 거지. 박해의 목적은 박해 그 자체야. 고문의 목적은 고문 그 자체고. 권력의 목적 역시 권력 그 자체다. 이제 내 말이 조금 이해가 가나?"

윈스턴은 오브라이언의 지친 얼굴에 예전에도 그랬던 것처럼 이번에도 역시 충격을 받았다. 오브라이언의 얼굴은 강하고 통통하고 잔혹했으며, 일종의 통제된 열정과 지성이 가득해서 그는 그 앞에서 무력감을 느꼈다. 하지만 그 얼굴은 지쳐 있었다. 눈 밑이 불룩하게 처지고, 광대뼈 주위의 피부도 늘어졌다. 오브라이언이 몸을 기울여, 그 지친 얼굴을 일부러 더 가까이 댔다.

"내 얼굴이 늙고 지쳐 보인다고 생각하는군." 그가 말했다. "내가 권력을 말하면서 정작 내 몸이 시들어가는 건 막지 못한다고 생각하고 있어. 개인은 하나의 세포에 불과하다는 걸 모르겠나, 윈스턴? 세포의 피로는 개체의 활기야. 손톱을 자르면 네가 죽나?"

그는 침상에서 돌아서서 한 손을 주머니에 넣고 다시 서성거리기 시작했다.

"우리는 권력의 사제야." 그가 말했다. "권력이 곧 신이지. 하지만 현재 네가 보기에 권력은 단지 단어 하나에 불과하다. 이제 권력의 의미에 대해 네가 생각을 좀 정리할 때가 됐어. 네가 가장 먼저 깨달아야 하는 것은 권력이 집합적이라는 점이다. 개인은 더 이상 개인이 아니어야만 권력을 쥘 수 있다. '자유는 예속'이라는 당의 구호를 알 거다. 그 말을 뒤집을 수 있다는 생각을 해본 적 있나? 예속은 자유. 혼자서 자유로운 인간은 항상 패배한다. 그럴 수밖에 없어. 모든 인간은 죽을 운명이니까. 그것이야말로 가장 큰 패배지. 하지만 완전히 철저한 복종을 할 수 있다면, 자신의 정체성에서 도망칠 수 있다면, 당과 하나가 되어서 자신이 **곧** 당이 될 수 있다면, 그렇다면 그 사람은 전능한 불멸의 존재가 된다. 네가 두 번째로 깨달아야 하는 것은 권력이 곧 인간들에게 행사하는 힘이라는 점이다. 인간의 몸에, 하지만 무엇보다도 인간의 정신에 행사하는 힘. 물질, 그러니까 네가 외부 현실이라고 부르는 것에 대해 행사하는 힘은 중요하지 않다. 물질에 대한 우리의 통제는 이미 완벽하거든."

순간적으로 윈스턴은 다이얼을 무시하고, 일어나 앉으려고 격렬히 몸부림쳤다. 그러나 몸을 비틀 때마다 고통만 느껴질 뿐이었다.

"어떻게 물질을 통제합니까?" 그가 불쑥 말했다. "기후

나 중력의 법칙도 통제하지 못하잖아요. 게다가 질병, 고통, 죽음도……"

오브라이언이 손짓으로 그의 말을 막았다. "우리가 물질을 통제하는 건, 정신을 통제하기 때문이다. 현실은 두개골 안에 있어. 너도 차츰 알게 될 거다, 윈스턴. 우리가 할 수 없는 일은 없다. 투명인간이든 공중부양이든…… 뭐든지. 내가 마음만 먹으면 비눗방울처럼 공중으로 둥둥 떠오를 수 있다. 내가 그런 마음을 먹지 않는 건 당이 그걸 원하지 않기 때문이야. 너는 자연의 법칙에 대한 그 19세기적 생각을 모두 없애버려야 한다. 자연의 법칙은 우리가 만든다."

"그건 아니죠! 심지어 이 행성의 주인도 아니잖아요. 유라시아와 이스트아시아는 어쩌고요? 아직 그 두 나라도 정복하지 못했잖아요."

"중요하지 않아. 우리는 적당한 때에 그 둘을 정복할 것이다. 설사 정복하지 않는다 해도, 뭐가 달라지지? 우리가 그들을 존재의 바깥으로 차단해버릴 수 있는데. 오세아니아가 곧 세상이다."

"그래 봤자 이 행성은 작은 먼지 한 점에 불과해요. 인간은 아주 작고…… 무력하고요! 인간이 존재한 지 얼마나 됐죠? 수억 년 동안 지구에는 인간이 없었어요."

"헛소리. 지구의 나이는 우리와 같다. 우리 나이보다 많지 않아. 어떻게 우리 나이보다 많겠나? 인간의 의식을 통하지 않으면 무엇도 존재하지 않는데."

"바위에는 멸종한 동물들의 뼈가 가득해요. 인간이 나타나기 훨씬 전에 살았던 매머드, 마스토돈, 거대한 파충류."

"그런 뼈를 직접 본 적이 있나, 윈스턴? 당연히 없겠지. 19세기 생물학자들이 지어낸 이야기니까. 인간 이전에는 아무것도 없었다. 인간 이후, 그러니까 언젠가 인간이 종말을 맞게 된다면, 역시 아무것도 없을 거야. 인간의 외부에는 아무것도 없다."

"온 우주가 우리의 외부에 존재해요. 별들을 봐요! 개중에는 1백만 광년이나 떨어진 것도 있습니다. 영원히 우리가 갈 수 없는 곳이에요."

"별이 뭔가?" 오브라이언이 무심하게 말했다. "몇 킬로미터 떨어진 불덩어리 조각이다. 우리가 원하면 거기에 닿을 수 있어. 없애버릴 수도 있고. 지구가 우주의 중심이다. 태양과 별이 그 주위를 도는 거야."

윈스턴은 또 발작하듯이 몸부림쳤다. 이번에는 아무 말도 하지 않았으나, 오브라이언은 그의 반박에 대답하듯이 말을 이었다.

"물론 어떤 경우에는 이 말이 틀리기도 하지. 바다를 항해할 때나 일식을 예측할 때는 지구가 태양의 주위를 돌고 별들은 백만 킬로미터에 백만을 곱한 만큼 멀리 있다고 가정하는 편이 편할 때가 많아. 하지만 그게 뭐? 우리가 천문학을 이중 체계로 만들지 못할 것 같은가? 우리의 필요에 따라 별들은 가까울 수도 있고 멀 수도 있다. 우리의 수학이 그걸 해내지 못할 것 같은가? 이중사고를 잊어버렸어?"

윈스턴은 침상 위에서 다시 움츠러들었다. 그가 무슨 말을 하든, 재빨리 돌아오는 답변이 곤봉처럼 그를 후려쳤다. 하지만 그는 알고 있었다. 분명히 **알고 있었다**. 자신이 옳다는 것을. 사람의 정신 외부에 아무것도 존재하지 않는다는 믿음, 이것이 틀렸음을 증명할 방법이 틀림없이 있을 터였다. 이 믿음이 틀렸다는 사실이 이미 오래전에 폭로되지 않았던가? 심지어 이걸 부르는 이름도 있었는데. 비록 그는 잊어버렸지만. 그를 내려다보는 오브라이언의 입가가 씰룩거리며 희미한 미소를 지었다.

"내가 뭐랬나, 윈스턴. 형이상학은 네 강점이 아니라니까. 네가 생각해내려고 하는 그 단어는 바로 유아론唯我論이야. 하지만 그건 틀린 생각이지. 이건 유아론이 아니거든. 원한다면 집단 유아론이라고나 할까. 이건 그냥 유아론과 달라. 사실 서로 반대라고 해야지. 얘기가 엉뚱한 곳으로 샜군." 그는 어조를 바꿔서 말을 이었다. "진정한 권력, 우리가 밤낮으로 쟁취해야 하는 권력은 사물에 대한 힘이 아니라 사람에 대한 힘이다." 그는 잠시 말을 멈추고, 다시 유망한 학생에게 질문을 던지는 교사 같은 분위기로 돌아갔다. "사람이 다른 사람에 대한 힘을 어떻게 드러내지, 윈스턴?"

윈스턴은 잠시 생각해보았다. "그 사람에게 고통을 줍니다."

"정확해. 그 사람에게 고통을 주지. 복종만으로는 충분하지 않아. 고통이 없다면, 그자가 자신의 의지가 아니라 권력자의 의지에 복종한다는 걸 어찌 확신할 수 있을까? 권력은 고통과 굴욕을 주는 데에 있다. 권력은 인간의 정신을 갈기갈기 찢은 다음 권력자가 원하는 새로운 모양으로 다시 꿰어 맞추는 데에 있어. 이제 좀 알겠나? 우리가 어떤 세상을 창조하고 있는지? 과거 개혁가들이 상상했던 그 어리석고 쾌락적인 유토피아와는 정확히 반대되는 세상이야. 두려움과 배신과 고통의 세상, 짓밟고 짓밟히는 세상, 점점 스스로를 다듬어가면서 덜 무자비해지는 것이 아니라 **더** 무자비해지는 세상. 우리 세상에서 진보는 더 많은 고통을 향해 나아가는 것을 의미한다. 과거 문명들은 사랑과 정의가 자기들의 기초라고 주장했지. 우리 문명의 기초는 증오야. 우리 세상에 두려움, 분노, 승리감, 겸손 이외의 감정은 없다. 다른 것은 모두 우리가 파괴해버릴 테니까. 모두. 이미 우리는 아직 살아남은 혁명 이전 시대의 사고방식들을 부수고 있다. 자식과 부모 사이, 사람과 사람 사이, 남자와 여자 사이의 연결고리는 이미 끊어버렸지. 이제는 누구도 감히 아내나 자식이나 친구를 믿지 못한다. 미래에는 아내도 친구도 아예 존재하지 않을 거다. 아이들은 태어나자마자 어미에게서 분리될 것이고. 암탉에게서 달걀을 가져오는 것처럼. 성적인 본능도 말살될 것이다. 번식은 배급카드 갱신 같은 연례행사가 될 것이다. 우리는 오르가슴도 완전히 파괴할 것이다. 우리 신경학자들이 지금 그걸 연구 중이야. 당을 향한 충성심을 제외하면 충성심이나 의리도 존재하지 않을 것이다. 빅 브라더에 대한 사랑을 제외하면 사랑도 없을 것이다. 패배한 적을 향해 터뜨리는 승리의 웃음을 제외하면 웃음도 없을 것이다. 예술도, 문학도, 과학도 없을 것이다. 우리가 전능해지면 과학도 더 이상 필요 없을 거야. 미추의 구분도 사라질 것이다. 호기심도, 살아가면서 느끼는 즐거움도 없을 것이다. 거기에 버금가는 모든 기쁨도 파괴될 것이다. 하지만 항상, 이것을 잊지 마라, 윈스턴, 항상 권력에 대한 도취가 있을 것이다. 그것이 계속 더 강해지면서 계속 더 섬세해질 거야. 항상, 모든 순간, 승리의 짜릿함, 무력한 적을 짓밟는 감각이 있을 것이다. 미래를 그려보고 싶다면, 인간의 얼굴을…… 영원히 짓밟는 구둣발을 상상하면 된다."

그는 윈스턴의 말을 기대하는 것 같은 태도로 잠시 말을 멈췄다. 윈스턴은 침상을 파고들어갈 기세로 다시 몸을 움츠리려고 시도했다. 할 수 있는 말이 전혀 없었다. 심장이 얼어붙은 것 같았다. 오브라이언이 말을 이었다.

"그것이 영원하다는 점을 명심해라. 그 얼굴은 항상 그렇게 짓밟히고 있을 거야. 이단, 사회의 적은 항상 존재할 거다. 그래야 놈에게 다시 패배와 굴욕을 안겨줄 수 있으니까. 네가 우리 손에 들어온 뒤로 겪은 모든 일, 그 모든 것이 계속될 거다. 더욱 심하게. 사찰 활동, 배신, 체포, 고문, 처형, 소멸은 결코 사라지지 않아. 승리의 세상이자 공포의 세상이 될 거다. 당의 힘이 강하면 강할수록, 당의 관용은 줄어들 것이다. 반대 세력이 약할수록, 독재의 손이 더욱 죄어올 것이다. 골드스틴을 비롯한 이단 무리는 영원히 살 것이다. 매일, 매 순간, 그들은 패배하고 의심받고 조롱당하고 모욕당하겠지만, 항상 살아남을 것이다. 지난 7년 동안 내가 너와 함께 펼친 연극이 몇 번이고 다시 펼쳐질 것이다. 세대를 거듭하면서 계속 더 섬세하게 다듬어져서. 여기서 우리는 항상 이단을 무자비하게 다룰 것이고, 그들은 고통에 겨워 비명을 지르며 무너져 경멸해도 좋은 상태가 될 것이다. 그리고 마지막에는 스스로에게서 구원받아 완전히 회개하며 스스로 우리 발밑을 기겠지. 우리는 그런 세상을 만들고 있다, 윈스턴. 거듭, 거듭 승리만 이어지는 세상. 권력의 신경을 끊임없이 건드리는 세상. 그것이 어떤 세상인지 이제 조금씩 이해가 가는 모양이군. 하지만 궁극적으로 너는 단순히 이해하는 데서 그치지 않고, 그 세상을 받아들이고 환영하며 그 세상의 일부가 될 거다."

윈스턴은 이제 조금 기운이 돌아와서 말을 할 수 있었다. "그럴 수는 없어요!" 그가 힘없이 말했다.

"그건 무슨 뜻이지, 윈스턴?"

"방금 설명한 그런 세상을 만들 수 없어요. 그건 꿈에 지나지 않아요. 불가능해요."

"왜?"

"두려움과 증오와 잔혹성을 기초로 문명을 세우는 건 불가능해요. 결코 오래가지 못할 거예요."

“왜?”

“활기가 없을 테니까요. 스스로 허물어질 겁니다. 자멸할 거예요.”

“헛소리. 증오가 사랑보다 더 사람의 기운을 빼놓는다고 생각하는 모양이군. 왜 그런 생각을 하지? 설사 그 생각이 옳다 해도 무엇이 달라지나? 우리의 선택으로 우리 자신이 더 빠른 속도로 소모된다고 치자. 인생의 템포가 빨라져서 서른 살에 벌써 노망이 난다고 치자고. 그렇다 해도 무엇이 달라지나? 개인의 죽음은 죽음이 아니라는 걸 모르겠어? 당은 불멸이다.”

여느 때처럼 그의 목소리에 난타당한 윈스턴은 무력감에 빠졌다. 게다가 자신이 계속 고집을 부려 반박하면, 오브라이언이 다시 다이얼을 돌릴까 봐 두렵기도 했다. 그래도 그는 침묵할 수 없었다. 이렇다 할 논리 없이, 오브라이언이 방금 묘사한 세상에 대해 말로 뚜렷이 표현할 수 없는 두려움을 느낀다는 사실 외에는 어떤 근거도 없이, 그는 힘없는 목소리로 다시 공격에 나섰다.

“잘 모르겠지만…… 상관도 없지만, 어쨌든 당신들은 실패할 거예요. 뭔가가 당신들을 물리칠 거예요. 삶이 당신들을 물리칠 거예요.”

“우리가 삶을 통제한다, 윈스턴. 모든 단계에서. 넌 우리가 하는 일에 분노해서 우리에게 등을 돌릴 인간의 본성이라는 게 존재한다고 상상하고 있어. 하지만 인간의 본성은 우리가 창조한다. 인간은 한없이 쉽게 변한다. 아니면 혹시 프롤레타리아나 노예가 들고 일어나서 우리를 타도할 것이라던 옛 생각으로 돌아간 건가? 그런 생각은 지워버려. 그들은 짐승처럼 무력하다. 당이 인류야. 다른 자들은 그 밖에 있으니 중요하지 않다."

"상관없어요. 결국은 그들이 당신들을 물리칠 거예요. 조만간 그들이 당신들의 정체를 알아차리고, 당신들을 갈기갈기 찢어버릴 겁니다."

"그런 일이 실제로 벌어지고 있다는 증거가 있나? 아니면 반드시 그렇게 되어야 하는 이유라도?"

"아뇨. 내가 그렇게 믿는 거예요. 당신들은 **틀림없이** 실패할 겁니다. 우주에는 뭔가가 있어요. 그게 무슨 정신인지, 원칙인지는 잘 모르겠지만, 당신들은 그것을 결코 이겨내지 못합니다."

"신을 믿나, 윈스턴?"

"아뇨."

"그럼 뭔가? 우리를 물리칠 거라는 그 원칙은?"

"나도 몰라요. 인간의 정신이겠죠."

"넌 네 자신을 인간이라 생각하고?"

"네."

"네가 인간이라면, 윈스턴, 최후의 인간이다. 너의 일족은 멸종했다. 우리가 그 자리를 이어받았지. 네가 **혼자**라는 걸 알겠나? 넌 역사 밖에 있다. 넌 존재하지 않아." 그의 태도가 바뀌더니 목소리도 더 냉혹해졌다. "너는 거짓을 말하고 잔인하게 행동하는 우리보다 네가 도덕적으로 더 우월하다고 생각하나?"

"네. 내가 우월하다고 생각해요."

오브라이언은 입을 다물었다. 다른 목소리 두 개가 말하고 있었다. 잠시 후 윈스턴은 둘 중 하나가 자신의 목소리임을 깨달았다. 그가 오브라이언과 했던 대화를 녹음한 것이었다. 그가 형제단에 가입한 그날 밤의 대화. 그는 거짓말도, 도둑질도, 위조도, 살인도, 약물 사용과 매춘을 장려하는 것도, 성병을 퍼뜨리는 일도, 아이의 얼굴에 황산을 던지는 일도 하겠다고 약속하는 자신의 목소리를 들었다. 오브라이언이 짜증스러운 듯 살짝 몸을 움직였다. 이런 식으로 증명할 가치도 없다고 말하는 듯했다. 그가 어떤 스위치를 돌리자 목소리가 끊어졌다.

"침상에서 일어나라." 그가 말했다.

끈이 저절로 풀려 있었다. 윈스턴은 바닥으로 발을 내리고 휘청거리며 일어섰다.

"넌 최후의 인간이다." 오브라이언이 말했다. "네가 인간 정신의 수호자야. 너는 있는 그대로의 네 모습을 보게 될 거다. 옷 벗어."

윈스턴은 작업복을 고정한 끈을 풀었다. 지퍼는 이미 오래전에 뜯겨나가고 없었다. 체포된 뒤로 자신이 단번에 옷을 모두 벗은 적이 있는지 기억나지 않았다. 작업복 아래에는 누런색의 더러운 누더기가 몸에 둘둘 감겨 있었다. 그것이 속옷의 잔해임을 간신히 알아볼 수 있었다. 그는 누더기를 바닥으로 내리면서 저편 끝에 3면 거울이 있는 것을 보았다. 그는 그쪽으로 가다가 도중에 우뚝 걸음을 멈췄다. 자기도 모르게 입에서 탄식이 나왔다.

"계속 가라." 오브라이언이 말했다. "3면 거울 안으로 들어가서 서. 그러면 옆모습도 보일 거다."

그가 걸음을 멈춘 것은 겁을 먹은 탓이었다. 구부정한 회색 해골 같은 것이 자신을 향해 다가오고 있었다. 그 모습이 정말로 무서웠다. 그것이 바로 자신임을 스스로도 안다는 사실만 무서운 것이 아니었다. 그는 거울로 더 다가갔다. 거울에 비친 생물의 몸이 구부정해서 얼굴이 앞으로 튀어나온 것처럼 보였다. 말쑥한 이마가 대머리로 이어지고, 휘어진 코와 잔뜩 얻어맞은 것처럼 보이는 광대뼈 위에서 사나운 눈이 경계를 늦추지 않는, 버림받은 죄수의 얼굴. 뺨에는 흉터가 있고, 입은 가운데로 오므린 것 같았다. 분명히 그의 얼굴이었지만, 내면보다도 훨씬 더 크게 변한 것 같았다. 거기에 드러난 감정은 그가 느끼는 감정과 다를 것이다. 머리 일부가 대머리가 되어 있었다. 처음에는 흰머리도 많이 생긴 줄 알았지만, 회색으로 변한 것은 두피뿐이었다. 손과 둥근 얼굴만 빼고 온몸이 아주 오래되어 찌든 때 때문에 회색이었다. 그 때 아래 여기저기에 빨간 흉터들이 있고, 발목 근처의 정맥류궤양은 염증이 엉망진창으로 심해져서 피부가 조각

조각 벗겨지는 중이었다. 그러나 진심으로 무서운 것은 비쩍 마른 몸이었다. 갈비뼈가 해골처럼 앙상하고, 다리는 쪼그라들어 무릎이 허벅지보다 더 두꺼웠다. 오브라이언이 옆모습을 보라고 한 것이 무슨 뜻인지 이제 알 수 있었다. 등뼈가 굽은 모습이 놀라웠다. 마른 어깨가 앞으로 구부러져 가슴이 움푹 팬 것처럼 보이고, 말라빠진 목은 두개골의 무게로 인해 완전히 접힌 것 같았다. 누가 물어봤다면, 그는 심한 병에 시달리는 예순 살 남자의 몸이라고 말했을 것이다.

"너는 가끔 생각하지." 오브라이언이 말했다. "내 얼굴, 내부당원인 내 얼굴이 늙고 지쳐 보인다고. 네 얼굴을 보니 어떤가?"

그는 윈스턴의 어깨를 움켜쥐고 획 돌려 자신을 마주보게 했다.

"지금 네 상태를 봐!" 그가 말했다. "네 몸을 뒤덮은 이 더러운 때를 보라고. 발가락 사이의 때는 어떻고. 고름이 줄줄 흐르는 다리의 상처를 봐. 네 몸에서 염소처럼 악취가 나는 건 아나? 아마 넌 어느 순간부터 알아차리지 못하게 됐겠지. 이 비쩍 마른 몸을 봐. 보여? 네 이두박근을 내 엄지와 검지로 감쌀 수도 있어. 네 목을 당근처럼 똑 부러뜨릴 수도 있다고. 네가 우리 손에 들어온 뒤로 체중이 25킬로그램 줄어든 걸 아나? 네 머리카락조차 한 줌씩 빠지고 있지. 봐!" 그가 윈스턴의 머리에서 머리카락 한 줌을 뽑았다. "입 벌려. 이가 아홉, 열, 열한 개 남았군. 우리한테 왔을 때는 몇 개였지? 게

다가 그나마 남은 이도 빠지기 직전이야. 여길 봐!"

그가 윈스턴의 앞니 하나를 힘센 엄지와 검지로 잡았다. 쑤시는 듯한 통증이 윈스턴의 턱을 훑고 지나갔다. 오브라이언의 손에 뿌리째 빠진 이가 놓여 있었다. 그는 그것을 저편으로 던져버렸다.

"넌 썩어가고 있어." 그가 말했다. "산산이 부서지고 있다고. 네가 뭘까? 그냥 쓰레기야. 이제 돌아서서 다시 거울을 봐. 너를 마주보는 그게 보이나? 그것이 최후의 인간이야. 네가 인간이라면, 그것이 바로 인류야. 이제 다시 옷 입어."

윈스턴은 느리고 뻣뻣한 동작으로 옷을 입기 시작했다. 지금까지 그는 자신이 얼마나 마르고 약한지 모르고 있었던 것 같았다. 그의 머릿속에서 요동치는 생각은 하나뿐이었다. 자기가 짐작한 것보다 더 오랫동안 이곳에 있었던 것 같다는 생각. 한심한 누더기를 제자리에 고정하는데, 엉망으로 망가진 몸에 대한 연민이 갑자기 그를 압도했다. 그래서 자신이 무슨 짓을 하는지 미처 생각하기도 전에 침상 옆의 작은 의자에 쓰러지듯 앉아서 눈물을 터뜨렸다. 그는 추하고, 품위라고는 없었다. 더러운 속옷을 입은 뼈 무더기가 냉혹한 하얀빛 속에서 울고 있었다. 그걸 알면서도 그는 멈출 수가 없었다. 오브라이언이 그의 어깨를 한 손으로 짚었다. 거의 상냥하게.

"영원히 이렇지는 않을 거다." 그가 말했다. "언제든 네가 원하면 여기서 도망칠 수 있어. 모든 것이 너한테 달린 일이야."

"당신이 한 짓이야!" 윈스턴이 흐느끼며 말했다. "당신이 날 이 꼴로 만들었어요."

"아냐, 윈스턴. 네가 널 이 꼴로 만들었어. 네가 당에 맞서기로 하면서 받아들인 게 이런 거다. 최초의 그 행동 속에 이 모든 것이 들어 있었다고. 지금까지 일어난 일 중에 네가 예측하지 못한 일은 하나도 없어."

그는 잠시 말을 멈췄다가 다시 이었다.

"우리가 널 때렸다, 윈스턴. 우리가 널 무너뜨렸어. 네 몸이 어떤 꼴인지 봤지? 네 정신도 같은 상태야. 네게 자존심이 많이 남아 있지는 않을 거다. 발길질과 매질을 당하고, 욕을 먹었지. 고통에 겨워 비명을 지르고, 네 자신의 피와 토사물 속을 뒹굴었어. 자비를 구걸하며 울먹이고, 모든 사람과 모든 것을 배반했다. 네가 아직 겪지 못한 굴욕이 하나라도 남아 있을까?"

윈스턴은 울음을 그쳤지만, 눈에서는 여전히 눈물이 새어 나왔다. 그는 오브라이언을 올려다보았다.

"난 줄리아를 배신하지 않았어요." 그가 말했다.

오브라이언은 생각에 잠긴 표정으로 그를 내려다보았다. "그렇군. 완벽한 진실이야. 넌 줄리아를 배신하지 않았지."

묘하게 오브라이언을 우러러보는 마음, 무엇으로도 파괴할 수 없을 것 같은 그 감정이 윈스턴의 가슴을 다시 가득 채웠다. 얼마나 똑똑한가. 그는 속으로 생각했다. 얼마나 똑똑한가! 오브라이언은 남의 말을 이해하지 못한 적이 단 한 번도 없었다. 지상의 누구라도 그가 줄리아를 **배신했다**고 즉시 대답했을 것이다. 고문을 통해 그들이 그에게서 짜내지 않은 말이 무엇일까? 그는 그녀에 대해 아는 것을 모두 털어놓았다. 그녀의 습관, 성격, 과거. 그녀와 함께 시간을 보낼 때 있었던 일들을 아주 사소한 것까지 하나도 빠뜨리지 않고 자백했다. 그가 그녀에게 한 말과 그녀가 그에게 한 말, 암시장에서 사온 음식, 간음, 당에 맞서 막연한 음모를 꾸민 것…… 하나도 빠뜨리지 않았다. 하지만 그가 '배신'이라는 말을 입에 담았을 때 생각한 의미를 따진다면, 그는 그녀를 배신하지 않았다. 그녀를 사랑하는 마음을 멈추지 않았으므로, 그녀를 향한 감정은 여전히 똑같았다. 오브라이언은 설명을 듣지 않고도 이 의미를 알아들었다.

"말해주세요." 그가 말했다. "언제쯤 저들이 날 총살할까요?"

"아마 오래 걸릴 거야." 오브라이언이 말했다. "넌 힘든 사례다. 하지만 희망을 잃지 마. 조만간 모든 것이 치료될 테니. 그리고 마지막에 우리가 널 총살할 것이다."

4

몸이 한결 나아졌다. 날이 갈수록 살도 찌고 힘도 조금씩 돌아왔다. 날이라는 말을 입에 담아도 되는 거라면.

하얀 불빛과 웅웅거리는 소리는 여전했지만, 감방은 과거에 있었던 다른 방들보다 아주 조금 더 편안했다. 널빤지 침상에는 베개와 매트리스가 있고, 등받이 없는 의자도 하나 있었다. 그들은 그에게 목욕을 시켜주고, 양철 대야로 상당히 자주 세수도 할 수 있게 해주었다. 심지어 세수할 때 쓰라고 더운물까지 주었다. 새 속옷과 깨끗한 작업복도 주었다. 정맥류궤양에는 염증을 달래주는 연고를 바르고 붕대를 감아주었다. 남은 이를 뽑아내고, 새로운 틀니도 맞춰주었다.

틀림없이 몇 주 또는 몇 달이 흘렀을 것이다. 이제는 원한다면 시간의 흐름을 헤아리는 것도 가능했다. 일정한 간격으로 음식이 나왔으니까. 그가 판단하기에 24시간 동안 세 번 식사가 나오는 것 같았다. 가끔은 식사가 나오는 시간이 밤인지 낮인지 어렴풋이 궁금해지기도 했다. 음식의 질은 놀라울 정도로 좋았다. 세 번에 한 번씩 고기가 나올 정도였다. 한 번은 심지어 담배도 한 갑 나왔다. 성냥은 없었지만, 말 한마디 없이 식사를 가져다주는 경비대원이 불을 빌려주었다. 처음 담배를 피워보려고 했을 때는 속이 메스꺼워졌으나, 그는 굴하지 않았다. 식사를 마칠 때마다 반 개비씩 피우는 식으로, 그 한 갑으로 오랫동안 버텼다.

그들은 귀퉁이에 몽당연필이 묶여 있는 하얀 판을 주었다. 그는 처음에는 그 판을 사용하지 않았다. 깨어 있을 때도 머리가 완전히 멍했다. 식사를 마치고 다음 끼니가 나올 때까지 가만히 누워서 꼼짝도 하지 않을 때가 많았다. 그러다 잘 때도 있고, 깬 채로 막연한 상념에 빠질 때도 있었다. 너무 귀찮아서 눈을 뜨기가 싫었다. 강렬한 빛이 얼굴을 비추는 가운데 잠드는 일에는 이미 오래전에 익숙해졌다. 꿈이 더 조리 있게 변한 것 외에는 다른 점이 없는 것 같았다. 그는 이 시기 내내 꿈을 아주 많이 꿨다. 항상 행복한 꿈이었다. 꿈에서 그는 골든 컨트리에 있거나, 햇빛이 밝은 곳에서 거대하고 찬란한 유적들 가운데에 앉아 있었다. 어머니, 줄리아, 오브라이언도 함께였다. 그들은 아무것도 하지 않고 그냥 햇빛을 받으며 앉아서 평화로운 이야기를 나눴다. 그가 깨어 있을 때 하는 생각은 대부분 꿈에 관한 것이었다. 고통이라는 자극이 사라지고 나니, 머리를 굴리는 능력도 사라진 것 같았다. 지루하지는 않았다. 대화를 나누고 싶다거나 기분 전환을 하고 싶다는 생각이 전혀 없었다. 그냥 혼자 있는 것, 매를 맞거나 심문을 당하지 않는 것, 음식이 충분한 것, 몸이 깨끗해진 것, 이것만으로도 더할 나위 없이 만족스러웠다.

그가 잠에 빠져 보내는 시간이 조금씩 줄어들었지만, 그는 여전히 침상에서 벗어나고 싶다는 생각이 들지 않았다. 조용히 누워서 몸에 힘이 점점 돌아오는 것을 느끼고 싶을 뿐이었다. 그는 근육이 다시 차오르고 피부가 조금씩 팽팽해지는 것이 환상이 아닌지 확인하려고 손가락으로 자기 몸을 여기저기 만져보곤 했다. 점점 살이 찌고 있다는 사실이 마침내 의심의 여지없이 확실해졌다. 허벅지가 확실히 무릎보다 두꺼웠다. 이것을 확인한 뒤 그는 처음에는 마지못해 정기적으로 몸을 움직이기 시작했다. 조금 지나자, 감방 안을 서성거리며 측정한 거리로 3킬로미터를 걸을 수 있었고, 굽은 어깨도 조금씩 펴졌다. 좀 더 정교하게 계획된 운동을 시도해본 그는 자신이 할 수 없는 동작이 무엇인지 깨닫고 놀라움과 굴욕감을 동시에 느꼈다. 그는 걷기를 벗어날 수 없었고, 의자를 들고 팔을 뻗은 자세를 유지할 수 없었으며, 한 다리로 서기만 하면 넘어졌다. 바닥에 완전히 무릎을 꿇고 앉았다가 일어서려면 허벅지와 종아리의 심한 고통을 견뎌야 한다는 것도 알게 되었다. 그는 엎드렸다가 양손으로 바닥을 짚고 몸을 일으키는 동작도 해보았다. 절망적이었다. 몸을 단 1센티미터도 들어 올릴 수 없었다. 그러나 며칠이 더 지나 몇 끼를 더 먹고 나자 그 동작까지도 가능해졌다. 나중에는 그 동작을 여섯 번이나 연달아 할 수 있었다. 그는 점차 자기 몸을 자랑스러워하면서, 자기 얼굴도 정상으로 돌아가고 있다는 믿음을 간혹 소중히 품었다. 대머리가 된 머리에 어쩌다 손이 닿았을 때만, 그는 전에 거울 속에서 자신을 마주 보던, 흉터 때문에 망가진 얼굴을 떠올렸다.

그의 정신이 점점 활발해졌다. 그는 널빤지 침상에 앉아 벽에 등을 기대고, 하얀 판을 무릎에 놓았다. 그리고 자신을 재교육하는 작업에 신중하게 착수했다.

그는 항복했다. 그건 저들도 동의한 사실이었다. 사실 그는 항복하겠다는 결정을 내리기 훨씬 전부터 이미 항복할 준비가 되어 있었음을 이제야 알 수 있었다. 사랑부 안에 들어온 순간부터, 아니 그와 줄리아가 텔레스크린의 강철 같은 목소리를 들으며 무력하게 서 있던 그 순간에도, 그는 당의 권력에 맞서려고 했던 자신의 경박함과 경솔함을 알고 있었다. 이제 알았지만, 사상경찰은 지난 7년 동안 그를 확대경 아래의 딱정벌레처럼 지켜보았다. 그의 행동이나 그가 소리 내어 말한 것 중에 그들이 알지 못하는 것은 하나도 없었다. 그의 사고 흐름 또한 그들은 모두 추론할 수 있었다. 일기장 표지에 놓아둔 희끄무레한 먼지까지도 그들은 잊지 않고 제자리에 돌려놓았다. 그들은 그에게 녹음을 들려주고, 사진을 보여주었다. 줄리아와 그를 찍은 사진도 거기에 포함되어 있었다. 그렇다, 심지어…… 그는 이제 당에 맞서 싸울 수 없었다. 게다가 당이 옳았다. 반드시 그럴 수밖에 없었다. 불멸의 집단 두뇌가 어떻게 틀릴 수 있겠는가? 어떤 외부의 잣대로 그들의 판단을 확인할 수 있겠는가? 건전한 정신은 통계였다. 그들이 생각하는 대로 생각하는 법을 배우기만 하면 되는 문제였다. 그것만이……!

손에 쥔 연필이 굵고 어색했다. 그는 머리에 떠오르는 생각을 글로 적기 시작했다. 먼저 크고 서투른 대문자로 다음과 같이 썼다.

자유는 예속.

그러고 나서 거의 잠시도 쉬지 않고 그 아래에 또 글을 적었다.

2 더하기 2는 5다.

이때쯤 일종의 견제가 들어왔다. 그의 정신이 뒷걸음질을 치려는 건지, 제대로 집중하지 못하는 것 같았다. 이다음에 무엇이 올지 그는 이미 알고 있었지만, 지금은 그것을 떠올릴 수 없었다. 마침내 그 문장을 떠올린 것은 순전히 의식적인 추론을 통해서였다. 그 문장이 저절로 떠오른 것이 아니었다.

신은 권력이다.

그는 모든 것을 받아들였다. 과거는 수정이 가능했다. 과거는 한 번도 수정된 적이 없었다. 오세아니아는 이스트아시아와 전쟁 중이었다. 오세아니아는 처음부터 항상 이스트아시아와 전쟁했다. 존스, 아론슨, 러더퍼드는 실제로 저지른 죄로 기소되었다. 그는 그들의 무죄를 증명하는 사진을 본 적이 없었다. 그 사진은 처음부터 존재하지 않았다. 그가 그 사진을 지어냈다. 그는 서로 반대되는 사실들을 기억한다는 사실을 기억했으나, 그런 기억은 모두 자기기만의 산물인 가짜 기억이었다. 모든 것이 얼마나 쉬운지! 굴복하기만 하면, 다른 것이 모두 그 뒤를 따라왔다. 자신을 반대 방향으로 밀어버리는 물살을 거슬러 헤엄치려고 애쓰다가 갑자기 방향을 돌려 물살을 따라 움직이기로 결정한 것과 같았다. 자신의 태도 외에는 아무것도 변하지 않았다. 어차피 미리 예정되어 있던 일이 일어났을 뿐이었다. 그는 자신이 애당초 왜 반항심을 품었는지 알 수 없었다. 모든 것이 쉽고 편안했다. 다만……!

무엇이든 진실일 수 있었다. 자연의 법칙이라는 것은 헛소리였다. 중력의 법칙도 헛소리였다. 오브라이언은 이렇게 말했다. "내가 마음만 먹으면 비눗방울처럼 공중으로 둥둥 떠오를 수 있다." 윈스턴은 이 말의 의미를 알아냈다. "만약 그가 공중으로 둥둥 떠오른다고 **생각**하고 그의 그런 모습을 내가 보고 있다고 동시에 **생각**하면, 그 일이 현실이 된다." 바닷속에 가라앉았던 난파선이 수면으로 쑥 올라오는 것처럼 갑자기 어떤 생각이 그의 머릿속에 불쑥 떠올랐다. "그건 현실이 아니야. 우리가 상상하는 거지. 그건 환각이야." 그는 이 생각을 즉시 아래로 밀어버렸다. 이 생각의 오류는 분명했다. 자신의 외부 어딘가에 '현실의' 일들이 벌어지는 '현실' 세계가 있다고 미리 가정한 생각이었다. 그런 세상이 어떻게 존재할 수 있을까? 우리의 정신을 통해 얻는 것을 빼면, 우리가 어떤 지식을 갖고 있단 말인가? 모든 현실은 머릿속에 있다. 모두의 머릿속에서 일어나는 일들은 무엇이든 진정한 현실이다.

그는 아무 어려움 없이 이 오류를 처리했다. 그 오류에 굴복할 위험이 없었다. 그래도 애당초 그런 생각을 떠올리지 말았어야 한다는 깨달음이 왔다. 위험한 생각이 떠오를 때마다 정신은 반드시 사각지대를 만들어내야 했다. 이 과정은 자동적이고 본능적으로 이루어져야 했다. 신어로 이것을 '범죄멈춤'이라고 했다.

그는 범죄멈춤 연습을 시작했다. 먼저 어떤 주제를 떠올렸다. '당은 지구가 평평하다고 말한다.' '당은 얼음이 물보다 무겁다고 말한다.' 그러고 나서 그는 이 주제들과 모순되는 주장들을 보지 않거나 이해하지 않는 훈련을 했다. 쉽지 않았다. 아주 커다란 추론 능력과 임기응변이 필요했다. 예를 들어 '2 더하기 2는 5'라는 주장이 제기하는 산술적 문제는 그의 머리로 이해할 수 있는 범위를 넘어섰다. 정신을 활발하게 움직이는 것도 필요했다. 지극히 정교한 논리를 사용하다가, 조악하기 짝이 없는 논리적 오류를 알아차리지 못하는 수준으로 순식간에 옮겨가는 능력을 말한다. 똑똑함 못지않게 어리석음도 필요했고, 똑똑함만큼 어리석음에 도달하기도 어려웠다.

이런 연습을 하는 동안 그의 머릿속 일부는 그들이 언제 그를 총살할지 계속 궁금해했다. 오브라이언은 모든 것이 윈스턴 자신에게 달렸다고 말했지만, 그는 자신이 의식적으로 어떤 행동을 해도 총살을 앞당길 수 없다는 사실을 알고 있었다. 총살은 앞으로 10분 뒤일 수도 있고, 10년 뒤일 수도 있었다. 그들이 그를 몇 년 동안 독방에 가둬둘 수도 있고, 노동수용소로 보낼 수도 있고, 가끔 그러듯이 한동안 풀어줄 수도 있었다. 총살당하기 전에 체포와 심문이라는 드라마가 처음부터 다시 펼쳐질 가능성도 얼마든지 있었다. 한 가지 확실한 사실은 죽음의 순간을 그가 예상할 수 없다는 것이었다. 전통, 그러니까 어디서도 들은 적이 없지만 어쨌든 모두 알고 있는 암묵적인 전통에 따르면, 그들은 한 감방에서 다른 감방으로 복도를 걸어가는 사람의 등 뒤에서 아무런 사전 경고 없이 항상 뒤통수에 총을 쏘았다.

어느 날, 아니 '어느 날'이라는 표현은 옳지 않다. '어느 한밤중'일 가능성도 얼마든지 있기 때문이다. 어쨌든 한 번 그가 기묘하고 행복한 상념에 빠진 적이 있다. 그는 총알이 날아오기를 기다리며 복도를 걸어가고 있었다. 곧 총알이 날아올 것이라는 확신이 들었다. 모든 문제가 해결되고 매끈히 정리되었다. 이제는 의심도, 논란도, 고통도, 두려움도 남아 있지 않았다. 그의 몸은 건강하고 튼튼했다. 그는 편안히 걸으면서 이렇게 몸을 움직이는 것을 즐거워하고, 마치 햇빛 속을 걷는 듯한 기분을 느꼈다. 그는 사랑부의 좁고 하얀 복도가 아니라 햇빛이 밝게 비치는 거대한 통로에 있었다. 폭이 1킬로미터나 되는 통로에서 약물에 의한 환각 상태로 걷고 있는 것 같았다. 골든 컨트리였다. 그는 오래전부터 토끼들이 뜯어먹은 풀밭에서 발길로 다져진 길을 따라 걷고 있었다. 발밑의 짧고 탄력 있는 풀, 얼굴에 닿는 햇빛이 느껴졌다. 벌판 가장자리에서는 느릅나무들이 살짝살짝 살랑거리고, 그 너머 어딘가의 개울에서는 버드나무 아래 초록색 물속에 황어들이 살고 있었다.

갑자기 그는 기겁해서 벌떡 일어났다. 등뼈를 타고 식은땀이 솟았다. 자신이 크게 외치는 소리를 들은 탓이었다.

"줄리아! 줄리아! 줄리아, 내 사랑! 줄리아!"

순간적으로 그녀가 옆에 있는 것 같은 환각에 압도당했다. 그녀가 단순히 그와 함께 있는 것이 아니라 그의 안에 들어와 있는 것 같았다. 그의 피부 속으로 들어온 것 같았다. 그 순간 그는 자유로이 함께 지내던 시절보다 훨씬 더 그녀를 사랑했다. 또한 어딘가에서 아직 살아 있는 그녀에게 자신의 도움이 필요하다는 확신도 들었다.

그는 침상에 누워 마음을 가라앉히려고 애썼다. 자신이 무슨 짓을 한 건가. 순간적으로 그렇게 약점을 드러낸 탓에 굴종의 세월이 얼마나 더 늘어났을까?

곧 밖에서 발소리가 들렸다. 그런 감정 분출을 처벌하지 않고 그냥 넘어갈 리가 없었다. 혹시 전에는 몰랐더라도, 이제는 그들도 알게 되었을 것이다. 그가 그들과 맺은 협약을 어기고 있음을. 그는 당에 복종했지만 여전히 당을 증오했다. 과거에는 순응하는 겉모습 속에 이단적인 마음을 숨겼다. 지금은 거기서 한 걸음 더 뒤로 물러나 마음으로 항복했지만, 가장 내면의 마음만은 침범당하지 않게 지키고 싶었다. 자신의 생각이 틀렸다는 사실을 알면서도, 계속 틀린 쪽에 있고 싶었다. 그들이 그것을 알아차릴 것이다. 오브라이언이라면 알아차릴 것이다. 단 한 번의 그 어리석은 외침 속에 모든 자백이 들어 있었다.

아마 처음부터 다시 시작해야 할 것이다. 어쩌면 몇 년이 걸릴 수도 있었다. 그는 달라진 얼굴을 잘 익혀두려고 손으로 얼굴을 쓸었다. 뺨에 깊이 팬 자국들이 있고, 광대뼈가 날카로웠다. 코는 납작했다. 게다가 마지막으로 거울을 본 그날 이후 완전히 새로 맞춘 틀니가 그에게 지급되었다. 자기 얼굴이 어떻게 생겼는지도 모르면서 남이 읽을 수 없는 표정을 유지하기는 어려웠다. 어쨌든 이목구비를 통제하는 것만으로는 부족했다. 비밀을 지키고 싶다면, 자신한테도 숨겨야 한다는 사실을 그는 처음으로 인식했다. 비밀이 있다는 것은 줄곧 알고 있어야 하지만, 필요한 순간이 될 때까지 어떤 형태로든 그것을 의식 속으로 끌어올리는 일은 절대 금물이었다. 이제부터 그는 생각만 올바르게 하는 것이 아니라, 느낌도 꿈도 올바르게 유지해야 했다. 그러면서 증오심을 내면에 가둬두어야 했다. 그의 일부지만 그의 어떤 부분과도 연결되지 않고 동떨어진 일종의 포낭包囊처럼.

어느 날 그들은 그에게 총을 쏘기로 결정할 것이다. 그 때가 언제일지는 알 수 없지만, 몇 초 전에는 짐작할 수 있을 것이다. 총알은 항상 뒤에서 날아왔다. 복도를 걷고 있을 때. 10초면 충분했다. 그의 내면세계가 뒤집어지는 데에는. 그러고 나면 갑자기, 한 마디 말도 멈칫하는 걸음도 없이, 얼굴의 주름살 하나 변하지 않은 채, 갑자기 그의 위장막이 내려가고 펑! 증오심의 포대가 나타날 것이다. 증오가 거대하게 이글거리는 화염처럼 그를 가득 채울 것이다. 그리고 거의 같은 순간에 빵! 총알이 쏘아져 나오겠지만 너무 늦거나 너무 이를 것이다. 이미 뇌가 산산이 부서진 뒤라서 그들은 손을 쓸 수 없을 것이다. 그 안에 들어 있던 이단적인 생각은 아무런 벌도 받지 않고 회개하지도 않은 채 그들의 손을 영원히 벗어날 것이다. 그들의 완벽함에 구멍이 뻥 뚫리는 것이다. 그들을 증오하며 죽는 것, 그것이 자유였다.

그는 눈을 감았다. 지적인 규율을 받아들이는 일보다 더 힘들었다. 이것은 자신을 깎아내리고 훼손하는 문제였다. 그는 더러운 곳 중에서도 가장 더러운 곳으로 풍덩 뛰어들어야 했다. 모든 것 중에 가장 끔찍하고 역겨운 일이 무엇일까? 그는 빅 브라더를 생각했다. 그 거대한 얼굴(항상 포스터로 보는 얼굴이라서, 폭이 1미터나 되는 거대한 얼굴만 떠올랐다), 검고 진한 콧수염과 사람의 움직임을 따라 이리저리 움직이는 눈이 저절로 그의 머릿속에 나타나는 것 같았다. 빅 브라더에 대한 그의 진정한 감정은 무엇일까?

복도에서 묵직한 발소리가 들렸다. 강철 문이 쾅 하고 열렸다. 오브라이언이 감방 안으로 들어왔다. 그의 뒤에는 밀랍 같은 얼굴의 경찰관과 검은 제복의 경비대원들이 있었다.

"일어나." 오브라이언이 말했다. "이리 와라."

윈스턴은 그의 맞은편에 섰다. 오브라이언이 힘센 두 손으로 윈스턴의 어깨를 잡고 그를 자세히 살폈다.

"넌 날 속일 생각을 했어." 그가 말했다. "멍청한 짓이었다. 똑바로 서. 내 얼굴을 봐라."

그는 잠시 말을 멈췄다가 조금 누그러진 목소리로 말했다.

"넌 점점 나아지고 있다. 지적인 면에서는 잘못된 점이 별로 없어. 오로지 감정적인 부분에서만 발전을 보여주지 못하는군. 말해봐라, 윈스턴. 거짓말하면 안 된다는 것 명심하고. 내가 항상 거짓말을 잡아낼 수 있다는 걸 너도 알 테니. 말해봐. 빅 브라더에 대한 너의 진정한 감정은 뭔가?"

"나는 그를 증오합니다."

"그를 증오한다…… 좋군. 그럼 이제 네가 마지막 단계를 밟을 때가 되었다. 넌 반드시 빅 브라더를 사랑해야 돼. 그에게 복종하는 것만으로는 부족하지. 반드시 사랑해야 한다."

그가 경비대원들을 향해 윈스턴을 살짝 밀면서 손을 놓았다.

"101호실." 그가 말했다.

5

감금된 채 단계를 거칠 때마다 그는 창문 하나 없는 이 건물 안에서 자신이 어디쯤 있는지 알았다. 아니, 아는 것 같았다. 어쩌면 기압이 조금씩 달라지는 것 같기도 했다. 경비대원들이 그를 구타한 감방은 지하에 있었다. 오브라이언이 그를 심문한 방은 아주 높이 옥상 근처에 있었다. 지금 있는 방은 최대한 깊게 내려간 곳, 지하 깊숙한 곳이었다.

그가 경험한 대부분의 감방들보다 컸지만, 방 안의 모습은 거의 눈에 들어오지 않았다. 보이는 것이라고는 자기 앞에 똑바로 놓여 있는 작은 탁자 두 개뿐이었다. 각각 초록색 당구대 천으로 덮여 있었다. 하나는 그에게서 겨우 1, 2미터 떨어져 있고, 다른 하나는 그보다 멀리 문 가까이에 있었다. 그는 의자에 똑바로 묶인 채였다. 얼마나 단단히 묶였는지 머리조차 움직일 수 없었다. 일종의 받침대가 뒤에서 그를 붙잡고 있어서, 그는 똑바로 앞을 바라볼 수밖에 없었다.

잠시 그는 혼자였다. 하지만 곧 문이 열리더니 오브라이언이 들어왔다.

“네가 한 번 물은 적이 있지.” 오브라이언이 말했다. “101호실에 뭐가 있냐고. 난 네가 답을 이미 알고 있다고 말했다. 다들 답을 안다고. 101호실에는 세상 최악의 것이 있다.”

문이 다시 열리더니 경비대원이 들어왔다. 철사로 만든 상자나 바구니 같은 것을 들고 있었다. 경비대원은 그것을 멀리 있는 탁자에 놓았다. 오브라이언이 서 있는 위치 때문에, 윈스턴은 그것이 무엇인지 볼 수 없었다.

“세상 최악의 것이란……” 오브라이언이 말했다. “사람마다 달라. 산 채로 묻히는 것일 수도 있고, 불에 타 죽는 것일 수도 있고, 익사일 수도 있고, 말뚝에 꿰여 죽는 것일 수도 있지. 그밖에 50가지쯤 되는 다른 죽음의 방식일 수도 있고. 때로는 목숨에 위협이 되지 않는 아주 사소한 것일 수도 있다.”

그가 옆으로 조금 물러난 상태라서 윈스턴은 탁자 위의 물건을 볼 수 있었다. 꼭대기에 손잡이가 달린 길쭉한 철사 우리였다. 앞쪽에는 펜싱 마스크처럼 생긴 것이, 오목한 면이 밖을 향하게 붙어 있었다. 그에게서 3, 4미터쯤 떨어져 있는데도, 우리가 두 칸으로 나뉘어 있는 것이 보였다. 그리고 각각의 칸에 모종의 생물이 있었다. 쥐였다.

“네 경우, 세상 최악의 것은 쥐야.” 오브라이언이 말했다.

아까 그 우리를 처음으로 언뜻 보자마자 앞으로 다가올 일을 예고하는 듯한 떨림, 정체를 확실히 알 수 없는 공포가 윈스턴의 몸을 훑고 지나갔다. 하지만 지금은 우리 앞에 붙어 있는 마스크 같은 물건의 용도가 갑자기 이해되었다. 창자가 흐물흐물 물로 변하는 것 같았다.

"이럴 수는 없어요." 그가 갈라진 목소리로 크게 외쳤다. "이럴 수는, 이럴 수는 없어! 있을 수 없는 일이야."

"기억하나?" 오브라이언이 말했다. "네가 꿈에서 어떤 순간에 공포를 느꼈는지? 네 앞에 암흑의 벽이 있고, 귀에는 포효 소리가 들리지. 벽 뒤편에 뭔가 무시무시한 것이 있어. 그게 뭔지 너도 분명히 알고 있지만, 감히 그걸 밝은 곳으로 끌고 나오질 못했다. 벽 뒤편에 있는 것은 쥐였다."

"오브라이언!" 윈스턴은 목소리를 통제하려고 애썼다. "이럴 필요 없다는 걸 알잖아요. 내가 어떻게 하면 되겠어요?"

오브라이언은 대답하지 않았다. 대신 가끔 보여주는 학교 선생님 같은 모습으로 입을 열었다. 그는 윈스턴의 등 뒤에 있는 청중을 향해 말하는 사람처럼 허공을 생각에 잠긴 표정으로 바라보고 있었다.

"고통 그 자체만으로 항상 충분한 것은 아니야. 인간은 가끔 고통에 맞서 저항하거든. 심지어 죽음에 이를 때까지도. 하지만 누구에게나 도저히 견딜 수 없는 것이 있다. 상상조차 할 수 없는 것. 용감함이나 비겁함과는 상관없어. 높은 곳에서 떨어지는 사람이 밧줄을 움켜쥐는 것은 비겁한 일이 아니다. 깊은 물속에서 올라온 사람이 허겁지겁 숨을 들이쉬는 것도 비겁한 일이 아니야. 그런 건 거스를 수 없는 본능일 뿐이다. 쥐도 마찬가지야. 네게는 쥐가 도저히 견딜 수 없는 것이다. 네가 아무리 버텨내고 싶어도 버틸 수 없는 압력과 같아. 그러니 너는 순순히 하라는 대로 할 것이다."

"그게 뭔데요? 뭐예요? 뭔지 모르는데 어떻게 하라는 대로 해요?"

오브라이언이 우리를 들어 윈스턴에게 가까운 탁자로 가져와서 초록색 천 위에 조심스레 내려놓았다. 윈스턴의 귓속에서 혈관이 펄떡거렸다. 한없이 고독한 곳에 혼자 앉아 있는 느낌이었다. 그는 넓은 평원 한복판에, 햇빛이 쏟아지는 사막에 혼자 있었다. 엄청나게 먼 곳에서 온갖 소리가 들려왔다. 하지만 쥐가 들어 있는 우리는 그에게서 채 2미터도 떨어져 있지 않았다. 거대한 쥐였다. 주둥이가 뭉툭하고 사나워지고, 털은 회색 대신 갈색을 띠는 나이의 쥐였다.

"쥐는……" 오브라이언은 여전히 보이지 않는 청중에게 말하는 것 같았다. "비록 설치류지만 육식동물이다. 너도 잘 알 거야. 빈민가에서 어떤 일들이 일어나는지 듣기도 했겠지. 어떤 동네에서는 여자가 아기를 집 안에 단 5분도 혼자 두지 못한다. 반드시 쥐들이 공격할 테니까. 아주 짧은 시간 안에 뼈만 남기고 싹 뜯어먹을 테니까. 쥐들은 병자나 죽음을 앞둔 사람도 공격한다. 인간이 무력한 순간을 알아내는 데에는 놀라운 지능을 보여주는 녀석들이야."

우리에서 찍찍거리는 소리가 터져 나왔다. 아주 멀리서

들리는 소리 같았다. 쥐들은 서로 싸우고 있었다. 칸막이 너머로 상대를 공격하려 했다. 절망에 차서 깊게 신음하는 소리도 들렸다. 그것 역시 그의 외부에서 들려오는 것 같았다.

오브라이언이 우리를 들면서 뭔가를 눌렀다. 날카롭게 찰칵 하는 소리가 났다. 윈스턴은 의자에서 도망치려고 미친 듯이 몸부림쳤다. 절망적이었다. 온몸이, 심지어 머리조차 꼼짝도 할 수 없게 묶여 있었다. 오브라이언이 우리를 더 가까이 가져왔다. 윈스턴의 얼굴까지 거리가 1미터도 되지 않았다.

"내가 첫 번째 레버를 눌렀다." 오브라이언이 말했다. "이 우리의 구조를 이해하겠지? 마스크를 네 머리에 씌우면 녀석들이 우리에서 나갈 길이 없어진다. 내가 여기 이 레버를 누르면, 우리의 문이 위로 올라갈 거야. 이 굶주린 짐승들은 총알처럼 튀어나가겠지. 쥐가 공중으로 뛰어오르는 모습을 본 적 있나? 녀석들은 네 얼굴에 들러붙어 곧바로 뜯어먹을 거다. 어떤 때는 놈들이 눈을 가장 먼저 공격하기도 하지. 뺨을 파고 들어가 혀를 먹어치울 때도 있고."

우리가 더 가까워졌다. 점점 다가오고 있었다. 윈스턴의 머리 위 허공에서 날카롭게 외치는 소리가 연달아 나는 것 같았다. 하지만 그는 공포에 맞서 맹렬히 싸웠다. 생각해라, 생각해라, 비록 찰나의 순간이 남았을지라도. 생각하는 것만이 유일한 희망이었다. 갑자기 고약하고 퀴퀴한 짐승의 냄새가 그의 콧구멍을 강타했다. 속에서 격렬한 토기가 올라오고,

거의 의식을 잃을 것 같았다. 모든 것이 꺼멓게 변했다. 한순간 그는 정신이 나가서 소리를 질러대는 짐승이 되었다. 그러나 그는 한 가지 생각을 붙잡고 그 암흑 속에서 빠져나왔다. 그가 스스로를 구할 수 있는 방법은 딱 하나뿐이었다. 자신과 저 쥐들 사이에 다른 인간, 그러니까 다른 인간의 **몸**을 끼워 넣어야 했다.

둥근 마스크가 상당히 커서 다른 것은 전혀 보이지 않았다. 철사 문이 그의 얼굴에서 두 뼘쯤 되는 거리에 있었다. 쥐들도 이제 앞에 무엇이 있는지 알았다. 한 놈은 위아래로 펄쩍펄쩍 뛰고, 털이 여기저기 비늘처럼 뭉친 늙은 시궁쥐인 다른 놈은 분홍색 앞발로 창살을 짚고 두 발로 일어서서 맹렬하게 코를 킁킁거렸다. 녀석의 수염과 누런 이가 보였다. 또 시꺼먼 공포가 윈스턴을 사로잡았다. 그는 눈이 멀고, 무력하고, 제정신이 아니었다.

"이건 제국 시절 중국에서 흔히 시행되던 처벌이야." 오브라이언이 여전히 선생님처럼 말했다.

마스크가 그의 얼굴로 다가왔다. 창살이 그의 뺨을 스쳤다. 그러고는…… 아니, 그건 안도감이 아니라 유일한 희망이었다. 아주 작은 희망의 조각. 너무 늦었다. 너무 늦은 것 같다. 하지만 그는 이 처벌을 떠넘길 수 있는 사람이 이 세상에 딱 **한 명** 존재한다는 사실을 불현듯 깨달았다. 자신과 쥐들 사이에 끼워 넣을 수 있는 **한 사람**의 몸. 그는 미친 듯이 몇 번이나 소리를 질렀다.

"줄리아에게 해요! 줄리아에게 해요! 나 말고! 줄리아! 줄리아한테 무슨 짓을 해도 상관없으니까. 얼굴을 잡아 뜯든, 뼈만 남기고 살을 뜯어먹든. 나 말고! 줄리아한테! 나 말고!"

그는 쥐들을 피해 엄청나게 깊은 곳을 향해 뒤로 쓰러지고 있었다. 여전히 의자에 묶인 채였지만, 그는 아래로 떨어지며 바닥을 통과하고, 건물의 벽들을 통과하고, 땅을 통과하고, 바다를 통과하고, 공기를 통과해 우주 공간으로 나갔다. 별들 사이의 심연으로, 계속 쥐들에게서 멀리, 멀리, 멀리 떨어진 곳으로. 몇 광년이나 멀어졌는데도, 오브라이언이 여전히 그의 옆에 서 있었다. 뺨에는 여전히 차가운 철사가 느껴졌다. 그래도 자신을 감싼 어둠을 뚫고 금속이 찰칵 하는 소리가 들렸다. 우리 문이 찰칵 닫혔음을 깨달았다. 열린 것이 아니었다.

6

밤나무 카페는 거의 텅 비어 있었다. 창문으로 비스듬히 들어온 햇빛 한 줄기가 먼지 앉은 테이블 위에 노랗게 떨어졌다. 호젓한 시간 15시였다. 음질이 나쁜 음악 소리가 텔레스크린에서 찔끔찔끔 새어 나왔다.

윈스턴은 항상 앉는 구석 자리에 앉아 빈 잔을 응시했다. 그러다 가끔 시선을 들어, 반대편 벽에서 그를 바라보는 거대한 얼굴을 힐긋 보았다. '빅 브라더가 당신을 보고 있다.' 이런 글귀가 적혀 있었다. 그가 부르지도 않았는데 웨이터가 와서 잔에 빅토리 진을 채워주었다. 코르크 마개에 대롱이 꽂혀 있는 다른 병에서 다른 액체도 몇 방울 흔들리며 잔 안으로 떨어졌다. 이 카페에서만 맛볼 수 있는, 정향을 가미한 사카린이었다.

윈스턴은 텔레스크린에 귀를 기울이고 있었다. 지금은 음악만 흘러나왔지만, 언제든 평화부의 특별 속보가 나올 가능성이 있었다. 아프리카 전선의 소식은 불안하기 그지없었다. 그는 하루 종일 문득문득 그쪽 일을 걱정했다. 유라시아 군대(오세아니아는 유라시아와 전쟁 중이었다. 오세아니아는 처음부터 항상 유라시아와 전쟁했다)가 무시무시한 속도로 남쪽을 향해 이동 중이었다. 한낮의 속보에서는 구체적인 지역이 언급되지 않았지만, 콩고 강 입구가 이미 전장이 되었을 가능성이 높았다. 브라자빌과 레오폴드빌이 위험했다. 이것이 무슨 의미인지는 굳이 지도를 보지 않아도 알 수 있었다. 단순히 중앙아프리카를 잃는 문제가 아니었다. 전쟁 기간을 통틀어 처음으로 오세아니아의 영토 자체가 위협받고 있었다.

격렬한 감정, 정확히 말해서 두려움은 아니고 일종의 틀에 박힌 흥분 같은 것이 그의 마음속에서 화르르 타올랐다가 사라졌다. 그는 전쟁에 대한 생각을 그만두었다. 요즘은 어느 한 주제에 길게 생각을 집중할 수 없었다. 그는 잔을 들어 단숨에 비웠다. 언제나 그렇듯이, 몸이 부르르 떨렸다. 심지어 구역질도 조금 올라오려고 했다. 이 술은 끔찍했다. 정향과 사카린도 그 자체로서 역겹고 구역질이 나는 데다가, 그것만으로는 밍밍한 기름 같은 냄새를 가릴 수 없었다. 무엇보다 참을 수 없는 것은 술에서 나는 냄새였다. 밤낮으로 그의 곁을 떠나지 않는 그 냄새가 그의 머릿속에서 떼려야 뗄 수 없을 만큼 뒤섞여 있는 또 다른 냄새의 근원은……

그는 혼자 생각할 때조차도 그것의 이름을 떠올리지 않았다. 가능한 한 그것의 모습을 상상하지도 않았다. 그가 어렴풋이 인식하고 있는 그것은 그의 얼굴 가까이에서 어른거렸다. 그것의 냄새가 콧구멍에 달라붙어 사라지지 않았다. 술이 속에서 올라오자, 그는 보랏빛으로 변한 입술 사이로 트림을 했다. 거기서 풀려난 뒤 그는 살이 쪘고, 옛날의 안색을 회복했다. 아니, 회복한 정도가 아니었다. 이목구비가 뭉툭해지고, 코와 광대뼈의 피부는 시뻘건 색이었다. 심지어 대머리가 된 두피조차 지나치게 진한 분홍색이었다. 이번에도 역시 부른 적이 없는 웨이터가 체스판과 〈타임스〉 최신 호를 가져왔다. 체스 문제가 나온 면이 펼쳐져 있었다. 웨이터는 윈스턴의 잔이 빈 것을 보고 술병을 가져와 잔을 채웠다. 주문을 할 필요가 없었다. 그들이 그의 습관을 알고 있었으므로, 항상 체스판이 준비되어 있고 그의 지정석인 구석 자리도 항상 예약되어 있었다. 카페에 손님이 가득할 때도 그는 그 자리를 혼자 차지했다. 아무도 그와 가까이 앉은 모습을 보이고 싶어 하지 않기 때문이었다. 그는 술을 몇 잔이나 먹었는지 굳이 세어보지도 않았다. 카페에서는 불규칙적으로 그에게 계산서라고 부르는 더러운 종이쪽지를 내밀었지만, 그들이 항상 돈을 덜 받는 것 같은 느낌이 들었다. 설사 그들이 돈을 더 받았다 해도 상관없었다. 요즘 그는 항상 돈이 많았다. 심지어 일도 있었다. 과거에 하던 일보다 봉급이 더 많은 한직이었다.

텔레스크린에서 음악이 그치고, 목소리가 흘러나왔다. 윈스턴은 고개를 들고 귀를 기울였다. 하지만 전선의 소식은 없었다. 풍요부의 짧은 발표뿐이었다. 지난 4분기에, 제10차

3개년 계획의 구두끈 생산 할당량이 98퍼센트나 초과 달성된 모양이었다.

그는 체스 문제를 살펴보며 말들을 배열했다. 나이트 두 개를 움직여야 하는 까다로운 수였다. '백白을 움직여 두 수 만에 체크메이트를 부른다.' 윈스턴은 빅 브라더의 얼굴을 올려다보았다. 백이 항상 체크메이트를 부르지. 그는 구름이 떠다니는 신비로운 곳에 있는 것 같았다. 항상, 예외 없이, 그렇게 배열되어 있어. 세상이 시작된 이래로 그 어떤 체스 문제에서도 흑黑은 이긴 적이 없다고. 이건 선이 항상 악에게 영원한 승리를 거둔다는 상징이 아닐까? 거대한 얼굴이 차분한 힘을 가득 담고서 그를 마주 응시했다. 백이 항상 체크메이트를 부른다.

텔레스크린의 목소리가 잠시 멈췄다가, 한층 더 엄숙한 어조로 말을 이었다. "15시 30분에 중요한 발표가 있으니 대기하라. 15시 30분이다! 이것은 가장 중요한 뉴스다. 그 발표를 놓치지 말라. 15시 30분이다!" 짤랑거리는 음악 소리가 다시 시작되었다.

윈스턴의 가슴이 술렁거렸다. 전선의 소식임이 분명했다. 나쁜 소식일 것 같다고 본능이 그에게 알려주었다. 하루 내내, 가끔 조금씩 분출되는 흥분과 함께, 아프리카에서 대패할 것이라는 생각이 그의 머릿속을 들락날락했다. 유라시아 군대가 단 한 번도 무너진 적이 없는 국경을 무리 지어 넘어와서 아프리카의 끝으로 개미 떼처럼 몰려가는 모습이 실제로 눈에 보이는 것 같았다. 왜 어떤 식으로든 그들의 허를 찌르지 못했을까? 서아프리카 해안의 윤곽이 그의 머릿속에 생생히 떠올랐다. 그는 백의 나이트를 들어 체스판 위로 움직였다. 적당한 자리가 **저기** 있었다. 검은 무리가 남쪽으로 질주하는 와중에, 신비롭게 뭉친 또 다른 군대가 갑자기 그들의 후미에 나타나 육상과 해상의 통신을 끊어버리는 모습이 눈에 보였다. 자신이 의지력을 동원해서 그 부대를 현실로 만들고 있는 것 같았다. 하지만 빨리 움직여야 했다. 그들이 아프리카 전체를 장악한다면, 희망봉의 비행장과 잠수함 기지를 차지한다면, 오세아니아는 둘로 갈라질 것이다. 이것의 의미는 짐작할 수 없었다. 패배, 붕괴, 세계의 재분할, 당의 멸망! 그는 심호흡을 했다. 여러 감정이 마구 뒤섞여 있었다. 아니, 정확히 말하면 뒤섞인 것이 아니라 층층이 쌓여 있었다. 그의 내면에서 꿈틀거리는 그 감정들 중 어느 것이 가장 아래층에 있는지는 알 수 없었다.

발작이 그쳤다. 그는 백의 나이트를 원래 자리로 돌려놓았다. 하지만 체스 문제를 진지하게 연구할 만큼 마음을 가라앉히기가 순간적으로 힘들어졌다. 그의 생각이 다시 방황하기 시작했다. 거의 무의식적으로 그는 테이블에 쌓인 먼지 위에서 손가락을 움직였다.

2+2=5

"그들이 사람의 내면까지 들어올 수는 없어요." 그녀는 이렇게 말했다. 하지만 그들은 내면까지 들어왔다. "여기서 네가 겪는 일은 **영원**하다." 오브라이언은 이렇게 말했다. 진실이었다. 사람이 결코 극복할 수 없는 일들이, 자신의 행동이 있었다. 가슴속에서 뭔가가 죽임을 당했다. 불에 타서 마비되었다.

그는 그녀를 보았다. 심지어 그녀에게 말도 걸었다. 전혀 위험하지 않았다. 이제는 그들이 그의 행동에 거의 관심이 없다는 것을 마치 본능처럼 알 수 있었다. 둘 중 한 사람이 원하기만 한다면 그녀와 다시 만날 약속을 잡을 수도 있었다. 사실 전에 두 사람이 만난 것은 우연이었다. 지독하게 추운 3월의 어느 날 공원에서. 땅은 강철처럼 단단하고, 풀은 모두 죽은 것 같았다. 어디에도 새싹은 보이지 않았다. 간신히 땅을 뚫고 솟아오른 크로커스 몇 송이는 바람에 목이 잘려버렸다. 그는 얼어붙은 손과 눈물 고인 눈을 하고 서둘러 걸어가다가 10미터도 떨어지지 않은 곳에 그녀가 있는 것을 보았다. 분명히 설명할 수는 없지만 그녀가 변했다는 생각이 곧바로 들었다. 두 사람은 아무런 내색 없이 서로를 거의 스치듯 지나갔다. 그러고 나서 그는 방향을 돌려 그녀의 뒤를 따라갔지만, 그리 열성적이지는 않았다. 이건 전혀 위험한 일이 아니었다. 두 사람에게 관심을 보일 사람은 전혀 없었다. 그녀는 아무 말도 하지 않았다. 마치 그를 떨쳐버리려는 것처럼 잔디밭을 비스듬히 가로질러 걸어가다가 어쩔 수 없다고 체념한 것 같았다. 곧 이파리 하나 없이 앙상하고 깔쭉깔쭉한 덤불이 나왔다. 몸을 숨기기에도 바람을 피하기에도 전혀 도움이 되지 않는 곳이었다. 두 사람은 걸음을 멈췄다. 지독하게 추웠다. 휭휭 휘파람 소리를 내며 잔가지 사이를 불어온 바람이 때가 묻은 것 같은 모습으로 간간이 피어 있는 크로커스를 들썩였다. 그는 그녀의 허리에 한 팔을 둘렀다.

텔레스크린은 없었지만, 틀림없이 마이크가 숨겨져 있을 터였다. 게다가 남들 눈에 띌 수 있는 위치였다. 그런 건 중요하지 않았다. 무엇도 중요하지 않았다. 원한다면 두 사람이 바닥에 누워 **그걸** 할 수도 있었을 것이다. 그런 생각을 떠올린 그의 몸이 두려움에 얼어붙었다. 그녀는 자신의 허리를 잡은 그의 팔에 아무런 반응을 보이지 않았다. 심지어 몸을 떼어내려고 시도하지도 않았다. 그녀의 무엇이 변했는지 이제 그는 알 수 있었다. 안색이 나빠졌고, 머리카락에 일부 가려지기는 했지만 이마와 관자놀이를 길게 가로지른 흉터가 있었다. 아니, 변한 것은 그것이 아니었다. 그녀의 허리가 굵어졌고, 놀라울 정도로 뻣뻣했다. 윈스턴은 예전에, 로켓탄이 터진 뒤에, 부서진 건물 잔해에서 시체를 끌어내는 사람을 도우면서 시체의 엄청난 무게뿐만 아니라 다루기 힘들 만큼 딱딱한 느낌 또한 무척 놀라웠던 기억을 떠올렸다. 그런 느낌 때문에 시체는 사람의 몸이라기보다 돌덩이 같았다. 지금 그녀의 몸이 바로 그런 느낌이었다. 그녀의 살갗을 만지면 그 느낌 또한 과거와는 상당히 다를 것 같다는 생각이 들었다.

그는 그녀에게 키스를 시도하지 않았다. 말도 걸지 않았다. 다시 잔디밭을 가로질러 걸어가면서 그녀는 처음으로 그를 똑바로 바라보았다. 경멸과 혐오가 가득한 순간적인 시선이었다. 그는 그 혐오가 순전히 과거에서 우러난 것인지, 아니면 자신의 부은 얼굴과 바람 때문에 자꾸만 눈에 맺히는 눈물 때문인지 궁금했다. 두 사람은 쇠로 만든 의자 두 개에 앉았다. 나란히 앉았지만 거리가 아주 가깝지는 않았다. 그녀가 뭔가 말하려는 것이 보였다. 그녀는 투박한 신발을 몇 센티미터 움직여 일부러 잔가지를 부스러뜨렸다. 그녀의 발도 더 널찍해진 것 같았다.

"난 당신을 배신했어요." 그녀가 단조롭게 말했다.

"나도 널 배신했어." 그가 말했다.

그녀는 또 혐오스러운 시선으로 그를 바라보았다.

"가끔 그들은 뭔가로 사람을 위협하죠. 그 사람이 도저히 견딜 수 없는 것, 생각조차 할 수 없는 것으로. 그러면 그 사람은 이렇게 말해요. '나한테 이러지 마세요. 다른 사람한테 해요. 이러이러한 사람한테 해요.' 그러고 나서 나중에 그 사람은 그건 그냥 속임수였다, 그냥 그 짓을 멈추게 하려고 한 말일 뿐 진심은 아니었다는 식으로 굴지도 몰라요. 하지만 그건 사실이 아니죠. 그 당시에는 진심이었으니까. 그 순간에는 자신을 구할 방법이 그것밖에 없다고 생각해요. 그리고 그 방법으로 서슴지 않고 자신을 구해요. 정말로 다른 사람이 그 일을 당하기를 **바라는** 거예요. 그 다른 사람이 어떤 고통을 겪을지는 생각도 안 해요. 오로지 자신만 생각해요."

"오로지 자신만 생각하지." 그가 그녀의 말을 되풀이했다.

"그러고 나면 그 상대방에게 더 이상 예전 같은 감정을 느낄 수 없어요."

"맞아. 같은 감정을 느낄 수 없어."

더 이상 할 말이 없는 것 같았다. 바람 때문에 얄팍한 작업복이 몸에 착 달라붙었다. 거의 순식간에 그 자리에 말없이 앉아 있는 것이 민망해졌다. 게다가 날이 너무 추워서 계속 가만히 있을 수도 없었다. 그녀는 지하철을 타야 한다고 말하면서 일어섰다.

"우리 꼭 다시 만나야 돼." 그가 말했다.

"네. 꼭 다시 만나야죠."

그는 반걸음 뒤에서 머뭇머뭇 그녀를 따라갔다. 두 사람 모두 다시 입을 열지 않았다. 그녀는 그를 떨쳐버리려고 애쓰지 않고, 그가 그녀와 나란히 걸을 수 없을 정도의 속도만 유지했다. 그는 지하철역까지 그녀와 함께 가기로 마음을 굳혔지만, 추위 속에서 이렇게 뒤를 따라가는 것이 갑자기 무의미하고 견딜 수 없는 일인 것 같았다. 줄리아에게서 멀어지고 싶다는 욕망보다는 밤나무 카페로 돌아가고 싶다는 욕망이 그를 압도했다. 그때만큼 그 카페가 매력적으로 여겨진 적이 없었다. 자신이 늘 앉는 구석 자리, 신문과 체스판과 끊이지 않는 술이 그리워졌다. 무엇보다도 그 안은 따뜻할 터였다. 곧 그는 무리를 지은 서너 명의 사람들이 자신과 그녀

사이로 끼어드는 것을 허용했다. 딱히 우연한 일만은 아니었다. 그는 그녀를 따라잡으려고 건성으로 시도하다가 속도를 늦춰 반대 방향으로 움직였다. 그리고 50미터쯤 간 뒤에 뒤를 돌아보았다. 사람이 북적거리는 거리가 아닌데도, 벌써 그녀를 찾아낼 수 없었다. 서둘러 걸어가는 10여 명의 사람들 중 누가 그녀인지 알 수 없었다. 굵고 뻣뻣해진 그녀의 몸을 이제는 뒤에서 알아볼 수 없게 된 건가 싶었다.

"그 당시에는 진심이었으니까." 그녀는 이렇게 말했다. 그는 진심이었다. 말만 그렇게 한 것이 아니라 마음으로도 바랐다. 자신이 아니라 그녀가 그곳으로……

텔레스크린에서 찔끔찔끔 새어 나오던 음악이 바뀌었다. 갈라진 목소리로 야유하는 듯한 소리, 옐로노트가 끼어들었다. 그러고는…… 어쩌면 그건 현실이 아니었을 수도 있다. 소리와 비슷한 형태를 띤 기억이었을 수도 있다…… 어쨌든 노랫소리가 들렸다.

가지를 펼친 밤나무 아래에서
나는 너를 팔고 너는 나를 팔았지……

눈에 눈물이 고였다. 지나가던 웨이터가 그의 잔이 빈 것을 보더니, 술병을 들고 다시 돌아왔다.

그는 잔을 들어 킁킁 냄새를 맡아보았다. 한 입, 한 입 마실 때마다 술맛의 끔찍함은 줄어들기는커녕 더 심해졌다. 하지만 그는 그 안에 푹 빠져 헤엄쳤다. 이 술이 그의 삶, 그의 죽음, 그의 부활이었다. 매일 밤 그를 인사불성 상태에 빠뜨리는 것도 술이고, 매일 아침 그를 되살리는 것도 술이었다. 요즘은 11시 전에 일어날 때가 거의 없는 그는 찐득찐득하게 달라붙은 눈꺼풀과 불이 붙은 것 같은 입과 부러진 것 같은 등 때문에 도저히 몸을 일으킬 수가 없었다. 밤새 침대 옆에 놓아둔 술병과 찻잔이 반드시 필요했다. 한낮에는 술병을 옆에 두고 멍하니 앉아서 텔레스크린에 귀를 기울였다. 15시부터 카페가 문을 닫을 때까지는 밤나무 카페에 붙박이로 앉아 있었다. 그가 무슨 짓을 하든 이제는 아무도 신경 쓰지 않았다. 그를 깨우는 호각 소리도 없고, 텔레스크린이 그를 야단치지도 않았다. 가끔, 아마 일주일에 두 번쯤, 그는 먼지에 덮여 잊혀버린 것처럼 보이는 진실부의 어느 사무실로 가서 일을 조금 했다. 아니, 이른바 일이라는 것을 했다. 그는 신어사전 11판의 편집 과정에서 발생한 사소한 문제를 다루는 수많은 위원회 중 한 곳에서 파생된 소위원회의 소위원회 소속이었다. 그들은 이른바 '중간 보고서'를 만드는 중이었지만, 무엇에 대한 보고인지 그는 구체적으로 알아내지 못했다. 쉼표를 모난 괄호[ ] 안에 넣어야 하는지 밖에 넣어야 하는지와 관련된 주제였다. 위원회에는 윈스턴 외에 네 명이 더 있었는데, 모두 그와 비슷한 사람들이었다. 그들은 간혹 한자리에 모였다가, 사실은 할 일이 전혀 없다는 사실을 서로에게 솔직히 인정하고 즉시 해산했다. 하지만 거의 열성적으로 자리를 잡고 앉아서, 회의록을 작성하고 결코 끝나지 않을 장문의 비망록을 만드는 등 엄청나게 열심히 일하는 척할 때도 있었다. 그런 날은 자신들이 어떤 주제에 관해 토론해야 하는지에 관한 토론이 대단히 열띠고 심오해져서 말의 정의를 놓고 교묘하게 옥신각신하기도 하고, 한참 다른 얘기를 하기도 하고, 다툼을 벌이기도 했다. 심지어 상부에 문제를 제기하겠다고 협박도 했다. 그러다 갑자기 모두 생기를 잃고 죽은 눈으로 탁자에 둘러앉은 서로를 바라보았다. 날이 밝으면 희미해지는 유령들 같았다.

잠시 텔레스크린이 조용했다. 윈스턴은 다시 고개를 들었다. 속보구나! 아니, 그저 음악을 바꾸는 중이었다. 그의 눈꺼풀 뒤에 아프리카 지도가 떠 있었다. 군대의 움직임은 다이어그램으로 표현되었다. 검은 화살표가 남쪽을 향해 수직으로 지도를 가르고, 하얀 화살표는 동쪽을 향해 수평으로 지도를 가르며 검은 화살표의 꼬리를 가로질렀다. 그는 위안을 얻으려는 듯이, 무슨 일에도 동요하지 않는 거대한 얼굴을 올려다보았다. 혹시 하얀 화살표가 아예 존재하지 않을 수도 있을까?

그의 관심이 다시 시들해졌다. 그는 술을 한 모금 더 마시고, 백의 나이트를 들어 조심스레 움직였다. 체크메이트. 하지만 확실히 올바른 수는 아니었다. 왜냐하면……

어떤 기억 하나가 저절로 그의 머릿속에 떠올랐다. 촛불이 켜진 방에 넓디넓은 흰색 이불이 덮인 침대가 있고, 아홉 살이나 열 살쯤 된 윈스턴 자신은 바닥에 앉아 주사위 상자를 흔들며 신나게 웃고 있었다. 어머니도 그의 맞은편에 앉아 웃고 있었다.

틀림없이 어머니가 사라지기 한 달쯤 전이었다. 계속 신경을 긁던 허기가 잊히고 어머니를 향한 애정이 일시적으로 되살아난 화해의 순간이었다. 그는 그날을 생생히 기억했다. 비가 억수같이 쏟아져서 창문을 타고 빗물이 줄줄 흘러내리고, 실내의 불빛은 너무 어두워서 책을 읽을 수 없을 정도였다. 비좁고 어두운 침실에서 두 아이가 느끼는 지루함이 참을 수 없는 지경에 이르렀다. 윈스턴은 먹을 것을 달라고 쓸데없이 보채며 칭얼거렸다. 방 안을 계속 돌아다니며 모든 물건을 제자리에서 끌어내고, 벽에 발길질을 했다. 나중에는 옆집 사람들이 벽을 쾅쾅 두드릴 정도였다. 윈스턴의 동생은 간헐적으로 울음을 터뜨렸다. 결국 어머니가 이렇게 말했다. "얌전히 좀 굴어라. 그러면 장난감을 사줄게. 예쁜 장난감이니 너도 좋아할 거야." 이 말을 하고 나서 어머니는 빗속으로 나갔다. 근처에서 아직 가끔 문을 열곤 하던 작은 잡화점에서 어머니가 사온 마분지 상자 안에는 뱀사다리 게임•이 들어 있었다. 축축하게 젖은 그 마분지 상자의 냄새가 지금도 기억났다. 물건의 상태는 한심했다. 게임판은 갈라져 있고, 자그마한 나무 주사위는 재단이 아무렇게나 되어 있어서 한쪽 면으

• 보드게임의 일종.

로 똑바로 서지도 못했다. 윈스턴은 뚱한 표정으로 무심히 그 물건을 바라보았다. 하지만 어머니가 초에 불을 붙인 뒤 윈스턴과 함께 바닥에 앉아 게임을 시작했다. 윈스턴은 금방 정신없이 흥분해서, 말들이 희망에 차서 사다리를 올랐다가 뱀을 만나 거의 출발점까지 미끄러지는 모습을 보며 웃음을 터뜨리고 소리를 질러댔다. 모두 여덟 판 게임을 해서 각각 네 판씩 이겼다. 여동생은 아직 너무 어려서 이런 게임을 이해할 수 없었기 때문에 덧베개에 기대어 앉아 있다가 다른 사람들이 웃으면 따라 웃었다. 오후 내내 그들은 함께 시간을 보내며 행복했다. 그가 아주 어렸을 때처럼.

그는 이 장면을 머릿속에서 밀어냈다. 이것은 가짜 기억이었다. 가끔 가짜 기억들이 그를 괴롭혔다. 가짜 기억의 정체를 알기만 한다면 문제될 것은 없었다. 기억 중에는 실제로 일어난 일도 있고, 그렇지 않은 일도 있었다. 그는 다시 체스판으로 시선을 돌려, 백의 나이트를 다시 집어 들었다. 하지만 들자마자 체스판에 떨어뜨리는 바람에 딸그락하는 소리가 났다. 핀에 찔린 것처럼 그가 화들짝 놀란 탓이었다.

허공을 가른 날카로운 트럼펫 소리가 원인이었다. 뉴스 속보였다! 승리의 소식! 뉴스에 앞서 트럼펫이 울리는 것은 언제나 승리를 의미했다. 찌릿하고 전기가 흐르는 것 같은 전율이 카페 안을 휩쓸었다. 웨이터들도 깜짝 놀라서 귀를 쫑긋 세우고 있었다.

트럼펫 소리와 함께 엄청난 크기의 소음이 터져 나왔

다. 텔레스크린에서 벌써 들뜬 목소리가 뭐라고 재잘거리고 있었다. 하지만 그 목소리가 나오기 시작한 순간부터, 밖에서 들려오는 엄청난 환호 소리가 그 목소리를 거의 덮어버렸다. 뉴스가 마법처럼 이미 거리를 한 바퀴 돈 모양이었다. 그는 텔레스크린의 목소리가 말하는 내용 중에서 자신의 예측이 그대로 맞아떨어졌다는 사실만 간신히 알아들을 수 있었다. 거대한 함대가 비밀리에 소집되어 적의 후미를 기습했다. 하얀 화살표가 검은 화살표의 꼬리를 찢고 지나간 것이다. 승리감에 들뜬 구절들이 소음 속에서 띄엄띄엄 고개를 내밀었다. "대단히 전략적인 작전…… 완벽한 작전 수행…… 참패…… 50만 명의 포로…… 바닥에 떨어진 사기…… 아프리카 전역 장악…… 전쟁의 끝이 시야에…… 승리…… 인류 역사상 가장 위대한 승리…… 승리, 승리, 승리!"

테이블 아래에서 윈스턴의 발이 경련하듯이 움직였다. 그의 몸은 의자에 앉은 채 꼼짝도 하지 않았지만, 머릿속에서 그는 마구 달려 나가 저 밖의 군중과 함께 귀가 멀 만큼 환성을 지르고 있었다. 그는 빅 브라더의 얼굴을 다시 올려다보았다. 세계를 지배하는 거인! 아시아의 무리들이 온몸을 던져 달려들어도 끄떡없는 반석! 10분 전만 해도, 그래, 고작 10분 전만 해도, 그는 전선에서 날아오는 소식이 승리일지 패배일지 궁금해하며 여전히 마음을 정하지 못했다. 아, 스러진 것은 유라시아 군대만이 아니었다! 사랑부에 처음 들어갔던 그날 이후로 그의 내면에서 많은 것이 변했지만, 불가결하고 최종적이며 그를 치유해주는 변화는 지금 이 순간에야 비로소 일어났다.

텔레스크린의 목소리는 포로와 전리품과 살육의 이야기를 여전히 쏟아내고 있었으나, 밖에서 들려오던 고함 소리는 조금 잦아들었다. 웨이터들도 점차 하던 일로 돌아갔다. 그중 한 명이 술병을 들고 다가왔다. 지극히 행복한 꿈에 잠겨 앉아 있던 윈스턴은 웨이터가 자기 잔을 채워주는 데도 전혀 신경 쓰지 않았다. 이제 그는 달려 나가지도 환성을 지르지도 않았다. 그는 다시 사랑부로 돌아가 있었다. 모든 것이 용서받았고, 그의 영혼은 눈처럼 새하얬다. 그는 공개재판의 피고석에서 모든 것을 자백하고, 모든 사람의 죄를 말하는 중이었다. 하얀 타일로 장식된 복도를 걸으며 햇빛 속을 걷는 것 같은 느낌을 받았다. 등 뒤에는 무장한 경비대원이 있었다. 오래전부터 바라던 총알이 그의 뇌 속으로 들어오고 있었다.

그는 거대한 얼굴을 응시했다. 저 검은 콧수염 아래에 어떤 미소가 숨어 있는지 배우는 데 40년이 걸렸다. 아, 잔인하고 쓸모없는 오해여! 아, 사랑이 가득한 품을 두고 제멋대로 고집을 부려 망명 생활을 하다니! 술 냄새가 나는 눈물 두 방울이 그의 코 양면을 타고 흘러내렸다. 하지만 괜찮았다. 모두 괜찮았다. 투쟁은 끝났다. 그는 자신에게 승리를 거뒀다. 그는 빅 브라더를 사랑했다.

부록　신어新語의 원칙

신어는 오세아니아의 공용어로, 영사, 즉 영국 사회주의의 이념적 요구에 맞게 고안되었다. 1984년에는 말을 할 때든 글을 쓸 때든 오로지 신어만을 유일한 의사소통 수단으로 사용하는 사람이 아직 하나도 없었다. 〈타임스〉의 주요 기사들은 신어로 작성되었으나, 그것은 전문가만이 구사할 수 있는 절묘한 기술이었다. 2050년 무렵이면 신어가 구어(즉, 이른바 표준 영어)의 자리를 완전히 차지할 것으로 예상되었다. 그때까지 신어는 꾸준히 세를 불렸다. 모든 당원은 일상적인 대화와 발언에서 신어 단어와 문법구조를 점점 더 많이 사용하는 경향을 보였다. 1984년에 사용되던 신어, 즉 신어사전 9판과 10판에 구현된 신어는 과도적인 형태여서 나중에 금지되어야 할 불필요한 단어와 고풍스러운 어형이 많이 포함되어 있었다. 우리가 여기에서 다루는 신어는 신어사전 11판에 구현된 최종 완성본이다.

신어의 목적에는 영사의 신봉자들에게 적절한 세계관

과 정신적 습관을 표현할 수 있는 수단을 제공해주는 것뿐만 아니라, 다른 모든 형태의 사고방식을 불가능하게 만드는 것도 포함되었다. 일단 신어가 채택되고 구어가 망각에 묻힌 뒤에는 이단적인 사상, 즉 영사의 원칙에 어긋나는 사상을 적어도 언어적인 측면에서는 문자 그대로 생각조차 할 수 없게 만드는 것이 원래 의도였다. 신어의 어휘들은 당원이 적절히 표현하고 싶어 하는 모든 의미를 정확하고 아주 섬세히 표현할 수 있게 해주는 한편, 다른 의미는 모두 배제해버릴 수 있게 구성되었다. 심지어 간접적인 수단을 통해 그 다른 의미에 도달할 가능성마저 모두 배제되었다. 새로운 단어를 만들어낸 것은 이런 목적을 이루기 위한 수단 중 하나였으나, 그보다는 바람직하지 않은 단어들을 제거하는 방법과 남은 단어들에서 당의 정통에 어긋나는 의미를 벗겨내는 방법이 주로 쓰였다. 부차적인 의미 또한 최대한 제거했다. 예를 하나 들어보자. '자유롭다'라는 단어는 신어에 여전히 존재했다. 그러나 이 단어는 '이 개는 이에게서 자유롭다This dog is free from lice'라거나 '이 들판은 잡초에서 자유롭다This field is free weeds'라는 문장에만 쓰일 수 있었다. 과거처럼 '정치적인 자유politically free'나 '지적인 자유intellectually free'라는 의미로는 쓰일 수 없다. 정치적 자유와 지적인 자유는 이제 개념의 형태로도 존재하지 않아서 어떤 말로도 지칭할 수 없기 때문이다. 분명히 이단적인 단어들을 금지시키는 것과는 별도로, 어휘를 줄이는 것이 그 자체로서 목적으로 간주되었다. 따라서 필수불가결하지 않은 단어는 하나도 살아남지 못했다. 신어는 사고의 폭을 넓히기 위해서가 아니라 **좁히기** 위해 고안된 언어다. 단어의 선택 폭을 최소한으로 줄이는 것은 이런 목적에 간접적인 도움이 되었다.

신어는 현재 우리가 알고 있는 영어에 기반을 두었으나, 많은 신어 문장은 새로 만들어진 단어가 들어 있지 않은 경우에도 우리 시대의 영어 사용자들이 거의 이해하기 힘들다. 신어 단어들은 세 가지 부류로 나뉘는데, 각각 A어휘, B어휘(합성어라고도 한다), C어휘라고 불린다. 각각의 부류를 따로 설명하는 편이 더 쉽겠으나, 이 세 부류에 모두 같은 규칙이 적용되기 때문에 신어의 문법적인 특징을 A어휘 설명에서만 다뤄도 충분하다.

A어휘. A어휘는 일상적인 일들, 예를 들어 먹기, 마시기, 일하기, 옷 입기, 계단 오르내리기, 탈것 이용, 정원 가꾸기, 요리 등에 필요한 단어들로 구성되었다. '때리다' '달리다' '개' '나무' '설탕' '집' '들판'처럼 이미 우리가 갖고 있는 단어들이 거의 전부를 차지하지만, 현재의 영어 어휘와 비교하면 그 수가 극도로 적은 반면 의미는 훨씬 엄격하게 정의되었다. 모든 모호함과 다양한 의미의 결은 일소되었다. 이 부류의 신어 단어는 딱 **하나**의 명백한 개념을 표현하는, 스타카토 음향에 최대한 가까운 형태를 하고 있었다. 문학적인 목적, 정치나 철학 토론에는 A어휘를 사용하기가 불가능했을 것이

다. 이 어휘들은 오로지 뚜렷한 목적이 있는 단순한 생각, 대개 구체적인 대상이나 물리적인 행동과 관련된 생각만을 표현하는 데 사용되어야 했다.

신어의 문법에는 특히 눈에 띄는 특징 두 개가 있었다. 첫 번째 특징은 품사들이 거의 전부 호환될 수 있다는 점이다. 신어의 모든 단어(원칙적으로 이 규칙은 'if만약'나 'when언제' 같은 대단히 추상적인 단어들에도 적용된다)는 동사, 명사, 형용사, 부사로 사용될 수 있었다. 뿌리가 같은 단어라면 동사 형태와 명사 형태 사이에 변화가 전혀 일어나지 않으며, 이 규칙 자체가 많은 고풍스러운 어형을 파괴했다. 예를 들어 'think생각하다'의 명사형인 'thought'라는 단어는 신어에 존재하지 않았다. 'think'가 그 자리를 차지하고, 명사와 동사 역할을 한꺼번에 수행했다. 어원론적인 원칙은 전혀 고려되지 않았으므로, 명사가 살아남을 때도 있고 동사가 살아남을 때도 있었다. 비슷한 의미의 명사와 동사가 어원론적으로 연결되어 있지 않을 때도, 둘 중 하나는 금지 단어로 지정될 때가 많았다. 예를 들어, 'knife칼'라는 명사-동사로 의미를 충분히 표현할 수 있기 때문에 'cut자르다'이라는 단어는 사라지는 식이었다. 형용사는 명사-동사에 '-ful'이라는 접미사를 붙여 만들었고, 부사를 만들 때는 '-wise'를 붙였다. 따라서 예를 들어 'speedful'은 '빠르다'라는 뜻이 되고, 'speedwise'는 '빠르게'라는 뜻이 되었다. 현재 우리가 사용하는 형용사들 중 'good좋다' 'strong강하다' 'big크다' 'black검다' 'soft부드럽다' 등은 살아남았으나, 살아남은 형용사의 수가 몹시 적었다. 명사-동사에 '-ful'만 붙이면 거의 모든 형용사의 의미를 표현할 수 있었으므로, 형용사가 별로 필요하지 않았다. 현재 존재하는 부사 중에는 무엇도 살아남지 못했다. 원래 끝이 '-wise'인 부사만이 예외였다. 부사가 '-wise'로 끝나야 한다는 규칙에는 예외가 없었다. 그래서 예를 들어 'well좋다'은 'goodwise'로 대체되었다.

또한 모든 단어에 'un-'이라는 접두사를 붙이면 부정적인 뜻이 되었다(이것 역시 원칙적으로 모든 단어에 적용되었다). 강조할 때는 접두사 'plus-'를 붙였고, 그보다 더 강조할 때는 'doubleplus-'를 붙였다. 따라서 예를 들어 'uncold'는 '따뜻하다'는 뜻이고, 'pluscold'와 'doublepluscold'는 각각 '매우 춥다'와 '최고로 춥다'는 뜻이었다. 현재의 영어에서와 마찬가지로, 'ante-앞' 'post-뒤' 'up-위' 'down-아래'처럼 전치사격 접두사를 붙여서 거의 모든 단어의 의미를 바꾸는 것도 가능했다. 사람들은 이런 방법을 통해 어휘를 엄청나게 줄일 수 있다는 사실을 알게 되었다. 예를 들어 'good좋다'이라는 단어가 있으면, 'bad나쁘다'라는 단어가 필요 없었다. 'ungood'으로 이 의미를 얼마든지, 아니 오히려 더 훌륭하게 표현할 수 있기 때문이었다. 두 개의 단어가 반대말 쌍을 이루는 모든 경우에, 두 단어 중 어떤 것을 없애버릴지 결정하기만 하면 되었다. 예를 들어 각자의 취향에 따라 'dark'를 'unlight안밝다'로 대체할 수도 있고, 'light'를 'undark안어둡다'로 대체할 수도 있었다.

신어 문법의 두 번째 두드러진 특징은 규칙성이었다. 아래에 설명한 몇 가지 예외를 빼면, 모든 어형 변화는 같은 규칙을 따랐다. 따라서 모든 동사에서 과거형과 과거분사는 똑같이 '-ed'로 끝났다. 'steal훔치다'의 과거형은 'stealed,' 'think생각하다'의 과거형은 'thinked'가 되는 식이었다. 따라서 불규칙한 과거형 변화인 'swam' 'gave' 'brought' 'spoke' 'taken' 등은 폐기되었다. 모든 복수형에는 '-s' 또는 '-es'가 붙었다. 'man사람' 'ox수소' 'life생명'의 복수형도 'mans' 'oxes' 'lifes'였다. 형용사의 비교급과 최상급에는 언제나 '-er'과 '-est'가 붙었다(good, gooder, goodest). 불규칙한 변화형과 형용사에 'more'와 'most'를 붙이는 형태는 제거되었다.

불규칙 변화가 허용된 유일한 단어는 대명사, 관계사, 지시형용사, 조동사뿐이었다. 이 단어들은 모두 고대의 용법을 따랐으나, 다만 'who누구'의 목적격인 'whom'은 불필요하다고 분류되어 사라졌고 미래형 조동사인 'shall'과 'should' 역시 사라져 'will'과 'would'만 쓰이게 되었다. 빠르고 편안한 발음을 위해 나타난 불규칙 어형도 있었다. 발음하기 힘들거나 부정확하게 들리기 쉬운 단어는 나쁜 단어로 간주되었으므로, 간혹 발음상의 편의를 위해 글자가 추가로 삽입되거나 고풍스러운 어형이 유지되었다. 그러나 이러한 필요성이 생긴 데에는 주로 B어휘가 관련되어 있다. 쉬운 발음에 '왜' 그토록 중요한 의미가 부여되었는지는 이 글의 뒷부분에서 분명히 알게 될 것이다.

B어휘. B어휘는 정치적 목적을 위해 일부러 만들어진 단어들로 구성되었다. 다시 말해서, 모든 경우에 정치적인 함의를 지니고 있을 뿐만 아니라, 사용자에게 바람직한 정신적 태도를 심어주기 위해 만들어진 단어들이다. 영사의 원칙을 온전히 이해하지 못한다면, 이 단어들을 올바르게 사용하기가 힘들었다. 어떤 단어들은 구어는 물론 심지어 A어휘에서 가져온 단어들로도 번역될 수 있었으나, 이를 위해서는 대개 말을 길게 풀어서 쓸 필요가 있었기 때문에 항상 부대적인 의미가 일부 상실되었다. B어휘는 하나의 사고 흐름 전체를 몇 개의 음절에 다 집어넣으면서도 동시에 평범한 언어보다 더 정확하고 강력한 경우가 많아서, 말로 하는 속기라고 할 만했다.

B어휘는 모두 합성어였다.• 두 개 이상의 단어 또는 단어의 일부를 쉽게 발음할 수 있는 형태로 융합했다는 뜻이다. 그 결과물은 항상 명사-동사였으며, 평범한 규칙에 따라 어형 변화가 이루어졌다. 한 가지 예를 들어보자. 'goodthink'라는 단어는 대략 '정통'을 뜻했다. 만약 이 단어를 동사로 간주한다면, '정통을 따르는 방식으로 생각하다'라는 뜻이었다. 이 단어는 다음과 같이 변화했다. 명사-동사는 'goodthink', 과거

• '구술기speakwrite' 같은 합성어는 물론 A어휘에 분류되어 있다. 이런 단어는 단순히 편의상의 약어일 뿐이라서 특별한 이념적 색채를 띠지는 않았다.

형과 과거분사는 'goodthinked', 현재분사는 'goodthinking', 형용사형은 'goodthinkful', 부사형은 'goodthinkwise', 동사적 명사는 'goodthinker'.

B어휘의 단어를 만드는 데 어원을 고려한 계획은 적용되지 않았다. 어떤 품사를 가져와서 어떤 순서로 합성할 것인지에 대해 전혀 제한이 없었다. 의미를 표현하면서 쉽게 발음할 수 있다면 어떤 식으로든 단어를 훼손할 수도 있었다. 예를 들어 'crimethink범죄사고(thoughtcrime사상범죄)'에서는 'think'가 뒤에 오지만, 'thinkpol사상경찰(Thought Police)'에서는 'think'가 앞에 오고, 'police'에서 두 번째 음절이 사라졌다. 발음상의 편의를 확보하기가 더 힘든 탓에, A어휘보다 B어휘에서 불규칙 어형이 더 흔했다. 예를 들어 'Minitrue진부' 'Minipax평부' 'Miniluv사부'의 형용사형은 각각 'Minitruthful' 'Minipeaceful' 'Minilovely'였다. 순전히 '-trueful' '-paxful' '-loveful'을 발음하기가 조금 불편하다는 이유 때문이었다. 그러나 원칙적으로 B어휘의 단어들은 모두 어형 변화를 할 수 있었으며, 적용되는 규칙도 똑같았다.

B어휘의 단어 중 일부는 대단히 교묘하게 변형된 의미를 갖고 있어서, 신어 전체에 통달한 사람이 아니면 거의 이해할 수 없었다. 〈타임스〉의 주요 기사에서 전형적인 문장을 하나 예로 들어보자. "구사상인은 영사를 안배느낀다 Oldthinkers unbellyfeel Ingsoc." 이 문장을 구어로 가장 간략하게 번역해보면 다음과 같다. "혁명 이전에 사고가 형성된 사람

은 영국 사회주의의 원칙을 감정적으로 온전히 이해할 수 없다." 그러나 이것은 충분한 번역이 아니다. 이 신어 문장의 의미를 완전히 이해하려면, 우선 'Ingsoc영사'가 무엇을 의미하는지 분명히 이해해야 한다. 오늘날에는 상상하기 힘든 맹목적이고 열성적인 수용을 뜻하는 'bellyfeel배느끼다'라는 단어의 진정한 의미 또한 영사를 철저히 이해하는 사람만이 느낄 수 있다. 사악함과 퇴폐에 대한 생각과 불가분의 관계로 얽혀 있는 단어인 'oldthink구사상'도 마찬가지다. 그러나 '구사상'을 포함해서 일부 신어 단어들의 특별한 기능은 의미를 표현하는 쪽보다는 파괴하는 쪽에 더 가까웠다. 반드시 소수일 수밖에 없는 이런 단어들은 의미가 확장되고 확장되다가 나중에는 수많은 단어들을 한꺼번에 품게 되었다. 그러면 이렇게 포괄적인 단어 하나로 충분히 표현할 수 있게 된 수많은 단어들을 지워서 망각 속에 묻어버릴 수 있었다. 신어사전 편찬자들이 직면한 최대의 어려움은 새로운 단어를 만들어내는 것이 아니라, 이미 만들어낸 단어의 의미를 확실히 하는 것, 다시 말해서, 그 새로운 단어의 존재로 인해 어떤 범위의 단어들이 지워지는지 확인하는 것이었다.

'free자유롭다'의 경우에서 이미 보았듯이, 한때 이단적인 의미를 지녔던 단어들 중에도 편의성 때문에 살아남은 것이 있었다. 그러나 바람직하지 않은 의미는 일소되었다. 헤아릴 수 없이 많은 단어들, 예를 들어 '명예' '정의' '도덕' '국제주의' '민주주의' '과학' '종교' 등은 그냥 사라져버렸다. 소수의 포괄적인 단어들이 대신 쓰이면서 이 단어들을 없애버렸다. 예를 들어 자유와 평등이라는 개념을 중심으로 그 주변의 단어들은 모두 '범죄사고'라는 한 단어에 포함되었으며, 객관성과 합리주의라는 개념을 중심으로 그 주변의 단어들은 모두 '구사상'이라는 한 단어에 포함되었다. 이보다 정밀한 표현은 위험했을 것이다. 당원은 자신의 민족을 제외한 다른 모든 민족은 '가짜 신'을 섬긴다는 지식 외에는 다른 지식이 거의 없었던 고대 히브리인과 비슷한 사고방식을 갖고 있어야 했다. 그 가짜 신들의 이름이 바알, 오시리스, 몰록, 아스타로트 등이라는 사실은 알 필요가 없었다. 그들에 대해 아는 것이 적으면 적을수록 정통 신앙을 유지하는 데에는 더 좋았을 것이다. 고대 히브리인은 여호와를 알고, 여호와의 계명을 알았다. 따라서 다른 이름과 다른 속성을 지닌 모든 신은 가짜 신이라고 확신했다. 당원이 올바른 행동에 대해 갖고 있는 지식도 이와 같았다. 당원은 그 올바른 행동에서 이탈한 행동에 대해 지극히 모호하고 포괄적으로만 알고 있었다. 예를 들어 당원의 성생활은 'sexcrime성범죄(성적인 부도덕)'과 'goodsex좋은성(정숙함)'라는 두 개의 신어 단어가 전적으로 좌우했다. 성범죄는 종류를 막론하고 모든 성적인 비행을 뜻했다. 간음, 간통, 동성애, 여러 변태적 행위뿐만 아니라, 오로지 성적인 목적을 위한 정상적인 성행위까지도 여기에 포함되었다. 이런 행위들이 모두 똑같이 범죄이며, 원칙적으로는 사형선고까지도 가능했기 때문에 굳이 따로 열거할 필요가 없었다. 과학과 기술 관련 단어들로 구성된 C어휘에서는 특정한 성적 일탈에 특별한 이름을 부여할 필요가 있을지 몰라도, 평범한 시민들에게는 그런 단어가 필요하지 않았다. 시민들이 알고 있는 '좋은성'은 부부가 순전히 자식을 갖기 위해 하는 정상적인 성행위였다. 또한 여성 쪽은 육체적인 쾌락을 느끼지 말아야 했다. 이런 성행위를 제외한 모든 것이 '성범죄'였다. 신어에서는 이단적인 사상에 대해 그것이 이단이라는 인식 외에 더 깊은 곳까지 파고들어가기가 대체로 불가능했다. 필요한 단어들이 존재하지 않는 탓이었다.

B어휘에는 이념적으로 중립적인 단어가 하나도 없었다. 완곡한 표현이 아주 많았다. 예를 들어 'joycamp기쁨캠프(강제노동 수용소)'나 'Minipax평부(평화부, 즉 전쟁부)' 같은 단어들은 겉으로 드러난 의미와 거의 정반대되는 의미를 갖고 있었다. 반면 어떤 단어들은 오세아니아 사회의 진정한 본질에 대한 솔직하고 경멸 섞인 이해를 드러내기도 했다. 예를 들어 'prolefeed프롤레먹이'는 당이 대중에게 제공하는 쓰레기 같은 오락물과 가짜 뉴스를 뜻했다. 하지만 양면적인 단어들도 있었다. 당에 적용될 때는 좋은 뜻이지만, 적에게 적용될 때는 나쁜 뜻이 되던 단어들을 말한다. 그밖에 언뜻 보기에는 단순한 약어 같았는데, 그 단어를 구성하는 여러 단어들의 의미보다는 그 단어들을 합성한 구조에서 이념적인 색채가 우러난 단어들도 아주 많았다.

종류를 막론하고 정치적 의미를 지녔거나 지닐 수 있는

모든 것이 가능한 한 B어휘의 틀에 맞게 조정되어 B어휘로 분류되었다. 모든 조직, 모든 단체, 방침, 지역, 제도, 공공건물의 이름은 하나같이 축소된 형태로 널리 알려졌다. 원래 의미를 보존하면서 음절 수를 최대한 줄이고 발음도 쉬운 한 단어로 만든 것이다. 예를 들어 진실부에서 윈스턴 스미스가 일하던 기록국은 '기국', 픽션국은 '픽국', 텔레프로그램국은 '텔레국'으로 부르는 식이었다. 이렇게 음절을 줄인 목적이 시간 절약에만 있는 것은 아니었다. 20세기 초반에도 짧게 단축한 단어와 구절은 정치 언어의 특징 중 하나였다. 이런 식으로 약어를 사용하는 성향이 전체주의 국가와 전체주의 조직에서 가장 두드러지게 나타난다는 사실도 눈에 띄었다. 나치, 게슈타포, 코민테른, 인프레코르•, 아지트프로프•• 같은 단어들이 그런 예다. 처음에는 이런 단어들이 본능적으로 채택되었으나, 신어에서는 의식적인 목적을 갖고 사용되었다. 이런 식으로 이름을 축약하면 원래 이름에서 연상되는 것들이 대부분 잘려나가 그 의미 또한 축소되고 미세하게 변한다는 인식 때문이었다. 예를 들어 '공산주의 인터내셔널Communist International'이라는 말은 인류의 보편적인 형제애, 붉은 깃발, 바리케이드, 카를 마르크스, 파리코뮌 등이 혼합된 그림을 연상시킨다. 반면 이 말을 줄인 '코민테른'은 그저 탄탄한 조

• 코민테른의 기관지.

•• '선동agitation'과 '선전propaganda'을 합친 말.

직력을 갖춘 단체, 명확히 규정된 강령을 연상시킬 뿐이다. 이 단어가 지칭하는 대상은 의자나 탁자와 거의 비슷하게 알아보기 쉬우면서 동시에 목적이 제한되어 있다. '코민테른'은 거의 생각 없이 입 밖에 낼 수 있는 단어인 반면, '공산주의 인터내셔널'은 최소한 순간적으로나마 머뭇거릴 수밖에 없는 구句다. '진부' 같은 단어들이 불러내는 연상 역시 '진실부'가 불러내는 연상보다 더 적고 더 쉽게 통제될 수 있다. 이로 인해 가능한 한 약어를 쓰는 습관이 생겨났을 뿐만 아니라, 모든 단어를 발음이 쉽게 만드는 데 거의 지나치다 싶을 만큼 정성이 들어가게 되었다.

신어에서 발음상의 편의는 의미의 정확성 다음으로 중요했다. 필요할 때는 문법 규칙조차 발음에 희생되었다. 무엇보다도 특히 정치적 목적을 위해 오해의 소지가 없고 짧은 단어가 필요했으므로, 이것이 옳은 조치였다. 이런 단어는 빨리 말할 수 있었으며, 말하는 사람의 머릿속에서 최소한의 반향만 일으켰다. B어휘에 속한 단어들은 거의 모두 아주 흡사한 형태라는 사실에서 또한 힘을 얻었다. 이 단어들(좋은사상, 평부, 프롤레먹이, 성범죄, 기쁨캠프, 영사, 배느끼다, 사상경찰 등 헤아릴 수 없이 많다)은 거의 모두 두세 음절로 이루어졌으며, 강세는 첫째 음절과 마지막 음절 사이에 똑같이 분포했다. 이 단어들을 사용하다 보면 스타카토 같으면서 동시에 단조로운, 빠르게 지껄이는 말투가 되었다. 이것이 바로 이런 단어들을 만든 목적이었다. 말, 특히 이념적으로 중립적이지 않은 모든 주제에 관한 말을 가능한 한 의식에서 독립시키는 것이 원래 의도였다. 일상생활에서는 말하기 전에 생각을 해 보는 것이 의심의 여지없이, 또는 때때로 필요하지만, 당원은 정치적 판단이나 윤리적 판단을 내려야 할 때 총알을 쏟아내는 기관총처럼 자동적으로 올바른 의견을 쏟아낼 수 있어야 했다. 당원은 이를 위한 훈련을 받았고, 신어라는 언어 덕분에 거의 실수를 저지르지 않았다. 차갑고 엄격한 느낌의 발음과 영사의 정신에 맞춰 일부러 꼴사나운 형태를 갖춘 단어의 질감 또한 당원에게 더욱더 도움이 되었다.

선택할 수 있는 단어가 극소수라는 사실도 마찬가지였다. 우리가 사용하는 언어에 비하면 신어의 어휘는 극소수였으며, 그 어휘를 더욱 줄이는 새로운 방법들이 끊임없이 고안되었다. 어휘가 해마다 늘어나기는커녕 오히려 줄어든다는 점에서 신어는 거의 모든 언어와 정말로 달랐다. 선택의 범위가 좁아질수록 생각을 향한 유혹도 줄어들기 때문에, 어휘를 죽이는 것이 이득이었다. 궁극적으로는 고등한 뇌를 전혀 쓰지 않고, 성대로 올바른 발음을 하는 것으로만 말을 할 수 있게 하는 것이 그들의 바람이었다. 이러한 목적은 신어 단어 중 '오리처럼 꽥꽥거린다'는 뜻을 지닌 'duckspeak오리말'에 솔직하게 드러나 있었다. B어휘에 속한 여러 단어들과 마찬가지로 '오리말'의 의미도 양면적이었다. 꽥꽥거리며 쏟아져 나오는 의견이 당의 정통을 따른 것이라면 이 단어는 오로지 찬양만을 의미했다. 따라서 〈타임스〉가 당의 연설가 한 명에 대해 '이중플러스 오리말사람'이라고 말한 것은, 따뜻하고 소중한 칭찬이었다.

C어휘. 다른 두 종류 어휘에 보조적 역할을 하는 C어휘는 전적으로 과학용어 및 기술용어로 구성되어 있었다. 오늘날 사용되는 과학용어와 비슷했으며 말이 만들어진 뿌리도 같았으나, 의미를 엄격히 정의하고 바람직하지 않은 의미는 모두 제거하는 일이 일상적으로 공들여 이루어졌다. 이 단어들은 다른 두 어휘의 단어들과 같은 문법규칙을 따랐다. C어휘의 단어들 중 일상생활이나 정치적 발언에 조금이라도 사용되는 것은 극소수에 불과했다. 과학 노동자나 기술자는 자신의 전문 분야에 할당된 목록에서 필요한 단어를 모두 찾아 쓸 수 있었으며, 다른 목록의 단어들에 대해서는 수박 겉핥기 이상의 지식을 가진 경우가 거의 없었다. 모든 목록에 공통으로 포함된 단어는 소수였고, 과학의 기능을 구체적인 분야와는 상관없는 정신적인 습관이나 사고방식으로 표현하는 단어는 존재하지 않았다. 사실 '과학'에 해당하는 단어, 즉 '영사'라는 단어로 이미 충분히 표현되는 수준 이상의 의미를 지닌 단어도 없었다.

앞의 설명을 읽다 보면, 신어로 정통에 어긋나는 의견을 표현하는 일이 아주 낮은 단계를 제외하고는 거의 불가능했음을 알 수 있을 것이다. 물론 아주 조잡한 수준의 이단, 일종의 신성모독을 말하는 것은 가능했다. 예를 들어 '빅 브라더는 안좋다'라고 말할 수는 있었을 것이다. 그러나 당의 정통을 따르는 사람이 보기에는 어리석음이 자명하게 드러나 있을 뿐인 이 문장을 논리적인 주장으로 지탱할 수는 없었을 것이다. 필요한 단어들이 없기 때문이었다. 영사에 적대적인 생각들은 말로 표현할 단어 없이 모호한 형태로만 품을 수 있었고, 그런 생각의 명칭 또한 다양한 부류의 이단을 따로 정의하지 않고 한데 뭉뚱그려 비난하는 매우 포괄적인 단어로 정해질 수밖에 없었다. 사실 당의 정통에 어긋나는 목적에 신어를 사용하려면, 일부 단어들을 구어로 번역하는 변칙적인 방법을 써야 했다. 예를 들어 '모든 인간은 평등하다'라는 문장을 신어로 만들 수는 있었으나, 이 문장으로 표현할 수 있는 의미의 수준은 '모든 인간은 빨간 머리다'를 구어로 말할 때와 같았다. 이 문장에 문법적인 오류는 없어도, 진실이 아닌 말, 즉 모든 인간은 덩치가, 체중이, 힘이 똑같다는 말과 같은 오류가 생생히 포함되어 있었다. 정치적 평등이라는 개념은 더 이상 존재하지 않았으므로, 이 의미는 'equal평등하다'이라는 단어에서 말소되었다. 구어가 아직 평범한 의사소통 수단이던 1984년에는 신어 단어를 사용하다가 그 단어의 원래 의미를 기억해낼 위험이 이론적으로 아직 남아 있었다. 그러나 현실적으로 '이중사고'에 통달한 사람이라면 이런 위험을 피하기가 어렵지 않았으며, 그대로 두 세대 정도 더 세월이 흘렀다면 그런 실수를 저지를 가능성조차 모조리 사라졌을 것이다. 어렸을 때부터 오로지 신어만 사용한 사람은 '평등'이라는 단어에 한때 '정치적 평등'이라는 부차적인 의미가 있었다는 사실이나 '자유'가 한때 '지적인 자유'를 의미했다는 사실을 모를 것이다. 체스에 대해 한 번도 들어본 적이 없는 사람은 '퀸queen'이나 '룩rook'이라는 단어의 부차적인 의미를 모르는 것과 마찬가지다. 따라서 이름조차 붙일 수 없어 아예 상상이 불가능하다는 단순한 이유로, 그는 다양한 범죄와 실수를 저지를 능력이 전혀 없다. 세월이 흐를수록 신어만의 특징이 더욱 뚜렷해지리라는 것은 당시에도 예측할 수 있었다. 여기서 신어만의 특징이란 단어 수가 점점 줄어드는 것, 의미가 점점 더 엄격하게 정의되는 것, 단어를 부적절하게 사용할 가능성이 계속 감소하는 것을 말한다.

구어가 완전히 폐지되면 과거와의 마지막 연결고리가 끊겼을 것이다. 역사는 이미 수정되었으나, 과거 문헌의 조각들이 불완전한 검열로 여기저기에 살아남아 있었으므로 구어에 대한 지식이 남아 있는 한 그런 글을 읽을 수 있었다. 그러나 미래에는 설사 그런 조각들이 우연히 살아남았더라도 그것을 이해하거나 번역할 수 있는 사람이 없었을 것이다. 기술적인 절차나 아주 단순하고 일상적인 행동을 다룬 글, 또는 이미 당의 정통을 따르는(신어로 표현하면 '사상좋은') 성향의 글이 아니라면 구어로 쓴 글을 신어로 번역하는 것은 불가능했다. 대략 1960년 이전에 만들어진 책을 온전히 번역할 수 없었다는 뜻이다. 혁명 이전의 문헌은 이념적으로 번역될 수밖에 없었다. 즉, 언어뿐만 아니라 의미도 수정되었다. 〈독립선언서〉의 유명한 구절을 예로 들어보자.

> 우리는 다음을 자명한 진리로 인정한다. 즉, 모든 인간은 평등하게 창조되었고, 창조주에게서 몇 가지 양도할 수 없는 권리를 부여받았으며, 그중에 생명권, 자유권, 행복추구권이 있다. 이 권리를 확고히 하기 위해 인간들 사이에 조직된 정부의 권력은 피통치자의 동의에서 나온다. 형태를 막론하고 어떤 정부라도 이러한 목적을 훼손하게 된다면, 그러한 정부를 언제든지 바꾸거나 폐지하여 새로운 정부를 세우는 것이 국민의 권리다……

이 구절의 원래 의미를 그대로 보존한 채 신어로 번역하는 일은 불가능했을 것이다. 이 구절을 모두 '사상범죄'라는 한 단어로 집어삼키는 것이 가장 그럴듯한 번역이었을 터다. 전문을 번역한다면 이념적인 번역이 될 수밖에 없으므로, 제퍼슨의 말은 절대적인 정부에 대한 찬사로 바뀌었을 것이다.

실제로 과거의 많은 문헌들이 이미 그런 식으로 번역되는 중이었다. 명성을 고려하면 특정한 역사적 인물의 기억을 보존하는 것이 바람직했으나, 그런 경우에도 그들의 업적을 영사의 철학과 일치시켰다. 셰익스피어, 밀턴, 스위프트, 바이런, 디킨스 같은 다양한 작가들의 작품이 이렇게 번역되고 있었다. 이 작업이 완성되면, 그들의 원전原典은 살아남은 다른 모든 과거 문헌들과 함께 폐기되었을 것이다. 번역은 느리고 어려운 작업이라서, 2000년대나 2010년대에야 끝날 것으로 예상되었다. 또한 같은 방식으로 번역해야 할 실용적인 문헌(필수불가결한 기술 매뉴얼 등)도 아주 많았다. 신어를 완전히 채택하는 시기가 한참 뒤인 2050년으로 정해진 것은 주로 이러한 1차 번역 작업에 필요한 시간을 확보하기 위해서였다.

나가는 말 에리히 프롬의 후기•

조지 오웰의《1984》는 분위기를 표현한 작품인 동시에 경고다. 이 작품은 인류의 미래에 대한 절망에 가까운 감정을 표현하는 한편, 역사의 방향이 바뀌지 않는다면 전 세계 사람들이 가장 인간적인 특징을 잃어버리고 영혼 없는 자동인형이 될 것이며, 심지어 그 사실을 알아차리지도 못하게 될 것이라고 경고한다.

인류의 미래를 절망적으로 바라보는 분위기는 서구 사상의 가장 근본적인 요소 중 하나, 즉 인류가 정의롭고 평화로운 세상을 창조할 능력이 있으며 발전할 수 있다는 믿음과 뚜렷한 대조를 이룬다. 이런 희망적인 믿음의 뿌리는 구약시대 예언자들이 말한 메시아사상뿐만 아니라 그리스와 로마의 사상에도 닿아 있다. 구약시대의 역사철학은 역사 속에서

• 이 글은 에리히 프롬이 1961년에 쓴《1984》의 후기로, 한국어로 번역한 이 글의 전문을 이 책에 수록하여 처음 소개한다(편집자 주).

인간이 성장하다가 결국 잠재력을 발휘하게 된다고 간주한다. 또한 인간이 이성과 사랑이라는 능력을 끝까지 발전시켜 세상을 이해할 수 있게 될 것이며, 동료 인간 및 자연과 하나가 되는 동시에 자신의 개성과 완전성을 보존할 수 있을 것이라고 주장한다. 보편적인 평화와 정의는 인류의 목표인데, 예언자들은 모든 오류와 죄에도 불구하고 결국 메시아라는 존재가 상징하는 이 '마지막 날'이 올 것이라고 믿는다.

예언자들의 생각은 역사시대 안에 인류가 완벽한 상태를 실현할 것이라는 역사적인 관념이었다. 그리스도교는 이 관념을 역사를 초월하는 순전히 영적인 관념으로 바꿔놓으면서도, 도덕규범과 정치가 서로 연결되어 있다는 생각을 포기하지 않았다. 중세 말기의 그리스도교 사상가들은 '하느님의 왕국'이 역사시대 안에 존재하지는 않지만 사회질서가 반드시 그리스도교의 영적인 원칙에 부합하여 그 원칙을 실현해야 한다고 강조했다. 종교개혁 이전과 이후의 그리스도교 교파들은 이것을 더 다급하고, 더 적극적이고, 혁명적인 방식으로 강조했다. 중세 세계가 무너지면서 개인뿐만 아니라 사회에 대한 희망과 인간이 지닌 힘에 대한 감각이 새로운 힘을 얻어 새로운 방향으로 향했다.

그중에 가장 중요한 것 하나는 르네상스 이래로 발달한 새로운 형태의 글쓰기다. 이것이 가장 먼저 드러난 작품이 토머스 모어의 《유토피아*Utopia*》(직역하면 '어디도 아닌 곳')인데, 이 제목은 당시 비슷한 작품에 모두 사용되던 포괄적인 단어였다. 토머스 모어의《유토피아》는 그가 살고 있던 사회의 비합리성과 불의를 예리하게 비판하면서, 비록 완벽하지 않을 수는 있어도 당대 사람들이 보기에는 해결이 불가능할 것 같았던 인류의 문제를 대부분 해결한 사회의 모습을 제시했다. 토머스 모어의《유토피아》를 비롯해 이와 비슷한 작품들의 특징은, 일반적인 의미의 원칙을 말하지 않고 인류의 가장 깊은 갈망에 부합하는 사회를 구체적이고 상세하게 상상해서 그려낸다는 점이다. 예언자들의 사상과는 대조적으로, 이 작품들이 그려낸 완벽한 사회는 '마지막 날'이 아니라 지금 이미 존재한다. 이들이 멀다면 그것은 지리적 거리이지, 시간적인 거리가 아니다.

토머스 모어의《유토피아》이후로 두 작품이 더 나오는데, 이탈리아 수도사 톰마소 캄파넬라의《태양의 도시*City of the Sun*》와 독일 인본주의자 요한 발렌틴 안드레에의《그리스도의 도시*Christianopolis*》다. 후자의 작품이 시기적으로 가장 현대에 가깝다. 유토피아를 다룬 이 세 작품은 시각과 독창성 면에서 차이가 있지만, 공통점에 비하면 사소한 차이다. 그 뒤로도 20세기 초까지 수백 년 동안 유토피아 소설들이 계속 나왔다. 그중에서 가장 최근의 작품이자 가장 많은 영향을 끼친 작품은 에드워드 벨러미가 1888년에 발표한《뒤를 돌아보면서*Looking Backward*》다.《톰 아저씨의 오두막*Uncle Tom's Cabin*》과《벤허*Ben-Hur*》를 제외하면, 이 작품은 세기말에 틀림없이 가장 인기 있는 책이었다. 미국에서만도 수백만

부가 인쇄되고, 20여 개국 언어로 번역될 정도였다. 벨러미의 유토피아는 휘트먼, 소로, 에머슨의 사상에 표현된 위대한 미국 전통의 일부다. 당시 유럽의 사회주의 운동에서 가장 강렬하게 표현되던 사상의 미국판이라고 할 수 있다.

인류가 개인으로서도 사회적으로도 완벽해질 수 있다는 이러한 희망, 철학과 인류학의 관점에서 볼 때 18세기 계몽주의 철학자들의 글과 19세기 사회주의 사상가들의 글에 분명하게 표현된 희망은 제1차 세계대전 이후까지도 변하지 않았다. 사람들은 평화와 민주주의를 위해 싸운다는 환상에 빠져 있었지만 사실은 영토를 둘러싼 유럽 강대국들의 야망 때문에 수많은 사람의 목숨을 앗아간 이 전쟁은 2천 년의 역사를 지닌 서구의 전통적인 희망을 파괴해서 절망적인 분위기로 바꿔놓는 일을 비교적 짧은 시간 안에 이룩한 변화의 출발점이었다. 제1차 세계대전의 도덕적 냉담함은 시작에 불과했다. 그 뒤로 많은 일들이 일어났다. 스탈린의 반동적인 국가자본주의가 사회주의의 희망을 배신한 것, 1920년대 말의 심각한 경제 위기, 세계의 가장 유서 깊은 문화 중심지 중 하나인 독일에서 야만주의가 승리한 것, 1930년대 광기 어린 스탈린주의의 공포, 제1차 세계대전 때만 해도 존재하던 도덕적 고려를 모든 참전국이 조금씩 잃어버린 제2차 세계대전, 히틀러가 시작한 민간인의 무차별 살상이 함부르크, 드레스덴, 도쿄의 완전한 파괴와 일본에 대한 원폭 사용으로 계속 이어진 것. 그 이후로 인류는 핵무기로 인해 인류가 모두 사라지지는 않을망정 우리가 이룩한 문명은 파괴될 수 있다는 훨씬 더 큰 위험에 직면했다. 이미 존재하는 핵무기뿐만 아니라, 점점 무서워지는 핵무기 개발 속도가 원인이다.

그러나 대부분의 사람들은 이런 위협과 절망적인 상황을 의식하지 못한다. 현대 전쟁의 파괴력이 너무 강하다는 이유로 전쟁이 불가능하다고 믿는 사람도 있다. 핵전쟁 발발 이후 하루나 이틀 만에 미국인 6~7천만 명이 목숨을 잃는다 해도, 충격이 어느 정도 사라진 뒤 사람들이 예전 같은 생활로 돌아가지 못할 것이라고 믿을 이유가 없다고 단언하는 사람도 있다. 오웰의 이 책은 지금 우리 시대에 널리 퍼져 있는 이 절망적인 분위기가 뚜렷이 모습을 드러내 사람들의 의식을 차지하기 전에 이미 이러한 분위기를 표현했다는 점에서 의미를 지닌다.

오웰만이 이런 작업을 한 것은 아니다. 러시아의 예브게니 자먀틴은 《우리들*We*》이라는 작품에서, 올더스 헉슬리는 《멋진 신세계*Brave New World*》라는 작품에서 오웰과 아주 흡사한 방식으로 현재의 분위기와 미래에 대한 경고를 표현했다. '부정적인 유토피아'라고 할 수 있는 이 20세기 중반의 세 작품은 앞에서 언급한 16~17세기의 긍정적인 유토피아 작품 세 편과 대조를 이룬다.• 초창기 유토피아 소설들이 중세 이

• 미국에 파시즘이 등장하는 것을 예언한 잭 런던의 《강철군화*The Iron Heel*》가 현대의 부정적인 유토피아 작품 중 가장 먼저 나온 소설이라는 점을 추가로 밝힌다(원주).

후 사람들이 느끼던 자신감과 희망을 표현했다면, 부정적인 유토피아는 현대인의 무력감과 절망을 표현한다. 역사의 시각에서 이 변화보다 더 역설적인 것은 있을 수 없다. 산업시대 초기의 세상에는 모든 사람에게 풍족한 식탁을 차려줄 수 있는 수단이 없었다. 그 시대에는 노예제, 전쟁, 착취가 존재하는 경제적인 이유가 있었으며, 인류는 새로이 발전하는 과학을 기술과 생산에 적용했을 때의 가능성을 짐작만 하고 있을 뿐이었다. 그런데도 현대적인 발전이 '시작'될 무렵의 인류는 희망을 가득 품고 있었다. 그렇게 400년이 흘러 모든 희망을 실현할 수 있게 되고, 인류의 생산력은 모두에게 물자를 풍족하게 공급할 수 있는 수준이 되었다. 어느 나라든 영토 정복보다는 기술 발전으로 더 많은 부를 쌓을 수 있으므로 전쟁은 불필요해졌다. 또한 지구 전체가 점점 하나가 되어가고 있다. 그런데 희망을 실현하기 직전인 바로 이 시기에 인류는 점점 희망을 잃고 있다. 우리가 향해가고 있는 미래를 묘사할 뿐만 아니라, 이 역사적인 역설을 설명하는 것 또한 부정적인 유토피아 작품 세 편의 기본적인 요점이다.

부정적인 유토피아 소설 세 편은 세부적인 특징과 강조하는 부분이 서로 다르다. 1920년대에 집필된 자먀틴의《우리들》은 헉슬리의《멋진 신세계》보다는《1984》와 공통점이 더 많다.《우리들》과《1984》는 모두 완전히 관료화된 사회를 묘사하고 있는데, 이 사회에서 개성에 대한 감각을 모두 잃어버린 인간은 숫자에 불과하다. 이런 분위기를 묘사하는 데 사용된 것은 무한한 공포(자먀틴의 작품에는 인간을 물리적으로도 바꿔버리는 뇌수술이 등장한다)와 이념 조작 및 심리 조작을 결합시키는 방법이다. 헉슬리의 작품에서 인간을 자동인형으로 바꾸는 데 사용되는 가장 중요한 도구는 대중에게 최면 상태에서 암시를 거는 방법이다. 이것이 공포를 퍼뜨리는 역할을 한다. 자먀틴과 오웰의 사례가 스탈린과 나치의 독재와 많이 닮은 반면, 헉슬리의 《멋진 신세계》는 서구 산업사회가 근본적인 변화 없이 현재의 흐름을 계속 따라간다고 가정했을 때의 모습을 그렸다고 말할 수 있을 것이다.

이런 차이점에도 불구하고, 이 세 편의 작품에 공통으로 적용되는 기본적인 질문이 하나 있다. 철학, 인류학, 심리학을 망라하는 질문이며, 어쩌면 종교적인 질문이라고도 할 수 있다. 사람이 자유, 인간적 존엄성, 자신의 완전성, 사랑에 대한 갈망을 잊을 만큼 인간의 본성이 바뀔 수 있는가? 다시 말해서, 인간이 스스로 인간임을 잊을 수 있는가? 아니면 인간에게 기본적으로 필요한 이런 요소들이 침해되었을 때, 비인간적인 사회를 인간적인 사회로 바꾸려고 시도하는 힘이 인간의 본성 속에 존재하는가? 오늘날 아주 많은 사회과학자들에게서 공통적으로 발견되는 심리적 상대주의라는 간단한 논리를 세 명의 작가가 모두 채택하지 않았음에 주목해야 한다. 그들은 인간의 본성이라는 것은 존재하지 않는다거나, 인간에게 필수적인 특징 같은 것은 존재하지 않는다거나, 태어날 때 인간은 백지상태라서 어떤 사회든 그 백지 위에 자신이 쓰고 싶은 글을 쓴다는 가정을 먼저 내세우지 않는다. 그들은 인간이 사랑, 정의, 진실, 연대를 위해 강렬히 분투한다고 가정한다. 이런 면에서 그들은 상대주의자들과 상당히 다르다. 사실 그들은 이런 인간적 분투를 파괴하는 데 필요한 수단을 제시하는 방법으로 이 분투가 얼마나 강력하고 강렬한지 확실히 보여준다. 자먀틴의 《우리들》에서는 인간 본성의 인간적인 요구를 제거하기 위해 전두엽 절제술과 비슷한 뇌수술이 필요하다. 헉슬리의 《멋진 신세계》에서는 인공적인 생물 선택과 약물이 필요하고, 오웰의 《1984》에서는 고문과 세뇌가 무제한으로 사용된다. 이 세 작가 중 누구에게도 인간성의 파괴를 쉽게 생각한다는 비난을 할 수 없지만, 그들이 내린 결론은 똑같다. 오늘날 상식적으로 알려져 있는 수단과 기법으로 인간성을 파괴하는 일이 가능하다는 것.

오웰의 《1984》는 자먀틴의 작품과 흡사한 부분이 많은데도, 인간의 본성을 변화시키는 수단에 대한 질문에 나름대로 독창적인 기여를 한다. 이제부터는 일부 '오웰만의' 개념들에 대해 말하고 싶다.

내가 이 글을 쓰고 있는 1961년 현재로부터 앞으로 5~15년 동안의 세상과 오웰의 《1984》가 가장 밀접하게 관련된 부분은 독재사회와 핵전쟁을 서로 연결시킨 점이다. 작품 속에서 핵전쟁은 1940년대에 벌써 처음으로 등장했다. 그로부터 약 10년 뒤 대규모 핵전쟁이 발발해 러시아의 유럽 영토, 서유럽, 북아메리카의 산업 중심지에 수백 개의 핵폭탄이 투하되었다. 이 전쟁 이후 각국 정부는 전쟁의 지속이 바로 조직화된 사회의 종말을 뜻하며 따라서 자신들의 권력도 사라질 것임을 확신했다. 이런 이유로 핵폭탄은 더 이상 투하되지 않았으나, 기존의 강대한 세 블록은 "조만간 반드시 생길 것이라고 믿고 있는 결정적인 기회에 대비해서 원자탄을 생산해 저장해두고만 있다." 집권당의 목적은 여전히 "아무런 사전 경고 없이 몇 초 만에 수억 명의 사람을 죽이는 방법"을 찾아내는 것이다. 오웰은 수소폭탄이 등장하기 전에 《1984》를 썼으므로,• 방금 언급한 목적이 1950년대에 이미 달성되었다고 밝히는 것은 역사적인 각주에 불과하다. 일본의 도시에 떨어진 원자폭탄은 수소폭탄의 대량살상 능력에 비하면 하잘것없게 보인다. 수소폭탄은 몇 분 안에 한 나라의 인구 90~100퍼센트를 쓸어버릴 수 있다.

전쟁에 대한 오웰의 설명은 대단히 예리하다는 점에서 중요하다.

첫째, 그는 지속적인 무기 생산의 경제적 중요성을 보여준다. 무기를 지속적으로 생산하지 않는다면 경제체제가 제대로 기능을 발휘하지 못한다. 오웰은 또한 끊임없이 전쟁을 준비하고, 끊임없이 공격을 두려워하며, 적을 완전히 소멸시킬 방법을 찾으려 하는 사회가 어떻게 발전해나가는지를 인상적으로 그려낸다. 오웰의 그림은 우리가 군비경쟁을 지속

• 《1984》는 1949년에 출간되었고, 수소폭탄은 1950년대 초에 등장했다.

하며 '안정적인' 억제책을 찾아내는 방법으로 자유와 민주주의를 지킬 수 있다는 대중적인 의식을 효과적으로 반박한다는 점에서 대단히 타당하다. 대중이 위안을 얻는 '군비경쟁' 시나리오는 기술이 점점 '발전'하면서(약 5년마다 완전히 새로운 무기들이 개발되어 곧 10메가톤급 폭탄이 아니라 100메가톤이나 1,000메가톤급의 폭탄이 만들어질 것이다) 사회 전체가 지하로 들어가 살 수밖에 없을 것이라는 사실, 그럼에도 수소폭탄의 파괴력이 항상 지하 동굴의 깊이를 상회할 것이라는 사실, 군대가 (비록 법적으로는 아닐지라도) 지배적인 세력이 될 것이라는 사실, 적이 될 가능성이 있는 상대에 대한 두려움과 증오가 민주적이고 인본주의적인 사회의 기본 특징들을 파괴해버릴 것이라는 사실을 무시한다. 다시 말해서, 지속적인 군비경쟁이 설사 수소폭탄 전쟁으로 이어지지 않는다 해도, 어쨌든 우리 사회에서 '민주주의' '자유' '미국 전통'이라는 수식어를 붙일 수 있는 특징들을 모두 파괴하는 결과를 낳을 것이라는 뜻이다. 오웰은 핵전쟁을 준비하는 세상에서도 민주주의가 계속 살아남을 것이라는 생각이 환상이라는 사실을 눈부신 상상력으로 증명해준다.

오웰의 작품의 중요한 일면을 하나 더 꼽는다면, 진실의 본질에 대한 설명이 있다. 겉으로 보기에는 특히 1930년대에 스탈린이 진실을 어떻게 다뤘는지 보여주는 것 같다. 그러나 오웰의 묘사에서 스탈린주의에 대한 비난만 보는 사람은 오웰의 분석에서 필수적인 요소 하나를 놓치고 있다. 그가 실제로 말하고자 하는 것은, 소련과 중국보다 속도는 느릴망정 서구 산업국가에서도 일어나고 있는 변화다. 오웰은 '진실'이라는 것이 과연 존재하는지 기본적인 질문을 던진다. 사회를 지배하는 당은 이렇게 주장한다. "현실은 외부적인 것이 아닙니다. 현실은 인류의 머릿속에만 존재해요. (…) 무엇이든 당이 진실이라고 주장하는 것이 진실입니다." 이 말이 옳다면, 당은 인간의 정신을 통제함으로써 진실 또한 통제한다. 당의 주역과 잔뜩 두들겨 맞은 반역자 사이의 극적인 대화, 도스토옙스키의 작품에서 종교재판관과 예수가 나누는 대화에 비유할 가치가 있는 이 대화는 당의 기본 원칙을 설명한다. 그러나 종교재판관과 달리 당의 지도자들은 인간은 약하고 비겁한 생물이라서 자유에서 도망치고 싶어 하며 진실과 직면할 능력이 없으므로 인간을 행복하게 해주기 위해 이런 체제를 만들었다는 가식조차 부리지 않는다. 지도자들은 자기들의 목표는 오로지 권력 하나뿐이라는 사실을 인식하고 있다. 그들에게 "권력은 수단이 아니라 목적이다. 또한 권력은 다른 인간에게 무한한 고통을 가할 수 있는 능력을 뜻한다."• 그렇다면 그들에게 권력은 현실을 창조해주고, 진실을 창조해준다. 오웰이 여기서 파워 엘리트에게 부여한 지위는 철학적 이상주의의 극단적인 형태라고 할 수 있으나, 그

• 권력을 정의한 이 말은 에리히 프롬, 《자유로부터의 도피*Escape from Freedom*》(1941)에서 인용. 시몬 베유는 권력이란 살아 있는 사람을 시체로, 즉 물건으로 바꿔놓는 능력이라고 정의했다(원주).

보다는《1984》에 존재하는 진실과 현실의 개념이 진실을 당에 종속시키는 실용주의의 극단적인 형태라고 보는 편이 더 정확하다.《수정궁 생활》•에서 미국 대기업의 모습을 섬세하고 예리하게 그려낸 미국 작가 앨런 해링턴은 당시 사람들이 진실에 대해 갖고 있던 개념을 훌륭하게 표현한 '이동식 진실'이라는 말을 만들어냈다. 만약 내가 모든 경쟁사보다 좋은 상품을 만들어낸다고 주장하는 대기업에서 일한다면, 이 주장의 정당성을 현실 속에서 확인할 수 있는지 여부는 내게 중요하지 않게 된다. 중요한 것은 내가 이 기업에서 일하는 한, 이 기업의 주장이 '나의' 진실이 된다는 점이다. 따라서 나는 그것이 객관적으로 타당한 진실인지 조사해보려 하지 않는다. 그러다 만약 '나의' 경쟁자이던 기업으로 직장을 옮긴다면, 나는 그 기업의 제품이 최고라는 새로운 진실을 받아들일 것이다. 나의 주관적인 입장에서 보면, 이 새로운 진실 역시 예전 진실 못지않게 진실하다. 인간이 점점 도구에 가깝게 변해가면서 자신의 이익과 기능에 맞게 현실을 계속 바꿔놓는 것이 우리 사회의 가장 특징적이고 파괴적인 변화 중 하나다. 진실은 수많은 사람들의 일치된 의견에 의해 증명된다. '수백만 명의 의견이 어떻게 틀릴 수 있을까'라는 구호에 '단 한 명뿐인 소수가 어떻게 옳을 수 있을까'라는 말이 추가된다. 오웰은 현실에 관한 객관적인 판단이라는 진실의 개념

• 앨런 해링턴, 《수정궁 생활*Life in the Crystal Palace*》(원주).

이 사라진 체제에서 누구든 단 한 명뿐인 소수가 된다면, 자신이 미쳤다고 확신할 수밖에 없다는 것을 아주 명확히 보여준다.

《1984》의 세계를 지배하는 사고방식을 묘사하기 위해 오웰이 만들어낸 말인 '이중사고'는 이미 현대 어휘의 일부가 되었다. "'이중사고'는 서로 모순적인 두 개의 믿음을 동시에 마음에 품고 둘 다 받아들이는 능력을 뜻한다. (…) 이 과정은 반드시 의식적이어야 한다. 그렇지 않으면 이 과정을 정밀하게 수행할 수 없다. 하지만 이 과정은 또한 반드시 무의식적이어야 한다. 그렇지 않으면 거짓말을 했다는 느낌과 더불어 죄책감이 찾아올 것이다." 이중사고의 바로 이 무의식적인 일면 때문에, 《1984》의 많은 독자들은 자신에게는 이중사고가 상당히 낯설지만 소련과 중국이 바로 이 방법을 사용하고 있다고 믿게 될 것이다. 그러나 이것은 환상이다. 그것을 증명해주는 몇 가지 사례가 있다. 우리 서구인들은 '자유세계'라는 말을 입에 담을 때, 미국이나 영국처럼 자유선거와 표현의 자유를 기반으로 삼은 체제뿐만 아니라 남아메리카 독재체제들도 포함시킨다(적어도 그들이 존재하는 동안에는 그랬다). 또한 프랑코와 살라자르의 정부, 남아프리카 정부, 파키스탄과 아비시니아의 정부 등 다양한 형태의 독재체제도 여기에 포함시킨다. 우리는 입으로 자유세계를 말하면서, 사실은 소련과 중국에 반대하는 모든 국가를 말하고 있다. 자유세계라는 말이 뜻하는 정치적 자유가 없는 나라라도 상관없다. 사람이 서로 모순적인 두 개의 믿음을 동시에 마음에 품고 둘 다 받아들이는 또 다른 사례는 군사력에 대한 현재의 논의에서 찾을 수 있다. 우리는 수소폭탄을 만드는 데 소득과 에너지의 상당 부분을 할애하면서, 만약 그 폭탄이 터진다면 우리 인구(와 적의 인구) 중 3분의 1이나 절반이나 대부분이 죽을 수 있다는 사실에는 눈을 감는다. 어떤 사람들은 여기서 한 걸음 더 나아가기도 한다. 오늘날 핵전략에 관해 가장 영향력 있는 글을 쓰는 사람 중 한 명인 헤르만 칸은 다음과 같이 말한다. "…… 다시 말해서, 전쟁이 끔찍하다는 데에는 의심의 여지가 없지만, 그건 평화도 마찬가지다. 우리가 오늘날처럼 전쟁의 끔찍함과 평화의 끔찍함을 비교해서 어느 쪽이 얼마나 더 나쁜지 알아보는 것이 적절하다."•

칸은 수소폭탄 전쟁으로 미국인 6천만 명이 사망할 가능성이 있다고 가정하면서도, 설사 그런 경우에도 "이 나라는 다소 신속하고 효과적으로 회복할"• 것이며 "살아남은 사람들과 그 후손들 중 대다수의 평범하고 행복한 생활"•이 수소폭탄 전쟁이라는 비극으로 인해 불가능해지지는 않을 것이라고 말한다. 이런 견해를 지닌 사람들은 다음과 같이 주장한다. a) 우리는 평화를 지키기 위해 전쟁을 준비한다. b)

• 헤르만 칸, 《열핵전쟁에 대하여 *On Thermonuclear War*》, 프린스턴대학출판부, 1960, 47쪽, 주석 1(원주).

• 앞의 책, 74쪽(원주).

• 앞의 책, 21쪽(원주).

전쟁이 발발해서 소련이 우리 인구 중 3분의 1을 죽이고 우리 역시 소련에게 같은 행동을 하더라도(할 수만 있다면 물론 우리가 더 죽일 수도 있다), 전쟁이 끝난 뒤 사람들은 행복하게 살아갈 것이다. c) 전쟁뿐만 아니라 평화도 끔찍하므로, 평화에 비해 전쟁이 얼마나 더 끔찍한지 살펴볼 필요가 있다. 이런 논리를 받아들이는 사람들은 '건전하다'고 일컬어지고, 2백만 명이나 6천만 명이 죽어도 미국은 기본적으로 영향을 받지 않을 것이라는 주장을 의심하는 사람들은 '건전하다'는 말을 듣지 못한다. 이런 파괴가 정치적, 심리적, 도덕적으로 어떤 결과를 낳을지 지적하는 사람들은 '비현실적'이라고 일컬어진다.

여기서 군비축소 문제를 길게 논할 수는 없지만, 오웰의 작품을 이해하는 데 필요한 점, 즉 '이중사고'는 미래의 독재 체제에 나타나는 특징이 아니라 이미 우리 사회에 존재한다는 점을 증명하는 사례로 위의 일들을 반드시 제시해야 한다.

오웰의 글에는 '이중사고'와 밀접하게 관련된 중요한 점이 하나 더 있다. 정신을 성공적으로 조종할 수 있게 되면, 사람은 자신이 생각하는 것의 반대를 말하는 게 아니라 진실의 반대를 생각하게 된다는 점이다. 예를 들어, 자신의 독립성과 인간적인 완전성을 완전히 포기한 사람, 자신을 국가나 당이나 기업에 소속된 물건으로 인식하는 사람에게는 2 더하기 2가 5가 되고 '예속은 자유'가 된다. 진실과 거짓이 서로 다르다는 의식이 이제 존재하지 않기 때문에 그 사람은 자유롭다. 이것은 특히 이데올로기에 적용되는 특징이다. 종교재판관이 죄수를 고문하면서 그것이 그리스도의 사랑에 입각한 행동이라고 믿었던 것처럼, 당은 "사회주의 운동이 원래 상징하던 모든 원칙을 거부하고 헐뜯으면서 그 명분으로 사회주의를 내세운다." 그 내용이 원래 의미와 정반대로 뒤집어져도, 사람들은 그 이데올로기를 액면 그대로 믿는다. 여기서 오웰은 소련 공산당의 사회주의 왜곡을 언급하고 있음이 분명하다. 그러나 서구 역시 비슷한 왜곡을 저질렀다는 말을 덧붙여야겠다. 우리는 우리 사회가 자유롭고 진취적이며, 개인주의와 이상주의가 있는 곳이라고 주장하지만, 사실 이것은 대부분 그냥 말에 불과하다. 우리 사회는 중앙집권적인 곳이며, 기업과 산업이 주를 이루고, 기본적으로 관료적인 성질을 지녔으며, 물질주의를 동력으로 움직인다. 진실하고 영적인 생각이나 종교는 물질주의를 아주 조금 누그러뜨릴 뿐이다. 이것과 관련된 '이중사고'의 사례가 또 있다. 즉, 핵전략을 다루는 소수의 필자들이 그리스도교의 관점에서 볼 때 살상은 악이라는 사실, 또는 죽임을 당하는 것보다 더 사악한 일이라는 사실과 맞닥뜨린다는 점. 독자들이 자신의 '이중사고'를 충분히 극복할 수 있다면, 오웰의 《1984》에서 현재 서구사회의 특징들을 많이 찾아낼 수 있을 것이다.

오웰의 그림이 지독히 우울한 것은 사실이다. 오웰 자신이 지적했듯이, 적국뿐만 아니라 20세기 말의 모든 인류가 그런 사회에서 살고 있다는 점을 알아차린다면 더욱 우울해진다. 우리는 오웰의 그림에 두 가지 반응 중 하나를 보일 수 있다. 하나는 절망과 체념에 더욱 빠져드는 것이고, 다른 하나는 아직 시간이 있다고 생각하면서 더욱 분명하고 용기 있게 대응하는 것이다. 부정적인 유토피아를 그린 세 작품 모두 인간을 완전히 비인간화하는 것이 가능하지만 그래도 삶은 계속된다는 점을 우리에게 보여준다. 이것이 과연 옳은 가정인지 의심하는 사람이 있을지도 모른다. 인간에게서 인간적인 핵심을 파괴한다면 인류의 미래 또한 파괴될 것이라는 생각이 들 것이다. 이렇게 파괴된 사람들은 완전히 활기를 잃고 비인간적으로 변해서 서로가 죽고 죽이거나 아니면 권태와 불안으로 차츰 죽어갈 것이다. 만약《1984》의 세계가 이 지구를 지배하게 된다면, 온 세상이 광인의 사회가 되어 계속 존속할 수 없게 될 것이다(오웰은 당 지도자의 눈에서 번득이는 광기를 지적하며, 이 가능성을 아주 미묘하게 지적한다). 오웰도 헉슬리도 자먀틴도 반드시 이런 광기의 세상이 도래할 것이라고 주장하고 싶지는 않았을 것이다. 오히려 우리가 서구 문화의 뿌리인 인본주의 정신과 인간적 존엄성을 되살리는 데 성공하지 못한다면 어떻게 될지를 보여줌으로써 경종을 울리는 것이 그들의 의도였음이 분명하다. 오웰을 포함한 이 세 작가는 인간이 인간처럼 행동하는 기계와 기계처럼 행동하는 인간을 만들어내는 새로운 형태의 기업 산업주의가 비인간화와 완전한 소외의 시대로 이어질 수 있음을 암시한다. 이런 시대에 인간은 물건으로 변해서, 생산과 소비 과

정의 부속물이 된다.• 세 작가는 소련과 중국의 공산주의 체제에만 이런 위험이 존재하는 것이 아니라고 암시한다. 이런 위험은 현대적인 생산 방식과 조직 방식에 내재해 있으며, 이념의 영향에서는 비교적 자유롭다. 부정적인 유토피아 작품을 쓴 다른 두 작가와 마찬가지로, 오웰 역시 재앙을 예언하지 않았다. 그는 경고를 울려 우리를 각성시키고자 했다. 그는 지금도 희망을 잃지 않았으나, 과거에 유토피아 소설을 쓴 작가들과 달리 그의 희망은 필사적이다. 이 희망을 실현하는 방법은《1984》가 우리에게 가르쳐주는 것처럼, 오늘날 모든 사람이 직면한 위험을 인식하는 것뿐이다. 개성, 사랑, 비판적인 사고의 흔적을 모조리 잃어버렸으면서도 '이중사고' 때문에 그 사실을 인식하지 못하는 자동인형들로 이루어진 사회가 도래할 것이라는 위험이다. 오웰의 책과 같은 작품들은 강력한 경고다. 만약 독자가《1984》를 야만적인 스탈린 시대를 묘사한 많은 작품 중 하나로 잘난 척 해석해버리고 이 작품이 우리에게도 의미가 있다는 사실을 깨닫지 못한다면, 그야말로 불행한 일이다.

에리히 프롬

• 이 문제는 에리히 프롬,《건전한 사회*The Sane Society*》(1955)에 자세히 분석되어 있다(원주).

조지 오웰 연보

1903년

6월 25일, 당시 영국령이었던 인도 벵골(지금의 비하르)에서 인도총독부의 관리였던 아버지 리처드 웜즐리 블레어와 어머니 아이다 블레어 사이에서 출생. 본명은 에릭 아서 블레어Eric Arthur Blair로 조지 오웰은 필명.

1904년 • 1세

어머니를 따라 영국 옥스퍼드셔로 이주. 가족이 정착한 헨리 온 템스는 1939년에 발표한 소설 《숨 쉬러 나가다*Coming up for Air*》의 무대가 됨.

1914년 • 11세

지역신문 〈헨리 스탠더드Henley Standard〉에 직접 쓴 시 〈깨어나라! 영국의 젊은 이들이여Awake! Young Men of England〉가 실림.

1917년 • 14세

영국 명문 사립학교 이튼칼리지에 최우수 장학생으로 입학. 훗날 작가가 된 올더스 헉슬리, 역사학자가 된 스티븐 런시먼, 문학 비평가가 된 시릴 코널리와 교우함.

1921~1922년 • 18~19세
이튼칼리지 졸업 후 대학 진학 선발시험에 합격하지만, 대학 진학을 포기하고 인도제국 경찰 시험에 응시함. 이듬해 10월, 첫 발령지인 버마(지금의 미얀마)로 파견되어 5년간 경찰로 근무함.

1927~1928년 • 24~25세
경찰로 복무하며 제국주의 식민정책에 혐오를 느끼던 차에 뎅기열에 걸려 치료를 위해 영국으로 귀국. 가족과 재회 후 버마로 돌아가지 않기로 마음을 굳히고 이듬해 1월, 경찰을 사직함. 작가가 되기로 결심하고 불황 속 파리 빈민가와 런던 부랑자들의 극빈생활을 몸소 체험함.

1931년 • 28세
대중적 사회주의를 유행시킨 문학잡지 《뉴 아델피*New Adelphi*》에 에세이 〈스파이크The Spike〉와 〈교수형A Hanging〉이 게재된 것을 시작으로 정규 기고자가 되어 〈나는 왜 글을 쓰는가Why I Write〉 등 다수의 작품을 발표함.

1932~1933년 • 29~30세
가정교사와 사립학교 교사로 일함. 파리와 런던에서 스스로 택한 밑바닥 생활 체험을 사실적으로 담아낸 첫 소설 《파리와 런던의 밑바닥 생활*Down and Out in Paris and London*》(1933) 출간. 이때부터 '조지 오웰'이라는 필명을 사용함.

1934~1935년 • 31~32세
파트타임 서점원으로 일함. 버마에서 경찰로 근무하던 시절의 경험을 반영해 식민지 백인 관리의 잔혹상을 묘사한 소설 《버마 시절*Burmese Days*》(1934)을 출간해 문학계의 인정을 받음. 이어서 소설 《성직자의 딸*A Clergyman's Daughter*》(1935) 출간.

1936년 • 33세

아내이자 평생의 사상적 동반자가 된 아일린 오쇼네시와 결혼. 소설《엽란葉蘭을 날려라*Keep the Aspidistra Flying*》 출간. 12월 스페인 내전이 발발하자 파시즘에 맞서 싸우기 위해 자원입대함.

1937년 • 34세

스페인 마르크스주의통일노동자당 민병대 소속으로 싸우다 바르셀로나 전선에서 목에 총상을 입음. 잉글랜드 북부 랭커셔 지방 노동자들의 궁핍한 삶을 그린 르포르타주《위건 부두로 가는 길*The Road to Wigan Pier*》 출간.

1938년 • 35세

아내와 스페인을 탈출해 프랑스로 건너감. 이데올로기에 대한 강한 환멸을 느끼고 스페인 내전 참전기이자 사회주의의 이중성을 묘사한 자전적 소설《카탈로니아 찬가*Homage to Catalonia*》 출간. 이때부터 정치적 성향이 짙은 작가로 알려짐.

1939년 • 36세

폐결핵으로 건강이 나빠지자 한동안 글쓰기를 중단하고 모로코에서 요양함. 소설《숨 쉬러 나가다》 출간.

1940년 • 37세

다시 영국으로 돌아와 런던 민방위대 부사관으로 복무함. 에세이 모음집《고래 배 속에서*Inside the Whale, and Other Essays*》 출간.

1941년 • 38세

BBC에 입사해 2년간 라디오 프로그램을 제작함. 에세이《사자와 유니콘: 사회주의와 영국의 특질*The Lion and the Unicorn: Socialism and the English Genius*》 출간.

1943~1944년 • 40~41세

어머니 사망. 좌파 성향의 잡지 《트리뷴*Tribune*》의 편집장으로 일하며 《동물농장*Animal Farm*》의 집필을 시작함. 이듬해 한 살짜리 아이(이름은 리처드 허레이쇼 블레어)를 입양함.

1945~1946년 • 42~43세

〈옵서버The Observer〉 종군기자로 2개월간 파리와 쾰른에서 활동함. 삶의 동반자였던 아내 아일린이 수술을 받다가 사망. 스탈린주의를 풍자한 우화 《동물농장》(1945) 출간. 전쟁 중 발표했던 영문학 비평들을 모아 《비평 에세이*Critical Essays*》(1946) 출간.

1949년 • 46세

폐결핵이 악화되어 요양병원에 입원. 병상에서 미래의 관료화된 국가에 대한 공포를 형상화한 소설 《1984》를 완성해 출간. 첫해에 40만 부 이상이 판매되며 큰 인기를 얻음. 런던의 한 대학병원으로 옮겨 치료를 받던 중 문학잡지 《호라이즌*Horizon*》의 편집자 소니아 브론웰과 결혼.

1950년 • 47세

1월 21일, 입원 중이던 병원에서 급작스레 각혈 후 사망.

옮긴이 **김승욱**

성균관대학교 영문학과를 졸업하고 뉴욕시립대학교에서 여성학을 공부했다. 〈동아일보〉 문화부 기자로 근무했으며, 현재 전문 번역가로 활동하고 있다. 옮긴 책으로는 조지 오웰의 《동물농장》, 《카탈로니아 찬가》, 도리스 레싱의 《19호실로 가다》, 《사랑하는 습관》, 《고양이에 대하여》, 루크 라인하트의 《침략자들》, 존 윌리엄스의 《스토너》, 프랭크 허버트의 《듄》, 콜슨 화이트헤드의 《니클의 소년들》, 존 르 카레의 《완벽한 스파이》, 에이모 토울스의 《우아한 연인》, 리처드 플래너건의 《먼 북으로 가는 좁은 길》, 올리퍼 푀치의 《사형집행인의 딸》(시리즈), 데니스 루헤인의 《살인자들의 섬》, 주제 사라마구의 《히카르두 헤이스가 죽은 해》, 《도플갱어》, 패트릭 매케이브의 《푸줏간 소년》, 존 스타인벡의 《분노의 포도》 등 다수의 문학작품이 있다. 이외에도 《날카롭게 살겠다, 내 글이 곧 내 이름이 될 때까지》, 《관계우선의 법칙》, 《유발 하라리의 르네상스 전쟁 회고록》, 《나보코프 문학 강의》, 《신 없는 사회》 등 다양한 분야의 책을 옮겨 국내에 소개했다.

1984

1판 1쇄 발행 2022년 4월 20일
1판 3쇄 발행 2024년 10월 10일

지은이 조지 오웰 | **옮긴이** 김승욱
펴낸곳 (주)문예출판사 | **펴낸이** 전준배

편집 이효미 백수미 박해민 | **디자인** 최혜진
영업·마케팅 하지승 | **경영관리** 강단아 김영순

출판등록 2004. 02. 11. 제 2013-000357호 (1966. 12. 2. 제 1-134호)
주소 04001 서울시 마포구 월드컵북로 21
전화 393-5681 | **팩스** 393-5685
홈페이지 www.moonye.com | **블로그** blog.naver.com/imoonye
페이스북 www.facebook.com/moonyepublishing | **이메일** info@moonye.com

ISBN 978-89-310-2272-8 04800
ISBN 978-89-310-2269-8 (세트)

• 잘못 만든 책은 구입하신 서점에서 바꿔드립니다.

문예출판사® 상표등록 제 40-0833187호, 제 41-0200044호